对话诗学

杨 蠡◎著

DUIHUASHIXUE

人民出版社

序

王纪人

    杨矗的论文要出版，让我作序。这自在情理之中，无推脱之理，也不想推脱。但我不想写得杂沓、琐碎，而只想集中谈谈我对他论文的看法。

    他的研究成果是《对话诗学》，对话诗学又称对话理论。对话理论本是西方现代文论转型期出现的一种理论，学界对此已有所研究，但一般局限于巴赫金和其后西方学者的有关论述。而杨矗则在自己研究的基础上把"对话"看成是一种结构关系和交流模式，因此具有极大的普适性和涵概力，从而发现在西方诗学中存在着一个从古到今的对话谱系，而且可以推广运用到中国诗学内在对话性的观照。按照这样的思路，他在"历史"篇中用对话理论的视角对中西诗学作了系统的发掘和重新梳理，阐释双方殊途同归的哲学基础和异彩纷呈的思想理论。在此基础上，又在"建构"篇中进一步建构具有当代意义的对话诗学理论。从人的对话性和文学的对话性的根源出发，系统而具体地展开对话诗学的本质、范畴、结构，文学对话的场域维度、谱系维度以及文化维度。他的论文自觉以中西相关哲学为基础，系统地整合了中西诗学的资源，进行了中西会通的对话诗学的建构，赋予对话理论以新的生长点。理论视野开阔，牵涉面广，材料丰富，具有难度大、原创性强、勇于探索的特点。

    从以上我的概括中可以看出本书的作者杨矗教授的学术雄心和相应的学养。在我带过的博士生中，他是职称最高、年龄最长、中西理论修养最好、精力最为充沛的一位，自然也是我期许最大的一位。本书就是他的博士学位论文，得到了答辩委员们的好评。当然，任何原创的理论总是具有理论风险的，而要做到体大思精更是难乎其难。本书在梳理和重构中西对话理论等方面，只是做了筚路蓝缕的开创性工作，论文的某些部分与对话理论的内在关系还不够紧密，需要进一步完善。

因此，论文的正式出版，我想对他来说就不是一个"过去时"的完全结束，而更像是一种人生的、特别是学术的成长仪式：既是对一段特殊的学术生活的总结和告别，同时也意味着一个新的学习和创造生活的启程。这个特殊的历史节点，显然不同等闲。我想对一个有雄心亦有精力的学人来说，前路可能更加诱人。他不可能就此停歇。

"鸥势终横海，鹏力会冲天。"愿他的前路，虽长不阻；有自己的一片沃野良田，那里——百花争媚，牛羊肥鲜！

聊为序。

2009 年 2 月 18 日于上海登云公寓

目　录

导论：从对话理论到对话诗学 ……………………………… （1）

 一、对话：一个巨大的时代症候 ………………………… （1）

 二、对话理论的多维化现状 …………………………… （7）

 三、在体性匮乏的"对话理论"生产 ………………… （17）

 四、走向建构的对话诗学 ……………………………… （23）

历　史　篇

第一章　中国诗学对话思想的哲学基础 …………………… （28）

 第一节　生命模式 ……………………………………… （28）

 第二节　气化理性 ……………………………………… （36）

 第三节　天人关系 ……………………………………… （40）

 第四节　道和 …………………………………………… （43）

 第五节　儒和 …………………………………………… （48）

 第六节　禅和 …………………………………………… （51）

 第七节　生态和合 ……………………………………… （54）

第二章　西方诗学对话思想的哲学基础 …………………… （64）

 第一节　技术模式 ……………………………………… （64）

 第二节　实在理性 ……………………………………… （69）

 第三节　酒神与日神的交相辉映 ……………………… （73）

第四节　自然人化与人的本质力量的对象化 ……………………（77）

第五节　精神分析 …………………………………………………（82）

第六节　言语与语言 ………………………………………………（88）

第七节　原发居中与存在 …………………………………………（92）

第八节　对话主义 …………………………………………………（96）

第三章　中国诗学中的对话思想与理论 …………………………（105）

第一节　感物说 ……………………………………………………（106）

第二节　道文说 ……………………………………………………（112）

第三节　神思——兴——妙悟说 …………………………………（119）

第四节　象与象外说 ………………………………………………（125）

第五节　以意逆志与品味说 ………………………………………（129）

第六节　中和说 ……………………………………………………（135）

第七节　意境说 ……………………………………………………（143）

第八节　游于艺说 …………………………………………………（158）

第四章　西方诗学中的对话思想与理论 …………………………（162）

第一节　和谐与中道 ………………………………………………（162）

第二节　应和与象征 ………………………………………………（167）

第三节　传统与语境 ………………………………………………（171）

第四节　现象学框架 ………………………………………………（174）

第五节　接受美学 …………………………………………………（178）

第六节　复调小说理论 ……………………………………………（181）

第七节　读者反应批评 ……………………………………………（187）

第八节　互文性 ……………………………………………………（191）

第九节　后现代综合化思潮 ………………………………………（198）

建　构　篇

第五章　人的对话性与文学的对话性 ……………………………（204）

第一节　人的非自足性 ……………………………………………（204）

第二节　人的意识的能动投射性与收受性 ………………………（212）

  第三节 人的活动的语言符号性 ················ （216）

  第四节 文学的"关系结构"性 ················ （222）

  第五节 文学的文本性 ······················ （226）

  第六节 文学性即诗意的对话性 ·············· （233）

第六章 对话诗学的本质、范畴与结构 ············ （240）

  第一节 文学对话的本质界定 ················ （240）

  第二节 对话诗学的本质界定 ················ （243）

  第三节 文学对话活动的基本要素 ············ （247）

  第四节 文学对话过程 ······················ （258）

  第五节 对话诗学的基本概念、范畴 ·········· （269）

  第六节 对话诗学的结构体系 ················ （273）

第七章 文学对话的场域维度 ···················· （277）

  第一节 场域的界定 ························ （277）

  第二节 基因场域 ·························· （282）

  第三节 生成场域 ·························· （289）

  第四节 流派场域 ·························· （301）

  第五节 主体场域 ·························· （308）

  第六节 文本场域 ·························· （315）

第八章 文学对话的谱系维度 ···················· （324）

  第一节 谱系的界定 ························ （324）

  第二节 六合思维与天地境界 ················ （329）

  第三节 审德主义 ·························· （336）

  第四节 史传传统 ·························· （340）

  第五节 宗教与神性 ························ （344）

  第六节 哲理化 ···························· （348）

第九章 文学对话的魅态文化维度 ················ （353）

  第一节 魅态文化的界定 ···················· （353）

  第二节 魅态文化的理论形态 ················ （358）

  第三节 魅态文化的诗化形式 ················ （367）

目录

　　第四节　魅态文化与"小传统" ……………………………………（373）

　　第五节　魅态文化与文学对话 …………………………………（377）

余　论　文学对话的范式维度与原型维度 …………………………（383）

主要参考文献 ………………………………………………………（386）

后　记 ………………………………………………………………（400）

导论：从对话理论到对话诗学

一、对话：一个巨大的时代症候

　　一个人们已不再陌生的事实是，西方哲学到近代出现了一个大的变化，即在形而上学的宏大体系建设过程中，一种反形而上学的谱系就在主流的哲学路径内部开始滋长，并借康德的批判哲学大露峥嵘。康德哲学的一个基本宗旨就是要解决科学的形而上学如何可能的问题，他采取的一个基本策略就是批判、分析理性和人的认识能力，为理性划界。得出的结论是：理性只能认识现象，而无法认识"物自体"。"物自体"的本体世界只能靠道德、艺术和信仰来把握，"他的'三大批判'，向我们揭示出形而上学是如何一步步地被逐出科学，在实践理性（道德）、审美（诗与艺术）和信仰领域保留自己的地盘。康德终于不能建立起一门科学的形而上学。换句话说，被保留的地盘中没有科学，只有信仰，这才是康德哲学革命的真实意义，它等于宣告了思维与存在的同一性这一传统哲学问题的破产，是对柏拉图和亚里士多德以来的形而上学问题的颠覆"。① 这就是康德的"哥白尼式转折"，他的哲学批判或批判哲学的杰出工作，不光建立起了现代性的主体哲学，同时也充分暴露了形而上学的危机，且有意识地使之主题化、问题化了，他用"批判"的智慧开辟出了一条反形而上学的通道，为哲学的现代转型提供了必要的桥梁、枢纽。

　　形而上学是一种什么样的哲学呢？在西方传统中，它就是哲学的别名。它源于古希腊哲学，在字源上古希腊哲学 Philosophy 的含义是"爱智慧"，而"智慧"又被理解为对根据、本原、原因或本质的认识和把握，这根据、本原、原因或本质，用其专门的术语来说就是"存在"或"逻各斯"（Logos），

---

　　① 江怡主编：《走向新世纪的西方哲学》，中国社会科学出版社 1998 年版，第 627— 628 页。

1

Logos 在希腊文中的意思是理性及对理性的言说、神。可以看出，传统的形而上学就是崇尚理性和追求本质的学问。所谓的爱智，换个说法则是爱理性、爱本质、爱 Logos。因此，作为形而上学的传统哲学，就是本质主义哲学或"逻各斯中心主义"哲学，其典型形态则是本体论、认识论，甚至也包括语言论。本体论所指称的是事物本原或"存在"的一端，而认识论所指称的则是主体对这本原或"存在"认识或把握的一端。西方传统哲学的基本构架就是由这两端及其关系构成的。至于语言论从某种意义上说则是以这本质性认识如何得到科学和有效表述为主要关注点的。在西方哲学或文化中，柏拉图的型相（或理式）、亚里士多德的实体或范畴、基督教中的上帝、文艺复兴时期的人性、笛卡尔的"我思"、康德的"先验理性"和"主体"、黑格尔的绝对精神、马克思的生产方式、弗洛伊德的无意识、卡西尔的符号、后来的结构主义的语言和结构等等，其实都是 Logos 的特殊表现形式，是它的不同变相。

本体论和认识论说白了就是思维和存在的关系。这就是传统西方哲学的二元论构架，其基本理路是：世界有一个统一的根本本质，这一本质需要数理逻辑那样的理性思维构架、体系才能够被揭示，被认识和把握。而这便是哲学乃至于所有科学的根本任务。质而言之即：理性以理性为桥，才能抵达那个根本的理性（存在或逻各斯）。如有论者所说："柏拉图的形而上学建立在型相与可感对象的对立之上。这些对立使型相比可感对象更真实。型相是独立于可感事物而存在的本性：由于它们的本性而成为永恒的，不变的，神圣的，非物质的，不可感知的，可知的和可为理智所领悟的。"① 二元对立模式和理性认识途径在这段话里都得到了说明。问题还在于这二元关系是不平等的关系，或一种"主奴"关系，存在和事物、本质和现象，或用柏拉图的术语是型相或理式与现象、对象，前者是永恒的，不变的，神圣的，真实的；后者则是暂时的，流动的，无足轻重的，虚假的。前者决定、支配后者，后者服从和模仿前者。这一事实被法国当代著名解构主义理论家德里达做了充分的揭露和批判，"自柏拉图以来，西方文化传统一直受到逻各斯中心主义的思维方式的支配，德里达认为，这种思维方式为主体主义的张狂和形而上学传统提供了现实的基础，其突出特点在于把意义、实在法则视为不变之物，把它们作为思想和认识的中心。逻各斯中心主义不仅设置了各种各样的二元对立，如主体与客体、本质与现象、必然与偶然、真理与错误、同一与差异、能指与所指、自然与文化等等，而且为这些对立设定了等级，对立双方在那

① 泰勒主编：《从开端到柏拉图》，韩东晖等译，中国人民大学出版社 2003 年版，第 418—419 页。

里不是一种对等的平衡关系，而是一种从属关系，第一项每每处于统治地位和优先地位，第二项则是对第一项的限制和否定"。"德里达认为，逻各斯中心主义和言语中心主义貌似正确，但歪曲了思、说、写的关系，特别是歪曲了说与写的关系。"① 因此，他要解构这一关系。

由休谟的怀疑论和康德批判哲学所揭露的形而上学的致命缺陷，还有德里达对形而上学的逻各斯中心主义的拆解，实际上构成了一股无形的强大合力，昭示了西方哲学现代以来朝打破二元对立结构发展、转型的某种内在趋势。这一趋势的实质不是二元的不平等对立，而是二元乃至多元间的平等"对话"。

对话的概念最初源自人们的言语活动，本指言语主体间的交谈，后来才逐渐被广泛借用到政治、外交、文化、文学等领域。在文学领域，其最初也只是指一种文体：对话体，如柏拉图的"对话录"，主要就是一种文体学的概念。这里的"对话"也是一种借用，并不是指人与人之间的实际言谈，而是指哲学中主体与"客体"或主体与主体之间的一种平等交流、相互影响和作用的关系。同时，它也是一个更为广泛的概念，可以涵盖社会、文化、政治、外交特别是文学等不同领域。另外，也需要说明的是，哲学上的对话构架、对话范型，也是笔者在这里力图建构的一种理论范型，或话语表征模式，因为许多哲学家都没有直接使用这一概念或也并不一定对"对话理论"有自觉的理论认同。因此，严格地说，笔者下面的理论梳理、分析，是对"对话理论"的一种有意识的理论建构。

如果说康德批判哲学构成了对话范型的近代之源的话，那么德国19世纪唯意志主义哲学家尼采则充当了这一谱系的现代之源。尼采以彻底反传统的精神，向传统的形而上学、本质主义、理性主义发起猛烈攻击，高喊"上帝死了"，应该代之而起的是"超人"或"强力意志"，其内在之根则是非理性的感性生命力——酒神精神。尤其是他以艺术为人的根本出路，既表明他钟情于审美拯救的别异的旨趣，同时也是对传统僵硬的二元对立模式的彻底否定。因为，非理性的哲学精神在这里所直接拆解的正是那种僵硬的、霸道的、不平等的理性秩序；而艺术在尼采看来则能使人获得"解放"，是人的价值和意义的来源："艺术是对抗一切要否定生命的意志的唯一最佳对抗力，最反基督教的、反佛教的、尤其是反虚无主义的"。"艺术是对认识者的拯救"，"艺术是对行为者的拯救"，"艺术是对受苦人的拯救"。② 艺术的真谛其实正在于

---

① 雅克·德里达：《论文字学·译者的话》，汪堂家译，上海译文出版社 1999 年版，第 1—2 页。
② 尼采：《尼采文集》，青海人民出版社 1995 年版，第 229 页。

主体间的平等的对话与交流，这在后面的梳理中会得到印证。

比较起来，尼采的哲学倾向主要在对理性主义的彻底叛逆，由此而主要开启了由叔本华开其端的非理性路径，那么后来胡塞尔的现象学哲学的"对话"旨趣或范型建设的意义就比较明显了。胡塞尔认为在近代西方哲学史上存在着两种对立的思潮：物理主义的客观主义和先验的主观主义。前者认为"存在是不依赖于主观意识的客观的、自在的真理"，后者则认为"所谓的自在的真理是由主体构成的，客观性在于主观际性，客观性的意义是由主观际性决定的"。前者"使人们只看到客体的一面，看不到主体的一面，主观和客观分裂，人生的意义和价值被忽视"。后者则容易导致心理主义，陷入怀疑论和相对主义。他认为"只有把进行这种构成的自我和意识活动设想为先验的自我和先验的意识，即超越于这个世界的自我和意识，才能避免这种悖论"。①于是，他既反心理主义，又反柏拉图主义，创立了先验现象学，走出了一条"原发居中"的中间道路。正如张祥龙指出的：

现象学的"看"就是要训练一个人只看他的看所当场构成的东西，而不看那些由于自然主义的习惯伪造出的东西。所以它既非心理主义，亦非超越的实在论，而是在"不及"与"过分"中间的更原初者。这就是现象学"到事情本身中去！"的口号的含义。②

"现象学的观念"的特色就在于它既非心理的观念，亦非抽象实体化（Hypostasierung）了的观念，而是代表了介于两者之间而又比这两者更本源、更具有直观明证性的一条思路。③

这居中的"中间道路"就是一种平衡、综合或兼容的路径，对话的内质在不经意中即已内含其中。后来，他又专门探讨了"主体间性"（intersubjectivity）和"生活世界"问题，其在本质内涵上和"对话哲学"就更为接近了。后来这"间性"便成了国内所流行的关于"对话"的另一种指认，如金元浦在《"间性"的凸显》中说："从当代社会生活和文学实践来看，这种对话交往包含着主体间、学科间、文化间、民族间互相作用、互相否定、互相协调、互相交流的间性。这种间性是对话实践所达到的主体之间、学科之间、文化之间、民族之间共同拥有的协同性、约定性、有效性和合理性。"④ 不难看出，"间性"和"对话"在这里已难分彼此。

---

① 刘放桐等编著：《新编现代西方哲学》，人民出版社 2000 年版，第 327—328 页。
② 张祥龙：《当代西方哲学笔记》，北京大学出版社 2005 年版，第 187 页。
③ 张祥龙：《从现象学到孔夫子》，商务印书馆 2001 年版，第 5 页。
④ 金元浦：《"间性"的凸显》，中国大百科全书出版社 2002 年版，第 7 页。

美国当代后现代哲学家罗蒂是以批判基础主义、本质主义、表象主义和标举新实用主义的后哲学文化而著名的。他认为传统的形而上学是一种基础主义、本质主义和表象主义哲学，是一种典型的"镜喻哲学"，即把心灵当作反映实在的一面镜子，"去认知，就是去准确地再现心以外的事物；因而去理解知识的可能性和性质，就是去理解心灵在其中得以构成这些再现表象的方式。哲学的主要关切对象是一门有关再现表象的一般理论"。① 其所揭橥的正是德里达所倾力批判的那个二元对立模式以及它的不平等性、压抑性和荒谬性。于是他要彻底摧毁传统的旧哲学，要用"小写的哲学"（即与具体文化部门处于同等地位的哲学）来取代"大写的哲学"（即追求某种普遍和绝对真理的传统哲学）；要用教化哲学取代系统哲学。或者说要建立新实用主义的"无镜哲学"和后哲学文化，即把哲学变成一种"文化批评"，变成一种平等的"谈话活动"，以谈话取代认知，以交流意见取代对真理的追求。他说："如果我们不把认知看作应由科学家或哲学家加以描述的本质，而是看作一种按通常标准去相信的权利，那么我们就安然通向把谈话看作最终境域之途了，知识应当在这一境域中被理解。"② 因为强调谈话、强调对话，他又把他的新哲学称为后哲学和新解释学，认为"在传统哲学死亡之后，哲学家应当做为解释学的实践家。哲学的基本活动就是对话、沟通，其任务就是促进不同文化、不同范式之间的对话，在不同学科之间从事调停"。③ 在一定的意义上我们甚至可以这样说，罗蒂的新实用主义或后哲学文化就是一种文化解释、文化批评意义上的"对话哲学"。它崇尚日常性、实用性、不确定性、相对性、描述性，或者一言以蔽之曰：崇尚对谈与交流。就是说其"对话"追求的旨趣是极为明显的。

当代德国著名社会批判理论家、法兰克福学派第二代领袖哈贝马斯更是集中提出了以语言为中介的"交往行为理论"，大力标举"交往行为理性"。他通过系统总结现代性话语形成演变的历史，总结他的前辈如霍克海默、马尔库塞等社会批判理论的不足以及马克思历史唯物主义的局限，发现了"社会交往"这个相对被大家忽略的更为重要的领域，认为要走出困境的关键就在于重建现代性的理论基础，即："必须告别主体意识哲学和形而上学的理性观，不以自我反思的主体意识作为出发点，而应以一个说话者和至少一个听者构成的互为主体关系为基础的言语行为、交往行为作为出发点。这是理性

① 理查德·罗蒂：《哲学和自然之镜》，商务印书馆 2004 年版，第 1 页。
② 理查德·罗蒂：《哲学和自然之镜》，商务印书馆 2004 年版，第 363 页。
③ 刘放桐等编著：《新编现代西方哲学》，人民出版社 2000 年版，第 633 页。

的转移，因为不再把理性仅理解为具有自我意识的主体的能力，而是理解为运用语言进行交往的能力"。① 或者说是要用"互主体"取代单独主体；以"交往行为理性"取代自我反思的"主体意识理性"或"形而上学理性"；用以语言为中介的"交往行为"来平衡调整社会对那种以解决人与自然关系为内容的"工具行为"的过分倚重，即用"交往行为"合理化来取代"工具行为"（劳动）的合理化，因为前者同人的解放和生活直接相关。但今天西方社会的最大缺憾就是"交往行为"的严重不合理化。他提出的补救方案就是"对话"，措施是：1. 选择恰当的语言对话；2. 在尊重普遍规范标准的基础上进行对话。为此他还提出了一种"普遍语用学"和"商谈伦理学"，他说：

我的有关现代化过程解释的假设，取决于一种语言实用理论，我必须把它推进到与社会科学非常不同的话语天地。此外，这个假设还取决于某种合理性理论，这种理论属于某种我用来分析合法性发展的道德理论。

在合理的商谈层次，一种"视为真的"无条件性所固有的行为句模式被搁置并改变成为标志着商谈参与者特点的特殊双重性（ambivalence partculier）。……知识的实用功能，在日常生活实践与商谈之间来而复往，揭示出真理与辩护之间的内在关系。商谈就这样成为各种洗衣机，过滤出对所有人都能合理地接受的东西。②

可以看出，他的"交往行为理论"说白了其实就是一种"对话理论"。

当然更直接、更明确、更集中、更深刻地论述对话理论和倡导"对话主义"的还是苏联哲学家、美学家、语言学家巴赫金。关于他的对话学说，容后再论。

通过以上论列，可以看出西方哲学自上世纪以来实际上已出现一个巨大的转型，即从传统的形而上学（包括本体论、认识论，甚至包括语言论）转向一种"对话哲学"，在思维模型上由主奴关系的二元对立结构转向了平等的对话、沟通结构。这种转型在某种意义上同发生在上世纪 60 年代的后现代转型也有着密切的关联。美国当代著名的后现代文化理论家杰姆逊认为后现代文化有这样几个重要特征：深度模式的削平、历史意识的消失、主体的零散化、距离感的消失。③ 这同罗蒂所追求的反基础主义、本质主义、表象主义在大的方面正是合辙同调的。后现代文化精神在总体上还可以被表述：在否定

---

① 刘放桐等编著：《新编现代西方哲学》，人民出版社 2000 年版，第 484 页。
② 尤尔根·哈贝马斯：《对话伦理学与真理的问题》，沈清楷译，中国人民大学出版社 2005 年版，第 28、53—54 页。
③ 见杰姆逊：《后现代主义与文化理论》，北京大学出版社 1997 年版。

的方面是反中心性、反二元论、反同一性、反总体性；在肯定的方面则是主张差异性、异质性、多样性、离散性。不难看出，这种后现代文化在总体上和内在实质上，正和"对话哲学"乃至"对话文化"在主张平等、多元、差异的民主、互动、交流的精神是比较接近的，或者我们完全可以这样说，"对话"正是一种后现代的价值观和文化伦理精神。正如有论者所指出的：

> 从哲学上看，后现代主义的一个重要贡献是促使我们重新省察人与自然的关系，人与人的关系。在人与自然的关系上，摈弃现代机械世界观，倡导有机观，不仅要实现由"征服自然"向"保护自然"的转变，而且要实现由"我保护自然"向"自然保护我"的转变，从而培养人对自然母亲的敬畏与爱戴之情。
>
> 在人与人的关系上，摈弃激进的个人主义，主张通过倡导"主体间性"（intersubjectivity）和"关系中的自我"（self in relation）来消除人我之间的对立。与此相联系的就是按照"伙伴关系原则"重建男人与女人的关系。①

其"主体间性"和"关系中的自我"的实质正是一种"对话关系"。

总之，一句话，我们已走进一个对话的时代。这个时代的一个标志性的症候就是对话。正如美国天普大学宗教系天主教思想和宗教对话专业教授 L．斯维德勒所言：

> 我们正在开始意识到，我们必须进入与那些思想和我们不同的人的对话中，不是教给他们真理，而是去学习更多的单靠我们自己不可能了解的实在。我们正不可避免地进入对话。
>
> 总之，人类现在正费力地离开我们从智人时代起一直所处于其中的独白的时代，并时亮时暗、摇摇摆摆地走进这个全球对话的时代。②

二、对话理论的多维化现状

对话，既是一种哲学，也是一种文化。在西方哲学、文学的"文化转向"后，在一定意义上，哲学、文学、文化出现了相融合的态势，哲学也成了一种"理论"。正如杰姆逊所说："传统哲学的结束，新的理论的出现，正是以四种解释，或是四种'深度模式'的消失为标志的。""'理论'作为一种后

---

① 王治河主编、薛晓源副主编：《全球化与后现代性·前言》，广西师范大学出版社 2003 年版，第5—6 页。

② L．斯维德勒：《全球对话的时代·序言》，刘利华译，中国社会科学出版社 2006 年版，第2 页。

哲学，我一般称之为'理论论述'。……哲学论述或哲学才以阐述真理为己任，而理论却出现了奇怪的变化，不再宣布发现真理是自己的天职使命了。……理论家们现在不再讨论什么真理、意义之类的东西，他们谈论的是意义的效果，或真理效果。他们认为头脑中或现实里的真理实际上是一种语言效果。"① 这里，笔者仅取哲学和文学的文化转型之意，把哲学、文化或文学的一些对话学说统称为对话理论。

对话理论的实际存在形态并不像这个概念本身那样统一、单一和纯粹，而是一身多相，即它既以自身（对话理论）的形态而存在，同时也往往会以各种不同的形态存在，或者也可以说成是在别的理论载体中同时包蕴着对话的"实体"或内质。再易言之，或者也可以这样认为：某种别的学说、理论其实也可以看作是一种对话的学说、理论。金岳霖先生曾在《论道》中提出道体为一而道用无量的观点："道可以合起来说，也可以分开来说，它虽无所不包，然而它不像宇宙那样必得其全然后才能称之为宇宙。自万有之合而为道而言之，道一；自万有之各有其道而言之，道无量。"② 同理，这里我们似乎也可以借而言之说：对话也是体一而用多，实际存在着多样而复杂的形态，如解释学、接受学、阅读学、主体间性、生态论、阴阳交感思想，当然还有专门的对话学。这些不同的形态、状貌、性质，既昭示了对话理论之现有的多面向、多维度存在和发展的现状，同时也表明对话学的理论本体本身目前仍很不成熟，亟待发掘、建构，以把散在的、以异相存在的资源归理、整合，并提炼、建构为既具包容性又有"道体"形态的对话理论体系。这正是笔者现在所着力进行的工作。而要建构"道体"，首要的工作则离不开对一些主要的可能资源的梳理和开发，然后才谈得上具体的体系建构。

对话，从其实质上看至少也是一种二元的关系结构，但与形而上学的"主奴"结构不同，它是这二元之间平等互动、沟通、交流、生产等诸建设性的关系。因此，"二元"关系构架是它的最一般的外在特征。解释学、接受学、阅读学、主体间性、生态论、阴阳交感也都具有这种二元关系结构，这是它们与对话学相对接的最基本的外部条件，而在它们的内部其实也往往就内含着直接同"对话"相等同的内容，这一点我们可以通过具体的梳理、发掘加以说明。

1. **解释学维度**。从一般的意义上看，所谓的解释就是对既定的文本的一种理解和阐发，解释者与被解释者如果不是主奴关系，那它们之间就必然是

---

① 杰姆逊：《后现代主义与文化理论》，北京大学出版社1997年版，第201、41—42页。
② 刘梦溪主编：《金岳霖卷》（上），河北教育出版社1996年版，第20页。

平等的对话关系。但是，因为在实际的解释活动中，文本一般并非"人格化"的主体，也就是说它不会像人那样具有真正的说话、对话能力，因此，要把它视为一个对话对象（另一主体），其实只能是一种"借喻"，是在比拟的意义上把它当"人"看，它只能是一个"拟对话者"、"伪对话者"，或对话的"拟代人格"。因为无论如何它都是"文本"体的，是以"非灵化"的文本形式存在的。这样，要在解释活动中确立对话关系，就需要有先进的人文科学观念或艺术的移情、想象理念做支持。一句话，其对话主体的获得是并非先验的、给定的或自明的。或易言之，是不可能轻易得之的，没有相应的支持系统是很难轻易确立起来的。在施莱尔马赫和狄尔泰眼里是有一个人格存在的，不过那是文本的原始缔造者——作者。他们有一个共同的解释观——文本的意义就是作者寄寓其中的原意，解释就是对这个原意的追溯、复归。为此，施莱尔马赫使用了语法解释和心理解释的二重方法；狄尔泰则通过历史理性批判，确立了精神科学及其方法的独特地位，把"生命体验"哲学化，使之成为比施莱尔马赫的"心理移情"更深刻更成熟的方法，建立了他的生命体验解释学。但是，严格地说他们的"文本人格化"所确立的还不是"对话"，而仅是解释学中的"作者中心论"、"心理理解论"和"生命体验论"。

　　真正在解释学中确立"对话关系"的是加达默尔，他通过赋予理解的"历史性"以合法性质，并以此为基本的生发路径，提出了著名的"视界融合"理论，认为理解和解释就是传统和当下、历史和现实、解释者和被解释者的对话——融合过程，其所遵循的就是一种对话中的"问答逻辑"："因为这样一件文本的'意义'并不受某个偶然原因驱使，相反，它要求在'任何时候'都被理解，也就是说，要求永远成为一个答案，而这也就意味着，它必然会提出文本必须回答的问题"。"问题的解释学功能反过来又影响着陈述所一般地叙述的东西——因为陈述就是一个答复。"① 他还说："毋宁说，理解活动总是这些被设定为在自身中存在的视域的融合过程……在对传统的研究中，这种融合不断出现。因此，新的视域和旧的视域不断地在活生生的价值中汇合在一起，这两者中的任何一个都不可能被明确地除掉。"② 美国学者戴维·E. 格林通过编辑加达默尔的《哲学解释学》也明确指认："确实，正像加达默尔试图在他那两篇奇妙的现象学分析文章中指出的那样，在视域的融合中达到顶点的理解过程更像人与人之间的对话或者轻快的游戏，在游戏中，游戏者全副身心都沉浸于游戏之中，而不像传统模式所认为的理解过程

---

① 加达默尔：《哲学解释学》，夏镇平、宋建平译，上海译文出版社 2004 年版，第 91、90 页。

② 加达默尔：《真理与方法》，第 289 页。转引自《哲学解释学·编者导言》，第 10 页。

是由一个主体对客体进行受方法论控制的研究。"①

可以看出，加达默尔的解释学其实直接就是一种"对话论"，对话理论借其"视界融合"和"问答逻辑"而被阐述和应用，所不同的在于它依托于一个大的解释学背景和支架。

2. **接受学—阅读学维度**。接受学和阅读学有广义狭义之分，在一般意义上看，它们同解释学密切关联，解释和接受、阅读完全可以是一个事物的不同说法，尽管它们实际分属于各自完全不同的角度。当然，从源起的意义看，接受和阅读可能比解释更早。在不严格的意义上，人们在没有必要的知识准备和一定的专业训练做条件的情况下也可以进入一定的接受和阅读活动。但在狭义上，作为一定的理论形态的接受学和阅读学却必然是后起的，因为它依赖于理论家们的加工、建构。比如中国明清时期的小说评点理论、英加登的现象学美学、德国的接受美学和阅读理论、美国的读者反应—批评理论等。因此，为了便于论述，我们在这里就不再对接受和阅读做区分，因为如上所述，两者原本就存在着内在的交迭和通融之处，而且它们在许多理论家那里也往往是不划界的。

从字面上看，很显然，"接受"的旨趣是在对接受者的能动性的强调上，它同旧的解释学的最大的不同就在于用对接受者的重视代替了对作者原意的崇尚，代表着在认识论上由客观范式向主观范式的转换。这一转变后来被读者反应批评理论推向了极端。正是有这样一个立场，德国接受美学一开始就是把立足点奠基在这种来自接受者的"接受"上的，比如姚斯的"文学效果史"、"期待视野"等观念就带有这种色彩。但它的后期则走向了对"双向交流、对话"的重视，"到了70年代末，接受美学的代表人物姚斯、伊塞尔等，……日益将接受美学发展为一种对话和交流的新的理论，其理论中心也由先前极端的读者中心论立场转变为文本—读者相互作用的交流论立场"。②

而在接受—阅读的意义上真正标举"对话"的应首推波兰现象学美学家英加登，他提出了著名的"图式—填空"理论，其实正是一种"对话理论"，他在《艺术的和审美的价值》中指出：

每一部不论何种类型的艺术作品都有独特的性质，……在明确性方面，它在自身之内包含有显示特性的空白，即各种不确定的领域：它是纲要性、图式性的创作。而且，并非所有它的决定因素、成分或性质都处于实现状态，

---

① 加达默尔：《哲学解释学·编者导言》，夏镇平、宋建平译，上海译文出版社2004年版，第10页。

② 金元浦：《"间性"的凸显》，中国大百科全书出版社2002年版，第132—133页。

而是其中有些只是潜在的。因为这样，一个艺术作品就需要一个存在它本身之外的动因，那就是一位观赏者，为了——如我所表述的那样——使作品具体化（具象化），观赏者通过他在鉴赏时的合作的创造活动，促使自己像普通所说的那样去"解释"作品，或者像我宁愿说的那样，按它有效的特性去"重建"作品。……作品的"具体化"则不仅由于观赏者对作品中得到有效描述的东西的作用，而进行的一种"重建"，而且也是作品的完成，以及其潜在要素的实现。这样，在某一点上它就是艺术家和观赏者共同的产品。①

后来，伊瑟尔受其影响，又进一步提出了文学接受活动中文本的"召唤结构"、"隐含读者"等概念，对具体的审美接受中的"对话关系"做出了更加具体的揭示。

可见，接受学—阅读学中也明显包含着对话理论。

3. **主体间性维度**。主体间性（intersubjectivity）是胡塞尔提出来的，他在《先验现象学引论》中说：

当我进行现象学的自身阐释并在其中对合法的被指示者进行阐释时，这里的被指示者是一个陌生的先验主体性。先验本我在自身中不是随意地、而是必然地设定一个先验的"他我"。

先验主体性正是随此而扩展为交互主体性，扩展为交互主体—先验的社会性，它是整个交互主体的自然和世界的先验基地……对于每一个可想象的本我来说，交互主体性只有作为"他我"、作为在本我中自身反映着的交互主体性才是可能的。在这种对同感的澄清中也表明，在自然的构造和精神世界的构造之间存在着天壤之别；自然对于抽象孤立的本我来说已经具有一个存在意义，但它还不具有交互主体的存在意义。②

"交互主体性"的另一种译法就是主体间性。胡塞尔的主体间性本是一个先验理性的范畴，但也是主体间的一个"关系构架"，就像他的现象学一样是以"原发居中的构成态"或"居间性"为基本理路的，它指向的是主体之间而不是单一主体。这种关系构架正同对话的关系构架相对接，而主体与主体之间正存在着对话关系，或者毋宁说对话是主体间一种最经常、最基本的关系，甚至是本体性的关系。也就是说"主体间性"同对话是先验地存在着某种内在的贯通的。

---

① 英加登：《艺术的和审美的价值》，朱立元译，朱立元、李钧主编：《二十世纪西方文论选》上卷，高等教育出版社 2002 年版，第 388—389 页。

② 埃德蒙德·胡塞尔：《先验现象学引论》，倪梁康译，倪梁康主编：《面对实事本身》，东方出版社 2006 年版，第 138—139 页。

同胡塞尔的主体间性近似而又更明确提出这一问题的是德国哲学家马丁·布伯。马丁·布伯在《我与你》、《人与人》等著作中提出了一个"我—你"哲学、"你"的本体论哲学或关系本体论。他认为真正的本体（终极存在、本源性存在等）不是西方哲学以往所追求的始基、理念、实体、我思、主体、理性或非理性，而是"关系"，"真正的本体并不是实体，而是关系，关系才是真正的本体，因为关系是先于实体的，实体的存在取决于关系，关系产生实体，关系创造出实体"。① 而"关系"就是"之间"，特别是主体与主体之间的关系，他认为基本的本体关系有三种：人与自然的关系、人与人的关系、人与神的关系，而其中基本的关系模式则是两种："我—它"关系和"我—你"关系。前者是一种主—客关系、认识论的或对象性关系，所建立的是科学主义的因果性世界，"我—它"之间是对立的分裂的，而不是亲和的和交互性的，一句话，是利益的、工具行为的目的和手段的关系。当然，"我—它"关系是人生存的基础，人没有这种关系便不能生存，但仅有这种关系则会使人成为"非人"："人呵，伫立在真理的一切庄严中且聆听这样的昭示：人无'它'不可生存，但仅靠'它'而生存者不复为人"。② 而相反，"我—你"关系才是最原初的、最真正的关系，人与人最初相遇时就是这种关系，而为了生存和需要才不得不筑居于"我—它"关系世界："精神不在'我'之中，它伫立于'我'与'你'之间"，"'我—你'本质上先在于'我'"。③ 这种关系是平等的、直接的、亲和的和神性的，它具有完整性、交互性和动态生成性。我面对你，就仿佛面对另一个我和上帝。同时还是一种以语言为中介的对话关系，具有语言性和对话性："他尤为倚重的是人与人之间的语言对话关系，马丁·布伯认为，语言是你的家，人居住在语言之中，常驻于永恒的对话交往之中，是人类独特的生存方式。"④ 金元浦也指出："我—你关系不是经验与被经验，利用与被利用，分析与被分析的关系，而是相互提问又相互应答，互为依据又互相作用。"⑤ 马丁·布伯认为现代人类生活的危机就在于"我—它"关系统治和排斥了"我—你"关系，因此，由"我—它"关系为主导转向以"我—你"关系为主导是解决时代困境和人类危机的根本出路。

---

① 王晓东：《西方哲学主体间性理论批判》，中国社会科学出版社 2004 年版，第 119 页。
② 马丁·布伯：《我与你》，陈维纲译，三联书店 1986 年版，第 51 页。
③ 马丁·布伯：《我与你》，陈维纲译，三联书店 1986 年版，第 57、38 页。
④ 王晓东：《西方哲学主体间性理论批判》，中国社会科学出版社 2004 年版，第 121 页。
⑤ 金元浦：《"间性"的凸显》，中国大百科全书出版社 2002 年版，第 108 页。

很清楚，马丁·布伯的"我—你"关系在一定意义上正是主体之间的对话关系，这一关系在他的范畴域中既是源初的、本体性的，也是诗意的和神性的，作为一个犹太教的神学哲学家，他显然把上帝世俗化了，而反过来则把"我—你"的对话关系也神性化和诗意化了，易言之，他表述的是一种神性加诗性的对话理论。

4. **生态论维度**。生态概念的提出，与"生态学"、环境保护、可持续发展等世界范围出现的新思潮有关。它关乎到人类解决自身同外部条件之间关系、合理生存发展的根本性大计。生态学作为一门学科据说产生于国外：

> 由德国生物学家海克尔（Ernst Haeckel）于 19 世纪后半叶创立。……海克尔给"生态学"下的定义即是：关于有机体与周围外部世界的关系的一门学科。

传统意义上的生态学在经历了自然科学和人文社会科学交叉与渗透之后，融汇成现代意义上的生态学，使得生态学具有了哲学性质，具有了世界观、道德观、价值观性质，并广泛应用于哲学、经济、政治、技术、社会、历史、美学、文学、艺术、伦理、法律、宗教等众多学术领域，产生了生态哲学、生态经济学、生态人类学、生态美学、生态社会学、生态心理学、生态伦理学、生态文学、生态艺术、生态批评、生态法学、生态神学，等等。

很多思想家预言，鉴于人类所面临的最严重最紧迫的问题是生态危机和生存危机问题，人类将在较长一个时期内处于生态思潮的时代。[①]

其实，所谓的"生态"应是指自然的有机整体性和这种整体性内部的和谐匹配、亲和恰适关系。其内涵点是恰当匹配的互利互惠性，而不是单向占有的、剥夺的、压制的和相互对立、分裂、冲突、争斗的关系。它是自然生态的天然"亲和性"关系在哲学、美学领域中的理想性移植和升华的产物，因为它原本在自然领域并非如此，自然界的生存法则除了依存性、有机链条性外，也还有"物竞天择"、"优胜劣汰"的一面，即在根本上也是充满冲突和争斗的。因此，"生态论"思想严格说只是一种对自然生态现象片面选择、有针对性建构的结果，它所针对的是主客二分思维模式、工具理性世界观和人类中心主义，所主张的则是生态中心、有机和谐世界观和生态思维。

从一定意义上看，生态论同主体间性和对话论正有着内在的相合之处，诚如曾繁仁所说：

> 这种有机整体生态世界观的重要特点是将"主体间性"（Intersubjectivity）

---

① 张华：《生态美学及其在当代中国的建构》，中华书局 2006 年版，第 310—311 页。

的观点引入整体论哲学观之中，使得人与自然的关系不是自我与他者的对立的、分裂的关系，而是我和你两个主体间平等对话的关系。①

因为生态论也是一种平等互动的关系构架，因此，也必然同主体间的对话关系相类。对话理论在这里彰显的是有机匹配、整体和谐的自然面相。

5. 阴阳交感维度。中国哲学、中国文化在内在根因上有一种气本体论思想，喜欢用气来解释万物及天人关系，具体的办法是用阴阳二气的交合变化来解释事物的产生、发展和运动，形成了一种"阴阳交感化生"的本体论思维模式。如《老子》说："道生一，一生二，二生三，三生万物。万物负阴而抱阳，冲气以为和。"（第42章）"负阴而抱阳"，讲的就是"阴阳交感"；《礼记·乐记》上说："凡音之起，由人心生也。人心之动，物使之然也。……地气上齐，天气下降……而百化兴焉。如此，则乐者天地之和也。"认为"乐和"与阴阳之"天地之和"应该是统一和谐的；庄子说："通天下一气耳。"②"至阴肃肃，至阳赫赫；肃肃出乎天，赫赫发乎地；两者交通成和而物生焉，或为之纪而莫见其形。消息满虚，一晦一明，日改月化，日有所为，而莫见其功。"③并强调"和之以天倪"。④"两者交通成和而物生焉"，也说的是"阴阳交感化生"。

而最典型的代表则是《周易》，《周易》的基本立论基础便是阴阳二气，《周易·系辞上》说："一阴一阳之谓道"，靠此二气，天地人三才才能一体结构，才能无穷化生；《周易》才能"与天地准，故能弥纶天地之道"。《说卦》说："观变于阴阳而立卦"，"分阴分阳，迭用柔刚，故《易》六位而成章"，"山泽通气，然后能变化，既成万物也。"是讲阴阳二气为《周易》立卦之本，也是万物得以化生的根本。《系辞上》说："是故易有太极，是生两仪。两仪生四象，四象生八卦。"郑玄把太极解释为："极中之道、淳和未分之气也"（郑玄《周易注》）；孔颖达也认为"太极谓天地未分之前，元气混而为一"，"然变化运行，在阴阳二气"（孔颖达《周易正义疏》）。都认为"易本为气"。

这种"阴阳交感"的观念在"泰"、"否"两卦中表现得非常典型，泰卦的结构是"天下地上"，与天地的自然位置正好相反，这正是一种"交叉"、"交感"、"交和"状，故其卦辞为："泰，小往大来，吉亨。"《象》曰：

---

① 曾繁仁：《试论生态美学中的生态中心主义原则》，《河南社会科学》2003年第6期。
② 《庄子·知北游》。
③ 《庄子·田子方》。
④ 《庄子·齐物论》。

"泰，小往大来，吉亨，则是天地交，而万物通也；上下交，而其志同也。内阳而外阴，内健而外顺，内君子而外小人，君子道长，小人道消也。"否卦正相反，其结构是"地下天上"，两者不交，故其卦辞为："否之匪人，不利君子贞。大往小来。"《象》曰："否之匪人，不利君子贞。大往小来，则是天地不交，而万物不通也，上下不交，而天下无邦也。内阴而外阳，内柔而外刚，内小人而外君子。小人道长，君子道消也。"把"阴阳交感"模式由自然扩展到社会人事。

比泰否二卦表述更清楚的则是"咸"卦，其卦体为：山下泽上。卦辞为："亨，利贞，取女吉。"《象》曰：

咸，感也。柔上而刚下，二气感应以相与，止而说，男下女，是以亨利贞，取女吉也。天地感而万物化生，圣人感人心而天下和平。观其所感，而天地万物之情可见矣！

已说得很明白，"咸，感也"，"咸"就是"感"的通假，其在这里的内涵则是"交感"。其"柔上而刚下"，也同泰卦的"坤上而乾下"是相同的，都是阴阳二气的交和交感态。同时，"二气感应以相与"又把这"和合交感"强调和表述得更加清楚。而其"天地感而万物化生，圣人感人心而天下和平"，则是讲它的普遍性，可见，"阴阳交感"在中国传统哲学和文化中正具有本体论意义，是一种具有根本性的普遍的思维模式和方法。

"阴阳交感"也是平等互动的关系构架，不同的是它更特别强调"交感"、"交和"和"化生"，同"对话"的参与性、交互性、平等宽容性、递进生产性等特征具有明显的对应性，因此，说它是一种中国式的"交互方式"是完全讲得通的。应该说，"阴阳交感"正是一种中国式的对话理论。

中国的天人合一和生态和合哲学，从某种意义说，也是对话论的，其对话性主要体现在一种和合的内质和关系模式上，其"和"的本体论条件、媒介则是那个无所不在的"气"，亦即这里阐论的"阴阳"二气。因此，其实质仍然是"气和"、"气感"，也就是上述的"阴阳交感"，故不再另行论列。

6. **对话学维度**。在这方面典型的代表是苏联哲学家、美学家、语言学家巴赫金，他不仅具体借"复调小说"、"狂欢化诗学"来展开探论，而且还上升到本体论、存在论的高度，从哲学上提出了著名的"对话主义"。他认为人类生活的本质就是"对话"，人类最基本的相互关系就是一种对话关系：

存在就意味着进行对话的交际。对话结束之时，也是一切终结之日。因此，实际上对话不可能、也不应该结束。

一切莫不归结于对话，归结于对话式的对立，这是一切的中心。一切都是手段，对话才是目的。单一的声音，什么也结束不了，什么也解决不了。两个声音才是生命的最低条件，生存的最低条件。①

这是因为：任何生命个体虽都是独一无二的，但任何个人同时也是无法完全自见自知的，他看不到自己的全部，只有借助于他人之眼才能使自我呈现为一个"整体"，因而任何个体都依赖于"他者"，都是在与他者的关系中动态存在的、未完成的、开放的、等待建构的"主体"。这方面他也有很多具体论述：

当然，毋庸置疑，我的外貌不会进入我的具体实际的视野，只有少数情况是例外，例如，当我像那耳喀索斯那样，在水中或镜子里观察自己的映射。我的外貌，即我躯体上一切有表现力的因素，我只能从内心加以感受。

必须从根本上改变幻想世界的整个建构方法，加入一种全新的因素，才能使自己的外形获得活力并融进具体可睹的整体之中。这一改变建构方法的全部因素，便是来自他人也为了他人的对我的形象从情感意志上所作的确认。

因为我们没有从外部看自己的方法，所以在这里，我们就只好移情到某个可能的不确定的他人之中，借助于这个他人我们试着找到对自身的价值立场，试着在这里从他人身上启动自己形成自己。②

文本的生活事件，即它的真正本质，总是在两个意识、两个主体的交界线上展开。

人的行为是潜在的文本，而且只有在自己时代的对话语境中（作为对白、作为意义立场、作为动因体系）才能被人理解（理解为人的行动，而不是物理作用）。

对人而发出的爱、恨、怜悯、慈悲、以至任何的情感，在某种程度上总具有对话性。③

无疑，巴赫金的论述是全面的、深刻的。其最重要的发现是他对主体对"他者"的依赖性的深刻洞见。由此，他便为对话理论找到了一块至为重要的人的存在论、本体论基础。可以看出，巴赫金的对话理论首先是一种对话哲学和美学，这决定了他的对话理论的深刻性。此外，他还通过对"复调小说理论"和"狂欢化诗学"的研究，提出了系统的对话诗学理论。应该说，截

① 巴赫金：《陀思妥耶夫斯基诗学问题》，白春仁、顾亚铃译，三联书店 1988 年版，第 343、344 页。

② 巴赫金：《审美活动中的作者与主人公》，《哲学美学》，河北教育出版社 1998 年版，第 124、127、129 页。

③ 巴赫金：《文本问题》，《文本 对话与人文》，河北教育出版社 1998 年版，第 305、306、316 页。

至目前，在中外对话理论史上，他的对话学说是最直接、最系统、最深刻的。毋宁说是对话理论的一座高峰、一颗明珠。但仍有不足之处，这一点容后再论。

以上，对话理论多维化存在的现状说明，对话理论既拥有多向度的存在—应用场域，同时也说明它还没有形成统一的理论体系，很有集中、整合和自身的体系化生产建构的必要。就此来说，它的资源散化现状恰恰又提供了整合、建构的某种可能和空间，问题在于，在国内，这一体系化的生产、建构工作一直都处在未真正上路状态。为了真正走上它的建构之路，我们还是先对这"前建构"现状进行一番清理。

三、在体性匮乏的"对话理论"生产

巴赫金无疑称得上是一个伟大的对话主义思想家，尽管人们曾加给他许多"头衔"："先是文艺学家、语言学家、符号学家、美学家，继而是思想家、伦理学家、哲学家、历史文化学家、人类学家等"，[①] 但对话主义哲学、对话主义理论却是他对世界学术界的最大贡献，他的其他学说都可以统归在这一名之下。从一定意义上看，他的对话主义的本体论、逻辑地基是他的行为—伦理哲学或哲学人类学，而方法论则是他的外位—超视存在论、符号学、超语言学，具体的应用场域是他的复调小说理论，另外，狂欢化诗学则既是这一理论的文化性的本体论地基，同时也可视为这一理论在文化领域的进一步延伸、扩展。特别是它还从文化结构上给他的对话思想提供了一种文化人类学意义上的本体性的支持。也就是说，从人类文化整体结构的意义看，有官方文化，也就会有一个与它相对应的民间文化。这是两种不同的文化传统、文化谱系，它们对立、分属，但同时又有机联系，成为必要的互补结构。前者是理性的、秩序的、等级的、严肃的，后者是生活的、自由的、平等的、诙谐而狂放的。它们之间本身就形成一种"对话型结构"。要之，从哲学人类学和文化人类学意义上看，人就是对话的动物，人的文化和文化社会结构也是"对话体"的，"狂欢化"文化本身正是这种"对话态"结构的一个典型标本。

从以上意义看，巴赫金的对话理论是有体系的，从哲学、诗学到文化，有体、有用、有方法，同时它的浓厚的人类学、文化学色彩还使这一体系具

---

① 钱中文：《理论是可以常青的》，巴赫金：《哲学美学·序》，河北教育出版社1998年版，第14页。

有强烈的个性色彩。但是，从严格的意义上看，这一"体系"又是不完善的、未完成的，具有较大的理论和历史局限。这一点国内巴赫金研究的权威人物钱中文已指出来了：

> 但是必须说明，巴赫金除了《陀斯妥耶夫斯基诗学问题》与《拉伯雷的创作和中世纪与文艺复兴时期民间文化》是两部完整的著作外，其它三书如《弗洛伊德主义》、《文艺学中的形式主义方法》与《马克思主义与语言哲学》等，并未完全体现他自己的思想，而他的其它著作和大量论文，可说绝大多数处于未完成状态，就是说，它们在结构上都是不完整的。巴赫金自己解释造成这种情况的原因时说："我常年写作，而发表作品却渺茫无期，所以，我没有那种动机，赋予我的著作以外在的完成性，使之井井有条，便于阅读，也就是说，做好那些通常只有在著作出版时才做的事。"①

为什么是未完成的？原因是不好发表。这只是表面现象，实际的原因是巴赫金被判刑后就失去了正常写作和发表文章的"自由"，而更根本的原因是当时苏联的意识形态是不允许他这种特异的学术创造存在的，他获罪的原因也在此。这样，他就无法正常地建构自己的理论体系，相反，许多文章还需要托名于他人才能发表。其实，按他的本意他是想建立一个理想的对话哲学体系的，他更想成为一个哲学家，实际上他也是以哲学家自名的。"对于巴赫金来说，他写文艺学著作似乎是不得已而为之，他写它们，为的是表达自己的哲学思想，因为环境不容许他将自己的思想，通过通常的哲学形式加以表达。这就是为什么生前他一再称自己不是文艺家而是哲学家的原因了"。② 他之想做哲学家的一个直接的原因大概是他通过新康德主义哲学家柯亨发现了西方哲学的一个新的生长点、一个巨大的缺口：人的哲学，或伦理哲学、哲学人类学。于是，他的哲学目标就是要接着柯亨的先验伦理哲学来建立一个更科学、更理想的真正的"人的哲学"，因为人的存在问题、生活问题或伦理问题恰恰是二十世纪西方哲学的一个"新的方向"，以往的本体论也好、认识论也好，或自然主义、心理主义、语言符号、逻辑实证等等等等，都一概地远离了人的实际生活，正是在此大的情势下，胡塞尔才提出"生活世界"问题，维特根斯坦才标举"语言游戏"，认为语言其实就是一种"生活方式"，而海德格尔才由现象学转向研究人的"存在"，或者说西方当代哲学中才有了

---

① 钱中文：《理论是可以常青的》，巴赫金：《哲学美学·序》，河北教育出版社 1998 年版，第14—15 页。

② 钱中文：《理论是可以常青的》，巴赫金：《哲学美学·序》，河北教育出版社 1998 年版，第 8页。

一个"人本主义"的潮流。即使是当下，西方哲学的伦理学、政治学趋向也仍然代表着一种主导性的方向。因此，巴赫金的雄心便是要建立一个理想的伦理哲学理论体系，而实际上他也写了《论行为哲学》，提出了他的行为—伦理哲学，但这一哲学终归是未完成的，因为他很快就由哲学转向了文艺学，写了《审美活动中的作者与主人公》、《文学作品的内容、材料与形式问题》，当然还有后来的《陀斯妥耶夫斯基诗学问题》与《拉伯雷的创作和中世纪与文艺复兴时期民间文化》。因此，在这个意义上，我们又完全可以说，巴赫金的对话理论特别是他的对话哲学并没有建立起一个完整的理论体系。这无疑是一个天大的遗憾。

未完成就意味着有缺憾、有不足。就一般的思维规律说，在其结构模式上应存在三个方面，即我们面对一个事物往往需要解决三个问题：是什么？为什么？应如何？比如就对话理论来说，巴氏应回答：对话理论是什么？它为什么会是那样？对于它我们应该怎样？比较起来，应该说巴氏对第二个问题回答的要好一些，因为他是从人的存在和行为的本体论意义上来切入的。而第一个问题则显然走了一条缩小化的道路，即多少把它变成了一个"复调小说"的艺术思维问题和体裁性的技术问题了。至于第三个问题就更是来不及介入了。更严重的是，他根本没有回答对话怎样进行、怎样实现、它具有怎样的逻辑和历史结构。当然，作为一个非东方的理论家，对中国对话思想、对话文化的无视，没有应有的理论注意也不能不是一个明显的缺憾。总之，从一个系统的理论结构看，巴赫金的对话理论的局限是明显的，这主要表现在：1. 缺乏严密的逻辑体系，就是他的具体的"狂欢化诗学"也是一样，他也没有写过全面系统阐述这一观点的理论著作，这方面的研究也是散见于他的许多论著之中的。① 2. 基本上没有涉及"对话"实现的过程和条件。3. 缺乏中西对话哲学或理论本身发展演变的历史维度。当然，他在论述狂欢化诗学、对话型小说发展演变时，也采用了宏阔的历史文化思路，但毕竟同"理论历史"本身的视角仍然有大的不同。

其实问题主要还不在这里，而在我们应怎样面对这种缺憾。或者说我们应怎样面对巴氏的对话理论？当然，包括它的缺憾。因为巴赫金对话理论及其不足已是一个客观存在，谁也无法改变它本身的事实。可以有所为的则是不应再简单地回到这一事实，而是应在弄清这一事实的前提下再继续推进对话理论的生产、发展。这牵扯到对话理论的引进、接受和再生产问题。按照

① 参见张杰：《巴赫金集·编选者序》，上海远东出版社 1998 年版，第 10 页。

加达默尔的"视界融合"和"问—答逻辑",特别是按照巴氏本人的对话主义,对于对话理论的科学的态度则是也应采取积极的对话态度,就是说无论对它的引进、接受,还是再生产都应是一种积极的"对话活动",其结果便是对对话理论的新的推进、创造和发展。而我们的实际现状如何呢?概括起来可以说存在着三个弊端:

1. 介绍多,建构和创新少。严格地说,中国对巴赫金对话理论的引进是从 20 世纪 80 年代初开始的,迄今已有二十多年的历史。研究性的专著大约有十多本。但这些著作要么流于一般性的介绍,要么在理论上也有更深入的阐论,但无论如何都还只限于对巴赫金理论本身的研究,并没有对这一理论有更多的创新和推进。诚如曾军所言:"还有相当一部分巴赫金理论仍停留在简单的介绍之中。""对巴赫金生平的研究以及巴赫金思想的整体性研究还做得不够。""在巴赫金接受中没有提出更多独创性的观念,在世界巴赫金接受史上地位还不够。缺乏理论创新能力是中国接受者存在的最大的问题。"① 比如中国社会科学出版社 2006 年 7 月出版的《走向对话》,在时间上按说是相对晚近的,但创新性、建构性仍很不够。全书分"上篇:对话理论原理"和"下篇:对话理论应用"两个部分。上篇基本是对巴赫金、马丁·布伯、加达默尔、哈贝马斯、托多罗夫等理论的介绍和拼凑,下篇则是对巴赫金、戴维·洛奇的对话诗学和人格理论、传播理论等相关理论的一种简单的对接。② 不具有完整的理论体系,也没有真正的创新。再如云南大学出版社 2006 年 3 月出版的《对话诗学》,则更是徒有其名,书名和书内的章节题目全同"对话"相关,如诸如:"视野:从独白走向对话;对话:文学意义的生成;语言:存在的敞亮与遮蔽;结构:文本的层级与召唤;阅读:在文本世界中呼吸;阐释:文本未完成的对话;心化:与抒情文本对话;呈现:与叙事文本对话;观照:与剧本文本对话",书名则更不用说了。③ 但它实际上仍是旧的文学理论那一套东西,只是刻意地把这些"旧酒"装在了"新瓶子"里,因此,虽然命名等外包装是"对话"意义的,但也仅是一种诗意的比喻而已,全书同真正的对话理论、对话诗学并没有什么关系。在这个意义上我们甚至完全可以说这是一本"伪对话诗学",不光无任何创新性、建构性可言,相反还混淆了视听,败坏了"对话诗学"的学理形象。这可谓不创新、不建构的

---

① 曾军:《接受的复调》,广西师范大学出版社 2004 年版,第 194 页。
② 见罗贻荣:《走向对话》,中国社会科学出版社 2006 年版。
③ 见邵子华:《对话诗学》,云南大学出版社 2006 年版。

又一典型案例。比较起来，朱立元的《接受美学导论》①要好些，有介绍，有建构，而且对中国传统美学也有自觉的兼顾。只是它的内容主要是接受美学而不是对话理论。

2. 缺乏多维度观照或对对话理论资源缺乏应有的整合。前述已经指出对话理论在实际的学术生活中往往是一身而多相，散存在对话理论、解释学、接受美学、主体间性理论和中国传统的阴阳交感思想中，因此，对话理论的生产、发展，理应对这些资源进行必要的发掘、整合、借鉴，但实际的现状却并不是这样，绝大多数人是没有这样的理论视野的，只有少数人在自己的论述中对这些资源有所兼顾，但不仅很不全面，而且也还仅限于泛泛的罗列、介绍。这不能不算是一个重大的缺失。②

3. 缺乏中西融合的理论视野和结构。从国内的对话理论现状看，截至目前为止人们基本上是把它视为纯西方的理论来对待的，对中国本土的相关资源则明显缺乏自觉认同。这也是一个重大的不足。其实，正如钱钟书所说："东海西海，心理攸同；南学北学，道术未裂"，中西在对话理论上也应该是具有相似、相近，甚至是相同之处的，对两者实行借鉴、兼融、整合和重建，不仅可行，而且十分必要，尤其是身处全球化时代，这种中外理论的对话、相融，更是题中应有之义，是客观的大势之所趋。

造成以上不足的原因可以找出多种，但从根源上剖析，笔者认为主要的根因是"主体缺席"、主体的不在场，也就是说国内对话理论的接受者、生产者，面对来自域外的对话理论，一直处在单向引进的状态，而不是对话理论主体同另一个对话理论主体之间的正常的交流和对话活动。这是一种典型的理论的无体状态，或曰"在体性"匮乏。所谓"在体"，是指主体携带着某种先在的理论资源或信息，无形中形成了一种理论的前有、前见、前设，或前结构之体，这样才会形成接受中的"对话结构"，而不是单向引进的"你讲我听"。当然，人们会说，面对西方先进的对话思想和理论，中国的接受者自然是"无体"的，原因在于民族性的学术落后，原本就没有同西方平等对话的资格。这是典型的西方中心主义和偏颇的线性历史进步观。其实，中国传统的对话思想是很丰富的，此其一。其二，按着超越哲学的观点看③，我们在接受活动中完全可以有更高、更理想的理论期待，或者换言之，在先进的东

① 见朱立元：《接受美学导论》，安徽教育出版社 2004 年版。

② 可参见金元浦：《"间性"的凸显》，中国大百科全书出版社 2002 年版，第103—141 页；罗贻荣：《走向对话》，中国社会科学出版社 2006 年版。

③ 参见德国雅斯贝尔斯的生存—超越哲学。

西面前我们可能是落后的，但这并不根本意味着我们不可以有超越对方的更先进的主体需求和理想的理论攀登点。也可以这样来表述：一个主体可以同时兼有历史主体、现实主体和理想主体三重"在体性"，当然，三者之间也存在主导与非主导的区别。因此，所谓的"无体"就不是真正的无体，而是没有应有的理想的"体"。现在的问题在于，中国的接受者有的正是不应有的和不理想的体，比如妄自菲薄的"历史主体"。

造成这种当代的"无体"或"在体性"匮乏现象的原因大概有如下五个方面：

一是长期以来过多的政治运动、政治打压和"政治一律"要求所造成的畏惧心理、保守心理，影响到人们不敢大胆创新，更不敢结宗营派，只敢归统于"马克思主义"大营，除此之外不敢再有别的归属，即使是纯学术性的；而马克思主义在中国又主要是一个意识形态的或政治——"权力"范型，不能直接代替具体的学术建设。故而，即使在马克思主义谱系内，在我国也不可能会学术化地再生产出像西方那样的多流派化的马克思主义家族，如结构主义马克思主义、存在主义马克思主义、精神分析马克思主义、"文化批判马克思主义"、"文化研究马克思主义"，以及以杰姆逊和伊格尔顿为代表的新马克思主义。

二是"非中学意识"的影响，即经过"五四"以来的"新文化"革命，西学优胜、优越、先进的意识逐渐在人们头脑中扎了根，致使大家眼睛一致"向西看"，照搬西学、一味追随西学，即使是治中国古典学术，也要尽量往西学靠，否则便不能算学问，结果，使传统学术谱系断裂的危局一再得不到扭转。这样，任何时髦的、先进的外来之学，都难有本土学术谱系做内应，更谈不上积极的中西融会性的转化和建构了。

三是"认识论妖孽"作祟，即人们在引进、借鉴西学时，在有意无意中受"认识论"钳制，追求所谓的客观、"原汁原味"，生怕使被引进的西学变了形、走了样，当然就谈不上"中国化"的自觉改造和"重建"了。美国解构批评家哈罗德·布鲁姆认为"一切阅读都是误读"，而照德国阐释哲学、接受美学的观点看，任何接受都是带着"前理解"的合理误读和创造性的"对话"。而我们的学术建设恰恰没有这样的观念和意识。当然，在引进时注意追求客观、准确也并不错，只是，不能为此而忘了进行中国化的大胆转化、建设，更不能使这种"求原"原则变成束缚创造的紧箍咒。

四是受西方后现代主义的"去中心"、"反本质主义"、"反体系"等思潮的影响，使许多人不屑于做体系化创建，同时当然也就不愿归属什么统系。

五是对长期以来占主导地位的带有浓重政治化品质的"主义话语"、"主义言说"的逆反所使然。在此背景下，相当多数人纷纷选择"知识态话语"，甘愿被其降服、招安。而此话语的主要特点是：客观性、中立性、个性化，不再追求本质诉求和体系性建设，以开放取代封闭、以"散文态"取代"哲理化"（本质化），从而也理所当然地不求什么宏大的体系建设和谱系化认同了，等等。

而无论何种原因，中国对话理论的接受、生产现状的不如人意则是无法否认的事实，因此，任何积极地创建性的追求便都显得十分必要和迫切。新的对话理论建设的重要性自不待言，而对话诗学的新建也具有无可替代的理论和实践价值。因为，它原是巴赫金对话主义的重要基地，或主体性构成部分，同时，严格地说国内目前还没有一个真正成体系的对话诗学，于是，对话诗学的创建，就既是对话理论生产、发展的必然，同时也是现实的需要和笔者的一种清醒的选择。笔者的目标就是要建立起一个相对完整的对话诗学体系。

四、走向建构的对话诗学

诗学对话的理论原型是哲学对话，而无论哲学对话还是诗学对话的"对话"，其实都是对人们语言活动中的"对话"的借用，也就是说它们都是一种比喻性的概念，其实质则是一种平等的关系结构、交流模式，这种"平等的关系结构、交流模式"，正是笔者的对话概念。[①] 这种"对话"当然包含语言活动中的"对话"，但又不限于纯粹的语言行为，而是还把它借用、扩张为作者与读者、作者与作者；读者与作者、读者与读者；作者与文本、读者与文本、文本与文本等之间的"对话"，这种"对话"就已经不是原来在语言范畴里的"对话"了，它们既可以是彼此间的相互影响、相互作用，也可以是一种理解、解释、重写、重建；还可以是你挪用了他、我又戏仿了你，他又拼贴了我等的"间性互文"。其实质正是"平等互动"的关系结构、交流模式，或交流精神、生产和创造精神。或者说它是一种哲学性的、诗性的广义的"对话"。

而所谓的对话诗学，就是指文学创作和接受活动中的上述诸要素、诸方面间的"对话性"结构、关系和活动的一种理论体系。它是对话哲学或对话

① 关于"对话诗学"的概念，笔者在第六章第一节、第二节、第六节等处有更为专门而详细的阐论、界定。

理论在诗学（文艺学）方面的贯彻，或者说是诗学的对话理论。它是对话哲学、对话理论的一种特殊形态。

笔者建构对话诗学的基本思路是：综合此前中西哲学、美学、文艺学中的有关资源，新建跨文化的对话诗学体系。所采用的基本方法是综合创造法，涉及的具体方法有——历史的方法、中西比较的方法、阐释学的方法、结构主义和后结构主义方法、理论联系实际的方法（理论建构和具体的案例分析、实证性文本解读相结合）、后现代整体有机论方法等。总之，是要在整合中提升和创新。

作为一个完整的体系构架，笔者的对话诗学打算在结构上包括：导论、历史篇、建构篇、余论四个部分。导论主要从宏观上回答对话诗学产生的理论和历史的可能性；历史篇主要澄清和展示对话诗学所赖以支撑的中西哲学和诗学基础；建构篇是对话诗学的主体所在，打算按照：人的对话性与文学的对话性、对话诗学的本质—范畴—结构、文学对话的场域维度、文学对话的谱系维度、文学对话的范式维度、文学对话的原型维度、文学对话的魅态文化维度等内容形成一个相对完整的理论体系；余论主要是对缺漏部分如文学对话的范式维度水源型维度的补充。

涉及的重要观点有：1. 文学性的核心是文学的对话性（诗意的对话性）。此前的形象性、情感性、审美性、符号性，或模仿论、表现论、文本论、读者论，或认为文学性等于文学的语言性、文字性、隐喻等诗性功能；等于深层的神话结构；等于互文本性；等于"日常生活审美化"中的"文化态"、"诗性"；或者等于政治、历史、经济、道德、意识形态等种种属性的观点，都不及"诗意的对话性"更为"探本"及"根"，更能传达文学的开放的、交流的根本属性。2. 文学对话性的人本学根基是"人的对话性"。3. 文学的对话是诸"主体间"的对话，它关涉到主体的在体性、处身性、场有、显隐、内外等多重互文等问题。4. 任何对话，在一定意义上，都是谱系、范式或原型间的对话。5. 任何对话，都是在特定场域中展开的对话。6. 文学对话离不开魅态文化的支持。所谓魅态文化是指：诗性、神性、哲性相融合的文化，它提供了想象、联想、诗意、神秘性等大文化场域，人们的"迷狂性"的文学活动，正是凭借着这个特殊的土壤、平台和阈限而得以展开。

主要的创新点是：1. 创建中西融合的对话诗学体系；2. 实现两个兼融、贯通：①中西兼融、贯通；②对话理论与阐释学、接受美学、文本理论等相关理论的兼融、贯通；3. 新建对话的场域理论；4. 新建对话的谱系理论；5. 新建对话的范式理论；6. 新建对话的原型理论；7. 新建对话的魅态文理论。

　　总之，要在兼融、借鉴、提升前述对话学、解释学、接受—阅读学、主体间性理论、生态论、阴阳交感思想等中西对话理论资源的基础上，新建对话诗学体系，做到中西统一、哲学—诗学统一、理论性、实证性和体系性的统一等。

　　这里有必要特别说明的是，本对话诗学之"对话"既是对巴赫金之"对话"的吸收、借鉴，同时又是对它的拓展和超越。巴赫金的"对话"所强调的主要是不同声音间的分歧、争辩，如他所说的：

　　有着众多的各自独立而不相融合的声音和意识，由具有充分价值的不同声音组成真正的复调——这确实是陀思妥耶夫斯基长篇小说的基本特点。在他的作品里，不是众多性格和命运构成一个统一的客观世界，在作者统一的意识支配下层层展开；这里恰是众多的地位平等的意识连同它们各自的世界，结合在某个统一的事件之中，而互相间不发生融合。①

　　很显然，他强调的是对话彼此间的对立和不融合。其实，这种"不融合"的对话只是对话活动中的一种现象，它并不代表人类对话活动的全部。客观地说，无论生活中还是在文学中的"对话"，都是既包括争辩乃至于最终的不相融合，也包括从争辩到最终的融合，甚至还包括非争辩性的商谈和"和合性"的统一如中国传统式的"感应"、"交感"。其实，严格说来，巴赫金的所谓"对话"也是人为地"虚构"出来的，因为它的典型的范本就是陀思妥耶夫斯基小说中的"复调"。因此，这种"对话"无论再独立、再不相融合，其实说到底都是陀思妥耶夫斯基一人所为，是他的一种有意的设置和编排。也就是说，正是某种主观的"选择"和追求所致。关于对话的多样形态，巴赫金也是很清楚的，他虽强调或推崇"对立和不融合"，但也承认"同意和反对的关系，肯定和补充的关系，问和答的关系等等，都属于纯粹的对话关系"。② 笔者对话诗学的"对话"，当然包括巴氏所击节赞赏的"激烈争辩"、"独立而不相融合"，但已见前论，它主要是指某种平等互动的关系模式，它远远大于和超出了巴氏的对话概念。如它可兼融阐释学、接受美学、读者反应批评、阴阳交感、主体间性、互文性等这些具有广义对话内涵的理论。换言之，这里的对话诗学并不仅是巴赫金意义上的对话诗学，甚至于也可以说，在这一体系中巴赫金的对话诗学并不具有"主体意义"，而仅仅只是众多被借鉴的相关资源中的一种。或干脆地说，此对话诗学非彼对话诗学，它完全是

---

① 巴赫金：《陀思妥耶夫斯基诗学问题》，白春仁、顾亚铃译，三联书店 1988 年版，第 29 页。
② 同上，第 259 页。

另一个体系，因此，任何想把它作"巴赫金"理解、解释、要求的想法和观念都是不合适的。或者毋宁说，此对话诗学建构的目的之一，恰恰就是为了走出巴赫金、超越巴赫金，把对话诗学扩容改造为一个更具包容性的、跨文化、通古今的普遍模式。

或再一言以蔽之："对话"不必只巴赫金，它完全可以另起炉灶，再建"法身"。

不用说，这正是笔者的一个自觉而大胆的追求。

历史篇

第一章　中国诗学对话思想的哲学基础

第二章　西方诗学对话思想的哲学基础

第三章　中国诗学中的对话思想与理论

第四章　西方诗学中的对话思想与理论

对话　诗学
DUI HUA SHI XUE

第一章　中国诗学对话思想的哲学基础

　　了解中国诗学对话思想的哲学基础的目的在于使这个基础在学术的层面得以显现、澄明，进而确证诗学对话思想得以确立的可能性、合法性和坚固性。这样设计问题的前提在于对话思想在中国诗学和哲学中都有丰富的内存，我们的工作就是要把这些内存发掘出来，并从中勘探抽绎出某种逻辑线索，进而使某种合理的理论模型最终得以确立。

第一节　生命模式

　　"生命模式"，是中国哲学乃至中国文化、中国思想的一个最具根本性的范型，这一点国内已有学者专门指出，如成复旺就认为中国文化的根本范型是"生命模式"，西方文化的根本范型则是"技术模式"。所谓"生命模式"，是指"按照植物生长和人口生育的样式、按照生命的诞生和成长的样式来认识世界的"，而"技术模式"则是"按照人制作器物的样式来考虑问题，因为人制作器物是一种典型的技术行为"。①

　　我认为生命模式和技术模式的不同，也与马丁·布伯在《我与你》中所论的"我—你关系"与"我—它关系"的区别相类，说到底也是"人化"和"物化"的不同，即前者对世界的理解和掌握是以人为中心、为标准的，而后者则是以科学为立足点、为方式的，而正是以此为基点形成了中西正相对立的两种截然不同的文化体系、哲学体系。

　　"生命模式"的形成，在中国的历史上可说是渊源有自，在史前时代就扎下了根，这同中国先民特定的地理环境等生存条件有关，正如列宁所说："在

---

①　见成复旺：《走向自然生命》，中国人民大学出版社 2004 年版，第 1—21 页。

马克思看来，地理环境是通过在一定地方、在一定生产力的基础上所产生的生产关系来影响人的，而生产力的发展的首要条件就是这种地理环境的特性。""地理环境的特性决定着生产力的发展，而生产力的发展又决定着经济关系以及随在经济关系后面的所有其他社会关系的发展。"① 根据神话传说记载，远古时我们先民们或住在树上（有巢氏、鸟夷部族），或住在山上，② 但后来更多的文献记载表明，黄河中部地区是中华文明的主要发祥地。黄河、黄土地，加上周边环绕的高山大川，就构成了我们先民们特定的生存环境，其特点之一就是相对"封闭"，同时又有利于农业的发展，由此则形成了封闭、内倾的农耕文明，而完全不同于古希腊滨海的开放的商业文明。这样，就铸就了与农业种植、氏族宗法等密切关联的中华传统文明，其基本特点就是思维内倾，即注意力逐渐由帝、祖、天、天道，转向了人道（德），或由无（无）、巫、礼，转向了仁（人）。

从人类生存的角度言，中西哲学应该是同源同根的，即都起源于巫术、神话、宗教，而中国和希腊的神话传说都把源头归到了最初之"混沌"。中国的"盘古开天辟地"神话传说可看作是一种中国式的最具代表性的"解释"，故事说在天地未分之时，宇宙是一团黑暗混沌，我们的祖宗盘古则孕育在一个像大鸡蛋的宇宙之中，后来他用巨斧开天辟地，使天地分开，并死而化作空气、山川、草木等世界万物。古希腊赫西俄德的《神谱》关于宇宙创生的解释也是认为"最先产生的确实是卡俄斯（混沌）"。混沌为何？混沌是无定性，事物未始分化的状态，在此意义上也可说就是"无"。老子的《道德经》第四十章说："天下万物生于有，有生于无。"并在第一章中说："无，名天地之始；有，名万物之母。"其所谓的"道"则是两者的统一，但又明显是尚"无"的。无就是混沌，就是不确定、无规定，就是"虚"，所以庄子才把道解释为"惟道集虚"（《庄子·人间世》）。问题恰恰是，我们民族从混沌和虚中走出来之后，依然钟情于"虚"（无），而西方则偏向了"实"（有），自此花开两朵。③ 这还不是问题的关键，关键在于我们民族为何又由"无"、"虚"而转向了"生命模式"？

---

① 《列宁全集》第 38 卷，第 459 页。

② 见何平立：《崇山理念与中国文化》，齐鲁书社 2001 年版，第 2 页。

③ 可以说中国哲学是从研究"无"开始的，而西方哲学（古希腊哲学）则是侧重研究有，如亚里士多德说："对各个'种'知道得最清楚的人，必定能够说出他所研究的对象的最确定的原则，所以，以'有'本身为研究对象的人必定能够说出一切'有'的最确定的原则。这就是哲学家。""有一门学问，专门研究'有'本身，以及'有'凭本性具有的各种属性。"（《形而上学》，《西方哲学原著选读》上卷，商务印书馆 1983 年版，第 121、122 页）

据《国语·楚语下》中所载观射父关于"绝地天通"的解释可知，我们民族"史前史"的文化演进之脉可分为三个阶段：1. "民神不杂"阶段，即是人、神并存而分离的时期。此季（从旧石器中晚期开始），出现了灵魂信仰，产生了葬俗，意味着人们已把活人与人鬼做了区分，分出了活人世界和死人世界，产生了二界信仰，认为人是由肉体和灵魂组成的，人死后灵魂析出为鬼。鬼者源于魂魄，意为"归也"，即指亡灵回归祖居地——亡灵世界，阴阳两界开始分属。而为了沟通二界，则产生了"巫觋"，他们靠神灵附体、灵魂出走去沟通人鬼。2. "民神杂糅"阶段，即出现天堂、人世、地狱的三界信仰时期。此季始于新石器晚期，社会生产力已有很大提高，有了剩余产品，同时也便产生了阶级分化，出现了多占财产的权贵，如少暤、颛顼、共工、蚩尤等。人间的不平等也打破了原来的二界格局，出现了神住天上、人住人间、鬼住地下的三界分属。但天神其实是人格神，统治者都想独占神权，于是秩序大乱。所谓"九黎乱德，民神杂糅，不可方物。夫人作享，家为巫史，无有要质"。（《国语·楚语下》）3. "绝地天通"，即把通天之权垄断在少数人手里的时期，亦即建立王权新秩序阶段。具体则是由颛顼征服九黎三苗，并派自己的孙子重、黎专司通天地之职来完成的。[①] 在这三个阶段中，有一个角色始终很重要，那就是"巫觋"，[②] 至"绝地天通"，不过是由大巫代替了小巫，由"贵族"的、少数的巫代替了一般的和多数的巫而已。[③] 巫是什么？庞朴认为"巫"正来自"無"（无），而"舞"又来自"巫"，"巫的本领正是能事无形，其手段则是舞。在这里，巫是主体，無是对象，舞是联结主体与对象的手段，巫、無、舞，是一件事的三个方面。因而，这三个字，不仅发一个音，原本也是一个形。"[④] 因为巫连通天地，拥有"知识"，使无有了定性，有了"规定"，无便不是无，而成了有。正像《庄子·应帝王》所说的："日凿一窍，七日而混沌死，""无"（混沌）死了，而"有"（神话、宗教、文化、哲学）生了。因为巫通天地的基本方式是：作舞（也有似于柏拉图讲的迷狂态），故"舞"（诗乐舞一体——文学艺术）又来源于"巫"。而"巫"者又实为众人所从之象，故又隐含着连结众人、可向"人众"转化的趋势。在这个意义上，我们完全可以说，"巫"在由混沌向生命模

---

① 见宋兆麟：《巫觋》，学苑出版社 2001 年版，第 370—372 页。

② 那时的巫很多，如《山海经·大荒西经》所载："大荒之中，有灵山，巫咸、巫即、巫酚、巫彭、巫姑、巫真、巫礼、巫抵、巫谢、巫罗十巫，从此升降，百药爰在。"

③ 颛顼、大禹都是大巫，至殷代的商王也是大巫，如他经常主持占卜和祭祀活动等。

④ 庞朴：《说"無"》，《庞朴文集》第四卷，山东大学出版社 2005 年版，第 62—63 页。

式发展过程中实际上是充当了一个关键或枢纽。李泽厚认为："周公'制礼作乐'，完成了外在巫术仪典理性化的最终过程，孔子释'礼'归'仁'，则完成了内在巫术情感理性化的最终过程。他们两位的伟大历史地位即在于此。周、孔并称，良有以也。巫术仪典的直接理性化使中国没有出现科学与宗教分途，从而各自独立发展；它产生的是情理交融，合信仰、情感、直观、理知于一身的实用理性的思维方式和信念形态。"① 这是一种解释，而且也是合理之论。其发展路线是：無（无）——巫——周礼——孔仁，此轨迹说明中国哲学的"人本转向"（生命模式之形成）是始于周公，成于孔子。

其实还可以有另外一种解释，即帝——祖——天——天道——人德的发展轨迹。有研究指出，"帝"的观念出现于殷商时期，它首先是生殖力崇拜的象征，"帝"源于"蒂"，而"蒂"为植物果实之生育处，类似于人的生殖器如"且"、"谷"，陈梦家就认为"帝"原为农业神，后来才逐渐被以农业生产为主务的华夏民族奉为最高神，② 用来指代那个强大的自然力（人的对立面、压迫者），"殷人的上帝或帝，是掌管自然天象的主宰"，它有"令风"、"令雨"、"令雷"、"降旱"等支配各种自然现象的权能，有保佑战争胜利、直接对时王降祸福、示诺否的权能（实为后来"天命"之所出）。③ 但殷人虽畏"帝"、崇"帝"，然却没有完全放弃"人世"，受氏族社会结构和生殖崇拜观念的影响，殷人同时还崇祖，形成了成熟的"祭祀文化"，当时虽照样巫风炽盛，但重人（崇祖）的意识也很强，集中的表现便是"祭祖"活动。当然其"祖"又同男根（且）连在一起，代表了父系社会的一种意识形态。陈来指出："殷商时期虽有巫史，而且大行占卜，但其主导的宗教信仰——行为形态，正是弗雷泽所说的'努力通过祈祷、献祭等温和诌媚手段以求哄诱安抚顽固暴躁、变幻莫测的神灵'，即属于祭祀文化；而不是'借符咒魔法的力量来使自然界符合人的愿望'的巫术文化。"④ 当然，祭祀的对象不光是祖先，也包括自然神祇。但无论如何，都已显示出一种"内倾"的、重人的思维倾向。至周代的"天"干脆把"帝"和"祖"综合一身，关于"天"，许慎《说文解字》释为："巅也，至高无上，从一、从大"，而从字源学角度考论，"大"则是"人"的展开，仿佛人平伸了两臂，依此而论，则"天"便为人之"首"，古代神话中的"刑天"即为失去首级者。因此，在此意义上，

① 李泽厚：《实用理性与乐感文化》，三联书店 2005 年版，第 339 页。
② 见陈梦家：《殷墟卜辞综述》，科学出版社 1956 年版，第 580 页。
③ 见陈梦家：《殷墟卜辞综述》，科学出版社 1956 年版，第 562 页。
④ 陈来：《古代宗教与伦理——儒家思想的根源》，三联书店 1996 年版，第 98 页。

"天"的概念的出现正代表着人的最初的"觉醒"。紧承"天"而来的是"天道",顾名思义,"天道"就是"天"示范给人的"自然之路",就是天运行的样子(道路),也就是道家的"自然"(无为而无不为),儒家的"天行健"、"天不变,道亦不变"的意思。从天道寻找人生或人间伦理的根据的这一中国思想传统于此已十分突出了,后来的中国哲学几乎没有偏离过这一思想"主脉",从孔孟直到宋明理学是如此,即使是老庄也是如此,差别只在对其具体内涵的理解不同而已。可见,"天道"表征的恰恰是一个"天人关系",是"天道"和"人道"发生明显裂隙之际,人们寻求出路的一种主观"意识"的表现。而至"德"的出现,"人的意识"就更为彰明昭著,它代表着"人化之路"之原始奠基工作的初步完成。这是周代统治者的功劳。周当时是个弱小的民族,但却战胜了远比自己强大得多的商,为了证明自己胜利和统治的合法性,也为了"说服"商之降民以及其他民族,靠别的"论证"都不行,只能打出"德"字招牌。"德"是什么?"德"既关乎"天",又关乎"人"。首先,周统治者"以德配天",把"天"释为"有德之天",用"道德意志"的"天"取代和置换了殷商的"自然生殖意志"的"天",认为天有大生之德,是人的生育者、保护者。同时,又认为"德"为"德行",它是"天德"(天道)在人间的执行和落实。从汉字训诂意义上看,"德"者,得也,它得于"行",得于对天命的遵行。也就是说,"德"连通天人,"德"使天人合一,人借以获取天命、天道的途径、手段就是"德",周人解释殷商的失败在于失德,而自己的胜利及统治的合法性也正在于有德。在《周书》中"德"字重复的频率之高是空前的。《左传·僖公五年》引《周书》言:"皇天无亲,惟德是辅","黍稷非馨,明德惟馨";《皋陶谟》也说"天命有德",《烝民》说"天生烝民,有物有则。民之秉彝,好是懿德"。《国语·楚语》也说"神是以能有明德",这些都可以作为有力的佐证。周之重德、敬德,说到底是"重人、敬人",而经过周公的"规范建设"(制礼作乐),把"德""礼制"化,再通过孔子的"再加工"(克己复礼、以仁释礼),遂为中国哲学的"人化之路"(生命模式)创制了可资遵循的元典,至汉代又被正典化(主流化和权力化)了,最终成就了中国哲学的"生命模式"大统。故顾颉刚以孔子为界,把前后两段分称为鬼治主义、德治主义。

以上两条路线(两种解释)都是合理的,不过,它们最终都需要以华夏民族特定的生存条件为依托,也就是说,生命模式的形成最终是受特定的生存条件所决定的。或者说,除了上述原因外,生存条件也是一个十分重要的原因。

具体来说，"生命模式"在中国哲学中又往往表现为天人合一、重"生"意识、心化、道德化。

　　有学者指出，中国文化主要针对的是两大关系：天人之际和人人之际。在孔子以前，"天人之际"是思想史的大宗，从孔子之后，"人人之际"的哲学蓬勃发展，而"天人之际"的哲学也增添了新的内容。① 天人之际处理的是天人关系，范畴为"天道"，而核心命题则为"天人合一"、"天人感应"等；人人之际处理的是人人关系，范畴为"人道"，核心命题为"做什么样的人"和"怎样做人"。人人之际，不用说，而天人之际之"天道"也并非什么"自然科学"之知识，根子仍在"人"，是"人格天"，即"人化"的产物。因此，所谓的"天人合一"，便是天合于人，而非人合于天。如汉代的董仲舒说："以类合之，天人一也"，②"天人之际，合而为一"。③ 其所谓的"天人相类"，正是将天"人化"的产物。

　　在天人合一思想中最能代表其"人化"思想的是"人为贵"、"与天地合德"和"人为天地心"的理论。《孝经》引孔子的话说："天地之性，人为贵。"《礼记·礼运》说："故人者，其天地之德，阴阳之交，鬼神之会，五行之秀气也。"《礼记·礼运》明确提出"人为天地之心"："故人者，天地之心也，五行之端也，食味，别声，被色而生者也。"《正义》解释说："天地有人，如人腹内有心，动静应人也。故云'天地之心'也。王肃云：'人于天地之间，如五藏之有心矣。人乃生之最灵，其心，五藏之最圣者也。'"刘勰在《文心雕龙·原道》中也强调：人为"五行之秀，实天地之心"。这一思想后来在宋明理学家那里得到进一步展开，如《传习录》记载了王阳明和弟子的对话："先生曰：'你看这个天、地中间，甚么是天、地的心？'对曰：'尝闻人是天地的心。'曰：'人又甚么叫做心？'对曰：'只是一个灵明。'""可知充天塞地中间，只有这个灵明。人只为形体自间隔了。我的灵明，便是天、地、鬼、神的主宰。天没有我的灵明，谁去仰他高？地没有我的灵明，谁去俯他深？鬼、神没有我的灵明，谁去辩他吉、凶、灾、祥？天、地、鬼、神、万物，离却我的灵明，便没有天、地、鬼、神、万物了；我的灵明，离却天、地、鬼、神、万物，亦没有我的灵明。如此，便是一气流通的，如何与他间隔得？""盖天、地、万物与人原是一体，其发窍之最精处，是人心一点灵

---

　　① 见吴锐：《中国思想的起源》，山东教育出版社2003年版，第1卷，第298—299页。
　　② 《春秋繁露》卷十二《阴阳义》。
　　③ 《春秋繁露》卷十《深察名号》。

明。"① 可见，王阳明把这个命题完全"心学"化了，是所谓的"心外无物，心外无事，心外无理，心外无义，心外无善"，② "宇宙便是吾心，吾心便是宇宙。"③（天人合一问题容后再予详论）

原人、重人，必然会关注人的生命，人的生命是活的有机体，自然界也是不停地在运动变化的，人和自然（天）一样，都内含着一种使动的"力"，这种"力"被泰勒表述为"万物有灵"的"灵"，在一些近代的原始部落那里则表述为"马那"。说透了，这"灵"、"力"、"马那"的内核则是对一种"生殖"、"生长"之力的敬畏、崇拜、信仰的表现，中国先民的"重生"意识正源于此。《老子·四十二章》说："道生一，一生二，二生三，三生万物"；孔子《论语·阳货》言："天何言哉？四时行焉，百物生焉"；《庄子·田子方》载："至阴肃肃，至阳赫赫。肃肃出乎天，赫赫发乎地，两者交通成和而物生焉"；《周易·系辞下》曰："天地之大德曰生"；《周易·系辞上》说："生生之谓易"，等等，足以表明"重生"是中国哲学的"生命模式"的一大表现，亦诚如成复旺所说："或许是因为，中国传统的生产方式是小农自然经济，中国传统的社会组织是家族宗法制度，而农作物是在一定的条件下自然生长的，家族是由人口的生育自然形成的，所以我们的先民特别关注'生'，他们是按照植物生长和人口生育的样式、按照生命的诞生和成长的样式来认识世界的。"④ 儒家不用说，道家老子和庄子的哲学，从一定意义上说正是"人生哲学"或"生命哲学"，即主张人应像天道那样"无为而无不为"（自然而然）地去"养生"、去"活着"，去视听言动。这同古希腊的宇宙论是完全异趣的。

从生命模式看事物，也必然会采取精神维度（心化）和伦理道德维度（德化），这也有大量的例子可以证明。比如孔子的"礼—仁体系"，"忠恕之道"、"德政"思想；孟子的"居仁由义"的"仁政"思想和性善说；《大学》提出的"三纲领、八条目"：明明德、亲民、止至善；格物、致知、诚意、正心、修身、齐家、治国、平天下；《中庸》提出的"二大纲领"：尊德性而道问学，等即都是明显的"道德论"。宋朱熹《四书章句集注》言："子程子曰：'大学，孔氏之遗书，而初学入德之门也'"，所强调者是"入德之门"，很明显，其正是以"德"来统括"孔学"的。所谓心化，其实同德化

---

① 《王阳明全集》，上海古籍出版社 1992 年版，第 124、107 页。
② 《王文成公全书》卷四《与王纯甫书二》。
③ 《陆九渊集》卷二十二《杂著》。
④ 成复旺：《走向自然生命》，中国人民大学出版社 2004 年版，第 3 页。

正是一而二、二而一的概念，因为"德"在中国哲学中并不纯然是践履行动的概念，更主要的还是一个心性修养的范畴，如朱熹对"明德"的解释就说得很清楚："明德者，人之所得乎天，而虚灵不昧，以具众理而应万事者也"。而之所以要"明明德"者，是因为人"为气禀所拘，人欲所蔽，则有时而昏；然其本体之明，则有未尝息者。故学者当因其所发而遂明之，以复其初也"，①讲的完全是一个心性修炼的问题，正同《论语》的"吾日三省吾身"是同一理路。中国儒家的"内圣"正是一个典型的心化和德化命题，孟子的"人性论"、"养气论"，以及陆王心学等即是其代表性的理论体系。而庄子也有"心化"倾向，如主张"心斋"、"坐忘"、"游心"等，当然同儒家之心化的内涵有着完全不同的旨趣，而同禅宗的"明心见性"的"顿悟法门"相对接近。

从以上所述可见，天人关系、重生意识、心化、德化，作为中国哲学的一般范型，既是元范型生命模式的具体化，同时又反过来证明了生命模式元范型对它们具有支配、渗透和统摄作用。

中国哲学的生命模式，从诗学中也可以找到旁证，如中国文论大量地用人自身（生命现象）来比拟文学现象、来直接论文，或者说是直接以人的生命现象（概念）作为文论的术语、概念和范畴，如气、气象、情、志、神、意、味、韵、情志、气韵、风骨。或如清王铎在《文凡》中说的："文有神，有魂，有魄，有窍，有脉，有筋，有腠理，有骨，有髓"，足见，"文"俨然成了人的"化身"。钱钟书就曾指出过："中国固有的文学批评的一个特点"，就是"把文章通盘的人化或生命化"，"把文章看成我们自己同类的活人"。②

作为一种重要的哲学范型，生命模式使中国式的"对话"思想在根本上具有拟人或拟生命的特点，如《论语》所言"祭如在，祭神如神在"，③ 对话，也就仿佛有可对话的人或生命在。中国文化中的"天人一也"、"自然比德"等思想就是这种生命模式的对话表现，一句话，中国哲学、中国诗学中的对话思想也是泛生命化的、泛人化的，而不像西方的对话模式更显出某种认识论的、逻辑的、科学的、概念化等色彩。

―――――――――――

① 朱熹：《四书章句集注》，中华书局 1983 年版，第 3 页。

② 此两条引文均转引自黄霖、吴建民、吴兆路：《原人论》，复旦大学出版社 2000 年版，第22—23 页。

③ 《论语·八佾》。

第二节　气化理性

　　气化理性也是中国哲学的一个重要的元范型，它同"生命模式"有着紧密的关联。我们先民由于重人，而人则有气则生，无气则死，正如庄子所说："人之生，气之聚也。聚则为生，散则为死。"（《庄子·知北游》）因此，我们先民也就必然高度关注气，认为气是生命的本源，也是一切事物的"根"。从历史上看，这种"气本"意识的产生是很早的，大约应在原始氏族社会。有学者指出：中国远古时代的历史可分为三大阶段：前神守、神守、社稷守。前神守相当于旧石器时代，神守相当于新石器时代，社稷守则是夏代国家出现以后的时期。其基本观点是，在颛顼时代以前，人人通天为神，个个可以当巫师，相当于弗雷泽所说的"个体巫术"时期，此时为等级社会出现以前，人人平等，人们的宗教权利也是平等的，人人可以与神沟通（即"夫人作享，家为巫史"）。后来，国王们断绝了天人交通，垄断了交通上帝的大权，他们就是神。或者反过来说，在远古，一个人一旦被视若神明，就能登上首领的宝座。相反，出现大的天灾人祸，人们就会认为首领已不具有神性，应当用新的神圣之人取而代之。这种局面至颛顼时（氏族社会末期）发生了大的变化，民事的重要性开始显露出来，于是，颛顼"乃命重黎，绝地天通，罔有降格"，即命令南正重"司天以属神"，命令火正黎"司地以属民"。也就是说，重、黎绝地天通是巫的职责专业化，巫史代神而兴，此后平民再也不能直接和上帝交通，王也不兼神的职务了。重、黎实为中国巫史之始祖，重为神职，后来变为祭司，为神为巫；黎为民职，后来变为人主，为王为公侯。后来的发展，神职为"神守国"，民职则为"社稷守"。[①]

　　这是中国远古社会及其思想发展的一个大致轮廓，从中可以窥见一个十分重要的信息：天人交通。即我们祖先有着极强的"与天通"意识，先是人人通天，后来为首领通天，再后来是巫者通天。以致后世最高元首自称为"天子"，就连史官亦为可"究天人之际，通古今之变"的特殊人才。当然，从古代神话《山海经》等典籍中，我们也可知道，先民们也有特殊的通天之路：神山——昆仑山；神木——建木、若木。但更为重要的媒介、通道则是"气"。因为，气的特征正好填补了人同天之间的距离（空白），满足了人们

---

　　① 见吴锐：《中国思想的起源》，山东教育出版社2003年版，第1卷，第168—184页。

连通天地的愿望，充当了先民理解、掌握神秘的"无限"、"大全"的"理性以太"。例如气具有这样一些特点：第一，无处不在，无远弗届，具有充塞天地的弥漫性，正可把天地人、万事万物都连通起来；第二，无形、无色，显得虚幻，但又实实在在地存在，具有一种神秘性（神性）；第三，生死攸关。有气则生、则活，无气则死、则枯，人和自然皆莫能外。当然，受生存条件的影响，在内倾思维的制约下，我们先民应该是首先从人的生死现象发现"气"的，进而又由人来思天、释天，最终形成天地人"一气"观。

用于民的话说"气本意识"则是导源于远古的"人体科学"："一个十分重要的环节就是人体科学（或生命科学、人体生命科学）的认识与发展。人体生命科学，在中国古代主要包括医药学、养生学、健身学。养生学，今称气功，古代谓之吐纳导引、养生之道，我们说人体科学对思维心理的巨大影响，主要指的就是养生之道。""与西方不同，中国除了重视看得见听得见的直接感触，还突出地发展了看不见听不着的'感官'、'感觉'……古代养生学哲学称之为内视、内听、独见、独闻、自见、自闻……它建立在经络气化论之上，而为近现代大脑神经论及其实验方法所不容，为近现代西方哲学、心理学、美学所难解。在经络气化论的认识中，不仅虚和无领域中非绝对的虚、无，为气所贯穿，有和实的领域中，有、实与无、虚之间，也为气所贯穿。宇宙中一切物象、天人之间、主客体之间都因气的贯穿，而成为一个有区别又联系的整体。就连主体内部的感官与思维器官也为气所贯穿，感官赖气以明以聪，心赖气以知以虑，感官与心之间亦赖气以通。"①

还有另外的解释，如王振复认为："气在甲骨文里写作≈，指原始初民文化心灵对河流始而流水滔滔、忽而干涸之自然现象的神秘体验，兼指在初民看来那种河水忽然干涸之神秘的自然状态。甲骨文'气'，是一个象形字，上下两横像河岸，两横中间一点，表示流水干涸之处。由于是神秘地看待这一自然现象，因而气这一范畴的理念中，一开始就蕴含着远古'万物有灵'的'灵'这一人文意识。而'万物有灵'，实际指'万物'有'生'。生乃气之魂魄；气乃生之根因。在文化意识中，气与生始终是融合在一起的。气这一范畴，与生一起，一开始就揭示了中国生命文化的本蕴。在原始巫文化中，气是一种巫术占筮得以践行、得以灵验的神秘的'感应力'。""无疑，气是中国文化、中国哲学与中国美学范畴史上的真正的元范畴。"② 显然，这是一

① 见于民：《气化谐和》，东北师范大学出版社1990年版，第18、21—22页。
② 见王振复、陈立群、张艳艳：《中国美学范畴史》，山西教育出版社2006年版，第1卷，第11页。

第一章　中国诗学对话思想的哲学基础

种字源学的解释。还有把气字解释为是空中云气流动的样子，这里不再赘述。

然不管如何解释，肯定先民崇尚"气"，认为"气"为中国文化、中国哲学的"元范畴"或根本性意识则是一致的。李存山就十分地透辟地指出：

"气"与"仁"是中国传统哲学的初始概念，也是贯穿中国传统哲学始终、决定其基本发展方向的主要范畴。中国封建文化之所以具有入世的而非出世的、伦理的而非宗教的、君权的而非神权的特点，从思维方式上说，是被气论与仁学相互作用或气论服务于仁学的机制所决定的。①

我把这种"气本"观念、"气本"意识称为"气化理性"，因为在根本上，它是中国民族认识和掌握天人关系、主客体世界的产物，是一种东方式的特殊的思维和智慧结晶，是一种特殊的"理性"、特殊的认识能力和认识成果，是中国哲学的又一大元范型。气在中国哲学和文化中为不同领域所用，因此往往一物多名、一体而万象，或往往与别的事物杂糅混融在一起，因为按照中国朴素的唯物主义思想看，气正是构成万物的基本物质。如张载即认为："由太虚，有天之名；由气化，有道之名；合虚与气，有性之名；合性与知觉，有心之名。"② 还说："凡象，皆气也。"③ 他认为所谓的天、道、性、心、象等，说白了都是气之别名。这个看法是很应该引起我们重视的，中国古代许多概念往往被许多人愈解愈迷，愈解愈乱，恐怕其内在的缘由恰恰就在于缺乏这种"气"的法眼慧心。

我认为张载的观点至少为我们提供了认识气哲学的一种极具针对性的方法或运思智慧。由是观之，我认为气之在中国至少具有五种文化形态：宗教气、自然气、道德气、理气、文气（诗气）。

宗教气，我们现在只能推知，这是因为"由于甲骨文、金文（除'行气秘铭'之外）和现存《尚书》、《诗经》没有给我们留下名词气字的直接材料，这就使得对气概念原始意义的探讨成为一项困难的工作"，④ "这种情况与春秋以后出现的大量的气的思想相比，形成了一个'大的断层'"。⑤ 气在殷商甲骨文和西周、春秋的金文中是以"乞求、迄至、终讫"的面貌出现的，是动词或副词。我认为这正是宗教之"气"，祈祷礼拜（乞求）、到达想臻达

---

① 李存山：《中国气论探源与发微》，中国社会科学出版社 1990 年版，第 2 页。
② 张载：《正蒙·太和》，引自郭齐勇：《中国古典哲学名著选读》，人民出版社 2005 年版，第477 页。
③ 张载：《正蒙·太和》，引自郭齐勇：《中国古典哲学名著选读》，人民出版社 2005 年版，第480 页。
④ 李存山：《中国气论探源与发微》，中国社会科学出版社 1990 年版，第 21—22 页。
⑤ 李存山：《中国气论探源与发微》，中国社会科学出版社 1990 年版，第 15 页。

之境（迄至）、愿望的实现、完成（终讫），这些都具有巫术和宗教的意义。

而汉代许慎在《说文解字》中释气为"云气，象形"，这是自然之气。属于自然之气的有：西周时太史伯阳父论地震提出的"天地之气"（《国语·周语上》）；《左传·昭公元年》中医和提出的"天生六气"："天有六气，降生五味，发为五色，徵为五声，淫生六疾。六气曰阴、阳、风、雨、晦、明也"；《昭公二十年》晏子所说的"味气"："声亦如味，一气，二体，三类，四物，五声，六律，七音，八风，九歌，以相成也"；《昭公二十五年》子产的"五味气"："则天之明，因地之性，生其六气，用其五行。气为五味，发为五色，章为五声……民有好、恶、喜、怒、哀、乐，生于六气"；孔子在《论语·季氏》中提出的人之"血气"；还有见诸先秦典籍的烟气、蒸气、云气、雾气、风气、寒暖之气、呼吸之气和"五行之气"。

道德之气以《孟子·公孙丑章句上》的"浩然之气"为代表："夫志，气之帅也；气，体之充也"，"我善养吾浩然之气"，"其为气也，至大至刚，以直养而无害，则塞于天地之间。其为气也，配义与道；无是，馁也"。

理气有老子、庄子的"道气"，如"道之为物，惟恍惟惚。惚兮恍兮，其中有象；恍兮惚兮，其中有物。窈兮冥兮，其中有精，其精甚真，其中有信"（《老子》21章）；"万物负阴而抱阳，冲气以为和"（《老子》4章）。"精"就是气（也有人把"精"释为"情"的，此处采"精为气"说），是阴阳和合之气（"冲气以为和"）；"人之生，气之聚也。聚则为生，散则为死……故曰：'通天下一气耳'"（《庄子·知北游》）。还有《管子》的"精气"、《周易·易传》的"阴阳"；《淮南子》的阴阳、太阴；董仲舒的"天人感应"之气；特别是张载的"气之聚散于太虚，犹冰凝释于水，知太虚即气，则无无"[1]，"凡可状，皆有也；凡有，皆象也；凡象，皆气也"的气本一元论，当然还有朱熹的"理气"论："天地之间，有理有气。理也者，形而上之道也，生物之本也；气也者，形而下之器也，生物之具也。""天下未有无理之气，亦未有无气之理。"[2] 明王廷相的"元气之上无物、无道、无理"（《雅述》），认为元气是生成天地万物和人的"种子"（《答何柏斋造化论》）；清王夫之的"气在空中，空中无非气，通一无二者也"（《正蒙·注》），明言宇宙只是一气之流行；清戴震的"道犹行也，气化流行，生生不息，是故谓之道"（《孟子字义疏证》），认为宇宙无非生生不息之气化流行。

---

① 张载：《正蒙·太和》，引自郭齐勇：《中国古典哲学名著选读》，人民出版社2005年版，第476页。

② 见张岱年：《中国哲学大纲》，江苏教育出版社2005年版，第80页。

文气可以曹丕《典论·论文》的"文以气为主"为代表。

气哲学主要指理气和道德气，它们形成了中国哲学、文化中的气化理性，它们同宗教气等一起构成了我们民族的一种重要的文化基因、气集体无意识，在根本上影响了中国的哲学、文化和诗学。

气化理性导致中国人看问题喜虚、喜欢感悟、体验，而不喜实证和逻辑推理，同时也导致心性之学和意境理论的发达。心学正是养气、养性的精神之学，和气态一样具有一种虚幻性；意境理论的实质则是"境生象外"，虚大于实。而且，放开来看，在中国诗学中，道、易、味、神、兴、象外、交感、游等范畴，其实都同气化理性有关，或者说它们在根底上都是以"气"为基础、为内涵的。还有，在整体上中国艺术的写意性和表现性，说到底也都和气化理性有着密切关联，而同西方以技术模式和实在理性为基础的主张模仿写实的艺术大异其趣，正相对立。当然，这一切反映到"对话"架构上也便是尚虚不尚实，即往往是在一种气化、虚化的空灵之境中即形成对话的灵境，诸如意境、道、易、味、神、兴、象外、交感、游等范畴，从对话的意义论，其实正都是对话的种种具体型象，其中各个都内含着某种程度的气境、虚境，是某种虚实之间的对话型构。老庄的"虚静"、"心斋"在内质上也是如此，也是在虚无涵容中的对话、交构态。

第三节　天人关系

中国哲学的一个主要的奠基石、主体骨架就是"天人关系"，"中国古代哲学可以称为'天人之学'。'天人之际'是中国哲学的总问题"，[①] "天人关系问题曾是中国学术文化的第一课题"。[②] 到了宋明理学那里甚至认为"学不际天人，不足以谓之学"。[③] 已如前述，中国古人的特殊智慧首先就表现在他们对天人关系的重视，要解决的基本问题是：人与天是否有必然关联、两者是否可以统一？也就是"天人交通"问题，比如先民们设想出可通天的山——昆仑山，一种可通天的树——建木、若木或扶桑，还有巫师手里那个内圆外方的"法器"——玉琮。由此则形成了一种中国式的"天人哲学"、天人合一的宇宙图景。比如《老子》在思考宇宙万物本体时就预设了天、地、

---

① 张岱年：《文化与哲学》，中国人民大学出版社 2006 年版，第 4 页。
② 庞朴：《天人三式》，《庞朴文集》第二卷，山东大学出版社 2005 年版，第 61 页。
③ 邵雍：《皇极经世·观物外篇》。

人、道的世界构架："无，名天地之始；有，名万物之母。"（第 1 章）"故道大，天大，地大，人亦大。域中有四大，而人居其一焉。人法地，地法天，天法道，道法自然。"（第 25 章）老子用"道"把天地人贯通一气，混成如一："'道'贯三才，其体自然而已。"① 这里的"自然"是自然而然的意思，是说道的本质就是自然而然的，它无所法，以自己为法。"三才"是指天地人，这一"道贯三才"的思想便是后来《周易·易传》的基本纲领。其实早在《周易》本经中已有这样的观念，《周易》的三画卦就代表着天地人三才。《周易·易传》上说："《易》之为书也，广大悉备。有天道焉，有人道焉，有地道焉，兼三才而两之，故六。六者非它也，三才之道也。"（《系辞下》）而且还把"天—人观察"的方式型定为一种人文成化的视域和法式："古者包牺氏之王天下也，仰则观象于天，俯则观法于地，观鸟兽之文，与地之宜，近取诸身，远取诸物，于是始作八卦，以通神明之德，以类万物之情。"（《系辞下》）这就是典型的中国式的运思图式、致思之道："俯仰天地"、"仰观俯察"。

如果说《老子》以"道"统贯天人，这里《周易·易传》则以"易"来范围、包裹天人："《易》与天地准，故能弥纶天地之道。仰以观于天文，俯以察于地理，是故知幽明之故。……范围天地之化而不过，曲成万物而不遗。通乎昼夜之道而知，故神无方而《易》无体。"（《系辞上》）《中庸》则是用"诚—性理念"来统括三才的，其《第二十二章》说：

唯天下至诚，为能尽其性。能尽其性，则能尽人之性。能尽人之性，则能尽物之性。能尽物之性，则可以赞天地之化育。可以赞天地之化育，则可以与天地参矣。

肯定了具有最真诚禀赋的圣人，凭着发挥其天赋的本性，可以参透天地之禀性，因而可做到天地人三才一体。这是"诚—性"和合论。更为重要的是它在《第一章》更加明确地提出了"致中和"和"位育中和"的思想，认为："中也者，天下之大本也。和也者，天下之达道也。致中和，天地位焉，万物育焉。"意思是说：合度、恰当是世界的根本，和合是世界的普遍规律。若达到"中和"（合度、和合），一切事物便会各守其位，万物便会正常地成长发育、生生不息。这里虽意在强调"和合"，但仍是"天人关系"的架构，是对两者"关系"的强调（和合）。认为只有这样才会合乎规律，事物才会正常地生存、发展。

---

① 董思靖：《道德真经集解》，引自陈鼓应：《老子今注今译》，商务印书馆 2003 年版，第 173 页。

汉代董仲舒主张"天人感应"、"人副天数",说"天亦有喜怒之气,哀乐之心,与人相副。以类合之,天人一也。"(《春秋繁露·阴阳义》)这是对天人关系的准神学性解释,在没有严格的宗教形态的文化体系中,这种准神学性的东西恰恰可看作是主流文化的某种潜质、底色的必然发露,不借董氏而发,则会假某某氏而张露之。

宋代的张载在其《正蒙·乾称》中对天人关系做出了更加生命化、人性化的解释:"乾称父,坤称母,予兹藐焉,乃混然中处。故天地之塞吾其体,天地之帅吾其性。民吾同胞,物吾与也。"① 认为人为天地所生,人与天地同体、同性。人民是我的兄弟,万物是我的朋友。程颢、程颐也认为:"天人本无二,不必言合。"② 其实这种天人一体的观念早在《庄子》中就有明确的表述:"天地与我并生,而万物与我为一。""故为是举莛与楹,厉与西施,恢恑憰怪,道通为一。"(《齐物论》)"夫天下也者,万物之所一也。"(《田子方》)后来三国时期的徐整在《三五历纪》中也表达了天人相依相生、互为生长条件的思想:"天地浑沌如鸡子,盘古生其中。万八千岁,天地开辟,阳清为天,阴浊为地。盘古在其中,一日九变,神于天,圣于地。天日高一丈,地日厚一丈,盘古日长一丈。如此万八千岁,天数极高,地数极深,盘古极长。后乃有三皇(天皇、地皇、人皇)。数起于一,立于三,成于五,盛于七,处于九,故天去地九万里。"(《艺文类聚》卷一引《三五历纪》)

对天人关系的重视使中国哲学在根本上成为一种"天人哲学",其内涵有四:有机、统一、同构、和合(和谐)。即认为天人不可分割,不能分开思考、理解,正如英国的李约瑟博士所说:"在希腊和印度发展机械和原子论的时候,中国则发展了有机的宇宙哲学。"③ 有机的整体观必然连带地形成天人统一观,而这种统一又是以天人同构对应的和合观念为基础的,比如《吕氏春秋·情欲》即认为"人与天地同",亦如董仲舒在《春秋繁露·人副天数》中提出的"人副天数"的观点,把人的特征、特性和天地作了一一对应的解释:

人有三百六十节,偶天之数也;形体骨肉,偶地之厚也;上有耳目聪明,日月之象也;体有空窍理脉,川谷之象也。……天以终岁之数成人之身,故小节三百六十六,副日数也;大节十二分,副月数也。内有五脏,副五行数

① 张载:《正蒙·乾称》,引自郭齐勇:《中国古典哲学名著选读》,人民出版社 2005 年版,第 479 页。
② 《二程全书·遗书第六》。
③ 引自于希贤:《法天象地》,中国电影出版社 2006 年版,第 6 页。

也。外有四肢，副四时数也。乍视乍暝，副昼夜也；乍刚乍柔，副冬夏也。乍哀乍乐，副阴阳也。……于其可数也副数，不可数者副类。

他还在《春秋繁露·阴阳义》中说："天地之常，一阴一阳。阳者天之德也，阴者天之刑也。……天亦有喜怒之气、哀乐之心，与人相副。以类合之，天人一也。"他的这些天人同构、天人感应的说法虽有明显的牵强附会的成分，但却也典型地表征出了中国天人哲学的深层的立论依据。

庞朴在《天人三式》中指出：中国古代的"天人关系"，"于明确区分天人为二与合并天人为一的说法之外，更有一种不太明确的介乎其间或超乎其上的说法"，这样的关系，"说穿了，实际上是没有关系而又不得不维持着面子的关系，是人之企图从天的主宰下挣脱出来而尚未能的表现，于是表现出一种有别于天人相分、天人合一的又分又合、若即若离的关系"。① 所关涉到的是中国"天人关系"的复杂性，但无论如何，天人有机统一的天人相关、天人合一论仍是中国哲学思想的主脉。正如张世英所说："就'天人合一'的这种最广泛、最粗略的意义来说，我们可以认为，中西哲学史各自都兼有'天人合一'式与'主客二分'式的思想，不过需要强调的是，西方哲学史上占统治地位的旧传统是'主客二分'式，中国传统哲学的主导思想是'天人合一'式。"② 这种"天人合一"思想的实质和核心是天人有机和合，作为一种总体性的哲学思想它统摄众脉，笼罩群言，为不同的哲学流派提供了内在的基质和总体底色，如可以具体表现为道家的"道和"、儒家的"儒和"、禅宗的"禅和"，还有它的最高形态：由易学等所代表的生态和合。

这种总体性的和合思想，使中国式的对话发生，总显出某种柔和的、内倾的、非激烈对抗和非严重冲突的和谐色彩。与西方的冲突、对抗型激烈对话相区别，中国式的对话在一定意义上可说是某种赞同式的"内合"，是一种"内对话"。或许也可以说，它在性质上更是美学的、诗学的，或有似于海德格尔所钟情、所倡导的"道说"、"诗与思的对话"。

第四节　道和

由老子创立的道家学派是中国传统哲学的主干学派，它对中国哲学、文

① 庞朴：《天人三式》，《庞朴文集》第二卷，山东大学出版社 2005 年版，第 66—70 页。
② 张世英：《天人之际》，人民出版社 1995 年版，第 5 页。

化乃至于诗学的影响都是总体性和根本性的。此派的核心范畴就是"道",何谓"道"?"道"在《说文解字》被释为"道,所行道也,一达谓之道。"这虽是汉人的解释,但却是接近道的本义的。我们迄今尚未发现甲骨文中的道字,而西周金文中已出现道的七八种写法,说明至迟在西周时,道不光应用的区域广大,而且使用的频率已非常高。道的不同写法虽异,但基本的结构却一样,即都是"行"字中间加一"首"字。行字好理解,就是指人行的道路,关键是首字有歧解,首即人头是没有问题的,有人据此解为"以首代人","'道'字从行从首,实为从行从人,故'道'是取人行于路途之象。"① 而我认为在这里"首"并非真指人首,极有可能是指人头顶上的天空,是"以首代天",这样道就非"人道"而是指"天道",但又假人首言天,实反映了周时由"天道"向"人道"的归趋、过渡。《老子》中的"道"用的就是道的初义:天体日月运行之常规常则,所以才会那样看重往复循环之"逝"、"远"、"反"。其实儒家也一样,《周易·易传》也讲"天行健,君子以自强不息",都对"天道"心怀崇仰。

道在中国文化中也是一身而多相,如金岳霖先生所言是"道一"和"道无量"的统一:"道可以合起来说,也可以分开来说,它虽无所不包,然而它不像宇宙那样必得其全然后才能称之为宇宙。自万有之合而为道言之,道一,自万有之各有其道而言之,道无量。"② 亦有研究指出:

中国道范畴的演变,自殷周直至清王朝灭亡,历经三千余年漫长的岁月,经过了道路之道→天人之道→太一之道→虚无之道→佛道→理之道→心之道→气之道→人道主义之道九个阶段。③

应该说这种分法未必就很确当,但指出道在中国的"无量"和"多相"则无疑是正确的。我认为道在中国文化中大致有这样一些域属:1. 自然之道;2. 哲学之道(包括宇宙论、发生学、本体论等如老庄之道);3. 伦理道德之道和政治之道如儒家之道;4. 学术家法、谱系、道统如孔子言"吾道一以贯之",和后来韩愈与朱熹等所祖述、张目的"道统";5. 技术技巧之道。而此处只想讨论的是老子乃至庄子的"道"。

《老子》④ 对"道"的代表性表述主要有:

1. 认为道是本源性的,是"万物之宗":

---

① 孙熙国:《先秦哲学的意蕴》,华夏出版社 2006 年版,第 12 页。
② 金岳霖:《论道》,见刘梦溪主编:《金岳霖卷》(上),河北教育出版社 1996 年版,第 20 页。
③ 张立文主编:《道》,中国人民大学出版社 1989 年版,第 10 页。
④ 这里采用的是陈鼓应注译的《老子今注今译》本,商务印书馆 2003 年版。

有物混成，先天地生。……可以为天下母。（二十五章）无，名天地之始；有，名万物之母。（一章）天下万物生于有，有生于无。（四十章）渊兮，似万物之宗；……象帝之先。（四章）道生一，一生二，二生三，三生万物。（四十二章）

2. 认为道体为虚、为空、为无：

道冲。（四章）视之不见，名曰"夷"；听之不闻，名曰"希"；搏之不得，名曰"微"。……绳绳兮不可名，复归于无物。是谓无状之状，无物之象，是谓惚恍。迎之不见其首；随之不见其后。（十四章）道之为物，惟恍惟惚。（二十一章）致虚极，守静笃。（十六章）大音希声；大象无形；道隐无名。（四十一章）

3. 认为道是相对的、辩证的，而不是僵死和确定的：

故常无，欲以观其妙；常有，欲以观其徼。此两者，同出而异名，同谓之玄。玄之又玄，众妙之门。（一章）天下皆知美之为美，斯恶已；皆知善之为善，斯不善已。有无相生，难易相成，长短相形，高下相盈，音声相和，前后相随。（二章）知其雄，守其雌，……知其白，守其黑，……知其荣，守其辱。（二十八章）大成若缺，……大盈若冲，……大直若屈，大巧若拙，大辩若讷。（四十五章）祸兮，福之所倚；福兮，祸之所伏。（五十八章）正言若反。（七十八章）信言不美，美言不信。善者不辩，辩者不善。知者不博，博者不知。（八十一章）

4. 认为道是动态的、循环的：

万物并作，吾以观复。（十六章）周行而不殆，……大曰逝，逝曰远，远曰反。（二十五章）反者道之动。（四十章）万物负阴而抱阳，冲气以为和。（四十二章）

庄子继承、延伸了老子的道论，如：

夫道有情有信，无为无形；可传而不可受，可得而不可见；自本自根，未有天地，自古以固存；神鬼神帝，生天生地；在太极之先而不为高，在六极之下而不为深，先天地生而不为久，长于上古而不为老。（《大宗师》）

但他似更强调道对人的功能和人如何体道、行道以养生："若夫乘天地之正，而御六气之辩，以游无穷者，彼且恶乎待哉！故曰：至人无己，神人无功，圣人无名。""藐姑射之山，有神人居焉。肌肤若冰雪，绰约若处子；不食五谷，吸风饮露；乘云气，御飞龙，而游乎四海之外；其神凝，使物不疵疠而年谷熟。"（《逍遥游》）"至人神矣！大泽焚而不能热，河汉沍而不能寒，疾雷破山、飘风振海而不能惊。若然者，乘云气，骑日月，而游乎四海之外，

第一章 中国诗学对话思想的哲学基础

死生无变于己，而况利害之端乎！"（《齐物论》）"且夫乘物以游心。"（《人间世》）

综上所论，笔者认为老子的"道"在其内在实质上具有这样几个特点：1. 是未分化、未规定或不能规定的，是本性的、整体的，或曰是"前反思"性的，因此与西方的现象学具有明显的可互文贯通性。《老子》一再强调的是"道"的原发原初性，认为它"先天地生"、"象帝之先"，是无、是虚，是无法概念化的："道可道，非常道；名可名，非常名。"（一章）它是朴、是小、是弱、是柔。① 总之，是自然而然的原朴状态。

问题是老子为什么要特别标举这个原朴未定的前概念、前规定的东西，并认为这才是万物之根本？据司马迁《史记》所载，老子曾是"周守藏室之史也"，即是史官，或用今天的话来说就是周的国家图书馆馆长，按说是当时历史人文知识的最大占有者，那他为什么却要反知识或超越知识、文明、秩序、规定，而要返璞归真，再回到前知识、前文明、前规定的原朴之世呢？合理答案只有一个：他看破了知识，发现了知识的局限和弊端，或者说，他想让非知识的、人类另一种智慧得到继承和发扬。《史记》之"居周久之，见周之衰，乃遂去"，正可为一有力的辅证，因为周已有系统而发达的礼乐文明（知识、礼仪、文明规范等），即所谓的周公"制礼作乐"，"将从远古到殷商的原始礼仪加以大规模的整理、改造和规范化"，② 但，周还是衰败下来了。可见，发达的知识、文化、概念规范体系等并不能挽周于既败，相反，或许毋宁说它还正是周之衰的根本原因呢。因此，老子也许正是由此窥见了世事的大化玄机，反而掉头去另觅异"道"，走向了对前知识、文明、概念的宇宙更为根本的智慧谱系的开发和张扬。这时在他眼里，那非礼乐知识的原朴之道恰恰是最富有智慧、力量、生命的本源和开端。所以他才尚"无"，如前论，这"无"正是未概念化或前规定的最大的有。进而他也就必然地要肯定、强调、推举混沌而激荡的气："万物负阴而抱阳，冲气以为和。"亦正如张祥龙所说：

从"气"这个词在中文中的极丰富的用法中可知，它确是历代中国人体会天道的"近譬"。每当人要表达那既非具体对象亦非一己观念、既非有形质者亦非抽象道理的微妙含义时，就不期然而然地求之于"气"这个有无之间

---

① 《老子》：道常无名、朴。虽小，天下莫能臣。（三十二章）弱者道之用。（四十章）天下之至柔，驰骋天下之至坚。（四十三章）知其雄，守其雌，为天下谿。为天下谿，常德不离，复归于婴儿。（二十八章）圣人皆孩之。（四十九章）

② 李泽厚：《孔子再评价》，《中国思想史论》（上），安徽文艺出版社 1999 年版，第 15 页。

的大象，因为它提供了一种表达和理解非现成者、余意不可尽者的可能。①

老子的"道"正是这样，是非现成的有无共同体。

我们也有理由认定老子所标举的智慧谱系来自于殷周文明之前的更为古朴的传说时代。《礼记·礼运》篇记载了孔子的一段言论，对"大同之世"和"小康之世"做了区分："大道之行也，天下为公，选贤与能，讲信修睦。……是谓大同。今大道既隐，天下为家，……是为小康。"比较起来，如果说孔子承接的智慧谱系主要来自"小康之世"，那么，老子的智慧根源则在"大同之世"，那是一个无为而治的、更讲仁德礼让的时代。庄子干脆把它称为"至德之世"：

子独不知至德之世乎？昔者容成氏、大庭氏、伯皇氏、中央氏、栗陆氏、骊畜氏、轩辕氏、赫胥氏、尊卢氏、祝融氏、伏牺氏、神农氏，当是时也，民结绳而用之。甘其食，美其服，乐其俗，安其居，邻国相望，鸡狗之音相闻，民至老死而不相往来。若此之时，则至治已。②

其实，在《老子》中对自己所宗所本之来源也早有了明确的揭示："执古之道，以御今之有。能知古始，是谓道纪。"(《老子·十四章》)这"古始"之"古"显然不会是距老子所生活的时代不很远的殷周之世，应是在此之前的更古远的传说时代。

老子为什么要看好这未被概念化的原初之源呢？因为它蕴藏着最大的活力、生机、和无限的可能，因而也最有力量、最富智慧。这涉及到他的"道"的第二大实质内涵即：

2. 强调动态的原发生成、构成。从以上所引可以看出老子的"道"总是运动的、变化的，而不是现成的、完成的或为明确的限定所囿的，如"周行而不殆"，"反者道之动"，"万物负阴而抱阳，冲气以为和"。对此，张祥龙可以说具有慧眼独具的洞识：

《老子》一书处处体现出这样一个与现象学的构成观相通的识度，即天下万物万事并非止于现成者的集合，而是在无法抗拒的大化之流中被构成者。

这种"无"既不是概念可把捉者，也不是无从领会的"黑洞"，而是有势态的、能统驭有、成就有之所以为有的构成域。类似于海德格尔讲的有生存构成力的"缘在的空间性"。……"玄"与冲虚、柔弱一样，指有无相生的纯构成境界。

---

① 张祥龙：《海德格尔思想与中国天道》，三联书店 1996 年版，第 318 页。

② 《庄子·胠箧》。

说到底，道就是此玄构境域，也必然具有此境域的构成势态。①

3. 与构成性相联系，道便像个虚空的框架，或像个具有无限生殖力的"母体"，从而也就具有一种"空间性"，正像那个无规定的大有的"無"。这还可从《老子》的时间观上得到反证，《老子》主张的是往复一体的"循环时间"，即"周行而不殆"，"反者道之动"，"大曰逝，逝曰远，远曰反"，即从一定意义上说正是一种"空间化"的时间。《老子》中大量例举的谷神、玄牝、橐籥、屋室、门户、舟舆、仓廪、江海、风、冲、虚、水，甚至婴孩（赤子，未开发、可塑造，亦即空白，或亦具有最大的可能性、涵容性）等，都具有某种"空间性"，是可涵容的势态或境域。张松辉就认为老子的"无"、"无名"都是指"空间"。② 当然准确地说是具有"空间性"而不等于就是空间，那样反而被限定了，同时也丧失了那种动态的生成性和构成性了。

不管是无规定、前概念，动态的原发生成、构成，还是具有空间性，在根底上老庄的"道"都和"和"有关，因为所谓的前概念，换个角度看就是未被限定、未被切割，事物就仍然是浑整的，是"有物混成"，是"天地与我并生，而万物与我为一"（《庄子·齐物论》），"通天下一气耳"（《庄子·知北游》），也就是说万事万物仍是和合态的。不过这种"和"应是一种原初之和、"前和"，如庄子所说是"以天合天"（《庄子·达生》），或动态的、构成性的、境域中的"和"。这种"和"，若从对话意趣论，就是一种自然的对话形态（交和自洽的内对话态），是前概念或非概念、非意识形态的自然生成、自由涌现。这种元对话的本质就是自由、和谐和原创、化生。道家文化的批判精神、张扬个性和解放个性的性质，其实说到底都同这种"元对话"有关。海德格尔后来标举"道说"、标举天、地、神、人的互成—自成游戏，在某种意义上可以说正是对这种中国式的"道和"、"元对话"的一种逻各斯背景的再阐发。总之，道家的"道和"式的"元对话"是中国对话哲学、诗学的不可缺失的重要基础。无此基础，中国诗学的对话精神、对话形态，要么会出现本质性的歧变，要么就根本不复存在。无论如何，它都会是另外一种面相。

第五节　儒和

由孔子创立的儒学是贵礼尚仁之学，所谓礼是指周礼，一般认为是周初

---

① 张祥龙：《海德格尔思想与中国天道》，三联书店1996年版，第301、283、291页。
② 张松辉：《老子研究》，人民出版社2006年版，第130页。

由周公整理、确定下来的一套比较系统化、规范化的典章、制度、规矩、仪节。它由远古氏族的原始的巫术礼仪发展而来，但此时已有了更新的内涵："以血缘父家长制为基础（亲亲）的等级制度是这套法规的骨脊，分封、世袭、井田、宗法等政治经济体制则是它的延伸扩展。而以孔子为代表的儒家，也正是由原始礼仪巫术活动的组织者领导者（所谓巫、尹、史）演化而来的'礼仪'的专职监督保存者。"① 而所谓"仁"，则是孔子的"独创"，虽然"仁"字在先秦的一些典籍中早已存在，但作为一个特定的人文范畴却源于孔子。东汉许慎的《说文解字》把"仁"释为："仁，亲也，从人二。"清代的段玉裁注释为："亲者，密至也。从人二，相人偶也。人偶犹言尔我亲密之词。独则无偶，偶则相亲，故其字从人二。"可以看出，"仁"应是指人与人之间的亲密性、相互性，因此，它不是孤立自足性的人文范畴，而是人伦间的"关系"性范畴。若简单地从"仁"的字面结构说，"人二"所关涉的必然是"人与人"而不是独己、个我。于此亦可说它同马丁·布伯的"我—你"、"人与人"本体性关系范畴具有异工同调之妙，两者在根本上则有某种可化约的贯通性。

孔"仁"的"关系内质"也早为一些学者所注意："在孔子看来，仁既不独在己、亦不在彼，而是在'己'与'人'、此与彼的相交相构之'中'，因此，被他认为是至德的'中庸'并非限于形式上的'定于两极端之间'（所谓'不偏之谓中，不易之谓庸'），而是'在纯构成和运用（庸）之中。"② "仁只是一个人与人相互对待、相互造就的构成原则和中庸（用）原则，一种看待人的天性的纯境域方式。"③ 李泽厚指出："这样，就必然强调人的社会性和交往性，强调氏族内部的上下左右、尊卑长幼之间的秩序、团结、互助、协调。""'仁'不只是血缘关系和心理原则，它们是基础；'仁'的主体内容是这种社会性的交往要求和相互责任。"④ 不过，孔子"仁"的根基是源自氏族血缘纽带的"血亲"关系，正如孟子所揭明的："亲亲，仁也"，（《孟子·尽心上》）"仁之实，事亲是也"。（《孟子·离娄上》）孔子正是由此出发来改造原本表征"身心关系"的"仁"之古义，赋予它以血亲伦理的人际关系内涵。在《论语》中诸如："孝悌也者，其为仁之本与"，"泛爱众，而亲仁"，"夫仁者，己欲立而立人，己欲达而达人。能近取譬，可谓

---

① 李泽厚：《孔子再评价》，《中国思想史论》（上），安徽文艺出版社 1999 年版，第 14—15 页。
② 张祥龙：《从现象学到孔夫子》，商务印书馆 2001 年版，第 195 页。
③ 张祥龙：《海德格尔思想与中国天道》，三联书店 1996 年版，第 249 页。
④ 李泽厚：《孔子再评价》，《中国思想史论》（上），安徽文艺出版社 1999 年版，第 27、29 页。

仁之方也已"，"克己复礼为仁"，"樊迟问仁。子曰：'爱人'"等，都是以血亲的天然关联性来展开的。当然，孔子改造"仁"、借用"仁"的本意是为了解释、维护、恢复和弘扬"礼"，即李泽厚所说的"以仁释礼"，结果"却使手段高于目的，被孔子所发掘所强调的'仁'——人性心理原则，反而成了更本质的东西，外的血缘（'礼'）服从于内的心理（'仁'）"。[①] 究其原因，其实仍在"血亲"这个关键，因为"礼"也好，"仁"也好，原本都是对氏族血亲的某种"关联性"的表征，一个为外在规范，一个为内在心理，而比较起来，内在心理无疑更深刻、更坚固，它的根是深扎在天然人性的内在深处的。孔门仁学对中国哲学、文化产生深刻久远的影响，这恐怕是其中的一个重要原因。

孟子紧承孔仁的内在血亲之路，以性本善、不忍人之心等范畴为基础发展出了一种"内圣"的心性之学，并用养气—集义、尽性知天的办法建立起人与人和、人与天和、乃至于"政和"（仁政）的伦理—实践体系。他说："乃若其情，则可以为善矣，乃所谓善也。""仁义礼智，非由外铄我也，我固有之也。"（《孟子·告子上》）"人皆有不忍人之心。……以不忍人之心，行不忍人之政，治天下可运之掌上。"（《孟子·公孙丑上》）"尽其心者，知其性也。知其性，则知天矣。""万物皆备于我矣。反身而诚，乐莫大焉。"他用一颗"不忍人之善心"，连通了己人、民君、天人，把孔仁的"关系"内涵进一步扩充、放大、提升，既向政治实践延伸，又往人性深处开拓，并最终通过"仁义礼智"的道德人格体系，深深地影响和塑造了中国的历史文化人格。

宋代的张载发展了孟子的"尽心知天"思想，提出了一个更泛化、统合的宇宙伦理观："乾称父，坤称母，予兹藐焉，乃混然中处。故天地之塞吾其体，天地之帅吾其性。民吾同胞，物吾与也。"认为人为天地所生，人与天地同体、同性。人民是我的兄弟，万物是我的朋友。显然，这是更为典型的生命化、人化的"和合"论。

儒家的和合思想是很丰富的，代表着中国"和"文化的一大主干，前举《中庸》的"位育中和"、《易传》的阴阳交和、董仲舒的"天人感应"等思想都是其组成部分，兹不赘论。从总体而论，儒家的"和"主要是心性之和、伦理之和，多同伦理学、道德学、政治学发生关联。其中，由《易经》、《易传》、《孟子》、董仲舒、张载等标举的"天人合一"思想，由《论语》、《中庸》等彰显的"中和"思想代表了"儒和"的主流。这一主流借阴阳五行信

---

① 李泽厚：《孔子再评价》，《中国思想史论》（上），安徽文艺出版社 1999 年版，第 26 页。

仰和实际的"明堂"、"郊祀"等政治制度的实行，又同天人生态和合文化相表里，一起描绘出中国"和文化"的宏丽景观。

但是，不能不看到，由原始儒家开创的"和合"关系范畴，在后来的政治化、权力化过程中，不断地被纳入了封建统治者的狭隘的"治术"之中，原来为孔子所祖述、弘扬的"礼"也越来越被政治化、工具化，最终质变为束缚人、乃至于杀人的一套残酷的"纲常名教"。"礼—仁"或"心性四端"等美好的"和合"筹划也越来越为现实的政治需要所排斥，以至于不得不完全退守到人的心灵和精神世界，成为无数被封建政治"放逐"者洁身自好、独善其身的脱解之所。但是，也无法否认，作为一种哲学理念、文化精神，这种心性的、道德的、天人宇宙模式的等"和合"思想，却一直是存在的，它并没有因现实政治的、制度的压制、排斥而消失，抑或可以说反而变得更加柔韧和坚固，因为道德化的人文理想和内圣的人性绿地收留了它。

无疑，儒家的伦理之和、道德之和、人性和理想之和，都为对话思想的生长、发展创造了丰厚的思想地基和文化胚胎。或者换过来说，儒家的"和"其实正是一种"对话"的思想或架构，只不过它仅限于人性的、伦理的、道德的内对话而已，具有极大的先天的同质性、封闭性和保守性。

第六节　禅和

"禅"本来是印度佛教中的一种修炼方式，一种思维方法，即"静虑"、"思维修"，指靠高度凝神虚静、涤除杂念而达到"禅定"之修炼境界，以此来实现对红尘世俗之超脱。其实质是"以静求悟"，其实同中国老庄之致虚极、守静笃，涤除玄鉴，心斋、外己、外人、外天下的心路超越之法相似。传到中国后同老庄、玄学、心学相融而成一中国化佛教宗派——禅宗。禅宗同中国文化、艺术互融互渗，又氤氲化为一种弥漫性的文化精神，极大地影响了中国古代的文学艺术和美学理论，使之不断地趋于"禅化"（被禅文化精神渗透，朝着禅的品性转型），如王维的诗与画、严羽的诗学理论等等。禅宗的基本特征是"立无念为宗"、"直指心性"、"顿悟成佛"，亦诚如李泽厚所说是不求理知思索、盲目信仰、雄辩论证，不讲求分析认识、枯坐冥思、长修苦炼，而是雅好自然，以自然为依托，往往追求动中之静，最终达到顿悟、妙悟的直觉的智慧，完成一种冲淡超然的心灵境界。或还可表述为：破对待、

空物我、泯主客、齐生死、反认知、重解悟、亲自然、寻超脱的妙悟之境。①

真正的中国化的禅宗是六祖慧能开创的南宗禅，其教义可用十六个字来概括："不立文字，教外别传，直指人心，见性成佛。"意思是说其它佛教宗派（被禅宗称为"教下"，即非正宗正派）均拘泥于某一佛教典籍，依靠语言文字传授佛法，并死死恪守行持修证的一套清规戒律，而禅宗则是"以心传心"的特殊派别（别传），它反对过分拘执文字和经典，也不过分强调坐禅，而是认为人皆有佛性，只要能明心见性即可成佛。据说，当年五祖弘忍选择接班人时，令众门徒各述一偈来谈法说教。其高徒神秀写道："身是菩提树，心如明镜台，时时勤拂拭，莫使惹尘埃。"而慧能则令人代笔作一偈："菩提本无树，明镜亦非台；本来无一物，何处惹尘埃。"结果，慧能承继衣钵，成为禅宗六祖（世称南宗禅）。② 慧能之所以得道，关键在于他对佛教教义有着独到而深刻的理解。从专门记载其思想的《六祖坛经》看，他有三条重要突破：人皆有佛性说、自性自度说、顿悟成佛说。即认为人性本清净，这种清净的人性便是佛性（宇宙的本体真如，最高的智慧——般若），但这种佛性平常多为妄念所覆盖，只要拂去妄念，明心见性，便可在刹那间顿悟成佛。而且是独立自成的，不假他助。这样，"举手举足，皆是道场，是心是性，同归性海"。③ "青青翠竹，尽是法身；郁郁黄花，无非般若"。④ "春花秋月，日日都是好日；扬眉瞬目，头头皆是佛道"了。一句话：世间皆佛。

佛教认为"苦海无边，回头是岸"。进而否定尘世而彪举梵天佛国。而佛国何在？佛祖说：在来世。来世何其远？来世又谁可印证？传统的大乘佛教虽也宣扬"一切众生悉有佛性"，但实际上却无法实现。因为在时间上必须经历转染成净、转迷成悟、转凡成圣的历劫修行过程；在空间上，凡世和佛国又完全分属两个世界。因此，吃斋念经，布施、造寺，恃佛力、往西天、修来世，出家修行，且坚持累习、渐修、坐禅功夫等等这一切佛事佛功，不光繁琐、刻板，而且无用、不可靠、无意义。相反，中国禅宗则主张"饿来吃饭，困来即眠"，担水砍柴扫地焚香皆为佛事，而且就在当下立马的一念间便可顿悟解脱。这样，就非常简洁明快和方便易行了。靠什么？就靠直觉顿悟。于是，"直觉顿悟"就成了禅宗的全部秘密之所在。如慧能所说："用智慧观照，不假文字。""一念普观，廓然空寂；此之宗要，千圣不传；直下了知，

① 见李泽厚：《禅意盎然》，《走我自己的路》，三联书店 1986 年版。
② 见普济：《五灯会元》，中华书局 1984 年版，第 51—53 页。
③ 王维：《能禅师碑并序》。
④ 僧肇语，见《大珠禅师语录·卷下》。

当处超越；闻中生解，意下丹青；目前即美，久蕴成病。"因为心生万物，心无所不在，但心又是看不见的，如"水中盐味，色里胶青，决定是有，不见其形"。禅宗就是要在"自身犹如水中月，如镜中像，如热时炎，如空谷响，若言是有，处处求之不可见；若言是无，了了恒在目前"（《楞伽师资记卷一》）的不即不离的境界中顿悟成佛。如王维的《辛夷坞》："木末芙蓉花，山中发红萼。涧户寂无人，纷纷开且落。"花之开落与人无关，它自适自足地依自身的生命逻辑，自然而然地在生灭演变。但其指向的却是这表面无意背后的"有意"：那个使花开花落、自然生灭、大化流变的永恒的"所以然"者，那个永远在场而又从不自现真身的静的"本体"。禅境正是"以静求悟"，来追求心路超越的。它主要表现为一种顿悟、妙悟的直觉智慧，和冲淡超然的心灵境界。是以物我浑融、无分别、无界限的"自然与我"相"统合"的境界。或者说其所追求的就是在俗常生活中的顿悟成佛，它要打破在世和出世的界限，对两者采取不即不离、不黏不弃，或超越即离、黏弃的特殊立场，而其超越也就借打破或打通两者限域而实现，其最大之奥秘正在此。因此，这首诗在实质上，就是那个无目的却又拥有着无限的大目的、无意却又好像有意、无为却又无不为的永恒本体的化身，是"寂静"的动态显现，是它的自我表演式的"自我确证"，或曰是在以脱冕的方式为自己加冕。再换言之也可说是"佛"的"花身"样的开启、敞亮、澄明。

禅宗作为一种文化形态，在哲学上正是一种悲智双运、行（常行，日常生活）如（解脱和开悟）两兼的活泼泼的自我觉悟之哲学；在文化人格上则形成雅好自然、① 重心悟而轻逻辑实证、善于自我排遣（自我觉悟）和满足于脱离实际的夸夸其谈的文化——心理类型；在艺术上则形成重味外之旨、象外之象的空灵意深的艺术意境。因为它能把俗和圣、此岸和彼岸紧密统一在一起；能使人即世间又出世间，在极平常的凡俗生活中求得极高远的开悟境界，十分符合既重人世伦理又重精神理想的中国人的普遍脾胃，同时又简便易行，故尔在历史上曾非常盛行。

不管是直觉的顿悟、妙悟，还是悲智双运、行如两兼，禅悟所关涉的总是悲与智、行与如、世间与出世间、现象与本体、瞬刻与永恒、俗常与佛性、法执与我执、空与有、自然与道、无意与有意等等诸矛盾关系结构，其功能也总是由此达彼，而且达彼而并不废此，不过河拆桥，而是就在这彼此之间求得某种根本性的超悟和飞升，从而它并不是要走向分裂，反而要抵达一种

---

① 因为自然之物表面看好像无意识、无目的，实则是按着一定的"大意识"、"大目的"来运演变化的，即体现着自然的运动法则，具有合规律和合目的性，这同禅的精神一样，也是行如两兼的。

更高的"和境"——"禅和",尽管它只是刹那间妙悟的产物。而"和"的关系模式也就同"对话"有关,或者换个视角看,其实它原本就是"对话",只是是由此岸达彼岸的超悟性的"对话"而已,在本质上只是某种诗意或禅意的感发,是主体积极的、自由的想象、通感所引起的一种物我浑一的精神的、心灵的"高峰"状态而已。因此,它对文学艺术中的对话活动影响甚大。在某种意义上,中国艺术和文学中的对话精神正是禅宗美学或禅意的对话精神。

第七节　生态和合

何谓生态?顾名思义,生态就是指"生物的自然状态",其实质应是指自然的、匹配依存性的有机联系状态。其内涵点包括:有机、依存、整体。而核心则是合理配置(匹配)。也就是远离偏斜和某种极端的系统的洽适配套。比如,人们吃东西不能老是一个味道,不能过分偏甜或偏咸,而是应五味和合。如中国古代所主张的"和如羹焉","和五味以调口","味一无果",认为理想的味道应该是多种味道的恰当配置、调和。再如生物学或生态学理论中的生态圈和生态链理论,生态圈是强调特定的生物系统,强调它的特殊的系统性;生态链则是相对强调生物间的相互依存性。比如每一个生物个体都和一定的生物群落相联系:燕子以昆虫为食,紫貂、白鼬等以地栖鼠类为食,东北虎以野猪为食,老鹰吃山雀、山雀吃瓢虫、瓢虫吃蚜虫。恐龙的灭绝,有一种说法便是因多叶植物的消失。英国著名生物学家达尔文在《物种起源》中举了一个例子:三叶草依赖土蜂传递花粉受精;土蜂又依赖于田鼠,因为田鼠常常破坏土蜂的蜂窝;而田鼠的多少又与猫的多少分不开,因为猫吃田鼠,猫多则田鼠少。田鼠毁坏蜂窝,蜂少则会影响三叶草的花粉传递。这就是一个生态链:猫多则三叶草茂盛。我们还可以再往前逆推:田鼠多则土蜂少,土蜂少则三叶草少。三叶草少,奶牛就会粮草缺乏,这样又会殃及牛奶的产量,最后则会殃及吃牛奶的人,导致人的身体或生命素质下降……

生态和合思想中国很早就有,当然赋予中国和合哲学、和合文化以生态性质,无疑只是个借喻,是一种"生态性"的比拟而已。其基本内涵包括:自然、生命、天人合一、和合配套、整体有机、创化生生等。而其内在的底蕴则是气化和合。

《尚书》中的《尧典》载:"诗言志,歌永言,声依永,律和声。八音克谐，无相夺伦，神人以和。"这里，提出诗/志、歌/言、声/咏、律/声等之间的关系都在于"和"，强调"律和声"、"八音克谐"、"无相夺伦"，而这一切又都统归于"神人以和"。虽仍浸淫于神巫精神之中，但主和、贵和的思想却是十分宝贵的，同时也极为明确、坚定。《国语》接承其脉，提出了"乐从和"，特别是"杂和"、"和实生物"的思想：

夫耳目，心之枢机也，故必听和而视正。听和则聪，视正则明。

夫政象乐，乐从和，和从平。声以和乐，律以平声。

夫有和平之声，则有蕃殖之财。于是乎道之以中德，咏之以中音，德音不愆，以合神人，神是以宁，民是以听。①

这里从人的需要、音乐的特点、经济增长、恰当的社会规范等，一直到"神人相合"、政治和人民的安宁安定，把"和"的功用推广到了一个相当大的范围，强调到了再难复加的高度。史伯对郑桓公说：

夫和实生物，同则不继。以他平他谓之和，故能丰长而物归之。若以同裨同，尽乃弃矣。故先王以土与金木水火杂，已成百物。是以和五味以调口，刚四支以卫体，和六律以聪耳，正七体以役心，平八索以成人，建九纪以立纯德，和十数以训百体。……声一无听，物一无文，味一无果，物一不讲。②

认为"杂和"能生万物，相同则不能发展，即"和实生物，同则不继"。"和"就是指用此物调和彼物，即"以他平他谓之和"，"就是把相异的东西综合统一起来，只有这样才能不断产生出新的事物"，③才能丰富和发展。如果是以"同"补"同"，到极致处便不会再发展了，即"若以同裨同，尽乃弃矣"。因此，先王才以五行交杂而形成万物。"五味"、"四支"、"六律"、"七体"、"八索"、"九纪"、"十数"等都是指各类"杂和"的恰当配置。并生动地指出：声音单一，便没什么可听的；颜色单一，则无文彩；味道单一，谈不上美食；事物单一，便没什么可比较的。

这种"杂和"和"和能生物"的思想是非常重要的，它是中国文化—哲学—诗学中的一个极为珍贵的思想，同时也影响到中国传统文化的基本构成和特征。关于事物存在、发展的根源的认识，就整个人类的智慧而言，无非有这样几种：神学的、上帝的，靠斗争、分裂，靠片面遵从自然之"道"，靠和合。相对而言，西方主上帝、主斗争，主二元对立、分裂；而中国则强调和合。当然，中国也存在主分、主斗和崇尚自然之"道"的思想谱系，但相

---

① 《国语·周语下》。
② 《国语·郑语》。
③ 李泽厚、刘纲纪：《中国美学史》（先秦两汉编），安徽文艺出版社1999年版，第87页。

对而言，并不占主流位置。

和合的思想渗透在中国文化的方方面面，如强调"味和"，《左传·昭公二十年》记载晏子回答齐侯的话说："和如羹焉。……故《诗曰》：'亦有和羹，既戒既平。……'先王之济五味，和五声也，一平其心，成其政也。声亦如味，一气，二体，三类，四物，五声，六律，七音，八风，九歌，以相成也。"认为美味的羹汤是调和的，是许多材料和合配置的结果。

音乐之道也如"味和"，也是诸多方面的和谐组合。"乐和"的思想还见之于《乐记·乐论》，如"大乐与天地同和"，"乐者，天地之和也"。从"味和"到"乐和"，而由"乐和"又引出"天地之和"。再如《吕氏春秋·大乐》说"凡乐，天地之和，阴阳之调也"；《礼记》说"礼交动乎上，乐交应乎下，和之至也"。[①] "乐由阳来者也，礼由阴作者也，阴阳和而万物得。"[②]

而"乐和"之道最终又必然与"气化和合"相联通，这是因为弥漫性的声音同弥漫性的气原本就具有同样的性质。故所谓"天地之和，阴阳之调也"；"乐由阳来，礼由阴作"，说到底也正是一种"气和"，是气化态的"氤氲之和"，《乐记·乐礼》有这样的表述："地气上齐，天气下降，阴阳相摩，天地相荡，鼓之以雷霆，奋之以风雨，动之以四时，暖之以日月，而百化兴焉，如此，则乐者，天地之和也。"可以看出，这里所表述的是：由气和导出乐和。乐和是什么？乐和则是自然规律创化生生的"天地之和"。它的实质是气化的生态和合。

和合的思想在孔子表现为中庸之道（《雍也》："中庸之为德也，其至矣乎！"）、中和之美（《八佾》："乐而不淫，哀而不伤"），和贵思想如"礼之用，和为贵，先王之道斯为美"（《学而》）。

中国古代的和合思想从神和（神人以和），到味和、乐和、政和（"夫政象乐，乐从和"），无不在内里以更深层、更内在的气和为基础。而气和便把整个天地人都包裹在一起。或者说，中国古代的"和"的思想原本就借气化思维形成了一个天人一体的无意识模型，而从实际的逻辑演进看，则大致经历了由神人以和，再到自然之和——社会之和——天人合一的生成建构路径。如有论者指出：

所谓"和"，它包括主观感受的"和"同客观对象的"和"这样两个方面。前者是同美感相关的，后者则同审美对象相关。……所以，"和"的提出，从对美的主观感受来说，就是要把对味、色、声的粗野放肆的官能快感

① 《礼记·礼器》。
② 《礼记·郊特牲》。

的追求同真正的美感区分开来；从客观的美的对象来说，就是要探寻那能引起真正美感的对象的构成规律。①

这是从主客体两个方面来解释"和"的，这两个方面其实也必然会对应、延伸到自然和社会两个方面，或者正是同一问题的不同的两个方面：

中国古代美学对于"和"的认识，除经历了从杂多的统一中去认识"和"到从对立的统一中去认识"和"这样一个过程之外，还经历了从自然中去认识"和"到从社会中去认识"和"这样一个过程。……中国古代思想家最初是从对自然现象的观察上认识到"和"的。因为自然现象的规律经常在广大的范围内重复着，它同人的合目的的活动有着密切的关系，并在人的经常不断反复进行的物质生产活动中为人们所感知。较之于社会，自然的合规律性和合目的性要容易认识得多。而这种从自然得来的观念，很快又被推广到社会现象。一些思想家认为社会现象和自然现象一样，也有其内在必然的联系和运动规律，也应当是一个和谐的有机体。他们经常从自然规律去推论社会规律，把社会和自然加以比附，认为两者是相通、一致的。②

而很简单，从自然之和到社会之和，是极容易产生天人合一思想的，一是原本气化思维、"神人以和"思想已为它提供了内在的思想基础，二是自然之和到社会之和也已内含着"两者统一于和"的逻辑理路，这样，"天人合一"的出场便顺理成章。③ 张岱年先生指出："中国哲学中的'天人合一'观念，发源于周代，经过孟子的性天相通观点与董仲舒的人副天数说，到宋代的张载、二程而达到成熟。"④ 天人合一的基本思想包括四个方面：1. 人是自然界的一部分，是自然系统不可缺少的要素之一；2. 自然界有普遍规律，人也服从这普遍规律；3. 人性即天道，道德原则和自然规律是一致的；4. 人生的理想是天人的调谐。⑤ 张岱年认为：

周宣王时的尹吉甫作《烝民》之诗，有云："天生烝民，有物有则，民之秉彝，好是懿德"。（《诗经·大雅·荡之什》）这里含有人民的善良德性来自天赋的意义。孟子引此诗句并加以赞扬说："孔子曰：为此诗者其知道乎！故有物必有则。民之秉彝也，好是懿德"。（《孟子·告子上》）这是孟子"性"、"天"相通思想的来源。⑥

---

① 李泽厚、刘纲纪：《中国美学史》（先秦两汉编），安徽文艺出版社 1999 年版，第 81 页。
② 李泽厚、刘纲纪：《中国美学史》（先秦两汉编），安徽文艺出版社 1999 年版，第 92—93 页。
③ 天人合一问题前已论及，此处再从生态和合的角度做一梳理。
④ 张岱年：《文化与哲学》，中国人民大学出版社 2006 年版，第 151 页。
⑤ 张岱年：《中国文化论争》，中国人民大学出版社 2006 年版，第 50—52 页。
⑥ 张岱年：《文化与哲学》，中国人民大学出版社 2006 年版，第 142 页。

张先生认为这是天人合一思想的发源处，其实，真正的源头应该是远古的气化的、天人交通的神巫观念，西周的《烝民》诗只是远古遗存的一个具体例证而已。① 当然，他强调孟子、董仲舒、张载、程颢、程颐的重要作用则是对的。孟子主张："尽其心者，知其性也，知其性，则知天矣"，② 把天和人的心性紧紧地联系在一起。董仲舒提出"人副天数"的观点，把人的特征、特性和天地作一一对应的解释，而且还讲天人感应。他的这些思想，虽有明显的牵强附会的成分，但对天人合一观的建构、强化却具有明显的推动作用。③ 宋代的张载在与佛教哲学辩难中正式提出了"天人合一"命题：

释氏语实际，乃知道者所谓诚也，天德也。其语到实际，则以人生为幻妄，以有为为疣赘，以世界为荫浊，遂厌而不有，遗而弗存。就使得之，乃诚而恶明者也。儒者则因明致诚，因诚致明，故天人合一，致学而可以成圣，得天而未始遗人，《易》所谓不遗、不流、不过者也。④

张载的意思是天道为"诚"，人道为"明"，佛教是主"诚"而废"明"，而儒家则是"诚""明"兼致，即所谓"得天而未始遗人"，而这也就是"天人合一"之道。应该说，张载在同佛教哲学的比较、辩难中，赋予"天人合一"以哲学的品质和地位。

程颢主"心即是天"，强调"一天人"、"天人本无二"、"以天地万物为一体"；程颐则强调天道人道的同一性，而且用"理"把性、心、天贯通一体。⑤ 二程的天人合一思想同张载一样，严格地说都不仅限于只言片语，而是同其相对严密的哲学体系相表里的，为"天人合一"的哲学建构起到了不可替代的重要作用。

《周易大传》和《中庸》中的和合思想也很突出。有论者指出：

和先秦诸子的著作相比，《周易》有一个鲜明的特点，那就是企图对包含自然、社会、人类的历史发展等等范围极其广泛的问题作出一种总体性的概

---

① 李泽厚认为："中国'天人合一'观念源远流长，其来有自。大概自漫长的新石器农耕时代以来，它与人因顺应自然如四时季候、地形水利（'天时''地利'）而生存和发展有密切的关系，同时这一时期尚未建立真正的阶级统治，人们屈从于绝对神权和绝对王权的现象尚不严重，原始氏族体制下的经济政治结构和血亲宗法制度使氏族、部落内部维持着某种自然的和谐关系（'人和'即原始的人道、民主关系）。这两个方面大概是产生'天人合一'（人与自然、个体与群体的顺从、适应的协调关系）观念的现实历史基础。"（《试谈中国的智慧》，《中国思想史论》（上卷），安徽文艺出版社1999年版，第322页）这个看法是有一定道理的，可参证。

② 《孟子·尽心上》。

③ 董的言论前已征引，此不赘述。

④ 张载：《正蒙·乾称》。

⑤ 张岱年：《文化与哲学》，中国人民大学出版社2006年版，第148—149页。

括和说明，建立一个世界模式。所以《周易》历来被看作是"弥纶天地，无所不包"。……《周易》是如何对自然、社会、人类作出总体性的概括说明，建立它的世界模式的呢？首先，它的全部做法都建立在这样一个根本的前提上：天与人是相通的、一致的，自然本身的运动变化所表现出来的规律也就是人类在他的活动中所应当遵循的规律。[①]

这就是天人合一或天人和合思想，《周易》把这称之为"以神道设教"："观天之神道，而四时不忒，圣人以神道设教，而天下服矣。"[②]"以神道设教"，也就是把"神道"（自然规律）变成"卦象"来教示天下。如《颐·彖》所说："天地养万物，圣人养贤，以及万民，颐之时大矣哉。"再如《恒·彖》说："日月得天，而能久照，四时变化，而能久成，圣人久于其道，而天下化成。观其所恒，而天地万物之情可见矣。"可以看出，《易传》认为圣人之道是完全效法天道的。《周易·文言》有更详细的表述：

夫大人者，与天地合其德，与日月合其明，与四时合其序，与鬼神合其吉凶。先天而天弗违，后天而奉天时。天且弗违，而况于人乎？况于鬼神乎？

一个"合"字，且"多维"之合，已尽传个中消息。其实，先王在设卦之时，所遵循的就是天人合一之道，《周易·系辞下》说：

古者包牺氏之王天下也，仰则观象于天，俯则观法于地，观鸟兽之文，与地之宜，近取诸身，远取诸物，于是始作八卦，以通神明之德，以类万物之情。

《易》之为书也，广大悉备，有天道焉，有人道焉，有地道焉。兼三才而两之，故六；六者非它也，三才之道也。

《周易·说卦》也有类似的表述：

立天之道，曰阴与阳；立地之道，曰柔与刚；立人之道，曰仁与义。兼三才而两之，故《易》六画而成卦。

说得非常清楚：《周易》原本就是天人合一的世界体式，它的六画卦，从上到下，头两爻代表天，中间两爻代表人，最下的两爻代表地，是天地人三才一体的结构模式。其天人合一不仅表现在其功能意义上，而且更表现在其结构体式上。也就是说早为它的结构所决定。

《周易》的和合观又是一种"阴阳和"、"交和"和"变和"观，是从阴阳——男女两性引伸出的"交和"思想。《周易·系辞上》说："一阴一阳之

---

① 李泽厚、刘纲纪：《中国美学史》（先秦两汉编），安徽文艺出版社1999年版，第271—272页。

② 《观·彖》。

谓道"；"阖户谓之坤；辟户谓之乾；一阖一辟谓之变。"《周易·系辞下》说："天地絪缊，万物化醇。男女构精，万物化生"；"乾，阳物也，坤，阴物也。阴阳合德，而刚柔有体。"《乾·象》有"保合大和"之说；《坤·象》也有"德合无疆"之谓。庄子说："易以道阴阳"（《庄子·天下》）；朱熹亦说："故易者，阴阳之道也"（《周易正义》）。

至于"变和"的思想，在《周易》也是极为突出的，如《系辞上》说：

《易》有圣人之道四焉，以言者尚其辞，以动者尚其变，以制器者尚其象，以卜筮者尚其占。……参伍以变，错综其数，通其变，遂成天地之文。极其数，遂定天下之象。非天下之至变，其孰能与于此。

还有诸如："天地革而四时成"、"一阖一辟谓之变"、"天地变化，圣人效之"、"化而裁之谓之变"、"刚柔相推，变在其中矣"、"通其变"等等，而"交"本身就是"变"，"易"则更是"变"。唐代的孔颖达指出："夫'易'者，变化之总名，改换之殊称……谓之为《易》，取变化之意。"（《周易·正义序》）

"阴阳和"、"交和"、"变和"，说到底则是"气和"。《周易》的基本立论基础便是阴阳二气，靠此二气，天地人三才才能一体结构，才能无穷化生；《周易》才能"与天地准，故能弥纶天地之道"。前引："一阴一阳之谓道"；"天地絪缊，万物化醇。男女构精，万物化生"，可以说都是讲"气和"。再如《说卦》所说："观变于阴阳而立卦"，"分阴分阳，迭用柔刚，故《易》六位而成章"，"山泽通气，然后能变化，既成万物也"，是讲阴阳二气为《周易》立卦之本，也是万物得以化生的根本。

气和既是为了"和"，也是为了"化生"、创新。"天地有大德曰生"；[1] "生生之谓易"，"夫乾，其静也专，其动也直，是以大生焉。夫坤，其静也翕，其动也辟，是以广生焉"。[2] 我们甚至可以说，气和的智慧就是生生的智慧，而生生之根则源自于气和、气化。

《中庸》用诚一性理念来统三才，开宋明理学之先声。其"和合"之论前曾引述，如其《第二十二章》说：

唯天下至诚，为能尽其性。能尽其性，则能尽人之性。能尽人之性，则能尽物之性。能尽物之性，则可以赞天地之化育。可以赞天地之化育，则可以与天地参矣。

肯定了具有最真诚禀赋的圣人，凭着发挥其天赋的本性，可以参透天地

---

① 《周易·系辞下》。
② 《周易·系辞上》。

之禀性，因而可做到天地人三才一体。这是"诚—性"和合论。更为重要的是它在《第一章》更加明确地提出了"致中和"和"位育中和"的思想，因为它提得非常明确，并放在第一章作了特别的强调，故对后世影响极大。这一章说：

> 天命之谓性，率性之谓道，修道之谓教。道也者，不可须臾离也，可离非道也。是故君子戒慎乎其所不睹，恐惧乎其所不闻。莫见乎隐，莫显乎微，故君子慎其独也。喜怒哀乐之未发，谓之中。发而皆中节，谓之和。中也者，天下之大本也。和也者，天下之达道也。致中和，天地位焉，万物育焉。

意思是说：性是自然形成的，遵性而为便是按规律行事，研究并推广这规律则是教化应做的工作。因为规律就在性中，因此它并不是外在的东西。这样，作为君子就应该慎重地对待这规律（性），甚至对大家不容易看到、听到的细微处也要格外小心。因为那些容易为人忽略处往往是最该注意的地方，即所谓暗是明，小是大，所以君子应该自觉地规约自己。那么，真正的性（规律）应该有什么表现呢？那就是：像喜怒哀乐这种人的内在情感，在内心未表现出来时，应处于同理智谐调的合度状态。表现出来也应该合度，这便是真正的性（规律），因为它是和合的、恰当的。合度、恰当是世界的根本，和合是世界的普遍规律。若达到"中和"（合度、和合），一切事物便会各守其位，万物便会正常地成长发育、生生不息。可以看出，《中庸》这个"位育中和"的思想实际上是沿着前此和合思想脉络来的，同时也是承接孔子的"中庸之道"和孟子的"性"往前演进的，是两者的融合，但又有新的拓进，这就是对"度"和"位"的强调。"位"可以对接"生态"，而"度"（中、中节）则具有平衡的意涵，用现代的语言解释便是"生态平衡"、"生态和谐"。用海德格尔的思想换译则是：让事物各是其是地自我显现，按照应然态的在的方式存在。

老庄哲学中也存在明显的和合思想，① 如老子说："万物负阴而抱阳，冲气以为和"。② 庄子说："通天下一气耳"，③ "至阴肃肃，至阳赫赫；肃肃出乎天，赫赫发乎地；两者交通成和而物生焉"，④ 并强调"和之以天倪"。⑤

中国的天人合一或和合思想不光是一种谱系强大的哲学，而且还是一种

---

① 可参见本章第四节：《道和》。
② 《老子·四章》。
③ 《庄子·知北游》。
④ 《庄子·田子方》。
⑤ 《庄子·齐物论》。

政治意识形态和施政模式，这就是古代统治者的卜筮、占星、郊迎、郊祀等活动，其特点便是政令、政行与自然季节变化相配合。这在甲骨文、《尚书》、《吕氏春秋》、《礼记》、《汉书》等都有记载。如有论者指出：

专以阴阳二气来阐明四时运行的思想，在先秦诸子中也显然存在。论说阴阳消息而自成一家的是阴阳家（《史记·邹衍传》）。这种学说认为：阴阳二气的消息，随四时的推移而节度流行，此乃天道之大经（《史记·太史公自序》"六家之要指"）。这被作为"历法"，认为它不止单纯地制约社会生活的实用方面，因为它和中国古代当政者的政治哲学有着关系。因此，王朝交替之际，作为受天命的天子为了使天下周知，就要改变诸种制度，即所谓"受命改制"，进行改变正朔这种改历的重要仪式。然而那种历，在实用性方面，具有农耕历的显著性格；在历法方面，基本上是作为太阴太阳历来进行改历的。说明与这种历法密切相关来施行政治的文献是《月令》。所谓"月令"，就是一年十二个月的政令之意，见于《礼记》，而其先导，则在《吕氏春秋》的十二纪。[1]

这可以看作是"与四时合其序"、"后天而奉天时"在政治上的具体落实。我们不妨看看《吕氏春秋》十二纪的具体记载：

立春之日，天子……以迎春东郊，还，乃赏公卿诸侯大夫于朝。命相……施庆行惠，下及兆民，庆赐遂行。

牺牲不用牝，禁止伐木，无覆巢，无杀孩虫胎夭飞鸟。

是月也，不可以称兵。……

立夏之日，天子……以迎夏于南郊，还，乃行赏，封侯庆赐，无不欣悦。乃命乐师习合礼乐。……

立秋之日，天子……以迎秋于西郊，还，乃赏军率武人于朝，天子乃命将帅，选士厉兵，简练桀俊，专任有功，以征不义，诘诛暴慢。

命有司，修法制，缮囹圄，具桎梏……决狱讼，……戮有罪……天地始肃，不可以赢。……

孟冬之日，天子……以迎冬于北郊，还，乃赏死事，恤孤寡。……察阿上乱法者则罪之，无有掩蔽。

割大牲，祠于公社及门闾。[2]

可以看出，其政令、政行完全是按照四季自然变化的规律如春种、夏长、

---

① 小野泽精一、福永光司、山井涌编著：《气的思想》，李庆译，上海人民出版社1990年版，第99页。

② 见于《吕氏春秋》之《孟春纪》、《孟夏纪》、《孟秋纪》、《孟冬纪》。

秋收、冬藏来部署、执行的，是依自然之节律来对应性地行施休养生息、杀伐刑赏的。这就是政治意义或实践形态上的天人合一。它的根源在于农耕社会的生产—消费的大结构，也在于气化和合的远古风习和相关思想、心理。由于中国长期处在农耕社会，而同时也由于科学的不发达，使得这种农业活动又不得不紧密依附于自然变化规律，于是气候、节令就成了具有支配性的调节杠杆。一句话，中国传统的和合思想，在根底或本质上，正是生态的、气化的。

还有，中国古代的明堂也是一个显例，它是古代最高等级的皇家礼制建筑之一，是帝王颁布政令、接受朝觐和祭祀天地诸神以及祖先的场所。它的形状据《汉书·郊祀志》载"黄帝时明堂图"是"一殿，四面无壁，以茅盖屋，屋通水，水环宫垣，为复道，上有楼，从四面入，名曰昆仑"。后来，又有发展演变，但不管如何变，其统合天人的生态拟构模型却是不变的，它是中国历史上把"天地"微缩于建筑的一个最典型的代表，如：它下方上圆——仿天圆地方模式；棱形立体的三层结构——对应天地人三才；四周多扇的门窗代表着四方八面等等。也就是说它在形式上其实也是在尽量模拟中国人心目中的天地模式，生态和合的"天人结构"作为一种自觉的文化理性在这里是十分明显的。如李尤《明堂铭》所写："布政之室，上圆下方。体则天地，在国正阳。窗达四设，流水洋洋。顺节行化，各居其房。春恤幼孤，夏进贤良。秋厉武人，冬谨关梁。"[①] 完全是一个天地人、人和自然生态性匹配恰适的宇宙——人世合一模式。

可以说生态和合就是一个巨大的对话模型，和合意味着民主、平等、和谐、统一，同时也意味着交流。因为，它是指把不同的东西合在一起、统在一起（即所谓的"和而不同"或"杂和"）的，而它的生态自然性和有机性又赋予它必然的、自然的、无可置疑的或天经地义的性质，因此，对话在这里是完全先在的和自明的，是有着充分的生长天机和存在根由的。

———————————

① 转引自叶舒宪：《中国神话哲学》，陕西人民出版社2005年版，第155页。

第二章　西方诗学对话思想的哲学基础

第一节　技术模式

技术模式是指相对侧重科学技术、应用操作的哲学类型，它是西方哲学同中国哲学的生命模式相"对应"的元范型，它产生于不同于中国先民的另外一种生存环境。西方哲学的源头是古希腊哲学，这已是常识。希腊哲学的产生也是和希腊人特定的生存条件分不开的，这有几个常识性的要点：一是"大希腊"概念，即古代希腊在地域上，不仅包括希腊半岛及其邻近的岛屿，而且还包括小亚细亚沿岸的一些岛屿、南意大利和西西里一带，以及远到北非和黑海沿岸的地区，且处在欧、亚、非三大洲相邻和交汇的空间位置；二是在地理上，是由山地、滨海的岛屿构成，受此地理环境的影响，形成了一个个既独立又开放的城邦小国（多达数百个城邦），特别是它的"民主政体"（完全区别于中国的宗法氏族社会结构），同时也必然造成了它文化上的多样性；三是亚热带气候，四季温差不大，简单的饮食即可使人们获得较充沛的体力，加上少雨，又使人们有大量的时间在户外活动，遂造成其公共生活或广场"文化"的发达；四是土地相对贫瘠，但又由于濒临爱琴海、地中海，于是只好往外发展，造成其向地中海周边地区殖民和发达的海上商业贸易活动（同中国以家庭为单位的农业生产活动具有本质的差别），据载早在公元前15世纪，克里特人的海上舰队就已经十分强大了，已控制了爱琴海的大部分地区；五是经历了多次的民族迁徙和民族融合，最后由三个基本的民族构成：多里斯人、伊奥尼亚人、爱奥利亚人。这三大民族（三大集团）从来没有形成统一的中央集权式的国家（这和中国又有根本的不同），而一直是多元的、开放的，或"多中心"的状态；六是东方文化之源，希腊文明在其形成和发展过程中从东方文化、文明中得益颇多。如杨适所说："希腊文明的发展首先从小亚细亚的伊奥尼亚城邦揭开序幕，耐人寻味。这里不仅同本土雅典一直保持着亲密的历史文化关联，同科林斯等希腊本土城邦有频繁的贸易往来，而且由于邻近腓尼基、亚述、赫梯和巴比伦尼亚，同埃及、北非和黑海一带有大量的海上交往，从东方文化中吸取了深厚的营养"，"希腊神话中的众神灵，也大多来自埃及、赫梯、腓尼基、吕底亚、伊朗等地。我们从许多著名的希腊哲学家和其他学者的经历可以知道，他们大多都有游历埃及、巴比伦和访问那里的神庙和祭司、僧人的经历。这是希腊人当时获得知识和智慧的一个主要源泉"，其文字也来自腓尼基人；[①] 七是很早就有了宗教，主要是奥林匹斯宗教和奥菲斯宗教，这使希腊人很早就具有强烈的超越世俗的精神（同中国的"德化"路线正相反）。

罗列这么多的常识的目的，是想指明希腊哲学赖以产生的基本条件，从这些条件中可总结出如下有利于或影响哲学家活动的基本特征：1. 外求，向外的认知和思考倾向，这同其向外殖民、扩张，进行海上贸易等活动有密切的关联；2. 自由、独立，这又以其独立的城邦、民主政体为基础；3. 超然玄思，即哲学家的思考不为现实实用目的所囿，这既同其"易于生存"有关，又同其宗教信仰的发达有关；4. 探本求源，这既受其宗教的影响，又同大海的广阔、神秘有关。5. 科学性，这既有民主、自由、独立的文化氛围的因素，又同航海、贸易等外向发展等对科学技术的现实需求有关。总之，古希腊哲学虽同中国哲学一样都源自神话（当然即使是神话，中西也有很大的不同），但很快就异轨分途。其最大的差别在于它的外向发展和科学旨趣，而此两条又和它之广阔的海域地理、城邦民主政治有着密切的关联。也就是说，古希腊人身处的是一个高度开放的生存空间，开放到使人伦社群结构一开始就是比较破碎的，很难形成集凝性很强的氏族宗法节扣，而且即使是城邦也缺少像中国那样的"凝固力"，城邦间移民现象非常普遍。这种风气一直延续到了今天，所不同的只不过是希腊变成了整个欧洲而已。而就希腊整体而言，则又不断向外殖民，因此，可以说是希腊内外的"外向"性：城邦间的外向和希腊整体的外向。这样，希腊人眼里看重的便不是中国的家族、农作物，而是大自然、海上贸易、战争和公务活动。这些条件综合起来，很容易把希腊人的兴趣和需要引向科学探究和对神秘的外部世界的本质诉求，因此，从混沌的"无"走出来的希腊人就必然格外钟情于"有"、"实"和"理性"。虽

---

① 杨适：《古希腊哲学探本》，商务印书馆 2003 年版，第 122、123 页。

然从整体言希腊精神仍然是两极结构：天空与大地；天神乌兰诺斯与地神该亚；奥林匹斯宗教与奥菲斯宗教；日神精神与酒神精神；自然与人；科学与哲学；感性与理性；知识与道德；城邦人与自由人；民主与奴隶，等等，但希腊哲学、希腊精神在根底里却是以科学、求真、理性、逻辑为基础、为脉系和底色的，或曰其虽以两极为构架，但却又是以其中的一极为重点的，或更偏向一极，希腊哲学以宇宙论开其端正显示出这一科学的、求真的倾向。正如杨适所指出的：

亚里士多德在他的《形而上学》的一开始，就试图对所谓"智慧"作出说明……他首先从人类的求知过程来进行分析。认识从感官的感觉开始；对同一事物的感觉由于记忆，产生出一个单纯的经验；经验的积累就产生了技术和科学。经验是关于个别事物的知识，而技术则已是普遍的知识了。这里已出现了重要的区别：有技术的人比只有经验的人要有智慧些，因为他知道了普遍，也就能知道原因，不像经验只知其然而不知其所以然。①

亚里士多德说："有经验的比只有知觉的人要智慧些，有技术的比只有经验的人要智慧些，大匠师比只会操作的工匠要智慧些，而理论的各种知识比生产的各种知识要更合于智慧的本性。""智慧是关于某些原因和原理的知识。"② 无疑，所谓的"技术模式"正同这种重技术、重理论的倾向有关。这从希腊"神"的非道德色彩也可得到证明："希腊人只'崇拜''神'，而不'信仰''神'，'崇拜'是力量方面的事，而'信仰'则是道德领域的事。希腊诸神并非道德之典范，这是一个很值得重视的现象。……希腊的神不是'道德'的理想化，而是'力量'的理想化。在希腊人心目中，'力量'来自于'知识'和'技能'。希腊的神大多有一些高超的'技能'，宙斯会打雷闪电，波赛东会翻江倒海，有的会造兵器，有的会使兵器，有些技能人根本不会，像'火'是普罗米修士偷给人的……"③ 重知识、技术的特点在它的神话中也有表现，这同中国哲学的道德化特点是正好相反相异的。

希腊哲学不同于中国哲学生命模式的技术模式，也正是只有在这样的土壤中才会产生。但哲学作为人类的一种高级的智慧劳动，自然和哲学家的建设分不开，尤其是其创建阶段，哲学家如何为它奠基也是一个至关重要的条件。

---

① 杨适：《哲学的童年》，中国社会科学出版社 1987 年版，第 33 页。
② 转引自杨适：《哲学的童年》，中国社会科学出版社 1987 年版，第 34 页。
③ 叶秀山：《希腊奥林帕斯山上诸神与希腊神话之古典精神》，见《叶秀山文集哲学卷》（上），重庆出版社 2000 年版，第 671 页。

文德尔班在他的《哲学史教程》中把希腊哲学划分为：宇宙论时期、人类学时期、体系化时期、伦理学时期和宗教时期几个不同阶段，梯利在他的《希腊哲学》中说："希腊哲学以宗教始，以宗教终"，[①] 这都有道理，而我们的工作则是要从中剔掘、梳理、探论它的技术模式，而可行的路径则应是从它的历史演进轨迹入手。希腊最早的哲学家被称为"望天者"，这源自一个著名的传说，故事说希腊第一位哲学家泰勒斯有一次夜观天象，由于太过投入，结果不小心失足掉进了一口井里。路过的色雷斯婢女嘲笑他说："他连地上的事情都没有搞清楚，就去关心天上的事情"，而柏拉图认为这正是哲学家的通病：关注似乎于人于己都毫无实际益处的问题，因而忽略了身边的事情。"望天"在希腊凸显的不是别的，正是人对自然的关注，是一个科学的"症候"。希腊最早的一批哲学家恰恰都是一批"科学家"，他们的哲学被称为"自然哲学"，或直接被称作"自然学"。例如还是这个泰勒斯，据说他成功地预言了一次日食；也预见过来年橄榄的丰收，提前以低价租进当地所有的榨油机，结果赚了很多钱；在几何学方面，据说他可以在圆里画出直角三角形，也知道等腰三角形两底角相等；他根据自己的身高求出了金字塔的高度，也知道如何从岸上测量海上船只距离的方法；据说他第一个测量过小熊星座，测定过春分、秋分、冬至和夏至等。[②] 这种科学家背景和科学认知的取向，可以说直接奠定了希腊哲学的"技术模式"基础，或旨趣定势。所谓"技术模式"就是指思考问题、看待事物的角度或方式是科学技术的，或曰是技术眼光，科学追求。是"按照人制作器物的样式来考虑问题，因为人制作器物是一种典型的技术行为"。[③]

在泰勒斯之后，毕达哥拉斯学派提出了数是世界的本原的观点，创立了"数哲学"。如亚里士多德所指出的："在这些时候，甚至更早些时候，所谓毕达哥拉斯派曾经从事数学的研究，并且第一个推进了这个知识部门。他们把全部时间用在这种研究上，进而认为数学的本原就是万物的本原。"[④] 毕达哥拉斯派的出现强化了由泰勒斯等米利都学派开其端的哲学"科学方向"，"它第一次把事物的性质归结为数量关系，发现了用严密的数量关系可以确切规定事物及其性质和运动。作为这一科学方法与传统的原创者和奠基人，毕达

① 梯利：《希腊哲学》，商务印书馆 1944 年版，第 9 页。
② 见杨适：《古希腊哲学探本》，商务印书馆 2003 年版，第 134—135 页。
③ 见成复旺：《走向自然生命》，中国人民大学出版社 2004 年版，第 1—21 页。
④ 《西方哲学原著选读》（上卷），商务印书馆 1981 年版，第 18 页。

第二章 西方诗学对话思想的哲学基础

哥拉理所当然永垂青史"。① 依此路径，我们会看到：赫拉克利特的"逻各斯"也有"技术内涵"，因为逻各斯的本义是"道及对道的言说"，它非一般的说话，而是智慧的、理性的，或真理性的言说，这当然就内含着理性能力、语言修辞的技术技巧。这条线索延伸至苏格拉底，则为理性地认识事物找到了一种归纳推理和普遍定义的科学方法，"有两样东西完全可以归功于苏格拉底，这就是归纳论证和一般定义"。② 而"柏拉图认为数学是一切知识中的最高形式，否则就根本不是知识"，③ 还有他的"辩证法"，为技术模式的形成和发展也起到了显著的推动作用。再后来，亚里士多德认为"研究哲学是为了求知，不是为了实用"，并且提出了"范畴论"、"四因说"，论述了实体的"十个范畴"；在"四因"中又特别强调和突出了"形式因"，特别是他还创立了逻辑学（形式逻辑体系），可以说，在他手中已发展形成了比较成熟的"技术模式"体系。再往后，笛卡尔、莱布尼茨、康德、罗素等等一大批哲学家仍然兼治自然科学，而且都依然沿着"技术模式"的路径继续前行，"逻辑的形式推理"正是他们建构哲学体系的基本方法。黑格尔还专门写了《大逻辑》和《小逻辑》。后又经启蒙运动的推波助澜，工具理性（技术模式）更是大行其道。至于科学哲学、分析哲学、实证主义等派别和体系，则更是规模浩大的"科技理性"的"工程化操练"的产物。后来连提出"科学技术成了意识形态"的法兰克福第二代领袖哈贝马斯所开出的拯救西方现代性危机的方案——以"交往理性"重建历史唯物主义，其最终的依托支架依然是"语言"（仍属技术模式一路）。正因为西方哲学中技术模式这一元范型太过强大，才有尼采、海德格尔、德里达、福柯、德勒兹等后来一大批哲学家对它的否定、批判和"反向而动"。

归结起来，技术模式对西方诗学对话思想的影响主要表现为以下几点：1. 使对话容易在理性的、概念的框架中进行，比如结构语言学模型即是其显著的代表。哈贝马斯讲语言，巴赫金也讲对话中的复调、双声性。而海德格尔、拉康也都基本上是从"话先说我"的先验语言理性模式中寻找运思、论理的前提性论据的。2. 使对话更容易转化为一种应用的技术模式，具有较强的实用性、可操作性，比如哈贝马斯关于交往对话中的规范原则、正确原则、诚实原则；可理解性、真理、正义性、诚实性等条件和原则的设定就是一种具体化操作思路。正如高宣扬所指出的："在这里，哈贝马斯以'操作性思

---

① 见杨适：《古希腊哲学探本》，商务印书馆 2003 年版，第 167 页。
② 《西方哲学原著选读》上卷，商务印书馆 1981 年版，第 58 页。
③ 赖欣巴哈：《科学哲学的兴起》，伯尼译，商务印书馆 1991 年版，第 27 页。

维'作为标准。所谓'操作性思维',实际上是有计谋的、有计划有步骤的、带战略性的、实践的、有效的思维。"①

第二节　实在理性

实在理性是指西方哲学一开始就把探求宇宙的实在,亦即始基或本质作为哲学的主要目标的一种理性倾向,这也和希腊哲学家的原创、奠基工作分不开,如希腊哲学家一开始就认为这种"实在"是最真实、最根本的东西,是决定和解释一切的本原。正如戴维·林德伯格所说的:"早在公元前六世纪,希腊哲学就开始出现","一批思想家开始对他们所生活的世界的本质进行一种严肃的、批判性的探求——这种探求从那时一直延续到现在"。② 应该说最早从泰勒斯提出的万物的始基是"水"开始,这种求本探源的精神就被其后的哲学家保持了下来。阿那克西曼德的"无规定者"(无限),阿那克西美尼的"气",毕达哥拉斯的"数",赫拉克利特的"火"和"逻各斯",巴门尼德的"存在"(持存),芝诺的诡辩式"论证",恩培多克勒的"四根"和"爱与斗",阿那克萨哥拉的"种子"和"心灵",普罗泰哥拉的"人",德谟克利特的"原子"和"虚空",苏格拉底的"善",柏拉图的"理式"(相),亚里士多德的"实体"和"四因",中世纪哲学中的"上帝",笛卡尔的"上帝"和"我思",莱布尼茨的"单子",康德的"先验理性",黑格尔的"理念"(绝对精神),马克思的"生产方式",叔本华的"生命意志",尼采的"权力意志",索绪尔的"语言",弗洛伊德的"无意识",海德格尔的"存在",结构主义的"结构"或"神话原型",符号学的"符号",文化研究学派的"文化",德勒兹的"欲望",等等,形成了一个连绵不断的"实在理性"(本质化)大统。其基本轨迹是:由具体到抽象,由感性到理性,由本体论到认识论再到语言论,由理性到非理性,由结构到解构,中间还交织着科学主义和人本主义的对峙和"交响"。其最大的特点是把本原"实体化"和"理性化",这看似一对矛盾,但在西方哲学中两者又恰恰是非常统一的,这也同其哲学的早期创建者的"奠基工作"有关。

"实体化"首先表现在希腊先哲们思考本原的着眼点是从身边的具体自然

---

① 高宣扬:《德国哲学通史》第三卷,同济大学出版社 2007 年版,第 1217 页。
② 戴维·林德伯格:《西方科学的起源》,中国对外翻译出版公司 2001 年版,第 28 页。

物质出发的，如"水"、"火"、"气"、"火水气土四根"；其次，他们持有的是科学探究的眼光，加上他们大都是一些自然科学家，他们的哲学和科学本来就是一体的，寻找一个实实在在的本原在他们是很正常的事情，"他们询问关于它的成份、它的组成和它的运作的问题；他们质询它是由一种还是多种事物组成的；他们探究它的形状和位置并猜测它的起源；他们追求理解事物产生和转化的变化过程；他们沉思地震、日食、月食等异常自然现象，并寻求不仅适用一次具体的地震或食、而且适用于所有地震或食的普遍性解释；他们开始仔细思考推论和证明的规则"；[1] 再次，他们由一开始的"不确定"（动态、变化），转到了对确定性、永恒性的追求，强调本原的确定不动、静止、永恒，如巴门尼德的不动的"存在"，柏拉图的静止、永恒的"理式"（相）等，都有"实化"其本原的色彩；复次，原子论和亚里士多德"实体论"元典的影响。如德谟克利特认为"一切事物是原子和虚空，别的说法都只是意见"，"原子由于坚固，是既不能毁坏也不能改变的"。[2] 而亚里士多德首创"第一哲学"，亦即形而上学，而且明确其研究对象为"存在"、"有"、"本体"或"实体"，认为存在中最根本的存在就是实体的存在，即最普遍的存在本身的存在。因此，也可以说他的"第一哲学"就是以实体为研究对象的实体哲学（实在哲学）。亚里士多德创立的这一实体哲学对后世影响很大，虽然后来的哲学家在具体对实体的理解和解释上有所不同，但基本路径和范式则是相同的，如国内有学者指出："实体是什么？不同的形而上学家们对它有不同的回答。在数量上，有人认为实体只有一个（如斯宾诺莎），有人则认为有多个（如莱布尼茨）；在性质上，有人认为实体是精神的（如莱布尼茨），有人认为实体是物质的（如斯宾诺莎），也有人认为它既有精神的，也有物质的（如笛卡尔）；在涉及上帝方面，有人认为上帝是超越其他实体的绝对实体（如笛卡尔、托马斯），也有人认为神性体现在自然实体之中，因而自然实体就是上帝（如斯宾诺莎）。""我们可以说，一般形而上学所谓的实体主要有：上帝、物质实体和精神实体。"[3] 可见，其具体见解虽异，而"实体化"的理路则是相同的。

理性化的始作俑者应是毕达哥拉斯的"数"，"数"是什么？"他们说数是万物的本原有两种含义，其一，数是事物的质料因，也就是说，用数能造成实际的自然事物，它是万物的实际的材料；其二，数是万物的样式或范型，

---

[1] 戴维·林德伯格：《西方科学的起源》，中国对外翻译出版公司 2001 年版，第 28 页。
[2] 《西方哲学原著选读》上卷，商务印书馆 1981 年版，第 47 页。
[3] 强以华：《存在与第一哲学》，武汉大学出版社 2005 年版，第 4 页。

抓住了数的这种特性也就知道了事物是什么。前者是从存在意义上说数是万物的本原，指质料；而后者则是从形式和特性上说的本原，即原理"。① 也就是说，前者是"感性"的，后者则是"理性"的，可见，其"数哲学"正处在"自然哲学"和"第一哲学"的转折点上，代表着希腊哲学由感性自然的不确定性的存在向理性逻辑的确定性存在的理性转向。紧接着，赫拉克利特的"逻各斯"又给了此转向一个有力的推助。"逻各斯"的基本内涵有两条："客观规律和人的言说"，杨适把它概括为"对自然秩序的智慧言说"。② 而所谓智慧的言说在根本上也就必是理性的、逻辑的和本质性的言说，而强调人的言说，既突出了人的"主体性"，同时又彰显了语言修辞的价值，开人本和语言论之先河。后来普罗泰哥拉的"人是万物的尺度"，既接续了"人本"，又不离"逻辑"或"语言"（尺度），而苏格拉底的"美德即知识"也是如此，既关"人本"（美德），又涉理性逻辑（知识）。当然，紧承赫氏"理性化"之后的还要先排上的则是巴门尼德的"存在"，这才是希腊哲学第一个真正完全抽象的、理性化和本体化的概念，"真正明确和正式地把'真实或真理本身究竟是什么'的问题提到哲学研究的第一位的，巴门尼德实在是第一人"，"巴门尼德是第一个明确了思维逻辑的哲学家"，"巴门尼德在提出逻辑思维时，比前人（如赫拉克利特）更强调理性论证的作用"，"这是巴门尼德的最伟大的功绩，它抓住了确定性紧紧不放，开创了希腊人的严格的逻辑思维活动"。③ 有了巴氏这个地基和平台，柏拉图的"理式"（相）也就更加理直气壮地迈上了把抽象理性本体化、体系化的轨道，到亚里士多德建构出他的实体论、四因说、范畴论后，本原实体化和理性化的古典形态已达到了最高峰，为后来的西方哲学提供了一份十分成熟的、巨大的实在理性遗产。而笛卡尔的"我思"、康德的"先验理性"、黑格尔的形而上学理念体系则是它的近代形态。至于现代的非理性思潮则可看作它的"互补形态"，而后现代的非中心主义在根本上也可理解为是它的"开放性、多元性的变奏形态"（后现代理论家用"语言"反语言，用"体系"反体系，其悖论处境就是显证）。

西方哲学的技术模式和实在理性导致了西方艺术的写实追求和科学特点，如主张模仿、再现，强调黄金分割的比例关系，史诗、戏剧、长篇小说等叙事性艺术相对发达，出现了典型理论、现代派艺术的哲理性追求、后现代艺术的"语言狂欢化"倾向等等，这也都是常识，故不再赘述。

---

① 见杨适：《古希腊哲学探本》，商务印书馆 2003 年版，第 165—166 页。
② 见杨适：《古希腊哲学探本》，商务印书馆 2003 年版，第 184 页。
③ 见杨适：《古希腊哲学探本》，商务印书馆 2003 年版，第 227、229、231 页。

中西哲学的生命模式与技术模式、气化理性与实在理性两对元范型在根本上影响了中西哲学的不同的逻辑走向，如面对天，中国哲学关注的是"像天那样动"，西方哲学关注的则是"天是如何动的"；对于天人关系，中国哲学主"天人合一"，西方哲学主"天人两分"；中国哲学只追求经验的合理性，如强调施礼乐仁政，培养自己的德行，那个"道德之天"仅仅是人的"本体性"假设而已，而西方哲学则一定要"本体化"，即一定要刨根问底，使始基、本体、理念、存在、神（上帝）得到科学证明，而且运用的也是几何学、逻辑推理等科学方法；中国哲学的天是道德天，西方哲学的天则是数学天（毕达哥拉斯的"数的和谐"）；中国哲学的人是道德人（仁者、君子。当然，道家对"道德"的理解不同，主张自然或无为而无不为，但它的"真人"、"至人"或"自然人"只是儒家的"君子人"的补充），而在西方哲学眼里，人则是"机器"或"单子"；在中国哲学中，"艺"意关"种植"，在西方哲学中，"艺"更多的则是指"制作"，一为生命模式，一为技术模式；中国哲学主"道言"，如《老子》言"道可道，非常道；名可名，非常名"，庄子哲学用寓言、重言、卮言来写，主张"得意而忘言"，而西方哲学则主"理言"（逻各斯），强调严密的逻辑论证，如柏拉图用几何学、辩证法（当然，柏氏也多用"对话体"，只是其内里仍潜伏着严密的理性逻辑，柏氏最崇尚的就是理性，最想做的就是"理性的人"；另，后来尼采的诗性表达则是为了反传统，是有意为之），亚里士多德则用更严密的范畴和逻辑体系，至于康德、黑格尔就更不用说了，等等，这又见出气化理性和实在理性的不同。

就实在理性对其诗学的对话思想的影响而言，表现为正负两个方面，正面在于容易使对话思想"本体化"，如海德格尔的存在—阐释—对话的本体论；加达默尔的本体性哲学阐释学或本体化的"问答逻辑"；巴赫金的本体论的对话主义等等。其负面影响在于压制和排斥对话范型，即容易形成单极化的本质主义如逻各斯中心主义，或即使仍保留二元关系框架，但却是压倒和被压倒的二元对立的"主奴结构"，也就是说这种实在理性的哲学土壤恰恰也同时在支持着一种非对话或反对话的"形而上学"模式。因此，它是利弊兼有的矛盾体，一树开两花，对话与反对话都可在这棵树上同时并存。而也无疑，作为一种新的哲学趋势，作为更理想、更合理的人文与社会科学模式，对话论的哲学范型已经在日渐强大地兴盛起来，而传统的实在理性也会随之显示出它的积极的有利于对话范式发展的一面。

第三节　酒神与日神的交相辉映

从源头上看，西方哲学的宽厚的地基则是传统的"希腊精神"。什么是希腊精神？人们有各种说法：

维柯说，希腊人的智慧是一种"诗性智慧"，温克尔曼则把它概括为"高贵的单纯"与"静穆的伟大"，席勒说它是人的想象的青春与理性的成熟的完美结合，黑格尔则把希腊精神誉之为是西方人的精神家园，而尼采则称希腊精神是"酒神精神"与"日神精神"的相互辉映。尽管这些说法和描述各有不同，但根本观点却大体接近，用尼采的说法，那就是"日神精神"和"酒神精神"，它们作为希腊精神的深层结构与动力，不仅造就了不朽的希腊文明，而且和后来的希伯来（或基督教）文明一起共同为西方文化的承续与发展奠定了本原性的基础。[①]

在希腊，日神精神代表着理性、秩序、节制，酒神精神代表着感性、本能、狂放，前者属于安闲静坐、凝神观照、沉思默想的精神，一种形式化的能力和理想化的倾向；后者则属于载歌载舞、狂喜狂欢中的浑然忘我精神，一种与宇宙大化冥契神合的能力和超尘脱俗、寻求灵魂与肉体完全解放的倾向。[②] 或如果说前者等于"数理逻辑"，后者则等于"诗性迷狂"。过去，人们一般会认为希腊精神是高度理性化的，具有不同于别的民族文化的技术的和科学的色彩，而其实，它"除了科学理性的维度之外，还有另外一个维度，那就是前苏格拉底的神灵精神、诸神世界、悲剧意识以及奥菲斯的神秘主义，正是它们与理性精神之间的张力关系造就了希腊文化的生气"。[③] 因此，尼采的发现无疑是十分深刻的，他从生命意志和原创活力的意义上重建了希腊的原始动力机制，揭示出了酒神和日神"相生互补"结构，也为后来希伯来信仰文化的进入开显出了一个自然相接的内在前提。尼采虽然对酒神情有独钟，但他所肯定的却是两神的"交相辉映"，他在探讨了希腊悲剧的起源和本质的二元性质（日神和酒神）之后说："所以，悲剧中日神因素和酒神因素的复杂关系可以用两位神灵的兄弟联盟来象征：酒神说着日神的语言，而日神最终

---

① 吴琼：《西方美学史》，上海人民出版社 2000 年版，第 8—9 页。

② 参见韩东晖主编：《智慧的探险》，中国人民大学出版社 2003 年版，第 9 页。

③ 吴琼：《西方美学史·前言》，上海人民出版社 2000 年版，第 9 页。

说起酒神的语言来。这样一来，悲剧以及一般来说艺术的最高目的就达到了。"① 并且还把这两神精神的交相辉映看成是人的本体精神：

我们不妨设想一下不谐和音化身为人——否则人是什么呢？——那么，这个不谐和音为了能够生存，就需要一种壮丽的幻觉，以美的面纱遮住它自己的本来面目。这就是日神的真正艺术目的。我们用日神的名字统称美的外观的无数幻觉，它们在每一瞬间使人生一般来说值得一过，推动人去经历这每一瞬间。况且，一切存在的基础，世界的酒神根基，它们侵入人类个体意识中的成分，恰好能够被日神美化力量重新加以克服。所以，这两种艺术冲动，必定按照严格的相互比率，遵循永恒公正的法则，发挥它们的威力。酒神的暴力在何处如我们所体验的那样汹涌上涨，日神就必定为我们披上云彩降落到何处；下一代人必将看到它的蔚为壮观的美的效果。②

罗素也指出："从某个角度看，这是希腊人灵魂张力的象征。一方面，存在着秩序和理性，而另一方面又存在着无序和本能的冲动。……正是希腊人的这种双重性格最终使世界发生了翻天覆地的变化，尼采称这两种因素为'阿波罗因素'和'狄奥尼索斯因素'。任何一个因素都不可能单独使希腊文化发扬光大。"③

其实，放开来看，这正是希腊哲学或希腊精神的"二元性"，它是根源性、基础性、总体性和结构性的，如从起源、生成的意义看，它的两元结构脉系可这样来铺展：一极为天神——乌兰诺斯（天空），代表理性、形式感；明朗、光明，赋予世界以秩序和规则——宙斯——阿波罗——大卫——多里亚柱式的粗犷雄浑；另一极为地神——该亚（大地），代表神秘的力量；深厚、晦暗，赋予世界以生命和力量——赫拉（海伦）——雅典娜——维纳斯——伊奥尼亚柱式的纤巧秀丽。当然，这两极还可以看成是奥林匹斯宗教与奥菲斯宗教；日神与酒神；亚里士多德与柏拉图；现实主义与浪漫主义；科学推理与直觉感悟或理性逻辑与诗性迷狂等。这二元之间的关系在最初并没有被严格地概念化、意识形态化，特别是还没有形成僵硬的压倒与被压倒、统治与被统治的单极化模式，而还处于混沌、浑然、直觉、统合、渗透的关系之中，也就是说在本质上还是良性的相生、互补和对话关系。在苏格拉底之后，特别是经过柏拉图理式论的极端化建构之后，那种平等对话的二元架

① 尼采：《悲剧的诞生》，周国平译，三联书店 1986 年版，第 95 页。
② 尼采：《悲剧的诞生》，周国平译，三联书店 1986 年版，第 107—108 页。
③ 伯特兰·罗素：《西方的智慧》，亚北译，中国妇女出版社 2004 年版，第 10—11 页。

构才在后来的哲学演进中一步步被单极化、非对话化。①

前苏格拉底的这种对话世界图式是与早期希腊民族浑整的宗教思维有着直接的关系，神话、宗教正是哲学的史前形式，是它的母体和最初胚胎，"希腊宗教没有东方那样强大的神庙经济，也没有和政权紧密结合形成阻碍哲学发展的专制精神势力，但希腊神话与宗教也是希腊哲学产生与演变的重要思想因素"，② 尽管希腊哲学的诞生正是以对神秘的宗教意识的某种程度的剥离、超越为前提的。③ 早期的希腊哲学在一定意义上看正具有这种神秘的浑整性，如泰勒斯的"水"本原论、阿那克西美尼的"气"基质论、毕达哥拉斯的"数和谐"论、赫拉克利特的"活火"论、恩培多克勒的"斗与爱"世界观等，即使是巴门尼德的"存在"也都体现出一种概念与非概念、理性与诗性、自然与人文、现象与本质胶着未分状态，它们看待世界，在一定意义上仍然是"合"大于"分"的，正如罗素所说：

阿那克西曼德曾经说过，相互斗争的对立双方最终将归于无限，以调和彼此的侵犯。赫拉克利特从毕达哥拉斯的和谐概念出发，发展出一个新的理论，这也是他对哲学的卓越贡献，他的观点是，真实世界在平衡调节中包含了对立的倾向。根据不同的量度，在对立双方的冲突的背后，世界存在着一种潜在的和谐。……"潜在的和谐优于公开的和谐"。④

也正是因此，海德格尔才特别看好希腊的前苏格拉底哲学，把它视为哲学获得新的生机的原发地，"海氏认为，早期希腊思想就是原始的'存在之思'，在那里，存在本身是无蔽而彰现着的。今天我们要重新唤起'存在之思'，则首要的事情是'回忆'和'重演'早期的'存在之思'。思想的道路要实施'返回步伐'（der Schritt zuruck），要回到源头，回到思想的'第一个开端'去思存在之原始意义。对海氏本人的思想来说，这一'返回'构成了'转向'的一个方面；而对欧洲形而上学传统来说，它构成了一个更为深刻的

① 其实，即使是高度强调"理式"的柏拉图，同时也格外钟情于"灵感"、"迷狂"等神秘一极，即仍处在二元性精神的交融、亲和和分化、转化的过渡之中，这也是特别需要注意的。

② 姚介厚：《古代希腊与罗马哲学》上卷，见叶秀山、王树人总主编：《西方哲学史》第二卷，江苏人民出版社 2005 年版，第 33 页。

③ 希腊哲学的"第一个阶段是哲学凭借科学思想而产生，同宗教分离和对立，但又没有摆脱宗教的影响，甚至自身包含着宗教的渗透因素。从泰勒斯创生哲学到公元前 5 世纪中叶智者派的人文主义运动，宗教和哲学就处于这种既分离又渗合的关系"（姚介厚：《古代希腊与罗马哲学》上卷，见叶秀山、王树人总主编：《西方哲学史》第二卷，江苏人民出版社 2005 年版，第 52—53 页）

④ 伯特兰·罗素：《西方的智慧》，亚北译，中国妇女出版社 2004 年版，第 23 页。

'转向'：从哲学转向思想"。①海德格尔说："赫拉克利特和巴门尼德还不是哲学家。为什么不是呢？因为他们是更伟大的思者。这里，'更伟大'并不是对一种成就的估价，而是显明着思想的另一度。赫拉克利特和巴门尼德之所以'更伟大'，是因为他们依然与逻各斯相契合，亦即与'一（是）一切'相契合。"②并说："自早期思想以来，'存在'就是指澄明着——遮蔽着的聚集意义上的在场者之在场，而逻各斯就是作为这种聚集而被思考和命名的。""该箴言说的是：在场者作为它所是的在场者出于裂隙。在场本身必然包涵着裂隙连同出于裂隙的可能性。在场者乃是始终逗留者。逗留（Weile）作为进入离开（Weggang）的过渡性到达而成其本质。逗留在到来和离去之间成其本质。始终逗留者（das je—Weilige）被嵌入这一'之间'（Zwischen）中。这一'之间'乃是裂隙，而逗留者一向循此裂隙从来源而来、向离开而去被嵌入其中了。逗留者的在场向前移动进入来源的'来'（Her），并且向前移动进入离开的'往'（Hin）之中。"③海氏用非常个性化的语言所强调的正是与现象学的原发居中路径相近的前苏格拉底思想的原发性、主客未分性、居间性和动态生成性。④如"在场者出于裂隙"，"逗留在到来和离去之间成其本质"，"嵌入'之间'"等无疑都具有这样的旨趣。而这种"原发居间"性，说白了正是"关系构架"中的"对话态"。是两神的交相辉映、潜在的和谐或彼此的激发和惠予。其实，这样的原发智慧即使到亚里士多德那里也未完全立刻消失殆尽，亚氏对"中道"的强调即可视为它的存留，亚氏说："美德是牵涉到选择时的一种性格状况，一种适中，就是说，一种相对于我们而言的适中，它为一种合理原则所规定，这就是那具有实践智慧的人用来规定的美德的原则。它是两种恶行——即由于过度和由于不足而引起的两种恶行——之间的中道。……因此，就其实质和就表述其本质的定义而言，美德是一种中道，而就其为最好的、应当的而言，它是一个极端。"⑤

可以说，西方早期哲学中的这种"两神交相辉映"、"原发居中"、重

---

① 孙周兴：《在思想的林中路上》，见《海德格尔选集·编者引论》（上），上海三联书店 1996 年版，第 8—9 页。

② 海德格尔：《什么是哲学?》，见《海德格尔选集》（上），上海三联书店 1996 年版，第 596 页。

③ 海德格尔：《阿那克西曼德之箴言》，见《林中路》，孙周兴译，上海译文出版社 2004 年版，第 372、375 页。

④ 可参证张祥龙所说的："海德格尔明确地讲到'Da'的日常含义有'这里'（此）和'那里'（彼）的意思。而且，他正是要利用这个词的这种两者兼具的牵挂性来表达'彼'、'此'之间的相互构成，以显示出一个根本的存在境域。"（《从现象学到孔夫子》，商务印书馆 2001 年版，第 83 页）

⑤ 《西方哲学原著选读》上卷，商务印书馆 1981 年版，第 156 页。

"主客"和谐的整体性智慧,是对话诗学的极其重要的思想和理论基础。是它所从出的原典和原脉。

第四节　自然人化与人的本质力量的对象化

严格地说,这个命题是马克思提出来的,但它在德国古典哲学中已见端倪、已显来龙,或者说它的远源不是别的,毋宁就是上述"两神交相辉映"、"原发居中"、重"主客"和谐的整体性智慧。张祥龙认为:

康德方案中有"交",……所以康德的"先天知识"或"先验逻辑"并不等于唯理论的那有自己实在对象的"先天观念",它本身是非对象化的、只起到先天综合作用的"形式"或"范畴",所以它从根子上就需要经验直观的成就,因此就其自身讲是"虚的(函项式的)"、"有待在经验中完成的",也就是"本性上交构着的"。……所以康德的方案("哥白尼革命")从根子上是"居中而交"的,处于经验主义/唯理主义、直观/概念、客观/主观、被动现象/思想主体之间。康德思想的一切创新之处,微妙之处,一直到现在还有魅力之处,其原因正在于此。①

也就是说,从某种意义上看,康德仍然是原发居中的智慧,仍属主客对话的"关系范式"。康德的"革命"所要解决的正是要再回到这种原始的范式上来。这种原始的范式,经过近代的学理改造,又逐渐转化为主客体间的"对象化互建"关系,这在黑格尔那里开始明朗起来。

黑格尔在《美学》中这样说:"自然界事物只是直接的,一次的,而人作为心灵却复现他自己,因为他首先作为自然物而存在,其次他还为自己而存在,观照自己,认识自己,思考自己,只有通过这种自为的存在,人才是心灵。人以两种方式获得这种对自己的意识:第一是以认识的方式,……其次,人还通过实践的活动来达到为自己(认识自己),因为人有一种冲动,要在直接呈现于他面前的外在事物之中实现他自己,而且就在这实践过程中认识他自己。人通过改变外在事物来达到这个目的,在这些外在事物上面刻下他自己内心生活的烙印,而且发见他自己的性格在这些外在事物中复现了。人这样做,目的在于要以自由人的身份,去消除外在世界的那种顽强的疏远性,

_____

① 张祥龙:《西方哲学笔记》,北京大学出版社 2005 年版,第 309 页。

在事物的形状中他欣赏的只是他自己的外在现实。"① 虽然黑格尔的"实践"还不具有马克思那样的"物质生产性",但它毕竟属于主客相"结合"的范畴,而且同时也内在地包含有靠这"结合"而达到对主客双方实现改造和"新建"的意味。毋宁说,这正是后来自然人化和人的本质力量对象化的最初表达。

其后,在费尔巴哈那里这种"对象化"的意识就更加突出:"人没有对象就不存在。……但是,这个与主体有本质的、必然的联系的对象,却不是别的东西,就是这个主体的固有而又客观的本质。……因此人是在对象上面意识到他自己的:对象的意识就是人的自我意识。你是从对象认识人的;人的本质是在对象上面向你显现出来的:对象是人的显示出来的本质,是人的真正的、客观的'我'。不仅精神的对象是这样,连感觉的对象也是这样的。那些离开人最远的对象,因为是人的对象,并且就它们是人的对象而言,乃是人的本质的显示。月亮、太阳和星辰都向人呼喊:认识你自己。人看见月亮、太阳和星辰,而且如同他看见它们那样看见它们,这就是人自己的本质的一个证据。……人的绝对本质、人的上帝就是人自己的本质。因此对象支配他的力量就是他自己的本质的力量。……因此只要我们意识到了什么样一种对象,我们也就同时意识到了我们自己的本质;我们不能做出任何别的事情而不表现我们自己。"②

费尔巴哈的着眼点明显是在人这一方面,可看作是康德的"人是目的"的人本学思想③的延续和某种展开,他同黑格尔一样,虽是在主客关系框架中运思论理,但也明显缺乏主客互构互建意识,严格说同真正的"对话"关系尚存在很大距离。这一矛盾要到马克思的实践唯物主义和历史唯物主义那里才能真正获得解决。

马克思的"自然人化和人的本质力量对象化"思想具体出自他的《1844年经济学–哲学手稿》,他是从人和动物的区别、人和自然的关系、人的活动的"实践性"等方面来论述的,他指出:

---

① 黑格尔:《美学》第一卷,朱光潜译,商务印书馆1982年版,第38—39页。

② 见《十八世纪末—十九世纪初德国哲学》,商务印书馆1975年版,第546—548页。

③ 康德:"人,总之一切理性动物,是作为目的本身而存在的,并不是仅仅作为手段给某个意志任意使用的,我们必须在他的一切行动中,不管这行动是对他自己的,还是对其他理性动物的,永远把他当作目的看待。……也就是说,人之为物,其存在本身就是目的,而且是这样一种目的,这种目的是不能为任何其他目的所代替的,是不能仅仅作为手段为其他目的服务的,因为如果没有人,就根本没有什么具有绝对价值的东西了"。(《道德形而上学的基础》,见《西方哲学原著选读》下卷,商务印书馆1982年版,第317页)

动物和它的生命活动是直接同一的。动物不把自己同自己的生命活动区别开来。它就是这种生命活动。人则使自己的生命活动本身变成自己的意志和意识的对象。他的生命活动是有意识的。……也就是说，他自己的生活对他是对象。①

在实践上，人的普遍性正表现在把整个自然界——首先作为人的直接的生活资料，其次作为人的生命活动的材料、对象和工具——变成人的无机的身体。自然界，就它本身不是人的身体而言，是人的无机的身体。人靠自然界生活。这就是说，自然界是人为了不致死亡而必须与之不断交往的、人的身体。所谓人的肉体生活和精神生活同自然界相联系，也就等于说自然界同自身相联系，因为人是自然界的一部分。②

马克思在这里重点强调的是：一方面，人同动物相区别；另一方面，人又依赖于自然，人与自然具有同一性关系。接下来马克思还重点论述了人和自然的辩证统一关系，他说："……动物只生产自身，而人再生产整个自然界。"③"正是在改造对象世界中，人才真正地证明自己是类存在物。这种生产是人的能动的类活动。通过这种生产，自然界才表现为他的作品和他的现实。因此，劳动对象是人的类生活的对象化：人不仅象在意识中那样在精神上使自己二重化，而且能动地、现实地使自己二重化，从而在他所创造的世界中直观自身。"④ 这就是所谓的"自然人化和人的本质力量对象化"，"自然人化"是从自然方面说的，"人的本质力量对象化"是从人的方面说的，两者说的是同一件事，都是指人和自然的融合、统一，这是一个人同自然的双向互动和全面建构的过程：

一方面，随着对象性的现实在社会中对人说来到处成为人的本质力量的现实，成为人的现实，因而成为人自己的本质力量的现实，一切对象对他说来也就成为他自身的对象化，成为确证和实现他的个性的对象，成为他的对象，而这就是说，对象成了他自身。对象如何对他说来成为他的对象，这取决于对象的性质以及与之相适应的本质力量的性质；因为正是这种关系的规定性形成一种特殊的、现实的肯定方式。眼睛对对象的感觉不同于耳朵，眼睛的对象不同于耳朵的对象。每一种本质力量的独特性，恰好就是这种本质力量的独特的本质，因而也是它的对象化的独特方式，它的对象性的、现实

① 马克思：《1844 年经济学—哲学手稿》，人民出版社 1985 年版，第 53 页。
② 马克思：《1844 年经济学—哲学手稿》，人民出版社 1985 年版，第 52 页。
③ 马克思：《1844 年经济学—哲学手稿》，人民出版社 1985 年版，第 53 页。
④ 马克思：《1844 年经济学—哲学手稿》，人民出版社 1985 年版，第 54 页。

的、活生生的存在的独特方式。因此，人不仅通过思维，而且以全部感觉在对象世界中肯定自己。

另一方面，即从主体方面来看：只有音乐才能激起人的音乐感；对于没有音乐感的耳朵说来，最美的音乐也毫无意义，不是对象，因为我的对象只能是我的一种本质力量的确证，也就是说，它只能象我的本质力量作为一种主体能力自为地存在着那样对我存在，因为任何一个对象对我的意义（它只是对那个与它相适应的感觉说来才有意义）都以我的感觉所及的程度为限。所以社会的人的感觉不同于非社会的人的感觉。只是由于人的本质的客观地展开的丰富性，主体的、人的感性的丰富性，如有音乐感的耳朵、能感受形式美的眼睛，总之，那些能成为人的享受的感觉，即确证自己是人的本质力量的感觉，才一部分发展起来，一部分产生出来。因为，不仅五官感觉，而且所谓精神感觉、实践感觉（意志、爱等等），一句话，人的感觉、感觉的人性，都只是由于它的对象的存在，由于人化的自然界，才产生出来的。五官感觉的形成是以往全部世界历史的产物。①

他还指出：

人以一种全面的方式，也就是说，作为一个完整的人，占有自己的全面的本质。人同世界的任何一种人的关系——视觉、听觉、嗅觉、味觉、触觉、思维、直观、情感、愿望、活动、爱，——总之，他的个体的一切器官，正像在形式上直接是社会的器官的那些器官一样，是通过自己的对象性关系，即通过自己同对象的关系对对象的占有，对人的现实的占有；这些器官同对象的关系，是人的现实的实现，是人的能动和人的受动，因为按人的方式来理解的受动，是人的一种自我享受。②

可以看出，在这里马克思明确认为人和自然是辩证的互化互建关系，即自然人化了，人自然化了，或人的本质力量对象化到自然之中去了。或者换言之，是人在改造和建构自然的同时也改造和建构了自身。这是人和自然互为主客体的对象化关系的生成和建构过程，即在这一过程中自然被人改造了，而这改造的过程和结果中反而凝结、显现和确证着人，同时人的身上也植入了对自然的认识、理解、感情和来自自然的客观规律。这样，自然便成了第二个人类，人类生活也变成了第二个自然。人和自然就在这种互为主客体的创建活动中高度统一、高度亲和、洽适，自然才成了人们追慕、爱恋、讴歌、礼赞的对象，成了人们可诗意栖居的家园；人的身上也同时生成着来自自然

---

① 马克思：《1844 年经济学—哲学手稿》，人民出版社 1985 年版，第 82—83 页。
② 马克思：《1844 年经济学—哲学手稿》，人民出版社 1985 年版，第 80—81 页。

的自由、活泼、天性、活力，或野性、野趣和旺健的感性生命活力、创造力。人和自然正应该是这种同化亲和关系，也就是说人在加工改造自然的同时，不仅创造了一个与他自己相适应的世界，而且也创造了一个与他所创造的世界相适应的新的自我，如马克思所说："工业的历史和工业的已经产生的对象性的存在，是人的本质力量的打开了的书本，是感性地摆在我们面前的人的心理学。"① 可见，人和自然的关系正是这种主体创造客体，客体也创造主体的主客互化互构的和谐的、双赢互利关系，是主体向自然的目的性移植和自然向人的确证性的或馈赠性的生成关系。

这种人与自然双向建构、融合、统一的关系，换个角度看，其实正是一种人与自然的和谐对话关系，在这个意义上，我们完全可以说马克思"自然人化和人的本质力量对象化"思想就是一种对话的哲学，或至少可为科学的对话思想提供直接的哲学和理论支持。当然也必然可以成为对话诗学的强大的哲学基础。

按谱系或学术倾向，瑞士心理学家、哲学家皮亚杰应属于发生学结构主义，但他的"发生认识论"由于强调人的心理—智力发展的"平衡"动力因，认为认识的发生、智力的形成不在单纯的内因，也不在单纯的外因，而在内与外的相互作用，在于这种认识心理机制的从不平衡到平衡的辩证的进化过程。因而，在一定程度上可与马克思的"自然人化和人的本质力量对象化"思想有某种可对接处，或者更准确地说是在心理—智力等认识论方面为马克思的命题提供了心理—智力发生学方面的支持，因此，也可放在这里予以论列。

皮氏认为人的智力的本质是一种适应，适应有两种形式：同化与顺应。同化是指客体被主体的心理图式或结构所吸纳（同化），进而使原来的图式和结构得以加强和丰富；顺应是指主体在无法同化客体的情况下，改变自身以适应客体。而同化和顺应的目的都是为了达到心智的平衡，只有达于平衡，一个人的心理—智力才能得到稳定的建构。这样，平衡又决不会一成不变，而是注定要不断由不平衡达到平衡，因此这又是一个动态的发展进化过程。认识发生和心理—智力建构的秘密就既和适应、平衡的动力因有关，同时它又是一个内外互动合作的结果："一方面，认识既不是起因于一个有自我意识的主体，也不是起因于业已形成的（从主体的角度来看）、会把自己烙印在主体之上的客体；认识起因于主客体之间的相互作用，这种作用发生在主体和客体之间的中途。"② 他的学说在实质上是更主张"建构"而非一般的"结

---

① 马克思：《1844 年经济学—哲学手稿》，人民出版社 1985 年版，第 84 页。
② 皮亚杰：《发生认识论原理》，商务印书馆 1981 年版，第 21 页。

构"，他说：

> 认知的结构既不是在客体中预先形成了的，因为这些客体总是被同化到那些超越于客体之上的逻辑数学框架中去；也不是在必须不断地进行重新组织的主体中预先形成了的。因此，认识的获得必须用一个将结构主义和建构主义紧密地连结起来的理论来说明，也就是说，每一个结构都是心理发生的结果，而心理发生就是一个较初级的结构过渡到一个不那么初级的（或较复杂的）结构。①

他的意思很明显："发生"就是建构，而不同的结构正是建构的结果。从其内在的旨趣和总的学理倾向来说，他的"发生"也好，建构也好，都涉及到主客体的相互作用，因此也可说是主客体的发生性、建构性的对话。无疑，它既同前述马克思的"主客互建"有关，也同对话哲学、对话思想乃至于对话诗学有涉。

如果说皮亚杰从心理—智力或发生认识论方面弥补了马克思"主客互建"在认识心理机制方面的不足的话，那么，哈贝马斯则是更为自觉地要用语言论来重建历史唯物主义，重建的结果则是具体提出了一个"交往行为理论"。他的"交往行为理论"或"交往行为理性"，说到底也都同对话有关，或者甚至完全可以说成是对话哲学的一种不同的表现形式，这一点已在《导论》②中作了讨论，故兹不再赘论。

其实，若从主客相互作用的角度论，古希腊苏格拉底等的"辩证法"，一直到黑格尔的"辩证法"和马克思的实践唯物主义的"辩证法"，不都内含着"对话"的某种基质、因子，或起码是它的某种特殊的范型？至少，对话的大范式中应该包含矛盾的、辩证的、相互作用的"辩证法"式的对话模式。这肯定不是勉强之论。

第五节　精神分析

弗洛伊德创立的精神分析学派的出现，是人类学术思想和人类对人的认识的一个重大的历史事件，它掀开了心理学、意识结构、人格结构理论的新的一页，这一页上赫然写着一行大字：走向深度、走向以性本能为核心的广

---

　① 皮亚杰：《发生认识论原理》，商务印书馆 1981 年版，第 15 页。
　② 见导论《从对话理论到对话诗学》。

大的无意识世界。弗洛伊德的精神分析学正是由意识、前意识、无意识；超我、自我、本我等深度的心理动力结构建造起来的，他的学说改变了人们对意识、自我等人性、人格甚至社会文化、文明、科学、艺术的传统认识，为世界打开了一个新的人学天地。他对自己的工作作出了这样的评价：

　　人类的自尊心曾先后从科学手内受了两次重大的打击。第一次是知道我们的地球不是宇宙的中心，仅仅是无穷大的宇宙体系的一个小斑点，我们把这个发现归功于哥白尼，……第二次是，生物学的研究剥夺了人的异于万物的创生特权，沦为动物界的物种之一，而同样具有一种不可磨灭的兽性；这个"价值重估"的功绩成了我们这个时代的查理·达尔文，华莱士，及其前人的鼓吹，……然而人们的自尊心受到了现代心理学研究的第三次最难受的打击；因为这种研究向我们每人的"自我"证明就连在自己的屋里也不能自为主宰。而且只要能得到少许关于内心的潜意识历程的信息，就不得不引以自满了。①

　　他这"第三次打击"其实也是第三次革命，他同哥白尼、达尔文一样，都为人类提供了具有革命意义的新说、新见。正因为如此，他的学说才具有广泛的影响力和持久的魅力，这一点别说今天，即使在巴赫金写于 20 世纪 20年代的《弗洛伊德主义批判纲要》中也可得到说明："按精神分析在资产阶级知识界影响的广度来看，它已是一切同时代思想流派所望尘莫及的。在这方面能与其媲美的也许只有人智说（斯泰纳学说）。甚至国际上的时髦流派，如当时的柏格森主义和尼采主义，任何时候，即使在其鼎盛时代，也没有过像弗洛伊德主义那样众多的追随者和爱好者。"②

　　本来，"精神分析"只是"神经错乱症的一种治疗方法"，③ 但弗洛伊德却把它变为一种更广泛、更普遍的方法，从而建构起了一种精神分析哲学，实现了心理学向哲学、社会文化理论的扩展、贯通、提升。④ 而对笔者而言，

――――――――――

　　① 弗洛伊德：《精神分析引论》，商务印书馆 1984 年版，第 225 页。
　　② 巴赫金：《弗洛伊德主义批判纲要》，见《哲学美学》，河北教育出版社 1998 年版，第 375—376 页。
　　③ 弗洛伊德：《精神分析引论》，商务印书馆 1984 年版，第 3 页。
　　④ 可参证巴赫金："这种心理学理论被运用于解释文化创作的不同方面，如艺术、宗教，以及社会和政治生活的现象。所以，精神分析就又建立起了自己的文化哲学。"（《弗洛伊德主义批判纲要》，《哲学美学》，河北教育出版社 1998 年版，第 375 页）王小章、郭本禹："他的立足点越来越高，探讨的问题越来越普遍化，研究的对象从精神病患者扩大到整个人类。他把精神分析学的基本原理广泛运用到人类社会生活和文化历史发展的各个领域，从而把精神分析学变成了一种哲学学说，一种社会文化理论。正是在这种情况下，精神分析学才上升为'弗洛伊德主义'。"（《潜意识的诠释》，中国社会科学出版社 1998 年版，第 15 页）

第二章　西方诗学对话思想的哲学基础

问题的关键还不在这里，而在于这种关于人和社会文化的深度的心理—哲学模式中所包含的一种人格内部及外部的"对话结构"、"对话模式"，即潜意识（无意识）与意识，自我与本我和超我的"对话关系架构"。

弗洛伊德把人的心理结构分为三个层次：上层是意识，中层是前意识，底层是无意识（潜意识）。"他认为意识是观念的东西，而观念的意识是转瞬即逝的；前意识便是这消逝了的观念，它虽处于意识之下，但需要时则还可以再成为意识，不受阻碍，因而它实际上是可以复现的记忆；无意识则是遭受压抑而积淀在前意识之下的那部分心理能量。它是遗忘的经验和本能之混合物，主体则是人的性本能、欲望。"① 并认为"心理结构主要是潜意识的"。"潜意识是精神生活的一般性基础。潜意识是个大的圆圈，它包括了'意识'这个小圆圈；每一个意识都具有一种潜意识的原始阶段；而潜意识虽然也许停留在那个原始阶段上，但却具有完全的精神功能，潜意识乃是真正的'精神实质'。"② 可以看出，在弗氏看来，意识和无意识是可以互相转化的，意识起源于潜意识；意识可以变成前意识；潜意识中的一部分先是变成前意识，再由前意识变成意识。这其中便内含着一种潜在的"对话结构"，是潜意识和审查机构（潜意识的压抑力量）或意识的"对话"，通过"对话"（检验、审查），潜意识或者成为前意识、而后再成为意识；或遭拒绝，被再压抑到潜意识之中。

后来，弗氏对这个心理结构作了进一步的修正和补充，提出了本我、自我、超我的人格结构理论，对话的色彩更加明显、突出。他认为："本我是心理结构之最原始的部分，完全处于潜意识之中，其中充满着被压抑的本能、欲望和冲动"，③ 其核心则是性欲的内驱力（力比多）。它遵循"唯乐原则"寻求释放和平衡。自我属于意识范畴，源自本我，是本我适应外部世界的需要而形成的，代表着常识和理性，遵循唯实原则。超我由人的道德律、自我理想所构成，是"人格道德的维护者，近似于通常所说的良心，是社会文化价值内化的结果；它是从儿童早期从父母师长那里体验到的奖赏和惩罚的内化模式中产生的，……充分发展的超我有两个构成部分，一是良知，它代表惩罚或什么是恶的内化，一是自我理想，它代表奖赏或什么是善的内化"。④

---

① 见杨蓥：《人的文化解读》，山西人民出版社1992年版，第155页。

② 夏光明、王立信主编：《弗洛伊德文集·性爱与文明》，安徽文艺出版社1996年版，第161页。

③ 王小章、郭本禹：《潜意识的诠释》，中国社会科学出版社1998年版，第20—21页。

④ 王小章、郭本禹：《潜意识的诠释》，中国社会科学出版社1998年版，第21页。

超我遵循道德原则行事。可以看出，在三者的关系中，本我代表人的非理性的本能欲望，超我代表人格系统中的道德理想和司法部门，这样，本我的要求就既可能超出现实条件，又可能完全为超我所不容。因此，就必须有一个中间的代理人来进行协调，来平衡本我和现实、超我之间的矛盾，这个中间调节者就是自我。"我们把这同一个自我看成一个服侍三个主人的可怜的造物，它常常被三种危险所威胁：来自于外部世界的，来自于本我力比多的和来自于超我的严厉的。……自我作为一个边境上的造物，它试图在世界和本我之间进行调解，……如果可能，它也把它与超我的冲突掩饰起来。处于本我和现实中间，它竟然经常屈服于引诱而成为拍马者，机会主义者，以及像一个明白真理、但却想保持被大众拥戴的地位的政治家一样撒谎"。①其实，从一定意义上看，这里正存在着一个基本的对话结构，对话的主持人、中枢机构就是"自我"，它的主要对话对象就是：本我、超我和现实。特别是它是"四方"对话的串联者、调停者，由它组织连接起一个四方和多边的对话模式。它在这复杂的、矛盾的多边关系中，既是说者，又是听者；既是说服者，又是被说服者。尤其是对本我，它是既压制，又照顾；对现实和超我，它既逢迎、顺从，又小心周旋、敷衍应对。因此，自我这个"对话者"不光是对话的组织者、成就者，而且又深为这复杂的对话所累，正如弗氏所说：

有句谚语告诫人不得一仆同事二主。可怜的自我境况却更糟：它要服事三个严厉的主子，并要竭力把它们的要求和需要做得彼此协调。这些要求总是参差分歧，常常还似水火难容。无怪乎自我经常不能完成任务。它的三个暴虐的主子即外界、超我和伊特，……它感到三面被围，受三种危险的威胁，如果它受逼太紧，就产生焦虑作为反应。由于它起源于知觉系统的经验，它就专门代表外界的需要，但它也力求作伊特的忠仆，同伊特维持和睦相处，……另一方面，他一举一动都受严酷的超我的监视，超我给它的行为规定明确的准则，丝毫不考虑伊特及外界方面给它带来的困难，而假如它不遵守那些准则，就让它有强烈的自卑感和犯罪感，作为惩罚。因而这自我，受伊特的驱使，受超我的约束，受现实的排斥，为掌握使作用于它的三大力量和影响能协调一致的有益的工作而大费力气；于是我们便能够理解，何以我们经常无法压抑一句呼声："生活实不易！"②

---

① 弗洛伊德：《弗洛伊德后期著作选》，林尘、张唤民、陈伟奇译，上海译文出版社 2005 年版，第 208—209 页。

② 转引自宾克莱：《理想的冲突》，商务印书馆 1983 年版，第 117 页。

我们似完全可以把"生活实不易"换成"对话实不易!"也就是说其对话的内涵品质是十分明显的。

荣格把弗氏的潜意识划分成个人潜意识和集体潜意识两个部分,改变了潜意识以性欲为主体的偏狭格局,使它有了更为深广的内容和意义,他说:"或多或少属于表层的潜意识无疑含有个人特性,我把它称之为'个人潜意识',但这种个人潜意识有赖于更深的一层,它并非来源于个人经验,并非从后天中获得,而是先天地存在的。我们把这更深的一层定名为'集体潜意识'。选择'集体'一词是因为这部分潜意识不是个别的,而是普遍的。它与个性心理相反,具备了所有地方和所有个人皆有的大体相似的内容和行为方式。换言之,由于它在所有人身上都是相同的,因此它组成了一种超个性的心理基础,并且普遍地存在于我们每一个人身上。"① 除了"直接意识"外,"还有第二个精神系统存在于所有的个人之中,它是集体的、普遍的、非个人的。它不是从个人那里发展而来,而是通过继承和遗传而来,是由原型这种先存的形式所构成的。原型只有通过后天的途径才有可能为意识所知,它赋予一定的精神内容以明确的形式"。②

荣格认为构成个人潜意识内容的是各种"情结",而构成集体潜意识内容的则是各种"原型"(也叫原始意象),它其实早有不同的命名,如:"在神话研究中它们被称为'母题';在原始人类心理学中,它们与列维—布留尔的'集体表现'概念相契合;在比较宗教学的领域里,休伯特与毛斯又将它们称为'想象范畴';阿道夫·巴斯蒂安在很早以前则称它们为'原素'或'原始思维'。"③ 总之,它是一种先天的"心理形式",是由人类生存的"典型环境"形成的人类心灵的先天的倾向和可能性:

生活中有多少种典型环境,就有多少个原型。无穷无尽的重复已经把这些经验刻进了我们的精神构造中,它们在我们的精神中并不是以充满着意义的形式出现的,而首先是"没有意义的形式",仅仅代表着某种类型的知觉和行动的可能性。当某种符合特定原型的情景出现时,那个原型就复活过来,产生出一种强制性,并像一种本能驱力一样,与一切理性和意志相对抗,或者制造出一种病理性的冲突,也就是说,制造出一种神经病。④

荣格认为这种原型在人类生活中具有普遍意义,它们在神话、宗教、艺

① 冯川编:《荣格文集》,改革出版社 1997 年版,第 39—40 页。
② 冯川编:《荣格文集》,改革出版社 1997 年版,第 84 页。
③ 冯川编:《荣格文集》,改革出版社 1997 年版,第 83—84 页。
④ 冯川编:《荣格文集》,改革出版社 1997 年版,第 90—91 页。

术、科学乃至人类的一切文化领域中都可见到。他通过自己的研究还概括出一些典型的原型：人格面具、阿妮玛和阿妮姆斯、阴影和自性等。

在荣格的理论中仍然保留了弗氏的"对话范式"，如原型的先天形式与"某种符合特定原型的情景"之间的对话契合；意识与潜意识、个人潜意识与集体潜意识之间的"对话"等。荣格主张患者的意识和潜意识进行"对话"："允许自己的潜意识在寂静中与他们交谈，他们耐心地倾听它的信息，并给予它们最大最认真的关注。换言之，他们建立起意识与他们潜意识之间的联系。"于是，"潜意识丰富了意识，意识又照亮了潜意识。两个对立面的融合结合，使认识增强、人格扩展并转化，一个新的人格中心即自性就如东方禅家的禅悟一般从原先的混沌蒙昧中显现出来。"① 与此关联，他在治疗中确立了"综合建构法"、"积极想象法"等"灵魂治疗"的方法，其内质仍是"对话"，如一个梦同时与相关的一系列梦的"比照映发"（对话）；而"积极想象法"也就是"对话法"："患者心灵的意识开始积极地、蓄意地参与和潜意识的沟通对话，潜意识内容的信息及其意义被理解，并与心灵的意识状态调和一致。这个沟通对话、协调一致的过程，用荣格的话来说，就仿佛'是两个具有对等权利的人之间的对话，他们都相信对方的论证正确，认为值得通过比较和讨论来修正互相矛盾的观点。'"荣格认为，整个积极想象的过程在很大程度上类似于东方炼金术的炼金过程，它包含了两个对立面即意识和潜意识之间的持续对话，在对话过程中精神人格的各个部分在自性的统摄之下逐渐整合成为一体。对立双方的统一和融合作用，最终导致心理的转化"。②

沿着这条"对话"的理路，沙利文融合弗氏理论、库利的"镜中我"思想、乔治·米德关于主我和宾我的观念于一炉，提出了精神病的人际关系理论，认为人格的本质是关系性的，自我"是我们在重要的他人对我们的反应中得到的所有经验因素的集合，换句话说，我们的自我是我们的人格的映象的集合，那是我们在与其打交道的人那里得到的影象"，③ 从而强调"人际互动"。而这"人际互动"在某种意义上正是一种人际间的对话活动。

而更为明确地把精神分析改造为一种语言论的对话模式的则是法国后现代精神分析大师拉康，拉康针对自我心理学忽略无意识的偏颇，主张重新"回到弗洛伊德"，即回到"无意识"，并用索绪尔结构主义语言学模式

① 王小章、郭本禹：《潜意识的诠释》，中国社会科学出版社1998年版，第77页。
② 王小章、郭本禹：《潜意识的诠释》，中国社会科学出版社1998年版，第83页。
③ 王小章、郭本禹：《潜意识的诠释》，中国社会科学出版社1998年版，第99页。

重新认识"无意识"，认为无意识也具有语言结构，提出了"无意识是他者的话语"的著名学说，创建了自己的语言精神分析体系，此体系的一个基本内质正是主体间性和对话。因为他的理论在某种意义上具有更多的对话主义色彩，因此这里只把它提出来，而把更专门、具体的论述放到"对话主义"一节。从拉康的学术建构我们无疑会更清楚地看到精神分析学内部所包蕴的"对话"基质，它们在拉康手里终于真正获得了一种语言意义上的"对话形态"。

第六节　言语与语言

　　瑞士现代结构主义语言学创始人索绪尔把语言看成是一个能指与所指、言语与语言、历时性与同时性、组合关系与聚合关系二元矛盾的统一体，承接了西方哲学那个主客体认识模式的二元架构，同时也为结构主义的二元模式提供了一个"数理"性（抽象化的）的语言学模型基础。问题还在于，他认为语言的意义来自于语言系统内部的差异性、区分性，并且把语言学的全部重心、关键点都放到了其二元模式中的语言和同时性一元上，形成了一种结构主义的语言学模式，即"以同时性研究为基础，把言语与语言区别开来的语言体系，它由结构段关系与聚合体关系形成语言中的差别体系"① 的重内在语言结构的语言学体系。他指出："我们说价值与概念相当，言外之意是指后者纯粹是表示差别的，它们不是积极地由它们的内容，而是消极地由它们跟系统中其他要素的关系确定的。它们最确切的特征是：它们不是别的东西。"② 这就是差异性或区分性原则。他还指出："在我们看来，语言和言语活动不能混为一谈；它只是言语活动的一个确定的部分，而且当然是一个主要的部分。它既是言语机能的社会产物，又是社会集团为了使个人有可能行使这机能所采用的一整套必不可少的规约。……语言本身就是一个整体、一个分类的原则。……语言是一种约定俗成的东西。"③ 所谓的"规约"，其实就是人们在历史中约定俗成的语言系统，其实质则是系统性的、以对立差异为区分原则的语法结构，语言的意义正来自这里。但这个系统又是内在的、隐性的，它内隐在具体的言语和文化之中。

---

① 刘放桐等编著：《新编现代西方哲学》，人民出版社 2000 年版，第 414 页。
② 索绪尔：《普通语言学教程》，高名凯译，商务印书馆 1980 年版，第 163 页。
③ 同上，第 30—31 页。

由于索绪尔对语言系统的强调，影响到结构主义对结构的整体性、深层结构和超历史结构的学理偏好，同时也使语言学或结构主义都走向了对深度科学模式的追求。在这里，我们会看到与精神分析中"无意识"近似的一种型构，从而，那个精神分析中的"对话模式"也再一次借语言或结构的学术话语得以重现，即：言语与语言、能指与所指、同时性与历时性、组合关系与聚合关系的对话。要之，索氏的语言理论说明：如果没有"对话"，语言活动就不会发生，语言的意义也就不会产生，或者说语言本身就是最本质性的一种对话活动。正如拉康所说："只要有言语，就得要有回答。……即使言语碰到的是沉默，只要有一个聆听者，所有的言语都是有回答的。"①

俄国—美国语言学家、诗学家、符号学家雅各布森从索绪尔的组合关系、聚合关系的纵横语言轴获得启发，用它来解释隐喻和换喻的关系，指出："话语段（discourse）的发展可以沿两条不同的语义路线进行；这就是说，一个主题（topic）是通过相似性关系或者毗连性关系引导出下一个主题的。由于这两种关系分别在隐喻和换喻当中得到最集中的体现，看来最好用'隐喻过程'这一术语来称谓前一种情形，而用'换喻过程'来说明后一种情形。"②并认为诗、浪漫主义、超现实主义中的隐喻多于换喻，而散文、现实主义、立体主义中则是换喻多于隐喻。文学的诗性功能主要来自于这种纵聚合的隐喻："诗的功能则进一步把'相当'性选择从那种以选择为轴心的构造活动，投射（或扩大）到以组合为轴心的构造活动中。这就是说，相当原则又进一步在这儿被用来指导诗的组合技巧。……'诗'与'元语言'恰好相反，在元语言中是运用组合建立一种相当关系，而在诗中，则是运用相当关系达到某种组合。……使各种组合之间'相当'，这种技巧除具有诗的功能的语言外，其他语言均不能用。"③"相当"即相似，它来自纵聚合选择轴，这一轴所代表的正是语言的同时性（或共时性）模式，而相反，与换喻有关的横组合轴则代表语言的历时性模式。其语言功能逻辑可以铺展为：横组合——历时模式——换喻（转喻）——邻近性——顺序、排列；纵聚合——共时模式——隐喻——相似性（相当性）——差别系统。可以看出，无论索绪尔还

①　《拉康选集》，褚孝泉译，上海三联书店2001年版，第256页。

②　雅各布森：《隐喻和换喻的两极》，张祖建译，见朱立元、李钧主编：《二十世纪西方文论选》上卷，高等教育出版社2002年版，第192页。

③　雅各布森：《语言学与诗学》，滕守尧译，见赵毅衡编选：《符号学文学论文集》，百花文艺出版社2004年版，第182—183页。

是雅各布森，都把重点放在纵聚合或隐喻上。而隐喻毕竟是潜隐性的，它指涉的正是一个庞大的语言系统，像无意识一样，它也有赖于同意识（言语或横组合）的召唤、对话才能现身。因此，隐喻——换喻纵横轴所涉及和彰显的除了文学性、诗性功能以外，则是它的对话内涵，即纵轴与横轴的对话、隐喻与换喻的对话，一句话，语言的纵横轴其实就是语言的对话轴。

这一纵横对话轴到了法国结构主义社会学家列维—斯特劳斯那里被进一步挪移、发挥，他把它变成了一种交响乐的乐谱结构，[1] 列氏指出：

我们认为真正构成神话的成分并不是一些孤立的关系，而是一些关系束，构成成分只能以这种关系束的组合的形式才能获得表意功能。……这一体系其实有两个维度：它既是历时的，又是共时的，而且汇集了"语言"和"言语"的两方面特征。……因为一部交响乐曲必须沿着一条中轴线（即一页接一页，从左到右地）历时地阅读，但同时又必须沿着另一条从上到下的中轴线共时地去读，方才有意义。换句话说，写在竖行里的全部音符组成一个大的构成单位，一个关系束。[2]

下面便是他的乐谱阅读的排列结构：

我们将按照对待交响乐的乐谱那样对待神话：……这有点像有人给我们展示出一组整数，例如：1，2，4，7，8，2，3，4，6，8，1，4，5，7，8，1，2，5，7，3，4，5，6，8。我们的任务是把所有的 1 放在一起，所有的 2 放在一起，所有的 3 放在一起，依次类推；结果便如下表所示：

1	2		4			7	8
	2	3	4		6		8
1			4	5		7	8
1	2			5		7	
		3	4	5	6	8[3]

显见，这种由横变纵的阅读排列或纵横交织的读法，明显是对索绪尔—雅氏语言轴的挪用和拓展，而同时它也是那个"对话结构"的再一次创造性的

---

① "列维—斯特劳斯提出了一种乐队指挥式的纵横阅读法。……他要求像乐队指挥阅读乐曲总谱那样一目数行地阅读。……对列维—斯特劳斯来说，神话就是这种需要同时用纵横两种方式阅读的'乐谱'。"（傅修延：《文本学》，北京大学出版社 2004 年版，第 80—81 页）

② 列维—斯特劳斯：《结构人类学》（1），张祖建译，中国人民大学出版社 2006 年版，第 226—227 页。

③ 列维—斯特劳斯：《结构人类学》（1），张祖建译，中国人民大学出版社 2006 年版，第 228 页。

挪用，正如有论者所阐解的：

神话作为故事，表现着原始人为社会现实所困扰着的心态。但正像人心理中的无意识情结，不断地想表达而又只能表达出无意识结构的某些部分，由于要表达的没有完全表达出来，从而又不断地做着表达。这种从心理深层到神话故事表层的运动，换一个比喻，有点像两岸的人隔着一条大河进行着信息传递。一方对另一方的呼唤，由于空间距离和多种因素的干扰，只有一部分声音能达到对岸。为了使对方听到完整的话语，喊话者就会不止一次，而是多次地呼叫。……列维—斯特劳斯是个音乐爱好者，音乐帮助了他的想象和思考。假定要想发出的音讯由八个成分组成，发出者的每次呼喊都由于干扰而失掉一些。多次呼喊之后，听者听到的总的结果，正好类似一张管弦乐的总谱。①

无疑，"喊话—听话"的解释是非常精妙的，因为它道出了其所内含着的"对话性"；而纵横交织的交响乐的乐谱则是更为复杂的对话结构而已，"交响"完全可以看作就是多维度的"交谈"、"对话"。

这一"显—隐"结合的纵横语言轴到结构主义—马克思主义代表人物阿尔都塞手里则变成了"弗洛伊德化"的"症候阅读"模式。阿尔都塞认为，每一门科学或每一种意识形态都有一个隐性的"理论框架"（结构），此框架不仅支配它所能提供的解决办法，而且支配它所能够提出的问题及其形式（问题式）。此框架是一个无意识结构，是潜含在直接文本（第一文本）中的第二文本，但却有暴露在可见的第一文本中的裂隙和症候，因此要用一种症候阅读的办法把它"读"（发掘）出来。他说：

我只是提出，对马克思本人和马克思主义的著作逐个进行"依照症候上的阅读"，即循序渐进地、系统地把理论框架对它的对象所作的思考揭示出来，这种思考使得对象成为"可见的"，并且发掘或产生出潜藏在最深层的理论框架，它将使我们看见本来暗藏着或者本来实际存在着的东西。②

正如张一兵所说："阿尔都塞的新解释学的关键在于要求我们深入挖掘出一个思想家用以提出问题、分析问题和解决问题的隐性理论构架。……要做到这一点，就必须用症候阅读法透过表层文字去捕捉那重要的空白和裂痕，隐蔽在文本深层的理论生产方式——问题式才有可能呈现出来。"③

---

① 张法：《20世纪西方美学史》，四川人民出版社2003年版，第208页。

② 阿尔都塞：《阅读〈资本论〉》，转引自马新国主编：《西方文论史》，高等教育出版社2002年版，第546页。

③ 张一兵：《文本的深度耕犁》，中国人民大学出版社2004年版，第368页。

不消说，这种"症候阅读法"也是对话性的，即症候与隐性理论构架，或第一文本和潜隐的第二文本之间的对话。

第七节　原发居中与存在

笔者在前面曾讨论过胡塞尔现象学的"对话性"内质，[①] 的确，他怀抱着建立科学的哲学的抱负，从传统的认识论的基本问题出发，既反心理主义，又反柏拉图主义，虽然仍延续着理性主义的老路，但却尽量纯化自我和意识，用先验还原之法来确立一个先验的自我和先验的意识，进而保证人的认识的科学性，最终实现哲学科学的重建。而他的先验纯化的路径只能是非主非客的原发居中之路，同时还由此格外地发掘出了一种缘发构成的过程或境域，使源始性的生成和型构活动浮出了哲学的地表，成为具有丰富原发活力的新的哲学生产胚胎。而这一胚胎在另一种意义上看，也是"对话"的知识型和思维范式的胚胎。他后来关注"主体间性"和"生活世界"，应该说是有着他内在的学理逻辑的，是那个"原发居中"的现象学路径的必然前伸。

同时，这一前伸也必然伸向了人的"本体性"的"存在"，现象学便自然而然演变为存在主义，其特点是"在否定以主客二分为特征的传统形而上学的大前提下，他们既反对唯物主义和唯心主义等体系哲学，也批驳在保留主客二分的框架下拒斥形而上学的实证主义思潮的各派哲学。他们并不排斥对本体论问题的研究，但认为这不能从作为实体存在的物质或精神出发，也不能从感性经验或理性思维中所给予的存在出发，而应当从先于和超越于主客、心物等二分的人的存在本身出发；本体论不应当做任何形式的实体论，而应当做关于存在者如何存在的存在论"。[②] 同时，存在主义也反对叔本华、柏格森那样的非理性路径，而是继续沿着现象学那个"原发居中"的先在的、间性的旨趣，"认为人的本真的始原性的存在先于主客二分，不能将其作为认识对象以认知的方式达到，只能揭示、澄明，而揭示、澄明就是对人的一系列存在方式的描绘、解释（释义）"，[③] 因此，原来的现象学方法在存在主义手里又必然演变为一种解释学方法。在这条理路上，我们会看到海德格尔用

---

① 见导论《从对话理论到对话诗学》。
② 刘放桐等编著：《新编现代西方哲学》，人民出版社 2000 年版，第 332 页。
③ 刘放桐等编著：《新编现代西方哲学》，人民出版社 2000 年版，第 332 页。

一种"诗与思"的对话、对古希腊词义作"知识考古"等新的解释学方法来探讨此在与存在、人与诗、天—地—神—人等本源性的存在问题；萨特标举前反思的"我思"，并以虚无化的纯粹意识特性为基础来论证人的自由本质，最后走向人的关系性的辩证存在论证，用"主观际性"取代了他的"他人就是地狱"的观点，用人学辩证法作为人的自由与历史客观必然性关系的存在论阐释。还有，梅洛·庞蒂融合主客、统一身体与精神的"身体主体"和"知觉现象学"。所有这些，即从现象学的"原发居中"，到存在主义的本源性"存在"，其反对主客二分，追求"二元兼顾"或执著于某种"间性"、关系的对话旨趣，一直被保留、延展甚至强化了。这一点，海德格尔是最为典型、最具代表意义的。

最能看出海德格尔"间性"或"关系"之思的是他的关于"在世"和天、地、神、人的"四方关联体"等论述（海氏直接与"对话"相关的论述容后再论）。海氏认为人（此在）的基本存在状态就是"在世"，"在世"就是"在于世中"，这就是一个关系性的概念，指人的生存总是处在某种先在的、特定的环境之中，总是处在与他人、他物的"共在"状态之中，总是要介入到日常世界之中等。正如孙周兴所说："海氏所使的基本招数是通过对'在世'（'在世界之中存在'）现象的原始统一性（亦即此在与世界的根本一体关系）的揭示，来破除主体和客体的'分离观'；实际上就是在存在论上确立'此在的世界'或者'世界的此在'，以存在论上的'存在的人'，来取代知识论上的'知识的人'。"① 因此，这一存在论意义上的人便不是心理主义或柏拉图主义等认识论意义上的"主体"、"对象"，而是"关系性"的或整体性的存在者。这种关系性或整体之思，在海氏又往往假"空间"、"中间"等论述来呈现。即海氏一方面强调人的存在的时间性（过程性、生成性），如其早期的代表作即名之为《存在与时间》，但他同时也有浓厚的"空间"意趣，有明显的关于"中间"、"位置"、或"间性"的思考，这一点特别是在他的后期更加突出，如他在《荷尔德林的大地和天空》中说："所谓'无限的'（un—endlich）表示，这种关系的各种结局和方面，这种关系的各个区域，并没有被切割开来，并不是片面地自为地持立的，相反，在消除了片面性和有限性之后，它们在那种关系中无限地相互归属，而这种关系'普遍地'根据其中心而把它们集合在一起。这个中心之所以被叫做中心，是因为它起着中介作用；它既不是大地，也不是

---

① 孙周兴选编：《海德格尔选集·编者引论》，上海三联书店1996年版，第6页。

天空，既不是神，也不是人。……相反地，大地和天空、神和人的‘更为柔和的关系’可能成为更无限的。”“于是就有四种声音在鸣响：天空、大地、人、神。在这四种声音中，命运把整个无限的关系聚集起来。但是，四方中的任何一方都不是片面地自为地持立和运行的。在这个意义上，就没有任何一方是有限的。若没有其他三方，任何一方都不存在。它们无限地相互保持，成为它们之所是，根据无限的关系而成为这个整体本身。”①在这里海氏明显强调的是事物之间的关系（关联性）、在“之中”、“之间”，并且还论述了“天、地、神、人”之“四方关联体”，这“之中”、“之间”、“整体”或“四方关联体”，都是他的“在世”学说的进一步展开、具体化或深化。而也显见，他的“在世”或“之中”、“之间”、“整体”或“四方关联体”，也完全可以说成是胡塞尔式的“原发居中”理路在人的存在论场域再建构的结果，其居中间性的，或“关系性”的学理立场仍然未变。而此一点在他的关于“四方关联体”的论述中又表现得最为集中，他说：

这时，栖居的整个范围便向我们显示出来。但“在大地上”就意味着“在天空下”。两者一道意指“在神面前持留”，并且包含着一种“进入人的并存的归属”。从一种原始的统一性而来，天、地、神、人“四方”归于一体。……我们把这四方的纯一性称为四重整体。②

大地和天空、诸神和终有一死者，这四方从自身而来统一起来，出于统一的四重整体的纯一性而共属一体。四方中的每一方都以它自己的方式映射着其余三方的现身本质。同时，每一方都以它自己的方式映射着自身，进入它在四方的纯一性之内的本己之中。这种映射（Spiegeln）不是对某个摹本的描写。映射在照亮四方中的每一方之际，居有它们本己的现身本质，而使之进入纯一的相互转让（Vereignung）之中。以这种居有着—照亮着的方式映射之际，四方中的每一方都与其它各方相互游戏。……天、地、神、人之纯一性的居有着的映射游戏，我们称之为世界（Welt）。③

他还把这种“关联”、“游戏”称为“圆舞”或“环化”：“在映射着游戏着的圆环的环化中，四方依偎在一起，而进入它们统一的、但又向来属己

① 海德格尔：《荷尔德林的大地和天空》，见《荷尔德林诗的阐释》，孙周兴译，商务印书馆2000年版，第200、210页。

② 海德格尔：《筑·居·思》，见孙周兴选编：《海德格尔选集》（下），上海三联书店1996年版，第1192—1193页。

③ 海德格尔：《物》，见孙周兴选编：《海德格尔选集》（下），上海三联书店1996年版，第1179—1180页。

的本质之中。如此柔和地，它们顺从地世界化而嵌合世界。"① 不难看出，海氏的四方关联、四方游戏和"柔和"地"嵌合世界"思想是明显地受到了中国老子的"四大"和合思想的影响，《老子》第25章说："故道大，天大，地大，人亦大。域中有四大，而人居其一焉。人法地，地法天，天法道，道法自然。"而且，《老子》之贵柔尚柔思想也是非常明显的。所不同的是，海氏在这里用"神"取代了"道"而已，这显出他的神学西方文化底色。也就是说，海氏的"圆舞"、"环化"，完全可同中国道家的"道和"相对接，或完全可以转换为道之"圆舞"、"环化"、"映射"、"游戏"，而"道和"已见前论，正有着浓重的"对话旨趣"。其实，应该说在理性的阐发度上论，海氏的论述无疑更加深细，其重点要旨是：四方关联、互相转让，并自由游戏。也就是说事物的本质的生成和显现是在四方的关联性架构中自然也他然地成就和涌现的，或如有论者所说是在"相互占用中的成己发生"、"相互占用中各成其是"，或在"相互占用中自行显现并各成其是"。② 再或者，也可以说成是他成、互成与自成的天然统一，它既是关系性的，又是自己自然自为的，因此也就是敞开和遮蔽、澄明与阴影、显现和锁闭，或解蔽与聚集的统一。

关于这"四方关联体"，海氏还有更为形象的解说，比如他曾以希腊神庙、桥、壶等为例进行的阐释，特别是通过与荷尔德林的诗进行"思与诗"的对话就更是精妙之论：

"充满劳绩，然而人诗意地，栖居在这片大地上。"……但同时，人也得以在此区域内，从此区域而来，通过此区域，去仰望天空。这种仰望向上直抵天空，而根基还留在大地上。这种仰望贯通天空与大地之间。这一"之间"（das Zwischen）被分配给人，构成人的栖居之所。我们现在把这种被分配的贯通——天空与大地的"之间"由此贯通而敞开——称为维度（die Dimension）。……维度之本质乃是那个"之间"——即直抵天空的向上与归于大地的向下——的被照亮的、从而可贯通的分配。……据荷尔德林的诗句，人以天空度量自身而得以贯通此尺度。……人之为人，总是已经以某种天空之物来度量自身。……所以，接着的诗行（第28—29行）说："人……以神性度量自身。"神性乃是人借以度量他在大地之上、天空之下的栖居的"尺度"。唯当人以此方式测度他的栖居，他才能够按其本质而存在。人之栖居基于对

---

① 海德格尔：《物》，见孙周兴选编：《海德格尔选集》（下），上海三联书店1996年版，第1181页。

② 余虹：《艺术与归家》，中国人民大学出版社2005年版，第105—117页。

天空与大地所共属的那个维度的仰望着的测度。①

人望天而带出天地"之间"，这"之间"正是人之栖居之所；人测度天空又带出了居天者——神，这"神"又正是人测度天地"之间"的尺度。就这样，天、地、神、人四方靠人—神结合的维度、尺度，形成了一个存在的圆舞、游戏。这圆舞、游戏同时也就是海氏所谓的存在、世界、命运、道说或天道。一句话，是他对人的存在的存在论的一种形象化的论定。而这论定无疑也同时具有浓厚的"对话学"意趣，即他的这些论定完全可以做"对话学"意义的转换，即转换为：对话发生在"在世"之中、发生在那个"之中"、"中间"、"之间"、"林中空地"；当然也发生在这"天、地、神、人"四方的圆舞、游戏之中。

而同时，海氏也正有许多直接关于"对话"的论述，这些论述更能表明其理论中已实际存在着"对话论"的事实。这一直接"对话论"的海德格尔，在下面"对话主义"一节中再予论说。

第八节　对话主义

海氏是在分析德国诗人荷尔德林的诗句："自吾人是一种对话"时直接阐明他的对话论的，明确指出人、语言在本体意义上是具有对话性的："我们——人——是一种对话。人之存在建基于语言；而语言根本上唯发生于对话中。可是，对话不仅仅是语言如何实行的方式，毋宁说，只有作为对话，语言才是本质性的。……我们是一种对话，这同时始终意味着：我们是一种对话。……我们的此在承荷着对话及其统一性。"② 他还从"说与听的关系"角度来论证这种对话性：

但说同时也是听。习惯上人们把说与听对立起来：一方说，另一方听。但是，听不光是伴随和围绕着说，犹如在对话中发生的情形。说和听的同时性有着更多的意味。说本就是一种听。说乃是须从我们所说的语言的听，所以，说并非同时是一种听，而是首先就是一种听。此种顺从语言的听也先于一切通常以最不起眼的方式发生的听。我们不仅是说这语言，我们从语言而

---

① 海德格尔：《"……人诗意地栖居……"》，见孙周兴选编：《海德格尔选集》（上），上海三联书店1996年版，第470—471页。

② 海德格尔：《荷尔德林和诗的本质》，见孙周兴选编：《海德格尔选集》（上），上海三联书店1996年版，第315页。

来说。只是由于我们一向已经顺从语言而有所听，我们才能从语言而来说。在此我们听什么？我们听语言的说。①

在这里他所揭示的首先是人与语言的"对话"，认为人是先听了语言的"说"，人才能顺从语言而说。"人说，是因为人应合于语言。应合乃是听。……人只是由于他应合于语言才说。"② 即不是我说语言，而首先是语言说我，或者人一直都处在被语言所说的历史境遇之中。"我们所说的语言始终已经在我们之先了。我们只是一味地跟随语言而说。从而，我们不断地滞后于那个必定先行超过和占领我们的东西，才能对它有所说。据此看来，说语言的我们就总是被纠缠到一种永远不充分的说中了"。③ 这种被语言说和用语言说，或听语言的说，说语言中的听，正是一种存在论和语言论意义上的"对话论"。海氏认为人的存在在根本上就是语言性的，语言是人的存在之家，人是说话的动物，人即使不说话也是在"说话"：

人说话。我们在清醒时说，我们在梦中说。我们总是在说。哪怕我们根本不吐一字，而只是倾听或者阅读，这时，我们也总在说。甚至，我们既没有专心倾听也没有阅读，而只是做某项活计，或者悠然闲息，这当儿，我们也总在说。我们总是不断以某种方式说。我们说，因为说是我们的天性。……唯语言才使人能够成为那样一个作为人而存在的生命体。作为说话者，人才是人。④

这是因为，人一直处在"对话"活动之中，"每个人总是在与他的先辈的对话之中，也许更多地并且更隐蔽地还在与他的后人的对话之中"，⑤ 而换个角度看，则是在根本上处在同语言的对话之中。

他还提出了一种理想的对话模式："诗与思的对话"和"四方游戏式的对话"。诗与思在海氏那里有着特定的内涵，它们"分别领有'解蔽'与'逻各斯'之特性，即'显'与'隐'之两面"。"诗是'解蔽'，思是'聚集'。诗是揭示、命名、创建、开启，可以说是动态的；思是掩蔽、庇护、收敛、

---

① 海德格尔：《走向语言之途》，见孙周兴选编：《海德格尔选集》（下），上海三联书店1996年版，第1134页。

② 海德格尔：《语言》，见孙周兴选编：《海德格尔选集》（下），上海三联书店1996年版，第1003—1004页。

③ 海德格尔：《语言的本质》，见孙周兴选编：《海德格尔选集》（下），上海三联书店1996年版，第1082页。

④ 海德格尔：《语言》，见孙周兴选编：《海德格尔选集》（下），上海三联书店1996年版，第981页。

⑤ 海德格尔：《从一次关于语言的对话而来》，见孙周兴选编：《海德格尔选集》（下），上海三联书店1996年版，第1035页。

期待，可以说是静态的。"① 两者的统一便是"道说"，诗与思是人响应道说的两种方式，它们是"近邻关系"，或者在根本上原本是一体不可分的，"诗与思，两者相互需要，就其极端情形而言，两者一向以它们的方式处于近邻关系中"。② "诗与思乃是道说的方式，而且是道说的突出方式"。③ "一切凝神之思就是诗，而一切诗就是思。两者从那种道说而来相互归属，这种道说已经把自身允诺给被道说者，因为道说乃作为谢恩的思想"。④ 这就是他的诗思合一观，诗中有思，思中有诗。但是"合而不同"，是一种"亲密的区分"："在思与诗两者之间有一种隐秘的亲缘关系，因为这两者都效力于语言，为语言尽力而挥霍自己。但思与诗之间同时也有一道鸿沟，因为它们'居住在遥遥相隔的两座山上'。"⑤ 因而，它们是"对话"："本真的对话不是'关于'语言，而是从语言而来道说，因为它是被语言之本质所用"，⑥ "这样一种道说着的应合只可能是一种对话"。⑦ 应该说，诗与思的对话就是"道说"的"人说"，或是"大道"道说的"道成肉身"化。这是海氏实现"哲学转向思想"的具体方略，是他反传统形而上学的表象性思维、计算思维的良策，也是他为身处技术时代的人类所开启出的一条解救之途：非概念的、非对象性的诗意的看护和神性的启悟之路，一句话是对大道之道说的应合，或诗与思的对话之路。而道说还具体展开为"天—地—神—人"的"相互面对"和"游戏"："道说意味：显示、让显现、既澄明着又遮蔽着把世界呈示出来。现在，切近便自行显示为那种使世界诸地带'相互面对'的开辟道路"。⑧ "但'相互面对'有深远的渊源，它源起于那种辽远之境，在那里，天、地、神、人彼此通达。……在运作着的'相互面对'中，一切东西都是彼此敞开的，

---

① 孙周兴选编：《海德格尔选集·编者引论》，上海三联书店1996年版，第21—22页。

② 海德格尔：《语言的本质》，见孙周兴选编：《海德格尔选集》（下），上海三联书店1996年版，第1076页。

③ 海德格尔：《语言的本质》，见孙周兴选编：《海德格尔选集》（下），上海三联书店1996年版，第1105页。

④ 海德格尔：《走向语言之途》，见孙周兴选编：《海德格尔选集》（下），上海三联书店1996年版，第1148页。

⑤ 海德格尔：《什么是哲学?》，见孙周兴选编：《海德格尔选集》（上），上海三联书店1996年版，第606页。

⑥ 海德格尔：《从一次关于语言的对话而来》，见孙周兴选编：《海德格尔选集》（下），上海三联书店1996年版，第1057页。

⑦ 海德格尔：《从一次关于语言的对话而来》，见孙周兴选编：《海德格尔选集》（下），上海三联书店1996年版，第1056页。

⑧ 海德格尔：《语言的本质》，见孙周兴选编：《海德格尔选集》（下），上海三联书店1996年版，第1118页。

都是在其自行遮蔽中敞开的；于是一方向另一方展开自身，一方把自身托与另一方，从而一切都保持其本身；一方胜过另一方而为后者的照管者、守护者，作为掩蔽者守护另一方。"① "这四个世界地带就是天、地、神、人——世界游戏。"②

在某种意义上，我们完全有理由说海氏的"存在论"其实质正是一种"对话论"。

海氏的学生加达默尔把这种"对话论"引入了他的哲学阐释学。海氏把语言看成一种优先的或先在的东西，正是它构成了人的对话的某种先在性，使人先行被语言所说，使人宿命地处于不说也在说、不对话也在对话的先验的"对话性"境域之中，从解释学的意义上，海氏把这种先在称为前见、前有、前把握，而这正为加达默尔的解释学提供了一个最重要的逻辑起点："海德格尔探究历史诠释学问题并对之进行批判，只是为了从这里按本体论的目的发展理解的前结构。""因此一切诠释学条件中最首要的条件总是前理解，这种前理解来自于与同一事情相关联的存在。正是这种前理解规定了什么可以作为统一的意义被实现，并从而规定了对完全性的先把握的应用。"③ 这样，诠释者、接受者就同那些先在的东西（历史、传统、语言或前见、前有、前把握、前结构）以及文本本身都处于一种两者之间的关系之中，"实际上存在着一种熟悉性和陌生性的两极对立，而诠释学的任务就是建立在这种两极对立上。……这里给出了一种对立关系。流传物对于我们所具有的陌生性和熟悉性之间的地带，乃是具有历史意味的枯朽了的对象性和对某个传统的隶属性之间的中间地带。诠释学的真正位置就存在于这中间地带内"。④ 而从加氏的"效果历史"⑤ 观来看，这种"两极对立"关系恰恰是一种"我—你"的对话关系，它遵循的是积极建构的"问答逻辑"："诠释学经验与流传物有关。……流传物像一个'你'那样自行讲话。……因为流传物是一个真正的交往

---

① 海德格尔：《语言的本质》，见孙周兴选编：《海德格尔选集》（下），上海三联书店1996年版，第1114—1115页。

② 海德格尔：《语言的本质》，见孙周兴选编：《海德格尔选集》（下），上海三联书店1996年版，第1118页。

③ 加达默尔：《真理与方法》，上卷，洪汉鼎译，上海译文出版社2004年版，第343、380—381页。

④ 加达默尔：《真理与方法》，上卷，洪汉鼎译，上海译文出版社2004年版，第381—382页。

⑤ 加达默尔指出："真正的历史对象根本就不是对象，而是自己和他者的统一体，或一种关系，在这种关系中同时存在着历史的实在以及历史理解的实在。一种名副其实的诠释学必须在理解本身中显示历史的实在性。因此我就把所需要的这样一种东西称之为'效果历史'。理解按其本性乃是一种效果历史事件。"（《真理与方法》，上卷，洪汉鼎译，上海译文出版社2004年版，第387页）

伙伴，我们与它的伙伴关系，正如'我'和'你'的伙伴关系"。① "即诠释学现象本身也包含了谈话的原始性质和问答的结构。……谁想寻求理解，谁就必须反过来追问所说的话背后的东西。他必须从一个问题出发把所说的话理解为一种回答，即对这个问题的回答。……历史的方法要求我们把问答逻辑应用于历史流传物。……我们在诠释学经验的结构中所揭示的这种问和答的辩证法，现在能够更进一层规定究竟一种什么样的意识才是效果历史意识。因为我们所论证的问和答的辩证法使得理解关系表现为一种类似于某种谈话的相互关系。"②

可以看出，由前理解、"之间性"及"我—你关系"，再到"问答逻辑"，加氏的诠释学逻辑所展开的正是一种"对话理论"之链，其诠释过程正是"对话"实施于诠释的过程。

拉康用结构主义语言学范式改造了弗洛伊德的无意识理论，提出了无意识具有语言一样的结构，无意识是他者的话语的独特见解，而这种语言学范型也必然同时把对话论维度一并植入了"无意识"之中。或者换个角度说，拉康学术大厦的一个极为有趣的抓手依然是那个在冥冥中规约、决定主体的某种"先在"的东西，用拉康的术语来说它们便是无意识、语言结构、小写和大写的他者。而这种先在的东西在一定意义上正暗中把主体先验地置入一种对话的框架之内。拉康说："主体在其精神发展的某个时刻进入语言时，语言早就存在了。"③ 每个人"从他出生之时开始，即便那时只是以他的姓名的形式，他已加入到了话语的广泛活动之中去了。"④ 因此，拉康很自然地与海德格尔所见略同：在我说话之前，先是话在说我："这个能指的激情从而成了人类状况的一个新的度向，因为不仅人讲话，而是在人身上，通过人，话在讲，他的本质变成由语言的结构显示其中的效果所构成，他成了语言结构的素质，由此而在他身上回响着言语的关系。"⑤ 拉康把这种外在于人的语言系统称为象征性的大他者，它使人早就深陷一个庞大的象征之阵、象征性的围城：

象征符号以一个如此周全的网络包围了人的一生，在那些"以骨肉"生育出他的人来到这个世上之前，象征符号早就结合成一体了；在他出生时，

---

① 加达默尔：《真理与方法》，上卷，洪汉鼎译，上海译文出版社 2004 年版，第 465 页。
② 加达默尔：《真理与方法》，上卷，洪汉鼎译，上海译文出版社 2004 年版，第 480—490 页。
③ 拉康：《拉康选集》，褚孝泉译，上海三联书店 2001 年版，第 425 页。
④ 拉康：《拉康选集》，褚孝泉译，上海三联书店 2001 年版，第 426 页。
⑤ 拉康：《拉康选集》，褚孝泉译，上海三联书店 2001 年版，第 591 页。

它们给他带来星座的禀赋，或者仙女的礼物，或者命运的概略；它们给出话来使他忠诚或叛逆；它们给出行动的法则让他遵循以至他还未到达的将来，以至他的死后；依照象征符号他的终结在最后的审判中获得意义，在那儿语词宽宥或惩治他的存在，除非他达到了为死的存在的主观实现。[1]

这种外在的象征系统其实又是内在的，因为它在无形中早已内化成了人的无意识，即那个大写的他者："语言是由一系列能指——比如 ba、ta、pa，等等——构成的……这个能指的集合体的定义就是它们构成了我所说的'他者'。"[2] "大写的他人于是就是那个由讲话的我和听话的另一个组成的地方。一个所说的已经就是回答了，而另一个决定听一下那一个是否已经讲过话了。反过来，这个地方延伸到主体中所有由言语的法则统治的领域，也就是说远远超过了从自我那儿得到指令的话语的范围。自从弗洛伊德发现了无意识的领域以及构作这个领域的法则以来，我们就知道了这一点。"[3] 也就是说"拉康认为，大写的他者只是由语言和言说话语构成的象征性的他者"，[4] "拉康的大写他者就是在个人之间通过语言和活的言语建立起来的不是我们的另一个我"，"大他者不是自我的形象，而是被误认为我性的他性"。[5] 因此，拉康才说"无意识是他者的话语"。[6] 由此，拉康自然而然地进入了对话视域，指出："任何真实的言语都不仅仅是主体的言语，言语只有在建立在另一位主体的中介之上时才能运行"，[7] "我在言语中寻找的是别人的回答。使我成为主体的，是我的问题。为了使我为他人所认可，我是着眼于将至者而讲出已逝者。为了得到他，我用一个名字来叫他，为了回答我，他必须接受或拒绝这个名字"。[8] 这就是一种动态对话的描述了。

笔者在前面已经指出，原本弗洛伊德的精神分析和无意识理论就存在着显对话和隐对话两个方面，拉康的对话思想自然不会忽略这样一个谱系学的联系，毋宁说他正是从精神分析的治疗方法那里最直接地发现了这种"对话范式"的，他明确指认：

不管精神分析法自以为是治疗的手段，教养的手段，抑或是探测的手段，

---

① 拉康：《拉康选集》，褚孝泉译，上海三联书店 2001 年版，第 290 页。

② 拉康：《作为任何主体前设的统摄性他者结构》，转引自张一兵：《不可能的存在之真》，商务印书馆 2006 年版，第 279 页。

③ 拉康：《拉康选集》，褚孝泉译，上海三联书店 2001 年版，第 416 页。

④ 张一兵：《不可能的存在之真》，商务印书馆 2006 年版，第 282 页。

⑤ 张一兵：《不可能的存在之真》，商务印书馆 2006 年版，第 281 页。

⑥ 见拉康：《拉康选集》，褚孝泉译，上海三联书店 2001 年版，第 275、457、482 等页。

⑦ 拉康：《拉康选集》，褚孝泉译，上海三联书店 2001 年版，第 372 页。

⑧ 拉康：《拉康选集》，褚孝泉译，上海三联书店 2001 年版，第 312 页。

它只有一个媒介：病人的言语。这一事实的显而易见并不是忽视它的理由。并且，只要有言语，就得要有回答。我们将要证明，即使言语碰到的是沉默，只要有一个聆听者，所有的言语都是有回答的。①

事实上当主体进入分析时，他同意处于一个位置，这个位置比诱惑他的所有指令都要更有组合性。这就是对话的位置。……也就是说，言谈者在其中构作成主体间性。②

他认为，对病人而言，"即使他是'独白'，他也是对着那个大写的他人讲的。这个他人的理论我们已经加强了。过去我们只使用主体间性这个术语，这个他人有助于重新启用这个术语"。③ 并说："主体是通过对别人的言语来承担起他的历史的，这就是新的方法的基本思想。弗洛伊德将这个新方法命名为精神分析法。"④

应该承认，拉康是利用了弗洛伊德的精神分析和无意识理论，他是琵琶别抱，另有自己的学术主旨，这就是意在于要解构传统的"主体理论"，指出所谓的主体原本是"伪主体"，是那个小写或大写他者的"主体性"幻象，它是语言象征系统和无意识的混合物，或干脆说弗洛伊德那个个体性、生物性的无意识并不存在，存在的只是这种他者的幻象（无意识）。⑤ 但是，他却没有放弃精神分析中那个"对话论"的范式。同时，也有效地移入了结构主义语言学中的对话模式。更准确地说，应是两者的综合。

很相似的是，巴赫金对话主义的逻辑地基也是以上已反复涉及的那个"他者理论"，或者说人的存在的"他性本体性"，其最为基本的要义就是：人离开他者就无法"存在"。"一个人只能在他人身上认出自己，在此，他者是个象征性语言介体，个人只有通过这个介体才能成为人。"⑥ 巴赫金也采取了一个与拉康"镜像自我"相同的逻辑起点，他说：

因为孩子最初知道的对自己和自己身体的评价，是从母亲和亲人的嘴里听来的。孩子从他们的嘴里，从他们喜爱的情感意志的语调里听到并开始接

---

① 拉康：《拉康选集》，褚孝泉译，上海三联书店 2001 年版，第 256 页。
② 拉康：《拉康选集》，褚孝泉译，上海三联书店 2001 年版，第 267 页。
③ 拉康：《拉康选集》，褚孝泉译，上海三联书店 2001 年版，第 267 页注 2。
④ 拉康：《拉康选集》，褚孝泉译，上海三联书店 2001 年版，第 266 页。
⑤ 这一点张一兵有专门的论述。可参见张一兵：《不可能的存在之真》，商务印书馆 2006 年版。
⑥ 张一兵：《不可能的存在之真》，商务印书馆 2006 年版，第 277 页。拉康说："人在看自己时也是以别人的眼睛来看自己，因为如果没有作为另一个的他的形象，他不能看到自己。"并说："人们互相认出是人。"（见《拉康选集》，褚孝泉译，上海三联书店 2001 年版，第 408、220 页）雅斯贝尔斯也说过："我只有与他人共在，一个人什么也不是。"（见《雅斯贝尔斯文集》，青海人民出版社 2003 年版，第 13 页）

受自己的名字，了解到他身体各部分和内心诸多感受的状态的名称；最早议论他的话，最有权威的评论，最早从外部评价他个性的话语，使他从自己内心模糊的自我感觉中获得的形式和称谓，让他初次意识到和发现自己有某种意义的话语，全都是爱他之人说的。①

像语言说我一样，"我"也是先被他人说。应该说，人一开始建构自我就是从"他者的话语"起步的。另外，从个人的躯体的有限性来说，人也需要一个他者之眼："我的外貌不会进入我的具体实际的视野"，"因为我们没有从外部看自己的办法，所以在这里，我们就只好移情到某个可能的不确定的他人之中，借助于这个他人我们试着找到对自身的价值立场，试着在这里从他人身上激活自己形成自己"。② 而这种对他者的依赖其实就是一种特定的"对话"关系，巴赫金正是从这里来延展开他的对话理论链条的。他基于人的存在的这种本体性的"依他关系"，提出了人的本体对话性或人的对话本体性，认为："生活就其本质说是对话的。"③ "对个性之人的唯一能维护他的自由和未完成性的关系，就是对话关系。"④ "存在就意味着进行对话的交际。对话结束之时，也是一切终结之日。因此，实际上对话不可能、也不应该结束。""一切莫不归结于对话，归结于对话式的对立，这是一切的中心。一切都是手段，对话才是目的。单一的声音，什么也结束不了，什么也解决不了。两个声音才是生命的最低条件，生存的最低条件。"⑤

就对话问题，巴赫金不光提出了自己的对话哲学，而且还具体提出了一套对话美学或对话的小说理论，确立了许多重要的对话哲学—诗学范畴，如：存在、应分、外位性、超视、超语言学、狂欢化、复调、杂语性、双声语、独白等。关于他的对话理论我们在以后的相关处还会专门讨论，这里就暂不赘论了。

法国当代学者多斯在《从结构到解构》一书的最后，专列了一节："保卫对话性"，以作为对"从结构到解构"这一法国 20 世纪思想主潮的一个最后

① 巴赫金：《审美活动中的作者与主人公》，见《哲学美学》，河北教育出版社 1998 年版，第146 页。

② 巴赫金：《审美活动中的作者与主人公》，见《哲学美学》，河北教育出版社 1998 年版，第124、129 页。

③ 巴赫金：《关于陀斯妥耶夫斯基一书的修订》，见《诗学与访谈》，河北教育出版社 1998 年版，第387 页。

④ 巴赫金：《关于陀斯妥耶夫斯基一书的修订》，见《诗学与访谈》，河北教育出版社 1998 年版，第385 页。

⑤ 巴赫金：《陀思妥耶夫斯基诗学问题》，白春仁、顾亚铃译，三联书店 1988 年版，第343、344 页。

的归结。他总结说："要么选择无所不能的主体，要么选择呜呼哀哉的主体，面对着这一虚假的选择（长久以来这个选择被视为完全无法逾越的），一个完整的当代思想分支围绕着对话范式建立起来了。对话学提供了真正的自由之路，它既是一项社会方案，也是一个多产的社会科学范式。""主体与历史双双回归了，而对话性则提供了一个与结构主义运动相决裂又不拒绝结构主义成果的范式。"① 他虽意在总结，意在指出一个新的人文与社会科学发展的大趋势，而实际上也正强调了对话理论崛起、兴盛的重大史实。

不消说，对话主义哲学是西方对话诗学思想与理论的最直接的哲学基础。

---

① 弗朗索瓦·多斯：《从结构到解构——法国 20 世纪思想主潮》，下卷，季广茂译，中央编译出版社 2005 年版，第 585、588 页。

第三章　中国诗学中的对话思想与理论

　　已如《导论》中所指明的，诗学对话的理论原型是哲学对话，而无论哲学对话还是诗学对话的"对话"，其实都是对人们语言活动中的"对话"的借用，也就是说它们都是一种比喻性的概念，其实质则是一种平等的关系结构、交流模式。关于"中国诗学中的对话思想与理论"，也正主要是在这个意义上来阐论界定的。申明这一点对本章论述的学理合法性是至为重要的，因为它可为以下的有关中国诗学对话思想与理论的阐发、建构提供基本的概念前提和逻辑基础。

　　从第一章我们可以看出，中国哲学中的对话思想与理论是集中以"天人合一"哲学和阴阳交感思想为代表的，这为中国诗学中的对话思想与理论提供了根本性的基石和模型架构，使得在这一哲学—文化地基上形成的中国诗学也具有对话的结构和内涵，而同时受"内倾性的""和合"架构（即"生命模式"的"天"向"人"合）和氤氲虚化的"气化理性"的影响，中国诗学的"对话"结构主要表现为"内对话"、"隐对话"和"复对话"。"内对话"是指其对话性并不以某种外露形态呈现，或者说往往是只有对话之"实"、之"神"，而无对话之"形"、之"貌"；"隐对话"与"内对话"意思相近，是指其"对话"往往是潜在的、隐而不彰的；"复对话"是指因为有"天人合一"哲学和"气化理性"做大文化基础和模型，中国诗学中的"对话"便往往具有全局性、整体性，故其内里便存在着许多共时重叠的对话关系、对话结构，形成复式夹层的对话形态。而这种复式夹层的对话结构，若不经"细读"式的发掘、探析工作，则是无法轻易认识得到的。

　　同时，中国古代诗学中的绝大多数的学说、理论都缺乏完整的"体系"，而是以碎片化的散乱错杂的面貌存在的，但它们受共同的"天人合一"或"生命模式"、"气化理性"等哲学—文化范型所影响，又往往具有统一或相似的大文化架构、哲理内蕴，从而又具有某种似隐似显的"潜体系"、"内在

体系"，这也需要进行专门的发掘、梳理、建构。当然，也有不少理论或学说，此前早已经过前人和今人的"建构"而以某种现成的"体系"而存在了，但即使是如此，它们仍然具有某种"未完成性"，仍需要重新阐发和重新建构。特别是从"对话论"的维度看就更是这样。这样，就决定了中国诗学对话思想与理论的阐论面临两个任务：一是对其从对话论的角度进行探索、讨论，一是还要做某学说或理论的"谱系"性的历史发掘、梳理、建构。而如此双重维度的展开，难免会或此或彼，即不可能完全朝"对话论"一维集中。这一点也有必要于此特别予以申明之。

再者，对中国诗学作"对话论"的阐释、建构，也纯属个人性的探索、尝试，其基本的出发点是：对话论不是西方诗学的"专利"，对话性活动、思维、观念、理论作为人类的共性的精神现象，也理应反映在中国诗学之中。但它必然有中国哲学、诗学的特殊性，或者说是中国化、中国式的，而本章的工作就是要从中国诗学中"找"（实为新的"建构"）出这种特定和特殊的"对话论"。

以下就主要从大的文化框架模型即"平等的关系结构、交流模式"的意义上来对中国诗学中的对话思想与理论做一宏观的梳理和建构。

第一节　感　物　说

"感物说"属于中国古代诗学中的本原论，即是指文学之所从出、所从生。或者说是关于文学是从哪里来的？文学生产在其根本的源头上是怎么一回事？等这样的问题的一种解释、回答。它的根基是心物关系、情景关系或天人关系。用西学的概念说则是主体与客体的关系。也就是说，它首先就是一种关系架构，涉及两个基本方面："感"与"物"。这感与物又分属人与外物两个方面，感是指人的感受等心理方面，物则是指进入人的视野、引起人的注意、引起人的审美感受、审美感应的外界事物。两者的关系是刺激与感应、感与被感的关系。而这关系若换个角度看，则是典型的对话关系。也就是说，中国"感物说"的内里正包含着某种对话的关系模式、关系架构。

让我们用具体的文献材料来进行阐说：

中国古代诗学中有关感物说的代表性表述有《礼记·乐记》、陆机的《文赋》、刘勰的《文心雕龙》、钟嵘的《诗品》等。据现在掌握的材料看，《礼记·乐记》中的表述可能是最早的：

凡音之起，由人心生也。人心之动，物使之然也。感于物而动，故形于声。……乐者，音之所由生也；其本在人心之感于物也。①

这里只是提出了乐源于"感物"这样一个命题，而未涉及为什么可以感物以及是怎样具体感物等更为具体的问题。也就是说，作为一个概念、范畴或命题，其本身是很不成熟的，仅仅是个初步的概念、提法。需要指明的是，虽为《乐记》，但当时的"乐"是诗乐舞一体的，如它在紧接着"故形于声"后又这样说："声相应，故生变，变成方，谓之音。比音而乐之，及干戚羽旄，谓之乐。"② 其"及干戚羽旄"就是指"用盾牌、斧钺、雉尾、旄牛尾进行舞蹈"，③ 说明舞乐是不分的。这一段话就更清楚了：

德者，性之端也。乐者，德之华也。金石丝竹，乐之器也。诗，言其志也。歌，咏其声也。舞，动其容也。三者本于心，然后乐器从之。④

"三者本于心，然后乐器从之"，即明确指出这三者是统一的，都是合乐的。再结合后来《毛诗序》所说的："诗者，志之所之也，在心为志，发言为诗。情动于中而形于言，言之不足，故嗟叹之，嗟叹之不足，故永歌之。永歌之不足，不知手之舞之，足之蹈之也。情发于声，声成文，谓之音"，⑤ 足可证明那时诗言、歌音、舞蹈的确是一体不分的，因此，《乐记》的"感物说"自然也包括文学在内。

这里的问题是：感物在这里并不是自明的，即首先就存在着一个康德式的问题，即"感物"是如何可能的？它需要追问，需要"批判"。应该说，在这里"感物说"只是一个更大的问题的"症候"，按照法国结构主义的马克思主义代表人物阿尔都塞的学说看，这"症候"只是第一文本，其内里还隐藏着一个更为重要的第二文本。在这里这第二文本不是别的，正是中国传统的天人合一的"对话结构"、"对话无意识"。也就是说，中国传统的天人合一哲学认为人和外物是同构对应的关系，两者都是生命物，且具有可大致对应的感应结构，如董仲舒《阴阳义》说："天地之常，一阴一阳……天亦有喜怒之气，哀乐之心，与人相副，以类合之，天人一也。"《人副天数》说："唯人独能偶天地。人有三百六十节，偶天之数也；形体骨肉，偶地之厚也；上有耳目聪明，日月之象也；体有空窍理脉，川谷之象也；心有哀乐喜怒，

① 见《礼记译解》（下），王文锦译解，中华书局 2001 年版，第 525 页。
② 见《礼记译解》（下），王文锦译解，中华书局 2001 年版，第 525 页。
③ 同上。
④ 同上，第 544 页。
⑤ 见王振复主编：《中国美学重要文本提要》，（上），四川人民出版社 2003 年版，第 95 页。

神气之类也；观人之体，一何高物之甚，而类于天也。"① 孔子《论语·雍也》说："知者乐水，仁者乐山；知者动，仁者静；知者乐，仁者寿"，认为知者同水、仁者同山具有某种同构对应性。还说："三军可夺帅也，匹夫不可夺志也"，"岁寒，然后知松柏之后凋也"，② 也明显是在以松柏喻人，即认为人同松柏有相同处。这也就是中国传统文化中的"自然比德说"，如荀子说："夫玉者，君子比德焉。温润而泽，仁也；栗而理，知也；坚刚而不屈，义也；廉而不刿，行也；折而不挠，勇也；瑕适并见，情也；扣之，其声清扬而远闻，其止辍然，辞也。故虽有珉之雕雕，不若玉之章章。《诗》曰：'言念君子，温其如玉。'此之谓也。"③ 认为玉这种自然之物在许多方面都同人的伦理品格有对应性，故可以"比德"。文学中的比兴手法的根源也在此，王逸《楚辞章句》中说："《离骚》之文，依《诗》取兴，引类譬谕，故善鸟香草，以配忠贞；恶禽臭物，以比谗佞；灵修美人，以比君子；宓妃佚女，以譬贤臣；虬龙鸾凤，以托君子；飘风云霓，以为小人。"④ 所揭示的也是那个"天人合一"之理。既然天人相类、天人同构，因此孟子才会说："尽其心者，知其性也。知其性，则知天矣。存其心，养其性，所以事天也。"⑤ 孟子的意思是说，天就在人的心性之中，或换个说法，外物的结构就在人的心性的内在结构之中。于是，天便可知、可通。一句话，外物的可感，正依赖于这个深厚的天人合一、天人相通的认识或信仰基础。这正是中国文化、哲学、诗学的一个十分重大的大不同于西学的地方。⑥

如果说《乐记》的感物说还比较笼统的话，陆机《文赋》中的感物说就具体得多了：

遵四时以叹逝，瞻万物而思纷。悲落叶于劲秋，喜柔条于芳春。心懔懔以怀霜，志眇眇而临云。⑦

---

① 见王振复主编：《中国美学重要文本提要》，（上），四川人民出版社2003年版，第88—89页。

② 《论语·子罕》。

③ 荀子：《法行》，见北京大学哲学系美学教研室编：《中国美学史资料选编》（上册），中华书局1980年版，第49页。荀子还讲过君子同水的同构对应关系："夫水，……似德。……似义。……似道。……似勇。……似法。……似正。……似察。……似善化。……似志。是故君子见大水必观焉。"（《宥坐》，见北京大学哲学系美学教研室编：《中国美学史资料选编》（上册），中华书局1980年版，第49页）。

④ 见王振复主编：《中国美学重要文本提要》，（上），四川人民出版社2003年版，第120页。

⑤ 《孟子·尽心上》。

⑥ 关于天人合一、和合、交感等哲学理论，笔者在《中国诗学对话思想的哲学基础》部分已多有阐论，可参见。

⑦ 陆机著、张少康集释：《文赋集释》，人民文学出版社2002年版，第20页。

其意思是说，四季的变化，引发诗人对这变化的慨叹；复杂的大千世界，是诗人丰富多样的思绪的触媒。秋之落叶，让人悲伤；春天的新芽嫩枝却给人带来喜悦之情。心的冷清是由寒霜而起；看到白云，人的志气也会随之高远起来。陆机不光指出感物的具体内容，而且也句句不离那个同构对应关系，应该说其感物说更接近中国天人合一思想的真谛。

感物说到了刘勰手里则达到了它的完成形态，刘勰在《文心雕龙·物色》篇中对这种感物的内容及其内在的机制有更加深入和透彻的阐论：

春秋代序，阴阳惨舒，物色之动，心亦摇焉。……物色相召，人谁获安？是以献岁发春，悦豫之情畅；滔滔孟夏，郁陶之心凝；天高气清，阴沉之志远；霰雪无垠，矜肃之虑深。岁有其物，物有其容；情以物迁，辞以情发。……是以诗人感物，联类不穷，流连万象之际，沉吟视听之区；写气图貌，既随物以宛转；属采附声，亦与心而徘徊。故灼灼状桃花之鲜，依依尽杨柳之貌，杲杲写出日之容，漉漉拟雨雪之状，喈喈逐黄鸟之声，喓喓学草虫之韵。……赞曰：山沓水匝，树杂云合。目既往还，心亦吐纳。春日迟迟，秋风飒飒。情往似赠，兴来如答。[1]

刘勰在这里不仅指出了外物和内感的一一对应性，而且还特别揭示出心物赠答互动的对话关系，如"情以物迁，辞以情发"，"写气图貌，既随物以宛转；属采附声，亦与心而徘徊"，"情往似赠，兴来如答"。指出：诗人的感情随着外物的变化而变化，文辞也适应这感情的需要而产生。其逻辑线索是物——情——辞，物激发了情，情则以辞回应物。于是，便既"随物宛转"，又"与心徘徊"，其结果则是"写气图貌"、"属采附声"，是心与物之间的往还、赠答。这就是典型的对话关系，无疑这正是感物说的真正实质，刘勰用诗一样的语言揭示出了《乐记》和《文赋》所仍然遮蔽着的那个症候下面潜藏着的第二文本（深层的、本质性的内在结构）：心物对话。

这一点还可从刘勰《明诗》篇中的"人禀七情，应物斯感，感物吟志，莫非自然"[2] 得到解释。其意思是说：人有情（自然本性）才能感物，而这感物则是因物而引起的（应物），感物又引发"吟志"，或者说从诗文的创作来说，感物就是为了吟志，感物引起吟志，吟志回应着感物，这是一种自然而然的事情，因为两者原本正同构对应。很明显，这吟志与感物也正是一种内在的对话关系。正如有论者所说："如果'感物'是心及于物，物也及于心，心深入物，物也深入心，心与物相互交感、应答，那么这就是一种心物

---

① 刘勰著、范文澜注：《文心雕龙注》（下），人民文学出版社 1958 年版，第 693—695 页。

① 刘勰著、范文澜注：《文心雕龙注》（下），人民文学出版社 1958 年版，第 693—695 页。
② 刘勰著、范文澜注：《文心雕龙注》（上），人民文学出版社 1958 年版，第 65 页。

一体观念。中国古代儒家和道家，都持心物一体的观念。……我们认为，'感物'说的真谛就在这里。'感物'说由物及我，又由我及物，物我来回往复。"①"中国古代文论中一系列对应的范畴，如道与文，心与物……其来源都可追溯到'天人合一'的理论预设上面。'天人合一'是中国传统宗教—哲学的精髓。可以说，文学原于'天人合一'之道。"②

其实，若再进一步追问，这"感物"中的对话关系还有更深的一个层面："感"中有前物、前感；所感之"物"已是两种不同时态的"心物意象"之复合体。即就一般情况而言，诗人在感应某落叶、柔条、春日、秋风之时，其心中可能早已储存着对这些事物或相关物的前印象，尽管对这些前印象诗人此时并不一定有自觉的觉识，或者毋宁说它是潜意识的，但无论如何这些前有、前物却会作为此时"心"的既有的携带物而参与现时的"感应"活动，产生如皮亚杰所说的同新的物象的或同化或顺应的心理建构作用。③ 同时，被感应之物也不再是纯粹的自然原物了，而是已渗透进人的情感等诸心理因素，即已是心物的复合物，在这复合中便同时复合进诗人记忆中彼时的物之意象和现时的新的物象。朱光潜先生曾用"物甲"和"物乙"做了区分，认为"物"也是复杂的，起码可以一分为二：自然原物是物甲，而为"心"所渗透的物是物乙。物乙已非自然之原物，而是一种"人化"的"社会形象"了。④ 不管怎么区分，总之这"感"和"物"都不是简单的或单层的构成物，而是夹层的或复合的，其所夹、所复合的，也可以说是又一重或多重的"对话结构"，它们无疑属于隐对话和内对话。其之所以可能，应该说"天人合一"哲学是一个重要的基础，在这个总体性文化语境中，中国传统中这种夹层式或多重性的、内隐不彰的对话关系就更多了几分必然和自然，多

---

① 童庆炳、谢世涯、郭淑云：《现代学术视野中的中华古代文论》，北京出版社 2002 年版，第 100—101 页。

② 童庆炳、谢世涯、郭淑云：《现代学术视野中的中华古代文论》，北京出版社 2002 年版，第 127 页。

③ 可参见第二章第四节有关皮亚杰的论述。

④ 朱光潜："'物的形象'是'物'在人的既定的主观条件（如意识形态、情趣等）的影响下反映于人的意识的结果，所以只能是一种知识形式。在这个反映的关系上，物是第一性的，物的形象是第二性的。但是这'物的形象'是形成之中就成为认识的对象，就其为对象来说，它可以叫做'物'（姑简称物乙），不同于原来产生形象的那个'物'（姑简称物甲），物甲是自然物，物乙是自然物的客观条件加上人的主观条件的影响而产生的，所以已经不是纯自然物，而是夹杂着人的主观成分的自然物，换句话说，已经是社会的物了。美感的对象不是自然物而是作为物的形象的社会的物。美学所研究的也只是这个社会的物的如何产生，具有什么性质和价值，发生什么作用；至于自然物（社会现象在未成为艺术形象时，也可以看做自然物）则是科学的对象。"（见《朱光潜全集》第 5 卷，安徽教育出版社 1993 年版，第 43 页）

了一种大家"心心相通"的对话的无意识和对话的自明性。中国古代直觉感悟性的、吉光片羽式的诗话、词话、小说评点等文本结构，可以说，都是因了这个共同的"内对话"文化语境而得以通行无碍的。它们的"只言片语"性，正显示着"对话性"，因"对话"总是召唤性的、问答性的、未完成的，所以零碎不完整，同时也因"问答"的"填充完善"，它们才不"残缺"，才显得"完整"和可理解。这里我们可以充分地省察到中西文化的重大分野，即中国传统的感物说是立足在天人合一、心物交感地基上的和合态的"内对话论"，是一种生命模式、心理模式或气化理性的产物，是带有某种神秘性的诗化形态。① 而西方的模仿论、再现说或反映论则不同，是一种由主客二分的技术模式、实在理性土壤滋长起来的认识论、知识论或镜像思维、表象思维的产物，它要么压制对话，要么会形成富于理性色彩的"外对话"，总之，两者是极为异趣的。童庆炳等学者对此一分野点即有清醒的论察，可为佐证：

"反映"，确有复制、再现的意思。文学反映论是西方的"知识论"在文学艺术理论的反应与折射，换句话说，在西方的思想家看来，文学艺术也是一种知识形式。……其结果是偏重客观知识的获得。但中国古人包括刘勰所讲的"感"，则并不是"再现"、"复制"、"复写"、"模仿"的意思，而是由对象物所引起的一种微妙神秘诗意的心理活动。中国古代并不像西方那样把文学艺术归结到"知识论"的范畴内，而主要归结为"人生修养论"范畴。……中国诗学注重"兴"这个范畴与东方式的心理活动"感"有很大的关系。②

后来，钟嵘在《诗品·序》中又对感物说做了回应，指出："气之动物，物之感人，故摇荡性情，形诸舞咏。"突出了"气化理性"的本体性作用，可算是一个重要的延伸。他还说："若乃春风春鸟，秋月秋蝉，夏云暑雨，冬月祁寒，斯四候之感诸诗者也。嘉会寄诗以亲，离群托诗以怨。至于楚臣去境，汉妾辞宫；或骨横朔野，或魂逐飞蓬；或负戈外戍，杀气雄边；塞客衣单，孀闺泪尽；或士有解佩出朝，一去忘返；女有扬蛾入宠，再盼倾国：凡斯种种，感荡心灵，非陈诗何以展其义？非长歌何以骋其情？"③ 所论只是加进了更多的社会生活内容，把感物的"物"更多地由一般自然物延展到社会事物，但在理论上并没有更多的推进，而且对话论的维度反而更加模糊了。

---

① 可参见第一章《中国诗学对话思想的哲学基础》中的相关论述。

② 童庆炳、谢世涯、郭淑云：《现代学术视野中的中华古代文论》，北京出版社 2002 年版，第95—97 页。

③ 钟嵘著、曹旭集注：《诗品集注》，上海古籍出版社 1994 年版，第 1、47 页。

感物说作为中国古代诗学的文学本原论，是一个十分重要的理论谱系，刘勰的感物说是其最高的理论形态，此后虽代有言说，但都未出刘论之右。而作为一种未被自觉命名的诗学对话论，感物说特别是"刘论"则无疑也很富代表性。

第二节 道文说

严格地说，"道文说"是刘勰在《文心雕龙·原道》篇中正式提出来的，但作为一种观念或理论的"谱系"，它则有赖于专门的理论梳理和建构。从对话论的角度看，"道文说"所依之"道"本身就是一种"对话"结构（可参见第一章《道和》部分）；同时，其"道"和"文"之间其实也是相互依存、相互作用的"对话"关系。还是先看"道文说"本身是怎么一回事。

刘勰是在论述文学本原时提出了这个命题，他说：

文之为德也大矣，与天地并生者何哉？夫玄黄色杂，方圆体分，日月叠璧，以垂丽天之象；山川焕绮，以铺理地之形：此盖道之文也。仰观吐曜，俯察含章，高卑定位，故两仪既生矣。惟人参之，性灵所钟，是谓三才，为五行之秀，实天地之心。心生而言立，言立而文明，自然之道也。……言之文也，天地之心哉！……谁其尸之，亦神理而已。……爰自风姓，暨于孔氏，玄圣创典，素王述训：莫不原道心以敷章，研神理而设教，……故知道沿圣以垂文，圣因文而明道，……易曰：鼓天下之动者存乎辞。辞之所以能鼓天下者，乃道之文也。①

刘勰在这里表明了自己的文学观，也就是他的文学本原论。他认为文学（相对广义的文学概念）的意义和作用非常巨大，大到同天地并生，当然从源头上看这应是广义的人文概念，但也包含着文学。这一思想明显是对曹丕的"盖文章，经国之大业，不朽之盛事"②的继承，但又明显有了更大的超越，这就是他的"道文观"。即他是从事物存在本体的角度来解释"文"的存在及意义的，认为万事万物都有自己的"文"（文饰或表现、外显方面），如天象、地形为自然之文，人的"敷章"、"设教"，文明化成，便是社会人文。其中，人作为"三才"，因"性灵所钟"，为"五行之秀"、"天地之心"，故

---

① 刘勰著、范文澜注：《文心雕龙注》（上），人民文学出版社1958年版，第1—3页。
② 曹丕：《典论·论文》，见王振复主编：《中国美学重要文本提要》，（上），四川人民出版社2003年版，第134页。

天人合一，人文源于天文，它们在本体上是"道通为一"的，决定和支配它们的是同一个东西：道心神理，即所谓的"谁其尸之，亦神理而已"，"莫不原道心以敷章，研神理而设教"。它们所遵循的都是"自然之道"，它们都是"道之文也"。文辞之所以有力量、有鼓动天下之伟力，原因就在于它是"道之文"。

从谱系学意义上看，刘勰的"道文观"来自于老、庄和《周易》。正如王纪人先生所说的：

"道"是中国文化的宇宙观，也是中国哲学的本体论。同样，中国古代文论也以"道"作为自己的宇宙观和哲学基础。一种有体系的文论没有自己的宇宙观和哲学基础是不可想象的，中国文论与西方文论最根本的区别就在于它们的宇宙观和哲学基础不同。中国的古代文论讲究道，如大理论家刘勰的《文心雕龙》一书开宗明义就讲《原道》，后人又有"载道"和"明道"之说。尽管对道有各种各样的用法和解释，如在儒家指为人之道或为政之道，在阴阳家指规律，但其最富哲学内涵的当是老子《道德经》中所说的道。①

比如《老子》在思考宇宙万物本体时就预设了天、地、人、道的世界构架："无，名天地之始；有，名万物之母。"② "故道大，天大，地大，人亦大。域中有四大，而人居其一焉。人法地，地法天，天法道，道法自然。"③老子用"道"把天地人贯通一气，混成如一，诚如有论者指出的："'道'贯三才，其体自然而已。"④ 这里的"自然"是自然而然的意思，是说道的本质就是自然而然的，它无所法，以自己为法。"三才"是指天地人，这一"道贯三才"的思想便是后来《周易·易传》的基本纲领。其实早在《周易》本经中已有这样的观念，《周易》的三画卦就代表着天地人三才。《周易·易传》上说："《易》之为书也，广大悉备。有天道焉，有人道焉，有地道焉，兼三才而两之，故六。六者非它也，三才之道也。"⑤ 而且还把"天—人观察"的方式型定为一种人文成化的视域和法式："古者包牺氏之王天下也，仰则观象于天，俯则观法于地，观鸟兽之文，与地之宜，近取诸身，远取诸物，于是

---

① 王纪人：《道·境界·韵——中国文论的三原点和元结构》，见《文学：理论与阐释》，上海三联书店 2006 年版，第 5 页。

② 《老子·一章》。

③ 《老子·二十五章》。

④ 董思靖：《道德真经集解》，引自陈鼓应：《老子今注今译》，商务印书馆 2003 年版，第 173 页。

⑤ 《周易·系辞下》。

始作八卦，以通神明之德，以类万物之情。"① 这就是典型的中国式的运思图式、致思之道："俯仰天地"、"仰观俯察"。

如果说《老子》以"道"统贯天人，这里《周易·易传》则以"易"来范围、包裹天人："《易》与天地准，故能弥纶天地之道。仰以观于天文，俯以察于地理，是故知幽明之故。……范围天地之化而不过，曲成万物而不遗。通乎昼夜之道而知，故神无方而《易》无体。"② 这种天人一体的观念在《庄子》中也有明确的表述："天地与我并生，而万物与我为一。""故为是举莛与楹，厉与西施，恢恑憰怪，道通为一。"③"夫天下也者，万物之所一也。"④ 庄子还把"体道"作为自己的最高使命，⑤ 要通过安命、齐物、心斋的办法来做到外天下、外物、外生，达到"以天合天"的"物化"，或达到"独与天地精神往来"、"游心于物之初"的道境。他借黄帝之口说："故曰：'通天下一气耳。'圣人故贵一。"并指出："天地有大美而不言，四时有明法而不议，万物有成理而不说。圣人者，原天地之美，而达万物之理。是故至人无为，大圣不作，观于天地之谓也。"⑥

可以看出，"道贯三才"、"道通为一"、"俯仰天地"、"体道"、"原天地之美"等都是刘勰"道文观"的哲学基础。其中，《老子》的"万物负阴而抱阳，冲气以为和"；庄子的"至阴肃肃，至阳赫赫；肃肃出乎天，赫赫发乎地；两者交通成和而物生焉，或为之纪而莫见其形"；《周易》的"《易》与天地准，故能弥纶天地之道。仰以观于天文，俯以察于地理，是故知幽明之故"，"《易》无思也，无为也，寂然不动，感而遂通天下之故"⑦ 等对话思想则是它的主要根因、内里动力之源。也就是说，刘勰之"原道"的"道"，不是别的，正是老、庄、《易》之"天道"，是自然之道，是那个具有本体性、全局性的把天人贯通为一的"天人合一"之道，⑧ 它具有自然而然、气

---

① 《周易·系辞下》。

② 《周易·系辞上》。

③ 《庄子·齐物论》。

④ 《庄子·田子方》。

⑤ 如《庄子·知北游》说："夫体道者，天下之君子所系焉。"《刻意》说："能体纯素，谓之真人。"等等。

⑥ 《庄子·知北游》。

⑦ 《周易·系辞上》。

⑧ 张少康亦指出："刘勰的文学本体论及由此引申出来的对文学创作中心物关系的论述，其哲学基础就是先秦两汉以来的天人合一思想，但是主要是道家的天人合一思想，其中也有荀子'天人相分'思想的影响。……它非常清楚地体现了魏晋玄学以道为体、以儒为用、援儒入道的特点。"（见张少康：《文心与书画乐论》，北京大学出版社 2006 年版，第 110 页）

化氤氲、生生不息、创化万物等特征。而特别重要的是，它还是"阴阳交感"的对话模式，即"万物负阴而抱阳，冲气以为和"；"两者交通成和而物生焉"；"一阴一阳之谓道"等。在刘勰看来文学正是以此种具有"阴阳交感"对话内质的"道"为本原的，它不是要像西方模仿论那样去模仿什么，而是要回归自身，以自身为"原"（道法自然），一句话，"原天地之美"正是它的全部实质之所在。而此"天地之美"的实质，从对话论维度看则正是"对话性"。

显见，以"道通为一"、"原天地之美"为根本的"道文说"，其实质正是那个以自然和合态为特征的对话架构，在这一点上它与"感物说"没有本质区别，所不同的是它的"道文"视角，即它不是从心物关系着眼，而是从表现和被表现、本原和文辞的关系立论的。这"本原和文辞的关系"，换个角度说，也就是相互依存、相互作用的"对话"关系。

但是，文毕竟是文，究竟不同于"原道"之本身，因此，载道、明道、体道、观道之如何可能的问题仍然是存在的，也就是说，文之"原道"或以道为本原就依然还是个问题。老子的办法是采用非概念化的、动态构成的、矛盾两兼的诗化表述；① 庄子在"文化"策略上则是使用与老子相近的卮言、重言、寓言的"三言之法"；《周易》的策略是"仰观俯察"、"立象尽意"；而刘勰开出的方案是"征圣"、"宗经"，是情采兼备、文质统一等。其实，宏而论之，道文的关系在古代诗学中往往又表现为言意或辞意关系。归结起来又有四种情况：尚言和非言（或尚辞和非辞）；贵意和以无意为佳（亦即有我和无我）。

尚言之论如孔子的"言之无文，行而不远"，② 《周易》的"以言者尚其辞"，"鼓天下之动者存乎辞"③ 等，都有重辞之意。而从时代的总体风尚来看则集中表现在汉魏六朝及唐代的骈体文学中，因为那时中国文学正在经历着"文的自觉"的阶段，文辞、形式美成为人们关注的中心，"我国中古时代的文论不重视人物形象，像《史记》、《汉书》等史书中一些优秀传记篇章不受青睐，当时人们认为它们不具有骈文文章之美。范晔《狱中与诸甥侄书》自诩其《后汉书》一部分传记后的论赞，而不称道该书的人物传记部分。《文心雕龙·史传》也不称道《史》、《汉》的人物传记，而赞美《汉书》'赞序弘丽'。《文选》不选史书中的人物传记，但认为史书中的一部分赞论序述，

---

① 可参见第一章中《道和》的相关阐论。
② 《左传·襄公二十五年》。
③ 《周易·系辞上》。

有'综辑辞采'、'错比文华'的语言之美，故选了《汉书》、《晋纪》、《后汉书》、《宋书》等的部分赞论序述。……因此，从总体来看，作品的文采（对偶、辞藻、用典、声韵）运用情况如何，就成为衡量作品文学性的普遍标准了。……有不少作品在这方面追求过甚，以至形成繁采寡情、丽藻纷披而缺乏刚健清新之美的弊病，由此引起一部分文人的不满，要求加以改变"。①

非言以老庄为代表，《老子》说："道可道，非常道；名可名，非常名。"②"信言不美，美言不信。善者不辩，辩者不善。"③《庄子》说："世之所贵道者，书也。书不过语，语有贵也。语之所贵者意也，意有所随。意之所随者，不可以言传也，而世因贵言传书。世虽贵之，我犹不足贵也，为其贵非其贵也。"④认为世人陷入一个误区：认为书、语言是可以传达道（意）的，而他认为道则是不可以言传的，因此他要"非书非言"。他还在《秋水》中说："可以言论者，物之粗也；可以意致者，物之精也；言之所不能论，意之所不能察致者，不期精粗焉。"⑤意思是说那超越了精粗的"道"则是无法言论和意致的。因此，他主张："荃者所以在鱼，得鱼而忘荃；蹄者所以在兔，得兔而忘蹄；言者所以在意，得意而忘言。"⑥

对"道"的重视是中国传统的共识，老庄重视，孔子也重视，《论语》说："君子务本，本立而道生。""先王之道，斯为美。"⑦"朝闻道，夕死可矣。"⑧"志于道。"⑨"君子谋道不谋食"，"君子忧道不忧贫"。⑩老子写了《道德经》，庄子写了《天道》，马王堆出土的帛书有《道原》，《淮南子》也有《原道》。后来，刘勰写了《原道》，从理论上为传统诗学确立了系统的本原论。到唐代，韩愈也写了《原道》，则是要重振儒家的道统。虽然有道家的自然之道和儒家的仁义之道的区别，如刘勰的"道"虽兼容儒道两家之道，但在其深层上则偏于自然之道；而韩愈则明确是为儒家的仁义之道在祖述张本。但是，在"道文"观念上则基本是一致的，即都认为文应该体道、明道。

---

① 王运熙：《中国古代文论管窥》，上海古籍出版社 2006 年版，第 319—320 页。
② 《老子·一章》。
③ 《老子·八十一章》。
④ 《庄子·天道》。
⑤ 《庄子·秋水》。
⑥ 《庄子·外物》。
⑦ 《论语·学而》。
⑧ 《论语·里仁》。
⑨ 《论语·述而》。
⑩ 《论语·卫灵公》。

如柳宗元说："始吾幼且少，为文章，以辞为工。及长，乃知文者以明道。"① 朱熹也说："道者文之根本，文者道之枝叶。"②

从谱系学的角度看，道家的自然之道由老庄奠基，特别是由庄子而影响到诗学，又由刘勰转化为文学本原论，在道文或辞意关系上，直接开启出一个崇尚自然，追求"以无意为佳"的宁静、淡远和超然无我境界的体道艺术统系。如司空图在《二十四诗品》中所主张的："体素储洁，乘月返真"，"饮真茹强，蓄素守中"，"俱道适往，著手成春"，"由道返气，处得以狂"，"道不自器，与之圆方"，"忽逢幽人，如见道心"，"俱似大道，妙契同尘"，"少有道气，终与俗违"，③ 做到了诗道同一，连诗论也"体道自然"或"道体自然"化了。而儒家的仁义之道，由孔孟奠基，又由荀子为中介，形成了一种以道德教化为目的的"文以载道"的文学功能论传统。荀子在《儒效》中说："先王之道，仁人隆也，比中而行之。曷谓中？曰：礼仪是也。道者，非天之道，非地之道，人之所道也。……圣人也者，道之管也。天下之道管是矣，百王之道一是矣，故《诗》、《书》、《礼》、《乐》之归是矣。……天下之道毕是矣。乡是者臧，倍是者亡。乡是如不臧，倍是如不亡者，自古及今，未尝有也。"认为先王之道的核心就是礼义，而礼义又集中体现在圣人身上。圣人又用《诗》、《书》、《礼》、《乐》来承载这礼义。顺从礼义就美好，悖逆礼义就灭亡。这样，文学（如《诗》、《乐》）自然就成了载道的工具。"荀子的相关主张，在以后更直接启发了'明道'、'征圣'、'宗经'说的形成。"④ "这段话经过汉儒用不同方式（笺注《诗经》是主导方式）向后人传达，'文以明道'、'文以贯道'、'文以载道'、'文从道中流出'诸说，莫不本于此"。⑤ 这一传统，中由韩愈的重振，便直接促成了宋代的"文以载道"的道统文论的形成。⑥ 总起来看，这是一种相对政治化、道德化的，有我的、尚意

① 见王振复主编：《中国美学重要文本提要》，（上），四川人民出版社 2003 年版，第 345 页。
② 朱熹：《朱子语类》，见王振复主编：《中国美学重要文本提要》，（上），四川人民出版社 2003 年版，第 493 页。
③ 司空图著、郭绍虞集解：《诗品集解》，人民文学出版社 1963 年版，第 14—38 页。
④ 汪涌豪：《范畴论》，复旦大学出版社 1999 年版，第 447 页。
⑤ 陈良运：《周易与中国文学》，百花洲文艺出版社 1999 年版，第 221 页。
⑥ 可参见汪涌豪："唐宋以来，'道'为历代文人，特别是文章家所重视。他们每讲尧舜禹汤文武周公孔子所传的道统，如韩愈就不惟好辞，且好言道，明确提出修辞明道的主张。柳宗元复以辅时及物为'道'，稍著己见。此后，由韩门弟子李翱提出的'贯道说'，及宋初柳开、石介等人提出'文道合一说'，王禹偁有'传道明心说'，欧阳修有'道胜文至说'，乃至周敦颐有'文以载道说'，程颐有'作文害道说'。且至明清以下，各有传人，或有人重复其意见。"（《范畴论》，复旦大学出版社 1999 年版，第 448 页）

的诗学统系。当然，尚意、贵意，也未必就一定是说教的、概念化的，如明末清初的王夫之说："无论诗歌与长行文字，俱以意为主。意犹帅也。无帅之兵，谓之乌合。"① 而同时又说："情景名为二，而实不可离。神于诗者，妙合无垠。"② 并且强调要"即景会心"，③ 实际上是主张直觉性的心物对话，其根子仍是那个"天人合一"的感物说。

相对来说，对话思想主要体现在自然之道的"道文说"之中，此派之所以推崇自然、无我、无表现，已如前论，原因就在于道和文的关系本来就是一体不二的，它们是自然地契合交融在一起的。当然，在理论上，即使是主仁义之道的"载道"论者，也多是主张道文或辞意的完美统一的，如子贡说："文犹质也，质犹文也。虎豹之鞟，犹犬羊之鞟。"④ 认为文质同样重要。孔子也强调"情欲信，辞欲巧"，⑤ 主张"文质彬彬"，⑥ 文质统一。唐代的李翱在《答朱载言书》中说："故义虽深，理虽当，词不工者不成文，宜不能传也。文、理、义三者并立，乃能独立传于时，而不泯灭于后代，能必传也。仲尼曰：'言之无文，行之不远。'子贡曰：'文犹质也，质犹文也。虎豹之鞟，犹犬羊之鞟。'此之谓也。"⑦ 也主张"文、理、义"三者的统一。王祎的说法则更加典型、通透：

> 天地之间，物之至著而至久者，其文乎？盖其著也，与天地同其化；其久也，与天地同其运。故文者天地焉，相为用者也，是何也？曰：道之所由托也。道与文不相离，妙而不可见之谓道，形而可见者之谓文。道非文，道无自而明；文非道，文不足以行也。是故文与道非二物也。道与天地并，文其有不同于天地者乎？载籍以来，六经之文至矣，凡其为文，皆所以载天道也。⑧

认为道与天地并，文道不二，故文亦与天地共著久。是明显的文道、道文或天道人文统一论。与刘勰的道文说在本质上并无二致，个中之差别，只有在体道或载道的分野上才能看出。当然，其内里状况是非常复杂的，比如

---

① 王夫之著、舒芜校点：《薑斋诗话》，人民文学出版社 1961 年版，第 146 页。
② 王夫之著、舒芜校点：《薑斋诗话》，人民文学出版社 1961 年版，第 150 页。
③ 王夫之著、舒芜校点：《薑斋诗话》，人民文学出版社 1961 年版，第 147 页。
④ 《论语·颜渊》。
⑤ 《礼记·表记》。
⑥ 《论语·雍也》。
⑦ 见王振复主编：《中国美学重要文本提要》，（上），四川人民出版社 2003 年版，第 350 页。
⑧ 王祎：《文原》，《王忠文公集》卷二十。转引自汪涌豪：《范畴论》，复旦大学出版社 1999 年版，第 448 页。

即使在仁义道统谱系中的朱熹却是典型的文由道中自然流出论者，[①] 因此，对此中之分属只应活解而不应死参。

概括起来说，对话论虽更多、更明显地表现于自然之道的"道文说"之中，但仁义之道的"载道"论因主张道文、辞意等的统一，仍没有离开那个天人、道文、辞意的关系构架，从而往往也不那么认真地要在此两者间区分出孰尊孰卑、孰主孰次，因而也在某种程度上与对话有通融接榫处。[②] 或者，与"体道"的内对话不同，更多地显示出某种"外对话"的旨趣、色彩。

第三节　神思——兴——妙悟说

神思、兴、妙悟，本并无体系上的自觉关联，因为三者都属于中国古代诗学中的创作论，且都具有对话的内质，故可合并在一起予以讨论。神思就是想象，是中国古人对想象的指谓。而"神思"作为文学艺术创作活动中指谓"想象"的这一专门概念的确定，最早可能始于南朝刘宋时代的宗炳，[③] 他在《画山水序》中提出了这一概念：

圣人含道暎物，贤者澄怀味象。……夫圣人以神法道，而贤者通；山水以形媚道，而仁者乐。不亦几乎？……夫以应目会心为理者。类之成巧，则目亦同应，心亦俱会。应会感神，神超理得，虽复虚求幽岩，何以加焉？又神本亡端，栖形感类，理入影迹，诚能妙写，亦诚尽矣。于是闲居理气，拂觞鸣琴，披图幽对，坐究四荒，不违天励之丛，独应无人之野。峰岫峣嶷，云林森眇，圣贤暎于绝代，万趣融其神思，余复何为哉？畅神而已，神之所畅，孰有先焉？[④]

宗炳在这里一开篇就提出一对"对话结构"："圣人含道暎物，贤者澄怀

①　见《朱子语类》，见王振复主编：《中国美学重要文本提要》，（上），四川人民出版社 2003 年版，第 494 页。

②　如汪涌豪指出的："由于'道'与天地并，故文自然也与天地相同。……他们所言'道'虽皆属'人道'，但却都言之凿凿，以为己说有本原必然的理由。从某种意义上，也正是因为在根本上认为天人合一、文道相融是理所当然，自己所持是得了'天道'印证的缘故。"（汪涌豪：《范畴论》，复旦大学出版社 1999 年版，第 448 页）即是说，其内里正潜含着文道契合对话的和合构架，也有对话论的一面。

③　可参见童庆炳、谢世涯、郭淑云：《现代学术视野中的中华古代文论》，北京出版社 2002 年版，第 147 页。

④　宗炳：《画山水序》，见北京大学哲学系美学教研室编：《中国美学史资料选编》上册，中华书局 1980 年版，第 177—178 页。

味象。""这里所说的'圣人'当是指佛或具有佛性的人。'道'则是指的佛道，其《明佛论》中说：'夫佛也者非他也，盖圣人之道，不尽于济主之俗，敷化于外生之世者耳。'圣人（佛）以其神明之道授予一切物象，所以贤者可以其澄澈之心灵去玩味物象中的'道'，体会崇高的神明佛法"。① "暎"即映或照，指圣人能够与"道"合而为一，并能把这"道"投射、外化到外物之中，这样他也便与万物交融贯通。而贤者体验这种"道"，亦可使自己的心境澄澈、明净（澄怀），从而也能以虚接实地去观察、体味客观事物（味象）。因此，"含道暎物"和"澄怀味象"便是一对接应吐纳的对话结构、对话活动，刘勰的"目既往还，心亦吐纳"，"情往似赠，兴来如答"，正是承此而来的。② 而接下来的"山水以形媚道，而仁者乐"，又实在地透露了宗炳的"天人合一"观。其实，这正是这篇《画山水序》的哲学支柱，而圣贤在他眼里无疑是最能体现"天人合一"之道的人。当然按他的区分，圣人比贤者又高出一个层次。他自己则更是谦居其后的，即"圣贤暎于绝代，万趣融其神思，余复何为哉？畅神而已，神之所畅，孰有先焉？"称圣贤为"神思"，③自己则只能是"畅神而已"，认为圣贤可以用奇妙的想象来"含道暎物"、"澄怀味象"，同造化万趣相共，而自己只能谈得上使神意得到抒发、使内心得到愉悦而已（畅神）。这里的"神思"已包含想象但还不仅限于想象，而是还有体道、味象等意涵在。但不管如何，"神思"作为一个专门性的概念已被正式提出来了。

还应指出的是，在这段话里宗炳还重点论述了"应目会心"、"应会感神"的心物关系，认为艺术创作应是心物之间的"应会"、"应感"，这同一开篇的"含道暎物"、"澄怀味象"是一脉对接的，说的都是心物之间的对话关系。因此，这篇画论、创作论，实际上正是一篇地道的对话诗学理论。

① 张少康：《文心与书画乐论》，北京大学出版社 2006 年版，第 223—224 页。
② 可参见童庆炳等："刘勰协助僧佑编过书，其中《弘明集》中收有宗炳的文章，所以刘勰肯定对宗炳较熟悉，读过《画山水序》，他从这里获得了'神思'这个词，并在撰写《文心雕龙》时，作为他论创作的重要概念，这是一点也不奇怪的。"（见童庆炳、谢世涯、郭淑云：《现代学术视野中的中华古代文论》，北京出版社 2002 年版，第 148 页）当然，他继承的也肯定不光是"神思"，而是还会有其《物色》篇中的"对话思想"等等。张少康亦指出："刘勰在《文心雕龙》中对心物关系的论述就明显地受到宗炳的影响。"（见张少康：《文心与书画乐论》，北京大学出版社 2006 年版，第 226 页）。
③ 这里"神思"之"神"主要有三个来源：1.《老子》的"谷神不死"，（第六章）"神得一以灵"（第三十九章）；2.《易传》的："神也者，妙万物而为言者也"，（《说卦·传》）"阴阳不测之谓神"（《系辞上》）；3. 佛教的形灭神不灭、精神不死观念。在宗炳，受佛道之"神"的影响更巨，刘勰亦然，刘也是亲佛的。

而到刘勰，则专门写了《神思》论，集中而深入地探讨了创作中的艺术想象问题，他说：

古人云：形在江海之上，心存魏阙之下。神思之谓也。文之思也，其神远矣。故寂然凝虑，思接千载；悄焉动容，视通万里；……故思理为妙，神与物游。……夫神思方运，万涂竞萌，规矩虚位，刻镂无形，登山则情满于山，观海则意溢于海，我才之多少，将与风云而并驱矣。……赞曰：神用象通，情变所孕。物以貌求，心以理应。[①]

刘勰在这里不光使艺术想象的性质、规律等都得到了深刻的揭示，而且依然遵循着对话论的架构，如"思接千载"、"视通万里"、"神与物游"、"登山则情满于山，观海则意溢于海，我才之多少，将与风云而并驱矣"，"神用象通"、"物以貌求，心以理应"，都涉及到心物关系，都是心与物、神思与物象、情意与山海的同时在场，"并驱"互动。可以说，在这种意义上，这篇《神思》论、文学想象论其实也是地道的对话诗学理论。这一点还可参照他在《诠赋》篇中所说的："情以物兴"，"物以情观"，其对话论的色彩就更其鲜明。[②]

兴在甲骨文中是"像众手托盘而起舞之形"，《说文解字》释为："兴，党兴也。"《尔雅·释言》释为："起也。"实际上其本义就是"众手举起"的意思，解为"兴起"应该是不错的。但后来同《周礼》的六诗、《毛诗》的六义搅在一起就衍生出了政治和道德意义，汉代经学家如二郑（郑玄、郑众）就把它解释为"譬喻"和"美刺"："托事于物"、"取善事以喻劝之。"[③] 后来，朱熹在《诗集传》里的解释应该说是最为经典切要的："赋者，敷陈其意而直言之也"，"比者，以彼物比此物也"，"兴者，先言他物以引起所咏之词也。"

除了"起"、"譬喻和美刺"，兴的第三种含义则是美学的"感兴"（朱熹的解释已有"感兴"之意），如今人王一川援引署名贾岛的《二南密旨》的

---

① 刘勰著、范文澜注：《文心雕龙注》（下），人民文学出版社 1958 年版，第493—495 页。

② 刘勰著、范文澜注：《文心雕龙注》上，人民文学出版社 1958 年版，第136 页。童庆炳等也指出："刘勰的'神思'说，核心的内容是'神与物游'与'贵在虚静'。……从神思开始和进入极致之际，乃是'神与物游'、'神用象通'，即诗人的精神与物象交融、交流，达到你中有我、我中有你的地步。"（见童庆炳、谢世涯、郭淑云：《现代学术视野中的中华古代文论》，北京出版社 2002 年版，第150—151 页）

③ 见汪涌豪：《范畴论》，复旦大学出版社 1999 年版，第464 页。

话："感物曰兴。兴者，情也。谓外感于物，内动于情，情不可遏，故曰兴"，① 把兴解释为：是外感事物、内动情感而又情不可遏这一特殊状态的产物，其基本意思就是感物起兴或感物兴起；感兴是指人在现实中的活生生的生存体验。②

彭锋在《诗可以兴》中把"诗学传统"中的兴义归纳为三点：1. 触物起情；2. 乘兴而为；3. 意余言外。并对"比"和"兴"做了一番比较：1. 比显而兴隐；2. 比附理而兴起情；3. 比推类而兴感发；4. 比有意而兴无意；5. 比替代而兴合并；6. 比意浅而兴味长。③

汪涌豪在《范畴论》中则指出兴具有"主客交融"的特点：

"兴"是由外物感发而引起强烈的主观反应，所谓"以其感发而况之，之为兴"。这使得它实际上具有心物交格、主客合一的理论品性。……天人合一、主客交融，是传统文化根本精神的集中体现，"兴"这个范畴，正是在这个根本点上，与传统哲学和文化精神相契合，所以取得了远非"赋"、"比"乃至"比兴"范畴可以比拟的崇高地位。……所以，"赋"多用人间事象，"比"多用自然界现象，"兴"则既可为人世间之事物，亦可为自然界之物象，更可能为假想之喻象。前两者是主观，后者是客观，入之于诗，即可构成主客观的交合和统一。④

应该说，以上各说都有各自的道理，有偏一之论，也有综合之说，然"心物交格、主客合一"的说法无疑则同对话诗学最为契合，也是独到的深刻之论。其实，中国传统诗学的大根基已决定了在此根基之上的诸范畴、命题的某种共通性、相似性，这就是天人合一、阴阳交感、心物对应，内与外的贯通与对话，"感物"如此，"道"与"文"如此，"神思"、"兴"以及"妙悟说"也是一样。比如兴，它就总是要依赖于外物和内感之间的互动，所谓的感物起兴，也就是先有物可感而后（其实可能是同时发生的，是瞬间的直觉活动）才会有人的内在情意的兴起。如《诗经·关雎》中的："关关雎鸠，在河之洲。窈窕淑女，君子好逑。"便是这样的感兴对话结构，是对"关关雎鸠，在河之洲"的"感"在前，然后才有"窈窕淑女，君子好逑"之"兴"，是两者之间的一种感应和对话。这正是兴同比的区别，比同样也存在比与被

---

① 宋人李仲蒙亦有此论，说："叙物以言情，谓之赋，情物尽也；索物以托情，谓之比，情附物也；触物以起情，谓之兴，物动情也。"（见诸葛志：《中国原创性美学》，上海古籍出版社 2000 年版，第 123 页）

② 王一川：《文学理论》，四川人民出版社 2003 年版，第 78 页。

③ 彭锋：《诗可以兴》，安徽教育出版社 2003 年版，第 125—140 页。

④ 汪涌豪：《范畴论》，复旦大学出版社 1999 年版，第 466 页。

比物之间的关系，这种关系也具有对话性，但是与比的主观预设不同，兴更多地显出某种客观的属性，仿佛是非主观创作意图的、无意而为的自然活动。因为，它是感物而动，是来自于客观而又假托于客观的"隐喻"行为，因此刘勰才说："比显而兴隐"，"观夫兴之托喻，婉而成章，称名也小，取类也大。"① 这种"隐"、"婉"，其实也就是刘勰在《隐秀》篇中说的是："隐也者，文外之重旨也；……隐以复意为工，……夫隐之为体，义主文外，秘响傍通，伏采潜发，譬爻象之变互体，川渎之韫珠玉也。……深文隐蔚，余味曲包。"② 后来，钟嵘干脆把"兴"释为："文已尽而意有余"，③ 释皎然也说："取象曰比，取义曰兴，义即象下之意。"④ "象下之意"自然是潜隐的。

兴这种"尚隐贵曲"则又是典型的内对话和潜对话了，或曰是对话中之对话，对话的空间更大，对话的层次更多，因此，其文学性、艺术性便更强，这也是人们格外钟情于它的地方，诚如刘勰在《比兴》篇中所指明的："诗文弘奥，包韫六义，毛公述传，独标兴体。"⑤ 可以说，在一定意义上，"兴"这种诗性形式正典型地反映了中国"天人合一"哲学、"气化理性"的和合、对话特质，它把心和物、主体和对象、乃至于意象、形神、情景、意境等诸"双元结构"用心理感发的形式加以凝铸和呈现，涉及到中国哲学—诗学的根本原型，因而它的受宠、被青睐是必然的。⑥

"妙悟"说严格地说是由严羽在《沧浪诗话》中提出来的，他在《诗辨》中说："大抵禅道惟在妙悟，诗道亦在妙悟。且孟襄阳学力下韩退之远甚，而其诗独出退之之上者，一味妙悟而已。惟悟乃为当行，乃为本色。"⑦ 何谓"妙悟"？张少康认为严羽的妙悟是从谢灵运的"顿悟"说来的："谢灵运《辨宗论》里提出的'顿悟'说，虽然是从竺道生那里来的，但是他对思想史和文艺理论的影响，则是比竺道生大得多了。'顿悟'说的关键如前所说，

① 刘勰著、范文澜注：《文心雕龙注》（下），人民文学出版社 1958 年版，第 601 页。
② 刘勰著、范文澜注：《文心雕龙注》（下），人民文学出版社 1958 年版，第 632—633 页。
③ 钟嵘著、曹旭集注：《诗品集注》，上海古籍出版社 1994 年版，第 39 页。
④ 释皎然：《诗式》，见王振复主编：《中国美学重要文本提要》，（上），四川人民出版社 2003 年版，第 317 页。
⑤ 刘勰著、范文澜注：《文心雕龙注》（下），人民文学出版社 1958 年版，第 601 页。
⑥ "钟嵘释兴，为后来文家推崇备至。司空图论诗，有所谓'味在酸咸之外'的'韵味'说，严羽论诗，以为惟'言有尽而意无穷'的诗才有'兴趣'，都可以看出其间的承传关系。而苏轼则将'言有尽而意无穷'的话语看作是'天下之至言'。袁中道也说：'天下之文，莫妙于言已尽而意无穷'，直到王国维的'境界'学说，还强调了有'境界'的艺术，应当是'言有尽而意无穷'。"（见诸葛志：《中国原创性美学》，上海古籍出版社 2000 年版，第 122—123 页）亦可作为"兴隐"之受钟爱的别证。
⑦ 严羽著、郭绍虞校释：《沧浪诗话校释》，人民文学出版社 1961 年版，第 12 页。

是不可学而可至，而这一点也正是后来南宋严羽《沧浪诗话》以'妙悟'论诗的要害。……严羽以妙悟论诗的核心，是强调诗歌创作是不能用学问和理论来代替的，诗歌是以有无'兴趣'作为其基本特征的，它是不可言喻的，需要'妙悟'才能领会。……严羽正是运用了谢灵运所说的这种'不可学而可至'的'顿悟'，来论述对诗歌艺术的创作和鉴赏的。"① 说得再透彻点，所谓妙悟，其实就是形象化的直觉把握。它是不假概念、理性思维和不用思索的一种"思维能力"。正如有论者所说："'妙悟'是什么样的心理机制呢？用我们今天的话来说就是'艺术直觉'。……直觉是无需知识直接帮助、无需经过逻辑推理而对事物本质的直接的领悟。"② 这样，妙悟也就同"兴"，同钟嵘的"直寻"说、清初王夫之的"即景会心"说等异曲而同工。③ 也就是说它们是可以互文互释的，尤其是在对话结构上。"兴"已如前述，其内含对话玄机似已无需再说。钟嵘的"直寻"也内含心物对话，"所谓'直寻'就是直书眼前所见，而不用经史典故来拼凑、比附。当然，'直寻'并非只求眼前景物外貌的逼真，同时也求景物的内在神采、意蕴的透视，这一点虽然钟嵘没有说，但从他所举的那些情景交融和形神兼备的诗句中可以体会得到"。④ 也就是说也存在着一个心物的刹那间的契合统一（对话）。而王夫之的"即景会心"就更明显了，其"景"和"心"之间的触（即）与"会"便是明显的对话结构。总之，严羽的"妙悟"说，同时也包括钟嵘的"直寻"说、王夫之的"即景会心"说，都在其内里包含着一个对话机制、对话结构。或者毋宁说它们都可算是一种对话的诗学理论。因为，即使是貌似单纯的"妙悟"、"直寻"，也都有悟与被悟、直寻与被直寻，也一样回避不了心物结合、交融即对话关系。

---

① 张少康：《文心与书画乐论》，北京大学出版社 2006 年版，第 230 页。

② 童庆炳、谢世涯、郭淑云：《现代学术视野中的中华古代文论》，北京出版社 2002 年版，第138 页。

③ "除了'兴'说以外，还有钟嵘的'直寻'说、严羽的'妙悟'说及清初王夫之的'即景会心'说，都从不同层面、不同角度对诗歌创作中诗人的艺术直觉活动的规律和意义，作了具体而深刻的揭示和总结。"（见童庆炳、谢世涯、郭淑云：《现代学术视野中的中华古代文论》，北京出版社 2002 年版，第 135 页）

④ 童庆炳、谢世涯、郭淑云：《现代学术视野中的中华古代文论》，北京出版社 2002 年版，第144 页。

第四节　象与象外说

什么是"象"？《易传》说："子曰：书不尽言，言不尽意。……圣人立象以尽意。……是故夫象，圣人有以见天下之赜，而拟诸其形容，象其物宜，是故谓之象。"[①] 明确说明"象"是模拟事物的"卦象"。而其立象的目的则是为了把天下事物及其内蕴或道理显示出来，即"弥纶天地之道"，[②]"以通神明之德，以类万物之情"，[③] 因此，"是故《易》者象也，象也者像也"。[④] 意思是说《周易》的实质就是"象"，所谓的"象"就是对客观事物的取象。庞朴先生曾引《韩非子·解老》来说明什么是象。韩文说：

人希见生象也，而得死象之骨，案其图以想见其生也，故诸人之所以意想者，皆谓之象也。今道虽不可得闻见，圣人执其见功以处（审）见其形，故曰："无状之状，无物之象。"

庞先生认为韩文没有区分常人想见之象和老子的"道象"是不妥的，并依《易传》的"天垂象，见吉凶，圣人象之"，"象也者，像也"的说法区分出两种象：客观的象（天垂之象）和主观的象（圣人所立之象）。特别是根据《易传》的"见乃谓之象，形乃谓之器"，"在天成象，在地成形，变化见矣"，提出一个道、象、器的三分结构：

可以看得出，在《易传》作者们那里，形和器异名同实，而象和形是不等值的。因此可以这样说，在"形而上者谓之道、形而下者谓之器"之外或之间，更有一个"形而中"者，它谓之象！……道无象无形，但可以悬象或垂象；象有象无形，但可以示形；器无象有形，但形中寓象寓道。或者说，象是现而未形的道，器是形而成理的象，道是大而化之的器。……象之为物，不在形之上，亦不在形之下。它可以是道或意的具象，也可以是物的抽象。[⑤]

指出"象"为"形而中"，具有具象和抽象的二重性是非常重要的，因为在中国文化中的"象"一般并非指实物、实象，而是如韩非所言是"想见"的，或如《易传》言是"象之"、"象也"。清人章学诚在《文史通义》

---

① 《周易·系辞上》。
② 《周易·系辞上》。
③ 《周易·系辞下》。
④ 《周易·系辞下》。
⑤ 庞朴：《原象》，《庞朴文集》第 4 卷，山东大学出版社 2005 年版，第 230—236 页。

中也区分了"天地自然之象"和"人心营构之象"。① 质而言之，中国的"象"虽后有象形、意象、物象乃至形象等专词，使人遂形成某种定见："象"即实的东西，或至少要以"像也"、"指实"为鹄的、旨归的。殊不知，其还有另一基本面目：虚象，甚或说是超象的，或至少如庞朴言是"形而中"的。其起源便是《周易》的"象"，易象非实，其本身就是一种抽象的符号：卦象。后又有《老子》的"道象"："大象无形"，"无状之状，无物之象，是谓惚恍"。

无论是易象还是道象，都说明：象本身就是"关系"的征象，无论指事象物、通神明之德，还是在道器之间，其都存在着某种"间性"或物物间的关联性，这种关系架构或关联的间性，不消说正是"对话"的前提条件，因此，将之视为一种暗隐的对话结构也就并不牵强。换言之，中国传统的"象"，本身就是一个"对话体"，准确地说，是实象和虚象的对话性合成体，内含着两个"象"（实的与虚的）："天地自然之象"和"人心营构之象"；物象与卦象；有与无（无状之状，无物之象）；象与道、象与形之间等的对话。

正因为中国传统文化中的"象"本是指一种象征性的符号——虚象，这样，由易而老，由卦象而道象，原本为"中"、为"模拟"（虚）的"象"，逻辑性地演进为"象外"也就顺理成章。

对"象外"概念的生产起到关键推力的是《庄子》的"得意忘言"之论。《庄子·天道》说："世之所贵道者，书也。书不过语，语有贵也。语之所贵者意也，意有所随。意之所随者，不可以言传也，而世因贵言传书。世虽贵之，我犹不足贵也，为其贵非其贵也。"《外物》说："筌者所以在鱼，得鱼而忘筌；蹄者所以在兔，得兔而忘蹄；言者所以在意，得意而忘言。吾安得夫忘言之人而与之言哉！"《庄子》的这些话引发了魏晋玄学的"言意之辩"，魏时的荀粲正是在论及"言意"关系时第一次提出了"象外"的概念，他说："盖理之微者，非物象之所举也。今称立象以尽意，此非通于意外者也；系辞焉以尽言，此非言乎系表者。斯则象外之意，系表之言，固蕴而不出矣。"② 王弼接着在《周易略例·明象》中直接明言要"得象而忘言"、"得意而忘象"。两者可以说是在哲学或语言论的意义上高举起了"言外"、"象外"的大旗。

在诗学上直接标举"象外"的是唐代的刘禹锡，他在《董氏武陵集纪》

---

① 见北京大学哲学系美学教研室编：《中国美学史资料选编》下册，中华书局1980年版，第372页。

② 见汪涌豪：《范畴论》，复旦大学出版社1999年版，第476页。

中说："诗者其文章之蕴邪！义得而言丧，故微而难能，境生于象外，故精而寡和。"① 所不同的是，原来的言意、象意关系此时已与佛学的"境象"所融，但依然走的是"蹑虚蹈空"的超象理路。而在诗学上，这"象外"其实更为直接的渊源应该是前已论过的"道文"、"兴"，特别是刘勰的"隐秀说"。刘勰在《隐秀》篇中说：

隐也者，文外之重旨者也；秀也者，篇中之独拔者也。隐以复意为工，秀以卓绝为巧，斯乃旧章之懿绩，才情之嘉会也。夫隐之为体，义主文外，秘响傍通，伏采潜发，譬爻象之变互体，川渎之韫珠玉也。……赞曰：深文隐蔚，余味曲包。②

宋代的张戒在《岁寒堂诗话》中说："沈约云：'相如工为形似之言，二班长于情理之说。'刘勰云：'情在词外曰隐，状溢目前曰秀。'梅圣俞云：'含不尽之意见于言外，状难写之景如在目前。'三人之论，其实一也。"③ 张戒所引据说是《文心雕龙·隐秀》篇的佚文，其意思同上举原文是一致的。可以看出，刘勰的"隐秀"涉及的是文意的内隐及其外显的关系，我们这里需要重视的则是他所强调的"隐"。何为"隐"？刘勰的解释是："文外之重旨"、"以复意为工"、"义主文外"、"秘响傍通，伏采潜发，譬爻象之变互体"、"深文隐蔚，余味曲包"。一句话，是内隐而不显的，似乎是在文外、言外、象外的复杂的多重的意韵文思。也就是张戒补充的"情在词外"，或"含不尽之意见于言外"。或者也就是刘勰所说的"兴隐"，钟嵘所说的"文已尽而意有余"。总之，是象外的、潜隐的、虚的东西。④ 可以说，刘勰用"隐秀"这一概念推进了"象外说"的发展，因为，他在论释"隐"的同时，也阐论了与之密切关联的"秀"。这样，所谓的"象外"或者"隐"也就有实际的落实处。

---

① 刘禹锡：《董氏武陵集纪》，见郭绍虞主编、王文生副主编：《中国历代文论选》第二册，上海古籍出版社 2001 年版，第 90 页。

② 刘勰著、范文澜注：《文心雕龙注》（下），人民文学出版社 1958 年版，第 632—633 页。

③ 张戒：《岁寒堂诗话》，见郭绍虞主编、王文生副主编：《中国历代文论选》第 2 册，上海古籍出版社 2001 年版，第 375—376 页。

④ 张少康亦说："所谓'隐以复义为工'，也就是说词外有情，文外有旨，言外有意，这种情、旨、意显然不是指艺术形象中已经写出来的实的部分，而是指受这具体的实的部分的暗示、象征的启发，而存在于作者和读者想象中的更加广阔的情、旨、意，这是形象中虚的部分。所谓'重旨'和'复义'，即是有实的和虚的两层'旨'和'义'，而刘勰认为这后一层虚的'旨'和'义'，显然是更为重要的，……这种'情在词外'、'文外重旨'的提出，毫无疑问是受'大音希声，大象无形'和'言为意筌'、'得意忘言'思想的影响而来的。"（见张少康：《文心与书画乐论》，北京大学出版社 2006 年版，第 120 页）

这"象外"之说后来又发展为司空图的"象外之象，景外之景"，"韵外之致"、"味外之旨"、"味在酸咸之外"，"超以象外，得其环中"。① 到清代的叶燮则演为：

诗之至处，妙在含蓄无垠，思致微渺，其寄托在可言不可言之间，其指归在可解不可解之会，言在此而意在彼，泯端倪而离形象，绝议论而穷思维，引人于冥漠恍惚之境，所以为至也。②

这段话有几个要点值得注意：1. 它强调诗的最好的境界是"含蓄无垠"，这是对刘勰"重旨"、"复义"的强调、强化和拓展；2. 指出其奥妙在"可言与不可言"、"可解与不可解"之间（其本身就具有对话之间性），也可认为是在感性与理性、情与理之间；3. 是"冥漠恍惚之境"，亦即气化氤氲的无限之境。从而也可解为是那个天人合一的"道境"。可以看出，叶燮所关注、所钟情、所强调的重点正在那个玄虚无限的"象外"之境。但又是"象外"之大境，即开放的、未完成的、动态化生的、全息化的"气化之境"，是天人合一哲学、生命模式、气化理性在诗学中的具体转化和落实。这一点叶燮是很自觉的，他虽以"理"、"事"、"情"总括万物并以之论诗，但他又十分睿智地指出：

然具是三者，又有总而持之，条而贯之者，曰气。事、理、情之所为用，气为之用也。……三者藉气而行也。得是三者，而气鼓行于其间，絪缊磅礴，随其自然，所至即为法，此天地万象之至文也。③

叶氏的意思是说：象及象外皆气，因为事、理、情皆统一于"絪缊磅礴"之气，世间的万事万物都是被气"总而持之，条而贯之"的。也就是说都是气化、虚化的，那么，象外就更是氤氲鼓荡、灵动无限的艺术的时空复合体了。这里实可见出《老子》："道生一，一生二，二生三，三生万物。万物负阴而抱阳，冲气以为和"；《庄子》："通天下一气耳"，"至阴肃肃，至阳赫赫；肃肃出乎天，赫赫发乎地；两者交通成和而物生焉，或为之纪而莫见其形"的深刻影响，其内在的深根正在此。

象，本来就是对实象的一度"虚化"，现在又出来一个"象外"，可以说是二度的虚化了，是虚象之虚象了。因此，如果说，第一度的虚象已是一种虚象与实象之间对话的产物，那么这第二度虚化的"虚象之虚象"就更是"对话之对话"了，改用刘勰的"重旨"、"复义"可把它称作："重对话"、

---

① 司空图著、郭绍虞集解：《诗品集解》，人民文学出版社1963年版，第47、48、52、3页。
② 叶燮著、霍松林校释：《原诗》，人民文学出版社1979年版，第30页。
③ 叶燮著、霍松林校释：《原诗》，人民文学出版社1979年版，第21—22页。

"复对话"。这是因为，"象外"的存在，首先要以"象"为前提、为依托，无象则无象外，象越具体、鲜明、逼真、生动，而象外也就越具有生发力和广阔灵动的空间。而即使在这虚幻的灵动时空体中，无疑又会充满着虚象与虚象、虚境（虚象与虚象的组合物）与虚境、象、境与氤氲之气场之间的对话（交感、激荡、融合、化生），因而必然呈现出一个更为复杂、更为宏大的对话结构、对话形态。由此我们可以总结说，由象到象外，诗学中那个对话结构是越来越复杂、越来越宏大了。象与象外说的实质正是对话，是对话诗学理论的型塑、建构，或不断引申、发展的又一种特殊形式。

这种"象与象外"的"超象"路径正是中国古代诗学的一大"主脉"，著名的意境理论正是在这条途径上生产出来的。所谓"意境"，简单地说就是意与境的复合，其根本点就在于"境生象外"，虚实相生、虚境大于实境，即：是象象组合、象境组合，或是气象流动的、虚实结合的、特殊的艺术时空体。① 换句话说，也就是"象加象外"。已如上论，"象加象外"就是"对话加对话"。故，"意境"者非他，实为"对话"之别名。

第五节 以意逆志与品味说

"以意逆志说"和"品味说"都可看作是中国古代诗学中的"读者论"或批评论，即大体都属于接受、鉴赏、批评一维。而两说也都内含着接受中的关系构架，实质则是接受者和被接受者之间的对话活动，因此也都可视为一种对话诗学理论。

"以意逆志说"是孟子提出来的，据说这和春秋战国时期的赋诗（亦即引诗）活动有关，② 那时人们在社会活动中普遍流行赋诗以言志的习尚，即往往取现成的《诗》（已相对被正典化的社会通用文本）中的句子来婉曲而艺术地表达自己的情志怀抱。结果则造成对原诗的随意肢解、断章取义，如《左

---

① 今天流行的观点也认为意境有两大因素、一个空间：情与景两大因素和审美想象的空间。这就是所谓的"境"，它包括实境（象）与虚境（象外）两个部分。并把意境的美学特征总结为：意与境浑；境生象外；自然之美。把意境的本质特征概括为：情真景真的真实特征；情景交融的形象特征；虚实相生的结构特征；韵味无穷的审美特征。把意境创造的美学目标归结为：空灵之美、飞动之美、天真之美、含蓄之美。（见童庆炳主编：《文学理论教程》，高等教育出版社 2004 年版，第 224 页；顾祖钊《艺术至境论》，天津百花文艺出版社 1999 年版，第 139—150 页）。

② 参见郭绍虞主编、王文生副主编：《中国历代文论选》第一册，上海古籍出版社 2001 年版，第 34 页。

传》所说："赋诗断章，余取所求。"孟子从中窥见了一个重大的接受学问题，即如何理解前人的诗作。孟子认为正确的办法是"以意逆志"。《孟子·万章上》说：

    咸丘蒙曰："舜之不臣尧，则吾既得闻命矣。《诗》云'普天之下，莫非王土；率土之滨，莫非王臣。'而舜既为天子矣，敢问瞽瞍之非臣如何？"曰："是诗也，非是之谓也。劳于王事而不得养父母也。曰：'此莫非王事，我独贤劳也。'故说诗者，不以文害辞，不以辞害志；以意逆志，是为得之。如以辞而已矣，《云汉》之诗曰：'周有余民，靡有孑遗。'信斯言也，是周无遗民也。"

    在这段话里，孟子批评了咸丘蒙对《小雅·北山》中的诗句的误解，指出诗是夸张的写法，不能完全按字面来理解，也不能断章取义，而要照顾到诗作的整体，要以自己对诗的理解去解作者的本意，即："以意逆志"。关于"以意逆志"中的"意"，历史上曾有两种不同的理解，一种认为"意"是接受者自己的"心意"，如赵歧的注说："意，学者之心意也。""人情不远，以己之意逆诗人之志，是为得其意也。"朱熹也认为："当以己意迎取作者之志，乃可得之。"另一种意见以清人吴淇为代表，吴淇认为这"意"为作者的意旨，如他在《六朝选诗定论缘起》中说："诗有内有外。显于外者曰文曰辞，蕴于内者曰志曰意。此意字与'思无邪'思字皆出于志，然有辨。思就其惨淡经营言之，意就其淋漓尽兴言之，则志古人之志而意古人之意，故选诗中每每以古意命题是也。……故以古人之意求古人之志，乃就诗论诗，犹之以人治人也。"① 比较起来看，应该说第一种看法是有道理的，也比较符合孟子的本意。因为，完全"以古人之意求古人之志"是不可能做到的，这"古人之意"说白了也还是表现为接受者的主观理解，它是以接受者的理解来介入接受活动的。另外，这里的"逆"字也很值得注意，"孟子的'以意逆志'，在'意'与'志'之间有一个'逆'的过程，可见'意'是'意'，'志'是'志'，是两个主体之间的交接、交流。……逆，就是一个回溯的过程。……这就是刘勰后来在《文心雕龙·知音》篇所说的'缀文者情动而辞发，观文者披文以入情'。……作者是'往'，由内'往'外，读者是'逆'，由外'逆'内"。② 同时，还要注意到，所谓的"志"，孟子其实是沿用的"诗

---

    ① 见郭绍虞主编、王文生副主编：《中国历代文论选》第一册，上海古籍出版社2001年版，第36—37页。

    ② 见童庆炳、谢世涯、郭淑云：《现代学术视野中的中华古代文论》，北京出版社2002年版，第237—238页。

言志"这一最古老和通行的用法，在这里则是指已文本化（物化为诗）了的诗人（作者）之意。而"意"的主观色彩则更强一些，指接受者的主观理解正是比较妥帖的。本来，这两个字是可以通用的，但在孟子这里的小语境中却有了相对客观和相对主观的区分。因此，所谓的"以意逆志"不是别的，正是文学接受活动中的读者与作者（文本）的对话，即"意"与"志"的对话，设若非此，孟子便不会把"意"与"志"有意对待而用，同时也不会特意用一"逆"字了。孟子虽未透彻地说明，而这"逆"的过程中其实是隐含着接受者与被接受者的双向交流和对话的，"读者与作者的对话，这才是'以意逆志'的实质所在，也才是读者阅读、欣赏、理解的实质所在。……文学作品的意义是作者与读者进行对话的结果。读者的接受在文学活动中具有重大的作用。其实，这一思想并非绝对的'原创'。……两千多年前的孟子已注意到了"。①

"'以意逆志'的提出，主要是反对'断章取义'和'以诗为史'两种诠释倾向"，②但为了更好地"以意逆志"，孟子又明确地提倡"历史的方法"："知人论世"，《孟子·万章下》说：

孟子谓万章曰："一乡之善士，斯友一乡之善士；一国之善士，斯友一国之善士；天下之善士，斯友天下之善士。以友天下之善士为未足，又尚（上）论古之人。颂其诗，读其书，不知其人，可乎？是以论其世也。是尚友也。"

这段话讲的是孟子的交友之道，他告诉学生万章如何同古人交友，办法是：颂其诗、读其书，还要了解他们的为人，而要了解他们的为人，又必须了解他们所处的历史背景。这便是历史的方法。其实，虽为"尚友之道"，然这"知人论世"却同"以意逆志"完全可以合参统观，实际上也是如此，"知人论世"正是"以意逆志"的必要补充，前者催生了古代的年谱之学，而后者则直接影响了《诗经》的阐释方法，影响了文学作品的笺注之学。③王国维就非常清楚地指出：

善哉，孟子之言诗也，曰："说诗者不以文害辞，不以辞害志；以意逆志，是为得之。"顾意逆在我，志在古人，果何修而能使我之所意，不失古人之志乎？此其术，孟子亦言之曰："诵其诗，读其书，不知其人可乎？是以论

---

① 见童庆炳、谢世涯、郭淑云：《现代学术视野中的中华古代文论》，北京出版社 2002 年版，第238 页。

② 周裕锴：《中国古代阐释学研究》，上海人民出版社 2003 年版，第45 页。

③ 参见张伯伟：《中国古代文学批评方法研究》，中华书局 2002 年版，第19—20 页。

其世也。"是故由其世以知其人，由其人以逆其志，则古诗虽有不能解者寡矣。①

让王国维称赞的正是两者的统一体。同要把两者合参统观一样，孟子"以意逆志说"和"知人论世说"也要同他的人性本善说、传统哲学中的天人合一说等合参统观。张伯伟即指出："'以意逆志'说提出的哲学基础，是以孟子为代表的儒家人性论。""从儒家人性论所含蕴的意义来讲，一旦在修身、治学方面伸衍展开，就必然会导致'以意逆志'与'知人论世'之说的产生。由修身而导致的'知人论世'，和由治学而导致的'以意逆志'，如果推到极致，二者实际上是会通为一的。"② 孟子在《孟子·告子上》说："乃若其情，则可以为善矣，乃所谓善也。……口之于味也，有同耆焉；耳之于声也，有同听焉；目之于色也，有同美焉。至于心，独无所同然乎？心之所同然者何也？谓理也，义也。"正因为人性本善，且"心之所同然"，即人同此心，心同此理（仁义之道），因而可"知"可"逆"。要之，孟子的对话论阐释学基础正是他的具有"共同感"的人性论。而其更深一层的基础则是那个天人同构对应的"天人合一"哲学。如《礼记·乐记》所一再阐论的那个"和合"论：

乐者，音之所由生也，其本在人心之感于物也。是故其哀心感者，其声噍以杀，其乐心感者，其心啴以缓；其喜心感者，其声发以散；其怒心感者，其声粗以厉；其敬心感者，其声直以廉；其爱心感者，其声和以柔。六者非性也，感于物而后动。③

凡奸声感人而逆气应之，逆气成象而淫乐兴焉。正声感人而顺气应之，顺气成象而和乐兴焉。倡和有应，回邪曲直各归其分，而万物之理各以类相动也。④

引文中的"感"均为感应的意思，都非人之天性自发，而是"感于物"的结果，关键在于这感应的内外对应性，是悲对悲、喜对喜；是逆气应奸声，淫乐应逆气；顺气与正声、和乐相对应、连属等，是各个"以类相动"的"和合"的对话态。《吕氏春秋》也说："类固相召，气同则合，声比则应。

① 王国维：《玉谿生诗年谱会笺序》，见郭绍虞主编、王文生副主编：《中国历代文论选》第一册，上海古籍出版社2001年版，第38页。
② 张伯伟：《中国古代文学批评方法研究》，中华书局2002年版，第3、9页。
③ 《礼记译解》（下），王文锦译解，中华书局2001年版，第525页。
④ 《礼记译解》（下），王文锦译解，中华书局2001年版，第542页。

鼓宫而宫动，鼓角而角动。"① 这可看作中国诗学对话论的大文化土壤，孟子的"以意逆志"与"知人论世"之说正是这个土壤上的必然产物。诚如有论者所说："这种以'和而不同'为核心的文化思想折射到文学活动问题上，则认为'诗人'不是至上的，诗人必须寻找读者，寻找'知音'般的读者。诗人与读者处于潜对话状态。"② 说白了，中国传统文化正是一种对话文化，孟子的对话性阐释学也只有归原到这一文化基础中才能得到最根本的解释。若此，刘勰在《文心雕龙·诠赋》中所说的："情以物兴"、"物以情观"的"对话论"，其实也完全可以是孟子对话性阐释学的又一注脚。

　　"品味说"首先来自"味文化"，或人们对味的重视、对味的自觉。有人指出"味"产生于中国的饮食文化，③《吕氏春秋·孝行览第二·本味篇》载："汤得伊尹，祓之于庙，爝以爟火，衅以牺豭，明日，设朝而见之。说汤以至味"，提出了"至味"这一概念。《论语·乡党》载"食不厌精，脍不厌细"；《述而》载"子在齐闻《韶》，三月不知肉味"等，都表达了对美味的重视。《礼记·礼运》上说："夫礼之初，始诸饮食。""饮食男女，人之大欲存焉。"④《汉书·郦陆朱刘叔孙传》说："民以食为天"等，也都是中国的古训。孙中山先生也曾说："我中国近代文明进化，事事皆落人之后，惟饮食一道之进步，至今尚为文明各国所不及。""烹调之术本于文明而生，非深孕乎文明之种族，则辨味不精；辨味不精，则烹调之术不妙。中国烹调之妙，亦是表明文明进化之深也。"⑤《说文解字》也解为："味，滋味也。"再可证之如："天有六气，降生五味"，"先王之济五味"，"气为五味"，⑥ "是以和五味以调口"，"味一无果"，⑦ 等等，这些早已大量出现于先秦典籍之中的说法。

　　但是，真正把"味"提升到哲学高度并作为动词来使用，应该说是肇始于《老子》的"味无味"。"味"者何？味者实气，即人们常说的"气味"。而"味"字动用，即味"无味"（味道）、味象、味文、味诗，或如宋宗炳在

---

　　① 《有始览·应同》，见北京大学哲学系美学教研室编：《中国美学史资料选编》上册，中华书局1980年版，第83页。

　　② 童庆炳、谢世涯、郭淑云：《现代学术视野中的中华古代文论》，北京出版社2002年版，第242页。

　　③ 皮朝纲：《论"论味"》，李天道主编：《古代文论与美学研究》，商务印书馆2005年版。

　　④ 见《礼记译解》（上），王文锦译解，中华书局2001年版，第287—308页。

　　⑤ 见皮朝纲：《论"论味"》，李天道主编：《古代文论与美学研究》，商务印书馆2005年版，第83页。

　　⑥ 《左传·昭公二十五年》。

　　⑦ 《国语·郑语》。

《画山水序》中所说是："圣人含道暎物，贤者澄怀味象"，总之，不管味的对象为何，味总与气分不开，味为气，而被味的对象也必然与气有关，不然就无法味和不必味了。因此，完全可以说中国古代肇于《老子》的所谓"味"的活动其实质则是：以气感气、以气悟气，以主体的"气场"来感应、体悟客体的"气场"。这便是对话，只不过，其气化的色彩更为浓厚突出而已。味的活动无他，正是一种特殊的气化、气感活动，或曰是气感性的对话活动。日本学者笠原仲二认为：中国人原初的美意识起源于味觉，然后依次扩展到嗅、视、触、听诸觉。随着文明的发展，又从官能性感受的"五觉"扩展到精神性的"心觉"，最后涉及到自然界和人类社会的整体，扩展到精神、物质生活中能带来美效应的一切方面。① 此见是有道理的，而其根因则在"气哲学"、"对话哲学"（天人和合）这些基元性的文化土壤之中。

"味感"范畴移用于诗学大致有如下表现：刘勰提出："繁采寡情，味之必厌"，② 主张"深文隐蔚，余味曲包"；钟嵘说："理过其辞，淡乎寡味"，"五言居文词之要，是众作之有滋味者也"，"使味之者无极，闻之者动心，是诗之至也"。③ 唐代的司空图在《与李生论诗书》中主张"辨于味而后可以言诗"，并提出文学应有"韵外之致"、"味外之旨"；后来苏轼在《书黄子思诗集后》对司空图的观点又作了发挥：

唐末司空图崎岖兵乱之间，而诗文高雅，犹有承平之遗风。其论诗曰："梅止于酸，盐止于咸，饮食不可无盐梅，而其美常在咸酸之外。"④

这就是文论中的"味外味"之所自。可见，从"味之必厌"、钟嵘的"诗内滋味"，⑤ 到司空图、苏轼的"味外之味"，中国古代的"味"诗学呈现出一条递进深化之路。关于"味"诗学的例子还有很多，如朱熹说："诗须是沉潜讽诵，玩味义理，咀嚼滋味，方有所益"；⑥ 严羽说："读骚之久，方识

---

① 笠原仲二：《古代中国人的美意识》，引自蒲震元：《中国艺术意境论》，北京大学出版社1999年版，第97页。

② 《文心雕龙·情采》，见刘勰著、范文澜注：《文心雕龙注》（下），人民文学出版社1958年版，第539页。

③ 《诗品序》，见钟嵘著、周振甫译注：《诗品译注》，中华书局1998年版，第17、19页。

④ 见北京大学哲学系美学教研室编：《中国美学史资料选编》下册，中华书局1980年版，第34页。

⑤ 童庆炳等认为钟嵘的"滋味"是"诗内味"。见童庆炳、谢世涯、郭淑云：《现代学术视野中的中华古代文论》，北京出版社2002年版，第66页。

⑥ 《诗人玉屑》卷13。

真味";① 杨万里说："读书必知味外味，不知味外味而曰能读书者，否也。"②

"品"字，《说文解字》释为"众庶也，从三口"，意为众多。在甲骨文中"品"为一种"祭名"。但不管如何，"从三口"说明它与口有关，亦即同口感、口味有关。或者可解为气味之进入处：两鼻孔一嘴巴（三口）。这样，使用"品味"便会有主体的主动施动的感觉在，因而也就更容易为人们所接受，或者说其更为流行的原因或许就在于它正内含着一种张扬主体的人本意义。于是中国古代的各种各样的"品"也就大蔚大盛，如：诗品、画品、书品、曲品等。③ 有人甚至认为"意境理论本质上是一种东方品味理论，典型理论本质上是一种西方造象理论"，④ 应该说是言之有理的。而"品"与"味"连缀合用，一是似更加强了人为的主动性，使原来的气感体验更多了几分主体自觉施动的意味。二是又赋予了"味"的广泛性和分类鉴别的意味，因为，"品"有众多的含义，同时又有类别或分类的意属。总之，品味说在中国的诗学理论中比"以意逆志说"更具有明显的体验和鉴赏意味。而两者的共同处在于都属于读者论或批评论的范畴。同"以意逆志说"的对话禀赋、对话内质一样，"品味说"也是接受者见诸于被接受者的双向对话活动，品味与被品味在中国天人合一哲学和诗学的大文化境域中也必然被"对话化"了，必然是对话诗学的另一特殊形式。

第六节　中和说

中国文化是一种以"和合"为根本旨趣的文化，这在前面已多有阐论。这种"和合"性的文化又有一个更为特殊的要义是对"中和"的崇尚。"中"字源于初民对日影风向的测量，"原始初民在大地上树一标杆，以测日影风向，此之谓晷景，亦即卜辞所谓'立中'之'中'。……'中'的文化意义之原型，是远古测天仪的象形"。⑤ 所谓"中"就是这晷景标杆所示的不偏不倚的正中之象、正中之则，正因为这样，"中"便成为标准、法度、极则，也

① 严羽著、郭绍虞校释：《沧浪诗话校释》，人民文学出版社 1961 年版，第 184 页。
② 见《习斋论语讲义序》。
③ 品字广用，特别是品味连用，同魏晋时流行的人物品鉴（品藻）之风亦有关系。
④ 见蒲震元：《中国艺术意境论》，北京大学出版社 1999 年版，第 84 页。
⑤ 王振复：《大易之美》，北京大学出版社 2006 年版，第 204—205 页。

从而成为吉祥和美的象征。① 由此也形成"中正"、"中道"、"中庸"和"中和"这样一些特殊的专门概念。在《周易·易传》中，由"中"组成的术语非常之多，如："刚健中正"、"中正"、"得中"、"中道"、"时中"、"中行"、"中节"、"位中"、"使中"、"在中"，等等，不一而足。连"中国"这一命名也明显是来自于先民对"中"的崇拜，如《徂徕石先生文集》卷十《中国论》说："天处乎上，地处乎下，居天地之中者曰中国。"②《战国策·赵策》上也说："中国者，聪明睿知之所居也，万物财用之所聚也，贤圣之所教也，仁义之所施也，诗书礼乐之所用也，异敏技艺之所试也，远方之所观赴也，蛮夷之所义行也。"表现了人们对"中国"的喜爱和赞美。在中国，对"中"的崇尚是普遍性的，如《尚书·虞书·大禹谟》说："民协于中"，"允执厥中"。《尚书·盘庚中》说："汝分猷念以相从，各设中于乃心。"《管子·弟子职》也说："凡言与行，中以为纪"，尊奉"中"为言行的标准。正如明代的吕坤所说："圣人执中，以立天地万物之极。"③

"和"字《说文解字》解为："和，相应也。"是指声音的相应和谐，如《尚书·尧典》所说的"声依咏，律和声"，《国语·周语》说："乐从和"等。而"和"同时也被训为"味和"，如《左传》所载的"和如羹焉"，④《国语·郑语》所说："夫和实生物，同则不继。以他平他谓之和，故能丰长而物归之。……是以和五味以调口。"美国当代哲学家安乐哲也指出："这个字的词源与烹饪相关，使我们想到羹，它大概与现代的粥相似。羹是将'禾'即广泛地种植的小米，与当地可以得到的别的食物合在一起，以供'口'⑤吃下（这就有了'和'字）。"因此，"和是一种结合和调和的艺术，这是将两种或更多的食物合在一起加工，在烧出来的食品中它们既不失去各自的特殊味道，又相得益彰，新增滋味，而且构成了一种无缺憾的整体。这种和的一个重要特点是容忍种种特殊的成分，以及和谐的美容性"。⑥ 应该说这一理解是准确而深刻的。正因为它有"美容性"、是"一种无缺憾的整体"，中国民族对它也是十分钟爱。"和"字也很早就广泛见诸古代的各种典籍之中，被

---

① 王振复指出：在《周易》中"凡是涉及到'中'字的卦爻，往往都是吉卦吉爻，并由这吉转化为美。"（见《大易之美》，北京大学出版社2006年版，第204页）

② 见王振复：《大易之美》，北京大学出版社2006年版，第208页。

③ 吕坤：《呻吟语·谈道》。

④ 《左传·昭公二十年》。

⑤ 该字最初的形状是"口"在左边。但无论在左还是在右，总之是与"口"分不开的。

⑥ 安乐哲：《自我的圆成：中西互镜下的古典儒学与道家》，彭国翔编译，河北人民出版社2006年版，第157页。

表述为声和、味和、气和、乐和、政和、人和、德和等，①如《老子》的"万物负阴而抱阳，冲气以为和"。"含德之厚，比于赤子。……终日号而不嗄，和之至也。知和曰常，知常曰明。"②把"和"看作是气和、婴儿纯真之和、事物的基本规律（"常"）；孔子说："政是以和"，③"君子和而不同，小人同而不和。"④孔子弟子有子说："礼之用，和为贵。先王之道，斯为美，小大由之。"⑤认为前代君王们的治道，最可贵的地方就在于以和谐为美，事无论大小都遵循此道；墨子提倡"兼相爱，交相利"，也是贵和的；孟子认为："天时不如地利，地利不如人和"；⑥庄子也贵和，认为道即和："至阴肃肃，至阳赫赫；肃肃出乎天，赫赫发乎地；两者交通成和而物生焉，或为之纪而莫见其形。"并说："夫明白于天地之德者，此之谓大本大宗，与天和者也；所以均调天下，与人和者也。与人和者，谓之人乐；与天和者，谓之天乐"；⑦荀子也说："万物各得其和以生，各得其养以成。"⑧承袭的仍是那个"和实生物"思想；《易传·乾卦》提出"太和"的观念；《乐记》则称："大乐与天地同和，大礼与天地同节。和，故百物不失；节，故祀天祭地。……乐者，天地之和也。礼者，天地之序也。和，故百物皆化；序，故群物皆别。"⑨认为乐和来自于天地之和，是万物和谐化生的根本所在。等等。

汉代的董仲舒曾专门盛赞"中和"，他说：

中者，天下之所终始也；而和者，天地之所生成也。夫德莫大于和，而道莫正于中。中者，天地之美达理也，圣人之所保守也。《诗》云："不刚不柔，布政优优"。此非中和之谓欤！是故能以中和理天下者，其德大盛；能以中和养其身者，其寿极命。⑩

但"中和"一词的正式出现应该是始于《礼记》中的《乐记》和《中庸》，《乐记》说："故乐者，天地之命，中和之纪，人情之所不能免也。"意

---

① 张立文指出：这种概念群的生产"事实上是对于声、味、政事、人际关系等现象后面为什么味美、声美、政平、人和的追求以及如何能味美、声美、政平、人和的探索"。（见张立文：《和合学》，中国人民大学出版社 2006 年版，第 381—382 页）

② 《老子·五十五章》。

③ 《昭公二十年》，见《春秋左传注》，第 1421 页。

④ 《论语·子路》。

⑤ 《论语·学而》。

⑥ 《孟子·公孙丑下》。

⑦ 《庄子·天道》。

⑧ 《荀子·天论》。

⑨ 见《礼记译解》（下），王文锦译解，中华书局 2001 年版，第 532—533 页。

⑩ 董仲舒：《春秋繁露·循天之道》，转引自张立文：《和合学》，中国人民大学出版社 2006 年版，第 396—397 页。

思是说：乐是天地和合之道的表现，中和之气的条理化，为人情之所不能缺少。① 《中庸》对"中和"则有更专门的阐论，并且是在开篇明道的，可谓是以"中和"（中庸）为纲领了：

天命之谓性，率性之谓道，修道之谓教。……喜怒哀乐之未发谓之中，发而皆中节谓之和。中也者，天下之大本也；和也者，天下之达道也。致中和，天地位焉，万物育焉。②

这就是著名的"位育中和"论，意思是说中和源自"天人合一"之道，既是天命又是性，既是道又是教。是人之内外副称、天人和合的"大本"和"达道"。达到中和，天地人就会各归其正位，一切事物都会正常地化生运行，顺利和谐。而"中和"的另一称谓则是"中庸"。而"中庸"则来自孔子，《中庸》一文就是专门祖述和阐发孔子的"中庸"思想的。孔子说："中庸之为德也，其至矣乎！民鲜久矣。"③ 认为中庸作为一种道德是至高无上的，而人们缺少它已经很久了。《中庸》中还记载了孔子有关言论："君子中庸，小人反中庸。……回之为人也，择乎中庸。……君子依乎中庸。"④ 因此，《中庸》主张君子应该"尊德性而道问学"，"极高明而道中庸"。⑤ 意思是要通过学习研究圣贤的著作、社会礼仪来加强自己的道德心性修养，并靠中庸之道来达到高明的境界。

那么，什么是"中庸"呢？孔子在赞美舜时做了解释："舜其大知也与！……执其两端，用其中于民，其斯以为舜乎！"意思是说，舜极其明智，他掌握了两端，而对人们采用最合适的标准：中之道。这就是"舜之为舜"的原因。后人把此要义概括为：执两而用中。其实也是孔子对他的"过犹不及"⑥之论的进一步发挥。这种"执两而用中"的中庸或中和思想⑦在孔子是一贯的，比如他主张不偏不倚的统一持中论："质胜文则野，文胜质则史，文质彬彬，然后君子。"⑧

这种思想移用于诗学便形成诗学中的"中和说"，如孔子说："《关雎》乐而不淫，哀而不伤。"《韶》乐是"尽美矣，又尽善也"。⑨ 可见，孔子"中

---

① 见《礼记译解》（下），王文锦译解，中华书局2001年版，第561页。
② 见《礼记译解》（下），王文锦译解，中华书局2001年版，第773页。
③ 《论语·雍也》。
④ 见《礼记译解》（下），王文锦译解，中华书局2001年版，第774—777页。
⑤ 同上，第793页。
⑥ 《论语·先进》。
⑦ "中庸"似侧重"用中"，而"中和"似强调合于"中道"。
⑧ 《论语·雍也》。
⑨ 《论语·八佾》。

和"诗学的实质是美善统一，是以两兼、持中和适度为原则的，不要过分的"乐"，也不要过分的"哀"，标准就是中和、中道，或"思无邪"，① 即在思想和道德情感方面不能对人有害。《礼记》还记载他关于"诗教"的观点："温柔敦厚，诗教也。"即认为诗的教化标准就是要达到：辞气温柔，性情敦厚。② 仍然是两兼统一的，也就是美善两兼。关于诗，他还提出了著名的"兴观群怨说"，认为《诗》可以兴，可以观，可以群，可以怨。③ 而四者又恰恰是一个相对全面的整体，涉及到美学、政治、社会伦理、情感心理等多个方面，很好地贯彻了他的中和统一论。

孔子的中和诗学，若单纯从诗学的角度看其实也不是他的首创，早于他的吴国公子季札在鲁国观乐时就对所看到的诗歌发表了不少"中和"之论，如："勤而不怨"，"忧而不困"，"思而不惧"，"乐而不淫"，"怨而不言"，"曲而有直体"，对《颂》诗还作出如下评价：

至矣哉！直而不倨，曲而不屈，迩而不偪，远而不携，迁而不淫，复而不厌，哀而不愁，乐而不荒，用而不匮，广而不宣，施而不费，取而不贪，处而不底，行而不流，五声和，八风平，节有度，守有序，盛德之所同也。④

其特点就是在矛盾关系中进行辩证立论，走的正是两兼不废和以中取度的路线，即所谓的"五声和，八风平，节有度，守有序"。和、平、度、序四字已说尽其"中和为美"的全部旨趣。可见，孔子受季札的影响是十分明显的。

严格地说，同其他学说相似，诗学中的"中和说"也没有十分系统的理论，但它却是有"体"的，这"体"就是以上用大量的篇幅所介绍的"中和哲学"之"体"。正因为它是直接以中和哲学为体的，因此它就主要以具体的"用"而存在，表现为哲学中和论在诗学中的具体演绎和应用。这样，诗学中的许多相关言论，虽不假中和之名，但实为地道的中和诗学，状貌虽散碎，但内里的地基却深宏有体。也就是说，在诗学中"中和"之论实际上是很多的，如刘勰在《情采》篇里就主张情与采要副称统一，而说到底则是要"中和"，他说："夫水性虚而沦漪结，木体实而花萼振，文附质也。虎豹无文，则鞟同犬羊，犀兕有皮，而色资丹漆，质待文也。……繁采寡情，味之必

---

① 《论语·为政》：子曰："《诗》三百，一言以蔽之，曰：'思无邪'。"

② 《礼记·经解》，见《礼记译解》（下），王文锦译解，中华书局 2001 年版，第 727 页。

③ 《论语·阳货》。

④ 《左传·襄公二十九年》，见北京大学哲学系美学教研室编：《中国美学史资料选编》上册，中华书局 1980 年版，第 3—4 页。

厌。"① 主张质文结构要中和恰当。在《隐秀》篇，他既讲"隐"，又讲
"秀"，认为两者的统一是："斯乃旧章之懿绩，才情之嘉会也。"② 在《附会》
篇中也说："情志为神明，事义为骨髓，辞采为肌肤，宫商为声气。"③ 仍然
表现出兼容中和、全面有机的作品观。唐代张璪的"外师造化，中得心源"④
说也是中和的理路。释皎然说诗有六至："至险而不僻，至奇而不差，至丽而
自然，至苦而无迹，至近而意远，至放而不迂。"⑤ 也明显是以"中和"为归
趋的。苏轼也讲："发纤秾于简古，寄至味于澹泊。"并主张"外枯而中膏，
似澹而实美"："所贵乎枯澹者，谓其外枯而中膏，似澹而实美，渊明、子厚
之流是也。若中边皆枯澹，亦何足道。佛云：'如人食蜜，中边皆甜。'人食
五味，知其甘苦者皆是，能分别其中边者，百无一二也。"⑥ 他是主张纤秾与
简古、华艳与澹泊虽别而相兼，即应达到两方面的和谐相融，这才是诗的至
境。同理，中与边也应是对立的和谐关系，即"外枯而中膏，似澹而实美"，
外表朴实无华（枯澹），内里却肥腴华美。也就是他在另一处所说的："凡为
文少小时须令气象峥嵘，采色绚烂，渐熟乃至平淡，非复平淡，乃绚烂之极
也。"⑦ 追求绚烂之极归于平淡的兼性美、中和美。王夫之说："兴在有意无
意之间。""关情者景，自与情相为珀芥也。""情景名为二，而实不可离。神
于诗者，妙合无垠。"⑧ 也反对极端、偏废，其内底仍不出"中和"二字。叶
燮也说："诗之至处，妙在含蓄无垠，思致微渺，其寄托在可言不可言之间，
其指归在可解不可解之会，言在此而意在彼，泯端倪而离形象，绝议论而穷
思维，引人于冥漠恍惚之境，所以为至也。"⑨ 可言与不可言、可解与不可解、
没有头绪、没有形象、没有概念，完全是一种囫囵圆整的"冥漠恍惚之境"，
这不是别的，其实正是一种无限广大的圆融和合之境，一种中和的至境态。
清人刘熙载在《艺概》中说："自《典论·论文》以及韩、柳，俱重一'气'

---

① 刘勰著、范文澜注：《文心雕龙注》（下），人民文学出版社 1958 年版，第 537—539 页。

② 刘勰著、范文澜注：《文心雕龙注》（下），人民文学出版社 1958 年版，第 632 页。

③ 刘勰著、范文澜注：《文心雕龙注》（下），人民文学出版社 1958 年版，第 650 页。

④ 见北京大学哲学系美学教研室编：《中国美学史资料选编》上册，中华书局 1980 年版，第
281 页。

⑤ 释皎然：《诗式》，见王振复主编：《中国美学重要文本提要》，（上），四川人民出版社 2003
年版，第 316 页。

⑥ 见北京大学哲学系美学教研室编：《中国美学史资料选编》下册，中华书局 1980 年版，第 34
页。

⑦ 见王振复主编：《中国美学重要文本提要》，（上），四川人民出版社 2003 年版，第 422 页。

⑧ 见北京大学哲学系美学教研室编：《中国美学史资料选编》下册，中华书局 1980 年版，第
278 页。

⑨ 叶燮著、霍松林校释：《原诗》，人民文学出版社 1979 年版，第 30 页。

字。余谓文气当如《乐记》二语曰：'刚气不怒，柔气不摄'。"① 正如有论者所说："这是极有见地之论，深得'气'的精髓所在。对诗来说，刚气不能发展到'怒'，而柔气则不能表现'摄'，'摄'是摄取的意思，引申为局面小。总的说，气也要以中和为基准。"②

从总体上看，中国古代文论中喜欢使用成双成对的对立统一范畴如：意象、形神、言意、虚实、文质、情理、情采、隐秀、动静、刚柔、奇正、雅俗、拙巧、浓淡等，这其实正是同对中和的崇尚分不开的，也都可视为中和诗学的有机组成部分。近代人朱庭珍的"中和说"也许是最好的总结：

孔子曰："过犹不及。"又曰："中庸不可能也。"《尚书》亦曰："允执厥中。"释氏炼妙明心，归于一乘妙法；道家九转功成，内结圣胎，同是一"中"字至理。盖超凡入圣，自有此神化境界。诗家造诣，何独不然！……是以太奇则凡，太巧则纤，太刻则拙，太新则庸，太浓则俗，太切则卑，太清则薄，太深则晦，太高则枯，太厚则滞，太雄则粗，太快则剽，太放则冗，太收则廑，皆诗家大病也，学者不可不知。必造到适中之境，恰好地步，始无遗憾也。③

无疑，这正是对中和之于诗学作用的极好阐说。正如有著者所指明的："中和是中国古代较早出现的美学范畴。一般认为，这是一种出于儒家的美学观。朱庭珍在这里指出，它实际上是儒道释三家所共同信仰的长期影响着中华民族艺术心理的一种美学理想。他于此明确标举'适中'为诗家的极境。"④

诗学中和说是古代诗学的审美理想论，是人们所共同崇尚追慕的境界。这一境界的实质，若换个角度看则是典型的对话论，其对话论的内涵主要来自于它的"两性"、"兼性"或"持中"、"用中"的基本架构。《易经》的天地、阴阳、刚柔就是最早的"两化"模式，⑤ 而《老子》的"道，可道非可道，名，可名非可名"的悖论策略其实已见前论，是"原发居中"的原道

① 见北京大学哲学系美学教研室编：《中国美学史资料选编》下册，中华书局 1980 年版，第 395 页。

② 童庆炳、谢世涯、郭淑云：《现代学术视野中的中华古代文论》，北京出版社 2002 年版，第 71 页。

③ 见王运熙、顾易生主编、黄霖著：《中国文学批评通史》近代卷，上海古籍出版社 1996 年版，第 243 页。

④ 同上。童庆炳等亦认为："如果说西方文论主要根植于冲突情境，以冲突的解决为美的话，那么中国的古典文论就根植于中和情境。以中和为美，是中国文论的一大民族文化个性。"（见童庆炳、谢世涯、郭淑云：《现代学术视野中的中华古代文论》，北京出版社 2002 年版，第 74 页）亦可参证。

⑤ 笔者信"三易"之说，即在周易之前尚有商易和夏易，这样，"易道"便早于其他先秦典籍。

"方法"，也是两兼取中之路。孔子的"执两而用中"则无需再说。这种"两性"、"兼性"或"持中"、"用中"的基本路数至宋代的张载又有明确的发举，提出了著名的"参两论"，说："两不立，则一何见？一不可见，则两之用息。两体者，虚实也，动静也，聚散也，清浊也，其究一而已。感而后有通，不有两则无一。故圣人以刚柔立本，乾坤毁则无以见《易》。"① 王夫之在阐发"易道"时亦指出："尝论之曰：道者，物所众著而共由者也。物之所著，惟其有可见之实也；物之所由，惟其有可循之恒也。既盈两间而无不可见，盈两间而无不可循，故盈两间皆道也。可见者其象也，可循者其形也。出乎象，入乎形；出乎形，入乎象。两间皆形象，则两间皆阴阳也。两间皆阴阳，两间皆道。"② 也是强调道与"两间"的紧密关联。其阴阳、形象、可见与可循等正是这"两"之基本构架。中国的禅宗也是深得"执两而用中"三昧的，如六祖慧能说："说一切法，莫离自性。忽有人问汝法，出语尽双，皆取对法，来去相因。若有人问汝义，问有将无对，问无将有对，问凡以圣对，问圣以凡对。二道相因，生中道义。"③《大智度论》也反复说："离是二边行中道，是为般若波罗蜜。"④ 其"二道相因，生中道义"和"行中道"都是一个意思：持中、用中。安乐哲把这种和合的、"执两而用中"的中国式思维称为"关联性思维"，认为这是一种美学的、关联的，或区别于逻辑的、因果的思维模式。它具有意象化、类推性、情境化和过程性等特征。⑤ 如果说"两性"、"兼性"或"持中"、"用中"的基本架构就已经是对话结构了，那么安乐哲的关联性，特别是情境化和过程性就更接近动态的"对话态"了。总之，诗学"中和说"无论从其哲学根底上，还是其实质内涵和实际的功能效果看，都是地道的中国特色的对话诗学学说。

---

① 张载：《正蒙·太和》，转引自郭齐勇：《中国古典哲学名著选读》，人民出版社 2005 年版，第 477 页。

② 见王振复主编：《中国美学重要文本提要》，（下），四川人民出版社 2003 年版，第 121 页。

③ 《坛经·付嘱品》。转引自张伯伟：《中国古代文学批评方法研究》，中华书局 2002 年版，第 221 页。

④ 见张伯伟：《中国古代文学批评方法研究》，中华书局 2002 年版，第 221 页。

⑤ 见安乐哲：《自我的圆成：中西互镜下的古典儒学与道家》，彭国翔编译，河北人民出版社 2006 年版，第 174—194 页。

第七节　意境说

中国意境理论本身既是"双元性"的"对话结构"，同时其生产、建构的过程也是同类概念在同谱系内呼应、激励、互文等"对话"的过程，另外，也是生产主体同他所承接的传统、所遭遇的现实思想语境双重对话的产物，比如王国维就是一个典型的案例。

意境是中国古代诗学的核心的、具有总体涵盖性的范畴，属于中国古代诗学的作品论和审美理想论，但若从具体的概念生产、体系建构的意义看，中国古代诗学其实是并不存在一以贯之的核心范畴的，比如《尚书·尧典》是主张"诗言志"；① 孔子是"兴、观、群、怨"；曹丕是"文以气为主"；② 刘勰是"道文说"；钟嵘主"滋味"；白居易讲"根情，苗言，华声，实义"；③ 司空图强调"辨味"，标举"象外之象，景外之景"，"韵外之致，味外之旨"；欧阳修推崇"状难写之景，如在目前，含不尽之意，见于言外"；④ 苏东坡崇尚"外枯而中膏，似澹而实美"，和"绚烂之极归于平淡"；严羽标举"兴趣"和"妙悟"；李贽倡"童心"；⑤ 公安派主"性灵"；⑥ 王夫之讲"情与景妙合无垠"；叶燮强调"理事情"与"才胆识力"的统一；王士禛则主"神韵"，⑦ 等等，可以说各家有各家的主张。中国古代诗学原本就是各自为政的散乱的"碎片"世界，并无西方的模仿论、表现论、现实主义、浪漫主义那样严格而统一的体系和谱系。有，则是一种内里承接、延展的"潜体系"、"潜谱系"。而"意境理论"正是一个核心的"潜体系"、"潜谱系"或

① 见郭绍虞主编、王文生副主编：《中国历代文论选》第一册，上海古籍出版社 2001 年版，第 1 页。

② 曹丕：《典论·论文》，同上，第 158 页。

③ 白居易：《与元九书》，见王振复主编：《中国美学重要文本提要》，（上），四川人民出版社 2003 年版，第 359 页。

④ 欧阳修：《六一诗话》，见王振复主编：《中国美学重要文本提要》，（上），四川人民出版社 2003 年版，第 397 页。

⑤ 李贽：《焚书》，见王振复主编：《中国美学重要文本提要》，（下），四川人民出版社 2003 年版，第 55 页。

⑥ 见北京大学哲学系美学教研室编：《中国美学史资料选编》下册，中华书局 1980 年版，第 154、167 页。

⑦ 见郭绍虞主编、王文生副主编：《中国历代文论选》第三册，上海古籍出版社 2001 年版，第 363—371 页。

"潜理论体系"，它不是现成的，甚至也没有像《文心雕龙》那样的完整形态；所有的只是一个个不同的学说、概念，但它们却有哲学、诗学上的某种内在的理论范型、相似相关的体系联系。因而需要从概念上去追本溯源，并进行必要的现代性的阐发和建构。

从"潜体系"、"潜谱系"的意义看，中国意境说在中国古代诗学中正连接着一个潜在的、主导性的、源远流长的诗学谱系。其源头有二：一是《易经》，一是老子的《道德经》。就《易经》来说，"意境"的最初原型是主要脱胎于《周易》所反映出来的中国古代哲学对书、言、意、象四者关系的深刻认识，或曰对象意关系的独特体认。如《周易·系辞上》说："子曰：'书不尽言，言不尽意。'然则圣人之意，其不可见乎？子曰：'圣人立象以尽意，设卦以尽情伪，系辞焉以尽其言'。"孔子在这里强调的是"象"的独特价值，指出：书写和言论的不足处、缺陷处，可由卦象及其爻辞来弥补、完善。这段话尚象，而内涵则侧重在象意关系，即认为象不是目的，而是手段，其所标举的实际上是一种"表意之象"，这是一个重要的原型滥觞，以后中国文艺学、美学中的意象、形神、言意、情理、虚实、象征等等范畴其实均可视为在其影响下衍生和壮大起来的。如魏晋时的王弼就在《周易略例·明象》中进一步强调："夫象者，出意者也。言者，明象者也。尽意莫若象，尽象莫若言"，"意以象尽，象以言著"，其对意象、象言之关系的属意也是很清楚的。

另一个源头是老子的《道德经》，《道德经》认为"道"是万物之源，它具有二元对立而又矛盾统一的一些基本特征，如具有：有无，象气，虚实，以及隐显、多少、无限和有限等诸双重属性。即如老子所论："道可道，非常'道'；名可名，非常'名'。无，名天地之始；有，名万物之母。故常'无'，欲以观其妙；常'有'，欲以观其徼。此两者，同出而异名，同谓之玄。玄之又玄，众妙之门。"[①]　"天下万物生于'有'，'有'生于'无'。"[②]"道之为物，惟恍惟惚。惚兮恍兮，其中有象；恍兮惚兮，其中有物。窈兮冥兮，其中有精，其精甚真，其中有信。"[③]　"万物负阴而抱阳，冲气以为和。""精"就是气，是阴阳和合之气（"冲气以为和"）。从《道德经》有关"道"的论述、规定，可以作出这样的总结：万物皆是虚实结构，这是最基本的元结构，它们互涵互融，又相生相化。而"意境"正是导源于斯的艺术态、诗

---

① 《老子·一章》。
② 《老子·四十章》。
③ 《老子·二十一章》。

化态的虚实结构，意境的最大本质特征即在于古人所指出的是"境生象外"，而这象外之"境"就不是实境，而是靠想象来型构的虚境。其原型滥觞正起自于老子的"道论"，即"道"的气态、恍惚性，在根本上为意境提供了原始范型，使意境之"境"不仅包括"象"、"象象"（象的复数态），而且还包括"象"和"象象"之外的"虚空、气、场"等想象态、虚拟态、朦胧态和"流动转化"之"现象学态"的复杂因素，而此一点，正是中国意境的最本质处，是其根、魂之所在。①

很明显，儒家的"象意关系"和道家的"虚实结构"，从心物、主客、虚实两相交融的关系看，其实并无本质分别，所不同的是道家哲学更其尚虚而已。儒家的"意"由于与现实伦理、政治的关系过于密切，在一定程度上影响了其对意境理论的"有效介入"（孟子的人格——养气理论；陆王心学可另作别论，其虚的空间相对大一些，对意境的影响也更大）。而道家哲学，无论老子的"气论"、"恍惚论"，还是庄子的心斋——神游（逍遥游）理论，则直接可以视为"禅悟"（禅境）理论的"元理论"，当然也是意境的"元理论"。一句话，道、儒的上述理论虽双途却互补互化，一起形成合力，共同为中国特色的诗学、美学理论——"意境"的诞生提供了理论元典，提供了胚胎基因。

从意境的原始构成基因来看，它一开始就是"对话"的结构，是关系性、关联性的互动架构，如象意、虚实以及后来的意境即都是对应、交感、呼应或相互赠答的和合结构，这是中国式的特定的对话型构。意与境的双元性正是与最初的天人、象意、道气、阴阳、虚实、乾坤、刚柔，以及后来的言意、形神、情采、隐秀、情景等双元性结构谱系对接延承而来的，它并没有逸出这一中国哲学、诗学的最基本、最典型的历史范式。它本身是双元性的对话态，它的历史之生成与贯通其实也是同其前历史的诸双元性范式的承因和对话的结果。

从诗学自身的角度看，意境理论在中国古代的形成、发展则经历了周至两汉的潜匿期，魏晋南北朝的孕育期，唐代的形成期，宋代的发展期，明清的广泛运用和总结期等五个阶段。② 从其概念、范畴的明确提出和发展看，其出场的具体标志是托名盛唐诗人王昌龄的《诗格》，《诗格》中说：

---

① 童庆炳等也认为："实际上，老庄体道，就是要达到一种最高的精神境界。所以，'意境'或'境界'这个概念，并非像某些学者所说的是到了佛教传入之后，才转到精神方面来。"（童庆炳、谢世涯、郭淑云：《现代学术视野中的中华古代文论》，北京出版社 2002 年版，第 61 页）亦可参证。

② 见蓝华增：《意境论》，云南人民出版社 1996 年版。

诗有三境：一曰物境。欲为山水诗，则张泉石云峰之境，极丽绝秀者，神之于心，处身于境，视境于心，莹然掌中，然后用思，了然境象，故得形似。二曰情境。娱乐愁怨，皆张于意而处于身，然后驰思，深得其情。三曰意境。亦张之于意而思之于心，则得其真矣。①

这里，首次提出了"意境"一词，但显然还不具有"意境"的成熟内涵。这里的"境"具有类别、层次的意涵，但"尚意"（亦为尚虚）之倾向已十分突出，诚如童庆炳等所说的："值得注意的是这里所说的'境'不是客观存在的景物，是诗人作家在想像中的境。……物境是物之境，仅得其形似；情境是情之境，已深得其情；意境是意之境，在形似、情深之处，还得其真切，似乎身处景物之中。"② 可以说，意境范畴于此已真正确立。王先霈指出："以上三个阶段、两个侧面，是外境与内心协调、融合的过程，一步步达到境、情、理的彼此激发、彼此引导和相互渗透，最终合为一体。"③ 这实际上是道出了意境形成过程中的对话性。如前述，对话性正是意境的重要的内在品质。

在《诗格》之后，皎然在《诗式》中进一步聚焦于"境"，认为诗的构思过程就是"取境"的过程："夫诗人诗思初发，取境偏高，则一首举体便高；取境偏逸，则一首举体便逸。""偏高偏逸之例，直于诗体篇目风貌。"④ 并且视"境"为诗人和读者间的桥梁、中介，其构思之法主要是比和兴，其形象特征主要是想象性和动态性。这"逸"、"想象性"和"动态性"，也都是意境的基本特征。这里提出的"取境"之说已初见把意境本体化、全局化之端倪。

他的"学生"、诗人刘禹锡沿着他的理路，在《董氏武陵集记》中又从意境之本质特征的角度往前推进一步，明确提出"境生于象外"，说："诗者其文章之蕴耶？义得而言丧，故微而难能，境生于象外，故精而寡和。"⑤ 在言与义（意）的关系上，明确强调"义得而言丧"，其所本不是别的，正是《庄子》的"得意忘言"主张。继而其主张"境生于象外"也自然连贯一气，

---

① 见郭绍虞主编、王文生副主编：《中国历代文论选》第二册，上海古籍出版社 2001 年版，第 88—89 页。

② 童庆炳、谢世涯、郭淑云：《现代学术视野中的中华古代文论》，北京出版社 2002 年版，第 62 页。

③ 王先霈：《中国文化与中国艺术心理思想》，湖北教育出版社 2006 年版，第 265 页。

④ 见郭绍虞主编、王文生副主编：《中国历代文论选》第二册，上海古籍出版社 2001 年版，第 77 页。

⑤ 见郭绍虞主编、王文生副主编：《中国历代文论选》第二册，上海古籍出版社 2001 年版，第 90 页。

仍然是尚意逻辑的进一步表达。与"象"比起来，其所谓的"境"就是想象态的虚境，是比"象"更为宏阔的艺术空间。应该说，到这里，"意境"的最为核心的本质特征已在范畴的意义上得到了明确的揭橥。

从刘禹锡的"境生于象外"说不难看出，其所赓续延展的正是前述儒家的"象意关系"和道家的"虚实结构"，这一路数，其实早在刘勰的"文外之重旨"、"以复意为工"、"义主文外"、"秘响傍通，伏采潜发，譬爻象之变互体"、"深文隐蔚，余味曲包"、"兴隐"，[1] 和钟嵘所说的"文已尽而意有余"中得到了自觉而深刻的表述。也就是说，其间存在着明显的谱系承续关系。

这一脉系到了唐末的司空图则变成了"味外之旨"、"韵外之致"、"象外之象，景外之景"，或如苏轼所说的是"味在咸酸之外"："唐末司空图崎岖兵乱之间，而诗文高雅，犹有承平之遗风。其论诗曰：'梅止于酸，盐止于咸，饮食不可无盐梅，而其美常在咸酸之外。'"司空图不光标举"象外"、"景外"、"韵外"、"味外"，而且还在《诗品》中通过对诗的二十四种风格的论列，标举虚静淡远的老庄、佛禅精神，从风格论的维度发展了意境理论，使意境理论更加丰富。可以看出，意境理论至司空图的"象外"、"景外"、"韵外"、"味外"和以"体道"为鹄的的风格论已达成熟之境，其"意之境"、"取境"、"象外"的理路基本上奠定了意境的主体架构。但后来仍有新的拓进，这就是禅意论（直觉顿悟论）、情景妙合论等。

应该补充的是，意境理论除了前述的"两经"源头外，中间还参合进了佛禅谱系。当然，此时的佛禅已与儒道，特别是道玄、孟子的心性（贵意）说融合在一起了。佛禅主色空观，"以心为本"，重神轻物，认为形灭神不灭、精神不死，"心含万法为大"，因而也就同儒道元典中那尚意贵虚的观念有可贯通处，自然也就与之结合混融成更大的推助合力，使"意境"在象与象外（境）的谱系路径上越走越广阔。从以上"意境"、高、逸、隐、重旨、复意、文已尽而意有余、象外、景外、韵外、味外、虚静、淡远等诸论家所标举的主旨、意趣中，不光有"两经"的"旨趣"，而且佛禅的神、空之色彩也是清晰昭著的。后来苏轼在著名的《送参寥师》中大为标举"空静"之境，也明显彰显出了这一融合的趋势："欲令诗语妙，无厌空且静。静故了群

第三章　中国诗学中的对话思想与理论

---

[1]　童庆炳等指出："在文论上，为'意境'概念作了理论准备的是刘勰。"刘勰的《隐秀》强调"意义的多重性和文外想象的绵延性。刘勰的'隐秀'论为晚唐时期'意境'理论的成熟作了充分的准备。"（见童庆炳、谢世涯、郭淑云：《现代学术视野中的中华古代文论》，北京出版社 2002 年版，第61—62 页）亦足可参证。

动，空故纳万境"，禅理、禅趣已充溢诗内诗外。

到南宋的严羽则更是直接在理论的意义上标举禅境，他在《沧浪诗话》中直接"以禅喻诗"，说：

诗者，吟咏情性也。盛唐诸人惟在兴趣，羚羊挂角，无迹可求。故其妙处透彻玲珑，不可凑泊，如空中之音，相中之色，水中之月，镜中之象，言有尽而意无穷。①

其"兴趣"是指诗可以直接感悟到的审美意味，② 其特征就是"言有尽而意无穷"，只是这无穷的意味此时无疑又渗进了浓重的佛禅意味，它从佛禅哲理的维度开阔和丰富了意境空灵的意蕴特征。而唐代诗人王维则是用自己的诗作实际范领了这一意境佛禅化之路，如他的《辛夷坞》："木末芙蓉花，山中发红萼。涧户寂无人，纷纷开且落。"《竹里馆》："独坐幽篁里，弹琴复长啸。深林人不知，明月来相照。"《鸟鸣涧》："人闲桂花落，夜静春山空。月出惊山鸟，时鸣春涧中。" 等等，即都是禅意浓厚、禅境空寂廖远的典范之作。

明清时期的王夫之则从情景关系的角度精辟论述了意境创造中的灵感、情景相生而又应"妙合无垠"等辩证观点，把意境理论又推向了一个高峰。叶燮则更有妙论，说："诗之至处，妙在含蓄无垠，思致微渺，其寄托在可言不可言之间，其指归在可解不可解之会，言在此而意在彼，泯端倪而离形象，绝议论而穷思维，引人于冥漠恍惚之境，所以为至也。" 又说："可言之理，人人能言之，又安在诗人之言！可征之事，人人能述之，又安在诗人之述之！必有不可言之理，不可述之事，遇之于默会意象之表，而理与事无不灿然于前者也。"③ 其"含蓄无垠"、"可言不可言"、"可解不可解"、以及无限性（泯端倪）、"言在此而意在彼"的指代性（离形象）、多义性（绝议论）、感性（穷思维）的"意象"论（默会意象之表）和"冥漠恍惚之境"，等，即都是意境最重要、最根本的特征所在，其虽言"意象"而未标"意境"，但其"意象"其实已深含象外之"意象"，如"含蓄无垠"、"冥漠恍惚之境"即均为意境之属、之征，一句话，其虽名"意象"而实"意境"耳。

后来的王士禛力倡"神韵"说，仍没有离开意之境虚空广大，蕴藉、自然之主流。

① 严羽著、郭绍虞校释：《沧浪诗话校释》，人民文学出版社1961年版，第26页。
② 张少康说："兴侧重于从作者的角度说，'趣'侧重于从读者的角度说，都是指诗歌的审美特性。"（见张少康：《中国文学理论批评史教程》，北京大学出版社1999年版，第259页）可参考。
③ 叶燮著、霍松林校释：《原诗》，人民文学出版社1979年版，第30页。

到清末民初，王国维不仅对传统的意境理论进行了集大成性的总结，而且援西入中，以西释中，第一次用康德、叔本华、席勒、尼采等西方近现代哲学、美学理论来解释和拓展意境理论，使意境理论发生了现代性的质的"新变"。这正可视为是"意境理论"的中西对话、古今对话。

王国维是在发表于1907年《教育世界》上的《人间词乙稿·序》中提出意境概念的，他说：

> 文学之事，其内足以摅己而外足以感人者，意与境二者而已；上焉者意与境浑，其次或以境深，或以意深，苟缺其一，不足以言文学。原夫文学之所以有意境者，以其能观也。出于观我者，意余于境；而出于观物者，境多于意。然非物无以见我，而观我之时，又自有我在。故二者常互相错综，能有所偏重，而不能有所偏废也。文学之工不工，亦视其意境之有无与其深浅而已。①

这既是对此前的心物、言意、意象、形神、兴趣、情景、理事情、神韵、意境等范畴的历史性的大总结，而且是用西方哲学和美学的观念所做出的新的概括，其内里是既有中又有西，既有古又有今。比如他在此前的《文学小言》中说：

> 文学中有二原质焉：曰景，曰情。前者以描写自然及人生之事实为主，后者则吾人对此种事实之精神的态度也。故前者客观的，后者主观的也；前者知识的，后者感情的也。……要之，文学者，不外知识与感情交代之结果而已。苟无锐敏之知识与深邃之感情者，不足与于文学之事。此其所以但为天才游戏之事业，而不能以他道劝者也。②

可以看出，他的"意与境"对接贯通的正是"情与景"，与传统诗学是一脉相连的。而所谓"主观"、"客观"、"知识与感情"、"天才游戏之事业"等，又明显见出康德、席勒等西方近代美学家的影响。从他的论述看，他是明显把意境本体化了（当然也把景与情本体化了），即认为所谓文学在根本上是由意境或情景构成的，两者在文学中可以有所偏重，即或重境，或重意，但却不能偏废，二者缺一不可。最好的境界是"意与境浑"，即两者达到完美的融合统一。这也是西方哲学逻各斯化的做法，即喜欢从逻辑概念上把事物本质化。而且其对意与境、观我与观物的二分对待，也明显是西方近代哲学的主体论或认识论路数，准确地说是来自于康德的主体论哲学，同时再加上

---

① 见周锡山编校，王国维著：《人间词话汇编汇校汇评》，北岳文艺出版社2004年版，第231页。

② 见傅杰编校：《王国维论学集》，中国社会科学出版社1997年版，第311页。

叔本华的唯意志的"表象论"。如叔本华说：

"世界是我的表象"：这是一个真理。……这个进行"表象者"就是人自己。……即是说：对于"认识"而存在着的一切，也就是全世界，都只是同主体相关联着的客体，直观者的直观；一句话，都只是表象。……这另一个真理就是每人，他自己也能说并且必须说的："世界是我的意志。"……作为表象的世界，……它有着本质的、必然的、不可分的两个半面。一个半面是客体……另一个半面是主体。①

康德则说：

我们可以有两种做法：要末假定我用来进行规定的那些概念是依照对象的，可是这样一来我就重新陷入原来的困境了，因为不能解释我怎么能先天地认识对象的某种状况；要末假定对象或经验（这是一回事，因为只有在经验中才能认识对象，对象就是呈现出来的对象）是依照这些概念的，这样我就立刻看到比较容易摆脱困境了，因为经验本身就是一种需要理智的知识，而理智的规则我是必须假定为在对象向我呈现以前就先天地在我心中的，它先天地表现在概念里，所以经验的一切对象都必然是依照概念的，必定与概念符合一致。②

而王国维在《人间词话》中也明确说："昔人论诗词，有景语、情语之别。不知一切景语皆情语也。"③ 虽不一定就是指康德的先验理性、先验概念，但强调能动的主体意识却是非常明显的。陈鸿祥亦指出："何谓'互相关系，互相限制'？王国维此论，盖出诸康德先验哲学之'范畴论'中的'关系范畴'，亦即《教育世界》译载的《汗德之知识论》……王国维的此则词话，就是严格按照康德的'范畴原理'来论述相互'关系'及其'限制'，提出了艺术创造必须'从自然之法则'的重要观点，从而使他对'理想家'与'写实家'之相互关系，有了比较辩证的认识。"④ 又指出："王国维关于'写实'与'理想'，'理想'与'自然'，尤其是对两者之相互关系的论说，虽可由莎士比亚、拜伦二传中找到参照系数，但其理论的立足点，更须追溯到席勒。……席勒提出了古典的、素朴的，即现实主义的诗人之模仿'自然'，与近代的、感伤的，即浪漫主义的诗人之表现理想（即'追寻自然'）的区

---

① 叔本华：《作为意志和表象的世界》，见吴晓明主编：《二十世纪哲学经典文本·序卷》，复旦大学出版社 1999 年版，第 15—18 页。

② 康德：《纯粹理性批判》，见《西方哲学原著选读》下卷，商务印书馆 1982 年版，第 243 页。

③ 见周锡山编校，王国维著：《人间词话汇编汇校汇评》，北岳文艺出版社 2004 年版，第 201 页。

④ 陈鸿祥：《王国维全传》，人民出版社 2007 年版，第 306 页。

别；而王国维在《人间词话》里则既看到'理想'与'自然'之区别，更指出两者不可截然分割的制约关系。"① 指实王氏对席勒的借鉴、发展，包括前论，都完全持之有故，论之有据，是王氏研究中的重要成果。

中国传统哲学、诗学也区分心物、意象、情景、意境等成对的关联物，但总难臻于本质化的逻辑抽象的高度，因而也往往难有更为明晰透彻的分辨理归。王国维的理性化分辨显然是假借西学的结果。特别是，他借近代西方哲学的主体意识贯通并提升了传统哲学、诗学中的重意、重志思想，如"诗言志"、孔子的"立象以尽意"、庄子的"得意而忘言"、孟子的"以意逆志"、"陆王心学"和明清的"浪漫主义"如李贽的"童心说"、公安派的"性灵说"、王夫之的"意犹帅也"等等，熔铸出一个更为能动自觉的"我"来。他的这个"我"，同叔本华的生命意志、悲观主义，尼采的超我和反传统精神有着密切的关联。因此，他能用"我"之"眼"分辨主客，同时又在根底上与虚无、悲观的人生命运无法解分而处处又以对终极性的解脱的寻求为最高追求。当然，这求根本的悲剧的解脱，在中国原本也有着来自道家和佛家的某种本土化的内应的，也就是说王氏的思想的最大特色正在于他的中西、古今的对接和融合。这无疑也是"对话"，即与古与西的"对话"。再如，他认为文学之所以需要意境，是原于文学之对人的认识和审美价值，即能"观"——观我、观物，这"观"当然不仅限于认识，还包括"内足以摅己而外足以感人"的表现性和感染性的审美价值。这里便内含了康德的先验理性形式的"直观"、叔本华的表象直觉，和中国传统中的"观"。在中国的诗学和文化传统中，"观"是很重要也很经常的人文行为，如《左传》就曾记载"季札观乐"，② 孔子也曾提出著名的"兴观群怨"说，古籍也有多处记载人们"观水"等所谓的"比德"活动。可见"观"就不仅仅是认识，而且还是道德的、政治的和审美的行为。王国维此处的"观"显然与这一谱系仍可对接通融。只不过，其静观的美学成分更多一些罢了。毋宁说，是老庄的虚静、佛禅的禅悟同康德、叔本华的形式化的、直觉的美学精神的一种跨文化的融合或更为质实准确。因此，王氏的意境本体化处理就不仅不是一种无宗无本的"曲解"，③ 反而是适时应势的合理拓展、提升和积极建构。因为，自明清以降，随着商业和都市生活的繁荣发达，中国民族的主体精神也在日益

---

① 陈鸿祥：《王国维全传》，人民出版社 2007 年版，第 305 页。
② 见《左传·襄公二十九年》。
③ 今人蒋寅就认为王氏的"意境说"是对中国传统诗学范畴的一种曲解。见蒋寅：《原始与会通："意境"概念的古与今》，《北京大学学报》2007 年第 3 期。

滋长、壮大。特别是清末民初的西学的迅猛涌入更起到推波助澜的作用。因此，主体意识、生命意识、人生问题等便自然而然地摆到了哲学和诗学面前，成为它们应该回答的新的时代课题。也因此，王氏用这些新的"人本主义"血液来改造和激活传统的意境理论也就既非常自然同时也当然无可非议。

更能表现王氏意境说新变的则是他的"境界说"。他的意境说除于上引《人间词乙稿·序》中有集中表述外，在其后的《人间词话》中大约仅有一见："古今词人格调之高无如白石，惜不于意境上用力，故觉无言外之味，弦外之响，终不能与于第一流作者也。"① 再就是在《人间词话》发表数年之后的《宋元戏曲考》中才有专门的论述："然元剧最佳之处，不在其思想结构，而在其文章。其文章之妙，亦一言以蔽之，曰：有意境而已矣。何以谓之有意境？曰：写情则沁人心脾，写景则在人耳目，述事则如其口出是也。古诗词之佳者无不如是，元曲亦然。……语语明白如画，而言外有无穷之意。"② 所论，不过是在情与景之外又加了一个"事"，因为戏曲是叙事性作品，光言情景已无法圆满对应。这恐怕也是王氏用"意境"代替"情景"的一个十分重要的原因。因为"境"的"疆界、范围、层次"的意涵本来就大于"景"的内涵，其中不仅可以包括情景事理，而且，还可以把氤氲流动的气场也涵容其中。但是，从他的"写情"、"写景"和"语语明白如画，而言外有无穷之意"的说法看，所论仍与传统多所契合。王国维于他的意境说之外另有一个"境界说"。而且专门于他的诗学专著《人间词话》中专论、"独标"。他在《人间词话》中开篇即说：

词以境界为最上。有境界，则自成高格，自有名句。五代、北宋之词所以独绝者在此。③

又说：

然沧浪所谓兴趣，阮亭所谓神韵，犹不过道其面目，不若鄙人拈出"境界"二字为探其本也。……言气质，言神韵，不如言境界。有境界，本也；气质、神韵，末也，有境界而二者随之矣。④

可见，不光独标境界，而且也把境界本体化了。那么，何谓"境界"？王氏又说："有造境，有写境，此理想与写实二派之所由分。""有有我之境，有

___

① 见周锡山编校，王国维著：《人间词话汇编汇校汇评》，北岳文艺出版社2004年版，第115页。

② 见王振复主编：《中国美学重要文本提要》，（下），四川人民出版社2003年版，第283页。

③ 见周锡山编校，王国维著：《人间词话汇编汇校汇评》，北岳文艺出版社2004年版，第1页。

④ 见周锡山编校，王国维著：《人间词话汇编汇校汇评》，北岳文艺出版社2004年版，第34、164页。

无我之境。……有我之境，以我观物，故物皆著我之色彩；无我之境，以物观物，故不知何者为我，何者为物。古人为词，写有我之境者为多，然未始不能写无我之境，此在豪杰之士能自树立耳。"还说："境非独谓景物也，喜怒哀乐，亦人心中之一境界。故能写真景物、真感情者，谓之有境界。否则谓之无境界。""境界有大小，不以是而分优劣。"等等。所论关涉诸多方面，如理想（造境）和写实（写境）两种根本法则；有我、无我之两种主客体关系；真景物、真感情等等，但终未为"境界"下一明晰透彻之定义。其论述的方法仍主要是传统的诗化描述法，又可见他并不想完全"西化"。而问题仍然是王氏为何要在意境之外另外独标境界之说呢？我认为这正是他更为重要和更为重大的创新之处，也是他受惠于西学最多和体现时代精神最强烈的地方。而不仅仅是有人所说的："他显然是想在传统的'意境'之外，另立新说，因而提出'境界'"① 那么简单。

以往，人们受王国维"境界说"的影响，对"境界"和"意境"不加分辨，总是喜欢把境界和意境混为一谈，认为王国维的境界说和意境说没什么区别，这几乎成为国内十分通行的常识，人云亦云，遂成定论。要么，则反而认为是作者的概念不清所致。② 而我认为这一"症候"则大有玄机，王氏并不是概念不清，而是明明白白要这样有意为之的。其目的就在于要把意境"生命化"或"人生问题化"，进而让文学（诗词）承担起人的真实生存表现、最高的解脱境界的诉求等重任，使文学成为人的生存的最高依托。正如王纪人先生所指出的："中国的哲学说到底不是如一些研究者所说的伦理哲学，而是生命哲学或人生哲学，伦理只是其属下的有机的内容。因为它归根结底是为了求得生命与自然、人与社会、人与人、人与自我的和谐，把这看成是人生的最高境界。科学、美和艺术也就是对这种境界的实现和创造。"③这在一定意义上也自然可以看作是对王氏"境界说"的一种注脚。因此，其境界与意境就既有联系又有区别，联系在于境界是意境的特殊形式，区别在于它不是一般的意境，而是同人的真实存在、最高解脱价值之获得密切相关的特殊的意境类型。这样，"喜怒哀乐，亦人心中之一境界"，就好理解了，

① 王文生：《王国维的文学思想初探》，见周锡山编校，王国维著：《人间词话汇编汇校汇评》，北岳文艺出版社 2004 年版，第 4 页。

② 如刘任萍："'境界'之含义，实合'意'与'境'二者而成。"张文勋："他所说的'境界'，不外是作品中的'情'与'景'二者，……是'情'与'景'的统一"等。见周锡山编校，王国维著：《人间词话汇编汇校汇评》，北岳文艺出版社 2004 年版，第 2 页。

③ 王纪人：《道·境界·韵——中国文论的三原点和元结构》，见《文学：理论与阐释》，上海三联书店 2006 年版，第 10 页。

因为这种境界主要在"心"而不在物，是"心中的境界"，它也可以说与外物无关，但却是"真感情"，与人生的真实存在有关。再证之以他的著名的"三境界说"，问题就更清楚了，这是《人间词话》中的另一段话：

古今之成大事业、大学问者，必经过三种之境界："昨夜西风凋碧树，独上高楼，望尽天涯路"，此第一境也；"衣带渐宽终不悔，为伊消得人憔悴"，此第二境也；"众里寻他千百度，回头蓦见（当作'蓦然回首'），那人正（当作'却'）在灯火阑珊处"，此第三境也。此等语皆非大词人不能道。①

这里其实是借论词而论人，论人生的境界，诚如有论者所说："王国维此处借论词而论人生活动的境界。第一境是追求境，高瞻远瞩，望眼欲穿，是为自己设立崇高的追求目标；第二境是创造境，深思苦虑，孜孜以求，虽历尽百千失败，亦不灰心丧气；第三境是成功境，成功不期而遇，获人之所未获，成为一位拥有创造成果的幸福的人。古往今来的建功立业者均如此。"②其实，这段话在此前的《文学小言》中已经出现过，不同的是那里用的是"阶级"而不是"境界"。"阶级"是指"阶段"，即人生的历程性意涵更为明显一些。并强调："未有不阅第一第二阶级，而能遽跻第三阶级者。文学亦然。此有文学上之天才者，所以又需莫大之修养也。"③ 很明显，是在借人生而言文学，并明确指出这最高的"第三阶段"，即使是"天才"也需要付出莫大的努力。因此，这基本相同的两段话是完全可以互文互释的，其基本的相同点就是：人生阶段、人生境界。而这一再度的有意重复，其实正向我们透露了《人间词话》的内里消息，或其症候下的隐文本：人生境界。或曰是"词作中的人生境界"。其境界说的秘密恐怕正在此。因此，《人间词话》说破了则是《词话人间》，或准确地说是《词话人生境界》。王国维把他的诗词作品称作《人间词》，把他的诗学理论著作称作《人间词话》，这"人间"的命名，也充分表明了他的"生命"和"人生"意识，或这方面的自觉追求、有意强调。

有了这样的认识，我们再来看《人间词话》的如下论述，就更加豁然通透了：

词人者，不失其赤子之心者也。……尼采谓："一切文学，余爱以血书者。"后主之词，真所谓以血书者也。……后主则俨有释迦、基督担荷人类罪恶之意。……纳兰容若以自然之眼观物，以自然之舌言情。此由初入中原，

① 见周锡山编校，王国维著：《人间词话汇编汇校汇评》，北岳文艺出版社 2004 年版，第 75 页。
② 王国维著，刘锋杰、章池集评：《人间词话百年解评》，黄山书社 2002 年版，第 131 页。
③ 见傅杰编校：《王国维论学集》，中国社会科学出版社 1997 年版，第 311—312 页。

未染汉人风气，故能真切如此。北宋以来，一人而已。……大家之作，其言情也必沁人心脾，其写景也必豁人耳目，其词脱口而出，无矫揉妆束之态。以其所见者真，所知者深也。诗词皆然。持此以衡古今之作者，可无大误矣。……"纷吾既有此内美兮，又重之以修能。"文学之事，于此二者不可缺一。然词乃抒情之作，故尤重内美。①

其中多是在谈"人生"，如"赤子之心"、哀感至深的"血书"、人类情感之大担当、自然真诚、人格之内美等等。陈鸿祥的这段话是极有见地的："'有境界'之词必须'自成高格'。王国维曾赞颂自屈原以来彪炳于中国文学史的屈原、陶潜、杜甫、苏轼等大诗人'苟无文学之天才，其人格亦自足千古'（《静庵文集·文学小言》之六）。这就是说，他将'人格'置于境界之首，故论文天祥词，谓'风骨甚高，亦有境界'（《人间词话》未刊稿之三五）。'风骨'即由'文格'所表现的'人格'，惟'人格'与'文格'统一，才称得上'有境界'。"② 其实王国维在赞颂屈原、陶潜、杜甫、苏轼之后，还有一句话："故无高尚伟大之人格，而有高尚伟大之文学者，殆未之有也。"③

王氏喜欢"血书"，喜欢"无我之境"，又专门写了《屈子文学之精神》和《〈红楼梦〉评论》，其悲剧情怀和追求解脱的主观精神是不难感受的。应该说他正是把悲剧的人生和对这悲剧的人生的解脱、超升的主体认识、愿望都寄托在文学之中，特别是寄托在他的词论之中，他也要像尼采那样以诗的形式来写哲学，不过他写的是人生真实存在和求解脱的"哲学"，于此，也似完全可以说他是中国的尼采，只不过，是以词话、以境界而论人生的尼采。

中国的传统诗学受天人合一或中和哲学的影响，谈诗论词也是以和合为鹄的的，无论言意象、兴趣、情景、神韵、气质、意境等皆莫不如此。可是，为了求和合、中道，就势必漠视和遮蔽了那个真实的"人"，人的真实的存在或真实的人生问题便被无形中消解掉了。但是，问题并没有解决。随着主体意识的逐渐觉醒，特别是西方人本主义文化的冲击，王国维有了敏锐的人之眼、人之心。特别是叔本华、尼采又特别地给他以理性的推助，让他格外地"睁眼"、"明心"。加之他个人的比较抑郁的悲剧性格，如胸怀大志却敏感、自卑。再加上又处于新旧社会交替之大变、大乱之世，结果，悲剧性的遭遇又频仍降临，如其先后经历：母死、妻死、诸儿女死、父死，挚友失和，所

---

① 见周锡山编校，王国维著：《人间词话汇编汇校汇评》，北岳文艺出版社 2004 年版。
② 见周锡山编校，王国维著：《人间词话汇编汇校汇评》，北岳文艺出版社 2004 年版，第 6 页。
③ 见傅杰编校：《王国维论学集》，中国社会科学出版社 1997 年版，第 312 页。

忠事的清帝悖他而行，旧朝大势尽去，革命风暴即将压顶等等，当然，这上述境遇也并非一朝而至，于此综论不过是为了能更好地说明他的总体性的悲剧性人生境遇而已。这样，在内外交织的悲剧化状态中，他的情与智的矛盾就十分尖锐，因而人的生存之价值、精神之出路等问题对他而言就变得至为沉重和酷烈。于是他更需要迅速解脱。他在《三十自序》中说："余疲于哲学有日矣！哲学上之说，大都可爱者不可信，可信者不可爱。""知其可信而不能爱，觉其可爱而不能信，此近二三年中最大之烦闷，而近日之嗜好，所以渐由哲学而移于文学，而欲于其中求直接之慰藉者也。"① 可见，他之于哲学或文学，就是要从中求生存寄托或精神之出路的，说透了，则是追求心灵的终极依托和安顿。足见，他是个性情中人，用情很专也很深。但是，他却无法在智欲和情欲之间找到平衡："余之性质，欲为哲学家则感情苦多，而知力苦寡；欲为诗人，则又苦感情寡而理性多。诗歌乎？哲学乎？他日以何者终吾身，所不敢知，抑在二者之间乎？"② 从这些真诚的心声中我们是不难判断王氏和文学特别是与他的词论的关系的。这是他标举境界说的真实的人生注脚。

童庆炳等也不无洞见地指出："晚清王国维的《人间词话》对中国文论基本范畴的境界说，不但作了总结，而且与西方的生命哲学相结合，有了新的发展。意境不是'意'与'境'的相加，是指人的生命活动所展示的具体的有意趣的具有张力的诗意空间。我认为王国维正是从这个意义上来界说'境界'的。"③ 并说："王国维作为意境说的最后总结者，是把生命力的弥满，看做是'意境—境界'说的核心。他所讲的生命力观念不但来自古代的'气'的理想，更吸收了德国生命哲学的精神，把中外关于'生命力'的思想汇于一炉，并熔铸而成。王国维的意思是，只有鲜活的、充溢着生命活力的情景世界，才可能具有意境，否则就没有意境。"④ 应该说，这是近年来关于王国维境界说或意境说的最准确和最有价值的看法。不过，角度与笔者仍有不同。笔者认为王氏是以词来谈人生，文学成了人生境界的载体，或者说，他是想用人的真实存在或人生境界来改造或统辖"意境"，因此，便出现一些不甚相融之处，使读者难以弄清他到底是在论词还是论人生，是论境界还是

---

① 见刘克苏：《失行孤雁·王国维别传》，华夏出版社1999年版，第185—186页。

② 见刘克苏：《失行孤雁·王国维别传》，华夏出版社1999年版，第186页。

③ 童庆炳、谢世涯、郭淑云：《现代学术视野中的中华古代文论》，北京出版社2002年版，第64页。

④ 童庆炳、谢世涯、郭淑云：《现代学术视野中的中华古代文论》，北京出版社2002年版，第431页。

论意境。因为说到底境界终与意境不同，或两者毕竟不能完全圆融和合或画等号。从词义上看，境界似是单指"空间范围"的，而对"意"的指涉并不明显，有背离"意与境"的双元结构之嫌。正如李泽厚所说："因为'意境'是经过艺术家的主观把握而创造出来的艺术存在，它已大不同于生活中的'境界'的原型。所以，'意境'二字就比似稍偏于单纯客观意味的'境界'二字为更准确。"① 恐也正是因此，王氏才在写于《人间词话》之后的《宋元戏曲考》中又再复言"意境"，也就是说又用意境置换了境界。当然，我们也可以说早在王氏之前，境界和意境就已经通用了，但是已如前论，王氏是在使用了"意境"之后又有意"独标"，有意加以区别的，或者说他的境界说"是经过精心挑选的"，② 同时也是别有意旨的，这已有前论，已无需再费笔墨。

在王国维之后，可以说宗白华先生是最得其真传的，他也以西释中，也同样把意境"生命化"、"人生化"，并进一步用西方的生命意志、生命哲学来重新激活中国哲学中的"大化流行"、"气态氤氲"思理，并从中国现代文化人格建构的意义上，赋予"意境"以文化精神和人格理想内涵，把它进一步"音乐化"、"舞韵化"，认为中国文化精神是一种"生生条理"的生命精神，而"意境"正是其艺术态的呈现方式，它的深层是"音乐节奏"，是"舞韵动律"，而同时又具有静穆、和谐、圆融的秩序和形态；是精神和生命、动力和结构、意志和规范，或曰是尼采所阐发的酒神精神和日神精神的统一，③ 弥补了被王国维相对忽略了的"音乐性"、"流动性"的不足。但，他是明确言意境的，他以《中国艺术意境的诞生》④ 为题的专论就是明证。

从以上梳理可以看出，意境本身正是一个"象意"、"虚实"的双元对话结构，其生产建构的过程则是同一谱系内的概念间的对话过程，同时从王国维这个个案看，其意境说的生产建构则是他与相关传统资源、西学现实语境以及他个人的身世经历等多重对话的结果。一句话，中国古代的意境理论同"对话"有着多重的密切关联，或者毋宁说，它也是中国式的一种"对话"理论。

以上主要是从概念生产、意境说之"潜体系"的建构角度来展开阐论的，

① 见周锡山编校，王国维著：《人间词话汇编汇校汇评》，北岳文艺出版社 2004 年版，第 2 页。
② 见王纪人：《道·境界·韵——中国文论的三原点和元结构》，见《文学：理论与阐释》，上海三联书店 2006 年版，第 14 页。
③ 见胡继华：《宗白华·文化幽怀与审美象征》，北京文津出版社 2005 年版。
④ 见宗白华：《美学散步》，上海人民出版社 1981 年版。

这样，对其"对话性"的阐论难免会疏于兼顾，故于此再补充一句，"意境"之"境生象外"结构的实质是实象与虚象、实境与虚境的"虚实相生"，而这"相生"正是一种彼此的"对话活动"，可见，"意境"的生命结构本质就是"对话"，而关于"意境"的理论自然也就是对话的诗学理论。这既符合它的实际，又是某种逻辑的必然。

第八节　游于艺说

"游"是中国诗学的最高境界，"游于艺说"也是中国诗学的审美理想论。"游于艺说"同以上诸说一样，也没有专门的体系，甚至也难说真正存在着一个"游于艺说"的诗学主张。但从实质的、潜在的或建构的意义上看，它又的确存在。大致说来，它指的是通过审美气化、审美交感而达到的把主体提升到与宇宙本体（道）同一的自由之境的诗学思想。《庄子》的"虚己以游世"、"逍遥游"、"独与天地精神往来"，孔子的"游于艺"，《周易》的"仰观俯察"等是其所本。其哲学基础是天人合一哲学，心理基础则是由庄子确立的"审美心胸论"，具体表现形态则是文学艺术活动中的"六合思维"与"天地境界"。① 而其基本架构仍然是对话的架构，因而也可视为是一种对话诗学"理论"。

《庄子》之本又源自《老子》，如《老子》说："万物并作，吾以观复"，"大曰逝，逝曰远，远曰反"，"反者道之动"，即认为"道"具有宇宙大化流行的周行赅遍和循环往复性质。这样，要体道、与道为一，就必须像道那样去周行、巡游。于是，"游"便成了《庄子》一书中的一个极其特殊和重要的概念，一个最为华彩的"语词"。在《庄子》中我们会看到一个"游"的家族："若夫乘天地之正，而御六气之辩，以游无穷者，彼且恶乎待哉！故曰：至人无己，神人无功，圣人无名。""藐姑射之山，有神人居焉。肌肤若冰雪，绰约若处子；不食五谷，吸风饮露；乘云气，御飞龙，而游乎四海之外；其神凝，使物不疵疬而年谷熟。"② "至人神矣！大泽焚而不能热，河汉冱而不能寒，疾雷破山、飘风振海而不能惊。若然者，乘云气，骑日月，而游乎四海之外，死生无变于己，而况利害之端乎！""而游乎尘垢之外。"③

---

① "六合思维"与"天地境界"，第八章第二节则有专门的详论。
② 《庄子·逍遥游》。
③ 《庄子·齐物论》。

"恢恢乎其于游刃必有余地矣。"① "且夫乘物以游心。"② "而游心乎德之
和。"③"故圣人将游于物之所不得遁而皆存。""彼方且与造物者为人，而游
乎天地之一气。""芒然彷徨乎尘垢之外，逍遥游乎无为之业。""吾师乎！吾
师乎！齑万物而不为义，泽及万事而不为仁，长于上古而不为老，覆载天地、
刻雕众形而不为巧，此所游已。"④"汝游心于淡，合气于漠。"⑤"出入六合，
游乎九州，独往独来，是谓独有。独有之人，是谓至贵。""以游无端。"⑥
"若夫乘道德而浮游则不然。""浮游乎万物之祖。""人能虚己以游世。"⑦
"吾游心于物之初。"⑧"心有天游。"⑨"独与天地精神往来，""上与造物者
游，而下与外死生、无终始者为友。"⑩ 等等。总起来看，"庄游"有这样几
个特点：1. 无心、无目的、无为；2. 乘气而游；3. 游心，达到精神的高度自
由；4. 与道为一；5. 出入六合，与天地精神往来。六合者，上下四方之谓
也，一般是指空间上的全整性。

《论语·述而》也讲"游"："志于道，据于德，依于仁，游于艺。"这里
的"游"主要是指艺术的潜移默化的熏陶、修养和化成，虽意在仁礼教化，
但也仍然不离审美，而把它作为人格的最后完成环节，又赋予"游"在儒家
伦理价值系统中的特殊位置，这样，"孔游"就和"庄游"形成了强大的互
补合力，这一合力最后又共同影响了"游"的诗学，使之有了最高和最后的
归依处：与天地同境界的"神游"。如陆机的"精骛八极，心游万仞"，"观
古今于须臾，抚四海于一瞬"；⑪刘勰的"思接千载"、"视通万里"的"神与
物游"；郭熙的"世之笃论，谓山水有可行者，有可望者，有可游者，有可居
者。画凡至此皆入妙品，但可行可望，不如可居可游之为得。"⑫

《庄子·大宗师》中假孔子之口说："彼游方之外者也，而丘游方之内者
也。外内不相及。"区分了"方之内"、"方之外"两种游，也就是分判开尘

① 《庄子·养生主》。
② 《庄子·人间世》。
③ 《庄子·德充符》。
④ 《庄子·大宗师》。
⑤ 《庄子·应帝王》。
⑥ 《庄子·在宥》。
⑦ 《庄子·山木》。
⑧ 《庄子·田子方》。
⑨ 《庄子·外物》。
⑩ 《庄子·天下》。
⑪ 陆机著，张少康集释：《文赋集释》，人民文学出版社 2002 年版，第 36 页。
⑫ 郭熙：《林泉高致·山川训》，见北京大学哲学系美学教研室编：《中国美学史资料选编》下
册，中华书局 1980 年版，第 12 页。

第三章 中国诗学中的对话思想与理论

世外和尘世内两种境界。我们或可借此说，孔游主要是"世间"游，庄子把这种"世间游"提升发挥到了老子的"体道"之境，生产出了"世外游"，也就是逍遥的天地之游。而这种游在本质上又是"游乎天地之一气"，是御气而行，是"气游"。若此，才可臻达世外的"天地之境"。结合《庄子》的"天地与我并生，而万物与我为一"，"出入六合，游乎九州，独往独来，是谓独有。独有之人，是谓至贵"，"独与天地精神往来"等言论，我们可以看出，"庄游"包含着两个重要内涵，或曰为中国哲学、美学、诗学乃至整个中国文化生产出了两个重要的精神产品：六合思维和天地境界。在这一结构中，六合思维是指运思的轨迹、范围、框架，它是上下四方立体化的，而不是线性的、片段的和平面的；天地境界是指文本最后或最高的"世界图景"，或涵摄文本的最后、最高的文意、理趣、哲思；或最高的表情达意境界：与天地的自然大化之道同一、合游的境界。

当然，这一元结构并非首创于《庄子》，应该说是由《周易》和《老子》开其端的，如《周易·易传》上说："《易》之为书也，广大悉备。有天道焉，有人道焉，有地道焉，兼三才而两之，故六。六者非它也，三才之道也。"[1] 并说："古者包牺氏之王天下也，仰则观象于天，俯则观法于地，观鸟兽之文，与地之宜，近取诸身，远取诸物，于是始作八卦，以通神明之德，以类万物之情。"[2] 遂把"天—人观察"的方式型定为一种人文成化的视域和法式，这就是典型的中国式的运思图式、致思之道："俯仰天地"、"仰观俯察"，其实也是"六合思维"的另一种说法。但这一视域和法式却是由《庄子》彰显、强化和最终完成的。

关于"天地境界"，《庄子·知北游》也有"龙睛"之笔：

天地有大美而不言，四时有明法而不议，万物有成理而不说。圣人者，原天地之美，而达万物之理。是故至人无为，大圣不作，观于天地之谓也。

"原天地之美"、"观于天地"，说的就是本于天地之"美道"，体会遵循天地运化之道的意思，其实也就是"天地境界"，即把人提升到天地的高度、境界去认识、行事，去生存、处世、"发展"。而同时也就是一种主体的思维模式和人的世界图景：思考问题要站在宇宙自然或天地的境界，要用"想天想地"的大思来统驭处理世间的万象万理。

在中国，"游于艺说"的具体表现形态就是老庄哲学、易道、孔子的学说，或者说就是仰观俯察的取象模式，六合思维与天地境界的体道境界，志

---

① 《周易·系辞下》。
② 《周易·系辞下》。

道、据德、依仁、游艺的人格修养之道，和它们在诗学上的反映如前引陆机、刘勰、宗炳、郭熙等表述。这一思想、理论在文学作品上也有反映，如"上天见帝"、"下求美女"的呼天抢地式的求索、追问的《离骚》；"究天人之际，通古今之变，成一家之言"的《史记》；"铺采摛文"、"苞括宇宙，总揽人物"的汉赋；同时具有现实世界（大观园以外的现实生活）、理想世界（大观园生活）、佛道世界（大荒山、无稽崖、青埂峰；西方灵河、太虚幻境）、神话世界（女娲造人神话的神话时空）等四重世界模式的《红楼梦》，等等，即都是六合思维、天地境界或"游于艺"的诗化表现。

"游于艺"的对话性主要表现在它内含着天与地、天与人、天地人，天地人与文学文本，不同的天地人之间，不同的相关文学文本之间，不同的天地人—文学文本之间等等的多重的复对话模式。是"天人合一"总体模式在诗学中的总体性体现。上述诸"游于艺"学说、思想之间，诸"游于艺"文学文本之间，即都是谱系性的因循、承续、互文、延展的关系，一句话，即都是对话的关系。因此，在实质上，或在这一特定角度看，"游于艺说"也就是一种对话的哲学和诗学学说。

第四章　西方诗学中的对话思想与理论

西方哲学的技术模式、实在理性，或二元对立的文化—思维范型，影响到西方诗学要么是逻各斯中心主义的主—奴、压制—被压制的非对话结构，要么则是明显的外对话、显对话的"对话形态"，也就是说直接就是一种对话的模式。同时还需指明的是，在那些典型的对话模式之外，也存在类似于中国式的内在的、结构性的对话形态如下面将要阐论的"和谐与中道"即是，这种"对话"就不是直接的对话模式，而仅具有一定的"对话性"——一种平等的关系模式或"对话"框架。

第一节　和谐与中道

和谐是人们的一个古老的世界理想，它源自于人们对世界的整体秩序的平衡、统一的认识和追求。这是因为它是"事物与事物之间、人与事物之间、主观与客观之间的一种天然存在或经过对立、斗争之后产生的多种因素协调一致的整体关系，它是最佳的整体组织结构和整体功能状态"，① 这种理想在中国是天人合一观，是"以天合天"的"道和"和以"中庸"为尚的"儒和"，而在西方则首先集中表现在古希腊的古典和谐观中。

古希腊的和谐观说到底则首先肇源于"双神之和"和"人神之和"。所谓"双神之和"就是尼采所说的酒神与日神的交相辉映，即酒神与日神之双和。尼采说：

只要我们不单从逻辑推理出发，而且从直观的直接可靠性出发，来了解艺术的持续发展是同日神和酒神的二元性密切相关的，我们就会使审美科学

---

① 朱立元主编：《西方美学范畴史》，第二卷，山西教育出版社 2006 年版，第 318 页。

大有收益。这酷似生育有赖于性的二元性，其中有着连续不断的斗争和只是间发性的和解。……直到最后，由于希腊"意志"的一个形而上的奇迹行为，它们才彼此结合起来，而通过这种结合，终于产生了阿提卡悲剧这种既是酒神的又是日神的艺术作品。①

他还在探讨了希腊悲剧的起源和本质的二元性质（日神和酒神）之后说："所以，悲剧中日神因素和酒神因素的复杂关系可以用两位神灵的兄弟联盟来象征：酒神说着日神的语言，而日神最终说起酒神的语言来。这样一来，悲剧以及一般来说艺术的最高目的就达到了。"② 这就是一种和谐关系，它是通过相互的对立、区别而又彼此依赖、互补而实现的。

其实在古代希腊，人和神也是"和谐"的，希腊的神祇和人往往没有太大的区别，他们一般都具有人的形貌、性格和缺点。也往往就参合在人的世界之中，介入人事，挑起人间战争，并也会同人间的女子相爱生子等等。荷马史诗《伊利昂记》、《奥德修记》就反映了这种"人神之和"："它们描写的是希腊人攻陷特洛伊城的事迹，却将天上的诸神和地上的英雄结合在一起。诸神有着与凡人一样的智慧、情爱、正义乃至欺诈、残暴、贪婪、妒忌、淫乱等等品性，能和凡人生出半神半人的英雄，他们实际上是人自身的升华与神化。""史诗按照人的形象、性格、品德、组织塑造了奥林帕斯的神族，他们是神人同形同性的神灵。"③

而首先从哲学上论述和谐的是毕达哥拉斯学派，此派认为世界的本原是"数"，他们从音乐上发现了数量关系的和谐，进而又把它推及人事乃至于整个宇宙，得出结论：宇宙的统一就在于这种"数的和谐"。对此亚里士多德做了记述，他说："有一些被称为毕达戈拉斯派的人们投身于数学研究，并最先推进了这门科学。经过一番研究，他们认为，数学上的本原也就是一切存在的本原。……此外，由于他们看到和声的比例和属性是在数目之中，所以就认为，其他的那些东西的全部本性也是由数目塑造出来的。他们认为在整个自然中数目是最初的，数目的元素也就是所有存在物的元素。整个的天是和谐的，是数目。"④ 尼柯玛赫在《数学》卷二第十九章也说："一般地说，和谐起于差异的对立，因为'和谐是杂多的统一，不协调因素的协调'（引斐安

① 尼采：《疯狂的意义》，周国平译，陕西师范大学出版社 2006 年版，第 2 页。

② 尼采：《悲剧的诞生》，周国平译，三联书店 1986 年版，第 95 页。

③ 姚介厚：《古代希腊与罗马哲学》上，见叶秀山、王树人总主编：《西方哲学史》第二卷，凤凰出版社、江苏人民出版社 2005 年版，第 40 页。

④ 亚里士多德：《形而上学》，苗力田译，中国人民大学出版社 2003 年版，第 13 页。

的话），毕达哥拉斯派（柏拉图往往沿用他们的学说）也说：音乐是对立因素的和谐的统一，把杂多导致统一，把不协调导致协调。"①

如果说毕达哥拉斯学派的和谐强调的是数量关系的和谐和音乐的和谐（谐音），那么赫拉克利特则侧重强调和谐来自事物的对立和斗争，他说："互相排斥的东西结合在一起，不同的音调造成最美的和谐；一切都是斗争所产生的。……自然是由联合对立物造成最初的和谐，而不是由联合同类的东西。艺术也是这样造成和谐的，显然是由于模仿自然。绘画在画面上混合着白色和黑色、黄色和红色的部分，从而造成与原物相似的形相。音乐混合不同音调的高音和低音、长音和短音，从而造成一个和谐的曲调。书法混合元音和辅音，从而构成整个这种艺术。……看不见的和谐比看得见的和谐更好。"②同毕达哥拉斯学派的音乐和谐论一样，赫拉克利特也把和谐论推延到了艺术领域，提出了和谐美学或和谐诗学。无疑，他进一步发展了毕达哥拉斯派"寓杂多于统一"的和谐哲学和和谐诗学。

柏拉图则用爱来解释和谐，似乎是对恩培多克勒的"爱与憎"学说③的推进，他在《会饮篇》借苏格拉底或其他人之口说：

身体的本性也具有这种二重的爱。……医生还必须懂得使本来在身体里相恶如仇的因素变成相亲相爱。最相恶如仇的就是那些互相对立的因素，如冷和热、苦和甜、干和湿之类。我们的祖师爷阿斯格雷比欧之所以成为医学创始人，就是因为他能使相反相仇的东西和谐一致。……不仅医学完全受爱神统治，像我刚才说的那样，就是体育和农业也是如此。……所以音乐可以说是关于和谐和节奏方面的爱的学问。……四季的推移也充满着这两种爱情。我刚才说的冷和热、干和湿那些性质，如果有一种有节制的爱把它们约束在一起，使相反者相成，产生一种恰到好处的和谐，就会风调雨顺，人畜草木都健康繁殖，不发生任何灾害。④

他还进一步从男女两性同体的角度来解释"爱"，他说宙斯把人剖成了两

<hr />

① 转引自北京大学哲学系美学教研室编：《西方美学家论美和美感》，商务印书馆1980年版，第14页。

② 见北京大学哲学系美学教研室编：《西方美学家论美和美感》，商务印书馆1980年版，第15—16页。

③ 恩培多克勒说："火、水、土以及那崇高的气，此外还有那破坏性的'憎'，在每件东西上都有同样的分量，以及元素中间的'爱'，它的长度和宽度是相等的。""这一切在受'斗'的支配时形状不同，彼此分离，然而在'爱'中却结成一体，互相眷恋。"（见北京大学哲学系外国哲学史教研室编译：《西方哲学原著选读》上卷，商务印书馆1983年版，第43、44页）

④ 柏拉图：《会饮篇》，见《柏拉图对话集》，王太庆译，商务印书馆2005年版，第306—308页。

半，"我们每人都是人的一半，是一种合起来才成为全体的东西。所以每个人都经常在寻求自己的另一半。……我们本来是个整体，这种成为整体的希冀和追求就叫做爱。"① 但对于他来说最高的"爱"则是"精神恋爱"，即精神上对智慧和美德的爱，就是爱"美本身"，这种爱也就是至善。他借苏格拉底转述"狄欧蒂玛"的话说："一个人如果一直接受爱的教育，按照这样的次序——观察各种美的东西，直到这门爱的学问的结尾，就会突然发现一种无比奇妙的美者，即美本身。……这美者并不表现于一张脸，一双手，或者身体的某一其他部分，也不是言辞或知识，更不是在某某处所的东西，不在动物身上，不在地上，不在天上，也不在别的什么上，而是那个在自身上、在自身里的永远是唯一类型的东西，其他一切美的东西都是以某种方式分沾着它，当别的东西产生消灭的时候，它却无得亦无失，始终如一。"而"要达到这个目的，一个凡俗的人很不容易做到，只有靠爱神帮助才行。"② 也就是说要爱那个"美本身"。而无疑这也就等于最高的和谐。

亚里士多德进一步用有机的"整一说"发展了古希腊的和谐观，提出了一个"整一论"诗学，他说：

按照我们的定义，悲剧是对于一个完整而具有一定长度的行动的摹仿（一件事物可能完整而缺乏长度）。所谓"完整"，指事之有头，有身，有尾。……再则，一个美的事物——一个活东西或一个由某些部分组成之物——不但它的各部分应有一定的安排，而且它的体积也应有一定的大小；因为美要倚靠体积与安排，一个非常小的活东西不能美，因为我们的观察处于不可感知的时间内，以致模糊不清；一个非常大的活东西，例如一个一万里长的活东西，也不能美，因为不能一览而尽，看不出它的整一性。③

和谐思想在西方有着源远流长的强大谱系，它从古希腊的和谐论发端，一直延伸到当前仍很活跃的生态和谐思潮之中。而从历史演变的角度看，有研究结果指出，从毕达哥拉斯学派的数的和谐观到今天已有十八种不同的美学—诗学形态，④ 可见其生命力之强，资源之丰厚。比如 18 世纪德国古典美学家温克尔曼所说的："希腊杰作有一种普遍和主要的特点，这便是高贵的单纯和静穆的伟大。正如海水表面波涛汹涌，但深处总是静止一样，希腊艺术

---

① 柏拉图：《会饮篇》，见《柏拉图对话集》，王太庆译，商务印书馆 2005 年版，第 312—313 页。

② 柏拉图：《会饮篇》，见《柏拉图对话集》，王太庆译，商务印书馆 2005 年版，第 337—339 页。

③ 亚里士多德：《诗学》，罗念生译，人民文学出版社 1962 年版，第 25—26 页。

④ 朱立元主编：《西方美学范畴史》，第二卷，山西教育出版社 2006 年版，第 319 页。

家所塑造的形象，在一切剧烈情感中都表现出一种伟大和平衡的心灵。""希腊雕像的高贵的单纯和静穆的伟大，也是繁盛时期希腊文学和苏格拉底学派的著作的真正特征。"① 这"高贵的单纯和静穆的伟大"其实就是和谐，一种和谐、平衡的形态和风格。后来，从黑格尔对古希腊古典型艺术的高度赞美中仍能看出这种和谐范式的魅力和生命力，黑氏说："内容和完全适合内容的形式达到独立完整的统一，……只有在古典型艺术里才出现。"希腊人"这个民族值得我们尊敬，因为他们创造出一种具有最高度生命力的艺术。……按照希腊生活的原则，伦理的普遍原则和个人在内外双方的抽象的自由是处在不受干扰的和谐中的。……美的感觉，这种幸运的和谐所含的意义和精神，贯串在一切作品里，在这些作品里希腊人的自由变成了自觉的，它认识到自己的本质。因此，希腊人的世界观正处在一种中心，从这个中心上美开始显示出它的真正的生活和建立它的明朗的王国。……希腊艺术和希腊神话中都见出这种（内容与形式的）对应，由于这种对应，艺术在希腊就变成了绝对精神的最高表现方式；希腊宗教实际上就是艺术本身的宗教。"②

从这种和谐观中亚里士多德又进一步引申出了一个"中道"的思想，指出：

美德是牵涉到选择时的一种性格状况，一种适中，就是说，一种相对于我们而言的适中，它为一种合理原则所规定，这就是那具有实践智慧的人用来规定美德的原则。它是两种恶行——即由于过度和由于不足而引起的两种恶行——之间的中道。它之是一种中道，又是由于在主动与被动这两个方面，恶行不是做得不够，就是做得过分。而美德则既发现又选取了中道。因此，就其实质和就表述其本质的定义而言，美德是一种中道，而就其为最好的、应当的而言，它是一个极端。③

这也就是他在《诗学》中所说的："因此，情节也须有长度（以易于记忆者为限），正如身体，亦即活东西，须有长度（以易于观察者为限）一样。"④ 这"以易于记忆者为限"，"以易于观察者为限"，就是中道的标准，也就是适度的原则。古希腊美学中的节奏、比例、适度、恰当，以及黄金分割律等等，其实都是这种追求中道的具体表现。当然也是和谐的具体化、原

---

① 温克尔曼：《希腊人的艺术》，邵大箴译，广西师范大学出版社 2001 年版，第 17、19 页。
② 黑格尔：《美学》第二卷，朱光潜译，商务印书馆 1979 年版，第 157、169—170 页。
③ 亚里士多德：《尼各马可伦理学》，见北京大学哲学系外国哲学史教研室编译：《西方哲学原著选读》上卷，商务印书馆 1983 年版，第 156 页。
④ 亚里士多德：《诗学》，罗念生译，人民文学出版社 1962 年版，第 26 页。

则化或标准化，诚如鲍桑葵所说："在古代人中间，美的基本理论是和节奏、匀称、各部分的和谐等观念分不开的，一句话说，是与多样性的统一这一总公式分不开的。"① 此后，相似的论述在西方美学史上可以说是层出不穷的，如："美有三个要素：第一是一种完整或完美，凡是不完整的东西就是丑的；其次是适当的比例或和谐；第三是鲜明，所以鲜明的颜色是公认为美的。"② "这种美不在某一特殊部分的闪烁，而在所有部分总起来看，彼此之间有一种恰到好处的协调和适中。"③ "凡是美的都是和谐的和比例合度的，凡是和谐的和比例合度的就是真的，凡是既美而又真的也就在结果上是愉快的和善的。"④ "美只有一种典型；丑却千变万化。因为，从情理上来说，美不过是一种形式，一种表现在它最简单的关系中，在它最严整的对称中，在与我们的结构最为亲近的和谐中的一种形式。"⑤ 等等。

这种中道原则，同在中国天人合一文化中形成的中和、中庸原则是极为相似的，都体现出一种以和谐为美的理想和旨趣。而它们同时也都是一种对话的思想和理论，即也都是以追求事物之间的平等、协调和恰到好处的对话态、交流态为旨归的，也就是把不同的东西协调统一在某种恰适的整一性关系之中。所体现的正是一种平等的关系结构和平等的交流模式（对话关系）。

第二节　应和与象征

"应合"是法国象征主义文学的先驱波德莱尔在他的十四行诗《应合》中提出的概念，这首诗后来被誉为象征主义的宪章，实际上也是如此，这首诗所标举的"应合"为象征主义奠定了最重要的思想基础和理论原则。全诗如下：

自然是座大神殿，在那里/活柱有时发出模糊的话；/行人经过象征的森

① 鲍桑葵：《美学史》，商务印书馆 1985 年版，第 9 页。
② 圣·托马斯·阿奎那：《神学大全》，见北京大学哲学系美学教研室编：《西方美学家论美和美感》，商务印书馆 1980 年版，第 65 页。
③ 笛卡尔："给友人论巴尔扎克书简的信"，见北京大学哲学系美学教研室编：《西方美学家论美和美感》，商务印书馆 1980 年版，第 80 页。
④ 夏夫兹博里：《杂感录》，见北京大学哲学系美学教研室编：《西方美学家论美和美感》，商务印书馆 1980 年版，第 94 页。
⑤ 雨果：《克伦威尔·序》，见北京大学哲学系美学教研室编：《西方美学家论美和美感》，商务印书馆 1980 年版，第 235—236 页。

林下，/接受着它们亲密的注视。

有如远方的漫长的回声/混成幽暗和深沉的一片，/渺茫如黑夜，浩荡如白天，/颜色，芳香与声音相呼应。

有些芳香如新鲜的孩肌，/婉转如清笛，青绿如草地，/——更有些呢，朽腐，浓郁，雄壮。

具有无限的旷邈与开敞，/象琥珀，麝香，安息香，馨香，/歌唱心灵与官能的热狂。

这是用诗的形式象征性地发布他的文学宣言和纲领，其核心是认为诗同自然不是摹写和被摹写的关系，也不是单纯的对人的主观情感的抒发和表现，而是同自然的某种契合、对应。这里的"应和"也可译为契合、感应。"在这种诗与自然的关系中，诗人不再是浪漫主义美学观念中的'灯'，更不是现实主义美学观念中的'镜'，而是波德莱尔所谓的能看见事物本质的幻象的'洞观者'"。[1] 中国的和合观也是建立在天人同构对应结构的基础上的，这一点可以见出中西的某种相似和同调。其实古希腊的毕达哥拉斯派早就用数把人和自然统为一体了，后来德谟克利特提出大宇宙和小宇宙概念，认为自然是大宇宙，人是小宇宙，它们都是由原子和虚空构成的，故有同构对应关系。而柏拉图的感性世界对理式世界的模仿、分有，其实也内含着对两者可对接贯通的理解。这样，所谓的诗对自然的"应和"就不是什么无源之水、无本之木，而是有着深厚的哲学和美学基础。不过，从诗和自然的关系上来这样提问题，恐怕还是一个新的创见。波德莱尔这样张本、立论其实是有明确的针对性的，那就是不满于强调摹写自然的现实主义和主张表现的浪漫主义，而是要在它们中间另辟蹊径，寻找到一种相对客观、中立的诗学路径，这条路径不是别的，就是以应和论为地基的象征主义。他认为，前两者所触及的都不过是事物的表层，而这种以应和为基础的象征才能抵达事物的本质，在这一过程中，诗人既不是被动的镜子，也不是积极主观的灯，而是与自然平等对应的洞观者或旁观者，而之所以能洞观，原因就全在于对两者间的同构对应性的认识和把握。有了这个同构对应性和对它的艺术的认识和把握，诗也就无所不能了，它似乎可以穿透、嫁接、连通、囊括一切，这样，思想认识的知觉化，远取譬，意象、暗示等象征主义诸手段、法则也就从中秉有了合法性、合理性，可以自由地在诗国飞舞、驰骋。从而，自然这座神殿，这片"无限的旷邈与开敞"的象征的森林，也才可以得到同样"无限的旷邈与

---

① 陈太胜：《象征主义与中国现代诗学》，北京大学出版社 2005 年版，第 18 页。

开敞"的象征性的对接和应和。

不难看出，波德莱尔所标举的应和和象征，其实就是"对话"。"自然是座大神殿，在那里/活柱有时发出模糊的话"，这是明显赋予自然以对话的主体属性，它仿佛像神灵那样是有灵、有话语功能的，只不过不是功利的或概念的话语（模糊的话），而且同人的心灵有可贯通性（亲密的注视）。也就是说，诗人只能用一种特殊的诗艺来同它对话，这就是象征、暗示。不光如此，它本身也是一种对话结构："有如远方的漫长的回声/混成幽暗和深沉的一片，/渺茫如黑夜，浩荡如白天，/颜色，芳香与声音相呼应"，"回声"、"呼应"就都是对话之所指。而且，其"黑夜"与"白天"，色、香、声之间，青绿与朽腐，新鲜与浓郁，心灵与感官等，也都具有某种对立依存的对话结构。

波德莱尔不光有理论，而且也有实践，上举《应和》是一例，而他的《人与海》似乎更能说明问题，这首诗是这样写的：

自由的人，你会常将大海怀恋！/海是你的镜子：你向波涛滚滚、/汪洋无限中凝视着你的灵魂，/你的精神同样是痛苦是深渊。

你爱沉浸在自己的影子里面；/你用眼睛和手臂抱它，而你的心，/听这桀骜不驯的悲叹的涛音，/有时借此将自己的烦嚣排遣。

你们俩都很阴沉而小心翼翼：/人啊，有谁探过你内心的深奥，/海啊，有谁知道你潜在的富饶，/你们是那样谨守你们的秘密！

而在同时，不知已有多少世纪，/你们不知悔改，互相斗狠争强，/你们竟如此喜爱残杀和死亡，/哦，永远的斗士，哦，仇深的兄弟！

这就是典型的人海对话之作。它既不像现实主义那样的逼真摹写，也不是浪漫主义者的主观变形、改写，而是人与海的平等应和、对话。第一节集中写人与海的对应性、相似性：自由、无限，和同样是痛苦、是深渊。而且互为镜像，自由的人从大海中看见自身，反过来人也是海的镜子。两者平等、对等，可互相凝视、互相反射、反证。第二节紧承第一节而展开，用大海的动和静来同人的恬适、狂怒作比，进一步强调两者的对应性、相似性。第三节是说人与海都具有深刻的"内涵"，有着连自己也无法窥知的内部秘密。最后一节是写两者的争斗性、战斗精神。总之，全诗立足于人、海的对应点、相似点，从外部到内部、从形貌到精神，一一并立对照，比照而写，呼应而诗，是一首绝妙的对话之歌。

其后，受波德莱尔的影响，法国的魏尔伦强调诗歌语言的音乐性，在《诗艺》这首诗中写道：

音乐，至高无上，/奇数倍受青睐，/没有什么能比在曲调中/更朦胧也更晓畅。……

音乐，永远至高无上！/让你的诗句插翅翱翔，/让人感到她从灵魂逸出，/却飞向另一种情爱，另一个天堂。

这里的"音乐"显然可以对接到波德莱尔《应和》中的"模糊的话"、"回声"、"声音"、"清笛"、"歌唱"等描写上去，而他对"模糊"和"朦胧"的强调也正是象征对话的基本特征，即《应和》中所写的"发出模糊的话"、"混成幽暗和深沉的一片"。

另一位法国象征主义诗人兰波则把诗人看作"幻觉者"，应让"诗歌自己去抒写自己"，这样，诗的语言就应该是"灵魂对灵魂的语言，它结合一切芳香，声音，颜色，思想与思想的纵横交错"。这"纵横交错"不是别的，正是波德莱尔的"应和"，当然也正是对话。正如有论者所指出的："从波德莱尔开创的'应和'论来说，兰波似乎是进一步证明了，在人所创造的超现实世界中，一切都是'应和'的，甚至包括'元音'与种种意象（包括颜色与各类意象等）。"①

后来，马拉美也"同样强调诗人与自然神秘的应和关系"，说："对大地做出神秘教理般解释是诗人的唯一使命，是杰出的文学技巧：因为书的节奏本身是客观地、活生生地一直伸入到书页里，叠合成梦幻或颂歌的方程。"② 而主张"纯诗"的瓦雷里则认为纯诗是："在这种作品中，任何散文的东西都不再与之沾边，音乐的延续性，永无定止的意义间的关系永远保持着和谐，彼此间思想的转换与交流似乎比思想本身更为重要。"③ 这等于是"应和"的"纯诗"版，"彼此间思想的转换与交流比思想本身更为重要"的意思是十分醒豁的，它讲的就是"应和"，就是"对话"。

总起来看，波德莱尔的"应和"就是"对话"，而这"应和"的文学化、诗化就是"象征"。或者按波德莱尔的认识，自然原本就是广袤无边的象征的森林，从而也就是同样广袤无边的"对话"的森林。关于象征，陈太胜把它总结为："通过未加解释的象征的使用"来"暗示思想和情感"。"在文学作品中，其实可以理解为波德莱尔所谓的'对应物和相似物'、马拉美所谓的

① 陈太胜：《象征主义与中国现代诗学》，北京大学出版社 2005 年版，第 25 页。

② 马拉美：《自传》，转引自陈太胜：《象征主义与中国现代诗学》，北京大学出版社 2005 年版，第 26 页。

③ 瓦雷里：《纯诗（一）》，转引自陈太胜：《象征主义与中国现代诗学》，北京大学出版社 2005 年版，第 31 页。

'客观事物'或'意象'、艾略特所谓的'客观对应物'，它们是用来'暗示''思想和情感'的。换句话说，就是通过语言符号来暗示思想和情感，从而使诗带上某种内在的朦胧性与不确定性。"① 而其中的暗示和被暗示者之间不正是那种神秘的应和和对话关系吗？因此，象征主义之象征的实质正是神秘的、更加曲折和复杂的"对话"。

第三节　传统与语境

为了矫正浪漫主义极端的表现、肤浅的抒情、非历史和非传统的自我主义，英国诗人艾略特特别标举传统对诗歌写作的意义，反对诗人像浪漫主义者那样表现自我感情，提出"非个性化理论"和主张诗歌写作要寻找"客观对应物"，这些理论主张中也明显包含对话的思想，也完全可以直接从对话理论的角度进行转换。

艾略特是在《传统与个人才能》一文中提出他的传统论的，他指出：

传统是一个具有广阔意义的东西。传统并不能继承。假若你需要它，你必须通过艰苦劳动来获得它。首先，它包括历史意识。……这种历史意识包括一种感觉，即不仅感觉到过去的过去性，而且也感觉到它的现在性。这种历史意识迫使一个人写作时不仅对他自己一代了若指掌，而且感觉到从荷马开始的全部欧洲文学，以及在这个大范围中他自己国家的全部文学，构成一个同时存在的整体，组成一个同时存在的体系。这种历史意识既意识到什么是超时间的，也意识到什么是有时间性的，而且还意识到超时间的和有时间性的东西是结合在一起的。有了这种历史意识，一个作家便成为传统的了。②

艾略特在这里有点不是我说话，而是话说我的味道，或者准确地说是"话说我"与"我说话"两者的统一。即认为诗人在写作时，传统已经存在，这个传统是大传统，是指大的文化和历史谱系，比如整个欧洲的文学。它在暗里实际上是会对诗人现实的写作产生影响的，当新的诗作完成后，这新的诗作又会添加进去，成为传统的一部分。也就是说现实和历史其实是混融为一体的，孤立的诗人和诗作其实是无法存在的。这就是他的传统的过去性与现在性的统一观。在这个意义上，他认为："从来没有任何诗人，或从事任何

---

① 陈太胜：《象征主义与中国现代诗学》，北京大学出版社 2005 年版，第 35 页。

② 托·斯·艾略特：《传统与个人才能》，见《艾略特文学论文集》，李赋宁译，百花洲文艺出版社 1994 年版，第 2—3 页。

一门艺术的艺术家，他本人就已具备完整的意义。他的重要性，人们对他的评价，也就是对他和已故诗人和艺术家之间关系的评价。你不可能只就他本身来对他作出估价；你必须把他放在已故的人们当中来进行对照和比较。"①而这种与传统的联系、不可断裂、不可分割的关系正是彼此互动的、对话的关系，他不无锐识地发现：

> 当一件新的艺术品被创作出来时，一切早于它的艺术品都同时受到了某种影响。现存的不朽作品联合起来形成一个完美的体系。由于新的（真正新的）艺术品加入到它们的行列中，这个完美体系就会发生一些修改。在新作品来临之前，现有的体系是完整的。但当新鲜事物介入之后，体系若还要存在下去，那么整个的现有体系必须有所修改，尽管修改是微乎其微的。于是每件艺术品和整个体系之间的关系、比例、价值便得到了重新的调整；这就意味着旧事物和新事物之间取得了一致。……过去决定现在，现在也会修改过去。②

很显然，这种"过去决定现在，现在修改过去"的互动，正是现在和过去、诗人和传统之间的对话。因此，这段"传统论"在实质上毋宁正是一种"对话论"。

沿着这个理路，艾略特又提出了"非个性化理论"，认为："诗歌不是感情的放纵，而是感情的脱离；诗歌不是个性的表现，而是个性的脱离。……把对诗人的兴趣转移到诗歌上面来，这是一个值得赞扬的目标，因为这样做将会有助于对当前的诗歌，好诗和坏诗，都能做出更为公允的评价。许多人都欣赏表达真诚感情的诗体，还有少数人能够欣赏技巧的卓越。但很少有人理解诗歌是有意义的感情的表现，这种感情只活在诗里，而不存在于诗人的经历中。艺术的感情是非个人的。"③ 这种非个性和非个性感情的理论，所追求的显然是感情的历史性和普遍性，即把诗人的个性提升到能代表人类普遍性的高度，来理智地表达出一种具有人类普遍意义的感情，就像后来美国当代美学家苏珊·朗格所主张的艺术是"人类情感符号的创造"，它是形式化和历史化了的普遍的人类情感。④ 为了做到这一点，艾略特又提出"客观对应物"

---

① 托·斯·艾略特：《传统与个人才能》，见《艾略特文学论文集》，李赋宁译，百花洲文艺出版社 1994 年版，第 3 页。

② 托·斯·艾略特：《传统与个人才能》，见《艾略特文学论文集》，李赋宁译，百花洲文艺出版社 1994 年版，第 3 页。

③ 托·斯·艾略特：《传统与个人才能》，见《艾略特文学论文集》，李赋宁译，百花洲文艺出版社 1994 年版，第 11 页。

④ 参见苏珊·朗格：《情感与形式》，中国社会科学出版社 1986 年版。

这一概念，认为诗歌写作要同传统对接、要排除个人性，就必须借助于相应的"客观对应物"："用艺术形式表现情感的唯一方法是寻找一个'客观对应物'；换句话说，是用一系列实物、场景，一连串事件来表现某种特定的情感；要做到最终形式必然是感觉经验的外部事实一旦出现，便能立刻唤起那种情感。"① 什么是"客观对应物"？这既同象征主义等的暗示策略有关，同时也同其对话思想和旨趣分不开。其"客观"对应其"暗示"，而"对应物"则明显具有"对话"内涵，是诗人主观情感同其对应物之间的交流对话。如有论者所说的："作为一种艺术的表达手段，客观对应物是对象征主义的'象征'、意象派的'意象'等诗歌手法的吸纳和进一步拓展。……'客观对应物'与庞德提出的'直接客观呈现'的意象都旨在达到同一个目标：反对浪漫主义表达的含混模糊、空洞虚饰，使用精确明晰、直接硬朗的意象，强调客观物象与主观情感的完美契合；主张不发议论，把自己的思想情感隐藏在坚实的形象中；要求诗歌韵律自然而然，与诗中所表达的感情及感情的各种细微差别完全相称；重视音乐节奏的运用，谙熟一切形式和格律规则。"② 或者说"就是要克服 19 世纪文学中出现的极端主观主义和极端客观主义的对立，也就是浪漫主义与现实主义的对立"，③ 而采取一条中间的道路：主客融合的对话之路。

英国的 I. A. 瑞查兹创立了语义修辞学，核心是语境理论。他的基本观点是：词语的意义由于复杂的语境关联，而呈现出矛盾和复义特征。他的新修辞学（语义学）就是要通过研究语境来探索词语的复杂意义，基本方法则是细读词语及复杂的语境关联性。他在《修辞哲学》中这样指出：

这里我必须解释一下我赋予"语境"这个词的相当特殊的技术性意思，这是整个定理的一个关键。这个词在"作品语境"这句话中的意思我们是熟悉的。正是这个词前后的其它词确定了该词的意义，而这些词在"语境"中也同样会产生熟悉的感觉。这种"语境"很容易扩展到一本书的范围。

"语境"这种熟悉的意义可以进一步扩大到包括任何写出的或说出的话所处的环境；还可以进一步扩大到包括该单词用来描述那个时期的为人们所知的其它用法，例如莎士比亚剧本中的词；最后还可以扩大到包括那个时期有

---

① 托·斯·艾略特：《哈姆雷特及其问题》，转引自刘燕：《现代批评之始 T. S. 艾略特诗学研究》，广西师范大学出版社 2005 年版，第 88 页。

② 刘燕：《现代批评之始 T. S. 艾略特诗学研究》，广西师范大学出版社 2005 年版，第 94—95 页。

③ 同上，第 90 页。

关的一切事情，或者与我们诠释这个词有关的一切事情。①

显见，瑞氏的语境是一种大语境、复杂语境，大到超出"上下文"，超出个别文本，包括与理解该词有关的共时性的"某个时期中的一切事情"，也包括历时性的"一组同时复现的事件"。不难看出，他的"语境"其实同艾略特的"传统"的意涵是相似的，都是指能对事物产生某种影响乃至制约作用的某种先在的条件。它同事物之间正隐含着一种潜对话的关系。这一点，瑞查兹也是十分清楚的，他这样强调：

在这些语境中，一个项目——典型情况是一个词——承担了几个角色的职责，因此这些角色就可以不必再现。于是，就有了一种语境的节略形式，这形式只有在生物的行为中才表现出来，而且在人类的行为中表现得最广泛、最明显。当发生节略时，这个符号或者这个词——具有表示特性功能的项目——就表示了语境中没有出现的那些部分。

一个单词表示了语境中没有出现的那些部分；正是从这些没有出现的部分这个单词得到了表示特性的功效。②

很明显，瑞氏在这里更关注没有出现的"潜语境"，关注出现的单词和没出现的潜语境之间的"互文"或"对话性"的关联。可以看出，瑞氏的语境理论在着意探索词语和文本的复义的同时，既凸现出对语境关联性的重视，又潜在地透露出对"互文性"和"对话性"的追求，虽然他还没有明确地提出这些概念，但其内涵和趋势性的指向却是十分鲜明的。

艾略特和瑞查兹都是英美新批评的先驱人物，是此派理论的重要开拓者，前者为此派提供了基本的思想倾向，后者则主要提供了基本的方法论。然不管怎样，他们都对新批评产生了重要的影响，当然这影响也包括他们的与对话相关的思想、理论和方法，这在后面关于文本理论的分析中可以看到。

第四节　现象学框架

现象学之框架观念从根源看，来自于现象学创始人胡塞尔的意向性理论、主体间性理论，或他的原发居中的构成性思想。意向原是经院哲学用语，指

---

① I. A. 瑞查兹：《论述的目的和语境的种类》，赵毅衡编选，章祖德译：《"新批评"文集》，百花文艺出版社 2001 年版，第 333 页。

② I. A. 瑞查兹：《论述的目的和语境的种类》，赵毅衡编选，章祖德译：《"新批评"文集》，百花文艺出版社 2001 年版，第 335 页。

认知过程中心灵所形成的特殊的形象和表象，类似于亚里士多德所说的关于形式的知觉。后来德国哲学家、心理学家布伦塔诺用来说明心理现象，认为心理现象与物理现象的不同在于心理现象自身包含着对象，或者说对象是内在的。心理现象的共同特征在于它们具有"意向性"，即意识对某种东西的指向性。① 胡塞尔把它作为现象学的一个基本的概念，作为"无处不在的包括全部现象学结构的名称"，他说："我们把意向性理解作一个体验的特性，即'作为对某物的意识'。" 比如："一个知觉是对某物的、比如说对一个物体的知觉；一个判断是对某事态的判断；一个评价是对某一价值事态的评价；一个愿望是对某一愿望事态的愿望，如此等等。行为动作与行为有关，做事与举动有关，爱与被爱者有关，高兴与令人高兴之物有关，如此等等。在每一活动的我思中，一种从纯粹自我放射出的目光指向该意识相关物的'对象'，指向物体，指向事态等等，而且实行着极其不同的对它的意识。"② 也就是说他认为意识总是关于什么的意识，总有所意指，有它的针对性。这种趋向或指向性正是意识的根本特征，特别是纯意识的唯一的本质性结构。而主体间性在某种意义上则是他的"先验我思"的必然展开，是意识意向性在不同主体间的一种贯彻："先验主体性正是随此而扩展为交互主体性，扩展为交互主体—先验的社会性，它是整个交互主体的自然和世界的先验基地……对于每一个可想象的本我来说，交互主体性只有作为'他我'、作为在本我中自身反映着的交互主体性才是可能的。"③ 可以看出，胡氏的意向性和主体间性其实都是对对话理论的别一种表述，所强调的都是成对的互动结构，如倪梁康所理解的：意向性"意味着在现象学角度上对主客体关系的最简略描述：'意向性'既不存在于内部主体之中，也不存在于外部客体之中，而是整个具体的主客体关系本身。在这个意义上，'意向性'既意味着进行我思的自我极，也意味着通过我思而被构造的对象极。这两者在'意向性'概念的标题下融为一体，成为意向生活流的两端：同一个生活的无内外之分的两个端点。"④ 而"主体间性"就更不用说了，对话的意味更加明显。

胡塞尔的学生波兰现象学哲学家、美学家英伽登继承了胡氏的意向性理论，并把它应用到了美学和艺术领域。他首先是在哲学上把存在分成四种：

① 参见《现代西方哲学词典》，上海辞书出版社 2007 年版，第 159 页。

② 胡塞尔：《纯粹现象学通论》，舒曼编，李幼蒸译，商务印书馆 1992 年版，第 210—211 页。

③ 埃德蒙德·胡塞尔：《先验现象学引论》，倪梁康译，倪梁康主编：《面对实事本身》，东方出版社 2006 年版，第 138—139 页。

④ 倪梁康：《胡塞尔现象学概念通释》，三联书店 1999 年版，第 251 页。

1. 绝对的和非时间性的存在；2. 观念的存在；3. 同时间相关的实在的存在；4. 意向的、潜在的存在。它们又有四种相互排斥的性质如存在的自主性和无自主性，存在的自足性和无自足性，存在的独立性和非独立性，存在的原始性和引申性等。而艺术作品就是"意向性的、潜在的存在"，它不是"自足"的，而是建立在物理对象上的、由艺术家新创作的事物。文学作品既不是一种观念的客体，也不是一种实在的客体，而是一种纯意向性客体，① 是一个复合的、多层结构，包括语音层、意义层、多重图式化面貌层、再现客体层。伟大的作品还具有"形而上特质层"。② 但这些层面的存在都取决于作者或接受者的意向行为，也就是说它们既是作者自由想象的形式，又是读者填充、完善后的产物，准确地说是作者和读者的共同创造物。他在晚年把这一"对话"思想概括得非常清楚：

> 每一部不论何种类型的艺术作品都有独特的性质，……在明确性方面，它在自身之内包含有显示特性的空白，即各种不确定的领域：它是纲要性、图式性的创作。而且，并非所有它的决定因素、成分或性质都处于实现状态，而是其中有些只是潜在的。因为这样，一个艺术作品就需要一个存在它本身之外的动因，那就是一位观赏者，为了——如我所表述的那样——使作品具体化（具象化），观赏者通过他在鉴赏时的合作的创造活动，促使自己像普通所说的那样去"解释"作品，或者像我宁愿说的那样，按它有效的特性去"重建"作品。……作品的"具体化"则不仅由于观赏者对作品中得到有效描述的东西的作用，而进行的一种"重建"，而且也是作品的完成，以及其潜在要素的实现。这样，在某一点上它就是艺术家和观赏者共同的产品。③

即认为文学作品是一种存在着许多空白、未定点的"框架结构"，那些不确定的空白、未定点需要欣赏者加以"具体化"和"重建"，不消说，这已是地道的"对话诗学"理论了，其"框架结构"与"具体化"、"重建"就是明确的对话关系。

萨特在《什么是文学?》中论述的文学写作与读者阅读的关系也大有现象学之"对话论"旨趣。与英伽登的"框架论"同调，萨特也认为"艺术品只是当人们看着它的时候才存在，它首先是纯粹的召唤，是纯粹的存在要求。……它是作为一项有待完成的任务提出来的，它一上来就处于绝对命令级别。

---

① 参见《现代西方哲学词典》，上海辞书出版社 2007 年版，第 309 页。
② 见英伽登：《文学的艺术作品》英文版，埃文斯顿 1973 年版。
③ 英伽登：《艺术的和审美的价值》，朱立元译，朱立元、李钧主编：《二十世纪西方文论选》上卷，高等教育出版社 2002 年版，第 388—389 页。

你完全有自由把这本书摆在桌子上不去理睬它。但是一旦你打开它，你就对它负有责任"。① 因为，作者对自己的作品的"阅读"不是真正的阅读，真正的阅读是对未知的期待和创造，"是一个预测和期待的过程。……词儿呆在那里，等待有人去阅读它们，读者的眼光在拂及它们的时候就把它们唤醒，但是作者的眼光和职能却在于检查写下来的符号。……因此，作家到处遇到的只有他的知识，他的意志，他的谋划，总而言之他只遇到他自己；他能触及的始终只是他自己的主观性，他够不着自己创造的对象，他不是为他自己创造这个对象的"。② 这样一来，文学作品就必须有读者的参与才能存在、才能完成，"在写作行动里包含着阅读行动，后者与前者辩证地相互依存，这两个相关联的行为需要两个不同的施动者。精神产品这个既是具体的又是想象出来的客体只有在作者和读者的联合努力之下才能出现"。③ 也因此，"任何文学作品都是一项召唤。写作，这是为了召唤读者以便读者把我借助语言着手进行的揭示转化为客观存在。……因此作家向读者的自由发出召唤，让它来协同产生作品"。④ 应该承认，萨特对文学作品与读者的对话关系的论述已经够清晰、透彻了，尽管他没有直接使用"对话"之名，但却实际已有对话论之实。

其后，德国的杜夫海纳提出艺术作品是一种"准主体"，审美经验既不是对于客体的认识或再现活动，也不是对于主体的表现活动，而是人与人之间的交往活动。而"交往关系的本质是说和听的关系，或者说是一种对话关系"。⑤

日内瓦学派的代表人物比利时的乔治·布莱把现象学应用于批评意识的研究，提出了一个"批评意识现象学"，指出在文学作品的阅读活动中，不光是"物质性"的东西转化成了精神性的东西，而且批评者的意识也被来自于作品中的另一主体的意识所侵占，"最奇怪的是：我成了这样一个人，其思想的对象是另外一些思想，这些思想来自我读的书，是另外一个人的思考。它们是另外一个人的，可是我却成了主体。……我思考着他人的思想。……可我是将其作为我的思想来思考的。……由于他人的思想对我个人的这种奇怪的入侵，我成了必须思考我所陌生的一种思想的另一个我了。我成了非我的

---

① 萨特：《什么是文学？》，见《萨特文学论文集》，施康强译，安徽文艺出版社 1998 年版，第 102 页。

② 同上，第 96—97 页。

③ 同上，第 98 页。

④ 同上，第 101 页。

⑤ 苏宏斌：《现象学美学导论》，商务印书馆 2005 年版，第 309—313 页。

思想的主体了。"① 这揭示的是读者和作者的意识之认同、融合现象，其实也是两者之间之相互理解、交往和对话现象，布莱对此也有明确的指认："我的意识被他人（作品形成的他人）占据并不意味着我的意识的某种全部丧失。相反，一切都仿佛是，从我被阅读'控制'那个时刻起，我就和我努力加以界定的那个人共用我的意识，那个人是隐藏在作品深处的有意识的主体。它和我，我们开始有一个相毗连的意识。当然，在我们的这个感情的共同体中，双方所占的部分并不相等。"尽管按着他的看法，"作品固有的意识活跃而有力"，"我起的作用仍然是无限地微弱"，② 但两者以既重合又有差异为特征的互动（对话）却是无法掩盖的，毋宁说他仍然是在用非对话的词语在表述"对话"。针对布莱的这一论述，德国接受美学的代表人物伊塞尔就明确地指出："这就意味着，那种意识形成了作者与读者的接合点，同时，这也将导致，在读者的意识使作者详述的思想复活时，读者身上出现的短暂的自我异化停止下来。这个过程产生了一种交流形式。"③ 交流正是对话的不同表述。

第五节　接受美学

接受美学是 20 世纪 60 年代在德国康士坦茨大学兴起的一个美学和文学批评派别，即康士坦茨学派，代表人物是姚斯和伊瑟尔等。其学术旨趣是由文本中心走向以读者的接受为中心的文学及其文学史观。即"尧斯接受理论的中心目标是解决所谓'文学史悖论'，即批判种种把文学与社会历史、对文学的美学思考与历史思考对立起来、割裂开来的错误倾向，重建文学与历史之间的本质联系"。④ 这个历史不是别的，而是他提出的"效果历史"。他说："我在这里采用的是汉斯—乔治·加达默尔对历史客观主义的批判，他在《真理与方法》中描述了影响史的原则，这种影响史试图在理解自身的过程中呈现历史现实，将其视为问答逻辑向历史传统的应用。"⑤ 而影响史或效果历史

---

① 乔治·布莱：《批评意识现象学》，郭宏安译，见《批评意识》，百花洲文艺出版社 1993 年版，第 257—258 页。
② 同上，第 262 页。
③ 沃尔夫冈·伊瑟尔：《阅读过程：一个现象学的论述》，朱立元译，见朱立元、李钧主编：《二十世纪西方文论选》下卷，高等教育出版社 2002 年版，第 365 页。
④ 朱立元：《接受美学导论》，安徽教育出版社 2004 年版，第 59 页。
⑤ 汉斯·罗伯特·姚斯：《向文学理论挑战的文学史》，见拉曼·塞尔登编、刘象愚、陈永国译：《文学批评理论——从柏拉图到现在》，北京大学出版社 2000 年版，第 220—221 页。

的核心则是读者的接受，这样，接受美学也就理所当然地把读者摆在了文学及文学史研究的中心地位："振兴文学史要求除去历史客观主义的偏见，并把传统的创造和再现美学建立在一种接受和影响美学的基础之上。文学的历史性并非依赖于对事后确立的'文学事实'的组织，而依赖于读者对文学作品的先在经验。……文学史是审美接受和生产的过程，在接受的读者、反思的批评家和不断生产的作家这方面，它发生于文学文本的实现之中。传统文学史中堆积的不断增长的文学'事实'不过是这个过程的残羹剩饭；它仅仅是经过收集和分类的过去，因此不是历史，而是伪历史。"① "文学作品首先是为接收者而写的。……在作者、作品和读者这个三角形中，读者不只是被动的一端、一连串反应，他本身还是形成历史的又一种力量。文学作品的历史生命没有其接收者的积极参与是不可思议的。"②

读者为中心又是以其"期待视野"的作用以及所谓的不同"期待视野"的"视界融合"来落实的："文学的事件关联首先是在同时代的和以后的读者、批评家和作者的文学经验的期待视野中沟通的。……在历史上，创作和接受一部作品都面临着当时的期待视野。"③ 而这种以读者为中心的"期待视野"的"视界融合"，在姚斯眼里其实就是一种"对话"活动："文学的历史性和文学的交流特点，是以作品、读者和新的作品之间一种对话的、同时类似过程的关系为前提的，这种关系既可以在讲述和接收人的联系中，也可以在提问与回答、问题与答案的联系中去把握。……阅读把文本从词句的物质材料中解放出来，使它成为现时的存在：'话语在它被用来跟人说话的同时，应该造就一个能够听懂它的对话者。'文学作品的这种对话特性也证明了为什么语文学知识只有始终与文本相互印证才能存在，而不能凝结成实际知识。语文学知识总是与解说有关。"④

如果说，相对地看，姚斯在其发表以《走向接受美学》为标志的前期，虽已有对话论的某种表述，如上所引，而仍相对以读者为关键砝码的话，那么在他以发表《审美经验与文学解释学》为标志的后期，则明显以对话论为其核心的旨趣所在，交流、对话的立场更加自觉，他在《接受美学与文学交流》一文中表明了这一变化："以康斯坦茨学派闻名的接受美学自1966年以

---

① 汉斯·罗伯特·姚斯：《向文学理论挑战的文学史》，见拉曼·塞尔登编，刘象愚、陈永国译：《文学批评理论——从柏拉图到现在》，北京大学出版社2000年版，第216页。

② 姚斯：《作为向文学科学挑战的文学史》，见汪正龙等编著：《文学理论研究导引》，南京大学出版社2006年版，第352页。

③ 同上，第354—355页。

④ 同上，第352—354页。

来逐渐转化为一种文学交流理论。它的研究对象就是文学史。它将文学史界定为涵盖作者、作品和读者三个行为者的过程，或者说一个创作和接受之间以文学交流为媒介的辩证运动过程。接受概念在这里同时包括收受（或适应）和交流两重意义。"① 并明确强调：

> 正是通过这种相互作用才实现了作者、作品和读者之间，艺术的现时经验和过去经验之间的不断交流。……一部艺术作品的解释史就是审美经验的交流史，或者说是一场对话，一个问答游戏。②

接受美学的另一个代表人物伊瑟尔同姚斯一起被誉为接受美学的"双子星座"，③ 但两人的着重点却是不同的，"接受美学中的接受研究以姚斯为代表，着重于读者研究，关注读者的期待视野和审美经验，致力于建立新的文学史理论，更多地采用历史—社会学的研究方法，其后来的发展走向了文学解释学。而效应研究则以伊瑟尔为代表，着重于接受活动中的本文研究，关注本文的空白和召唤结构，关注阅读过程本身和这一过程中的交流。它更多地采用本文分析的方法，邻接英美新批评，其后来的发展是走向文学人类学"。④ 或如美国学者霍拉勃所说："如果我们说尧斯研究的是宏观接受，那么，伊瑟尔研究的则是微观接受。"⑤ 然同姚斯一样，伊瑟尔所秉持的也是读者中心论，但似乎更强调读者和文本两者的对话，他在《阅读行为》一书中指出："阅读任何文学作品，关键在于作品结构与其接受者之间的相互作用。……文本只提供'程式化了的各方面'，后者促使作品的审美对象得以形成。我们可以从中得出结论，文学作品有艺术和审美两极：艺术一极是作者的文本，审美一极则通过读者的阅读而实现。显然，鉴于这种两极分化，作品本身既有别于文本，又不同于文本的具体化，而必定处于两者之间的某一点。"⑥ 这"某一点"也可译为："两者之间的中途点上"。⑦ 不难看出，其所论述的正是一个明确的对话结构和过程。

伊瑟尔的对话论思想其实是源自于英伽登的现象学"框架"，他 1970 年发表了著名的《本文的召唤结构》一文，认为文本是英伽登所说的图式化的

---

① 姚斯：《接受美学与文学交流》，见张廷琛编：《接受理论》，四川文艺出版社 1989 年版，第 194 页。
② 同上，第 196 页。
③ 见金元浦：《接受反应文论》，山东教育出版社 1998 年版，第 41 页。
④ 见金元浦：《接受反应文论》，山东教育出版社 1998 年版，第 47 页。
⑤ 尧斯·霍拉勃：《接受美学与接受理论》，辽宁人民出版社 1987 年版，第 367 页。
⑥ 沃尔夫冈·伊瑟尔：《文本与读者的相互作用》，见汪正龙等编著：《文学理论研究导引》，南京大学出版社 2006 年版，第 282 页。
⑦ 见朱立元：《接受美学导论》，安徽教育出版社 2004 年版，第 70 页。

框架结构，内里存在着许多"空白"，这些"空白"仿佛是在对读者发出"召唤"，等待读者去填补（阅读）。在他眼里，"召唤性是文学本文最根本的结构特征，它成为读者再创造活动的一个基本前提"。[①] 文学阅读活动说到底就是文本召唤读者和读者填补空白的双向交流、相互作用的对话活动。就这种对话关系，他还专门提出了一个"隐含读者"的概念，"这个术语并不限于指'读者'，它'既体现了本文潜在意义的预先构成作用，又体现了读者通过阅读过程对这种潜在性的实现'，……隐含的读者不是真正现实的读者，甚至也不是理想的读者，而是一种可能出现的读者，一种与本文结构的暗示方向相吻合的读者，即受制于本文结构的读者。但它又不是单向地决定于本文的结构，它还包含着读者再创造的能动性和对作品意义的参与和实现，所以，'隐含的读者'又是对本文潜在意义实现的多种可能性"。[②] 也就是说它所表征的正是"文本召唤和读者填空"的统一，即阅读的对话结构和形态。同时对于这种"两极对话关系"，他还用"保留剧目"的术语来阐述，它包含两层意思：文学上适宜于交流的习俗常规，对这种习俗常规重新安排、组织所形成的新规则。因此，它"一方面是本文与读者相遇和交流的前提与条件，另一方面又是产生否定性和激发新视界的内驱力。……'保留剧目'的内容诉诸于'使熟悉的东西陌生化'这样一种本文的'策略'。策略同样是本文与读者理解活动的结合。……他的思路很明白，就是从本文与读者的两极关系出发来阐明文学本文动态的、交流的结构特征"。[③] 这"交流的结构特征"，也正可以看作是"对话结构特征"的不同说法。

因此，我们也完全可以说，无论是姚斯还是伊瑟尔，接受美学从其整体上看正是一种以读者的接受为重点和特色的对话美学和对话诗学。

第六节　复调小说理论

复调小说理论是苏联文艺理论家巴赫金在他 1929 年出版的《陀思妥耶夫斯基的创作问题》一书中提出的，但当时因政治等方面的原因，它并未引起社会应有的关注，而直至 1963 年更名为《陀思妥耶夫斯基诗学问题》再版后，才产生了重大影响。如日本学者北冈诚司所说的："对初版《陀思妥耶夫

---

① 朱立元：《接受美学导论》，安徽教育出版社 2004 年版，第 75 页。
② 朱立元：《接受美学导论》，安徽教育出版社 2004 年版，第 75 页。
③ 朱立元：《接受美学导论》，安徽教育出版社 2004 年版，第 76 页。

斯基论》加以修改、增补后的第二版，经过三十年之后，于 1963 年在后人的努力之下终于出版问世了，由于大量的补充而面目一新，带有相当成熟的理论之相。西欧国家、我们日本都是从再版《陀思妥耶夫斯基论》中初次认识、了解巴赫金的。上世纪 60 年代至 70 年代期间，随着再版《陀思妥耶夫斯基论》被译成各种欧洲语言，包括译成日语，巴赫金一举成为国际知名的理论家，在此阶段，他作为文学理论家备受世界瞩目。"① 因此，若从接受学的角度看，复调小说理论主要是在上世纪 60 年代之后才为社会所广泛认同和接受的。至于在中国，恐怕最早也要推到上世纪 80 年代之后了。

何谓"复调"？"复调"一词原为音乐术语，即"polyphony"，"原指由几个声部构成的多声部音乐，以与单声部音乐相对，以后专指几个旋律性声部在运动中按照对位的法则结合在一起的多声部音乐，并与主调音乐（homophony）相对。构成复调音乐的各声部并无主次之分，彼此形成对比或相互补充"。② 也就是说，是巴赫金对这一音乐术语的借用，而北冈诚司还认为"巴赫金的关键词语'复调'的概念可能是从包括沃洛希诺夫在内的巴赫金小组中的音乐家、音乐学者（尤金娜、索尔金克）等人身上学到的。"③ 而不管怎样，当时巴赫金的音乐知识已经是比较专业了，他已在"'群众音乐学院'教授音乐哲学与美学课程"。④ 巴赫金是在陀思妥耶夫斯基的小说中发现小说的"复调"现象的，并针对陀思妥耶夫斯基小说提出了他的复调小说理论。他说："陀思妥耶夫斯基是复调小说的首创者。他创造出一种全新的小说体裁。"⑤ 这种复调小说不同于以往历史上的那种独白型小说："将陀思妥耶夫斯基的小说比做复调——同样只是一种现象的类比，如此而已。利用复调的形象，对位的形象，不过是为了指出当小说的结构方法超出通常的独白型统一体时会出现的新问题，正如音乐中超出单声便会出现某些新问题一样。……我们把这个比喻变成了一个术语——'复调小说'，是因为找不到更合适的名词。可不要忘记我们这一术语来源于比喻。"⑥ "这个艺术任务只有他陀思妥耶夫斯基能够提出来，并在极大的广度和深度上加以解决。这就是：创造一个复调世界，突破基本上属于独白型（单旋律）的已经定型的欧洲小说

---

① 北冈诚司：《巴赫金——对话与狂欢》，魏炫译，河北教育出版社 2002 年版，第 49 页。
② 见《中国大百科全书·音乐·舞蹈》"复调音乐"词条。转引自罗贻荣：《走向对话》，中国社会科学出版社 2006 年版，第 150 页。
③ 北冈诚司：《巴赫金——对话与狂欢》，魏炫译，河北教育出版社 2002 年版，第 32 页。
④ 同上，第 22 页。
⑤ 巴赫金：《陀思妥耶夫斯基诗学问题》，白春仁、顾亚铃译，三联书店 1988 年版，第 29 页。
⑥ 同上，第 50—51 页。

模式。"①

那么什么是巴氏所理解的陀思妥耶夫斯基小说的"复调"？他认为：

有着众多的各自独立而不相融合的声音和意识，由具有充分价值的不同声音组成真正的复调——这确实是陀思妥耶夫斯基长篇小说的基本特点。在他的作品里，不是众多性格和命运构成一个统一的客观世界，在作者统一的意识支配下层层展开；这里恰是众多的地位平等的意识连同它们各自的世界，结合在某个统一的事件之中，而互相间不发生融合。②

也就是说在陀思妥耶夫斯基的小说中存在着众多不相融合的"声音和意识"，它们是多元的或"多声部"的，"复调的实质恰恰在于：不同声音在这里仍保持各自的独立"。③ 这种"复调"的、不同"声音和意识"之间并不是互不关联，而是存在着激烈的争辩和对话关系："复调小说整个渗透着对话性。小说结构的所有成分之间，都存在着对话关系，也就是说如同对位旋律一样相互对立着。要知道，对话关系这一现象，比起结构上反映出来的对话中人物对语之间的关系，含义要广得多；这几乎是无所不在的现象，浸透了整个人类的语言，浸透了人类生活的一切关系和一切表现形式，总之是浸透了一切蕴含着意义的事物。"④ 他认为，陀思妥耶夫斯基对"对话关系"独具慧眼、情有独钟："陀思妥耶夫斯基能够在一切地方，在自觉而有意义的人类生活的种种表现中，倾听到对话的关系。哪里一有人的意识出现，哪里在他听来就开始了对话。"⑤ "别人只看到一种思想的地方，他却能发现、能感触到两种思想——一分为二。……在每一种声音里，他能听出两个相互争论的声音。……陀思妥耶夫斯基正因为具有同时立刻听出并理解所有声音这一特殊才能（堪与他这才能媲美的，只有但丁），才能够创作出复调型小说。"⑥

巴氏在这里所说的"对话"是本质的、本体性的，它并不限于文本中加引号的人物之间的"对语"，"陀思妥耶夫斯基的长篇小说，是全面对话性的小说"。⑦ 这样就必然决定了作者同小说主人公之间也是一种对话关系，其主人公也是一个同作者一样独立、平等的对话主体："陀思妥耶夫斯基恰似歌德

---

① 巴赫金：《陀思妥耶夫斯基诗学问题》，白春仁、顾亚铃译，三联书店1988年版，第30页。

② 同上，第29页。

③ 同上，第50页。

④ 巴赫金：《陀思妥耶夫斯基诗学问题》，白春仁、顾亚铃译，三联书店1988年版，第76—77页。

⑤ 同上，第77页。

⑥ 同上，第62—63页。

⑦ 巴赫金：《陀思妥耶夫斯基诗学问题》，白春仁、顾亚铃译，三联书店1988年版，第362页。

的普罗米修斯，他创造出来的不是无声的奴隶（如宙斯的创造），而是自由的人；这自由的人能够同自己的创造者并肩而立，能够不同意创造者的意见，甚至能反抗他的意见。……主人公的意识，在这里被当作是另一个人的意识，即他人的意识；可同时它却并不对象化，不囿于自身，不变成作者意识的单纯客体。……主人公对自己、对世界的议论，同一般的作者议论，具有同样的份量和价值。"① 同时，"对话"也使得包括主人公在内的陀思妥耶夫斯基笔下的人物都具有强烈的自我意识、主体精神和对话的敏感性，他们是一群"思想的人"，是"思想家式的主人公"，② "陀思妥耶夫斯基的主人公，是思想的人；这不是性格，不是气质，不是某一社会典型或心理典型"。③ "思想在他的作品中成为艺术描绘的对象，陀思妥耶夫斯基本人也便成了一个伟大的思想艺术家。"④ 他的小说也是一种特殊的"思想小说"。⑤ 而他的主人公也不是一般的"主人公"，而是积极的思想者、对话者，是"对话人"，或完全生活在对话中的对话人："他塑造的不是性格、不是典型、不是气质，总而言之不是客体的主人公形象，而恰恰是主人公讲述自己和自己世界的议论。""陀思妥耶夫斯基的主人公，不是一个客体形象，而是一种价值十足的议论，是纯粹的声音；我们不是看见这个主人公，而是听见他。"⑥ 可以说对话就是他们的生命："陀思妥耶夫斯基主人公的自我意识，是完全对话化了的：这个自我意识在自己的每一点上，都是外向的，它紧张地同自己、同别人、同第三者说话。离开同自己本人和同别人的充满活力的交际，主人公就连在自己心目中也将不存在了。从这个意义上可以说，陀思妥耶夫斯基作品中的人，是交谈的主体。不能谈论这个主体，只能同他交谈。"⑦

可以看出，陀思妥耶夫斯基的全部旨趣就在"对话"，专意塑造对话式的人物、编织对话体（复调）小说。即如巴氏所说："在陀思妥耶夫斯基艺术世界中居于中心位置的，应该是对话；并且对话不是作为一种手段，而是作为目的本身。"⑧ 而对话的世界观念恰恰也是巴氏的一个基本的世界观念，或者毋宁说陀思妥耶夫斯基的对话小说无非使他找到了可以阐发自己思想和理论

---

① 巴赫金：《陀思妥耶夫斯基诗学问题》，白春仁、顾亚铃译，三联书店 1988 年版，第 28—29 页。
② 同上，第 97 页。
③ 同上，第 129 页。
④ 同上，第 128 页。
⑤ 同上，第 51 页。
⑥ 同上，第 90 页。
⑦ 同上，第 343 页。
⑧ 巴赫金：《陀思妥耶夫斯基诗学问题》，白春仁、顾亚铃译，三联书店 1988 年版，第 343 页。

的一个绝佳的契合物而已。他早在《审美活动中的作者与主人公》中就提出了人的外位性、超视等特征，认为人的存在都必须依赖他人，和他人形成一种对话结构："因为我们没有从外部看自己的方法，所以在这里，我们就只好移情到某个可能的不确定的他人之中，借助于这个他人我们试着找到对自身的价值立场，试着在这里从他人身上激活自己形成自己。"① 这一思想越到后来就越明确，他在《论陀思妥耶夫斯基一书的改写》中说："我不能没有他者，不能成为没有他者的自我，我应在他人身上找到自我，在我身上发现别人，我的名字得之于他人，它为别人而存在，不可能存在一种对自我的爱情。"② 这就是人的"对话性"本质。他由此又提出了思想的对话性、话语的对话性、语言的对话性，指出："思想只有同他人别的思想发生重要的对话关系之后，才能开始自己的生活，亦即才能形成、发展、寻找和更新自己的语言表现形式、衍生新的思想。人的想法要成为真正的思想，即成为思想观点，必须是在同他人另一个思想的积极交往之中。这他人的另一个思想，体现在他人的声音中，就是体现在通过语言表现出来的他人意识中。恰是在不同声音、不同意识互相交往的联接点上，思想才得以产生并开始生活。……思想是超个人超主观的，它的生存领域不是个人的意识，而是不同意识之间的对话交际。……同言论一样，思想就其本质来说是对话性的。"③ 又说：

我们生活中的实际语言，充满了他人的话。有的话，我们把它完全同自己的语言融合到一起，已经忘记是出自谁口了。有的话，我们认为有权威性，拿来补充自己语言的不足。最后还有一种他人语言，我们要附加给它我们自己的意图——不同的或敌对的意图。④

在一个谈话的集体里，哪个人也绝不认为话语只是一些无动于衷的词句，不包含别人的意向和评价，不透着他人的声音。相反，每个人所接受的话语，都是来自他人的声音，充满他人的声音。⑤

语言也是如此，"语言只能存在于使用者之间的对话交际之中。对话交际才是语言的生命真正所在之处。语言的整个生命，不论是在哪一个运用领域

---

① 巴赫金：《审美活动中的作者与主人公》，见巴赫金：《哲学美学》，河北教育出版社1998年版，第129页。

② 巴赫金：《论陀思妥耶夫斯基一书的改写》，转引自董小英：《再登巴比伦塔——巴赫金与对话理论》，三联书店1994年版，第22页。

③ 巴赫金：《陀思妥耶夫斯基诗学问题》，白春仁、顾亚铃译，三联书店1988年版，第132—133页。

④ 同上，第268页。

⑤ 同上，第277页。

里（日常生活、公事交往、科学、文艺等等），无不渗透着对话关系”。①

人是对话的生物，这种对话的人必然决定了思想、话语、语言的对话性，而对话小说不消说则正是这种对话性的具体展现场域而已，是艺术化了的人的对话生活的构拟和再现。对话在人的文字创造物中的表现是多样的，“同意和反对的关系，肯定和补充的关系，问和答的关系等等，都属于纯粹的对话关系”。② 而在陀思妥耶夫斯基的小说中则存在着大型对话和微型对话：“小说内部和外部的各部分各成分之间的一切关系，对他来说都带有对话性质；整个小说他是当作一个‘大型对话’来结构的。在这个‘大型对话’中，听得到结构上反映出来的主人公对话，它们给‘大型对话’增添了鲜明浓重的色调。最后，对话还向内部深入，渗进小说的每种语言中，把它变成双声语，渗进人物的每一手势中，每一面部表情的变化中，使人物变得出语激动，若断若续。这已经就是决定陀思妥耶夫斯基语言风格特色的‘微型对话’了。”③

可以看出，巴氏所说的“大型对话”主要是指大的对话关系、对话结构，如作曲家格林卡说的：“生活中的一切都是对位的，也即互相矛盾的。”也即巴氏所说的：“对陀思妥耶夫斯基来说，生活中一切全是对话，也就是对话性的对立。其实，就哲学美学的观点而论，音乐上的对位关系，只不过是广义上的对话关系在音乐中的一种变体罢了。”④ 也就是说是生活的对话关系在作品中的反映，是作品布局结构方面的对话性质。其次，还主要表现为作者和主人公的对话关系。而“微型对话”则主要是指作品中的双声语现象，如仿格体、讽拟体、故事体、对话体、暗辩体、内心独白等。这方面也是巴氏在《陀思妥耶夫斯基诗学问题》一书中予以详细阐论的重点。

巴氏对陀思妥耶夫斯基对话诗学的探讨也并没有仅仅局限于陀氏小说本身，而是还把这种对话或复调文学置放于更大的超文本的历史和文化谱系之中，指出这种复调思维、复调艺术来源于欧洲的狂欢化文化传统：

对话文化发源于“苏格拉底对话”、古希腊罗马的梅尼普体，部分地还有交谈式演说体和自我交谈体。⑤

陀思妥耶夫斯基是真正复调的创建者；这种复调在“苏格拉底对话”、古希腊罗马的“梅尼普讽刺”、中世纪的宗教神秘剧，以至莎士比亚、塞万提

———————————

① 巴赫金：《陀思妥耶夫斯基诗学问题》，白春仁、顾亚铃译，三联书店 1988 年版，第 252 页。

② 同上，第 259 页。

③ 巴赫金：《陀思妥耶夫斯基诗学问题》，白春仁、顾亚铃译，三联书店 1988 年版，第 77 页。

④ 同上，第 79 页。

⑤ 同上，第 202 页。

斯、伏尔泰、狄德罗、巴尔扎克、雨果的作品中，都不曾有过，也是不可能有的。但是欧洲文学中的这一发展脉络，却为复调作出了重要的准备。整个这一传统，从"苏格拉底对话"和梅尼普体开始，在陀思妥耶夫斯基的创作中，以复调小说的新颖独创的形式得到重生，获得了新的面貌。①

这种文化体裁又被称为"庄谐体"，它同"狂欢节民间文艺有着深刻的联系"，而"如果文学直接地或通过一些中介环节间接地受到这种或那种狂欢节民间文学（古希腊罗马时期或中世纪的民间文学）的影响，那末这种文学我们拟称为狂欢化的文学。庄谐体的整个领域，便是这一文学的第一个例证"。②

既然，对话是人的本质和人的生活、人的世界、人的语言的本质；它不光是现实的、历史的，而且还拥有深厚的文化传统，那么它就必然是永恒的，是无限延续和发展着的和永不会完结的，因此，也决定了陀思妥耶夫斯基小说的主人公必然具有"独立性、内在的自由、未完成性和未论定性"，③ 这也正像巴氏所总结的：

存在就意味着进行对话的交际。对话结束之时，也是一切终结之日。因此，实际上对话不可能、也不应该结束。……在陀思妥耶夫斯基的长篇小说中，一切莫不都归结于对话，归结于对话式的对立，这是一切的中心。一切都是手段，对话才是目的。单一的声音，什么也结束不了，什么也解决不了。两个声音才是生命的最低条件，生存的最低条件。④

而不消说，以陀思妥耶夫斯基小说为阐论对象的巴氏的复调小说理论，无疑正是地道的对话理论。或者说是巴氏全部对话美学、对话诗学的一个最集中、最有代表性的体现。

第七节　读者反应批评

读者反应批评是上世纪 70 年代在美国兴起的一个文学批评派别，代表人物有斯坦利·费什、乔纳森·卡勒、哈罗德·布鲁姆、诺曼·N. 霍兰德、戴

---

① 巴赫金：《陀思妥耶夫斯基诗学问题》，白春仁、顾亚铃译，三联书店 1988 年版，第 248—249 页。

② 同上，第 157 页。

③ 同上，第 103 页。

④ 巴赫金：《陀思妥耶夫斯基诗学问题》，白春仁、顾亚铃译，三联书店 1988 年版，第 343—344 页。

维·布莱奇等。此派严格地说并没有一个统一的理论纲领和主张，但却基本拥有共同的价值目标和兴趣中心，这就是用读者的反应研究来取代此前在美国占主导地位的文本中心批评即新批评。因此，正像 1980 年简·汤普金斯所编辑的《读者反应批评》一书的书名所标示的，他们被合理地赋予一个共名："读者反应批评"。诚如国内研究者所说："在读者反应批评家看来，新批评主张的那种本文只有一个惟一正确的含义的所谓客观性是不存在的。文学作品的意义取决于读者个人的创造性阐释，作品的意义实际上是读者的'创造物'。"① 很显然，这是一种典型的读者中心论批评，也就是说同作者中心论和文本中心论一样，仍然是一种偏颇之论，其极端化的局限性也是显而易见的。但是偏颇归偏颇，其内里所包含的读者与文本之间的"对话架构"仍依然存在，特别是到卡勒、霍兰德对此则更有了自觉的强调。换言之，所谓的读者反应批评说到底仍与对话理论具有可贯通、重合之处。

比较起来，费什代表极端的读者中心思想，他提出了"意义即事件"、"解释团体"等很有代表性的观点，认为"阅读是一种活动，是一件你正在做的事"，② 文学的意义正来自于读者的阅读活动即"事件"本身。他说："对我来说，阅读（一般意义上的理解）是一个事件，其中的每一部分都不能被抛弃。在这个事件发生的过程中，深层结构对于意义的具体化（或者说实现）至关重要，但它并不能代替其他作用，因为，我们并不是仅仅从深层结构而是根据及时地展开的表层结构与不断地检查表层结构这两种行为之间的关系来理解的；后者有助于我们对深层结构自身所揭示的东西加以反映（通常要依靠表层结构）；当这种过程最后结束，这一深层结构被认识时，一切'错误'——由于还缺乏完整的论据，对于未能具体化的深层结构所作出的论断——绝不能够被忽视。这些错误作为经验已经发生；它们已经在读者的思维行为中存在：所以便具有意义。"③ 他的意思是说，读者的阅读是个具体化展开的过程，意义并不是早就客观存在在那里的完成物，而是正产生于这个具体的动态的阅读过程之中。这一意义生产的过程，他称为"时间流"："在我的分析方法中，时间流（temporal flow）是由读者自己所具有的一切知识，以及他的能力所控制和组织的。词语从左到右联接成一条具有时间意义的词

　① 金元浦：《接受反应文论》，山东教育出版社 1998 年版，第 209 页。
　② 斯坦利·费什：《读者反应批评：理论与实践》，文楚安译，中国社会科学出版社 1998 年版，第 132 页。
　③ 斯坦利·费什：《读者反应批评：理论与实践》，文楚安译，中国社会科学出版社 1998 年版，第 164 页。

语线，它们同读者的上述知识能力会相互作用，正是基于这种种考虑，我才能够描绘和表现这种不间断的反应。"① 这种词语线和读者知识能力的"相互作用"其实就是"对话"。

为了充分肯定读者阅读对意义生产的决定作用，费什把他的读者设定为"有知识的读者"，也就是具有一定"文学能力"的"理想化的读者"。② 但这并不意味着意义的生产完全是个别的无社会公度性或通约性的行为，或者反过来说正是为了克服这种现象的发生，费什又专门提出了一个"解释团体"的概念，指出："他们担心，缺乏由一个规范的意义系统所决定的控制物，自我将会以它自己的意思取代文本所'固有'的意思（通常同作者的意图一致）；然而，如果自我不被理解成一个独立的实体存在，而是作为一种社会结构——其活动是由向自我提供信息的理解系统所限定的，那么，自我所授予文本的意义就不能被认为是它本身才具有的，而应该在自我活动于其中的'解释的团体'中去寻找依据；这样一来，这些意思（或意义）将既不是主观性的，也不是客观性的，……它们之所以不是客观的，因为它们总是某一观点（或看法）的产物，而不仅仅是被'阅读—理解'；它们之所以不是主观的，因为观点（或看法）总具有社会性和习惯性。"③ 或者说，"意义既不是确定的以及稳定的文本的特征，也不是不受约束的或者独立的读者所具有的属性，而是解释团体所共有的特征。"④ 后来，他又有更具体的表述："例如，我上关于密尔顿的课时，或者教《失乐园》时，或者教其他文学作品时，我有整套的设想、问题或传统的方法，而正是这些东西决定了我对文学作品的理解。但那种理解并不是某种可以随身携带的东西，也不是某种可以参照的理论模式，而是我在教了 25 年文学作品之后已经内在化了的某种东西。所以当我打开一本书看的时候，实际上我看到的是由我已经构成的观点写出的东西，也就是我 25 年来在文学社群中所形成的观点以及根据这种观点形成的理解。……当你看书时，你把一本书打开，把前面书页上的文字加以组织，这时一种历史的、特定的社群就会加入你的理解。这并不是说你要把自己看

---

① 斯坦利·费什：《读者反应批评：理论与实践》，文楚安译，中国社会科学出版社 1998 年版，第 163 页。

② 同上，第 164—165 页。

③ 斯坦利·费什：《读者反应批评：理论与实践》，文楚安译，中国社会科学出版社 1998 年版，第 61—62 页。

④ 同上，见《译者前言》第 5 页。

成是历史地进入这个社群，而是你自己已经和这个社群融为一体了。"①

他针对新批评的文本中心论说："谁也不会否认，阅读行为不能在没有读者参与下进行——你难道能把舞蹈同舞蹈者分开吗？——但是非常奇怪的是，一旦在对阅读的最后结果（即意义或理解）作出分析性评述时，读者却总是被遗忘，或者被忽视。实际上，最近的文学史表明批评一直合法地排除了读者的参与。"② 不消说，费什的"读者反应"立场是十分明确的，最能代表这个思潮的基本特点。而如已经指出的，即使在他的相对极端化的"读者反应论"中仍然难以免除某种对话论的成分，那个"词语线和读者知识能力的相互作用"是如此，而这里的社群同阅读者个人之间难道不也照样无法脱开对话论的关系构架吗？

卡勒也认为"文学作品之所以有了结构和意义，是因为读者以一定的方式阅读它"，③"因此，文学的意义不是读者对作者的暗示作出反应的结果，更不是白板式地反映或复写对象，而是一种已成为程式的东西，内化为读者的能力，是公众自觉或不自觉认同的程式所产生的一种作用。"④ 一句话，意义来自于读者的"阅读程式"。但后来他却越来越主张意义来自于一种综合的因素："一部作品的意义并不是作者在某个时刻脑子里所想的东西，也不单单是文本内在的属性，或者读者的经验。意义是一种必然发生的感知。它不是简单的，或者可以轻易决定的东西。它既是一个主体的经验，同时又是一个文本的属性。它既是我们的知识，又是我们试图在文本中得到的知识。"⑤ 这就是一种综合之论，而在"主体经验"和"文本的属性"的综合中，对话关系也必然会内含其中。这种意义由之产生的综合因素，卡勒又归结为一种动态变化的、没有固定限定的"语境"："关于意义的争论永远都是存在的，在这个意义上，它是没有定论的，永远有待决定的，而结论又总是可以改变的。如果我们一定要一个总的原则或者公式的话，或许可以说，意义是由语境决定的。因为语境包括语言规则、作者和读者的背景，以及任何其他能想像得出的相关的东西。但是，如果我们说意义是由语境限定的，那我们必须要补充说明一点，即语境是没有限定的：没有什么可以预先决定哪些是相关的，

① 见王逢振：《交锋：21 位著名批评家访谈录》，世纪出版集团、上海人民出版社 2007 年版，第 263—264 页。
② 同上，第 132 页。
③ 见金元浦：《接受反应文论》，山东教育出版社 1998 年版，第 300 页。
④ 同上，第 295—296 页。
⑤ 乔纳森·卡勒：《文学理论》，李平译，辽宁教育出版社、牛津大学出版社 1998 年版，第 70 页。

也不能决定什么样的语境扩展可能会改变我们认定的文本的意义。"① 同理，这永远变化的语境之中，也必然会内含着某种对话，如"语言规则"与"作者和读者的背景"之间，或者在"语境扩展"之中的某些矛盾、某些对应架构、关系物之间等等，便存在着"对话"，或者说无限定的"语境"正是诸对话因素之间的某种综合达成。它像现象学那样是动态构成的，而同时也是对话的。或准确地说是隐含的复杂的"潜对话"。

霍兰德虽致力于建构一个文学反应的动力模型，但最终却在以往文本主动理论与双重主动理论的基础上提出了一个交往理论。文本主动理论即心理反应理论，它假定存在着一种由文本引起的规范的反应；双重主动理论则是一种文本和接受者共同作用引起反应的理论。而在他的交往理论中，"接受者建构出反应，而本文则改变接受者所带因素的结果，接受者在一个连续不断不可分割的交往过程中创造意义和情感。与双重主动理论不同，人们无法把产生自本文的部分和产生自接受者的部分分开。在交往理论模式中，读者被卷入了一个反馈圈，这个圈的任何部分都无法脱离其他部分而存在。读者所具有的先验图式、程式和准则可能是文学的、生理的、文化方面的，也可能是经济地位的产物，然而，读者以自身独特的自我同一性使它们产生影响，是读者启动这个反馈圈，维持它的运转，是读者以自己的独特方式向本文发问，并听到和阐释这些回答"。② 十分显见，这"发问"和"听到回答"的"交往理论"已不是别的，而正是一种建立在读者反应论基础上的对话理论，这一理论无疑使原本就隐含在"读者反应批评"之中的对话论基因变得更加澄明和彰显。要之，所谓的读者反应批评，其实在某种意义上，即仍然可以挖掘和开显出某种对话理论的内涵和维度。或者毋宁说，其在一定程度上也是可以做对话理论看的。

第八节　互文性

"互文性"（intertextualité）这个词是法国当代文学理论家、批评家朱莉娅·克里斯蒂娃创造的，她以此为世界理论界提供了一个十分重要的概念和范畴。她在1966年发表的《词、对话、小说》一文中首次提出了这一术语，

---

① 乔纳森·卡勒：《文学理论》，李平译，辽宁教育出版社、牛津大学出版社1998年版，第70—71页。

② 金元浦：《接受反应文论》，山东教育出版社1998年版，第361页。

1967 年在《封闭的文本》中又做了论述。1969 年又在《符号学，语意分析研究》一书中对互文性做了进一步的论述。

前两篇文章都发表在由索莱尔斯（1967 年 8 月成为她的丈夫）负责主编的《如是》杂志上，这份杂志是当时法国激进的学术团体"泰凯尔"（又译为"原样"、"如是"）的学派刊物。德里达、巴尔特、福柯、索莱尔斯和克里斯蒂娃等都是这个集团的重要成员，甚至拉康、阿尔都塞、列维—斯特劳斯等都与这个集团有密切关联，或者说也完全可以包括在内。因此，这个集团应该是名副其实的法国结构主义和后结构主义的大本营，而《如是》杂志则是它的主要的理论阵地。克里斯蒂娃的"互文性"在这里创建，自然得天独厚，意义非凡。比如 1968 年"泰凯尔"集团出版集体论文集《整体理论》，收入的文章就包括："福柯的《距离、面貌、起源》、巴尔特的《戏剧、诗、小说》、德里达的《延异》、索莱尔斯的《写作与革命》、克里斯蒂娃的《符号学：批判的科学和/或科学的批判》及《文本的结构化问题》，等等"，① 这些文章都具有同互文观念大致相同的旨趣，它们"从哲学、文学、语言学等不同领域共同走向对'结构'、'符号'、'意义'、'主体'等范畴的彻底质疑"。②"这一系列的批判既是'原样派'《整体理论》的主要内容，也是克里斯蒂娃互文性理论得以成长的土壤。《整体理论》一书的出版则使互文性这个概念首次引起文论界的关注。"③

可以说克氏的"互文性"正是在团体氛围中生产出来的，一诞生就引起团体或派别的关注，为大家所共享，很快形成了"泰凯尔效应"，索莱尔斯、巴尔特立即起而应和，即使是德里达的解构主义、福柯的"新历史主义"其实也一开始就暗里配合，都为互文性理论的生产、传播提供了重要的助力，为它此后成为国际化的重要的后现代理论范畴起到了推波助澜作用。

互文性理论后来直接引发了热奈特、里法泰尔、孔帕尼翁等的具体的互文性文本策略研究，并催生了美国的解构批评如布鲁姆等人的理论与实践，很快，互文性理论作为后现代的极具代表性的文本策略和理论，在理论和实践两个方面都显示出了它的较强的理论生产活力和应用价值。④

那么，何为"互文性"呢？它和"对话理论"又有什么关系？还是先看

① 王瑾：《互文性》，广西师范大学出版社 2005 年版，第 31 页。
② 王瑾：《互文性》，广西师范大学出版社 2005 年版，第 31 页。
③ 同上，第 32 页。
④ 泼费斯特指出："互文性是后现代的一个重要标志，如今'后现代主义'与'互文性'是一对同义词。"见王瑾：《互文性》，广西师范大学出版社 2005 年版，第 134 页。

克里斯蒂娃的具体论述，她在《界限文本》一文中明确指出：

文本是许多文本的排列和置换，具有一种互文性：一部文本的空间里，取自其他文本的若干部分互相交汇与中和。①

她在《词语·对话·小说》中说：

任何文本都是由引语的镶嵌品构成的，任何文本都是对其他文本的吸收和转化。互文性的概念代替了主体间性，诗学语言至少可以进行双声阅读。②

文字词语之概念，不是一个固定的点，不具有一成不变的意义，而是文本空间的交汇，是若干文字的对话，即作家的、受述者的或人物的，现在或先前的文化语境中诸多文本的对话。③

她在《诗歌语言的革命》中又指出：

无论一个文本的寓意内容是什么，它作为表意实践的条件就是以其他话语的存在为前提……这就是说，每一个文本从一开始就处于其他话语的管辖之下，那些话语把一个宇宙加在了这个文本之上。④

克里斯蒂娃的意思是很清楚的，她强调的是词际、语际、文际或文本际的相互依赖关系，是现文本和前文本、显文本和隐文本等相互依赖、相互作用的关系。其观念的核心点是认为任何文本都存在于历史的文本之网之中，它只是这个网上的一个具体的网结，它是同别的网结"互结相连"在一起的，它没法独立存在，或如她说是没有引号的引语的"马赛克"。⑤ 后来巴尔特干脆把它称为网状的"编织物"。其实，德里达的"延异"的能指戏游在本质上也是一样的，所彪炳的也是符号能指之间的相互依赖性。另外，在这种"间互性"的内涵中，其实也不难发现海德格尔—加达默尔等的"前有"、"前理解"、"视界融合"，以及弗洛伊德的"无意识"等影子。如克里斯蒂娃曾把文本按符号学结构分成现象文本和生成文本两个层面，其生成文本

---

① 克里斯蒂娃：《界限文本》，转引自沈立岩主编：《当代西方文学理论名著精读》，南开大学出版社 2005 年版，第 343 页。

② 克莉斯蒂娃：《词语·对话·小说》，转引自沈立岩主编：《当代西方文学理论名著精读》，南开大学出版社 2005 年版，第 344 页。

③ 克莉斯蒂娃：《词语·对话·小说》，转引自罗婷：《克里斯特娃的诗学研究》，中国社会科学出版社 2004 年版，第 64 页。

④ 张荣翼：《文学史，本文及其它因素的参照作用》，《求是学刊》，1997 年第 4 期，第 63 页。

⑤ 如罗婷亦指出："在克里斯特瓦看来，每一个文本是在与其他文本相关时才能确定自身位置的，每一个文本都是其他文本的亚文本或互文本。所有文学作品都是从社会、文化等因素构成的'大文本'中派生的，它们之间有共同母体，因而它们之间可以相互参照。"见罗婷：《克里斯特瓦的诗学研究》，中国社会科学出版社 2004 年版，第 85 页。

（géno-texte），又可以译成"基因文本"，① 而"基因"同"无意识"正有着某种内在的可通约性。另一个确凿的事实是，克里斯蒂娃后期也明显由符号分析学延伸到了精神分析，虽直接的理论链来自拉康，但弗洛伊德的"无意识"的底色却是相当明显的。因此，也算是这种先验的"历史无意识"谱系的一个未必自觉的延伸。

而更为明显的是，克氏的互文性概念的直接的理论来源就是巴赫金的对话理论。克氏本人就说得很清楚，她在《符号学，语意分析研究》一书中明确坦言：

横向轴（作者——读者）和纵向轴（文本——背景）重合后揭示这样一个事实：一个词（或一篇文本）是另一些词（或文本）的再现，我们从中至少可以读到另一个词（或一篇文本）。在巴赫金看来，这两支轴代表对话和语义双关，它们之间并无明显分别。是巴赫金发现了两者间的区分并不严格，他第一个在文学理论中提到：任何一篇文本的写成都如同一幅语录彩图的拼成，任何一篇文本都吸收和转换了别的文本。②

这"任何一篇文本的写成都如同一幅语录彩图的拼成，任何一篇文本都吸收和转换了别的文本"，其实正是克氏对"互文性"的定义，足见，在她看来，互文性同巴氏的对话理论并无分别，或至少是以它为"蓝本"而再往前推展的。克氏在《我记忆中的夸张》一文中就说得更明确了：

巴赫金是一位后形式主义者，他通过对狂欢化、拉伯雷、陀思妥耶夫斯基和现代小说中的复调理论的介绍，把"去势"和"对话性"引入受形式主义影响的研究领域。我的对话性概念具有矛盾情绪，我把它称为"互文性"——这一概念主要受巴赫金和弗洛伊德的影响——现已成为美国大学正在研究的新玩意儿。③

这无疑是对其学术来源的直接的自陈了，而"我的对话性概念"的说法也无疑是在明确地指明她的"互文性概念"其实就是"对话性概念"。

关于克氏与巴氏的关系或互文性与对话理论的关系，人们也多有指认，如日本学者西川直子说："《符号论》提出的值得引人注目的文本理论之一是所谓的'间文本性'或者'相互文本性'的概念。这是以俄罗斯后形式主义

---

① 见罗婷：《克里斯特瓦的诗学研究》，中国社会科学出版社 2004 年版，第 89 页。

② 见蒂费纳·萨莫瓦约：《互文性研究》，邵炜译，天津人民出版社 2003 年版，第 4 页。

③ 克里斯蒂娃：《我记忆中的夸张》，罗婷、盛莉译，见罗婷：《克里斯特瓦的诗学研究》，中国社会科学出版社 2004 年版，第 279 页。

文学理论家米哈伊尔·巴赫金的对话原理为蓝本并进一步扩大的东西。"① 又指出：她"翌年的 1967 年 4 月，以《巴赫金、语言、对话、小说》为题目的论文发表于《评论》杂志上，这成了克里斯托娃在法国最早发表的杂志论文。该文在《符号论》中被改为《语言、对话、小说》而收录"。② 这种文本命名上的变化也清楚地表明了克氏与巴氏的谱系性关联。国内学人赵一凡也指出："我们已知，巴赫金指责独白批评，说它无法解释书中的众声喧哗，以及新旧文本的渗透穿插。所以克娃说：老巴虽未明确提出互文性，此法已埋藏在他的著作中。"③ 罗婷也指出："克里斯托娃在早期的符号学和文本研究中，深受俄国后形式主义理论家巴赫金的影响，……巴赫金在西方，尤其是在法国的传播和接受过程中，克里斯托娃可谓功不可没，是她最先把巴赫金介绍给法国读者，是她最早阐述和发展了巴赫金的思想，并把对话原则引入社会、政治和文化生活之中，率先提出了'互文性'这一概念。"④ 再如蒂费纳·萨莫瓦约在《互文性研究》中说："互文性的概念原本产生的背景是解构主义和文本创作研究，而后如同马克·安日诺所言，这一概念'远离'了文学范畴，其定义的内涵惊人地增加。于是互文性就处于文本的传统手法（引用、模仿、套用……）和现代理论的交叉点上：这个词有了新的特点，并且在现行理论中占有重要地位；然而有一点不容易忽视：是互文性让我们懂得并分析文学的一个重要特性，即文学织就的、永久的、与它自身的对话关系；这不是一个简单的现象，而是文学发展的主题。"⑤ 也指明了它的"对话关系"内涵，等等。

以上之所以要反复论证克氏与巴氏的直接的谱系性联系，目的很简单，就是要证明"互文性"其实就是一种"对话理论"。具体说，则是关于"横向轴"内部的作者与读者间的对话，"纵向轴"内部的文本与背景间的对话；横向轴与纵向轴之间的对话的理论。或者还可以看作是关于词际、语际、文本际（包括文本与历史、文化环境；此文本与他文本，现在文本与过去文本，现象文本与基因文本，或显文本与隐文本等等）的对话的理论。所不同的在于：1. 克氏把巴氏的"主体间性"变成了"文本间性"，用文本取代了"主体"，表现出反主体性的符号论旨趣；2. 虽同样具有历史和文化的取向，如有论者所言："对她而言，'互文'意味着欲望、历史、文本等语言学或非语

① 西川直子：《克里斯托娃多元逻辑》，王青、陈虎译，河北教育出版社 2002 年版，第 50 页。
② 西川直子：《克里斯托娃多元逻辑》，王青、陈虎译，河北教育出版社 2002 年版，第 51 页。
③ 赵一凡：《西方文论讲稿》，三联书店 2007 年版，第 303 页。
④ 罗婷：《克里斯特瓦的诗学研究》，中国社会科学出版社 2004 年版，第 64—65 页。
⑤ 见蒂费纳·萨莫瓦约：《互文性研究》，邵炜译，天津人民出版社 2003 年版，第 1—2 页。

言学、文学文本或非文学文本的相互指涉。它超出了狭窄的文本范围，进入到更为广阔的文化视野之中。而且，互文性还意味着一个（或几个）符号系统与其他符号系统之间的互换……互文性把文本放入历史和社会之中，这种历史和社会同样是文本性的，是作者和读者通过把自我植入其中而加以重写的产物，文本在这里起到了一种标志作用。从这个意义上说，互文性与其说是对文本与它先前某一特定文本之间的关系的命名，不如说是文本参与不断变换的文化空间的一种标示。语境通过互文性揭示了文本意义的建构方式。而且，互文性也成为后现代主义广义文化研究的一种武器。互文性原则正好是对不同学科之间传统界限的超越，它不仅强调文学文本之间的相互作用，而且强调文学文本与其他学科领域内的文本关系。"① 但是，其目的主要并不是为了强调多元主体之间的独立和平等，或各自意义的自足与彼此间的依赖、互补，而是属意于对单维意义的"解构"、对独立"主体"或文本价值的否定，表现出强烈的"解构主义"旨趣，亦如蒂费纳·萨莫瓦约所说："互文的互异性深融于文本的个性中。"② 3. 互文性更加走向了文本与语义的深层空间，着力于揭示文本意义的复杂的动态构成性、内隐不明的深度生产机制；4. 克氏的互文性还有意引入了"精神分析"、经济学等维度，开辟出主体欲望裂解、增殖等"超文本"的后主体空间；5. 比巴氏的狂欢化谱系更加广阔，互文性成为广义文化之网的代名，成为后现代文化批评的关键词、重要策略、跨学科族徽。

在克里斯蒂娃的"互文性"之后，"互文性"按两大发展路径前行：1. 解构路径；2. 诗学路径。"前一个方向是克里斯蒂娃本人理论的逻辑延伸和扩展，趋向于对互文性概念做宽泛而模糊的解释"，"关心的是如何通过'互文性'等手段去破坏文本的既定结构和认识范式，使所有的文本解读无限地指向边缘"。③ 这一路径可以巴尔特、德里达、美国耶鲁学派如德·曼、希利斯·米勒、哈罗德·布鲁姆、杰弗里·哈特曼等为代表。如在克氏提出此概念之后，索莱尔斯就呼应道："每一篇文本都联系着若干篇文本，并且对这些文本起着复读、强调、浓缩、转移和深化的作用。"④ 巴尔特的贡献更大，如有论者所说："互文性理论的真正成形期无疑要追溯到罗兰·巴特。"克里斯蒂娃的理论影响最初"只限于'原样派'及其外围成员。互文性概念之所以能从她艰涩的著作中脱颖而出，在批评界广泛传播，并迅速发生流变，一定

---

① 罗婷：《克里斯特瓦的诗学研究》，中国社会科学出版社 2004 年版，第 86—87 页。
② 见蒂费纳·萨莫瓦约：《互文性研究·引言》，邵炜译，天津人民出版社 2003 年版，第 2—3 页。
③ 见王瑾：《互文性》，广西师范大学出版社 2005 年版，第 89 页。
④ 见蒂费纳·萨莫瓦约：《互文性研究》，邵炜译，天津人民出版社 2003 年版，第 5 页。

程度上还要归功于罗兰·巴特。"① 巴尔特不光在 1970 年出版的《S/Z》一书中就开始使用"互文本"一词，而且 1973 年还专门为法国《通用大百科全书》撰写了相当于汉字三万字左右的新词条《文本理论》，指出："文本与作品不应互相混淆。作品是一件完成了的、可以计量的、占据一定物理空间的（例如，放置在图书馆的书架上）的物品。文本是一个方法论的场域。因此，我们无法对它进行计量，至少传统的方法无法奏效。"② 同时巴尔特还对克氏的概念专门做了解释："任何文本都是互文本；在一个文本之中，不同程度地并以多少能辨认的形式存在着其他文本：例如，先前文化的文本和周围文化的文本，任何文本都是过去引文的一个新织体。"③ 巴尔特后来还明确地把文本看作是互文性的编织物：

　　文本完全是由引语、指涉、回应、先前和当代的文化语言编织而成的。这些要素遍布文本，形成宏大的立体声效果。在互文性文本中，每一个文本都被把握，它本身成为与另一个文本之间的文本……组成文本的引述是匿名的、无迹可循的，然而却是被阅读过的：它们是不加引号的引语。④

　　诗学路径则以热奈特、孔帕尼翁、里法泰尔等为代表，侧重于具体的文本互文策略研究，如热奈特认为："没有任何一部文学作品不在某种程度上带有其他作品的痕迹，从这个意义上讲，所有作品都是超文本的。"并提出"跨文本性"概念，共包括五类现象：互文性、类文本、元文性、超文性、统文性。⑤ 孔帕尼翁对"引用"的互文性做了深入研究，认为："写作就是复写。……所有的写作都是拼贴加注解，引用加评论。"⑥ 总之，这一路径是相对狭义的、具体的诗学互文性研究路径，其研究主要涉及模仿、隐文、剪贴、拼凑，以及引用、抄袭、戏拟、仿作、合并、粘贴等具体的互文手法。

　　而无论是何种路径，则都拥有一个共同的学术前史：对话理论。或者说都仍然没有真正背离共同的对话理路。所不同的，只不过是把互主体对话变成了互文本对话而已。对话"主体"变了，而对话的内涵却依然存在。

　　① 见王瑾：《互文性》，广西师范大学出版社 2005 年版，第 48 页。

　　② Roland Barthes，"Theory of text"，in Untying the Text：A Post—structuralist Reader，Robert Young ed.，London：Routledge and Kegan Paul，1981，P. 39.

　　③ 见罗婷：《克里斯特瓦的诗学研究》，中国社会科学出版社 2004 年版，第 85—86 页。

　　④ Roland Barthes，Image Music Text，trans. Stephon Heath，London：Fontana，1977，p. 160.

　　⑤ 见蒂费纳·萨莫瓦约：《互文性研究》，邵炜译，天津人民出版社 2003 年版，第 36 页、19 页。

　　⑥ 同上，第 24 页。

第九节　后现代综合化思潮

后现代（post - Moderne），作为一种理论思潮的表征又称为后现代主义（Postmodernism），或着眼于其性质或品格，又可称为后现代性（Postmodernity）。从表面上看就是在现代之后（after the modern），正如美国后现代思想家小约翰·B. 科布所说的："今天的人们已经赋予了'后现代'以很多的意义。然而在本来的意义上，这个概念仅仅指的是在现代之后（after the modern）。它不是说在现代之后什么会到来，也不是说后现代是否应当建立在现代之上或与之相反。如果一定要给它一个定义，它在本质上是一种暗示。不过，直到最近，甚至对今天的许多人来说，'现代'仍然意味着最近的、最当代的、最新的等，而用了'后现代'的概念，则意味着'现代'标志着一种在历史具有特定时间特征的时期。……现在，'后现代'成了一种时髦，它也广泛地被用于指称某种新动态和新发展。"① 这是一种最表面的看法，即把"后现代"看作是一种时间概念，一种对"某种新动态和新发展"的"暗示"或比喻性的说法。也就是说强调的是它和"现代"之间的那种比较暧昧的"联系"而非"断裂"。而实际上，以倡导建设性后现代主义产生影响的科布，也同时认为后现代同现代在思维模式上存在根本差异，即后现代"解构在现代思维中作为中心的实体性自我（the substantial self）"，"拒绝现代科学中的还原论的机械主义"，"反对超越问题而为思维寻找某种出发点，即所谓'基础主义'（foundationalism）"，"反对欧洲中心主义、种族主义、等级制度、家长制、全球化的现行形式和各种形式的帝国主义。"② 这无疑就是比较深刻的认识了。

关于后现代的"概念阐释"，更为人们熟知的则是美国伊·哈桑、法国利奥塔的"知识论"定义，和美国詹姆逊的"文化论"定义。如哈桑认为后现代在知识论方面的特征有二：①不确定性，如含混、间断性、异端、多元论、随意性、反叛性、反常、变形等。其一个基本的精神就是对一切秩序和结构的消解。②内在性。它意味着后现代主义不再具有超越性，不再对精神、价

---

① 欧阳康：《建设性的后现代主义与全球化——访美国后现代思想家小约翰·B. 科布》，见王治河主编，薛晓源副主编：《全球化与后现代性》，广西师范大学出版社 2003 年版，第 12 页。

② 欧阳康：《建设性的后现代主义与全球化——访美国后现代思想家小约翰·B. 科布》，见王治河主编、薛晓源副主编：《全球化与后现代性》，广西师范大学出版社 2003 年版，第 15 页。

值、终极关怀、真、善、美之类东西感兴趣，沉溺于欲念和眼前。怎么都行，但怎么都没意义。利奥塔则认为后现代一个极为显著的标志是以哲学为代表的元话语、元叙事（即宏大叙事，如法国式的"启蒙型叙事"和德国式的"思辨型叙事"）已经失效，其知识的主要特征是"解合法化"，即激发差异，维护异质性、多元性的地位，保障个人创新的权利。詹姆逊认为后现代是资本主义社会的一个新的发展阶段，后现代主义是当下资本主义的新的文化逻辑。他借用曼德尔的资本主义三阶段划分框架，把资本主义划分为：市场资本主义阶段、垄断资本主义阶段、跨国资本主义阶段，分别对应三种不同文化逻辑如现实主义、现代主义、后现代主义。并指出后现代的文化特征有四：①深度模式的削平。[①] ②历史意识的消失。③主体的零散化。④距离感的消失。即形象变成了复制的"类象"，艺术真实变成了一种超真实的"仿真性"。

比较起来，国内学者新近的概括则更为综合、全面，如王治河指出："作为一种现实的思想运动，后现代主义的真正崛起是在 20 世纪 60 年代。……从自然形态上，可以将后现代主义大致划分为文学艺术上的后现代主义、社会文化上的后现代主义、哲学上的后现代主义。随着这一思潮的深入，又产生了后现代经济、后现代农业、后现代科学、后现代教育、后现代政治、后现代宗教等分支流派。从内容上看，可以将后现代主义划分为：否定性（解构性）的后现代主义、建设性（建构性）的后现代主义、简单化（迪斯尼式）的后现代主义。从时间上看，60、70、80 年代是解构性的后现代主义流行的年代。其表现形态有：解构主义、反基础主义、视角主义、后人道主义、非理性主义、非中心化思潮等。……进入 80 年代，建设性的后现代主义开始崛起，其表现形态有：建构性的后现代主义、有根据的后现代主义、生态的后现代主义、重构的后现代主义。"[②] 并指出作为一种新的思维方式的后现代主义有这样一些特点：

在人与自然的关系上，摈弃现代机械世界观，倡导有机观，不仅要实现由"征服自然"向"保护自然"的转变，而且要实现由"我保护自然"向"自然保护我"的转变……在人与人的关系上，摈弃激进的个人主义，主张通

---

① 其深度模式指：①康德的主体/客体、时间/空间的区分模式；②黑格尔的本质/现象、偶然/必然的辩证法模式；③弗洛伊德的表层/深层压抑模式，或本我/自我/超我的心理模式；④存在主义关于真实性/非真实性、异化/非异化的关系模式；⑤符号学关于言语/语言、能指/所指的二元对立模式等。

② 王治河：《前言：建设性后现代主义与中国》，见王治河主编，薛晓源副主编：《全球化与后现代性》，广西师范大学出版社 2003 年版，第 2 页。

过倡导"主体间性"（intersubjectivity）和"关系中的自我"（self in relation）来消除人我之间的对立。与此相联系的就是按照"伙伴关系原则"重建男人与女人的关系。

它不再热衷于寻求惟一的永恒真理，不再强求达到普遍的共识。相反，它欢迎对话，欢迎批评，欢迎产生新的争论。

尤为重要的是，建设性后现代主义对创造性的推重……后现代主义讲"模仿"仅是一种策略，其目的是打破人们对"原本"、"真本"的迷信，从而为创造性的发挥开辟空间。①

或者还可以从否定和肯定两个方面来概括，其否定方面的特征是：反中心性、反二元论、反同一性、反总体性。其肯定方面的特征是：主张差异性、异质性、多样性、离散性。

以上之所以要不厌其烦地对后现代的概念问题进行客观的介绍、梳理，目的是为了说明"后现代"本身就是一个很具包容性的概念，含混、多元、复义，是一个综合化的"概念和意义家族"，而家族成员之间，则是民主的、平等的，虽也难免有分歧，或不一致处，但这些也正好说明它们可以互相对话，具有一种内在的"部落联盟性"和对话性。这种综合化和对话性，或在综合化文化框架中内含着的"对话性"，无疑，也是后现代主义的一个十分显著的内在特征。

关于后现代主义的综合化特点，詹姆逊的这句话也许是很有代表性的，他说："一切伟大的现代主义者都以他们自己的方式创造了现代主义。然而很清楚，没有一位后现代主义者能给予我们（特定的）后现代主义，这是因为后现代主义体系包罗万象。"② 其实，詹姆逊本人的研究就充分地体现了这一点，在他著名的讲演稿《后现代主义与文化理论》中，他就杂糅综合了马克思主义、精神分析、结构主义、符号学、狭义后现代理论、文化批评等诸新近的西方学术流派，用他的"辩证批评"框架把众家汇融于一炉。③ 这在他并非是一个孤例，而是他的基本的风格特征，正如对他素有研究的学者王逢振所说："他汲取20世纪各种理论资源，从诺斯罗普·弗莱的四个解释层面到雅克·拉康的无意识理论，从俄国形式主义到后结构主义，从德里达的解

---

① 王治河：《前言：建设性后现代主义与中国》，见王治河主编，薛晓源副主编：《全球化与后现代性》，广西师范大学出版社2003年版，第5—6页。

② 弗雷德里克·詹姆逊：《关于后现代主义》，周宪译，见《激进的美学锋芒》，中国人民大学出版社2003年版，第97页。

③ 见杰姆逊：《后现代主义与文化理论》，北京大学出版社1997年版。

构主义到路易斯·阿尔都塞的意识形态论述，几乎无一不被他加以创造性地利用。在他看来，马克思主义批评不是排他性的或分离主义的，而是包容性的和综合性的，它融合各种资源的精华，……但这些方式不是互相取代，而是互相交迭融合。""从结构主义到后结构主义，从精神分析到后现代主义，许多不同的观点都被他挪用到自己的理论当中，通过消化融合，形成他具有独创性的马克思主义文学理论和文化理论。""他的辩证批评主要是综合不同的立场、观点和方法，把它们融合成一种更全面的理论，例如在《语言的牢笼》里，他的理论融合了结构主义和符号学，以及俄国形式主义。在《政治无意识》里，他广泛汲取其他理论，如弗洛伊德的精神分析、拉康的心理学、德里达的解构主义、萨特的存在主义，等等，把它们用于具体的解读。"① 这些分析和概括是非常符合他的实际的，也很能说明他本人的"综合化"的学术特征。而他也非孤例，法国的福柯也是如此，亦如有论者所说：福柯，"正是他创造性地将结构主义与现象学的研究方法，将马克思主义与批判理论，将结构分析与历史分析成功地结合起来，为人们留下了宝贵的思想财富"。② 这多重的"结合"也可看作是多重的综合。

而这种综合或融合同时也就是"对话"，它来自后现代的"平等"、"多元"的本体论观念，"后现代思想家对多元论的倡导是与他们对'本体论的平等'概念的信仰分不开的。……本体论上的平等原则要求屏弃一切歧视，接受和接收一切有区别的东西，'接收和接受一切差异'。也正是这种对后现代的'平等'概念和'多元'概念的认同，决定了后现代主义对'对话'的推重。加达默尔甚至将对话视作语言的本质和生命。……为了使真正的对话得以进行，后现代主义主张开放，主张倾听一切人的声音，哪怕是最卑微的小人物的声音，以防人微言轻的悲剧再度发生"。③ 因此，我们完全有理由说，后现代的综合化思潮同时也是一种"对话"的思潮。这即使从"流派"的角度看，④ 也是如此。比如新历史主义是对文学和历史的综合，是文学和历史的

① 王逢振：《老友弗雷德里克·詹姆逊》，见《交锋》，世纪出版集团、上海人民出版社 2007 年版，第 10 页、13 页、14 页。
② 王治河：《后现代主义与建设性》，见大卫·雷·格里芬编：《后现代精神·代序》，中央编译出版社 2005 年版，第 5 页。
③ 王治河：《后现代主义与建设性》，见大卫·雷·格里芬编：《后现代精神·代序》，中央编译出版社 2005 年版，第 7—8 页。
④ 后现代理论又分广义和狭义两种，或大后现代理论与小后现代理论。前者指后结构主义之后的那些反结构、反中心主义，或主张异质和多元性、主张平等和对话性的后现代理论思潮和派别，包括小后现代理论、解构主义批评、新历史主义、后殖民主义批评、女性主义批评、文化研究和文化批评、生态论批评等。后者则专指狭义或小后现代理论。

对话，或是文本的历史化、历史的文本化之间的"对话"性融合；女性主义批评、后殖民批评都体现出多种理论融汇、对话的特点；而至于文化研究与文化批评，则更是跨学科和泛学科的，如詹姆逊所说："文化研究是一种愿望，探讨这种愿望也许最好从政治和社会角度入手，把它看作是一项促成'历史大联合'的事业，而不是理论化地将它视为某种新学科的规划图。"国内学者陈晓明亦指出：

但不管如何，文化研究现在已经涵盖了多门学科，成为一个难以抗拒的联合体。在詹姆逊看来："它的崛起是出于对其他学科的不满，针对的不仅是这些学科的内容，也是这些学科的局限性。正是在这个意义上，文化研究成了后学科。""后学科"这种说法当然有些故弄玄虚，实际上，它也就是一门新兴的跨学科或超级学科。①

而多学科或超学科的"联合"，当然也完全可以看作是学科际的兼容和"对话"。

或者，我们还可以再返回到一个小的角度，即以前述具有对话内质的"互文性"为例，作为后现代的重要的理论和策略，"互文性"其实已经由一斑而代全豹，或以画龙点睛的方式向我们道出了后现代整体对话特征的一种内部的讯息。故尔，我们也同样可以说，后现代理论在整体上正是一种宽泛的对话理论。

---

① 陈晓明：《文化研究：后—后结构主义时代的来临》，见陶东风、金元浦、高丙中主编：《文化研究》第1辑，天津社会科学院出版社2000年版，第2页。

建构篇

第五章　人的对话性与文学的对话性

第六章　对话诗学的本质、范畴与结构

第七章　文学对话的场域维度

第八章　文学对话的谱系维度

第九章　文学对话的魅态文化维度

对话　诗 学

DUI HUA SHI XUE

第五章　人的对话性与文学的对话性

以上，用了四章的篇幅对中西对话诗学的哲学基础、中西诗学中的对话思想与理论，进行了整体性的梳理和建构，通过这种有意识的梳理和建构，可以看出，对话思想、对话诗学无论在中国还是西方的文化中，都有着广博而深厚的思想和理论基础，也就是说其土壤、资源无疑是十分丰厚的。但真正理想的、具有体系意义的对话诗学却明显缺席。因此，以上"历史篇"的梳理和建构就同时承担着一个十分自觉的目的：给对话诗学的体系性的理论建构提供一个类似于海德格尔所说的"前有"或"前结构"。或者如加达默尔所说的"前理解"。或者，一句话，是为它提供一种最大意义上的视野和基础。接下来的对话诗学体系就是在这个广袤深厚的地基上，才开始它的具有真正的体系意义的建构之旅的。而它的一个必然的逻辑起点则应是人和文学的对话性本质问题。

第一节　人的非自足性

从人类发生学的意义看，人类的诞生原本就是一个"先天不足"或存在着严重前提性缺憾的事件。诚如美国新弗洛伊德主义理论家弗洛姆所说："从个体发生学和种系发生学来看，人的诞生本质上是一个否定事件。他缺乏对自然的本能适应，缺乏体力；他生下来就是所有动物中最无能的，他比任何动物都需要更长时间的庇护。人失去了与自然的一体性，但又没有得到完全脱离自然而生存的手段。他的理智是很幼稚的，他不清楚自然界的发展过程，也没有工具取代他失去的本能。"① 无独有偶，德国当代哲学人类学家兰德曼

---

① 埃利希·弗洛姆：《健全的社会》，中国文联出版公司 1988 年版，第 22 页。

也有类似的慧见，他说："与动物形成对比，人在本质上是不确定的。就是说，人的生活并不遵循一个预先建立的进程，而大自然似乎只做完一半就让他上路了。大自然把另一半留给人自己去完成。""自然既未给他飞行的器官，也未给他攻击的器官、保护的毛皮、爪子等等，同时，他的感官没有那些动物的感官灵敏。"[①] 或者说，人同动物相比，不像动物的感觉器官那样被"特化"。什么是特化？特化也称"特定化"，是德国生物人类学家格伦提出的概念，[②] 是指生物器官及机能的特定化、专门化、"类定化"，即具有在某方面的超常优势。比如会织网的蜘蛛、会酿蜜的蜜蜂、能在水中栖息的鱼、能在空中飞翔的鸟、狗的嗅觉、鹰等飞禽的视力。科学研究证明，鹰眼具有敏锐的视力，往往能在两三千米的高空发现地面上的小兔子。而苍蝇、蚊子、蜻蜓、蜜蜂等都具有神奇的"复眼"，这种复眼由几十甚至成千上万只独立的小眼所构成，如蜻蜓的一只眼睛是由两万八千只表面是六角形的"小眼"紧密排列组成的，每只眼睛都自成体系，都有自己的屈光系统和感觉细胞，都能够看到东西。人的眼睛和这种"特化"了的眼睛是远远无法比的。再比如，鸡会下蛋，老鼠会打洞，这都是特化。

正由于人未被特化，人适应自然的能力才比较低，人才比较脆弱，正如法国思想家帕斯卡尔所说的："人只不过是一根苇草，是自然界最脆弱的东西；但他是一根能思想的苇草。用不着整个宇宙都拿起武器来才能毁灭他；一口气、一滴水就足以致他死命了。"[③] 而也正是未被特化，人才需要走另外一条自我保护和自我发展的道路，这就是文化之路。文化正是人为的、为人的，帮助人超越自然限制、弥补本能天赋的不足而产生的人的活动、方式及其成果。人正是靠文化得以生成、存在和发展的。

这里并不是要进一步来研究人的文化的后天的品质和功能，而是仅仅想指出，人的文化的建构恰恰证明了人的先天的缺憾性。"未被特化"在一定意义上正说明了人在先天上是"非自足"的，特别是就个体的人来讲就更是如此，因为"人比其他动物有一个更长的幼儿期。其他动物一生下来很快就能

---

① 米夏埃尔·兰德曼：《哲学人类学》，上海译文出版社1988年版，第7、38页。

② 格伦认为：人在生物学意义上尚未确定，人是未特定化的、发育不全的、匮乏的、易受损伤的、被剥夺的存在。比如在体系学上人没有特殊的器官对应特定的自然对象；在形态学上人是匮乏的，没有天然的形态特征（如利爪、坚齿等）去应付自然环境的挑战；在胚胎学上，人是发育不全的，天生的本能缺陷使他只能在群体的精心照料下才能生存。等等。因此，人必须用文化补偿自己，把未特定化的否定命题转化为向世界开放的肯定命题。故文化是人的第二本性，也是实现人本质的惟一领域。（见《现代西方哲学辞典》，上海辞书出版社2007年版，第387、377页）

③ 帕斯卡尔：《思想录》，商务印书馆1985年版，第157—158页。

够独立谋生，寻找食物，但人却不能，人有一个很长的哺乳期，如果没有人喂养，人就不可能生存下来"。① 这就是人的先天的非自足性，即人在"根本"上是不能做到完全的"自立"、"自持"的，换句话说，人命定了会有一种先天的"依赖性"，他（她）要依赖自然、依赖文化、依赖父母、依赖社会、依赖他人……

关于人的先天的非自足性或依赖性，以下思路、理路或观点可以反映出这一思想谱系的深度和广度。首先，是神话或宗教的维度。以男女两性的关系而论，在此谱系中它们原本就是双性同体的，如柏拉图《会饮篇》说："从前的人本来分成三个性别，不像现在只有两个性别。在男人和女人之外，从前还有一种人不男不女，亦男亦女。……其所以有这三个性别，是由于男人原来是太阳生的，女人原来是由大地生的，至于阴阳人则是由月亮生的，月亮本身就同时具备太阳和大地的性格。"但是，宙斯为了削弱人的力量，就把人一劈两半，"这样他们的力量就削弱了，同时他们的数目也加倍了，这就无异于说，侍奉我们的人和献给我们的礼物也就加倍了。"② "所以我们每人都是人的一半，是一种合起来才成为全体的东西。所以每个人都经常在寻找自己的另一半。……其所以如此，原因就在于我们原来的性格就是这样，我们本来是个整体。"③ 根据这种理论，男人、女人剖开后，会成为"同性恋者"，而"阴阳人"剖开后，则成为异性恋者。其实，这也是一种人的先天非自足性观点，他（她）先天地要寻找自己的另一半，对自己的另一半有自然的依赖性。英文中表示性、性别、男性或女性的单词"sex"，来自拉丁词根，意思就是"切割、分开、劈开"，指的就是有机体分割为雄性或雌性，是"性分"的概念。美国的沃尔在《性与性崇拜》中也指出了这一点，不过认为"sex"是神性和人性的"两分"。④

这一观念在《圣经》中也有反映，比如女人来自于男人的"肋骨"，也表达了两性原为一体的观念。而人为上帝所造，其实也表达了人对"上帝"的依赖性。

在中国神话中，那个著名的人首蛇身的伏羲与女娲交尾图也表达了两性的"交合观"，意味着两性间的依赖性。而《老子》"万物负阴而抱阳，冲气

---

① 赵敦华主编：《西方人学观念史》，北京出版社出版集团、北京出版社 2005 年版，第 17—18 页。

② 柏拉图：《会饮篇》，王太庆译，见《柏拉图对话集》，商务印书馆 2004 年版，第 310—311 页。

③ 同上，第 312—313 页。

④ 见 O. A. 沃尔：《性与性崇拜》，翟胜德译，光明日报出版社 1989 年版，第 7 页。

以为和"，《易传》的"一阴一阳之谓道"，则可视为是对这一认识的哲学表达。有意味的是，中国汉字中的"人"、"交"、"爻"、"天"、"合"等，在字形上其实都可视为是男女两性（"人"之两撇）衍生出来的，所表征的正是两性的"交合"性和依赖性。而"分"字则与"sex"同趣，是用"刀"把两性（"人"）"劈开"。同时也说明，这"分"是不易的，故尔须借用"刀"之暴力工具来进行暴力拆解。

其次，是科学的维度。今天，科学已证明人本身就是双性合体的，男人身上有雌性成分，女人身上有雄性的成分，两性在根本上就是互相依存，互依互成的。

再次，是社会学的维度。比如马克思在《关于费尔巴哈的提纲》中指出："费尔巴哈把宗教的本质归结于人的本质。但是，人的本质并不是单个人所固有的抽象物。在其现实性上，它是一切社会关系的总和。"① 马克思在《1844年经济学—哲学手稿》中还提出人的"类"本质："人是类存在物，不仅因为人在实践上和理论上都把类——自身的类以及他物的类——当作自己的对象；而且因为——这只是同一件事情的另一种说法——人把自身当作现有的、有生命的类来对待，当作普遍的因而也是自由的存在物来对待。"② 马克思在《路易·波拿巴的雾月十八日》一文中还讲过这样一个的观点："人们自己创造自己的历史，但是他们并不是随心所欲地创造，并不是在他们自己选定的条件下创造，而是在直接碰到的、既定的、从过去承继下来的条件下创造。"③ 马克思在这里强调的是人的关系性、社会群体性、历史制约性等本质属性。是人的非自足性或依赖性的另一种表述。

1890年美国实用主义奠基人詹姆斯在《心理学原理》中提出了"物体自我"、"社会自我"和"精神自我"三种不同的"自我"概念。其"社会自我"形成的根基就是人际间的"互动"。④ 而美国的另一社会学家、符号互动理论家库利则提出了"镜像自我"的概念，指出"自我"的形成必须借助于某种镜子来形成对自己的感受，这"镜子"，就是"与我们互动的他者。我们把别人当成是镜子来评估我们的角色以及我们的表现"⑤。而一个非常重要的镜像就是他提出的"初级团体"，这是一种面对面的亲密团体，主要指家庭和

---

① 见《马克思恩格斯选集》第1卷，第18页。
② 见马克思：《1844年经济学—哲学手稿》，人民出版社1985年版，第52页。
③ 见《马克思恩格斯选集》第1卷，第603页。
④ 见高宣扬：《当代社会理论》（上），中国人民大学出版社2005年版，第407—408页。
⑤ 乔治·瑞泽尔：《当代社会学理论及其古典根源》，杨淑娇译，北京大学出版社2005年版，第51页。

朋友群。它在个人与更大社会的联结上扮演了重要角色，年轻人在这里成长为"社会人"。或者说，镜像自我主要在初级团体中形成。① 美国著名社会学家米德也主张一种"象征互动论"，认为"人的'自我'只有在同'他人'的沟通和交往中，才能在行为中真正地存在和呈现出来。人的心灵和自我都是在社会生活经验的不断积累中形成和发展的。而社会经验的基本内容主要是在人与人之间的关系中所建构的意义网络。"② 他还提出了"主我"（主格的我）和"客我"（宾格的我）两个不同的概念，认为"任何人的自我都是双重结构的：一方面包含着由社会因素所造成的自我，另一方面是人的自我意识所产生的自我。前一部分就是作为宾格的我（me），后一部分是作为主格的我（I）。自我就是宾格的我和主格的我的反复的重合和结合"。③ 或者说，"主我是自我对他者的立即响应，是自我中无法计算、无法预测，但具创造性的一面"，它代表着自我的"个人性"方面。而"客我主要是个人对概化他人的认同和认知，是自我的顺从性方面"。④ 美国的精神分析的社会文化学派学者沙利文融合弗洛伊德理论、库利的"镜中我"思想、乔治·米德关于主我和宾我的观念于一炉，也认为自我源自"人际互动"，进而提出了精神分析的"人际关系理论"，指出：自我"是我们在重要的他人对我们的反应中得到的所有经验因素的集合，换句话说，我们的自我是我们的人格的映象的集合，那是我们在与其打交道的人那里得到的影象。"⑤ 等等。这些社会学有关人的"自我"的理论都反映出一个共同的认识：人的自我建构离不开社会、离不开他人。

中国孔子的"仁学"其实也包含了类似的观念，其"仁"字的内涵从本质上看正是社会伦理关系在人的精神品质上的反映。

再复次，是哲学本体论的维度。首先应该提到的是胡塞尔的"主体间性"、"生活世界"理论，它不仅影响了海德格尔、萨特的存在主义，还对舒茨的"互为主体性"，甚至哈贝马斯的"交往理性"等都有直接的启示。胡塞尔的"主体间性"、哈贝马斯的"交往理性"等理论在"导论"中已有所论列，这里只想对海德格尔、萨特、列维纳斯、拉康、巴赫金等人的有关思

---

① 乔治·瑞泽尔：《当代社会学理论及其古典根源》，杨淑娇译，北京大学出版社 2005 年版，第 51 页。

② 见高宣扬：《当代社会理论》上，中国人民大学出版社 2005 年版，第 412 页。

③ 同上，第 414 页。

④ 见乔治·瑞泽尔：《当代社会学理论及其古典根源》，杨淑娇译，北京大学出版社 2005 年版，第 49 页。

⑤ 王小章、郭本禹：《潜意识的诠释》，中国社会科学出版社 1998 年版，第 99 页。

想做一简单的述列。海德格尔为了回避胡塞尔的"主体间性"的"唯我论"局限，转而以人的存在为研究本体，但却保留了"间性"的思维架构，认为人的存在的一个最根本的前提就是"在世"，即"在世界之中存在"，他说："此在是这样一种存在者：它在其存在中有所领会地对这一存在有所作为。……但我们现在必须先天地依据于我们称为'在世界之中'的这一存在机制来看待和领会此在的这些存在规定。此在分析工作的正确入手即在于这一机制的解释中。……因此，'在之中'是此在存在形式上的生存论术语，而这个此在具有在世界之中的本质性机制。依寓世界而存在，这其中可更切近一层解释出的意义是：融身在世界之中。"① 他的这个"人在世界之中存在"，换个角度看，也就是人对"世界"的依赖。

萨特则提出人"为他存在"（being for other），即自为存在外在化为他人的对象时的存在方式。他认为：人在被抛入这个世界时，就不是孤立的存在，而是为事物所包围，也为他人所包围。由于他人的存在就打乱了自为存在的本来秩序，他人把我看成他们的对象，我不再是自为存在，成了自在存在。在这种情况下，从他人的角度来说，我就成了为他的存在，我服从于他，因而失去了我的自为性。如果我要恢复自为存在的立场，保持自由，就必然与他人发生冲突。这样，"他人"就变成了"地狱"。② 而不管"为他存在"，还是"他人即地狱"，都可以充分说明一点：人离不开"他人"。

作为胡塞尔、海德格尔的学生，法国著名哲学家列维纳斯也十分重视"他者"，他认为社会关系的实质就是"和他人同处与面对他人"，他说："交互主体性产生于爱欲，在爱欲中，他人亲近却又完整地保持着一段距离，这距离的哀伤同时源自这种亲近和存在者之间的这些二元对立。……这种他者的不在场，恰恰意味着他作为他者的在场。"③ 还说："他人就其本身而言，不仅是'他我'。他是我所不是：当我是强者时，他是弱者，是穷人，是'鳏寡孤独'。……甚或，他同样可以是陌生人、敌人、强人或强势力量。问题的关键，在于他所拥有的性质是得自其自身的相异性。交互主体的空间原本就是不对称的。"④ 他的意思是说，"交互主体"离不开与自我具有相异性的

---

① 海德格尔：《存在与时间》，陈嘉映、王庆节合译，熊伟校，三联书店 1987 年版，第 65— 68 页。

② 见《现代西方哲学辞典》，上海辞书出版社 2007 年版，第 330 页。

③ 埃马纽埃尔·列维纳斯：《从存在到存在者》，吴蕙仪译，王恒校，凤凰出版传媒集团、江苏教育出版社 2006 年版，第 118 页。

④ 埃马纽埃尔·列维纳斯：《从存在到存在者》，吴蕙仪译，王恒校，凤凰出版传媒集团、江苏教育出版社 2006 年版，第 117 页。

"他者"。

法国精神分析大师拉康也提出了著名的"他者"理论，并且区分了小他者和大他者，小他者指人的主体形成之初的"主体镜像"，大他者则指整个象征性的社会语言系统。他说：

> 象征符号以一个如此周全的网络包围了人的一生，在那些"以骨肉"生育出他的人来到这个世上之前，象征符号早就结合成一体了；在他出生时，它们给他带来星座的禀赋，或者仙女的礼物，或者命运的概略；它们给出话来使他忠诚或叛逆；它们给出行动的法则让他遵循以至他还未到达的将来，以至他的死后；依照象征符号他的终结在最后的审判中获得意义，在那儿语词宽宥或惩治他的存在，除非他达到了为死的存在的主观实现。①

已见前述，② 拉康的他者理论，其立意在于要解构传统的"主体理论"，指出所谓的主体原本是"伪主体"，是那个小写或大写他者的"主体性"幻象。但也无形之中使"他者"对"主体"的绝对霸权性得到了一种不无夸张性的强调。他的意思非常清楚：主体不仅离不开"他者"，毋宁说还全部为它所支配和利用。

已见前述，③ 巴赫金对话理论的立足点正是人的先天的局限性，他认为：任何生命个体虽都是独一无二的，但任何个人同时也是无法完全自见自知的，他看不到自己的全部，特别是他的背身，而只有借助于他人之眼才能使自我呈现为一个"整体"，因而任何个体都依赖于"他者"，都是在与他者的关系中动态存在的、未完成的、开放的、等待建构的"主体"，这方面他有很多具体的论述如：

> 毋庸置疑，我的外貌不会进入我的具体实际的视野，只有少数情况是例外，例如，当我像那耳喀索斯那样，在水中或镜子里观察自己的映像。我的外貌，即我躯体上一切有表现力的因素，我只能从内心加以感受。

> 因为我们没有从外部看自己的方法，所以在这里，我们就只好移情到某个可能的不确定的他人之中，借助于这个他人我们试着找到对自身的价值立场，试着在这里从他人身上激活自己形成自己。

> 必须从根本上改变幻想世界的整个建构方法，加入一种全新的因素，才能使自己的外形获得活力并融进具体可睹的整体之中。这一改变建构方法的

① 拉康：《拉康选集》，褚孝泉译，上海三联书店 2001 年版，第 290 页。
② 可详见第二章第八节有关拉康的论述。
③ 可详见导论、第二章第八节、第四章第七节有关巴赫金的论述。

全部因素，便是来自他人也为了他人的对我的形象从情感意志上所作的确认。①

我不能没有他者，不能成为没有他者的自我，我应在他人身上找到自我，在我身上发现别人，我的名字得之于他人，它为别人而存在，不可能存在一种对自我的爱情。②

反过来，他又辩证地发现了人的个别性、独特性的长处，提出了"外位"和"超视"两个重要概念。所谓"外位"是指任何个人都具有不同于他人的、外在于他人的独特的自我"位置"，这是具体的、个人性的、被限定的、无法为其他个人所替代的"视角"、"视点"。"超视"来自于"外位"，是指这种个别性的"视点"超出被限制了的"视点"的多余部分。他是这样论述的：

我所看到的、了解到的、掌握到的，总有一部分是超过任何他人的，这是由我在世界上唯一而不可替代的位置所决定的：因为此时此刻在这个特定的环境中唯有我一个人处于这一位置上，所有他人全在我的身外。这个唯一之我的具体外位性，我眼中的无一例外之他人的具体外位性，以及由这一外位性所决定的我多于任何他人之超视（与超视相关联的是某种欠缺，因为我在他人身上优先看到的东西，正是只有他人才能在我身上看到的东西。……），通过认识可得到克服。

我的相对于他人的超视，决定着我在某些方面的特殊的能动性，亦即有些内心和外在的行为只有我针对他人能够完成，而他人从在我之外的自己位置上出发是完全不能完成的，这些行为正是在他人自己做不到的地方充实了他人。③

显见，巴赫金既看到了人的局限性的短处，同时又辩证地发现了人的个别性、独特性的长处，而且还十分智慧地提出了人际间的互为外位和超视的长处和互补性。正是在这里，他为自己的对话理论找到了一块非常坚实的人的"本体互依性"地基。不消说，他的全部对话思想和理论正是牢牢地植根在这个不容辩疑的哲学地基之上。

总之，以上思路、理路和观点，虽彼此相异，或套用巴赫金的术语是互

---

① 巴赫金：《审美活动中的作者与主人公》，《哲学美学》，河北教育出版社 1998 年版，第 124、129、127 页。

② 巴赫金：《论陀思妥耶夫斯基一书的改写》，转引自董小英：《再登巴比伦塔——巴赫金与对话理论》，三联书店 1994 年版，第 22 页。

③ 巴赫金：《审美活动中的作者与主人公》，《哲学美学》，河北教育出版社 1998 年版，第 119—121 页。

相外位和超视，但它们都有一个基本点：聚焦人的非自足性，强调人对文化、社会、世界或他人的依赖性。而这依赖性不是别的，正是人的对话性的必要前提。也就是说，正因为人先天的非自足，先天的具有对某种外在的条件的依赖性，这样，和非自我的他性"主体"联合起来建构互补的整体，便很自然地成为人完善自身的必然选择。而更为关键处还在于，这种联合不是"二元对立"性的单面的征服、压制，而应是平等互惠的"对话"。因此，异质而多元的"他者"的存在就显得极为重要。列维纳斯强调他人的"相异性"，巴赫金强调个人的外位、超视的独特性，或者再放开来看，整个后现代思潮对异质和多元性因素的推重，等等，都不约而同地表明了或代表了这样一种时代文化发展的大趋势。

从根子上看，人天生就是一种对话的动物，对话性就是他的一种本性或本质。其本性或本质的秘密诞生地，不是别的，首先就来自他的非自足性的人类学前提，是由他先天的不足、局限和缺憾所决定的。当然，也同他自觉地追求完善，能动地追求超越的意识秉性分不开。

第二节　人的意识的能动投射性与收受性

意识是人脑的机能和属性，人是有意识的具有高度智能的文化生物。人的意识性把人和动物区别开来。发生心理学认为心理的产生是生物进化的结果，最简单的生物仅有感应性，在此基础上又发展出感受性，感受性已是最简单、最初级的心理表现形式。心理发展由低级到高级又分为四个阶段：感觉、知觉、智慧、意识。动物心理只能达到前三个阶段，只有人的心理才会进化到第四个阶段：意识。① 马克思在《1844 年经济学—哲学手稿》中也指出："一个种的全部特性、种的类特性就在于生命活动的性质，而人的类特性恰恰就是自由的有意识的活动。……有意识的生命活动把人同动物的生命活动直接区别开来。"② 马克思还说：

动物和它的生命活动是直接同一的。动物不把自己同自己的生命活动区别开来。它就是这种生命活动。人则使自己的生命活动本身变成自己的意志和意识的对象。他的生命活动是有意识的。③

---

① 《现代西方哲学辞典》，上海辞书出版社 2007 年版，第 363 页。
② 马克思：《1844 年经济学—哲学手稿》，人民出版社 1985 年版，第 53 页。
③ 马克思：《1844 年经济学—哲学手稿》，人民出版社 1985 年版，第 52 页。

人是有意识的高等动物，这不光被人的生命活动本身所证实，而且也早已成为人们的普遍共识。这里需要进一步讨论的则是人的意识的能动特性：向外自觉投射，同时又能自觉地做反馈性的收受（回收、接收）。正如有论者所指出的："人既是主体，又是客体，人作为存在是客体，而人在实践中、在行动时则是主体。人具有二重属性：一是受动性，一是能动性。人作为一种客观存在，表现出受动性，即受制于一定的自然关系和社会关系。人作为行动着的人，实践着的人，则表现出能动性，即按照自己的意志、能力、创造性在行动，支配着外部世界。"①

关于人的意识的能动的投射和收受，黑格尔、费尔巴哈、马克思等都有经典性的论述，已见前述，② 黑格尔在《美学》中这样说："自然界事物只是直接的，一次的，而人作为心灵却复现他自己，因为他首先作为自然物而存在，其次他还为自己而存在，观照自己，认识自己，思考自己，只有通过这种自为的存在，人才是心灵。人以两种方式获得这种对自己的意识：第一是以认识的方式……其次，人还通过实践的活动来达到为自己（认识自己），因为人有一种冲动，要在直接呈现于他面前的外在事物之中实现他自己，而且就在这实践过程中认识他自己。人通过改变外在事物来达到这个目的，在这些外在事物上面刻下他自己内心生活的烙印，而且发现他自己的性格在这些外在事物中复现了。人这样做，目的在于要以自由人的身份，去消除外在世界的那种顽强的疏远性，在事物的形状中他欣赏的只是他自己的外在现实。"③费尔巴哈说："人没有对象就不存在。……但是，这个与主体有本质的、必然的联系的对象，却不是别的东西，就是这个主体的固有而又客观的本质。……因此人是在对象上面意识到他自己的：对象的意识就是人的自我意识。你是从对象认识人的；人的本质是在对象上面向你显现出来的：对象是人的显示出来的本质，是人的真正的、客观的'我'。不仅精神的对象是这样，连感觉的对象也是这样的。那些离开人最远的对象，因为是人的对象，并且就它们是人的对象而言，乃是人的本质的显示。月亮、太阳和星辰都向人呼喊：认识你自己。人看见月亮、太阳和星辰，而且如同他看见它们那样看见它们，这就是人自己的本质的一个证据。……人的绝对本质、人的上帝就是人自己的本质。因此对象支配他的力量就是他自己的本质的力量。……因此只要我

---

① 刘再复：《论文学的主体性》，见童庆炳主编：《二十世纪中国文论经典》，北京师范大学出版社 2004 年版，第 503 页。

② 可详见第二章第四节的有关部分。

③ 黑格尔：《美学》第 1 卷，朱光潜译，商务印书馆 1982 年版，第 38—39 页。

们意识到了什么样一种对象，我们也就同时意识到了我们自己的本质；我们不能做出任何别的事情而不表现我们自己。"① 他们的意思很清楚，都认为人要能动地把自己投射出去，投射到外部事物中去，实现主观和客观、主体和客体的某种"融合"，而且同时能自觉到这种投射和融合，能回收这种投射的结果，把整个投射—收受活动作为认识、反观或反思的对象。

马克思在他们的思想基础上发展了这一"投射—收受"的智慧，把它转化为"自然人化"和"人的本质力量对象化"的新的理论模型。他指出：

从理论领域说来，植物、动物、石头、空气、光等等，一方面作为自然科学的对象，一方面作为艺术的对象，都是人的意识的一部分，是人的精神的无机界，是人必须事先进行加工以便享用和消化的精神食粮；同样，从实践领域说来，这些东西也是人的生活和人的活动的一部分。人在肉体上只有靠这些自然产品才能生活，不管这些产品是以食物、燃料、衣着的形式还是以住房等等的形式表现出来。在实践上，人的普遍性正表现在把整个自然界——首先作为人的直接的生活资料，其次作为人的生命活动的材料、对象和工具——变成人的无机的身体。②

劳动对象是人的类生活的对象化：人不仅象在意识中那样在精神上使自己二重化，而且能动地、现实地使自己二重化，从而在他所创造的世界中直观自身。③

德国哲学家、心理学家布伦坦诺和现象学创始人胡塞尔关于意识的"意向性"理论也很能说明意识的能动投射性。意识的"意向性"是布伦坦诺首先提出来的，他认为"心理现象与物理现象之不同在于心理现象自身包含着对象，或者说对象是内在的。心理现象之共同特征在于它们具有'意向性'，即意识对某种东西的指向性"。④ 或者说：意识总是关于什么的意识，意识的规定就是对某种事件的趋向，它是构成意识，特别是纯意识的唯一的本质性结构。胡塞尔继承了这一思想，认为意识的意向性具有对象化作用、识别作用、联结作用、构造作用，等等，⑤ 使这一理论得到了深化，并对后来的"现

---

① 见《十八世纪末——十九世纪初德国哲学》，商务印书馆1975年版，第546—548页。
② 马克思：《1844年经济学—哲学手稿》，人民出版社1985年版，第52页。
③ 马克思：《1844年经济学—哲学手稿》，人民出版社1985年版，第54页。
④ 见《现代西方哲学辞典》，上海辞书出版社2007年版，第159页。布伦坦诺还认为心理学的对象不是感觉、判断等的内容，而是感觉、判断等的活动。他称这种活动为心理的活动或"意动"，在他看来，内容不是心理学的对象而是物理学的对象，"意动"才是心理学的对象，其中以表象的意动为最根本。他由此创立了意动心理学。（见程伟礼：《灰箱：意识的结构与功能》，人民出版社1987年版，第46页）而其所谓的"意动"也正同意识之"投射"、"收受"具有大致相似的内涵。
⑤ 见《现代西方哲学辞典》，上海辞书出版社2007年版，第297页。

象学运动"产生了重大影响。可以看出，布伦坦诺和胡塞尔的"意向性"理论，所强调的正是意识的投射性和把外部对象"内化"的特性。

瑞士皮亚杰的建构理论像马克思等的理论一样，明显具有辩证的综合意识之投射和收受的全面性。他发现人的认识依赖于人的心理结构（图式），但这一图式却是一个动态的建构过程，表现为对外界刺激的同化和顺应，同化是把外界刺激内化为旧图式，顺应则是把旧图式改造为适应外界刺激的新图式。因此，其同化和顺应就在一定程度上同意识的投射、收受具有某种对应性。或者说，他更重视主体与客体的相互作用和辩证统一，他说："一方面，认识既不是起因于一个有自我意识的主体，也不是起因于业已形成的（从主体的角度来看）、会把自己烙印在主体之上的客体；认识起因于主客体之间的相互作用，这种作用发生在主体和客体之间的中途。"①

从以上引述可以看出，马克思、皮亚杰，甚至黑格尔、费尔巴哈等，都是主张意识的投射与收受的辩证统一的。而这向外、向内，或主客、心物等辩证统一，或者即如本书第二章第四节关于"自然人化与人的本质力量对象化"所论，这种主客互化、互建的思想与理论架构，与人的"对话性"本质结构，正有着天然的内在契合性。

也许中国古代陆机、刘勰、郭熙与郭思父子等的有关言论更能说明问题。陆机在《文赋》中说：

遵四时以叹逝，瞻万物而思纷。悲落叶于劲秋，喜柔条于芳春。心懔懔以怀霜，志眇眇而临云。②

其意思是说，四季的变化引发诗人对这变化的慨叹，复杂的大千世界是诗人丰富多样的思绪的触媒。刘勰在《文心雕龙·物色》篇中对这种主客的"互动"有更深入的阐论：

春秋代序，阴阳惨舒，物色之动，心亦摇焉。……物色相召，人谁获安？是以献岁发春，悦豫之情畅；滔滔孟夏，郁陶之心凝；天高气清，阴沉之志远；霰雪无垠，矜肃之虑深。岁有其物，物有其容；情以物迁，辞以情发。……是以诗人感物，联类不穷，流连万象之际，沉吟视听之区；写气图貌，既随物以宛转；属采附声，亦与心而徘徊。故灼灼状桃花之鲜，依依尽杨柳之貌，杲杲写出日之容，漉漉拟雨雪之状，喈喈逐黄鸟之声，喓喓学草虫之韵。……赞曰：山沓水匝，树杂云合。目既往还，心亦吐纳。春日迟迟，秋

———————————

① 皮亚杰：《发生认识论原理》，商务印书馆1981年版，第21页。
② 陆机著、张少康集释：《文赋集释》，人民文学出版社2002年版，第20页。

风飒飒。情往似赠，兴来如答。①

刘勰在这里不仅指出了外物和内感的一一对应性，而且还特别揭示出心物赠答互动的对话关系。北宋郭熙与郭思父子在《林泉高致》中的说法也很能说明问题，他们对山水烟岚有这样的比喻：

春山淡冶而如笑，夏山苍翠而如滴，秋山明净而如妆，冬山惨淡而如睡。

春山烟云连绵人欣欣，夏山嘉木繁荫人坦坦，秋山明净摇落人肃肃，冬山昏霾翳塞人寂寂。②

前一段可看作是意识的"投射"（或移情、内化），后一段则可看作是意识对外界刺激的"收受"。前者是"同化"、"自然的人化"，后者则是"顺应"或人之为物所感、所动。当然，从根本上说，两者其实都是主客融合统一的结果。

总之，人的意识之能动的"外投"与"内收"，说到底正是人的对话性、对话活动的基本条件、基本手段和基本途径，而不消说同时也是它的重要内容。

第三节　人的活动的语言符号性

人的意识的投射、收受，从另一角度看，又是一种特定的语言符号行为，因为，人说到底是靠语言符号来思维、来想象、来认识事物的，或者说他必须把一切外在的对象转化为语言符号的形式才能在内心收受、把握。道理很简单，不经过语言符号形式的转化，外在的任何物理对象都是无法直接进入人的大脑的，因为一为物理，一为心理或精神，两者无论如何都是完全异质的、无法对等的。一者要变成另一者，彼要变成此，必须进行特定的转化。这就需要特定的中介、特定的转换形式，而语言符号就是这种特定的中介转换形式。要之，从物理现象到人的观念的、心理的意象，离不开观念和心理性的"符号形式"，这特定的符号形式，简单地说就是人的"语言"，包括：

---

① 刘勰著，范文澜注：《文心雕龙注》（下），人民文学出版社1958年版，第693—695页。
② 郭熙、郭思：《林泉高致》，见王振复主编：《中国美学重要文本提要》，（上），四川人民出版社2003年版，第440页。

视觉语言、听觉语言、情感语言、逻辑数学语言等等。① 而语言扩展开来看，就并不简单局限于人说话的声音、语词和书写出来的文字，而是还可以转喻为广泛的文化符号。它可以是文化实物，也可以是观念或精神性的形式。可以是具体的心理意象，也可以是抽象的逻辑概念。正如现代结构主义语言学家索绪尔所说的："语言是一种表达观念的符号系统，因此，可以比之于文字、聋哑人的字母、象征仪式、礼节形式、军用信号等等，等等。它只是这些系统中最重要的。因此，我们可以设想有一门研究社会生活中符号生命的科学；……我们管它叫符号学。……语言学不过是这门一般科学的一部分，将来符号学发现的规律也可以应用于语言学，……如果我们能够在各门科学中第一次为语言学指定一个地位，那是因为我们已把它归属于符号学。"② "语言的问题主要是符号学的问题"，③ "语言学可以成为整个符号学中的典范"。④ 足见，语言是"符号"，语言学属于符号学，语言符号是"这些系统中最重要的"，语言符号是符号的"典范"。因此，为了表意的准确和具有更普遍的概括性，我们在这里有意把"语言"和"符号"合起来使用，认为人是语言符号动物，人的活动具有语言符号性。

关于语言和人的密切关系，人们已有不少重要的论述，比较著名的代表性的观点有：马克思、恩格斯指出："语言是思想的直接现实。"⑤ 列宁指出：语言"是人类最重要的交际工具。"⑥ 斯大林也说过："语言是工具、武器，人们利用它来互相交际，交流思想，达到互相了解。"⑦ 中国当代语言学家高名凯指出："语言与思维是密不可分地联系在一起的。它们是相依为命的。离开了语言，思维就不存在，离开了思维，语言也不存在。"⑧ 德国语言学家、哲学家洪堡认为语言是活动本身，而不是活动的产物，他还认为："人们可以把语言看作一种世界观，也可以把语言看作一种联系思想的方式。""一个民族的精神特性和语言这两个方面的关系极为密切，不论我们从哪个方面入手，

---

① 西方近代哲学中的"理性派"包括康德，认为人的认识之所以可能的前提是人有"天赋观念"，或如康德说的是先天的某种"认识结构"（十二类形式范畴）。虽属"物自体不可知"的独断论和不可知论，但也反证了"语言符号"形式对人的认识活动的极端重要性。亦可参证。

② 费尔迪南·索绪尔：《普通语言学教程》，高名凯译，商务印书馆 1980 年版，第 37—38 页。

③ 同上，第 39 页。

④ 同上，第 103 页。

⑤ 马克思、恩格斯：《德意志意识形态》，《马克思恩格斯全集》第 3 卷，人民出版社 1960 年版，第 525 页。

⑥ 列宁：《论民族自决权》，《列宁全集》第 20 卷，人民出版社 1958 年版，第 396 页。

⑦ 斯大林：《马克思主义与语言学问题》，人民出版社 1953 年版，第 20 页。

⑧ 高名凯：《语言论》，商务印书馆 1995 年版，第 76 页。

都可以从中推导出另一个方面。……民族的语言即民族的精神，民族的精神即民族的语言，二者的同一程度超过了人们的任何想象。""个人更多地是通过语言而形成世界观""每一种语言都包含着一种独特的世界观""每种语言都包含着属于某个人类群体的概念和想象方式的完整体系。"① 图根哈尔说："世界是按照我们划分它的方式而划分的，而我们把事物划分开来的主要方式是运用语言。我们的现实就是我们的语言范畴。"② 海德格尔认为："人乃是会说话的生命体。……唯语言才使人能够成为那样一个作为人而存在的生命体。作为说话者，人才是人。""无论如何，语言是最切近于人的本质的。""语言担保了人作为历史性的人而存在的可能性。语言不是一个可支配的工具，而是那种拥有人之存在的最高可能性的居有事件（Ereignis）。""语言是存在之家（das Haus des Seins）""任何存在者的存在居住于词语之中。"③ 海德格尔的学生加达默尔也说："能被理解的存在就是语言。"④ "语言不只是人在世上的一种拥有物，而且人正是通过语言而拥有世界。""语言是一种世界观"。⑤ "我们只能在语言中进行思维，我们的思维只能寓于语言之中。"⑥

在语言和人的关系的思考中，也许奥地利哲学家维特根斯坦的探索轨迹更有代表性，他早期寻求"语言的本质"、"命题的一般形式"和"语言的界限"，主张有一种把逻辑、语言和世界联结起来的、共同的本质结构。认为"语言的界限就是思想的界限"，语言的界限既是一切可以言说的事物的界限，也是一切可以思考的事物的界限。或者说，"我的语言的界限意味着我的世界的界限"。⑦ 后期，他否定了这种"本质主义"的语言观念，认为语言是一种"游戏"，"我将把这些游戏称之为'语言游戏'并且有时将把原始语言说成是语言游戏。……我也将把由语言和行动（指与语言交织在一起的那些行动）所组成的整体叫做'语言游戏'。"⑧ 其目的在于，要揭示语言和人的生活的

---

① 洪堡：《论人类语言结构的差异及其对人类精神发展的影响》，商务印书馆1997年版，第47、50、70—71页。

② 见麦基：《思想家》，三联书店1987年版，第267页。

③ 海德格尔：《海德格尔选集》，上海三联书店1996年版，第981、1008、314、1068、1009页。

④ 汉斯－格奥尔格·加达默尔：《真理与方法》下卷，洪汉鼎译，上海译文出版社2004年版，第615页。

⑤ 涂纪亮：《加达默尔》，《当代西方著名哲学家评传》第一卷"语言哲学"，山东人民出版社1996年版，第423页。

⑥ 加达默尔：《哲学解释学》，上海译文出版社1994年版，第62页。

⑦ 见《现代西方哲学辞典》，上海辞书出版社2007年版，第197—198页。"我的语言的界限意味着我的世界的界限"这句话出自维特根斯坦：《逻辑哲学论》，商务印书馆1962年版，第79页。

⑧ 维特根斯坦：《哲学研究》，李步楼译，陈维杭校，商务印书馆1996年版，第7页。

内在联系，认为语言不光是描述现实的工具，而且还是人的生活形式，他说："在这里，'语言游戏'一词的用意在于突出下列这个事实，即语言的述说乃是一种活动，或是一种生活形式的一个部分。""想象一种语言就意味着想象一种生活形式。"① 还认为语言游戏具有各种各样的可能性，它们是多样的、复杂的，没有普遍的共同本质，而只有重叠交错的"家族相似性"：

> 我想不出比"家族相似性"更好的表达式来刻画这种相似关系：因为一个家族的成员之间的各种各样的相似之处：体形、相貌、眼睛的颜色、步姿、性情等等，也以同样方式互相重叠和交叉。——所以我要说："游戏"形成一个家族。②

道理已经很清楚，语言之所以是"游戏"，是因为生活本身是"游戏"，而语言正是人们实际的"生活形式"。

可以看出，无论维特根斯坦早期的以语言为思想和世界划界，还是后期把语言看成是"生活本身"，其实都深刻的说明了一点：人是语言的动物，人靠语言思维、说话、行动，人就活在语言之中。虽然维特根斯坦的学术理路经历了由"概念"转向"生活"，由普遍的本质诉求转向感性与理性不分的"游戏"的重大转型，但他关于人始终生活在语言之中的认识却是在根本上没有改变的。

综观以上所引、所述，从以上诸家关于语言的言论中，我们可以明显看出有工具论、世界观论、民族精神论、语言即思维论、现实即语言范畴论、思想和世界边界论、活动论、生活形式论、存在之寓所或存在本体论等种种差异，但同时也表明了一个演进的趋势：语言由"器"而"道"，由工具、形式变成了人存在的本体和生活本身。这反映了人们对语言和人的关系的认识的深化，同时也更加显示了语言对人的活动、人的生活的极端重要性。而"由语言而符号"，认为人的活动具有明显的"语言符号性"的代表性人物则是德国新康德主义哲学家、符号论美学创始人卡西尔。卡西尔认为人与动物的根本区别就在于人能创造和运用各种符号，为自己创造出一个不同于动物所生活的自然世界的符号世界或文化世界，人就生活在符号世界之中。在此意义上说，人就是典型的符号动物。他说：

> 人不可能逃避他自己的成就，而只能接受他自己的生活状况。人不再生活在一个单纯的物理宇宙之中，而是生活在一个符号宇宙之中。语言、神话、艺术和宗教则是这个符号宇宙的各部分，它们是织成符号之网的不同丝线，

---

① 维特根斯坦：《哲学研究》，李步楼译，陈维杭校，商务印书馆1996年版，第17、12页。

② 维特根斯坦：《哲学研究》，李步楼译，陈维杭校，商务印书馆1996年版，第48页。

是人类经验的交织之网。人类在思想和经验之中取得的一切进步都使这符号之网更为精巧和牢固。人不再能直接地面对实在，他不可能仿佛是面对面地直观实在了。人的符号活动能力进展多少，物理实在似乎也就相应地退却多少。在某种意义上说，人是在不断地与自身打交道而不是在应付事物本身。他是如此地使自己被包围在语言的形式、艺术的想象、神话的符号以及宗教的仪式之中，以致除非凭借这些人为媒介物的中介，他就不可能看见或认识任何东西。……对于理解人类文化生活形式的丰富性和多样性来说，理性是个很不充分的名称。但是，所有这些文化形式都是符号形式。因此，我们应当把人定义为符号的动物来取代把人定义为理性的动物。只有这样，我们才能指明人的独特之处，也才能理解对人开放的新路——通向文化之路"。"符号化的思维和符号化的行为是人类生活中最富于代表性的特征，并且人类文化的全部发展都依赖于这些条件，这一点是无可争辩的"。①

卡西尔的"符号"当然是广义的，但他也没有忽略语言符号在其中的重要地位，他关于"语言、神话、艺术和宗教"的排列已能说明问题。接下来的问题是：符号自有符号的结构，符号的结构是一种特定的意义结构；符号系统也是特定的意义系统。而无论是结构还是系统，符号的意义都不是自明的，都需要阐释，而这阐释不是别的，正是一种人本学意义上的对话活动，这同样有很多证据：

索绪尔把语言符号分成能指和所指两个方面："语言符号连结的不是事物和名称，而是概念和音响形象。""我们把概念和音响形象的结合叫做符号。……我们建议保留用符号这个词表示整体，用所指和能指分别代替概念和音响形象。……能指和所指的联系是任意的，或者，因为我们所说的符号是指能指和所指相连结所产生的整体，我们可以更简单地说：语言符号是任意的。"② 索绪尔认为，由于语言符号的"任意性"，因此，语言符号的意义取决于它在语言系统中的"区分性原则"，即它和别的符号的相对的区分意义。这当然就是阐释意义的一种独特的理路。应该看到，因为观念和立场的不同，以及所采取的阐释模式的区别，人们看取意义的方式和结果也是不同的，比如：英美新批评派认为意义来自于文本中的复杂的语词修辞关系；法国结构主义认为意义来自于跨文本、超文本的"深层结构"或神话结构；巴赫金的超语言学认为意义来自于语言的实际运用和来自于不同话语之间的平等对话；新历史主义认为意义来自于文本的历史化和历史的文本化；文化批评派认为

---

① 恩斯特·卡西尔：《人论》，甘阳译，上海译文出版社 1985 年版，第 33—34 页、第 35 页。

② 费尔迪南·索绪尔：《普通语言学教程》，高名凯译，商务印书馆 1980 年版，第 101、102 页。

意义来自于通过文本所表征出来的复杂的社会文化系统。等等。这种差异，既说明了意义可以各有其源、其道，或获得的来源、路径与方法可以多种多样，而同时也说明意义需要解释，不同的解释会有不同的意义。或者，完全可以这样概括：语言符号结构就是一个有待解释、召唤解释的可能性的意义框架，而这些不同的解释，无论怎样看，都必然是一种广义的对话活动。这一活动充分地显示了人以语言符号为载体的对话性本质。这一点在海德格尔—加达默尔的存在论或本体论解释学中得到了极好的阐论。海德格尔指出：

理解同境缘性一样源始地构成此之在。……既然我们把带有境缘性的理解解释为基本的生存论环节，那么这也就表明这种现象被理解为此在存在的基本样式。

作为理解的此在向着可能性筹划它的存在。……我们把理解的造就自身的活动称之为解释。在解释中，理解把其所理解的东西理解性地归给了自身。理解在解释过程中并不成为别的东西，而是成为它自身。①

海德格尔的观点很明确：认为人就是需要不断理解、解释的动物，具有本体性的解释本性，他是朝可能性敞开自己、筹划自己，在理解、解释中不断动态性建构、生成自己的动物，而且永远处在未完成之中。后来，海氏干脆直接提出：

我们——人——是一种对话。人之存在建基于语言；而语言根本上唯发生于对话中。可是，对话不仅仅是语言如何实行的方式，毋宁说，只有作为对话，语言才是本质性的。……我们是一种对话，这同时始终意味着：我们是一种对话。……我们的此在承荷着对话及其统一性。②

正因为如此，他后期才把对"思与诗的对话"的语言的源初统一状态的回归作为自己最高的学术旨归。沿着海氏开启的存在论—解释学之路，加达默尔后来又进一步提出了著名的"问—答逻辑"、"视界融合"等接受—解释理论，也明确标举"对话"学说。他说："我们在分析诠释学现象的过程中遇到了语言性的普遍作用。诠释学现象通过揭露其语言性而获得绝对普遍的意义。"③"诠释学经验与流传物有关。流传物就是可被我们经验之物。但流传物并不只是一种我们通过经验所认识和支配的事件，而是语言，也就是说，

---

① 马丁·海德格尔：《理解和解释》，洪汉鼎主编：《理解与解释·诠释学经典文选》，东方出版社 2001 年版，第 110、117 页。

② 海德格尔：《荷尔德林和诗的本质》，见孙周兴选编：《海德格尔选集》（上），上海三联书店 1996 年版，第 315 页。

③ 汉斯－格奥尔格·加达默尔：《真理与方法》下卷，洪汉鼎译，上海译文出版社 2004 年版，第 522 页。

流传物像一个'你'那样自行讲话。"① "在理解中发生的视域交融乃是语言的真正成就。"② 他强调文本的语言性，进而强调语言可解释、解释靠语言、解释是"问—答"的"对话"和历史正是一种"对话"（解释）的效果历史：

一切理解都是解释，而一切解释都是通过语言的媒介而进行的……解释就像谈话一样是一个封闭在问答辩证法中的圆圈。通过语言媒介而进行的、因而我们在解释本文的情况中可以称之为谈话的乃是一种真正历史的生命关系。理解的语言性是效果历史意识的具体化。③

我们在诠释学经验的结构中所揭示的这种问和答的辩证法，现在能够更进一层规定究竟一种什么样的意识才是效果历史意识。因为我们所论证的问和答的辩证法使得理解关系表现为一种类似于某种谈话的相互关系。④

海德格尔、加达默尔的"对话论"表述已经很能说明问题了，把他们的观点集中起来，完全可以这样理解：人是语言符号的动物，语言符号需要解释，而一切解释都是历史的和不同的"视界"的对话和融合。

总之，从人的非自足性、人的意识的能动投射—收受性，到人的活动的语言符号性，所连缀和揭示的正是人的对话性本性的内在的理路，或毋宁说，正是人的似乎早已被命里注定的"对话性本质"。

第四节　文学的"关系结构"性

在一定意义上，人和文学是互为本体的，即人是文学的"本质"，文学也是人的"本质"。文学以"人"为它的本体性依托，人也以文学为其本体依托。德国诗人、美学家席勒曾有首小诗这样写道："论勤奋你不及蜜蜂，/论敏捷你更像一个蠕虫，/论智慧你又低于高级的生物，/可是人类啊！/你却独占艺术！"（《诗》）意思是说艺术是人类的专利品，是最能够反映人的特殊本性的东西。不消说，文学也是艺术的一种，文学也是人类的专利品，也是和人的生命、本质最为贴近的东西。这是因为，文学同其他艺术品种一样，正

---

① 汉斯－格奥尔格·加达默尔：《真理与方法》上卷，洪汉鼎译，上海译文出版社2004年版，第465页。

② 同上，第490页。

③ 汉斯－格奥尔格·加达默尔：《真理与方法》下卷，洪汉鼎译，上海译文出版社2004年版，第502—503页。

④ 汉斯－格奥尔格·加达默尔：《真理与方法》上卷，洪汉鼎译，上海译文出版社2004年版，第489—490页。

是人的特殊的精神产品，具有明显的人为性和为人性，即它是通过审美符号化的形式来摹写人的生活，表现人的本质的。人可以从中直观自身、确证并提升和优化自己的本质。在此意义上，完全可以说，文学是生活的镜像，是人类审美符号化的生命形式。同其他非艺术的精神品不同，它是专门培育、维持、保护、发展人的情感的、想象的、感悟的、整体性把握世界和人生的思维和感受能力的，是人的不可或缺的精神方舟、精神家园。

关于文学同人的这种特殊关系，国内学人有不少宝贵的论述，如周作人曾提出"人的文学"的特殊命题，说："我们现在应该提倡的新文学，简单的说一句，是'人的文学'，应该排斥的，便是反对的非人的文学。……用这人道主义为本，对于人生诸问题，加以记录研究的文字，便谓之人的文学。"①钱谷融在《论"文学是人学"》中指出："高尔基曾经作过这样的建议：把文学叫做'人学'。② 文学的对象，文学的题材，应该是人，应该是时时在行动中的人，应该是处在各种各样复杂的社会关系中的人，这已经成了常识，无须再加说明了。……过去的杰出的哲人，杰出的作家们，都是把文学当做影响人、教育人的利器来看待的。一切都是从人出发，一切都是为了人。"③ 刘再复也在《论文学的主体性》中指出："文学中的主体性原则，就是要求在文学活动中不能仅仅把人（包括作家、描写对象和读者）看做客体，而更要尊重人的主体价值，发挥人的主体力量，在文学活动的各个环节中，恢复人的主体地位，以人为中心，为目的。……文学作品要以人为中心。"④

足见，"文学是人学"，或文学是人的特殊属性、特殊的本质的认识已是为大家所普遍接受的常识，已无须再论。而人的对话性自然也会影响到作为人的"镜像"物的文学，文学的对话性也自在情理之中。也就是说文学也具有对话性的本质，从宏观的整体上看，其对话性本质首先体现在它的特殊的"关系结构"之中。

马克思主义哲学认为任何事物都是在相互联系的网结中存在的，任何事物都具有联系的条件性和普遍联系性。同理，文学也是靠相互联系的网结而

---

① 周作人：《人的文学》，见童庆炳主编：《二十世纪中国文论经典》，北京师范大学出版社 2004年版，第83—86页。

② 据说是法国的丹纳在《英国文学史》序言中正式提出了这一命题。高尔基只是有这个意思，但并没有真正提出这一具体的概念。见《羊城晚报》金羊网（ycwb.com），2008年1月9日。

③ 钱谷融：《论"文学是人学"》，见童庆炳主编：《二十世纪中国文论经典》，北京师范大学出版社 2004年版，第390—392页。

④ 刘再复：《论文学的主体性》，见童庆炳主编：《二十世纪中国文论经典》，北京师范大学出版社 2004年版，第503页。

存在，也具有特定的"关系结构性"，或者说总体现为某种特定的"关系结构"，而这种特定的"关系结构"同时也是特定的对话结构，具有"关系"间的"对话性"。关于文学的"关系结构"，美国当代文学理论家艾布拉姆斯的"文学四要素"关系架构说可以说最具有代表性。艾氏在《镜与灯——浪漫主义文论及批评传统》中指出：

每一件艺术品总要涉及四个要点，几乎所有力求周密的理论总会在大体上对这四个要素加以区辨，使人一目了然。第一个要素是作品，即艺术产品本身。由于作品是人为的产品，所以第二个共同要素便是生产者，即艺术家。第三，一般认为作品总得有一个直接或间接地导源于现实事物的主题——总会涉及、表现、反映某种客观状态或者与此有关的东西。这第三个要素便可以认为是由人物和行动、思想和情感、物质和事件或者超越感觉的本质所构成，常常用"自然"这个通用词来表示，我们却不妨换用一个含义更广的中性词——世界。最后一个要素是欣赏者，即听众、观众、读者。作品为他们而写，或至少会引起他们的关注。①

他还专门就此列出了一个三角形框架模式：②

艾氏认为"尽管任何像样的理论多少都考虑到了所有这四个要素，然而我们将看到，几乎所有的理论都只明显地倾向于一个要素"③。因此，他依据这个三角形分析模式，把历史上"阐释艺术品本质和价值的种种尝试"大体上划为四类：模仿说、实用说、表现说、客观说。前三种"主要是用作品与另一要素（世界、欣赏者或艺术家）的关系来解释作品，第四类则把作品视为一个自足体孤立起来加以研究，认为其意义和价值的确不与外界任何事物相关"④。

---

① M. H. 艾布拉姆斯：《镜与灯——浪漫主义文论及批评传统》，郦稚牛、张照进、童庆生译，王宁校，北京大学出版社 2004 年版，第 4 页。

② 同上，第 5 页。

③ M. H. 艾布拉姆斯：《镜与灯——浪漫主义文论及批评传统》，郦稚牛、张照进、童庆生译，王宁校，北京大学出版社 2004 年版。

④ 同上。

后来美国文学理论家刘若愚进一步强调这四要素之作为艺术过程整体的内在关联性,对这四要素的关系结构做了重新安排:①

并指出:"此一安排表示出四个要素之间的关系,何以能够被视为构成整个艺术过程的四个阶段;我所谓艺术过程,不仅仅指作家的创造过程与读者的审美经验,而且也指创造之前的情形与审美经验之后的情形。在第一阶段,宇宙影响作家,作家反映宇宙。由于这种反映,作家创造作品,这是第二阶段。当作品触及读者,它随即影响读者:这是第三阶段。在最后一个阶段,读者对宇宙的反映,因他阅读作品的经验而改变。如此,整个过程形成一个圆圈。同时,由于读者对作品的反映,受到宇宙影响他的方式所左右,而且由于反映作品,读者与作家的心灵发生接触,而再度捕捉作家对宇宙的反映,因此这个过程也能以相反的方向进行。"② 可以看出,刘若愚用"圆圈"结构代替艾氏的"三角形"结构,是更强调四者之间的相互作用,或者说是把它们视为正循环与反循环结合起来的"圆圈运动"。其实,换个角度看,这个自组织、自反馈的循环模式,正是一个典型的对话关系模式,其关系其实比刘若愚的解释还要复杂得多,比如可以是艺术家与世界、作品、读者;读者与作品、作者、世界;世界与艺术家、作品、读者;作品与世界、艺术家、读者;艺术家与艺术家,作品与作品,读者与读者,等等,可以有很多不同的排列组合模式,而任何组合关系无疑都具有某种对话性,都是一种对话的结构。这一点在后面两节中还要做进一步的阐论。

艾氏文学四要素及其三角形模式、刘若愚的圆圈互动模式,已为国内文学理论界所普遍认同,并且还纳入了制度化的教育机制,比如由童庆炳担任主编、已为多数高校选用的文学理论教材《文学理论教程》就接受了这一模

---

① 刘若愚:《中国文学理论》,杜国清译,凤凰出版传媒集团、江苏教育出版社 2006 年版,第13 页。

② 刘若愚:《中国文学理论》,杜国清译,凤凰出版传媒集团、江苏教育出版社 2006 年版,第14 页。

式，把其关系架构稍加变形为：①

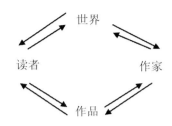

同时，还把它进一步改造放大为"文学活动"的基本架构：世界和作者、作品、读者。②

以上现象既反映了人们关于文学对话性关系结构认识的深化和趋同性，同时也说明了文学对话性本质内涵本身的强大生命力、影响力和征服力。另外，这一现象本身其实也是中外文学理论与批评之间积极"对话"的结果。诚如法国文学理论家托多洛夫所说："批评是对话，是关系平等的作家与批评家两种声音的相汇。"③ 在这里，他的所谓"作家与批评家"可以是一回事："如果批评家愿意与他的作者对话，他也不要忘记，他发表的作品也使他成了一个作者，将来的某一读者也可能找他来对话。……批评家应该意识到，他所进行的对话不过是系列链条中的一个链节，因为作者是为了回答别的作者而写作，并且从这时起，批评家自己也成了作者。"④ 而这种理论与批评之间的"对话"也是文学之关系结构或对话性的一个不无说服力的证明。

第五节 文学的文本性

文学的对话性还通过它的"文本性"体现出来。何谓"文本"？文本（text）在英语中是原文或正文的意思。过去不少人把它译为"本文"，其意涵是不同的。因为，"文本"构词的重点是"文"之"本"（形式、结构或基础），强调的是"文"的形式、结构或基础性意义，或者是指"以文为本"，很明显是主张以文本为中心和反对作者中心的；而"本文"的意涵似乎在强

---

① 童庆炳主编：《文学理论教程》，高等教育出版社 2004 年版，第 5 页。

② 同上，第 35— 42 页。

③ 茨维坦·托多洛夫：《批评的批评——教育小说》，王东亮、王晨阳译，三联书店 2002 年版，第 185 页。

④ 同上，第 192 页。

调"本来的文"或来源性的"文",恰恰大有"以作者为中心"之嫌。要之,笔者这里说的是"文本",而不是"本文",这是不能混淆的。同时,还需要特别强调的是,"文本"这一概念,严格地说,是结构主义与后结构主义文论的产物。正如有论者所指明的:

文本(text)是后现代指称文艺作品的本质性概念。从作品到文本,进而从现代文本到后现代文本,有一个非常曲折的演进历程。首先是作品的独立,然后是作品成为文本。前一个过程可以用20世纪前期俄国形式主义和英美新批评在文艺理论上掀起的作品独立运动为代表,后一个过程可以20世纪中后期的结构主义运动为典范。但文本本身又有一个从现代思想向后现代思想的演变,它体现为从结构主义到解构主义的转变,也体现为从狄尔泰式的解释学向加达默尔的解释学的转变,还体现为从茵加登的作品论向伊泽尔的作品论的转变。①

具体来说,作为一个理论范畴,它直接来自于俄国形式主义的"文学性"和英美新批评的"文本中心论"。例如新批评代表性人物兰色姆就明确主张"本体论文学理论"或"本体论批评",认为文学的本体就是文学自身,是文学的"形式"、"肌质",他说:"我认为,诗歌作为一种话语的根本特征是本体性的。……我们生活于其中的这个世界不同于我们在科学话语中所描述的那个世界或者说那些世界(因为科学描绘的世界是多种多样的),科学世界是生活世界经过了约简,它们不再鲜活,而且易于驾驭。诗歌试图恢复我们通过感知与记忆粗略认识到的那个丰富多彩、也更难驾驭的本原世界。"② "一首诗有一个逻辑的构架(Structure),有它各部的肌质(Texture)。"③ 其"构架"是指诗中"能用散文加以转述的东西,是使作品的意义得以连贯的逻辑线索",④ 即"诗的逻辑核心,或者说诗可以意释而换成另一种说法的部分"。⑤ 而"作品中无法用散文转述的部分则为'肌质'"。⑥ 肌质是诗的"本体":"如果一个批评家,在诗的肌质方面无话可说,那他就等于在以诗而论

① 张法:《走向全球化时代的文艺理论》,安徽教育出版社2005年版,第62页。
② 约翰·克罗·兰色姆:《新批评》,王腊宝、张哲译,江苏教育出版社2006年版,第192页。
③ 兰色姆:《纯属思考推理的文学批评》,见赵毅衡编选:《"新批评"文集》,百花文艺出版社2001年版,第108页。
④ 赵毅衡编选:《"新批评"文集·引言》,百花文艺出版社2001年版,第28页。
⑤ 兰色姆:《纯属思考推理的文学批评》,见赵毅衡编选:《"新批评"文集》,百花文艺出版社2001年版,第104页。
⑥ 赵毅衡编选:《"新批评"文集·引言》,百花文艺出版社2001年版,第28—29页。

的诗方面无话可说，那他就只是把诗作为散文而加以论断了。"① 这属于结构主义文本论，认为文本是自足的，其意义就在其自身。而后结构主义文本论则不同，它认为文本不是自足的，它只是一个基础或框架，或者需要读者去继续填补、建构，或者干脆永远处在与别的文本互文的联系之中，而没有终结。如法国解构主义大师德里达认为语言符号的本性是"异延"、"踪迹"、"替补"、"播撒"，符号的存在就意味着其"所指"的不在场，任何描写都不是说明所指的出现，反而只能是不断地延迟着它的出现。他说："但是替补进行补充。它仅仅对代替进行补充。……替补既是补充又是替代，它是一种附属物，是进行代替的从属例证。……符号始终是物本身的替代物。"② "通过追溯'危险替补'的线索，我们试图表明，在'本人'的这些现实生活中，在人们认为可以定义为卢梭的著作的东西之外，在这种著作的背后，除了文字之外别无他物；除了替补、除了替代的意义之外别无他物。"③ "根据本文的中心论点，如果我们认为文本之外空无一物，那么，我们的最终辩护可以这样来进行：替补概念和文字理论，按通常的说法，在卢梭的文本中，以无穷无尽的方式（en abyme）表示文本性本身。……无限的替补过程不断对在场造成损害，它始终铭记着重复的空间和自我的分裂。……我们所说的作品必定是一种文本，是一种文字系统和读物系统。我们先验地知道，这种系统是围绕它自身的盲点而排列的。"④ 可以说，在德里达看来，文本的"文本性"就是"异延"、"踪迹"、"替补"、"播撒"。到此，"文本"其实已演变为"互文本"或"文本间性"，或简单地说就是"互文性"，而已见前论，⑤"互文性"理论正是"对话理论"的某种"变体"。

笔者并不想简单地采用这种解构主义的文本观，而是提出一种更具辩证性质和综合色彩的文本理论，其基本要义是：认为文本是由作者提供的"语言组织"，这一组织具有充分的辩证特征：既完成，又未完成；既封闭，又开放。"完成"是指就作者的写作而言，它已结束，具有完整的结构或整体性；"未完成"是指它还要进入读者的接受阶段，要经过读者的理解、解释，或创造性的再转化，才能成为被"共享"的社会审美产品。"封闭"是指"作者阶段"的终止、"封杀"，"开放"是指朝读者阶段的敞开和转换……或者还

① 兰色姆：《纯属思考推理的文学批评》，见赵毅衡编选：《"新批评"文集》，百花文艺出版社2001年版，第108页。

② 雅克·德里达：《论文字学》，汪堂家译，上海译文出版社1999年版，第209页。

③ 同上，第230页。

④ 同上，第235—236页。

⑤ 见本书第四章第九节。

可以归结为这样两点：①是开放的、未完成的、有待接受和对话的作品"框架"（与英加登的现象学框架图式相类）。如伊格尔顿所说："用接受理论的术语来说，读者使本身不过是纸页上有序黑色符号链的文学作品'具体化'（concretizes）。没有读者方面这种连续不断的积极参与，就没有任何文学作品。……文学作品本身仅仅作为被波兰理论家罗曼·茵加登（Roman Ingarden）称之为一组'纲要'（schemata）或一般说明的东西存在着，而读者必须将它们予以实现。"① ②是生产性的机制和场域。或换言之，是一种可再写的、生产性的形式结构（"本"态化的）。这种"生产性"本性，在解构主义文本理论中已有很好的揭示，如德里达的"异延"、"踪迹"、"替补"、"播撒"，其实就揭示了文本本身的一种分化力量、突破力量，或一种能动的"生产性"。克莉斯蒂娃也明确说："文本是一种超语言学机器，在此，瞄准的是交际话语与此前及同时的各种话语所发生的关系，并以此而重新分配语言秩序。因此可以说，文本是一种生产力。"② 此外，现象学美学、接受美学和读者反应批评等都有意无意地涉及到文本的这种"生产性"，如伊瑟尔的"召唤结构"以及接受美学、读者反应批评中的"接受即误读"、"接受即创造"、"效果历史"等等，就都蕴涵着再创造、再生产的内涵。③ 因此可以说，基础性、召唤性、播撒性、生产性等，正是文本的基本特性。

据傅修延的研究，英文"text"来自拉丁词"编织"（texere），因此，它就既具有可编织性，同时也具有"可拆解性"。④ 这在中国也是一样，中国汉字"文"的本意是"纹身"、"鸟兽之文"或"错画"、编织纹样等，也同样内含可组合、可拆解的内涵。若以此而论，所谓的"文本"，也就不光是以什么为"本"和结构为一个"本"的意思，而同时还可从反面理解为是可"拆分性"的、毛胚性的、未完成的等有待补充、解释、建构的基础或组织，或一句话：是有待对话的框架、材料依据、最初的"蓝本"；是未完成的、可生成的某种开放性的"结构"。也就是说，从"文本"的字源学意义考虑，结构性和解构性这正相反对的两种意涵其实早就同时内在地包含在它的本义之

---

① 特雷·伊格尔顿：《二十世纪西方文学理论》，伍晓明译，北京大学出版社 2007 年版，第 75 页。

② 克莉斯蒂娃：《受限的文本》，转引自王瑾：《互文性》，广西师范大学出版社 2005 年版，第 35 页。

③ 伊格尔顿亦指出："一切理解都是生产性的：理解总是'别有所解'（understanding otherwise），亦即去实现文本中新的可能性，去使它变得不同。"见《二十世纪西方文学理论》，伍晓明译，北京大学出版社 2007 年版，第 70 页。

④ 傅修延：《文本学——文本主义文论系统研究》，北京大学出版社 2004 年版，第 1 页。

中了。一句话，它本身原本就具有辩证性和"综合性"，因此，笔者的辩证—综合文本观无疑是对事物本真之境的"总结性"的返归。

说文学具有文本性，意思就是说文学是一个由作者写就的语言组织系统，它具有基础性、召唤性、播撒性、生产性，是需要由"作者秩序"进一步再转入"读者秩序"的"活的东西"、可持续再写的"文本之链"。这再写、再生产，或补充、完善的活动，既是使其本来意蕴具体化、丰富化、完善化的过程，也是它得到具体理解、解释，审美价值得以实现的过程，同时也更是一个对话的事件、对话的过程，即"再写"和"已写"的对话。

具体来说，文学的文本性是由它的时空具体性（或历史性）、符号性、动态生成性、待解释性等所决定的。时空具体性是指任何文学文本都是具体的、历史的，是在具体历史时空条件下，由具体的作者写的和具体的读者读的。这使它存在许多空白、断层，并被迫进入一个顺向"衰减"和逆向"增补"的正反循环之中。首先是作者把他的丰富的心理意象顺向转化为语言组织结构，这一形式化、审美规范化、文字化的转化带来两个结果：①信息由无序而有序，同时也意味着由芜杂而简单，呈现某种信息"衰减"趋势。如刘勰所说："夫神思方运，万涂竞萌……我才之多少，将与风云而并驱矣。方其搦翰，气倍辞前，暨乎篇成，半折心始。何则？意翻空而易奇，言征实而难巧也。是以意授于思，言授于意；密则无际，疏则千里。"①刘勰在这里就非常睿智地指出了这种"转化"的必然的不对等和必然的衰减化。道理也似乎是自明的：心理与物理毕竟有质的不同。②由心理事实变为物理事实，或由心理信息变成"物理信息"之后，写作主体和文本分离了，其结果是：文本的诞生、独立与作者的撤出、死亡同时发生。虽然，我们一般仍然认为作者仍然留存在文本之中，但此"作者"和彼"作者"是不同的，此作者已不是活的、随时可做自我阐释、辩解、修改、补充、完善的"生命主体"，而是破碎的、无法"确定"（源于语词的修辞性和语境关联性）和辩驳的"物"（语词）。充其量，则是德里达所说的替代性的踪迹。也就是说真正的"作者主体"，此时其实已不在场，在场的只是一种冒名顶替的"赝品"，或如德里达所说是"危险的替补"。对此种景况，德氏曾有很好的揭示："言语是自然的，或至少是思想的自然表达，是表述思想的最自然的制度或惯例的形式，写作是追加于它的，是作为一种影像或代表而附加的。从这种意义上讲，它不是自然，它把思想之于言语的直接的在场转变为再现与想象。这种借助不仅是

①　刘勰《神思》，见刘勰著，范文澜注：《文心雕龙注》（下），人民文学出版社1958年版，第493—494页。

'古怪的'，而且是危险的。它追加的是一种技巧，是在言语实际上阙如时为使它存在而巧妙假造的一种计谋。它是施加于语言自然命运的一种暴力。"他还引卢梭的话说："语言是供口头讲的，写作只能作为对言语的增补……言语以约定俗成的符号代表思想，写作则用同样方式代表言语。因此写作不过是思想的间接代表。"而且还进一步指出：

> 从表征在那里自称是在场与事物本身的符号的那一刻起，写作就是危险的。而且，一种不可避免的必然性就铭刻在符号的作用之中了；即这种替代使人忘记了它本身作用的代理性，并且使它被当作它只不过增补其不足与弱点的言语的全部。①

很清楚，当文本脱离作者而独立后，不光发生了"信息的衰减"，而且也"谋杀"了作者，使"作者主体"实际上"缺席"。而这"衰减"也好，作者缺席也好，实质上则造成了文本的与创造者之间的某种断裂和"空白"。读者的阅读、阐释自然就变成了逆向的增补和再生产。不消说，这再写作、再生产与前写作、前生产之间，也必然是一种"主体间"或"文本间"的对话。法国解释学家利科尔把这种作者和文本之间的断裂称为"间距化"，并认为这种"间距"正是解释和对话的诞生地："在我看来，本文更象主体间相互交流的一种特殊情形：它是交流中间距的范型。同样，它展示着人类经验的历史真实性的根本特征，即在距离中并通过距离交流。"② "本文的自主性的第一个重要的解释学结论是，间距不是方法论的，因而不是某种多余的或寄生的东西的产物，它对于作为书写的本文的现象具有建设性。同时，它是解释的条件。"③ "书写是一种可以与谈话相比拟并与谈话平行的实现、一种取代了谈话、实际上切断了谈话的一种实现。所以我们可以说书写最终就是作为'说话意向'的话语，而且书写就是这种意向的直接标记。"④ 其"谈话"、"说话意向"及"标记"很明显都可以改称为"对话"。

文本的符号性是指文学文本是用语言符号组成的，具有明显的"符号性"。所谓的"符号性"，简单说来就是能指和其所指的关系并不是完全自明的，语言符号不仅有词典意义，还有句段意义、上下文意义，而且还有社会语境意义。如语义学家莫里斯认为："所有话语均由符号构成，而任何符号都

---

① 以上三段引文均见雅克·德里达：《文学行动》，赵兴国等译，中国社会科学出版社 1998 年版，第 47—48 页。

② 保罗·利科尔《解释学与人文科学》，陶远华、袁耀东、冯俊、郝祥等译，河北人民出版社 1987 年版，第 134 页。

③ 同上，第 143 页。

④ 同上，第 150 页。

有三个维度的功能。首先是'句法'维度，包括被我们称为逻辑的所有因素；其次是'语义'维度本身，涉及符号对物体的指涉；最后是'语用'维度，涉及符号所包含的所有或明或暗的心理学、生物学和社会学意义。"① 这就必然带来对符号和文本如何理解的问题。例如：索绪尔认为语言符号的意义来自于整个语言系统；克莉斯蒂娃等则认为它来自于复杂的文本互文关系；接受美学、读者反应批评则认为它来自于读者的积极接受、创造；本体论阐释学认为它来自于接受者的阐释、对话，或现实视界与历史视界的"融合"。而按对话理论来说，则是来自于不同"主体"之间的对话，"对话"的理解和解释实际上已包容了以上各种不同视角和观点，更具有综合性和合理性。

文本的动态生成性是指任何文学文本无论写作还是阅读，都必然是一个历时性过程，"对于接受理论来说，阅读过程始终是一个动态过程，一个通过时间开展的复杂运动"。② 或如费什所说，读者的阅读是个具体化展开的过程，意义并不是早就客观存在在那里的完成物，而是正产生于这个具体的动态的阅读过程之中。这一意义生产的过程，他称为"时间流"："在我的分析方法中，时间流（temporal flow）是由读者自己所具有的一切知识，以及他的能力所控制和组织的。词语从左到右联接成一条具有时间意义的词语线，它们同读者的上述知识能力会相互作用，正是基于这种种考虑，我才能够描绘和表现这种不间断的反应。"③ 这种词语线、"时间流"不消说正是一个动态的生成过程。读者阅读如此，其实作者的写作何尝不是如此？也必然是在时间的链条中动态地连缀、展开和生成的。而这种历时性的"连缀"、"展开"，正是作者与宇宙和其所写的对象之间的对话过程；同样，上述词语线和读者知识能力的"相互作用"其实也是对话过程。

以上"三性"总括起来看，也可视作文本的"待解释性"，即意味着文本不是自足自明的，无论它存在裂隙、空白，还是它的修辞性、语用性和动态的生成性、过程性，都说明它是需要解释的，如伊瑟尔说的是一种"召唤结构"，或者如伊格尔顿所说："文本自身其实只是对于读者的一系列'暗

---

① 见约翰·克罗·兰色姆：《新批评》，王腊宝、张哲译，江苏教育出版社 2006 年版，第 193 页。

② 特雷·伊格尔顿：《二十世纪西方文学理论》，伍晓明译，北京大学出版社 2007 年版，第 75 页。

③ 斯坦利·费什：《读者反应批评：理论与实践》，文楚安译，中国社会科学出版社 1998 年版，第 163 页。

示'，是要读者将一件语言作品构成为意义的种种邀请。"① 这"召唤"和"邀请"，就是召唤、邀请读者对它作出理解和解释。而理解和解释，在这里就是再生产、再建构，就是"对话"："对于伽答默尔来说，对一部过去作品的所有解释都存在于过去与现在的对话之中"。② "诠释学视历史为过去、现在和未来之间的活的对话，并力图耐心地消除这一无止境的相互交流过程中的种种障碍"。③

德国现象学美学家杜夫海纳关于文学艺术文本的四层次结构说也可以说明问题。杜氏把文学艺术文本的结构分为四个层次：物质质料层、艺术形象层、艺术主题层、艺术意蕴层。其第一层是实的，后三层则是虚的。其文本理论的要义可以归结为："一、文本是一个虚实结构；二、文本之实是文本的基础，虚是由实所产生出来的，也只应由实走向虚；三、虚不是无，而是有，这有以无的形式存在；四、虚生成出实，变无为有时，文本的丰富性就出现了，文本才真正成为文艺作品"。而"在文本中最重要的是实如何到虚和虚又如何成实。"④ 说白了，就是如何从"实"理解和解释出"虚"来，反过来也是一样。无疑，在这种虚实结构的文本中也天然地内含着一种对话机制、对话活动：虚实对话；理解和解释者与被理解和解释者之间的对话。

第六节　文学性即诗意的对话性

关于文学的本质，西方形式主义文论有一个极端的和狭义的看法，即认为要想把文学研究变成一门科学，那么，它就既不能以文学作品，也不能以整个文学为研究对象，而只能研究"文学性"，文学性才是文学的本质或本体。他们的文学性指的是文学的语言性、文字性；文本内部的在形式上的矛盾关系；超文本的形式结构等。如俄国形式主义代表人物罗曼·雅各布森在《现代俄国诗歌》中指出：

文学学科的对象不是文学，而是"文学性"，也就是说使一部作品成为文

---

① 特雷·伊格尔顿：《二十世纪西方文学理论》，伍晓明译，北京大学出版社 2007 年版，第 75 页。

② 同上，第 70 页。

③ 同上，第 72 页。

④ 见张法：《走向全球化时代的文艺理论》，安徽教育出版社 2005 年版，第 87—88 页。

学作品的东西。①

如果文学科学想要成为一门真正的科学，它就必须把"手段"看作是它惟一的"主角"。②

而后结构主义或后现代文论则既批判地保留和吸收了形式主义文论的合理成分，或者说是语言论—形式论的积极成果，同时又对之有巨大的改造和超越，其基本的趋势则是向历史、社会、文化、意识形态等超越以上狭义形式论的文学性方面转移。在它们看来，文学性等于文学与别的事物的联合，如文学加历史、社会、文化、政治、性别、种族等，具体地说则是认为文学性等于：文本历史化与历史的文本化；文化诗学；文化表征；后殖民批评；女性批评；文化批评；互文性；戏仿策略，等等。

或者，还如有论者所总结的中西文论史上影响最大的领悟和理会文学性的理论思路有四种：形象性、情感性、审美性、符号性。认为：

在对"文学性"的种种领悟和理会中，"形象性"、"情感性"、"审美性"、"符号性"是其中影响最大的几种。③

并且尖锐地指出："随着消费社会的来临，所有这些阐释文学性的途径和线索都逐渐失去了理论的有效性。……种种迹象表明，传统文学性概念的各种界定方式和阐释途径都陷入了一种悖谬性的境地之中。重释文学性，重建文学理论的话语系统，已经成为当代文艺学最为紧迫的理论使命。"④

而笔者认为文学性等于文学的对话性，为了使它同非文学性的各种对话相区别，我们不妨称它为诗意的对话性。文学的对话性，既表现在其文本内部各要素之间的对话关系，又表现在文学文本与其广泛的一切外部联系的互文和对话性上。这些问题笔者打算在以后的其他章节中再加细论，这里只结合具体的文本从作家写作和读者接受两个方面来进行阐论。

比如，我们可以朱自清的散文《荷塘月色》为例。这是中国现代文学史上的一个散文名篇，在文学的传播、教育中，产生了广泛和持久的影响。而从文学的对话本性来看，无论它的写作还是读者对它的接受，都是诗意的对话事件和过程。首先，从作者朱自清的写作看，是作者与这个写作对象及其

① 罗曼·雅各布森：《现代俄国诗歌》，托多罗夫编选，蔡鸿滨译，《俄苏形式主义文论选》，中国社会科学出版社 1989 年版，第 24 页。

② 转引自安纳·杰弗森、戴维·罗比等著：《西方现代文学理论概述与比较》，陈昭全等译，湖南文艺出版社 1986 年版，第 9 页。

③ 曹顺庆、支宇：《重释文学性——论文学性与文学理论的悖谬处境》，《湖南社会科学》2004年 1 期。

④ 同上。

一切相关的外部条件的"对话"。这需要结合文本具有的主要特征来分析。这篇散文可圈可点的地方很多，而其中有两个特征应该是最为显著的：①着力描写静美和柔美；②营造意境之美。静美、柔美的描写可以下文字为例：

这几天心里颇不宁静。……在这满月的光里，总该另有一番样子吧。

这里是一条幽僻的路；白天也少人走，夜晚更加寂寞。

这一片天地好像是我的；我也像超出了平常的自己，到了另一个世界里。

月光如流水一般，静静地泻在这一片叶子和花上。

但光与影有着和谐的旋律，如梵婀玲上奏着的名曲。

这时候最热闹的，要数树上的蝉声与水里的蛙声；但热闹是它们的，我什么也没有。

零星地点缀着些白花，有袅娜地开着的，有羞涩地打着朵儿的；正如一粒粒的明珠，又如碧天里的星星，又如刚出浴的美人。微风过处，送来缕缕清香，仿佛远处高楼上渺茫的歌声似的。

叶子和花仿佛在牛乳中洗过一样；又像笼着轻纱的梦。

小睡也别有风味的。

意境之美在文本中主要表现为一种"象与象"的空间组合，是象与象、象象与"气"、象象气与"氛围"的复合的美，如：荷塘/月色；荷塘/树（杨柳）；叶子/白花；叶子/脉脉流水；月光/叶子、花；荷塘/青雾；满月/一层淡淡的云；树/月影（黑影、倩影）；杨柳丰姿/"烟雾"；树梢/远山；树缝/路灯光；树上/蝉声；水里/蛙声；采莲少女/荡着小船、唱着艳歌、看采莲的人……等等复合的一组一组情景交融的意象、意境。

现在要问的问题是：作者为什么要这么写呢？这么写的原因可以说是来自于他同现实中的那个清华园荷塘、中国有关的传统文化、当时的政治语境等的积极对话。首先，文中的荷塘是来自作者的居住地清华园里的一个真实的荷塘，作者这样写道："这几天心里颇不宁静。今晚在院子里坐着乘凉，忽然想起日日走过的荷塘……"，也就是说"夜游荷塘"、"夜赏荷塘"，进而写荷塘，正反映了作者和荷塘的一种心理的、情感的，或精神性的"对话"，是主客的互动、人塘的交流。其次，表现了他对崇尚宁静、柔和以及意境化审美方式的中国哲学—艺术传统的喜好。比如文中的静美、柔美、意境之美，就同老子的贵柔守雌、喜静尚和哲学，唐宋以来追求诗画意境的艺术传统等等有着明显的谱系性关联。或者换言之，可以这样认为，这些文化传统在无形之中会作为作者写作这篇散文的潜在的"主体精神"，或如克莉斯蒂娃所说的是无意识的"基因文本"，海德格尔和加达默尔所说的"前有"、"前理

解"，而在根底里或暗里对作品产生支配性的影响。无疑，这也是一种"对话"，只不过不那么直接和外显罢了。最后，则是同当时的政治背景有关。这篇作品的写作时间是1927年7月，这是一个特殊的年份。这一年的4月12日，蒋介石背叛了革命，发动了对共产党人的大规模的血腥屠杀，同时也宣告了大革命的失败，整个中国又一次笼罩在血雨腥风之中。而作者偏偏要在这样的背景下写一篇唯静唯美的东西，这是为什么呢？理由很简单，他是在以柔静美好的事物反衬现实的黑暗、丑恶。是一个正直的文人，书斋里的教授，在当时最得手、最方便的反抗策略。一句话，既表达了他的审美情趣、主观理想，同时也是他以美来对抗邪恶的特殊的斗争方式。毋宁说，是他用文学的、曲折的形式在同当时的政治现实进行积极的"对话"。作者在作品一开头就特意设置了一个文眼："这几天心里颇不宁静。"也就是说是因为他心里感到太压抑、太愤怒，才转而去求静、求美的。而反过来也恰恰说明现实中太缺少静和美了。这就是一种对血腥现实的积极的否定、批判和抗争。还有点睛之笔："我爱热闹，也爱冷静；爱群居，也爱独处。"说明他并不是一味地喜静，同时也说明了此时的"喜静"正不同寻常，是大有深意。特别是在文末，作者还特意地写他忽然想起江南的采莲旧俗："那是一个热闹的季节，也是一个风流的季节。……这真是有趣的事，可惜我们现在早已无福消受了。……这令我到底惦着江南了。"神往之情可谓溢于言表。

足见，朱自清之写作《荷塘月色》，并不是什么单纯的"审美事件"，也更不是什么无病呻吟的弄闲之笔。而是像毛泽东的诗句所写："当年屈子赋《离骚》，手中握着杀人刀"，是有意为之，是"发愤之作"。同时也是他同现实、同古代优秀的文化传统进行诗意对话的结果。而这一切，又是我们同这篇作品、作者进行对话的结果，是我们对作者与作品这两个紧密联系在一起的"文本"进行积极阐释的产物。前者是作者写作阶段的"对话"，后者则是读者接受阶段的"对话"。也就是说，以上看法，都不是"自明"的，也不是"他明"的，作者没有告诉我们，作品也没有直接写出来，而是通过笔者对作者及作品进行积极的、对话性的理解、阐释而得出来的。它说明的只是诗意对话和再对话的事实。

从接受作为对话来说，我们对这篇作品还可以有这样的理解：①作者聚焦"荷塘"，还体现了中国特有的"空间审美"传统，即中国文化有把时间空间化、喜欢空间叙事、空间抒情的传统。像《山海经》、《孔雀东南飞》、《三国演义》、《水浒传》、《西游记》、《牡丹亭》、《西厢记》、《长生殿》、《红楼梦》等等，都是空间性的命名，《荷塘月色》也是如此。②它既可以与传统中的"荷文化"互文，如周敦颐的《爱莲说》；同时也可以与传统中的"月文化"互文，如道家的阴柔趣味、李白等的咏月诗篇。

无疑，这后两点补充则更能说明什么是积极的对话性阐释和读者的阅读、接受是诗意对话的事实了。

再以莎士比亚的《哈姆雷特》为例。据有材料证明，莎翁的写作绝大部分都有借鉴的摹本，"莎剧的主要情节大多取材于古剧或历史故事"，原创的东西很少。有人贬称他是善"用别人的羽毛装扮自己"。① 而说得坦率点，则是模仿和抄袭兼而有之："他不是个文章妙手，因为他从别人那里抄袭太多。很少很少东西是真正属于莎士比亚的。在我看来，就情节而言，如果我没有弄错的话，只有《冬天的故事》一部，才是他原创的。除此之外，他的作品都有一个可供模仿或者借鉴的原型。"② "以《汉姆雷特》为例，研究者们大致认同，莎士比亚可能借鉴的原始材料共有三种。第一种是比莎剧《汉姆雷特》早去十年左右的一部古剧，因佚名，后世通称《元始汉姆雷特》……第二种是 Saxo Grammaticus 于 12 世纪用拉丁文写成的《丹麦史话》……第三种是法国人 Belleforest 在《历史悲剧》中对 Saxo 故事的复述。"③ 还有一种说法认为"古罗马历史在奠定《汉姆雷特》一剧的母题方面有所作用：毒药谋杀、'近亲过头，亲近不够'（《汉姆雷特》第 1 场第 2 幕第 65 行）、篡位、乱伦"。④ 再如，"在莎士比亚的全部戏剧作品中有 10 部写英王的戏，这些戏都取材于英国历史，尤其是 14 至 15 世纪的英国历史"。⑤ 这一情况与第四章第九节"互文"中所说的情况是十分吻合的，即莎翁的写作实际上是同以往各种既有"文本"的互文和对话，不管他对这些文本是抄袭、改写、模仿还是借鉴，而都可视为是某种积极的选择或创造性的对话。

人们对莎剧的接受也是有所"损益"的、积极的再加工、改写、对话。批评界有句习语：有一千个读者，就有一千个哈姆雷特。而"据 1958 年的不完全统计，关于汉姆雷特为什么迟迟不报仇的原因就有 300 多种解释"。⑥ 关于哈姆雷特的认识，人们常见的代表性的观点大致有这样几种：①忧郁和延宕的典型；②双重人格或精神分裂者；③人文主义者的代表；④思想者、哲学家。如苏联文艺理论家艾亨鲍姆所说的："莎士比亚把父亲的幽灵引入悲

---

① 陆谷孙：《莎士比亚研究十讲》，复旦大学出版社 2005 年版，第 157 页。
② 同上，第 63 页。
③ 同上，第 157—158 页。
④ 同上，第 8 页。
⑤ 同上，第 121 页。
⑥ 陆谷孙：《莎士比亚研究十讲》，复旦大学出版社 2005 年版，第 66 页。

剧，并使哈姆雷特成为哲学家，以此作为行动和拖延的理由。"① 而关于哈姆雷特为什么迟迟不行动的原因，弗洛伊德的解释是因"俄狄浦斯情结"在作怪：

剧本着重描写了哈姆雷特所要完成的复仇计划时的犹豫不决，但纵观全部剧情，看不出这些犹豫不决的动机所在，对这种犹豫做出各种解释的试图，其结果都不能令人满意。由歌德提出至今仍然流行的一种观点，哈姆雷特代表了一种类型人物。这类人物的直接行动能力因智慧的高度发展而陷于麻痹（他是位"带着苍白的思考神情的病人"）。另一种观点则认为，戏剧家全力刻划的是一种病态的犹豫不决，可归之为"神经衰弱"性格。然而，戏剧中的情节表明，哈姆雷特决非是一个不敢行动的人物。……然而，他为什么对自己父王鬼魂赋予他的任务却表现得犹豫不决呢？这个答案只得再次把它归于任务的特殊性质。哈姆雷特什么事都能干得出来，除了向那个杀了他父亲并娶了他母亲、那个实现了他童年欲望的人复仇。于是驱使他进行复仇的憎恨为内心的自责所代替，而出于良心上的不安，他又感到自己实际上并不比他将要复仇的凶手高尚。②

弗氏的观点等于说，"凶手"的行为唤醒了哈姆雷特本人的杀父娶母的"俄狄浦斯情结"，等于说叔父干了他自己在无意识中原本想干的事。这种深层的无意识认同使"凶手"在无形中已移位为哈姆雷特本人，于是他等于在向自己复仇，"杀叔等于杀自己"，因而才会在根本上陷于犹豫不决。而陆谷孙认为应另辟蹊径，从哈姆雷特对其所处的周围关系"无法认同"方面来解释："汉姆雷特困顿和忧郁的背后大多都是'无法认同'在作祟。……无法认同，也无堪以慰藉的归属感，汉姆雷特便始终都不知道他与哀尔昔诺宫的其他人是处于何等样的关系，也终究不明白自己是什么。这就解释了他性格中为何只有模糊的痕印而缺失明晰的棱面。"③ 这等于说他迟缓的原因是由他身份的"合法性危机"造成的。等等。以上，读者这些认识上的分歧充分说明了一个基本事实：文学的阅读、接受总是带着个人视界的新的阐释和创造，但又都在一定程度上与原作相符或与原作具有某种内在的深层关联，因而这种"人言言殊"、"各有所见"就不是毫无根由的"独语"、"自语"，而恰恰是两者间的积极互文、对话。

---

① 艾亨鲍姆：《论悲剧和悲剧性》，见程正民、曹卫东主编：《二十世纪外国文论经典》，北京师范大学出版社 2004 年版，第 9 页。
② 西格蒙德·弗洛伊德：《梦的解析》，国际文化出版公司 2007 年版，第 252—253 页。
③ 陆谷孙：《莎士比亚研究十讲》，复旦大学出版社 2005 年版，第 155 页。

还有一个有趣的例证：美国著名作家约翰·厄普代克根据《哈姆雷特》又写了一本小说化的《哈姆雷特》，名字叫《葛特鲁德与克劳狄斯》。葛特鲁德是哈姆雷特母亲的名字，克劳狄斯是他叔父的名字。内容是说两人是真正相恋的恋人，后来哈姆雷特母亲虽然是堂堂正正地嫁给了他的父亲，但"那基本上是政治联姻"，那场纯洁的"葛、克恋"却一直未变。① 故尔后来的"杀兄娶嫂"便是一种"爱情的革命"，其本身是具有先在的"合法性"和"正当性"的。这种文学行为在理论上叫做戏仿和解构，而换个角度看，则是一种重写和对话。等等。

总之，文学性即诗意的对话性，文学的写作和接受总是一种对话活动、对话过程、对话事件，或者说是诗意对话的产物、结果。

人的对话性决定了文学的对话性，文学的对话性反过来又成了人的对话活动得以施展、体现的不可替代的重要场域。因此，人的对话性与文学的对话性也是对话性的。对话性把人和文学本质性的连在了一起。利科尔的以下论述可以有助于我们认识到这一点，利科尔认为人的主体正是由文学文本建构起来的："本文是我们通过它来理解我们自己的中介。"② 他进一步说：

应该说，我们只有通过积淀在文化作品中的人文标记的漫长弯路才能认识我们自己。如果没有由文学贯通并带到语言中来的那些东西，我们会认识爱和恨、道德感和一般说来一切我们称作自我的那些东西吗？……理解就是在本文前面理解自我。它不是一个把我们有限的理解能力强加给本文的问题，而是一个把我们自己暴露在本文之上并从它那里得到了一个放大了的自我，这将是以最适合的方式与意欲的世界相对应的意欲的存在。……在这方面，说自我是由本文的"质料"构成的或许更正确一些。③

也就是说：人创造了文学，文学反过来也塑造了人。人与文学正是你中有我，我中有你，互为因果、互为本体的。它们各自都具有对话性，而"对话性"又成了把它们紧密地联系在一起的"对话间性"，即"两个对话性"之间也是对话性的。对话性生成了"人"，也生成了"文学"，同时也生成了它们之间的对话性联系。而它们的对话性及其对话性的关系正是对话诗学赖以建立的最坚实的本体性根基。

---

① 陆谷孙：《莎士比亚研究十讲》，复旦大学出版社 2005 年版，第 47 页。

② 保罗·利科尔：《解释学与人文科学》，陶远华、袁耀东、冯俊、郝祥等译，河北人民出版社1987 年版，第 146 页。

③ 同上，第 146—147 页。

第六章　对话诗学的本质、范畴与结构

人的对话性与文学的对话性，为对话诗学提供了最直接的思想和理论地基，"对话诗学"则是这一地基上的体系性的理论范式和结构。前者是逻辑性的、必然性的思想基础，后者则是这一逻辑必然性的理论范式的演绎和建构。本章要建构的则是对话诗学的最基本的概念和范畴规定，它为体系性的对话诗学提供最基础、最一般的理论要素和构架。

第一节　文学对话的本质界定

"文学对话的本质界定"这一命题要解决的问题就是回答"文学对话"从本质上看是怎么一回事，或者换言之，就是"什么是文学对话"。

要从本质上思考、追问、界定文学对话，首先须弄清什么是对话。对话本来是指语言交际活动中的话语交流行为，是主体之间有说有听、有听有说的"对语"或问答活动，它体现的是话语的互动性、"问答逻辑"。细分析起来，它具有这样一些属性：①语言属性。因为任何"话语"都是声音和语词的结合体，而且也必然体现一定的语法规则，或一定的语用共享模式。在此意义上看，它必然是一种语言行为、语言活动。②主体属性。即指任何话语都有它的"物质承担者"、施动者，也就是它的"主体"。对话总是表现为是"谁"在说和"谁"在听。当然，不消说，在最一般的意义上，总是人与人之间的"主体间"行为。因此，准确地说应是互主体性，或本书在"导论"等处已阐论过的"主体间性"。③意识属性。话语又总是一定的表意符号、表意系统。不管是意在指称的实用语言，还是意在表现的文学语言，它们都是有目的、有意义的。这目的、意义总反映人的某种观念、意识。语言在这个意义上不是别的，正是人的观念或意识的反映。④文本属性。已见前论，任何话语虽然都是特定的意义符号和意义模式，但是这符号和模式却不是完全自明的，对它的理解、阐释，既需要结合一定的语言模式，也需要特定的语境条件或语用文化系统的介入。也就是说任何话语都是有待理解和解释的，都是需要"他者"因素的介入才能达到自己的目的。这也就是前面笔者所说的"文本性"的基本规定。⑤交流属性。任何对话都不是为对话而对话，而是总要为着一定的目的所进行的彼此间的传达、互释、交流、沟通。

严格地说，本书的"对话"概念是以语言活动中的"对话"为基础的，但又不限于纯粹的语言行为，而是还把它借用、扩张为作者与读者、作者与作者，读者与作者、读者与读者，作者与文本、读者与文本、文本与文本等之间的"对话"，这种"对话"就已经不是原来在语言范畴里的"对话"了，它们既可以是彼此间的相互影响、相互作用，也可以是一种理解、解释、重写、重建，还可以是你挪用了他、我又戏仿了你，他又拼贴了我等的"间性互文"。可以说是对"对话"的比喻性的借用和扩张，它既源自"对话"，又超越了"对话"，或者说是一种哲学性的、诗性的、广义的"对话"。其中，一脉贯通的则是"平等互动"的交流精神、生产和创造精神。或者，按本书的观点看，任何"对话"都具有互释、互写、重释、重写等基本品性。正题是对话，反题是互写，合题则是新建。比如以"今天我要结婚了"这句话为例。对这句日常生活话语，根据当时具体的语境，特别是发话人不同的口气、语调，我们可以有以下几种理解（对它的回应、对话）：

它可能是小伙子对同伴们所表示的狂喜："（嘿！）今天我要结婚了！"也可能是表达一个命运蹉跎的人对爱神突然光临而手足无措，甚至是将信将疑："（真没想到）今天我要结婚了！"也可能是表达一个人对不称心婚姻的失望："（唉！）今天我要结婚了！"也可能是表达一个人屈服于外界压力而无可奈何的叹息："（有什么办法呢）今天我要结婚了！"①

对于这些不同的"可能"，我们也可能会说：①是吗？真为你高兴！②是不容易！是值得高兴！你应该加倍珍惜它！③你可要想好啊！这是一辈子的事情。还可以再选择啊！虽然难点，但凑合也不是办法啊！④一个人也不能太特立独行，该随俗还得随俗。换个生活观念，结婚也没什么不好！等等。这些"对话"就既是一种理解和"阐释"，同时，也必然是对人与人之间的认知关系、情感关系、精神关系的"推进"和重建。生活通过"对话"在变化和更新，或者至少，"对话"也是推进生活发展、演进的一种积极的因素，

---

① 龙协涛：《文学阅读学》，北京大学出版社 2004 年版，第 84 页。

而且有时它还会是主要的和根本的因素。

还有一个更典型的例子是周策纵的"妙绝世界"——"字字回文诗"："星淡月华艳岛幽椰树芳晴岸白沙乱绕舟斜渡荒"。对这首诗可以有四十种解读的可能性，如：（1）星淡月华艳，岛幽椰树芳，晴岸白沙乱，绕舟斜渡荒。（2）淡月华艳岛，幽椰树芳晴，岸白沙乱绕，舟斜渡荒星。（3）月华艳岛幽，椰树芳晴岸，白沙乱绕舟，斜渡荒星淡。（4）华艳岛幽椰，树芳晴岸白，沙乱绕舟斜，渡荒星淡月。（5）艳岛幽椰树，芳晴岸白沙，乱绕舟斜渡，荒星淡月华。（6）岛幽椰树芳，晴岸白沙乱，绕舟斜渡荒，星淡月华艳。（7）幽椰树芳晴，岸白沙乱绕，舟斜渡荒星，淡月华艳岛。（8）椰树芳晴岸，白沙乱绕舟，斜渡荒星淡，月华艳岛幽。（9）树芳晴岸白，沙乱绕舟斜，渡荒星淡月，华艳岛幽椰。（10）芳晴岸白沙，乱绕舟斜渡，荒星淡月华，艳岛幽椰树。等等，可以依次循环组合出四十首不同的诗来。[①] 这四十种不同的解读，也可以视为四十种不同的理解、阐释和对话。而每一种不同的"对话"都又组成了一首新诗，重建了诗的文本和意义结构。

无疑，对这首回文诗的解读已是文学的对话了。文学对话是对话家族的一个特殊的类别，它具有自己的特殊性。从总体上看，文学对话一般包括两种最基本类型：人与文本的对话、文本与文本的对话。而无论哪种类型，又必然会关涉到作者、文本、读者等几个方面。在人与文本对话类型中，这三个方面呈现显的状态，而在文本与文本的对话中，作者既是作者又是读者，如当他对别的文本做互文性的戏仿、拼贴、挪用、转化时，他就是读者，而针对新的互文组建物——"新文本"，他又是作者。但此时无论是作为作者还是读者都为互文本的关系这个依托体所取代，处于相对隐身的状态。比如前举美国著名作家约翰·厄普代克根据《哈姆雷特》所写的小说《葛特鲁德与克劳狄斯》就有这样的特点，因为此时"互文"代替了原来意义上的个性化的"独创"，因而文本与文本之间的关联性便大大地被凸显出来，以至于排斥和挤压了作者，使他变得相对次要、边缘和潜隐。而总括起来看，无论是人文对话还是文文对话，实质则是人与文的对话，这是因为：①人（读者）与人（作者）的对话，一般主要是通过文本（即以往的所谓文学作品）这个中介来进行的；②文与文的对话，反过来则是以作者或者读者为中介的，即"写作阶段"的互文对话是靠作者来具体实施的，而"接受阶段"的互文对话则又必须假读者这个人格主体来完成。因此，所谓的文学对话，简单地说，

① 见叶维廉：《中国诗学》，三联书店 1992 年版，第 15、27 页。

第一，首先表现为人（作者、读者）同文学文本之间的对话。

第二，文学对话是人格主体同"拟代人格"或文本化人格主体的对话。作者或读者的人格主体属性已无须说。而文学文本一般并非"人格化"的主体，也就是说它不会像人那样具有真正的说话、对话能力，如叶维廉所说："对话，是两个人一来一往、来来往往的对答。在实际的对话里，没有一定等待完成的单元，不一定有信息要传达。传达的方式包括不断即兴式的调整修改，比如甲说得深奥些时，乙因为眉头略皱，甲马上再重复他的话，延伸、修改，阐明。语调及神情有时也有助于一些语意原是不清的话。……和文辞对话，在实质上，当然无法与真正的对话比拟。第一，文辞虽然代表一种对话，但语调、神情则犹待读者换位去扮演，扮演得近不近原来的意向，没有什么把握。第二，你有疑难时，文辞无法作即兴式的调整、修改和再阐明。"[1]因此，要把它视为一个对话对象（另一主体），其实只能是一种"借喻"，是在比拟的意义上把它当"人"看，它只能是一个"拟对话者"、"伪对话者"，或对话的"拟代人格"。因为无论如何它都是"文本"体的，是以"非灵化"的文本形式存在的。

第三，文学对话是文学性的对话，或如上一章所论，是诗意的对话。它需要情感、想象等审美文化系统的支持，或者说需要一种对实际生活具有特殊超越性的"魅态文化"作基础。这一点，在第九章再予详论。

第四，文学对话是人与文本之间的平等的互释、互建。已见前例对"回文诗的解读"。

另外，关于类似的文学活动，流行的指谓已有多种，如对作品的分析、解读、讲解、评论、批评、理解、解释等等，但都缺乏间性的、平等的对话意涵，因此，"文学对话"的提出就不独可以兼容、替代以上概念，而且还具有别的概念无法表达、无法代替的独特价值。

第二节　对话诗学的本质界定

同样，对话诗学的本质界定所要回答的就是"什么是对话诗学"这样一个问题。而要从本质上找出对话诗学的基本规定，首先需要弄清的则是"什么是诗学"？"诗学"这一名称实际上是一种借代用法，即以诗来代指文学，

---

① 叶维廉：《中国诗学》，三联书店1992年版，第141—142页。

理由大致有四：①诗歌是文学的最早的样式，如中国文学最初的形式是诗、乐、舞三位一体的混合体。在古希腊也是先以史诗为发端的。那个把诗歌、散文、戏剧、小说等统一于一身的"文学"概念则是后起的，在中国是在魏晋之时（3～6世纪），在西方则是在16～18世纪。②想象、比喻、抒情等诗歌精神，或所谓的"诗性"、"诗情画意"，是文学的基础、内核或内在品质，以诗代称文学，正符合它的本质性的蕴涵，是抓住了核心、抓住了根本。③与诗学对应的应是"文学学"，但称"文学学"比较拗口和费解，不如诗学简明扼要。④更直接的原因是它还来自于一个经典性和范导性的"范式"、"案例"：亚里士多德的美学和文学理论名著《诗学》。亚氏《诗学》的研究对象并不仅限于诗歌，而是还包括当时的别的文学样式如悲剧、喜剧等，就是说早在亚氏手里就开了一个"诗学"之广义的、泛用的先例，这是一个具有原型意义的重要滥觞。就是说"诗学"这一特定的理论话语随着亚氏《诗学》之典范化而也有了范导的典范意义，成了一个理论话语的"原型"，使它能够在后世被谱系化地沿用。①

"诗"而"学"，即"诗"和学理化、理论化的内涵相结合，就又自然具有了"理论"的指向，这样，诗学就同文学理论完全可以对接、重叠起来。一句话，诗学即文学理论或文艺理论；它可以把历史上中国和西方类似的概念如诗论、诗艺、修辞学、文章、诗话、词话、文论、艺术哲学、小说评点等兼容统一起来。这正是本书用对话诗学而不用对话文学学的原因所在。另外，还有一个同样流行的概念：文艺学。它是我国在1949年以后由俄文转译过来的，是文学学的代名。它同文学学一样不如诗学简要，而且也没有诗学那样具有悠久的历史传统意义，谱系学的内涵比较单薄、贫瘠。

对话诗学就是对话文学理论、对话文艺理论或对话文艺学。它由文学对话而来，是把文学对话理论化、体系化的产物。说白了，就是把文学对话变成了文学对话理论。而也不用再重复，用"对话诗学"自有简明、传神和渊源久远之妙。需要特别强调的是，对话诗学并不仅仅是一个概念、称谓的理想选择问题，而且还代表着文学理论在本质上、方向上的一个重大的"质变"，一次重要的历史转型。这可以分别从两个维度来进行阐论：

第一，文学活动系统中的"中心"嬗变线索。从历史上看，西方文学理论在研究重点上曾发生了两次重要的历史性转移，第一次是从研究作家转移

_____

① 黑格尔在其《美学讲演录》中也把"文学"统称为"诗"，并类分为：主观体诗（抒情诗）、客观体诗（史诗，小说则是"近代市民阶级的史诗"）、戏剧体诗（戏剧）。

到重点研究作品文本，第二次则是从重点研究文本转移到重点研究读者和接受。① 也可概括为三个中心嬗变：作者中心论、文本中心论、读者中心论。第一个中心论以 19 世纪的浪漫主义、现实主义、实证主义为代表；第二个中心论以俄国形式主义、布拉格学派、英美新批评、法国结构主义等为代表；第三个中心论以德国接受美学、美国读者反应批评等为代表。这三个中心是各有各的片面性，后一个片面是为了纠正前一个片面而矫枉过正，又陷入与之对立的另一个片面。后来，后现代综合化思潮中的互文论、新历史主义、后殖民主义、女性批评、文化研究与文化批评、生态论，特别是对话主义文论如巴赫金、加达默尔、克莉斯蒂娃、托多洛夫的理论等，正是顺应历史趋势，为克服以上各中心之片面性，追求更理想，更综合的理论境界而兴起的。无疑，笔者的对话诗学正是对这一理想的诗学谱系的继承和发展。已如上述，对话论涵盖、容纳"作者与读者、作者与作者；读者与作者、读者与读者；作者与文本、读者与文本、文本与文本等之间的对话"，是对以上诸中心论的超越，既克服了它们的片面性，又吸收保留了它们的合理性。

第二，文学观念演变的线索。王一川曾把西方历史上所发生的文学观念或文学本质论总结为：模仿论、实用论、表现论、客观论、体验论、语言论、修辞论、文化论八种。模仿论或再现论是源自于古希腊古典主义传统的一种最早的文学本质论，它认为文学的本质在于文学对于宇宙万物的模仿。此观念统治西方文学理论长达两千年之久，直到 18 世纪末、19 世纪初浪漫主义思潮兴起后，它的主流地位才被推翻。中国古代的"观物取象"说亦与此观念相近。实用论主张文学是一种实用的教化手段，认为文学是为愉悦和教育而从事的模仿。其典型代表是古罗马贺拉斯的"寓教于乐"说，中国古典文论中的"风教"、或"教化"说亦带有这种倾向。表现论以浪漫主义为代表，认为文学的本质在于表现作者的情感。如英国浪漫派诗人华兹华斯所说："诗是强烈感情的自然流露。"中国古代的"诗言志"说、"诗缘情"说等也与此相类。客观论以西方的唯美主义、象征主义为代表，认为文学要寻找、要依赖于某种"客观对应物"，它的本质就是"客观的象征森林"。② 体验论认为文学是人的生命体验的表达，是人的个体深层体验而非一般体验的表达。它可上溯到柏拉图的"迷狂"论、维柯的"想象的类概念"论、康德的审美"无功利"论、席勒的"游戏"论，真正兴盛则是叔本华、尼采、狄尔泰、

① 见朱立元主编：《当代西方文艺理论》，华东师范大学出版社 2005 年版，第 4 页。
② 已见第四章的有关所论，其实这种所谓寻找客观对应物的"客观论"在根底里则是"对话论"。

柏格森等的"生命意志"谱系。中国古代的"感兴"、"感悟"说也基本可以划入这一类型。语言论强调文学的语言性，主张文学是一种特殊的语言组织或构造。其典型代表是俄国形式主义的"文学性"论。中国古人也讲究作诗要炼字、炼词、炼句，如杜甫的"语不惊人死不休"。修辞论以美国的肯尼斯·博克、德曼和英国的伊格尔顿为代表，此观念把文学视为一种修辞行为，主张文学是人为了达到特定的社会效果而调整语言的产物。中国孔子的"辞达而已矣"、《易传》的"修辞立其诚"亦有重视"修辞"功用的意思。文化论认为文学是一种复杂的文化形态，而不是独立的语言作品或审美对象。它有三个理论来源：①索绪尔现代语言学、结构主义和符号学传统；②英国马克思主义"文化研究"学派；③人文社会科学领域的"现代性"和"全球化"话语。它是西方后现代文化转向之后所出现的带有全局性、总体性意义的文论思潮，几乎囊括了解构主义、符号学、后期心理分析、女性主义、西方马克思主义、狭义后现代主义、新历史主义、后殖民主义等诸多文论派别，而以英国"文化研究"学派为典型代表。①

笔者认为除了以上八种不同的文学观念论之外，还应加上以下六种：（一）形式论，如毕达哥拉斯的"数"形式、黄金分割律、亚里士多德的整一性、新古典主义的"三一律"、康德的形式论、克莱弗·贝尔的"有意味的形式"等；（二）审美论，即认为文学的本质在于它的审美性的文论，如康德、席勒、马尔库塞等的美学和文学观念；再如唯美主义、象征主义等等的文学观念；（三）存在论，如包括现象学美学在内的存在主义文论，主张文学是人的存在的阐释、建构或开显；（四）惯例论，如美国阿瑟·丹托的"艺术世界"论、美国乔治·迪基的"艺术惯例"论。丹托认为"认识艺术品需要某种不受眼光干扰的东西，这就是一种艺术上的理论空气，一种对艺术的发展史，亦即一个艺术世界（art world）的认识。"② 用关于艺术的知识和决定艺术的各种环境因素来解释艺术。乔治·迪基则认为艺术世界是由艺术的创作者、展示者、欣赏者、艺术的场所设备的相互作用所建立并维持的社会惯例所构成。③ 这种"惯例论"所针对的对象虽然是艺术，但移用到文学上也是行得通的。（五）生态论。如近年来美国伦纳德·西格杰、乔纳森·巴特、帕特里克·穆菲、劳伦斯·布伊尔等的生态诗学，他们把自然伦理化，用生

---

① 见王一川：《文学理论讲演录》，广西师范大学出版社 2004 年版，第 227—236 页。
② 阿瑟·丹托：《艺术世界》，转引自 M. 李普曼编：《当代美学》，光明日报出版社 1986 年版，第 107 页。
③ 见陈池瑜：《现代艺术学导论》，清华大学出版社 2005 年版，第 37 页。

态论的思想框架来整合人类现有的知识、科学资源，以期用本原性的自然系统克服人类理性的偏颇、痼疾，为人类的精神生态提供类似自然生态性的和谐出路。（六）对话论。

不难看出，在以上十四种文学观念论中，除文化论、存在论、生态论、对话论以外，都具有相对的片面性，可以说其合理性和局限性是同样明显地共存于一身的。具有兼容和综合性的文化论、存在论、生态论、对话论则无疑更加全面、合理、理想。而相比起来，文化论重在文化、存在论重在存在、生态论重在生态，它们各有自己的主旨、偏好，对话性的内涵虽也内含其中，但在它们毕竟不占有最重要的地位。而相反，只有对话论诗学才专门以追求平等对话的诗学架构、主体间关系为自己的全部旨归，而已见本书"导论"部分所论，对话论正是人类哲学、诗学克服形而上学二元对立弊端的理想出路。

对话诗学是代表文学理论理想进路的、以追求平等对话为旨归的新的文学理论形态。它具有理论性、基础性、综合性、超越性，是文学理论在今天对以往理论资源进行批判、扬弃后的一次新的飞跃。

第三节　文学对话活动的基本要素

文学的关系性结构、文本性，无疑都是对话诗学要研究的对象，而从具体的、最普通的角度看，对话诗学不能不首先面对文学对话活动中的基本要素：对话主体、文学文本、对话语境、阐释模式等，可简称为：主体、文本、语境、模式。

文学对话中的主体一般是指人——作者或读者。这是文学对话活动中的一个能动的、往往具有"主导性"的要素。从最普通视角看，他（她）可以是作家、批评家、研究人员、普通读者，有专业和非专业的分属。而从其同文本的关系看，则可分出三种不同主体观：上帝、替代物、伙伴。上帝主体主要是指作者中心论中的"作者"和读者中心论中的"读者"，作者中心论认为，在文学创造活动中，作者是中心、上帝，对文学作品具有绝对的决定作用。如康德的"天才论"，主张真正的作者应是"天才"，他为艺术立法："天才就是给艺术提供规则的才能（禀赋）。由于这种才能作为艺术家天生的创造性能力本身是属于自然的，所以我们也可以这样来表达：天才就是天生的内心素质，通过它自然给艺术提供规则。"① 并认为天才具有四个显著特征：独创性、典范性、自然性、美的艺术创造者。② 与康德同调，浪漫主义诗人也秉奉作者是天才、英雄、人世间的"立法者"的主体观，如柯尔律治说："诗是什么？这无异于问：诗人是什么？回答了其中一个问题，另一个也就有答案了。因为诗的特点正是天才诗人的特点……"③ 雪莱则作了进一步的放大：

诗人们，亦即想象并且表现这万劫不毁的规则的人们，不仅创造了语言、音乐、舞蹈、建筑、雕刻和绘画；他们也是法律的制定者，文明社会的创立者，人生百艺的发明者，他们更是导师，使得所谓宗教，这种对灵界神物只有一知半解的东西，多少接近于美与真。④

读者中心论则认为，在文学接受和再创造的活动中，读者是中心、上帝，靠读者的阅读才把作者文本变成了审美的艺术作品。如金元浦所说："在读者反应批评家看来，新批评主张的那种本文只有一个唯一正确的含义的所谓客观性是不存在的。文学作品的意义取决于读者个人的创造性阐释，作品的意义实际上是读者的'创造物'。"⑤

与上帝主体相反的则是"替代物主体"，即作家成了某种代言的工具、奴隶。如艾略特说："诗人有的并不是有待表现的'个性'，而是一种特殊的媒介，这个媒介只是一种媒介而已，它并不是一个个性，通过这个媒介，许多印象和经验，用奇特的和料想不到的方式结合起来。"⑥ 媒介就是工具，诗人变成了被动的工具。荣格也指出："艺术是一种天赋的动力，它抓住一个人，使他成为它的工具。艺术家不是拥有自由意志、寻求实现其个人目的的人，而是一个允许艺术通过他实现艺术目的的人。他作为个人可能有喜怒哀乐、个人意志和个人目的，然而作为艺术家他却是更高意义上的人即'集体的人'，是一个负荷并造就人类无意识精神生活的人。为了行使这一艰难的使命，他有时必须牺牲个人幸福，牺牲普通人认为使生活值得一过的一切事

---

① 康德：《判断力批判》，邓晓芒译，杨祖陶校，人民出版社2002年版，第150页。
② 同上，第151—152页。
③ 见 M. H. 艾布拉姆斯：《镜与灯——浪漫主义文论及批评传统》，郦稚牛、张照进、童庆生译，王宁校，北京大学出版社2004年版，第138页。
④ 见刁克利：《西方作家理论研究》，外语教学与研究出版社2005年版，第78页。
⑤ 金元浦：《接受反应文论》，山东教育出版社1998年版，第209页。
⑥ 托·斯·艾略特：《传统与个人才能》，见《艾略特文学论文集》，李赋宁译，百花洲文艺出版社1994年版，第9页。

物。"① "不是歌德创造了《浮士德》，而是《浮士德》创造了歌德。"② 这种被动的工具式的主体观，用海德格尔的说法则是"话说我"："我们所说的语言始终已经在我们之先了。我们只是一味地跟随语言而说。"③ 拉康也说："主体在其精神发展的某个时刻进入语言时，语言早就存在了。"④ "这个能指的激情从而成了人类状况的一个新的度向，因为不仅人讲话，而是在人身上，通过人，话在讲，他的本质变成由语言的结构显示其中的效果所构成，他成了语言结构的素质，由此而在他身上回响着言语的关系。"⑤ 这一思想后来被巴尔特、福柯、詹姆逊继承并发挥：巴尔特宣告"作者已死"；⑥ 福柯认为"人"似乎是海边沙滩上一个可随意抹去的"语词"："人将被抹去，如同大海边沙地上的一张脸"；⑦ 詹姆逊也高叫不是我在说话，而是话在说我。⑧ 这主要指的是作者的工具性、被动性，作者成了某种先在的"客观力量"的"替代物"。而在作者中心论中，读者则是被动的接受者，是追溯、确证所谓作者原意的"工具"。

可见，无论是"上帝主体"还是"替代物主体"，都不是理想的文学对话活动中的主体，它的理想的主体应是与文本处于平等地位的对话者，如巴赫金所说的陀思妥耶夫斯基复调小说中的"对话结构"：

在他的作品里，不是众多性格和命运构成一个统一的客观世界，在作者统一的意识支配下层层展开；这里恰是众多的地位平等的意识连同它们各自的世界，结合在某个统一的事件之中，而互相间不发生融合。⑨

陀思妥耶夫斯基恰似歌德的普罗米修斯，他创造出来的不是无声的奴隶（如宙斯的创造），而是自由的人；这自由的人能够同自己的创造者并肩而立，能够不同意创造者的意见，甚至能反抗他的意见。……主人公的意识，在这

---

① 荣格：《心理学与文学》，转引自朱立元、李钧主编：《二十世纪西方文论选》上卷，高等教育出版社 2002 年版，第 350—351 页。

② 同上，第 352 页。

③ 海德格尔：《语言的本质》，见孙周兴选编：《海德格尔选集》（下），上海三联书店 1996 年版，第 1082 页。

④ 拉康：《拉康选集》，褚孝泉译，上海三联书店 2001 年版，第 425 页。

⑤ 拉康：《拉康选集》，褚孝泉译，上海三联书店 2001 年版，第 591 页。

⑥ 罗兰·巴尔特："作者死亡，写作开始。……读者的诞生必须以作者的死亡为代价。"见其《作者之死》，林泰译，赵毅衡编选：《符号学文学论文集》，百花文艺出版社 2004 年版，第 507—512 页。

⑦ 米歇尔·福柯：《词与物——人文科学考古学》，莫伟民译，上海三联书店 2001 年版，第 506 页。

⑧ 杰姆逊：《后现代主义与文化理论》，唐小兵译，北京大学出版社 1997 年版，第 32 页。

⑨ 巴赫金：《陀思妥耶夫斯基诗学问题》，白春仁、顾亚铃译，三联书店 1988 年版，第 29 页。

里被当作是另一个人的意识，即他人的意识；可同时它却并不对象化，不囿于自身，不变成作者意识的单纯客体。……主人公对自己、对世界的议论，同一般的作者议论，具有同样的份量和价值。①

可见，作为作者，陀思妥耶夫斯基与其所创作的小说文本之间就是典型的对话关系，他则是文学对话活动中的典型的"伙伴主体"，是与文本可平等交流的伙伴。无疑，这正是对话诗学所期待和所要建构的理想主体。

在文学对话中，文本既是文本也是"主体"，是文本化的或拟代性的"主体"，这已有前论，这里要重点讨论的则是文学对话活动中的"文本"要素。文本在后现代尤其是后结构主义思想谱系中是一个极其广义的概念，"在后现代时代，文学作品文本化了，文字作品文本化了，非文字作品也文本化了，整个世界到处都是文本世界，连世界都是一个文本"。② 这是广义的"文本"，在对话诗学中，广义文本也是一个必要的和有效的概念，比如"互文之网"、互文性就是狭义和广义的文本混用不分的。下面要论的则是狭义的文学文本。文学文本是广义文本家族的一个特殊类别，它上面的"种"概念是文字文本，它是种概念下面的"属"概念，即是一种文学性的文本，从作为对话要素的意义看，文学文本可以从以下角度来认识：

(1)文学文本是一种符号结构。符号的特点是"把某种无形的、模糊的、难以捉摸的概念、含义、情感变成具体可感的东西，把不可知的变为可知"，③而在"实际生活中，人们感受到的是思维与语言的不对等性，语言难以涵盖思维，而处于大千世界中人的内在的情感世界、精神世界比思维还要宽广，因为它包含着许多属于无名的感觉、意绪和氛围的东西"。④ 索绪尔认为，符号是能指和所指的"双面一体"结构，但能指和所指的结合却不是必然的、透明的，而是由语言系统所决定的。这种任意关系也意味着它们是不对等的，是文化的约定、习惯的俗成所促成。也就是说符号本身就是一个"代行机制"，在一定意义上，其表意性是既有限又欠准确的，或者说是模糊的、含糊的，因而它必然依赖着特定的解释系统、对话系统。诚如接受美学代表人物姚斯所说："'词，在它讲出来的同时，必然创造一个能够理解它们的对话者'。文学作品的这种对话性特点也建立在语文学理解与本文的永恒对抗的基

---

① 巴赫金：《陀思妥耶夫斯基诗学问题》，白春仁、顾亚铃译，三联书店 1988 年版，第 28—29 页。

② 张法：《走向全球化时代的文艺理论》，安徽教育出版社 2005 年版，第 115 页。

③ 龙协涛：《文学阅读学》，北京大学出版社 2004 年版，第 210 页。

④ 同上，第 71 页。

础之上，而不可简化成一种事实的知识。"① 也就是说，"文学语言符号"并非"确定的、已完成的""事实"，而是有待对话（阐释）的前提和基础。

(2)文学文本是一种框架结构。如果说符号性是所有文字文本和非文字的符号文本的共同特点，那么在此基础上，文学文本不是回避和想法弥补符号的模糊性，相反还特别地对之加以发展、利用，以至于干脆正面去追求包含空白、模糊的"框架结构"，如英加登、伊瑟尔所阐明的那样。

(3)文学文本是一种虚实结构。实是它的能指部分，虚则是它的所指部分。或者是它的模糊、空白之处。如司马光在《续诗话》中说的："古人为诗，贵在意于言外，使人思而得之。"或如张孝祥在《念奴娇·过洞庭》一词中所写："悠然心会，妙处难与君说。"美国新批评理论家韦勒克、沃伦认为文学具有虚构性、创造性、想像性，② 这三性其实都与它的"虚实结构"有关。

(4)文学文本是一种修辞化的结构。"修辞"，顾名思义就是对语词的"修饰"，即用各种构词的方法来使语词的表意性得到加强，使它的表意空间趋于最大化和最幽微化，以弥补语言符号与其所要表现的对象的"不对等性"、有限性。亚里士多德就指出："姑且把修辞术定义为在每一事例上发现可行的说服方式的能力。"③"说服方式"虽具有明显的"逻辑推理"的理性意涵，但同时也强调了"方式"的意义。文学语言正是一种典型的注重修辞的语言，比如比喻、借代、象征、拟人、夸张、倒装等都是它惯用的修辞手法。这种修辞手法的运用使文学语言成了一种非常特殊的语言符号，特异、陌生、涵容性被极度扩张，同时其指意性也变得非常内隐而多义。韦勒克、沃伦认为文学语言具有歧义性、暗示性、情感性、象征性。④ 童庆炳等认为文学语言具有形象性、生动性、凝练性、音乐性、内指性、心理蕴含性、阻拒性。⑤ 一句话，它是反常化的语言，有许多特殊的用法，如杜甫的诗句："碧瓦初寒外，云傍九霄多"，"香稻啄余鹦鹉粒，碧梧栖老凤凰枝"等即是一种倒装的反常组合。后现代理论则把文学修辞化进一步泛化，扩张到了一切文化形式和文化现象：

---

① 见《接受美学与接受理论》，辽宁人民出版社1987年版，第26页。

② 勒内·韦勒克、奥斯汀·沃伦：《文学理论》，刘象愚、邢培明、陈圣生、李哲明译，江苏教育出版社2005年版，第16页。

③ 亚里士多德：《修辞术·亚历山大修辞学·论诗》，颜一、崔延强译，中国人民大学出版社2003年版，第8页。

④ 勒内·韦勒克、奥斯汀·沃伦：《文学理论》，刘象愚、邢培明、陈圣生、李哲明译，江苏教育出版社2005年版，第12—13页。

⑤ 见童庆炳主编：《文学理论教程》，高等教育出版社2004年版，第208—209页。

后现代主义将一切符码化、话语化，实质上是将一切修辞化。这样，修辞批评关注的对象不再仅仅是狭窄的、传统意义上的言语或演讲，而是一切文化形式，包括批评本身：它可以是各种大众传播形式，如电视、广告、公关；它可以是这样或那样的、具体的或抽象的文化现象，如服装、建筑、习俗。①

文学语言的修辞化自然会使整个文学文本也带有明显的"修辞性"，而后现代这种泛化了的"修辞化"不消说更为我们提供了从修辞化角度观照文学文本的特殊视角。修辞化了的文学文本使文学文本本来就具有的潜隐、虚化的空间得到了格外的扩容和增殖。其结果则使它的意义空间更趋深广、模糊、多义。

(5)文学文本是一种多义的结构。文学文本的多义性，首先表现在其语言结构自身的矛盾和不透明。有论者指出：文学语言是用生动的感性外观和丰富的理性内蕴体现文学审美意味的意象语言，其结构特征是语表的具体性和语里的多义性，其意象性正来自于两者的矛盾统一。② 美国学者劳·坡林也指出：日常语言是"一度"的语言，而诗的语言有"四度"：

诗是一种多度的语言。我们用以传达消息的普通语言是一度的语言。这种语言只诉诸听者的理智，这一度是理解度。诗歌作为传达经验的语言，至少有四度。它为了传达经验，必须诉诸全人，不能只诉诸他的理解部分。诗不只涉及人的理解，还涉及他的感官、感情与想像。诗在理解度之外，还有感官度、感情度、和想象度。③

在西方文论史上但丁也提出了一个文学语言的"四义说"，认为文学语言是一种有寓意的语言，它有四种含义：字面义、譬喻义、道德义、寓言义。④而加上句子、上下文等篇章结构，特别是像叙事性作品的复杂人物、情节、环境的设置、描写，就更增加了其文本的多义性，是在其语言的多义性基础上又多出了人物、情节、环境等的复杂意涵。比如关于《三国演义》的主题人们就有15种不同的看法：正统说、忠义说、悲剧说、分合说、仁政说、道义说、人才说、农民愿望说、忠义变异说、乱世英雄歌颂说、反映三国兴亡说、宣扬用兵之道说、讴歌封建贤才说、圣君贤相鱼水相谐说、拥刘反曹反

---

① 常昌富：《导论：当代修辞学批评模式概述》，转引自谭学纯、朱玲：《广义修辞学》，安徽教育出版社 2001 年版，第 2 页。

② 见董学文、张永刚：《文学原理》，北京大学出版社 2001 年版，第 35—36 页。

③ 劳·坡林：《怎样欣赏英美诗歌》殷宝书编译，北京出版社 1985 年版，第 9—10 页。

④ 见伍蠡甫主编：《西方文论选》上卷，上海译文出版社 1979 年版，第 159 页。

映人民愿望说等等。① 而关于屈原之死也有 6 种不同看法：洁身说、殉国说、殉道说、殉楚文化说、政治悲剧说、赐死说。② 更为典型的是萧涤非就杜甫《登高》中的一联十四个字："万里悲秋常作客，百年多病独登台"，就分析出了九层含义：

他乡作客，一可悲；经常作客，二可悲；万里作客，三可悲；又当萧瑟的秋天，四可悲；当此重九佳节，没有任何饮酒等乐事，只是去登台，五可悲；亲朋凋谢，孤零零的独自去登，六可悲；身体健旺也还罢了，却又扶病去登，七可悲；而这病又是经常性的多种多样的，八可悲；光阴可贵，而人生不过百年，如今年过半百，只落得这般光景，九可悲。③

当然，文学文本的多义性也来自接受者的变化、接受历史语境的变化，使文学史、文学接受史变成了接受的"关系历史"和接受的"效果历史"，已如加达默尔、伊瑟尔的理论。而中国古代也认为诗（文学）应是意在言外；言有尽而意无穷；文以复义为工；有象外之象、韵外之致、味外之旨；味内味、味外味、味在咸酸之外；只可意会不可言传；体味、玩味、妙悟；诗无达诂；等等。

(6)文学文本是一种互文结构。用后结构主义的互文性理论来看，文学文本的多义、未完成、不可穷解等，还同它是互文之网中的一个网结，具有互文本性有关。诚如叶维廉所说：

打开一本书，接触一篇文，其他书的另一些篇章，古代的、近代的、甚至异国的、都同时被打开，同时呈现在脑海里，在那里颤然欲语。一个声音从黑字白纸间跃出，向我们说话，其他的声音，或远远地回响，或细语提醒，或高声抗议，或由应和而向更广的空间伸张，或重叠而剧变，像一个庞大的交响乐队，在我们肉耳无法听见的演奏里，交汇成汹涌而绵密的音乐。④

这正是对互文性发生的实际状况的形象描绘。他还说："一首诗的文、句，不是一个可以圈定的死义，而是开向许多既有的声音的交响、编织、叠变的意义的活动。"⑤ "我们读的不是一首诗，而是许多诗或声音的合奏与交响。中国书中的'笺注'所提供的正是笺注者所听到的许多声音的交响，是

---

① 见龙协涛：《文学阅读学》，北京大学出版社 2004 年版，第 116 页。
② 见龙协涛：《文学阅读学》，北京大学出版社 2004 年版，第 116 页。
③ 萧涤非：《杜甫研究》，转引自龙协涛：《文学阅读学》，北京大学出版社 2004 年版，第 64 页。
④ 叶维廉：《中国诗学》，三联书店 1992 年版，第 65 页。
⑤ 叶维廉：《中国诗学》，三联书店 1992 年版，第 81 页。

他认为诗人在创作该诗时整个心灵空间里曾经进进出出的声音、意象、和诗式。"①

文学文本的以上特性充分说明它又是一个有待阐释、有待对话，且拥有无限广阔的阐释、对话空间的语言组织。它存在、立身的现实性可以说只有一半，另一半则是对它的对话性的阐释、建构。如丹托所说："阐释具有把实物这种材料变成艺术品的功能。阐释实际上是个杠杆，用它把实物从现实世界移入艺术世界。"② "阐释不是外在于作品的某种事物：作品与阐释一起在美学意识中出现。"③ 这种阐释其实就是对话，还是叶维廉说得好："作品诞生以后，是一个存在。它可以不依赖作者而不断与读者交往、交谈；它不但能对现在的读者，还可以跨时空对将来的读者传达交谈。""在我们阅读的过程中，我们在心中因有不同的'己意'而会对眼前的作品（一个不断向我们'说话'的存在）作出种种的'钩考'。作者与作品的相遇是一种'对话'，是一种'交谈'。"④

要之，总起来看，文学文本正是一种对话结构。对话就是它的"文本性"，是它的生命。

语境（context），原指上下文，现在一般指"说话人和受话人的话语行为所发生于其中的特定社会关联域，包括具体语言环境和更广泛而根本的社会生存环境"。⑤ 从哲学的意义上看，所谓语境，就是指对话赖以发生的各种条件的总和，是对话的时空背景、时空环境。它是一个复杂的组合，可以分出许多不同的类别：物质语境/精神观念语境；直接语境/间接语境；小语境/大语境；政治语境/道德语境/哲学语境/具体文化语境；历史语境/时代语境/民族语境/全球语境/地域语境/阶层语境；显语境/隐语境，等等。而一般来说，则可笼统分出内语境和外语境即可。内语境是指对话赖以发生的具体语境，外语境则是指相关的社会及历史关联条件。比如英美新批评的先驱人物瑞查兹就在这个意义上作过论述，他说：

这里我必须解释一下我赋予"语境"这个词的相当特殊的技术性意思，这是整个定理的一个关键。这个词在"作品语境"这句话中的意思我们是熟悉的。正是这个词前后的其它词确定了该词的意义，而这些词在"语境"中

---

① 叶维廉：《中国诗学》，三联书店1992年版，第70页。
② 阿瑟·丹托：《艺术的终结》，欧阳英译，江苏人民出版社2001年版，第36页。
③ 同上，第42页。
④ 叶维廉：《中国诗学》，三联书店1992年版，第138、139页。
⑤ 见童庆炳主编：《文学理论教程》，高等教育出版社2004年版，第70页。

也同样会产生熟悉的感觉。这种"语境"很容易扩展到一本书的范围。

"语境"这种熟悉的意义可以进一步扩大到包括任何写出的或说出的话所处的环境；还可以进一步扩大到包括该单词用来描述那个时期的为人们所知的其它用法，例如莎士比亚剧本中的词；最后还可以扩大到包括那个时期有关的一切事情，或者与我们诠释这个词有关的一切事情。①

瑞查兹在这里分出了好几个层次：①前后词，或上下文。②一本书的范围。③语词的相关的语用之网。④一切可互文的"环境"。⑤一切相关的社会事物。而概括起来无非是内语境和外语境。

语境会对文学的对话活动产生重要的影响，因为它是对话的必要条件，自然会有形无形地介入、渗透进对话之中，对对话产生诱导和制约作用。比如对《红楼梦》的接受，王国维受叔本华等现代西学语境的影响，把《红楼梦》解释为一部反映人生欲望的悲剧，其《红楼梦评论》成了"对德国的叔本华哲学进行一次哲学、美学、伦理学层面的表意实践"，成了"叔本华反生命意志的悲剧观的中国翻版"。② 而蔡元培受当时"排满反清"特定语境的影响，把《红楼梦》看成了"吊明之亡，揭清之失"之作，他之"阅读《石头记》，与他的倡扬民族主义的反清政治倾向密切相关"，"正是这种反清的政治倾向成为他阅读《石头记》时的心理定势。于是《石头记》的语言的隐喻性在他的理解中统统指向反清的政治之维"。③ 胡适的"新红学"则明显与西学的"科学主义"语境有关，在他眼里"乾嘉学派"之"'务实'、重客观、重例证的治学态度与杜威的实验主义哲学有其相通之处。在胡适看来，这种相通之处，便是科学精神、客观精神、科学方法"。于是，"他以'科学精神'演述乾嘉学术方法，以'自然主义'、'自叙传'去演述传统的史学实录观念"，把《红楼梦》的主题概括为："《红楼梦》只是老老实实的描写这一个'坐吃山空''树倒猢狲散'的自然趋势。因为如此，所以红楼梦是一部自然主义的杰作。""这里的'老老实实的描写'试图强调的是实验的态度；而所谓的'平淡无奇的自然主义'，便是指实验主义。"④ 建国后，随着"阶级斗争"的政治语境成为霸权语境之后，对《红楼梦》的"主导性"接受自然也就"阶级斗争化"了，它以1954年全国性的"《红楼梦》大讨论运动"为代

---

① I. A. 瑞查兹：《论述的目的和语境的种类》，赵毅衡编选，章祖德译：《"新批评"文集》，百花文艺出版社2001年版，第333页。

② 陈维昭：《红学通史》（上），上海人民出版社2005年版，第106、107页。

③ 同上，第120页。

④ 同上，第144—145页。

表。而最具代表性的观点则是毛泽东的《红楼梦》主题是"反封建"说和"阶级斗争"说，他说：《红楼梦》写四大家族，阶级斗争激烈，几十条人命。统治者二十几人（有人算了说是三十三人），其他都是奴隶，三百多个，鸳鸯、司棋、尤二姐、尤三姐等等。……"讲历史不拿阶级斗争的观点讲，就讲不通。《红楼梦》写出二百多年了，研究红学的到现在还没有搞清楚，可见问题之难"。从阶级斗争的观点出发，他认为《红楼梦》第四回是全书的总纲，说："什么人都不注意《红楼梦》第四回，那是个总纲。还有《冷子兴演说荣国府》、《好了歌》和注。第四回《葫芦僧乱判葫芦案》，讲护官符，提到四大家族：贾不假，白玉为堂金作马；阿房宫，三百里，住不下金陵一个史；东海缺少白玉床，龙王来请金陵王；丰年好大雪，珍珠如土金如铁。"①

从一定意义上讲，《红楼梦》的接受史、对话史，正是语境介入、渗透和语境变化的"语境效果史"。

阐释模式是指对话者在对话时所使用的观念的或心理的文化模式，它可以是自觉的成体系的"理论模型"，也可以是一般的经验、习惯，还可以是人云亦云的"社会舆论"、"社会心理"；它可以是自觉的，也可以是非自觉的，或者只表现为某种心理定势、价值取向或基本的接受立场、对话姿态；它可以是苏联梅拉赫的作者头脑中的"接受模型"，②也可以是姚斯的"期待视野"、伊瑟尔的作者头脑中的"隐含读者"或海德格尔—加达默尔的"前有"、"前理解"；可以是费什的"有知识的读者"，也就是具有一定"文学能力"的"理想化的读者"，也可以是卡勒的"阅读程式"，卡勒认为"文学作品之所以有了结构和意义，是因为读者以一定的方式阅读它"，③"因此，文学的意义不是读者对作者的暗示作出反应的结果，更不是白板式地反映或复写对象，而是一种已成为程式的东西，内化为读者的能力，是公众自觉或不自觉认同的程式所产生的一种作用"。④

它可以是叶维廉的"体制化的模子"，如叶氏说：

我们的观、感、思、构、用字、解读都受制于历史、语言、文化在我们意识中体制化的模子；这些语言、思维的模子不断的圈定意义的范围。语言和思想都是一个牢房，不断在一个"封闭的"思维系统里、语规系统里反复成规、解规；但另一方面，传释中对话的活动，又使思想和语言成为一个

① 见陈维昭：《红学通史》（上），上海人民出版社 2005 年版，第 268—269 页。
② 见龙协涛：《文学阅读学》，北京大学出版社 2004 年版，第 32 页。
③ 见金元浦：《接受反应文论》，山东教育出版社 1998 年版，第 300 页。
④ 同上，第 295—296 页。

"开放的" 系统，在不同历史和时间的相遇与交谈下，不断生长，不断变化。①

它也可以是美国科学哲学家库恩的"范式"，库恩认为范式是一个科学共同体结构（是这个共同体成员所共有的信念、价值、技术等所构成的整体），是这个共同体团体承诺的集合，是为这个共同体成员所共有的范例、意会知识和直觉的能力等。或再具体点说，就是为某个科学团体所共享的符号概括、模型、范例等各种各样条理化的因素。② 还可以是福柯的"认识型"、"构型"，福柯说："我设法阐明的是认识论领域，是认识型……是知识空间内那些构型，它们产生了各种各样的经验知识。"③ "秩序既是作为物的内在规律和确定了物相互间遭遇的方式的隐蔽网络而在物中被给定的，秩序又是只存在于由注视、检验和语言所创造的网络中……文化的基本代码（那些控制了其语言、知觉框架、交流、技艺、价值、实践等级的代码），从一开始，就为每个人确定了经验秩序，这个经验秩序是他将要处理的，他在里面会重新找到迷失的路。"④

因此，这是一个笼统的"阐释模式"，复杂多样，因人而异。它可以是个人性的，也可以是团体性的，如库恩的"范式"，也如费什的"解释团体"，⑤然而，因为人是"社会关系的总和"，因此，所谓的个人性背后往往总是潜伏着一定的社会性或团体性，如美国当代美学家鲁道夫·阿恩海姆所指出的："大量事实表明，对色彩、形状的把握能力会随着观看者所在的物种、文化集团和受训练的不同而不同。对一个集团说来是合理的，对另一个集团也许就是不合理的。这就是说，一个集团能理解的，另一个集团的成员就无法理解、把握、比较和记住它们。"⑥ 这针对的虽然是"色彩、形状"，但从广义的文本概念看，也算是艺术文本。用来说明阐释模式也是完全适用的。

关于对话中的阐释模式，用理论批评的例子也许是最明显也最有说服力的。如赵宪章在《文艺学方法通论》中所论的文艺学"经验方法"、"美学方法"、"社会学方法"、"心理学方法"、"本体方法"，以及"三论科学"与

----

① 见叶维廉：《中国诗学》，三联书店 1992 年版，第 144 页。
② 托马斯·库恩：《科学革命的结构》，金吾伦、胡新和译，北京大学出版社 2003 年版。
③ 米歇尔·福柯：《词与物——人文科学考古学·前言》，莫伟民译，上海三联书店 2001 年版，第 10 页。
④ 同上，第 8 页。
⑤ 可参见本书第四章第八节的相关部分。
⑥ 鲁道夫·阿恩海姆：《视觉思维》，光明日报出版社 1986 年版，第 78 页。

"系统方法";① 陈鸣树在《文艺学方法论》中所论的社会学、心理学、比较文学、俄国形式主义、新批评、原型批评、现象学、阐释学、接受美学、结构主义、解构主义、自然科学、马克思主义等方法,② 即都是理论批评可能会使用的"阐释模式"。而就实践的范例来说,关于《红楼梦》的阐释,从脂砚斋到索隐派所使用的"本事批评模式";③ 王国维的德国现代美学模式;胡适的科学实证主义模式;毛泽东的政治社会学模式,等等,即都是文学对话中运用具体阐释模式的实际佳例。这些不同的阐释模式决定了不同的阐释和对话结果。关于《红楼梦》,鲁迅先生也曾说过:"谁是作者和续者姑且勿论,单是命意,就因读者的眼光而有种种:经学家看见《易》,道学家看见淫,才子看见缠绵,革命家看见排满,流言家看见宫闱秘事……"④ 这种种的不同,其实都可以从不同的阐释模式上得到解释,所谓的"经学"、"道学"、"革命"等,在字面上即已表明了它们具有阐释模式的某种典型属性。

第四节　文学对话过程

实际的文学对话过程应是千姿百态、各种各样的,因为其中既有文本的特殊性,又有对话"主体"的特殊性,还有对话语境的特殊性,是诸多特殊性的一个复杂组合,具有许多随机、偶发的可变因素,故很难找到一个一以驭万、普适皆准的"过程模式"。因此,这里只能从最一般的意义上和揣想、构拟的角度来展开讨论。当我们以"文学对话过程"为认识和分析对象时,首先遇到的一个问题应该是这对话过程是如何发生的,它的起点、开端在哪里。或者再往前推,还会有一个对话的主体条件问题。鲁迅先生就曾说过:"读者也应该有相当的程度。首先是识字,其次是有普遍的大体的知识,而思想和情感,也须达到相当的水平线。否则,和文艺即不能发生关系。"⑤ 马克思也指出:"眼睛对对象的感觉不同于耳朵,眼睛的对象不同于耳朵的对象。每一种本质力量的独特性,恰好就是这种本质力量的独特的本质,因而也是

---

① 赵宪章:《文艺学方法通论》,浙江大学出版社 2006 年版。
② 陈鸣树:《文艺学方法论》,复旦大学出版社 2004 年版。
③ 陈维昭:《红学通史》(上),上海人民出版社 2005 年版,第 64 页。
④ 鲁迅:《〈绛洞花主〉小引》,见《鲁迅全集》第 8 卷,人民文学出版社 1981 年版,第 145 页。
⑤ 鲁迅:《文艺的大众化》,见《鲁迅全集》第 7 卷,人民文学出版社 1981 年版,第 349 页。

它的对象化的独特方式，它的对象性的、现实的、活生生的存在的独特方式。……只有音乐才能激起人的音乐感；对于没有音乐感的耳朵说来，最美的音乐也毫无意义，不是对象，因为我的对象只能是我的一种本质力量的确证，也就是说，它只能象我的本质力量作为一种主体能力自为地存在着那样对我存在，因为任何一个对象对我的意义（它只是对那个与它相适应的感觉说来才有意义）都以我的感觉所及的程度为限。"① 无疑，这应是文学对话发生的一个底线。其理想的主体条件则应是费什的"有知识的读者"，或具有一定"文学能力"的"理想化的读者"。而更高的主体条件则无疑是具有较高理论素养的研究人员、批评家、教授、作家等。

而真正可以作为对话过程起点的则是主体的"对话动机"。即一个能动的接受者、对话者，当他选择文学对话时是因为什么？或是何种原因驱使他进入文学对话？刘心武曾就读者的阅读动机和兴趣总结出八种情况：①纯粹的文学兴趣。②希望从文学作品中获得思想上的启迪。③希望从文学作品中得到人生经验。④希望从文学作品中得到新闻性、内幕性的满足。⑤希望从文学作品中获得知识。⑥利用文学消遣消闲。⑦希望从文学作品中得到暴力和性满足。⑧受某种轰动、风潮引发，而偶然阅读文学作品。② 而概括起来看，一般则可以分为这样几种类型：①美学动机，即纯粹的文学欣赏兴趣；②知识取向；③人生或社会经验需求；④政治、道德或哲学的价值寻找；⑤休闲、消遣或其他动机。或再简单地说，无非实用和非实用两种。或者是多种动机因素的混合。而在实际的对话活动中，这种混合的动机往往居多。或者，缘起是单一性的动因，而进入实际的对话过程之后，则会发生多种兴趣的复合和调整。即是说也是一个可变的因素。不消说，美学动机才对文学文本有更大的对应性、契合性。

对话动机会直接影响到主体对阐释模式以及文学文本的价值向度的选择，故在发生学上，它无论如何都居于首要的地位。几乎与它同等重要的还有主体进入对话时的"姿态"，可称为"对话姿态"。比如是高兴的？还是忧愁的？对文本是仰视、平视、还是俯视？主体心扉是处于闭锁、半闭锁、还是完全敞开？马克思曾经指出："对于一个忍饥挨饿的人说来并不存在人的食物形式，而只有作为食物的抽象存在；食物同样也可能具有最粗糙的形式，而且不能说，这种饮食与动物的饮食有什么不同。忧心忡忡的穷人甚至对最美丽的景色都没有什么感觉；贩卖矿物的商人只看到矿物的商业价值，而看不

---

① 马克思：《1844 年经济学—哲学手稿》，人民出版社 1985 年版，第 82—83 页。

② 见童庆炳主编：《文学概论》，武汉大学出版社 2003 年版，第 513 页。

到矿物的美和特性；他没有矿物学的感觉。"① 荀子在《正名》中也说过："心忧恐，则口衔刍豢而不知其味，耳听钟鼓而不知其声，目视黼黻而不知其状，轻暖平簟而体不知其安。"②《淮南子·齐俗训》上也指出："夫载哀者闻歌声而泣，载乐者见哭者而笑。哀可乐者，笑可哀者，载使然也。"③ 这种现象的一个比较经常的形态往往被称为"心境"，即一种相对稳定、持续的心理状态。它是构成对话姿态的一个常见的因素。另一个因素是对文本的一定"预知"和"预期"前者是指"接受者总是从某种渠道得到有关某部作品或多或少的信息，从而激发阅读兴趣。如书刊目录、内容提要、评论文章、友人介绍、课堂推荐、报纸上的争议、出版者的广告宣传、作家传记、文学作品的排行榜等等，都会有意无意中提供某部作品的相关信息"，④ 这种事先的"预知"，既会为对话提供导向，同时也构成了某种对文本的"预期"，形成类似于姚斯所说的"期待视野"。另外，也决定了主体对文本的不同视角：仰视、平视或俯视。这种"预知"和"预期"也大致可对应于海德格尔的"前有"和加达默尔的"前理解"，姚斯的"期待视野"正是由他们的"前有"和"前理解"发展来的。"心境"与"预知"、"预期"或"前有"、"前理解"的复合就构成了主体进入对话的某种"姿态"。这种复合现有的"对话姿态"又必然会影响到主体的对话状态是处于闭锁、半闭锁还是完全敞开。当然，主体这种状态并非"一成不变"，进入对话之后还会发生不同程度的调整变化。

如何认识主体的"对话姿态"，在西方存在两种截然不同的看法。一种看法是积极肯定"前有"、"前理解"，认为它是文学对话必然的、必要的和积极的因素，如海德格尔和加达默尔。⑤ 加达默尔明确指出："一切诠释学条件中最首要的条件总是前理解，这种前理解来自于与同一事情相关联的存在。正是这种前理解规定了什么可以作为统一的意义被实现，并从而规定了对完全性的先把握的应用。"⑥ 并提出真正的阐释应是"前有视界"和"文本视界"的对话和融合："所谓解释（Auslegung）正在于：让自己的前概念发生作用，从而使本文的意思真正为我们表述出来。我们在分析诠释学过程时已

---

① 马克思：《1844年经济学—哲学手稿》，人民出版社1985年版，第83页。

② 见北京大学哲学系美学教研室编：《中国美学史资料选编》上册，中华书局1980年版，第52页。

③ 同上，第96页。

④ 见童庆炳主编：《文学概论》，武汉大学出版社2003年版，第521页。

⑤ 已见本书"导论"和第二章的相关部分。

⑥ 加达默尔：《真理与方法》上卷，洪汉鼎译，上海译文出版社2004年版，第380—381页。

经把解释视域的获得认作一种视域融合。……流传物的历史生命力就在于它一直依赖于新的同化（Aneignung）和解释（Auslegung）。"① 他反对阐释活动中对作者原意的"还原"："理解并不是心理的转化。理解的意义视域既不能完全由作者本来头脑中的想法所限制，也不能由本文原来写给其看的读者的视域所限制。……因为本文不能被理解成作者主观性的生动表现。某一本文的意义不能从作者的主观性出发找到它的范围。……通过文字固定下来的东西已经同它的起源和原作者的关联相脱离，并向新的关系积极地开放。像作者的意见或原来读者的理解这样的规范概念实际上只代表一种空位（eine leere Stelle），而这空位需不断地由具体理解场合所填补。"② 中国孟子的"以意逆志"和"知人论世"说也与这种观点相类。③

与此对立的看法，作者中心论已不用说，它是尽量抬高作者的原意，压抑和排斥接受者的主观意图的，自然也就不会肯定什么"前理解"。而另一种对"前有"、"前理解"的否定则是所谓的"日内瓦学派"中的"认同批评"和"意识批评"。主张"认同批评"的马塞尔·莱蒙强调批评家要和批评对象认同，办法是所谓的"苦行"，实质是对"前有"、"前理解"的清除："一个读者，必须首先剥除一切不是他自己的东西，屏弃他的自尊心和感情的起伏，与自尊心和感情有最经常的联系的是回忆或社会的活动。要紧的是，通过某种苦行进入一种深刻的接受的状态，在这种状态中，人的内心极端的敏感化，渐渐地让位于一种穿透性的同情。最后，试图上升到一种独特的认识的状态。"④ 郭宏安的解释是：

> 所谓"苦行"，乃是一种去妄得真、破除我障、以见我之妙静本体的过程。读者（批评家）读诗，必先经历此种苦行，抛弃怀疑、抵制、批判等心态，破除一切与原初清净之我不相符合的东西，例如个人的经历、苦难、幸福、回忆等政治、经济、社会、文化之类的活动，以一个赤裸裸的我迎合、拥抱作品，也就是说，批评家必须采取退让、丧我、谦逊的态度，才能进入一种"接受"的状态。⑤

其意思是很清楚的，认为要进入文本必须以清除一切"前有"、"前理解"为条件。主张"意识批评"的布莱认为，批评与作品之间的关系不是主

① 加达默尔：《真理与方法》下卷，洪汉鼎译，上海译文出版社2004年版，第513页。
② 加达默尔：《真理与方法》下卷，洪汉鼎译，上海译文出版社2004年版，第510—511页。
③ 参见本书第三章第五节相关部分。
④ 马塞尔·莱蒙：《品质的意义》，见郭宏安：《从阅读到批评》，商务印书馆2007年版，第86—87页。
⑤ 郭宏安：《从阅读到批评》，商务印书馆2007年版，第87页。

体与客体的关系，而是主体与主体的关系，这后一个主体正是作品后面的作者，批评家在作品中寻找的始终是作者的精神活动，即所谓的"我思"。批评就是经过作品直探作者的意识活动，作品则是批评家和作者的两个意识相互沟通的媒介。① 这样，所谓的批评意识也就是读者意识，阅读则是唤醒批评意识的触媒，批评的实质就是"意识与意识的对话"，所谓的"意识批评"正源于此。要达此目的，就得"弃我"、"忘我"、"腾出空地"，在作品面前呈现出一片"空白"，② 换言之，就是要彻底地摒弃一切"前有"、"前理解"。布莱说："阅读恰恰是一种让出位置的方式，不仅仅是让位于一大堆语词、形象和陌生的观念，而且还让位于它所由产生并受其荫护的那个陌生本源本身。"③ "阅读是这样一种行为……我被借给另一个人，这另一个人在我心中思想、感觉、痛苦、骚动。"④ "理解一部作品，就是让写这本书的那个人在我们身上向我显露出来。不是传记解释作品，而是作品让我们理解传记。"⑤ 布莱同时也强调："存在于作品中的、阅读显露给我的那个主体不是作者……掌握着作品的主体只能存在于作品之中。"⑥ 他对真实的作者和文本化了的作者做了区分。可以清楚地看出，无论是马塞尔·莱蒙强调对作品做认同性的体验，还是布莱的经作品对"作者意识"的认同，都有一个共同的前提：对"前有"、"前理解"做前提性的清除。

这种"意识批评"的观念其实来源于德国狄尔泰和法国柏格森的生命哲学。狄尔泰对人文科学和自然科学在方法论上做了严格的区分，认为人文科学只能以对生命的体验、表达和理解为基础，它无法通过感觉、思维等外在的认识形式来达到，而只能由人的精神活动本身内在地去领会、体验，这就是"理解"，"理解和解释是贯穿整个人文科学的方法"。⑦ 而柏格森进一步强化了这种生命理解的"内在性"，认为世界的根源是"生命冲动"，"生命冲动"表现为不可分割的时间中的"绵延"，对它的把握只能靠非理性的"直觉"。所谓"直觉"，也就是"直觉地思维或在绵延中思维"。⑧ 他说："在直觉中，我将不再从我们所处的外部来了解运动，而是从运动所在的地方，从

---

① 见郭宏安：《从阅读到批评》，商务印书馆 2007 年版，第 170 页。

② 见郭宏安：《从阅读到批评》，商务印书馆 2007 年版，第 171 页。

③ 乔治·布莱：《批评意识现象学》，郭宏安译，见《批评意识》，百花洲文艺出版社 1993 年版，第 259 页。

④ 同上，第 259—260 页。

⑤ 同上，第 260 页。

⑥ 同上，第 261 页。

⑦ 参见刘放桐等编著：《新编现代西方哲学》，人民出版社 2000 年版，第 125—127 页。

⑧ 同上，第 131—144 页。

内部，事实上就是从运动本身之中来了解运动。"① 应该说，狄尔泰和柏格森的主张都是有道理的，对象决定手段，内在的"意识"、"精神"只能用内在的直觉、体验、理解、阐释等"精神性"的手段和途径来掌握。因此，以它们为基础的"意识批评"自然也具有合理性。

这种对"前有"、"前理解"的摒弃、腾空也是胡塞尔现象学的框架性的悬置，目的都是为了真正地进入对象，达到对对象的本质性的把握。这种观念在中国古代也可找到类似的资源，比如《老子》的"致虚极，守静笃"，《庄子》的"心斋"。在文学理论上则可以刘勰的论述为代表，刘勰在《文心雕龙·神思》中指出："是以陶钧文思，贵在虚静，疏瀹五藏，澡雪精神。"② 刘勰虽然指的是构思活动，但用在接受上也是一样。

那么，在文学对话过程中对"前有"、"前理解"，到底是应该摒除，还是要自觉保留它并让它积极地介入对话？笔者认为对话活动正是这样一个矛盾的统一体，对"前有"、"前理解"，既要摒除，又要保留并让它积极介入。因为，既然是"对话"，就必然有主有客、有问有答、有来有往，或准确地说是互主客、互问答、互来往，是两个"主体"在交流、互动，而不是独角戏、一言堂。因此，两种主张都是对的，问题是它们并不是"不共戴天"，而是共寓于同一个对话整体之中，虽互相对立、排斥，但却此消彼长、此起彼伏，就像兰色姆所说的"肌质与构架的矛盾竞赛"一样，两者的矛盾张力正为文学对话撑开了一个广阔而活跃的问答场域。实际的情况应该是：当主体对文本"虚静—认同"时，他的"前有"、"前理解"并没有根本消失，而是处于被抑制的潜伏状态。而当他的"前有"、"前理解"积极介入、活跃投射时，"他"也并非针插不进、水泼不入的"铁板一块"，而是会发生如皮亚杰所说的"同化"或"顺应"的"建构"活动。③ 同化是指客体被主体的心理图式或结构所吸纳（同化），进而使原来的图式和结构得以加强和丰富；顺应是指主体在无法同化客体的情况下，改变自身以适应客体。移到这里，则是：同化是指"文本"被"主体"所吸收；顺应是指"主体"被"文本"所改变。而整个文学对话过程，就是主体和文本之间不断矛盾、互动，不断阐解、对话，亦即不断发生同化与顺应的辩证建构过程，最后，文本和主体都得到更新、建构和升华。或如马克思所说，是："艺术对象创造出懂得艺术和能够欣赏美的大众——其他任何产品也都是这样。因此，生产不仅为主体生产对象，

---

① 柏格森：《形而上学导言》，商务印书馆1963年版，第1—2页。
② 刘勰著、范文澜注：《文心雕龙注》（下），人民文学出版社1958年版，第493页。
③ 可参见本书第二章第四节相关部分。

而且也为对象生产主体。"① 或者说是主体文本化、文本主体化，两者是双向交流，融合互化的。最终收获的是主体和文本一同被优化创造的"双重业绩"。

沿着"对话动机"——"对话姿态"的线索前行，接下来则是"开启——体验——或同化、或顺应"的过程。"开启"是指主体和文本的"双开启、双打开"，即当主体开始阅读文本时，文本即向主体敞开，主体也同时把自己打开，进入文本，反过来，文本也同时进入主体。然后是主体的对文本的"体验"；两者的双向交流、互动；问答、争辩——或同化、或顺应，最后走向双重的更新、建构和升华。这是一个大的逻辑过程，其中还包括这样一些重要环节：对话的三个境界；主体的入与出；遇合与激活/选择与遮蔽等。

文学对话活动的三个境界是：物境、情境、理境，即物境层面的对话、情境层面的对话、理境层面的对话。"物境"是指主体与文本中的物理事象层面的对话，"情境"是指主体与文本中的情感层面的对话，"理境"是指主体与文本中的思想、哲理层面的对话。南朝刘宋时代的宗炳曾在《画山水序》中提出了"应目——会心——畅神"三个"体道"境界：

夫以应目会心为理者。类之成巧，则目亦同应，心亦俱会。应会感神，神超理得，虽复虚求幽岩，何以加焉？又神本亡端，栖形感类，理入影迹，诚能妙写，亦诚尽矣。于是闲居理气，拂觞鸣琴，披图幽对，坐究四荒，不违天励之丛，独应无人之野。峰岫峣嶷，云林森眇，圣贤暎于绝代，万趣融其神思，余复何为哉？畅神而已，神之所畅，孰有先焉？②

这"应目"、"会心"、"畅神"就与物境、情境、理境具有一定的可对应性。托名盛唐诗人王昌龄的《诗格》也提出了一个"三境"结构：

诗有三境：一曰物境。欲为山水诗，则张泉石云峰之境，极丽绝秀者，神之于心，处身于境，视境于心，莹然掌中，然后用思，了然境象，故得形似。二曰情境。娱乐愁怨，皆张于意而处于身，然后驰思，深得其情。三曰意境。亦张之于意而思之于心，则得其真矣。③

意思也大致相同："泉石云峰"的物境、"娱乐愁怨"的情境与笔者的物境、情境几乎没有分别，只是需要把"思之得真"的"意境"改为理境即

---

① 《马克思恩格斯选集》第 2 卷，人民出版社 1966 年版，第 207 页。

② 宗炳：《画山水序》，见北京大学哲学系美学教研室编：《中国美学史资料选编》上册，中华书局 1980 年版，第 178 页。

③ 见郭绍虞主编、王文生副主编：《中国历代文论选》第二册，上海古籍出版社 2001 年版，第 88—89 页。

可。当代美学家李泽厚先生把审美形态划分为：悦耳悦目、悦心悦意、悦志悦神三个方面："悦耳悦目一般是在生理基础上但又超出生理的感官愉悦，它主要培育着人的感知。悦心悦意一般是在理解、想象诸功能配置下培育人的情感心意。悦志悦神却是在道德的基础上达到某种超道德的人生感性境界。""所谓'悦志'，是对某种合目的性的道德理念的追求和满足，是对人的意志、毅力、志气的陶冶和培育；所谓'悦神'则是投向本体存在的某种融合，是超道德而与无限相同一的精神感受。"① "这种悦志悦神，似乎是参预着神的事业，即对宇宙规律性以合目的性的领悟、感受。在西方，它经常与对上帝的依归感相联系，从而走向宗教。在中国，则呈现为与大自然相融会的'天人合一'的精神境界。"② 可以说，李氏的这三种美感形态也与笔者的"三境"有着明显的对应性。或者应该这样表述：笔者的文学对话三境正是对上述资源的有效借用和转化，它既具有某种学理上的合规律性，同时又有厚实的谱系性土壤。

在一般的意义上，文学对话正是循着物境、情境、理境的梯级而展开的。比如以与李商隐的《锦瑟》的对话为例，原诗如下：

《锦瑟》

锦瑟无端五十弦，一弦一柱思华年。庄生晓梦迷蝴蝶，望帝春心托杜鹃。沧海月明珠有泪，蓝田日暖玉生烟。此情可待成追忆，只是当时已惘然。

这首诗是一个典型的象征文本，很具有对话性。它在近千年的对话中，一直都像一团迷雾那样令人费解、寻味。对它的接受，历史上曾有咏瑟说、怀人说、自伤说、悼亡说、自叙诗歌创作说、艳情说、寄托政治怀抱说、无端说等不同见解。③ 总之，是各有各见、各说，充分显示了对话的历史性和再写性。我们现在依对话的"三境"梯级展开：

（1）物境——在诗中表现为：锦瑟、五十弦、华年、庄生、晓梦、蝴蝶、望帝、春心、杜鹃、沧海、明月、珍珠、眼泪、蓝田、暖日、玉烟、追忆、失望。有人有物；有山有水；有天（明月）有地（杜鹃、沧海、蓝田）；有上有下；有自然有人事；有梦境（晓梦）有神话（望帝春心托杜鹃）；有数字—时间（五十弦、一弦一柱思华年），更有人的心理、情感及精神活动：思、梦、托、泣、迷、追忆、惘然。从物境上看，①取物典雅，具有明显的文人精英趣味，如锦瑟、庄生、望帝、春心、杜鹃、沧海、明月、珍珠、蓝

---

① 李泽厚：《美学四讲·美感》，见其《美学三书》，安徽文艺出版社 1999 年版，第 543 页。

② 同上，第 544 页。

③ 可参见刘学锴：《李商隐诗歌接受史》，安徽大学出版社 2004 年版，第 250—272 页。

田、玉烟等。②境界博大，天上人间，四方寻找，符合中国的大文化叙事模式：六合思维与天地境界。③物象为"珠"，追思寻找之情是"线"，贯穿在物象之中的是人的追思寻找之情。

（2）情境——全诗为何如此取物设象？五十弦的锦瑟是为了比喻已逝的岁月与情感之多；庄生梦迷蝴蝶喻所失者不知到底为何物；望帝春心托杜鹃，沧海月明珠有泪，强调的是这迷失之悲剧性；蓝田日暖玉生烟，进一步加强迷失之不可把捉，它扑朔迷离，似有却无。此情可待成追忆，只是当时已惘然，是全诗的总结：进一步指明这所迷失的东西不是现在才"惘然"，在失去的当时就是不清楚的。可见，全诗旨在言情，旨在表达那似有却无的"恋情"之迷失和对这迷失的追思寻找。由于作者借诸多物象、典故的层层叠加、渲染，使得所失之情与诗人对它的追思寻找之情都显得分外强烈，对接受者具有强烈的感染力。总之，全诗表现的是迷情、伤情、悲情和追思寻找之情，在这一境，接受者可得到迷情、伤情、悲情和追思寻找之情的复合而浓烈的情感体验。

（3）理境——经过前两境，我们不得不想，《锦瑟》到底何谓？何为？我们会再回过头来整理我们在前两境的体验、思绪，进而再作如下归结：①锦瑟象征逝去的过往岁月，亦象征多情的佳人。蝴蝶和杜鹃亦喻往事和佳人。诗人托春心于佳人；佳人托春心于锦瑟，皆似望帝托春心于杜鹃。②珠生于蚌，蚌生于海。每当月明宵静，蚌向月张开，得月华以养其珠，故珠始极光莹。传说珍珠是人鱼（鲛人，鲛即鲨鱼）之泪变成，故珠泪一也；月本天上明珠，珠似水中明月，而珠又是鲛人眼中之泪。故月、珠、泪，三者一也；三者皆哭之意象，是伤心太平洋（沧海）之喻啊！③蓝田：今陕西蓝田东南，有名的产玉之地。有玉气，远察在，近观却无。唐司空图曾引戴叔伦的话说："诗家美（之）景，如蓝田日暖，良玉生烟，可望而不可置于眉睫之前也。"陆机《文赋》也有言："石韫玉而山辉，水怀珠而川媚"等，皆喻朦胧迷离之象，与"无端"、"晓梦"、"迷"、"托"、"沧海"、"泪眼朦胧"相呼应，或正是前意的总结和升华。均为空幻之意象。④这种景象、情愫、感慨，哪里可以等到现在回顾追忆的？它发生的当时就已经惘惘然，握手已违，恍然若失。今天更是无从追寻了。但是，又无法释怀，似已成无意识之深层积淀了。是荣格所说的一种迷恋和伤逝的原型。（为什么？盖因似有若无，是无意识之本我。）⑤人生如梦；杜鹃啼血喻一生忧患之恨；又有沧海遗珠不为世用之哀伤；理想追求可望而不可即。往事如烟；伤逝；逝情多多；似梦境之迷失；悲怨之深，如杜鹃啼血，似海月泣泪；又如梦似幻，如蓝田玉烟。

无论当时、今日，怅恨依旧，难以担当。故，全诗颇有"蒹葭"之韵致，亦有《长恨歌》之雅味（"上穷碧落下黄泉，两处茫茫皆不见；天长地久有时尽，此恨绵绵无绝期。"）。⑥全诗以象征为法，以锦瑟、蝴蝶、杜鹃、海月、明珠、玉烟之"象"而征……或，用"锦瑟"象征人、己、情、梦；所思、所求、所失、所恨、所念、所伤；是无解的那个"永恒"……⑦不可追忆，又无法不去追忆——悖论、困境。二律背反。原来就是似有却无的"恋情"，本来就模糊，而越追忆又越模糊，越不可得；越模糊、越不可得，越要去追忆。故，在哲理上，该诗似是写出了人的一种精神困境，有似海德格尔所论的存在者（此在）之追寻"存在"……⑧诗作最大的贡献是写出了一种朦胧之情、模糊之情，或似有却无的"恋情"，以及对它的追思、寻找。"锦瑟无端"之"无端"正可视为全诗之诗眼，所强调的正是它的"无名"、"无来由"、说不清等性质，即是某种带有"黑暗性质"的深层的情感无意识，它往往是人所共有、易有的，对美好异性的爱恋的"情愫"。故，它上接《诗经·蒹葭》之迷茫与寻找之"谱系"，如《蒹葭》——刘希夷《代悲白头翁》——张若虚《春江花月夜》等，下启无数感伤主义的"追思寻找"，而至《红楼梦》则达至最高峰。其主题简单地说，就是"迷情及其伤悼、追寻"。⑨该诗还写出了人的异化状态，即人被锦瑟化了；只能借锦瑟（借蝴蝶、杜鹃、海月、明珠、玉烟）而存在。人成了非人，当然找不到人了。因而，诗作还提出如下耐人寻思的问题：人的历史正是遗忘存在的历史。谁在遗忘爱情？谁在遗忘人？谁在遗忘存在？⑩该诗实践和体现了笔者提出的中国叙事的大文化模式：六合思维与天地境界；同时，还可与《蒹葭》、《长恨歌》、《声声慢》、林徽音《别丢掉》、刘若英《后来》、普希金《我爱你》、普鲁斯特《追忆似水年华》等文本互文。

不消说，以上阐释正是笔者与这个特定的文学文本对话"对"出来的。笔者所采用的对话或阐释模式主要是：新批评的文本细读和修辞语义学；哲学批评；互文批评等。

以上对话三境也是一般意义上的逻辑过程，诗歌文本如此，小说等其他文学文本也可以依此展开。还可以例举无数案例，限于篇幅，皆从略。

在文学对话的"三境"过程中，对话主体又经历了一个"入"和"出"的矛盾变奏过程，即其不断地进入文本，又不断地出离文本。进入是为了能够真切地从文本那里获得来自于文本的新的认识和体验，当然，这所谓的"来自于文本的新的认识和体验"其实早已不纯粹了，它已是主体经过与文本"潜对话"或"内对话"后的理解和阐释，正如乔治·布莱所说："批评就是阅读。"① 反过来也是一样。出离是为了语境化地与文本对话，或毋宁说是对话的"现实"语境使然，也并不完全是主体自觉的意愿。它有利于主体更历史、更现实、也更理性地与文本对话。比如笔者对《锦瑟》的象征语义分析、哲学发掘、互文关照等即都是出离并做高屋建瓴式阐释的结果。同加达默尔提出的"问答逻辑"一样，"入"和"出"的反复变奏，也是文学对话的一个基本的逻辑，亦可简称为"入出逻辑"。王国维在《人间词话》中也有专门的阐说："诗人对宇宙人生，须入乎其内，又须出乎其外。入乎其内，故能写之。出乎其外，故能观之。入乎其内，故有生气。出乎其外，故有高致。"② 王氏既强调了"入"和"出"的必要性，又分说了两者不同的"妙用"："写之"、"有生气"；"观之"、"有高致"。分别同真切、靠实、生动和理性、认识、更高的阐发、批评境界等意涵接近。在表演学上，西方曾有体验派和表现派之分，前者注重"入"，注重情感体验，后者注重"出"，注重理性的认识和批判。而文学对话中的"入"和"出"则是两者的兼容、综合。

遇合与激活指的是文学对话活动中主体与文本之间所发生的"同构对应"的巧合、妙契现象，也大致与以往文艺理论中讲的"共鸣"现象近似。而从对话的角度讲则是主体与文本之间的互选择、互注意，即"你选择我"与"我选择你"同时发生。是"情人眼里出西施"和"俞伯牙遇上了钟子期"，主体和文本同时被点燃、被激活，而反过来，这种妙契、投缘的选择也意味着放弃和遮蔽，即它可能导致对文本别的方面的漠视以至于完全忽略。因此，又连带出另一对矛盾：选择与遮蔽，如对《锦瑟》的阐释，选择了"咏瑟说"，同时也就遮蔽了"怀人"、"自伤"、"悼亡"、"自叙诗歌创作"、"艳情"等诸别说。换过来也是一样。关于"遇合与激活"，刘勰在《文心雕龙·知音》中曾有类似的论述："夫篇章杂沓，质文交加，知多偏好，人莫圆该。慷慨者逆声而击节，蕴藉者见密而高蹈，浮慧者观绮而跃心，爱奇者闻诡而惊听。会己则嗟讽，异我则沮弃，各执一隅之解，欲拟万端之变：所谓东向而望，不见西墙也。"③ 这也是文学对话过程中常见的现象。再如鲁迅、纪伯伦、海德格尔、福柯等与尼采的"遇合"；海德格尔与荷尔德林的"遇合"；尼采与"酒神精神"、"日神精神"的"遇合"；弗洛伊德与《俄狄浦斯王》、《哈姆雷特》的"遇合"；司马迁与"屈原"的"遇合"；苏轼与"陶

---

① 见郭宏安：《从阅读到批评》，商务印书馆 2007 年版，第 158 页。

② 见周锡山编校，王国维著：《人间词话汇编汇校汇评》，北岳文艺出版社 2004 年版，第 143 页。

③ 刘勰著，范文澜注：《文心雕龙注》（下），人民文学出版社 1958 年版，第 714 页。

渊明"的"遇合";金圣叹与《水浒传》的"遇合";王国维与康德、叔本华、《红楼梦》、屈原的"遇合";徐志摩与"康桥"的"遇合";以及马克思、格林布拉特与莎士比亚、恩格斯与巴尔扎克、列宁与列夫·托尔斯泰、巴赫金与陀思妥耶夫斯基、毛泽东与鲁迅等等的"遇合",等等,也都是文学或诗学对话等"遇合—激活"的佳例。

第五节　对话诗学的基本概念、范畴

概念是人的思维对事物的本质的抽象概括,范畴则是一些大的或基本的概念,或者说是"最有普遍性的概念"。[①] 对话诗学作为一种理论形态的诗学体系,必然离不开一些基本的概念和范畴,这些概念和范畴正是它建构体系、形成特定结构的基本元素和支架。

前面笔者已使用过部分的概念和范畴如:人的非自足性、意识的能动投射性与收受性、人的活动的语言符号性、文学的关系结构性、文本性、诗意对话性、文学对话、对话诗学、主体、文本、语境、阐释模式、对话动机、对话姿态、同化、顺应、物境、情境、理境、入与出、遇合与激活、选择与遮蔽等。这里还要讨论这样一些概念和范畴:

场有——指场内之有。它是对西方"场论"资源和中国"空间意识"的借用、转换。"场"在物理学和马克思主义哲学"物质论"中都是指连续状态的物质,即一种特殊的物质存在形式,具有能量、动量和质量,能传递实物间的相互作用,如电场、磁场、引力场等。这是物理学意义上的"场"。德国格式塔心理学派的考夫卡认为,世界是心物的,经验世界与物理世界不一样。观察者知觉现实的观念称作心理场(psychological field),被知觉的现实称作物理场(physical field)。[②] 格式塔心理学派的另一代表人物勒温也提出了一个"场论",指人与环境的函数关系,其公式为:B = f(PE),即行为 Behavior = 函数 function(个人 Person 环境 Environment)。勒温又把这个"场"称为"生活空间",它是一种椭圆的拓扑学结构,因此,他的场论又称为拓扑心理学。[③] 法国著名社会学家布迪厄也提出了一个"场域"(也简称"场")理论,认为:"一个场也许可以被定义为由不同的位置之间的客观关系构成的

①　见邓晓芒:《康德哲学讲演录》,广西师范大学出版社 2005 年版,第 26 页。
②　见库尔特·考夫卡:《格式塔心理学原理》,黎炜译,浙江教育出版社 1997 年版。
③　见库尔特·勒温:《拓扑心理学原理》,高觉敷译,商务印书馆 2005 年版。

一个网络，或一个构造。由这些位置所产生的决定性力量已经强加到占据这些位置的占有者、行动者或体制之上，这些位置是由占据者在权力（或资本）的分布结构中目前的、或潜在的境遇所界定的；对这些权力（或资本）的占有，也意味着对这个场的特殊利润的控制。另外，这些位置的界定还取决于这些位置与其他位置（统治性、服从性、同源性的位置等等）之间的客观关系。"① 这是社会学意义上的"场域"，是人的习性、资本、权力等多维关系运作、斗争的动态的、生成性的网络化"场所"。美国的唐力权则提出了一个"场有哲学"，认为："'场有哲学'，顾名思义，乃是一种以场有为本、以场有为研究的对象、和以场有的义理为依归的哲学。……'场有'就是场中之有、依场而有和即场即有的意思。一切万物都是依场而有的，一切有都是场中之有，而场本身也是有。……'场'就是事物的相对相关性和为此相对相关性所依据的根源所在。事物的相对相关性乃是事物的'存有本性'。'场有'正是合事物与其'场性'——相对相关的存有本性——而取义的观念。"② 这是哲学上的"场论"，所强调的是事物的普遍的"场有性"，是把事物的相对相关性与"存有性"相结合的一种哲学观念。另外，中国传统中也有一种把天人四方联系在一起的"六合式"的空间意识，喜欢把时间空间化，如《老子·二十五章》的"大曰逝，逝曰远，远曰反"，《四十章》的"反者道之动"，《庄子》的"游"，《周易》的"俯仰天地"或"仰观俯察"。

从广义上看，以上"场论"资源都是笔者"场有"概念的谱系性基础，而直接的观念或理论借鉴则来自唐力权的"场有哲学"和布迪厄的"场域"理论。不同的是，这里的"场有"是指文学对话场域的信息蕴涵性，在文学的对话场域中，所有的"要素"本身都携带着特定的信息，而当它们组合成一个复杂的"网状"场域结构后，就形成了几何性的、复数形式的场域信息组合，这种场域信息组合的"结构"就是"场有"。或者说，当主体进入对话场域之前，也已存在着一个场有结构。也就是说"场有"如同勒温的"场"和布迪厄的"场域"，也是一个动态的、生成性的变量和函数值。

"场有"概念本身也是"场有"或与别的"有"互文、相对相关的产物，即它的设置无形中还针对着"前有"、"现有"、"将有"，以及"显有"、"潜有"等概念或范畴，和它们一起构成一个"有"的概念家族。

---

① 《布尔迪厄访谈录：文化资本与社会炼金术》，包亚明译，上海人民出版社1997年版，第142页。

② 唐力权：《蕴徼论：场有经验的本质》，见罗嘉昌、郑家栋主编：《场与有——中外哲学的比较与融通（一）》，东方出版社1994年版，第22页。

场域——是对勒温的"场"和布迪厄的"场域"的移用，指文学对话的复合的"时空结构"。它具有显/隐、实/虚、直接/间接、现实/历史、大/小等多个层面。与"语境"不同的地方是，它更强调网状的几何性动态关联。同样，"场域"也有一个相对相关的家族：前场域、现场域、显场域、潜场域、基因场域、生成场域、想象性场域、内场域、外场域、小场域、大场域、物质场域、精神场域、直接场域、间接场域、场域之魅态化等。这些概念将在下一章做具体的阐论。

在体性——是指对话要素的内在结构以及结构所携带的文化图式、文化信息、文化能量等特征。比如任何文学对话中的主体必然会有自己的知识结构、文化—心理图式或阐释的模式，虽然主体间的"体"会存在粗糙/精致、简单/复杂、高级/低级、经验/理论、强/弱、优/劣、自觉/不自觉等种种差异，但总有"体"存在，总具有某种"在体性"，它会作为积极的对话要素介入、渗透、影响、作用于整个对话活动。此概念往往可同"前有"互换，从效果上看往往具有一定的客观性和非主观控制性，就像列维－斯特劳斯所说："我的目的不是证明人怎样借神话来思维，倒是神话怎样借人来思维而不为人所知。"[1] 也有似于荣格所说的："不是歌德创造了浮士德，而是浮士德创造了歌德。"或如杰姆逊等所说的："不是'我在说话'，而是'话在说我'。"

处身性——是指对话要素进入对话场域之后与场域的互动性"遭遇"，或者说所面临、所经历的同场域的对话关系。比如一个"绿色"的主体进入"黑色"的场域，此时它的"绿"就和"黑"发生互融互渗的关系（对话），这就是"绿"的"处身性"，其结果则是会由"绿"变成"墨绿"。文学对话中的要素与场域之间的关系也如此，与"对话"概念不同的是，"对话"具有双向指向，而"处身性"单指要素进入对话场域之后所遭遇的来自场域的"影响"。

谱系——指对话要素如主体的"在体性"、阐释模式、文本、语境等的"家族性"历史关联，是指相似的图式、范型之间的"链条"关系。这种谱系联系其实也是一种互文性的关联。具体阐论将在"文学对话的谱系维度"一章进行。

范式——与模式的意义接近，是指文学对话所依赖、所体现的某种相对稳定的模型结构。

---

[1] 列维—斯特劳斯：《生食与熟食》，转引自张隆溪：《二十世纪西方文论述评》，三联书店1986年版，第101页。

原型——指文学对话中潜在的、深层的文化—心理范型，它是一种对话"无意识"。

魅态文化——指情感态、想象态，或诗性、哲性、神性相融合的文化，它是文学对话赖以发生的最根本的文化土壤、文化基础。将在"文学对话的魅态文化维度"一章详论。其连带性的概念主要有："诗性"、"哲性"、"神性"等。

对话类型——指总体上的对话形态，比如从"阅读"的角度，我们可以类分出：内在阅读（以文本内部的接受—阐释为主）、外在阅读（指针对文本的外在联系如它的现实的、社会的、政治的、经济的等意义的接受—阐发）、象征阅读（指针对文本的象征意义的阅读）、整体阅读（指着眼文本有机整体意义的解读）、互文阅读（指在文本关联之网中的接受、阐释）等。同样，对话也可以类分为——潜对话：指在互文背景中那种虽隐而不彰，却实际存在的文本关联性。同时也指中国"和合"文化模式中，对话要素之间的某种"亲和性"关联：或同一、或近似，总之，是以双方的"同"和"和"为主；显对话：指要素之间明显的对话关系，以西方二元对立框架中的"对话"最为典型；外对话：指表现于外的对话，如主体外、文本外、语境外、模式外等，它同时也是显对话；内对话：与外对话相反，指内在的或某个要素或系统内部的对话，它往往也是潜对话。如《哈姆雷特》与"俄狄浦斯情结"乃至于《俄狄浦斯王》戏剧文本之间就是一种内对话和潜对话关系，而与约翰·厄普代克的《葛特鲁德与克劳狄斯》则是外对话和显对话关系；复对话：指同时存在的多重的对话关系，如笔者用新批评、哲学批评、象征批评、互文批评等模式与李商隐《锦瑟》的多重对话，同时，《锦瑟》还隐性存在着与白居易《琵琶行》、李贺《李凭箜篌引》、韩愈《听颖师弹琴》、温庭筠《瑶瑟怨》、甚至《诗经·关雎》的："琴瑟友之，钟鼓乐之"，和俞伯牙、钟子期之"高山流水遇知音"的故事之间的互文性联系，再加上无数相关的写爱情的或咏迷失之感伤主义作品如《诗经·蒹葭》、白居易《长恨歌》、李清照《声声慢》、林徽音《别丢掉》、刘若英《后来》、普希金《我爱你》、普鲁斯特《追忆似水年华》等，都与它有某种隐性的互文关系。这就是"复对话"，这个"复对话"之链、之网还可以继续延伸、扩展……"复对话"和"互文"在一定意义上是可以重叠的，如多重"互文"联系就是"复对话"。此外，还可以类分出单维对话/多维对话、浅对话/深对话、实对话/虚对话、感性对话/理性对话、结构性对话/功能性对话等等，意思都比较清楚，故可略而不论。

需要特别指出的是：（1）以上概念和范畴只对本对话诗学体系有意义，它们也是"场有"化的，是彼此相对相关的存在和被规定。（2）有些概念的设定，更多地体现的是它的理论意义和体系性意义，在具体的实践中并不一定会被使用，如单维对话/多维对话、浅对话/深对话、实对话/虚对话、感性对话/理性对话、结构性对话/功能性对话等就是如此。（3）即便那些会具有一定使用率的概念和范畴，在实际的运用中也往往不会、不必同时使用，或一一轮番使用一遍。（4）以上概念和范畴之所以在这里被讨论，更多的还是对话诗学体系本身的需要，或者说体现的主要是它们的理论体系建构功能。

第六节　对话诗学的结构体系

笔者在"导论"部分已经指出："作为一个完整的体系构架，对话诗学在结构上包括：导论、历史篇、建构篇、余论四个部分。导论主要从宏观上回答对话诗学产生的理论和历史的可能性；历史篇主要澄清和展示对话诗学所赖以支撑的中西哲学和诗学基础；建构篇是对话诗学的主体所在，打算按照：人的对话性与文学的对话性、对话诗学的本质—范畴—结构、文学对话的场域维度、文学对话的谱系维度、文学对话的范式维度、文学对话的原型维度、文学对话的魅态文化维度等内容形成一个相对完整的理论体系；余论主要是对缺漏部分的补充。"这里需要补充的是，按照结构体系的设置、要求，来对一些重要的问题进行必要的阐解，也算是一种诗学意义的内对话吧。

首先需要说明的是历史篇与建构篇两个板块"相对相关"设置的意义。在一个理论体系中一分为二地分出历史篇与建构篇两个板块，也许是本诗学体系的一个首要的和最明显的特色。问题当然集中在为何要用整个体系的近一半的篇幅来设置"历史篇"，意义何在？其必要性在于：（1）很少有人对"对话诗学"的思想或理论基础做过类似的发掘、梳理，因此，这样做便具有开创性意义。（2）把中西哲学、诗学中的"对话资源"共置同一框架结构中，进行具有因果关联性的分类开发，无疑，也具有重要的理论意义，它既彰显了诗学与哲学之间的内在联系，同时也为中西对话诗学找到了赖以安顿的厚实的本体论基础。这种全方位、整体性的中西"诗哲互文"，应该也属首例。（3）对中西"诗、哲"进行互文性的全方位梳理，其本身就是一种理论的发现、阐释和建构，它不言自明地体现出某种理论观念、史识和体系结构性。因此，理应成为本对话诗学体系的有机组成部分。

　　但是，"历史篇"虽具有建构的品质，但其侧重点仍主要在于对历史资源的发掘和梳理，其目的主要是为"对话诗学"提供广博丰厚的基础性支持，相当于"对话诗学"高塔之宽厚底座。它的任务和功能主要体现在这个方面。因此，"建构篇"的设置就不仅必要，而且还是"历史篇"的逻辑性延伸、升华，既是对它的结构性补充，同时也是诗学体系建构的功能性完善的主要途径。要之，"历史篇"与"建构篇"可谓本对话诗学之两个有机的板块，它们共同组成对话诗学之理论主体。

　　其次，是如何看待中国对话哲学、对话诗学的品质问题。很明显，在如何看待"对话"和如何表现"对话"方面，中西哲学、诗学存在着重大的差异。笔者通过比较发现，中西哲学的元范型是不一样的，在中国是生命模式、气化理性，西方则是技术模式和实在理性。西方的大文化模式主要是二元对立、感性理性两分，中国则是"天人和合"、感性理性交融。西方在时间线索中呈现外倾向度，中国则在空间框架中构成内倾循环。因此，中国文化表现为一种"两合性思维"，在这一文化场域中所发生的对话一般多显示出内对话和潜对话的特征，属于对话的"中国模式"，是对话的特殊类型，因而不能完全迁就西方的"对话模式"，或简单地削足适履套用西方的一套概念范型。与中国文化不同，西方文化则表现为一种"对立思维"或"两异性思维"，因此，在这一文化场域中所发生的对话一般多显示出外对话和显对话的特征。因为我们现行的"对话理论"概念主要是从西方引进的，因此这种西方式的"外对话"和"显对话"无形中会被看成是对话的典型形态，在我们观念上遂型构为一种标准的对话范式，以此为标准来衡量，当然就会认为中国式的"内对话"和"潜对话"不能算"对话"，而只简单认同那些相对外显的对话类型，如《周易》的"阴阳交感"和刘勰的"情往似赠，兴来如答"。这是需要我们特别予以警惕和重视的。其实，从笔者把中西有意对置于同一建构框架，已充分显示出一种超越中西对立并试图用更大的和更具包容性的结构来实现兼容、整合两者的观念和理路。不消说，类分出外对话/内对话与显对话/潜对话等两对大的不同对话类型，就是从这种求同存异的合理兼容的思路考虑的。当然，也要指出的是，中国"对话"的"和合性"也并等于简单的和完全的"同一"，而应是"和而不同"，或是存在着一定程度差异甚至是完全"异质"的"同"。其实，若从根底上说，世界上就根本不曾存在过两片完全相同的绿叶，任何的"同"其实都是存在着差异的"同"，都是"有异之同"，更何况中国文化还明确以"和而不同"为尚、以"阴阳交感"为内质呢！

由于中国诗学中的"对话理论"多是针对着"内对话"和"潜对话"，因而并不以直接外显的形式来显示"对话"，而是主要表现为与"外对话"和"显对话"可对接、通约的"关系架构"，在这"关系架构"中内含着对话关系、对话机理和对话势能。如"感物说"、"道文说"、"神思、兴、妙悟说"、"象与象外说"、"以意逆志说"、"品味说"、"中和说"、"意境说"、"游于艺说"等全都如此。这也是必须要特别加以强调的。

再次，是对"对话理论"产生之前的对话思想、对话理论的认识问题。在理论界一个人们公认的事实是：严格意义上的诗学"对话理论"是由苏联的巴赫金开创的。这种认识应该说是没有错的，其后在这一理论的基础上又衍生出后结构主义的"互文理论"。这是有谱系可查，有理论文本可征可考的。但是我们也不能由此断言在巴赫金的"对话理论"之前，中国和西方都再没有有关对话的思想和理论了，这是完全有悖历史事实的。为此，笔者提出了对话理论的多维化存在状况，如表现为解释学、接受学、阅读学、主体间性思想、生态论、阴阳交感论、互文理论等，并有意梳理、建构了中西哲学、诗学在巴赫金"对话理论"之前的相关思想和理论谱系。严格地说，这些资源所内含的"对话学"成分并不完全均衡，存在着直接/间接、强/弱等差别，其中，不光是中国哲学、诗学的对话品质是出于"关系构架"来考虑的，即使是在西方资源的梳理中也有类似的情况，如第四章"和谐与中道"一节即是。指出这一点，是想说明，笔者并不想按照严格的本质主义思维把一切都"同质"化，而是想建立一个为差异和多元留有充分理论空间的、具有"家族相似"意义的对话诗学体系，它的最大特征是"和而不同"，或"存异趋同"。再或者说，是极其广义性的、具有显著理论弹性和包容性的"大对话诗学模式"。

复次，关于"建构篇"的体系结构的说明。"建构篇"是按照"总论"和"分论"的结构来设置的，"总论"包括《人的对话性与文学的对话性》、《对话诗学的本质、范畴与结构》两章，是从体系本体的意义上来铺设、搭建的，所要解决的是对话诗学的基本概念和基本理论问题，因此，它既是对话诗学的基础、总纲，同时又几乎可以看作是它的基本的体系构架。也就是说，从体系骨架上说，搭建对话诗学理论体系的任务在此已基本完成。而"分论"部分的《文学对话的场域维度》、《文学对话的谱系维度》、《文学对话的范式维度》、《文学对话的原型维度》、《文学对话的魅态文化维度》等内容则是这一"骨架"的血肉性的补充和完善，目的是使这一体系更丰满，更有理论的生发力、弹性和体系空间的广延魅力。当然，无论是"场域"、"谱系"，还

是"魅态文化"等，也都具有原发建构的创新性。它们所体现的一个总的思想是：文学对话总是发生在一定"场域"中的"谱系"、"范式"、"原型"之间的对话，"魅态文化"则是它潜在的文化土壤和"合法性"支架。

第七章　文学对话的场域维度

文学对话需要特定的对话场域，文学对话总是在特定的场域中进行的，这一章将对文学对话的场域问题进行具体的阐论。

第一节　场域的界定

笔者在上一章已经指出："场域是对勒温的'场'和布迪厄的'场域'的移用，指文学对话的复合的'时空结构'。它具有显/隐、实/虚、直接/间接、现实/历史、大/小等多个层面。与'语境'不同的地方是，它更强调网状的几何性动态关联。同样，'场域'也有一个相对相关的家族：前场域、现场域、显场域、潜场域、基因场域、生成场域、想象性场域、内场域、外场域、小场域、大场域、物质场域、精神场域、直接场域、间接场域、场域之魅态化等。"其实，还可以分出"流派场域"、"主体场域"和"文本场域"等。"场域"本身就是一个庞大的可以不断进行再生产的"场域"。

那么，到底什么是"场域"呢？从上一章的介绍可知，勒温的"场"主要是指"人与环境的交互关系"，场内的各种元素也是网状的交互关系，一个元素发生变化，其他元素都会随之发生变化。他的场也叫"生活空间"，生活空间呈椭圆形，其中在人的周围又有许多不同的区域，分别代表各种不同的心理事件。它们对个人分别具有"正引拒值"和"负引拒值"，皆为人的需要所决定。这种或正或负的"方向性"被他称为"向量"。人之所以会"紧张"，正是因为他有各种"需要"，而又因为这"需要"时时处在不同的"向量"之中。而布迪厄的"场域"则是指人的习性、资本、权力等多维关系运作、斗争的动态的、生成性的网络化"场所"。关于布迪厄"场域"的定义，美国社会学家斯沃茨有一个更为简明的介绍："位置之间客观关系的网络或图式。这些位置的存在、它们加诸于其占据者、行动者以及机构之上的决定作用都是通过其在各种权力（或资本）的分布结构中的现在的与潜在的情境客观地界定的，也是通过其与其他位置之间的客观关系（统治、从属、同一等）而得到界定的。"① 可以看出，勒温的"场"强调心理的"拓扑空间"，强调多元区域的交互的"函数性""变量"；而布迪厄的"场域"在这复杂的"变量"基础上又特别强调"习性"、"资本"和"权力"的复杂纠葛。他的习性、资本、场域是"三位一体"的概念模式，习性在某种意义上就是资本，而资本与权力的空间关系就是"场域"。正如包亚明所说："布尔迪厄提出场这个概念的目的是为'关系分析'提供一个框架，它所涉及的是对地位的分析，对行动者占据的位置的多维空间的阐述。一个特殊行动者的地位是这个人的习性与他/她在地位场中的位置之间的相互作用的结果，而地位的场则是由资本适度的形式的分布来界定的。"②

关于"习性"，布迪厄指出："习性被理解为一个持久的、可换位的性情的系统，它整合了过去的经验，在每一时刻作为理解和行为的基质而起作用，并使无限多样的任务的实现成为可能。"③ "习性这一概念提醒我们，这种建构的原则存在于社会性构成的、被构造了的和构造中的性情体系之中，这些性情是在实践中获得的，并不断地发挥实践性的作用。"④ 并指出：习性同场域具有双重的、模糊的关系，"从习性的角度，我们可以观察到理解、欣赏和行为的纲要式的持久的、可相互置换的体系，它们产生于铭写在人的躯体（生物学的个体）中的社会制度；从场的角度我们可以观察到客观关系的体系，它们是铭写在事物或机制中的制度的产物，这些事物和制度具有物理学意义上的客体的准现实性。当然，任何事物的准现实性都是来自于习性与场之间的关系的，……场构造习性，习性是体现场的内在必要性的产物……另一方面……习性有助于把场建构成一个有意义的世界，一个极富意义和价值的世界，在这个世界中人们值得投资精力。"⑤ 可以看出，习性和场域都是"社会制度"的产物，习性和场域的着眼点不同，前者着眼"人的躯体"，后

① 戴维·斯沃茨：《文化与权力——布尔迪厄的社会学》，陶东风译，上海译文出版社 2006 年版，第 136 页。
② 《布尔迪厄访谈录：文化资本与社会炼金术·译后记》，包亚明译，上海人民出版社 1997 年版，第 219 页。
③ 见薛晓源、曹荣湘主编：《全球化与文化资本》，社会科学文献出版社 2005 年版，第 80 页。
④ 《布尔迪厄访谈录：文化资本与社会炼金术》，包亚明译，上海人民出版社 1997 年版，第 168 页。
⑤ 同上，第 174—175 页。

者着眼"客观关系的体系",两者相互依赖、密不可分。而无论习性还是场域都与"资本"有关,"场的结构,即资本的不平等分布,是资本之所以能产生特殊效果的根源,特殊效果指的是利润和权力的呈现,这种权力能制定出最有利于资本及其再生产的场发挥作用的法律"。① 可见,"资本的不平等分布"就是"场的结构",而权力则是场的法律。或者说:"资本是一种铭写在客体或主体结构中的力量,它也是一条强调社会世界的内在规律性的原则"。② 布迪厄把资本分为四类:经济资本、文化资本、社会资本、象征资本。③ 而且对"象征资本"给予了特别的关注,因为它是"一旦不同类型的资本被理解为和被认为是合法的时候它们所采取的形式"。④ 诚如包亚明指出的:"虽然经济具有至关重要的决定性,但它必须被象征性地调解。经济资本不加掩饰的再生产揭示了权力和财富分配的武断性特征,而象征资本所起的作用是掩盖统治阶级的经济统治,并通过表明社会地位的本质,以及使之自然化,而使社会等级制合法化。也就是说,非经济的场通过误认,来联接和再生产阶级关系,并使之合法化。"⑤

而由此也造成了人际的"区隔"(区分),即不同习性、场域、资本和权力使人们形成不同的"阶层",形成不同的"位置感"和"区隔感"。如"资产阶级趣味——区隔感,他们推崇纯形式的审美文化;与之对立的,是工人阶级的趣味——对必需品的选择。他们无法摆脱日用伦常的限制,往往被资产阶级视为只具备粗鲁、庸俗和感观趣味。资产阶级趣味作为正统趣味,与工人阶级的通俗趣味形成对立和排斥;处于中间位置的,是小资产阶级趣味——文化善意。即小资产阶级了解什么是合法的经典文化,但不明晓如何正确地获得和消费这种文化产品"。⑥ 布迪厄说:"趣味进行区分,并区分了区分者。社会主体由其所属的类别而被分类,因他们自己所制造的区隔区别了自身,如区别为美和丑、雅和俗;在这些区隔中,他们在客观区分之中所

① 《布尔迪厄访谈录:文化资本与社会炼金术》,包亚明译,上海人民出版社1997年版,第197页。
② 同上,第189页。
③ 同上,第166页。
④ 见薛晓源、曹荣湘主编:《全球化与文化资本》,社会科学文献出版社2005年版,第72页。
⑤ 《布尔迪厄访谈录:文化资本与社会炼金术·译后记》,包亚明译,上海人民出版社1997年版,第218页。
⑥ 张意:《文化与符号权力——布尔迪厄的文化社会学导论》,中国社会科学出版社2005年版,第145页。

处的位置被明白表达或暗暗泄露出来。"① 从而，"阶级与阶级之间的习性形成了系统性的对应，象征性地显示出他们的阶级地位"。而"文化艺术场域的产生就是这种内在趣味区隔的现实成果"。②

已很清楚，布迪厄的"场域"不光是习性、资本、权力交互作用的"场所"，而且还是文化区隔的产物。而在布迪厄看来，世界就是"场域"，"学校制度、国家、教堂、政治党派或联盟不是机构，而是场"；③ "社会现实，可以说是二度存在，既存在于事物中，又存在于思维中；既存在于场中又存在于习性中"；④ "社会行动者是历史的产物，是整个社会场的历史的产物，是特别的次场内某条通道中积累的体验的历史的产物"。⑤ 可以说，他用"场域"置换了社会存在。

无论是勒温的"场"，还是布迪厄的"场域"，都强调了人的存在的复杂的、动态的关系结构，而且都突出了"场域"的"边界意识"，如在勒温是"约丹曲线"，⑥ 在布迪厄则是"区隔"，是"共同的习性"、"共同的生活性情体系"。而唐力权也指出："一切场有者都是相对相关的，此相对相关的关系我们称之为'蕴徼关系'。'蕴'有蕴摄、蕴藏、会聚、结集和结合等意思。'徼'的原义是边界，引申为可分或分别。一切事物都是相对相关的。相关（有内在的关联）是谓'蕴'，相对谓之'徼'。"⑦ 不难看出，哲学家的立论更加清晰、概括，也更为透辟。这就是事物的普遍联系与区别，或"不是冤家不聚头"，"聚了头还是冤家"的道理。从事物的相对相关的"蕴徼关系"来看，这"蕴徼"是既有边界又无边界，本身也是相对相关的、可转化的。这样，就必然分出内场域/外场域、此场域/彼场域等。可以说，以上"场论"思想都是笔者建构文学对话场域的直接的理论资源，特别是布迪厄的"习性"以及"习性"与"场域"的双重的、相辅相成的依赖关系的理论，唐力权的相对相关的"蕴徼"论、场有论都对笔者的"场域"论更具启示意

---

① 皮埃尔·布迪厄：《〈区隔：趣味判断的社会批判〉引言》，朱国华译，范静哗校，见陶东风等主编：《文化研究》第4辑，中央编译出版社2003年版，第12页。

② 张意：《文化与符号权力——布尔迪厄的文化社会学导论》，中国社会科学出版社2005年版，第146页。

③ 《布尔迪厄访谈录：文化资本与社会炼金术》，包亚明译，上海人民出版社1997年版，第148页。

④ 同上，第175页。

⑤ 同上，第183页。

⑥ 见库尔特·勒温：《拓扑心理学原理》，高觉敷译，商务印书馆2005年版。

⑦ 唐力权：《蕴徼论：场有经验的本质》，见罗嘉昌、郑家栋主编：《场与有——中外哲学的比较与融通（一）》，东方出版社1994年版，第23页。

义。但文学对话场域又不完全等同于以上场论，它又有自身的特殊的规定性。笔者在此对上述场论资源如此引述的目的还在于想借此形成一个"场论"概念彼此互文的"理论场域"，以增加文学对话场域概念的丰厚的"前有"或"场有"空间。

什么是文学对话的"场域"？笔者曾指出它是指文学对话的复合的"时空结构"，展开来说，应包括如下几点内涵：①它是构成文学对话的基本条件，是对话的主体、文本、语境、阐释模式等诸要素的交互复合的"蕴徽"时空。②是文学对话赖以进行的平台、寓所、场所或框架性的支撑，舍此，文学对话则无缘、无地发生和实施。③它区隔和类分了特定文学对话的时空疆域、边界。如：是鲁迅同尼采的对话，还是王国维同叔本华的对话，这是完全不同的两个对话"场域"。其对话的内在结构、功能、模式、效果都存在明显的差异，无法互换，也无法完全通约。④它组织和展现对话过程，场域的边界也是对话过程的边界。⑤场域也是对话赖以生成和构成的模式，精英的对话场域自然会生产出精英的对话模式、对话类型，如徐志摩同"康桥"的对话生产出的是《再别康桥》这样的"阳春白雪"之作，而民间诗人在"民间场域"中"对"出来的则可能是："东边一棵树，西边一棵树，南边一棵树，树、树、树，挽不住郎君舟住。"⑥文学对话场域主要是一种心理的、精神的或文化的对话场域，而主要不是自然和物理性的。这意味着同一物象、同一自然时空和物理环境会因不同的主体和文本构成彼此不同的对话场域，如面对屋外的同一棵枯树，一酸腐秀才会吟出："门前一古树，两股大丫杈"，而且还续不出下联。此时，大文豪欧阳修不假思索，便对出："春至苔为叶，冬来雪是花。"① 可见，因主体的不同可重组重建对话场域。其实，这不同并不仅限于"主体"，此时的"主体"只是一个外显的因素，其携带、打开和重建的还有不同的文本、谱系、范式、原型、阐释模式和"对话语境"，比如那工整的格律化的对句，就同整个古典的格律化系统有关，同时也必然连带出与此系统有关的诗人和诗作，以及产生这些诗人和诗作的文学谱系、范式、原型、阐释模式及其复杂的历史语境。

或者简要通俗地说，文学对话场域就是特定的文学对话"关系模式"。它可能同时出现所有的应有的文学对话要素，也可能出现一部分、隐匿掉一部分，呈现一种修辞性的象征或隐喻结构，或暗示的虚实结构，如上引欧阳修的"对句"与整个格律诗文化的关系。但无论如何，其对话的"关系模式"

①　引自龙协涛：《文学阅读学》，北京大学出版社 2004 年版，第 22 页。

总是存在的，或通过分析总能浮现。因此，又必然存在文学对话场域的显/隐、有/无、虚/实、大/小、完整呈现/有限呈现等诸矛盾关系，从而也形成不同的场域类型。

"场域"概念又大于"关系模式"概念，这是很明显的，已如上述，"场域"拥有复杂的本质内涵。准确地说，对话"关系模式"只是"场域"的简化了的、通俗的基本规定。

从欧阳修与酸腐秀才的例子可以看出，文学对话场域是弹性的、可变的，是相对相关的"蕴微"和"场有"模式。除显/隐、有/无、虚/实、大/小、完整呈现/有限呈现等诸对立类型外，还可类分为：前场域、现场域、基因场域、生成场域、想象性场域、内场域、外场域、物质场域、精神场域、直接场域、间接场域、魅态化场域、流派场域、主体场域、文本场域，等等。前场域与现场域相对相关，指对话要素都存在某种"前史"，本身即携带着一种"前场有"，如欧阳修在作出那个对句之前已经有丰富的诗学经验和储备。这种"前场有"或"前场域"一般总是隐性的、非自觉的，像主体大脑中的某种"基因"，故又可同"基因场域"互换。"生成场域"是指在"现场域"基础上的新的生产建构的结果。"想象性场域"是指对"现场域"的观念性的引申、再造、升华，可同"魅态化场域"互换。"内场域"是指直接的、近的，具有直接"处身性"的场域，相反，"外场域"则是指间接的、远的，"处身性"不够直接、明朗的场域。"流派场域"指流派之间存在的"关系模式"，"主体场域"指主体之间存在的"关系模式"，"文本场域"指文本之间存在的"关系模式"。

还需指明的是，诸场域类型之间并非"油水不粘"，而是可以以交互方式重叠、组合。若此，又会组建出别的不同类别。

笔者不想也无必要对所有场域类别都进行详细阐论，后面只想讨论"基因场域"、"生成场域"、"流派场域"、"主体场域"、"文本场域"几种。

第二节　基因场域

基因场域类似于海德格尔的"前有"和加达默尔的"前理解"，布迪厄也说过："所有外部刺激和调节体验，在每一时刻都是通过早已由先前的体验建构成的范畴被理解的。这样就出现了初级体验不可避免地在前，构成习性的性情系统的相对封闭性在后的局面。"① "人类行为并不是对直接刺激的瞬间反应，个体对另一个体哪怕是最微小的'反应'，也是在这些人及其关系的整个历史中孕育而生的。"② 或者也可以借用索绪尔、雅各布森、巴尔特等所强调的语言的"纵—横关系"结构来作阐解。巴尔特说：语言有"两根轴"，"第一个是组合段平面，它具有延展性……在言语链中各词项实际上是以出现式联结在一起的"。"第二个平面是联想的平面……每一组词均形成了一个潜在的记忆系列，即一个'记忆库'。在每个系列中，与组合段平面上的情况相反，各词项是以不在式结合在一起的。"③ 巴尔特把"联想的平面"又称为"系统"。而在索绪尔、雅各布森则分别称之为横组合/纵聚合，或换喻/隐喻。④ 其中，这组合段、横组合与换喻都是指的实际出现的言语句段，而系统、纵聚合或隐喻则是指潜隐的、可与前者构成比较、区别、互文、并对它提供解释、理解支持的一种"语言系统"。这种不出现又同它相关的"纵聚合"轴，就好比是它的一种"基因"。它们正是一种"对话关系"。这也大致可以用来理解文学对话的基因场域。不同的是，基因场域更强调这种"前有"、"前理解"、潜隐"记忆库"的无意识性或非自觉性，即它往往是暗暗地在起作用的，不一定会为主体所觉察。而且还会像"基因"一样对文学对话具有一定的决定和支配作用。

关于文学对话的基因场域，赵树理和鲁迅各自的"文学对话"经验可以在这里作为范例。

赵树理是中国现当代文学史上的一个很有代表性的作家，他的内雅外俗、具有鲜明"曲艺基质"的文学风格，无人匹敌，也无人代替。而这种独特性正同他早年的"文学对话"经验有关，这些独特的文学经验形成了他独特的"基因场域"，对他以后的文学创作产生了深刻的影响。构成这种文学对话"基因场域"的主要因素有：

（1）传统文化、新文学和家乡曲艺的熏陶。如祖父对他进行的"三字经"、旧的封建道德和宗教的格言的教育；父亲的打卦算命看风水；特别是地方戏曲和民间音乐如"八音会"对他的影响。当然还有"四书五经"、《庄子》等文化典籍的熏陶。青年时期则受到了鲁迅等新文学作家作品的影响。

① 《布尔迪厄访谈录：文化资本与社会炼金术》，包亚明译，上海人民出版社1997年版，第181页。

② 《布尔迪厄访谈录：文化资本与社会炼金术》，包亚明译，上海人民出版社1997年版，第171页。

③ 罗兰·巴尔特：《符号学原理》，李幼蒸译，中国人民大学出版社2008年版，第42—43页。

④ 可参见本书第二章第六节的相关阐论。

但最主要的还是民间曲艺，他对家乡戏上党梆子的热爱可以说伴随了他的一生。他不光爱看戏，而且还爱自唱自乐，并且亲自写戏。毋宁说，他的其他的文学写作正是这种地方戏曲、民间曲艺的放大或转化物，其血液和灵魂正是这种民间性的曲艺文化。他曾用自己的两个剧本来概括他的文学生涯："生于《万象楼》，死于《十里店》。"① 这巧合中正暗藏了作家文学生命中的某种内在的必然（基因）。

（2）乡情和农民的需要。他在《也算经验》中谈到他最早注意到这个问题时的情况："有时候从学校回到家乡，向乡间父老兄弟们谈起话来，一不留心，也往往带一点学生腔，可是一带出那等腔调，立时就要遭到他们的议论，碰惯了钉子就学了点乖，以后即使向他们介绍知识分子的话，也要设法把知识分子的话翻译成他们的话来说，时候久了就变成了习惯。"② 一些材料证明，当年他曾打算把五四新文学作品介绍给他的乡亲们，但是他们根本听不懂、不感兴趣。这使他深有感触，他说："中国在解放以前，文化很不普及，人民大众享受的传统文艺作品，大部分是通过戏剧和曲艺人口头的传播才领会到的；五四以来，中国文艺界打开了局面，但是过去这种新的作品还只能在知识分子中间流行，广大群众享受的依然是原来的那些东西。"③ 他感到文坛太高，农民乡亲们攀不上去，应该有专门符合他们需要的作品。因此他才"宁可不上文坛"，甘做一个"文摊文学家"，立志专门为农民们写作。

（3）与农民一起生活的"对话环境"。他一参加工作，就生活和工作在太行山抗日根据地，就在农民群众中间，农民们不光是他的描写对象、启蒙对象、歌颂对象，而且首先是他的父老兄弟和朋友。这个亲密无间的读者队伍，加上人民政权的组织上的保障，因此尽管他的大众化、俗化追求可能会不被同行们理解，但却不至于受到压制、打击，一句话，他的文学写作是自主的、自由的，有一个有利的接受土壤和对话环境。正如郭沫若所感慨的："我很羡慕作者，他是处在自由的环境里，得到了自由的开展。由《小二黑结婚》到《李有才板话》，再到《李家庄的变迁》，作者本身他就像一株树子一样，在欣欣向荣地、不断地成长。"④

（4）大众化文学的早期训练。在成名作《小二黑结婚》之前，他已写了《打卦歌》、《歌生》、《盘龙峪》、《打倒汉奸》、《韩玉娘》、《邺宫图》、《再生

---

① 董大中：《赵树理评传》，百花文艺出版社 1986 年版，第 111 页。
② 《赵树理全集》第 4 卷，北岳文艺出版社 2000 年版，第 183 页。
③ 同上，第 276—277 页。
④ 见董大中：《赵树理评传》，百花文艺出版社 1986 年版，第 155 页。

录》、《变了》、《万象楼》，还有做报刊编辑期间所写的大量的及时服务于读者需求的文艺作品。这些作品绝大多数是说唱性的，有"有韵话"、鼓词、快板、章回小说、剧本、小戏、故事、杂文、新体通俗小说等等，可以说涉及到了大众文艺的方方面面。

正是上述特定的"文学对话场域"决定了赵树理文学的性质、特色和类型。幼年时，祖父和父亲，还有地方戏、"八音会"等，对他进行了"随风潜入夜，润物细无声"式的浸润、渗透，对他单纯的少年心灵无疑具有强大的塑造力。可以说，他后来形成的文化人格中，早就植进了传统人文道德的，特别是民俗曲艺的文化种子，成为他个人的无意识原型和文学对话"基因场域"，主导和影响了他后来的一生。他当年的战友回忆说："他是一个愉快的人，爱说笑话，更喜欢唱，特别爱唱的是他的家乡戏——'上党梆子'。他喜欢拉胡琴，但买不起，因为那时正是抗战艰苦时期……那里能有钱买乐器！一双筷子、一本书是他的鼓板，胡琴、锣、鼓全由他的一张嘴来担任。有时唱得高兴起来，他便手舞足蹈，在屋子里走起'过场'来，老羊皮大衣，被当作蟒袍一样舞摆着，弄得哄堂大笑，他才停止。"① 而也正是这种特殊的民俗曲艺情结决定了此后他同父老乡亲间那无法剪断的血肉联系。这也是他同别的作家十分不同的地方，不是说别的作家没有这种联系，而是说赵树理的远比他们深厚、强烈、执著得多。可以说爱民间文化也就决定了他爱民间的人——广大农民朋友；爱民间曲艺，也就决定了他会用具有曲艺基质的文学去为"民间的人"服务。他的全部的文学世界正是以此为核心建构起来的：他要为农民、写农民，用的则是特别地被加工和提升了的"民俗曲艺"形式。

他是自觉地在"对抗"文人小说（知识分子小说）或者"五四新文学"，而别开一途，有效地利用传统的民族艺术形式和提升民间大众文艺以创化出一种内雅外俗的新型的大众化文学。这是一种以农民读者为中心的实践形态的接受美学，其价值目标是农民读者的喜欢接受和有效接受。并且也把农民的利益价值置于同等的高度，要为着农民的翻身、解放，解决他们生活和工作中的各种困难、问题效力。在叙事美学上则格外强化了作品的故事性内涵和情节性叙述结构，同时在语言上也更注意口语化、简易、通达和诙谐的风格化修辞。对此他有很直白的表述，他说：为了读者，"我的小说不跳"，②"至于故事的结构，我也是尽量照顾群众的习惯：群众爱听故事，咱就增强故

---

① 董大中：《赵树理评传》，百花文艺出版社 1986 年版，第 113 页。
② 《赵树理全集》第 4 卷，北岳文艺出版社 2000 年版，第 342 页。

事性，爱听连贯的，咱就不要因为讲求剪裁而常把故事割断了"。① "我是主张'白描'的，因为写农民，就得叫农民看得懂，不识字也能听得懂。因此，我就不着重去描写扮相、穿戴，"② 也尽量"避免静止地介绍人物和风景，"③也不搞单独的描写，不用长句子。④ 足见，他的文学写作的最高定位就是农民读者的接受。而为农民买得起考虑，他还专门选择定价低廉的农村读物出版社出版他的作品，而不是稿酬较丰的人民文学出版社。从类型的角度看，对他的文学可以作这样的简要概括，这是一种以农民的接受为中心的内雅外俗的新型的大众化的"俗文学"。其俗表现在它的民间的、传统的"民俗曲艺"形式；其雅是指它把五四新文学精神同传统的民族艺术融为一炉，实现了对传统的低俗、鄙俗质素的汰弃，和对它的有价值部分的提升、弘扬。而这一切都同他过去所形成的文学对话的基因场域分不开。

鲁迅文学对话的基因场域由以下方面构成：

（1）特殊的家庭背景。鲁迅1881年9月25日出生于浙江省绍兴城内一个封建士宦家庭，祖父周福清1871年中进士，经殿试选为翰林院庶吉士，虽一度外放江西任一知县，但后来又进京谋得内阁中书职，鲁迅出生时他正在京做官；外祖父鲁晴轩，曾任户部主事；父亲周伯宜虽不如祖辈，但也是个秀才。母亲鲁瑞虽未进学，但也"以自修得到能够看书的学力"，"早年常读弹词说部，移居北京后开始阅报"，且思想开放，能接受新思想，"在清末天足运动时就毅然放了脚，第一次国内革命战争时期，看到妇女剪发，也把自己头发剪掉"，又"喜与人谈论时事，对当时军阀都有指责"。过去早就有这样的说法："宰相府里七品官"、"苏（苏东坡）家的狗都会咬诗"，可想而知，鲁迅生活在这样一个书香士宦之家，从小受良好的文化的和文学的熏染也就不难推知了。加上江南水乡山青水秀的自然化育和他对学习的勤勉刻苦，都为他接近文学，从小就培养起深厚的文学素养创造了条件。据载鲁迅从幼年时候起也的确聪敏好学，虽不满于私塾里诵读的四书五经，但毕竟"正规地"学过，此外还大量涉猎了中国的许多古籍，而祖母和他的保姆长妈妈所讲的那些优美的民间故事和传说也极好地培育了他对文学艺术的美好感觉和自由浪漫的想象力。

（2）与农村的亲缘关系、家道中落、无爱的婚姻。在思想、人格、意志

① 《赵树理全集》第4卷，北岳文艺出版社2000年版，第183—184页。
② 《赵树理全集》第4卷，北岳文艺出版社2000年版，第521页。
③ 同上，第544—545页。
④ 同上，第535页。

的训练方面，在对社会人生的深刻认识方面，因母亲的家在农村，使他很小就有机会接触农村，和农民的孩子亲密相处，建立了深厚的友谊，从而也使他得以真正认识了中国的农村和农民，他一生热爱农民、关心农民的疾苦和命运正是缘于这样的思想和情感基础；十三岁时，祖父因事下狱，父亲患病，家庭很快"由小康而坠入困顿"，被人讥为"乞食者"。为给父亲治病，他足有四年时间经常来往于当铺和药铺之间，当东西、抓药，因穷困经常遭人冷眼、讥讽，饱尝人间辛酸，深切地体验了世态的炎凉，特别是族人的欺侮，更激起了他"对这熟悉的本阶级的憎恶"；同朱安长期的无爱的婚姻，又使他不得不移情于事业（文学），以求自我实现和升华。这是他特殊的家庭环境和经历，其中正孕育着、包含着强大的文学诱因、动力和较厚实的文学基础在。

（3）对外国优秀现代小说的自觉学习、借鉴。鲁迅 1906 年在日本决定"弃医从文"之后的第三年，也就是 1909 年的 3 月和 7 月，分别出版了他和周作人合译的《域外小说集》两集，共收入俄国、日本等国的现代小说一百多篇。当时有"林译小说"和"周译小说"之说，前者是指古文家林纾（琴南）在他人帮助下用文言文意译的 170 多种西欧小说；后者则是指周氏兄弟用现代白话译的俄、日等现代小说。锐意求新的鲁迅肯定读过"林译小说"不说，单是和他弟弟合译这百多篇小说，又岂是仅仅读一读所能做到的，没有较深入的研习理解是很难翻译出来的。这就是一种功夫、一种磨炼，或曰很不一般的文学训练，鲁迅后来在谈到自己如何写起小说来的时候说："大约所仰仗的全在先前看过的百来篇外国作品和一点医学上的知识，此外的准备，一点也没有。"① 而他的《狂人日记》也明显受了俄国作家果戈理的启发，连题目也是相同的。鲁迅自己也坦言："记得当时最爱看的作者，是俄国的果戈理和波兰的显克微支。日本的，是夏目漱石和森鸥外。"②

（4）受尼采权力意志的影响，形成"超人"情结，主张"掊物质而张灵明，任个人而排众数"。③

（5）日本"幻灯片事件"的刺激。这是青年鲁迅心理上的一次致命的重创，是他决心"弃医从文"的直接诱因和契机。鲁迅后来在《呐喊·自序》中对这件事做了详细记述："总之那时是用了电影，来显示微生物的形状的，因此有时讲义的一段落已完，而时间还没有至，教师便映些风景或时事的画片给学生看，以用去这多余的光阴。其时正当日俄战争的时候，关于战争的

---

① 见鲁迅：《南腔北调集·我怎么做起小说来》，《鲁迅全集》4 卷。
② 同上。
③ 见鲁迅：《摩罗诗力说》，《鲁迅全集》1 卷。

画片自然也就比较的多了，我在这一个讲堂中，便须常常随喜我那同学们的拍手和喝彩。有一回，我竟在画片上忽然会见我久违的许多中国人了，一个绑在中间，许多站在左右，一样是强壮的体格，而显出麻木的神情。据解说，则绑着的是替俄国做了军事上的侦探，正要被日军砍下头颅来示众，而围着的便是来赏鉴这示众的盛举的人们。这一学年没有完毕，我已经到了东京了，因为从那一回以后，我便觉得医学并非一件紧要事，凡是愚弱的国民，即使体格如何健全，如何茁壮，也只能做毫无意义的示众的材料和看客，病死多少是不必以为不幸的。所以我们的第一要著，是在改变他们的精神，而善于改变精神的是，我那时以为当然要推文艺，于是想提倡文艺运动了。"

家庭环境、氛围、幼时的教育，还有美丽的江南山水等都促成了他对文学的热爱；"幻灯片事件"则进一步成为他选择文学的关键契机；对优秀现代外国小说的研究借鉴又特别地培养了他的文学创造能力。而家庭的变故、个人的"情感挫折"等都加深了他对社会人生的认识；"尼采"则促成了他的超越的、喜欢批判和战斗的主体精神。所有这些因素复合成了他的文学对话的基因场域，几乎影响了他后来的所有文学活动。比如他对愚昧落后的"国民性"的无情解剖和批判就是他的一贯的文学追求。那个在他头脑中形成"永久定格"的冷漠麻木的"看客相"也成了他的不变的"攻击"目标，成为他创作的基本原型和生发点，几乎影响和贯彻在他的全部小说创作之中。像他笔下的阿Q、孔乙己、祥林嫂、闰土等即都是"看客"，同时又都处在"被看"的位置。这是一种不觉悟的病态相，同时也是一种"尴尬相"、"荒诞相"或"荒唐相"。如阿Q被逼无奈，在主观上自发地向往革命，而他的"革命"只不过是在街上走了走、喊了几句口号，更多的是主观的想象，无非是想占有一些财物和女人，即使如此，"革命党"却不准阿Q革命；他在城里见过杀革命党，并以此作为取笑和炫耀的材料在未庄向人们卖弄（看客），不想到头来他也要被杀头、被游街示众（被看）；他处处被人欺侮，却又十分虚荣、爱面子，用精神上的胜利来自欺欺人，结果却并不能改变自己的悲剧命运，反而越发害了自己——糊涂、麻木、不觉悟，满足于精神麻醉而不思反抗，等于和敌人一起合伙葬送了自己性命。他起而革命（实为抢劫、偷盗），为自己赢得了钱财和"地位"，人们对他也明显地"畏惧"起来，而又是"革命党"、"革命"最后把他送上了断头台，这正是一出人生的荒诞剧。祥林嫂本想服从封建礼教，"从一而终"，然正是她一心顺从的那个封建社会既强迫她再嫁，又嫌她伤风败俗；她活着是不洁的，死了丈夫和儿子已悲苦不堪，反还要遭人歧视，为世所不容，然死了又难免会在地狱被两个丈夫锯成两半，也难以安息，结果是求生不得，求死不能，十分尴尬、荒谬。等等。

鲁迅的文学世界当然是十分广阔和丰富的，但他热爱文学、具有高超的小说艺术、专写病态社会中的"病态相"，如他自己所说："我的取材，多采自病态社会的不幸的人们中，意思是在揭出病苦，引起疗救的注意"，[①] 所谓"病苦"，就是指国民思想精神上的病症和缺陷，是愚昧、守旧、冷漠、麻木的精神痼疾，一句话，就是扭曲的、畸形的灵魂。他的这些文学上的特点无疑都同上述特定的基因场域有关。

第三节　生成场域

从一定意义上看，在西方当代文学理论史上，关于文学本体的概念就是一个动态生成的家族性场域，是谱系性的理论共同体。其开端则是"文学性"。"文学性"是俄国形式主义批评家、结构主义语言学家罗曼·雅各布森在 20 世纪初提出的概念，意指文学的特殊性、本质特征。自从他标举"文学性"以来，文学性就成了一个评判文学的重要概念和尺度，但同时也是一个不断引起争议的"理论焦点"。或者说正是在与它的辩难、互文、对话之中，文学概念才延展开了一个历史性的生成场域，在这个场域中，实际的文学性最终呈现为诗性、语境关联性和诗意对话性的综合形态。其中，形式主义的文学性是最纯粹最深刻的文学性，但同时也是缩小化的、有着严重局限的文学性，是一种小文学性；文学的语境关联性和诗意的对话性则是大文学性。或者说文学性在动态的生成场域中呈现出了一个具有三层本质和三圈结构的综合形态：外层为语境关联性；中层为诗意对话性；深层为诗性，诗性不是它的全部，而仅是它的里圈和核心层。今天，小文学性已逐渐为大文学性所包融，诗性、诗意对话性、语境关联性也越来越趋于一种融合态。其演化、生成的历史昭示出：小文学性与大文学性，或文学性与非文学性之间存在着周期性、或轮回性的互动倾斜关系，文学性最终应是一个周期性的动态生成的场域概念。

其具体生成的理论轨迹或逻辑过程如下：

20 世纪初，雅各布森认为要想把文学研究变成一门科学，就既不能以文学作品，也不能以整个文学为研究对象，而只能研究"文学性"，他在《现代

---

① 见鲁迅：《南腔北调集·我怎么做起小说来》，《鲁迅全集》4 卷。

俄国诗歌》中指出：

> 文学学科的对象不是文学，而是"文学性"，也就是说使一部作品成为文学作品的东西。①

这种"东西"是什么呢？雅氏的回答是：

> 如果文学科学想要成为一门真正的科学，它就必须把"手段"看作是它惟一的"主角"。②

而这"手段"（device）又可译为"技巧"、"程序"、"方法"、"手法"等。或者，亦可理解为"使文本成为艺术品的技巧或构造原则"。③ 总之，雅氏的文学性是指同一类文学作品中的普遍构造原则和一般表现手段，如结构、韵律、节奏、修饰等，是文学在语言、结构和形式方面的特点，不包括文学的内容。后来，他又循此理路，把文学性解释为"诗性功能"——"隐喻"。

而俄国形式主义的另一员大将什克洛夫斯基则把文学性认定为文学语言的"陌生化"原则、手法：

> 那种被称为艺术的东西的存在，正是为了唤回人对生活的感受，使人感受到事物，使石头更成其为石头。艺术的目的是使你对事物的感觉如同你所见的视像那样，而不是如同你所认知的那样；艺术的手法是事物的"反常化"手法，是复杂化形式的手法，它增加了感受的难度和时延，既然艺术中的领悟过程是以自身为目的的，它就理应延长；艺术是一种体验事物之创造的方式，而被创造物在艺术中已无足轻重。④

"反常化"是陌生化的不同译法，意思相同。什氏认为陌生化是文学性的来源，陌生化表现在语言的语音、语义、语词等方面，其原则则是"对日常语言进行有组织的强暴"，如用强化、凝聚、扭曲、拉长、缩短、重叠、颠倒等手法技巧，使日常语言变成文学语言。此外，陌生化还可以表现在文学作品的其他层面，如：事物的名称、称谓、视角、背景、人物、情节、对话、语调等。总之，在什氏看来文学性来自陌生化。

文学性到了坦尼亚诺夫那里则又变为"戏仿"：

> 坦尼亚诺夫最关心的理论问题是戏仿。……坦尼亚诺夫认为，某一体裁

① 罗曼·雅各布森：《现代俄国诗歌》，托多罗夫编选，蔡鸿滨译，《俄苏形式主义文论选》，中国社会科学出版社1989年版，第24页。
② 转引自〔英〕安纳·杰弗森、戴维·罗比等著：《西方现代文学理论概述与比较》，陈昭全等译，湖南文艺出版社1986年版，第9页。
③ 〔荷〕佛克马、易布思：《二十世纪文学理论》，林书武等译，三联书店1988年版，第15页。
④ 维克托·什克洛夫斯基：《作为手法的艺术》，方珊译，朱立元、李钧主编：《二十世纪西方文论选》上卷，高等教育出版社2002年版，第187页。

实际上就是某一时期的主要手段，随着时间的推移，这些手段变熟悉了，已经司空见惯，不再为人感知。到这个时候，新的作品就会用非常滑稽的模仿办法，改造这些手段，使这些手段重新被人们感知，这就是所谓的"戏仿"。也就是说，文学的发展要依靠对已有的已经让人不陌生的陌生化手段进行陌生化。①

无论是构造原则、表现手段、隐喻，还是陌生化和戏仿，从俄国形式主义的总体和实质看，他们的"文学性"实际上最终可归约、公度为文学的"语言性"和"文字性"。只不过这种语言性、文字性，不是一般的语言性和文字性，而是诗性的语言性和文字性。雅各布森1958年在美国的一次演讲中，专门讨论了文学语言的诗性功能问题，他研究了语言的六种因素、六种功能，认为：

文学研究以诗学作为它的中心部分。……指向信息本身和仅仅是为了获得信息的倾向，乃是语言的诗的功能。对这一功能的较透彻的研究，不能离开关于语言的一般问题。反过来，想把语言问题搞透，又需要彻底弄清它的诗的功能……诗的功能并不是语言艺术的惟一功能，而是它的主要的和关键性的功能。而在其他的语言行为中，它只能作为一种附加性的和次要的成分而存在。这样一种功能，通过提高符号的具体性和可触知性（形象性）而加深了符号同客观物体之间基本的分裂。……广义上的诗学，不仅研究诗歌中诗的功能（在这里，这种功能高于语言的其他功能），而且研究诗以外的诗的功能（在那里，语言的其他功能高于诗的功能）。②

可以看出，雅氏的视野更加开阔，研究也更加深入，但目的却是为了更加清楚地认识文学的诗性功能，使这一功能在同其他功能的比较中更加显豁、突出。其实，强调语言的诗性，正是俄国形式主义的基本理路。很明显，这是一种把文学缩小化的理路，是为求文学研究的科学化，把文学性简约为文学的语言形式、语言特性和功能。换言之，其文学性仅仅等于文学的"诗语性"。

在20世纪形式主义的谱系中，英美新批评似可视为是俄国形式主义的"逻辑性展开"，所秉持的仍然是形式化的"文学性"立场，只不过有了更大的扩容度。如果说，俄国形式主义关注的主要是诗的语言性、文字性，那么，英美新批评则又进了一步，它以文本为中心，虽照样强调文学的特异性，但

---

① 马新国主编：《西方文论史》，高等教育出版社2002年版，第388页。

② 罗曼·雅各布森：《语言学与诗学》，《符号学文学论文集》，赵毅衡编选，滕守尧译，百花文艺出版社2004年版，第173、180、184页。

却由语言、文字，走向了整个文本，转向对文本内部的矛盾关系、复杂的语境性的重视，或者说已把文学性拓展为文本语义的多重性和复义性。无论是艾略特的非个人化理论、瑞查兹的语境理论、兰色姆的本体论诗学，还是燕卜荪的复义理论、退特的张力论、布鲁克斯的悖论与反讽说，都见出一种"关系性考量"的开阔取向。至于，韦勒克和沃伦的层面分析理论，他们对结构、符号、价值三统一的体系追求，则更显示出一种更为宏大的结构思维。如果说，在雅各布森那里，文学性还仅等于"隐喻"的诗性功能，那么，到瑞查兹就等于语境性、到韦勒克、沃伦则等于综合的、符号和意义的多层结构了。但是，新批评的文本中心论、复杂的语义修辞学、符号–结构–价值三统一的层面结构论，都依然建立在文学的特异性或诗性基础上的。如瑞查兹在《文学批评原理》中就指出科学与诗的区分在于科学语言是"指称性的"，而诗歌语言是"感情性"的。[1] 兰色姆也认为：诗表现真理的方式完全不同于科学，因为科学的抽象使世界失去了血肉，只剩下一副骨架子；诗的特点就在于它的具体性，诗靠这种具体性把血肉还给世界。因此他把自己的文集就题为《世界的肉体》，认为"美就在肉体"。[2] 韦勒克和沃伦在《文学理论》中也认为文学的本质等于文学性，而文学性则等于文学的形式和语言结构。强调文学语言具有歧义性、暗示性、情感性、象征性；文学具有虚构性、想象性、创造性等基本特征。因此必须综合起来，把文学作品看成一个符号和意义的多层结构。[3]

到了法国结构主义那里，文学性则进一步演变为超文本的深层结构（抽象的乐谱结构、功能模式、序列组织、符号矩阵等）或神话原型。文学性被进一步结构主义化、科学化，变成了易于分析掌握的"数学公式"。这是文学性诗性理路的末路和终点了。

总之，从雅各布森提出文学性概念，到韦勒克、沃伦认为文学语言具有歧义性、暗示性、情感性、象征性；文学具有虚构性、想象性、创造性，形式主义的文学性一直行走在诗性的理路上，他们的文学性若再往下追问便可以置换成：文学性等于诗性。而对诗性的解释则又相对多元：如构造原则、表现手段、诗性功能、隐喻、陌生化、戏仿、矛盾关系、复杂语义、张力、悖论、反讽、符号和意义的多层结构等。虽然具体观点不一，但是却具有相同的理路、立场和旨趣，那就是把诗性之源一致锁定在文学的语言和形式上。

---

① 赵毅衡编选：《符号学文学论文集·引言》，百花文艺出版社 2004 年版，第 15 页。
② 赵毅衡编选：《符号学文学论文集·引言》，百花文艺出版社 2004 年版，第 18 页。
③ 见韦勒克、沃伦：《文学理论》，江苏教育出版社 2005 年版。

无疑，这正是文学之特异性的根本所在，是缩小、简约到最后不能再缩小简约的纯粹的文学性。这应该是没有异议的，问题是这是不是文学性或诗性的全部呢？反过来说，文学性是等于诗性，而诗性又等于韦勒克、沃伦所总结的：语言的歧义性、暗示性、情感性、象征性；文学的虚构性、想象性、创造性，或隐喻、陌生化、戏仿、复义、张力、悖论、反讽等，而这些"性"是否只同其语言和形式有关呢？结论是否定的。文学发展的历史证明，诗性不仅来自文学的语言、形式结构本身，而且还来自文学的外部世界，来自它的语境，或者说语境关联性；同时，它还同读者的阅读、接受有关，还来自读者和它的对话，或者说还来自动态的对话的生成和构成性，简单地说可以表述为它的诗意的对话性。也就是说，语言和形式可以赋予它诗性，语境和对话也同样可以赋予它诗性。因此，稳妥地看，诗性应等于这三者的综合；同样，文学性也应等于这三者的综合。在此意义上看，形式主义的文学性则是最纯粹最深刻的文学性，但同时也是缩小化的、有着严重局限的文学性。因此，我们不妨把它称为小文学性，把它的语境关联性和诗意的对话性称为大文学性。

列宁曾经说过：事物往往具有初级本质、二级本质，乃至更深层的本质。一句话，事物的本质也不是单一的，而是多样的、立体构成的。以此观之，文学性也相对具有三层本质：外层为语境关联性；中层为诗意对话性；深层为诗性。它具有三层三圈结构，诗性是它的里圈和核心层。但是，三者并不是各自孤立、没有关联，相反则是紧密相联，不可分割，分割只是理论上的抽象，在实践中三者则是没有办法分开的。

正因为如此，文学本体概念便必然会由狭小的小文学性走向"大文学性"，向语境关联性和诗意对话性生成。

韦勒克、沃伦在《文学理论》中把文学研究区分为外部研究和内部研究，认为：传记研究、作家研究、社会学研究、思想史研究、各门艺术的比较研究等属于外部研究；格律、文体、意象、隐喻、叙述、类型、作品的存在方式等研究属于内部研究。当然，他们是否定外部研究的，认为那是非文学的。但是，在论述文学的层面结构时，他们又适度地容纳了外部研究，如也关注文学与社会的联系、作家与社会的联系、作品的社会内容、文学对社会的影响，明确把文学看作是一种社会性实践。这说明完全抛开文学的外部联系是很难贯彻到底的，那样必然会陷于捉襟见肘的窘境。如果说，韦勒克、沃伦对文学的语境关联性是一种不得已的注意的话，那么，英美新批评的奠基人瑞查兹却是极为自觉地注意并强调了文学的语境关联，提出了著名的语境理

论，毋宁说他的语义修辞学正是建立在他的语境论地基之上的。

瑞查兹是英美新批评的重要奠基人，他的语义修辞学为此派提供了最重要的理论基石和方法论，而其语义学的核心就是他的语境理论。他的基本观点是：词语的意义由于复杂的语境关联，而呈现出矛盾和复义特征。新修辞学（语义学）就是要通过研究语境来探索词语的复杂意义，基本方法则是细读词语及复杂的语境关联性。沿着这一理路，运用词语－语境细读的方法，燕卜荪发现了"复义七型"；退特找到了"张力关系"；布鲁克斯提出"悖论－反讽"理论。而韦勒克的层面结构虽直接来自英加登的现象学框架模式，但瑞氏的语境理论的影响仍然隐约可见。一句话，在此意义上，可以说没有瑞氏的语境理论便没有新批评。[①]

文学性的语境关联性，其实是既包括内语境（文本内语境，亦指上下文），又包括外语境（指文本外的诸多联系）的。当然，针对形式主义的小文学性而言，这里的语境关联性则主要是指外语境。瑞查兹的语境概念是既包括内语境、小语境，又包括外语境、大语境的。关于文本的内语境，其实雅各布森也早有注意，他1935年在捷克的一篇演讲词《主导》中明确指出：

> 一部诗作不单限于美学功能，另外还具有许多其他的功能。实际上，一部诗作的意图往往与哲学、社会学说等等密切相关。正如一部诗作不是它的美学功能所能穷尽一样，美学功能也不局限于诗作。演说家的演讲、日常交谈、新闻、广告、科学论文——全都可以具体运用各种美学设想，表达出美学功能，同时经常运用各种词语来表现自身、肯定自身，而不仅仅作为一种指称手段。[②]

这实际上等于承认非文学作品中亦有"文学性"，或反过来说，文学性并不仅局限于"诗"。这样看来，他的文学性便既是"缩小"，又是"扩大"，即并不局限于文学作品本身。或者说他已充分注意到文学性与非文学性的关联性，这种关联性无疑已内含着"语境意识"。

更为有趣的是，他还用历史的、变化的眼光来看"文学性"，他说：

> 最后，各门艺术和其他接近的相关文化领域之间相互关系中的变化问题，尤其是关于文学和其他种类的语言信息之间相互关系中的变化问题产生了。
>
> 在某个时期，人们断定这样一些文类处于文学之外和诗之外；而在另一些时期，它们可能富有一种重要的文学功能，原因是它们包含着文学将要重

---

① 关于瑞查兹的语境理论本书在第四章第三节已有具体述论，此处从略。

② 罗曼·雅各布森：《主导》，《符号学文学论文集》，赵毅衡编选，任生名译，百花文艺出版社2004年版，第10页。

视的那些因素，而那些被奉为圭臬的文字形式却丧失了这些因素。举例来说，各种各样的私人文学形式——书信、日记、笔记、旅行见闻等等——这些过渡性文类在某个时期（例如在十九世纪前半期的俄国文学中）在总体文学价值中发挥了重要功能。

在旧系统中为人轻视的，或被认为是不完善的、弄着玩玩的、歪门邪道的，或者简直是错误的东西，或者异端邪说的、颓废的和毫无价值的东西，在新系统中，则可能作为一种积极的价值来采用。①

可以看出，其持取的虽然仍是形式主义立场，但眼界已超出了"诗"（文学），其"文学性"明显已对非文学的"形式"有了适度的扩容，如"书信、日记"等即也可被文学性所"招安"。重要的是，他对文学性的历史的变化的注意。即指出文学和非文学可以在不同的时空条件下相互转化，虽未直言语境关联性，但实际上已具有这样的内涵了。或者说，在这里，他的着眼点其实已由内语境扩展到外语境了。这里包含着内在的逻辑必然性，这就是只要有语境意识，那么它会很自然地由内及外，沿着语境思维的路线走向更大的语境空间。而这一意识出现在"文学性"创始人雅氏身上却是很有意味的，它有力地反证了诗性和语境关联性的必然联系，或者说非常典型地呈现了"文学性"概念的动态变化、场域生成。

关于语境关联性，我们还可以从美国当代文论家 M·H 艾布拉姆斯的"文学四要素"理论得到解释。艾氏认为任何一件艺术品都包含"四要素"：作品、艺术家、世界、欣赏者。而对某一要素的侧重，则分别构成了文艺批评史上的四种不同的理论倾向：客观论、表现论、模仿论、实用论。② 其实，艾氏的框架正好对应了西方文论史上四种大的文论路向：1. 重视作品对生活（现实、历史、世界）的模仿关系的"生活论"，如古典主义、自然主义、现实主义、历史批评、社会批评等；2. 重视作品对作者的依赖关系的"作者中心论"，如浪漫主义、表现主义、传记批评、心理批评等；3. 重视作品形式自身的"作品中心论"，如英美新批评（俄国形式主义、法国结构主义也可归在此列）等；4. 重视读者对作品的接受的"读者中心论"，如读者反应批评、接受美学、现象学美学、解释学等。此四路，除"作品中心论"（文本中心论）外，其他三路，所体现的都可说是大文学性的观念。因为文学无论同世界（生活）、作者、读者这三者，无论哪一方面的关联性都是极其复杂的，所

---

① 罗曼·雅各布森：《主导》，《符号学文学论文集》，赵毅衡编选，任生名译，百花文艺出版社2004年版，第12—13页。

② 见 M·H 艾布拉姆斯：《镜与灯——浪漫主义文论及批评传统》，北京大学出版社1989年版。

涉及的必然是社会、历史、主体等多维的、深广的对象界面，是文学对社会、人生的意义的最大的驰骋、表现的复杂场域。或换言之，它们必然涉及文学的外语境、大语境。所凸现的正是文学的复杂的语境关联性。

广义的后现代文论，包括解构主义、狭义后现代理论、新历史主义、后殖民主义、女性批评、文化研究和文化批评、生态文论等，所追求和所表征的则是更加鲜明的"大文学性"和文学的大语境关联性。如美国当代解构主义批评家 J. 希利斯·米勒所说：

事实上，自 1979 年以来，文学研究的中心有了一个重大转移，由文学"内在的"、修辞学研究转向了文学"外在的"关系研究，并且开始研究文学在心理学、历史或社会学语境中的位置。换言之，这种转移从对"阅读"的兴趣，即集中研究语言及其本质与能力，转向各种各样的阐释性的解说形式上去，其关注的中心在于语言与上帝、自然、历史、自我等诸如此类常常被认为属于语言之外的事物之间的关系。由于其兴趣产生了位移（或许难以理解，但这种位移肯定是"决定性的"），因此，文学的心理学理论与社会学理论，如拉康式的女权主义、马克思主义、福柯主义等，就具有了一种空前的号召力。与此同时，一些早于新批评、已经过时了的注重传记、主题、文学史的研究方式，开始大规模的回潮。①

米勒所说的正是西方当代文艺学的"文化转向"，即文学弥漫为文化，文艺学也转型为文化诗学的时代性状况。在此意义上，文学性也自然演变为"文化诗性"——即与文化深度粘连胶着的大文学性。在这里，由文学"内在的"、修辞学研究转向了文学"外在的"关系研究，并且开始研究文学在心理学、历史或社会学语境中的位置，则可视为点睛之笔，它直接道出了文学的大语境关联性。

法国的罗兰·巴尔特表达得更为透彻：

我们现在知道文本不是一行释放单一的"神学"意义（从作者——上帝那里来的信息）的词，而是一个多维的空间，各种各样的写作（没有一种是起源性的）在其中交织着、冲突着。文本是来自文化的无数中心的引语构成的交织物。

文本由多重写作构成，来自许多文化，进入会话、模仿、争执等相互

---

① J. 希利斯·米勒：《重申解构主义》，郭英剑等译，中国社会科学出版社 1998 年版，第 216—217 页。

关系。①

他在这里着重指认的是文学作品成了互文性的文化编织物。所谓"互文",其实正内含着语境关联的内涵,同时也清楚地指出了文学的新变——变成了没有孤立、自足文本的"网状物",网格间互相依赖,它们只有关联性,没有独立性。巴氏的互文理论把文本间的关联性推向了极端,同时也是对语境关联性的一种极端化的表述。

文学为什么会变成文化编织物呢?语境使然,用美国当代新马克思主义理论家杰姆逊的说法是文化扩张所造成的。② 当然还有其他原因,但无论如何文学是在随着历史语境的变化而变化的,这已是一个无法否认的事实。后现代文论恰恰可以视为文学新变的种种理论表征,如:解构主义的着眼点是能指之网或互文本性;新历史主义重视文本与历史、历史与文本的"书写性"关联,是"主要企图解决文学与文化历史之间的关系问题,主张打破学科界线而将文学融入历史、政治、社会、意识形态、经济活动等广义的'文化'领域,进行文化批评";③ 后殖民主义则关注文化帝国主义霸权结构中的"看与被看"关系;至于文化研究和文化批评,则更是明确强调话语表征的政治内涵、文本中的意识形态建构和压抑性质。总之,都不约而同地、同时也是非常自觉自信地离开了传统的"文学",而把触角伸向了文学的后现代文化语境。

文学的确变了,变成了文化。于是,一个必然的结果便是:文学越界、文学扩容,乃至于"文学终结"。这种观点听起来危言耸听,其实正可视为前引雅氏文学与非文学互相转化观点的逻辑延伸。在这里,文学的语境关联性因为文学的巨变、变得面目全非而得到了充分的彰显,米勒以解构主义的姿态,抢先发布了文学消亡的信息,他在《全球化时代文学研究还会继续存在吗?》一文中引用雅克·德里达《明信片》作品中主人公的话说:

……在特定的技术王国中(从这个意义上说,政治影响倒在其次),整个的所谓文学的时代(即使不是全部)将不复存在。哲学、精神分析学都在劫难逃,甚至连情书也不能幸免……

并指出:

印刷技术使文学、情书、哲学、精神分析,以及民族国家的概念成为可

---

① 罗兰·巴尔特:《作者之死》,林泰译,《符号学文学论文集》,赵毅衡编选,百花文艺出版社2004年版,第510、511页。

② 见弗雷德里克·杰姆逊:《后现代主义与文化理论》,北京大学出版社1997年版。

③ 张进、高红霞:《新历史主义与解释学》,《兰州大学学报》社科版,2004年第1期。

能。新的电信时代正在产生新的形式来取代这一切。这些新的媒体——电影、电视、因特网不只是原封不动地传播意识形态或真实内容的被动的母体，它们都会以自己的方式打造被"发送"的对象，把其内容改变成媒体特有的表达方式。①

这就是典型的文学消亡论或终结论。与此相呼应的是文学理论的非限制性观点，如美国当代批评理论家乔纳森·卡勒在《文学理论》中指出：

理论是一种思维与写作躯体，其限制难以界定……理论在这个意义上不是一种文学研究的方法定势，而是关于太阳底下一切事物的无限制的写作群体。②

也就是说：

文学理论成了一系列没有固定界限的评说天下万事万物的各种著述了，涉及人类学、艺术史、电影研究、性别研究、语言学、哲学、政治理论、心理分析、科学研究、社会理智史和社会学等种类。③

当然，这些言论的偏颇、偏激性是十分明显的，然而指认和强调文学的"变"无疑则是对的。笔者认为，说文学的终结或消亡，只有在针对文学的转型、范式转换的意义上才可成立，若此，也便不是文学的根本性消亡，而是文学不同范型间的调整、转换，甚至是重建。简言之：是转型，不是终结，更不是彻底消亡。那就是上述言论所指明的：文学随着后现代时代语境的变化也发生了根本性的变化，它扩张、蔓延、渗透在文化中，或者是文化兼容、改写了它。总之，是文学正在经历一个巨大的历史性变局，文学与文化你中有我，我中有你，你我纠结，难分难辨。而相应地，文学性也变成"文化性"，小文学性一改为大文学性。而这一切也无疑都同文学的语境关联性有关。美国当代美学家 H·G·布洛克认为：在今天艺术与非艺术的界限日趋模糊的情况下，艺术品的形成、确立则成了一个权宜性的语境组合物，它要依赖三个条件：艺术家身份、艺术环境、艺术意图。④ 布洛克的这个多元的、语境的、文化的和惯例性的观点，无疑正是对变化了的文学艺术的一个适应性的把握策略。

总起来看，文学的语境关联性可以概括为这样几点内涵：

---

① 转引自童庆炳：《全球化时代的文学和文学批评会消失吗？——与米勒先生对话》，白烨选编：《2001 中国年度文论选》，漓江出版社 2002 年 1 月版，第 24、25 页。
② 转引自王一川：《文学理论讲演录》，广西师范大学出版社 2004 年版，第 11、12 页。
③ 王一川：《文学理论讲演录》，广西师范大学出版社 2004 年版，第 11 页。
④ 见［美］H·G·布洛克：《美学新解》，滕守尧译，辽宁人民出版社 1987 年版。

1. 文学性是个变数，这从前面我们对文学性的历史梳理，已大致可以说明。即如它以标举构造原则、表现手段、诗性功能、隐喻、陌生化、戏仿等出场，中经语境、文本、架构—肌质、复义、张力、悖论—反讽、层面化结构系统，再到神话、原型、结构，再到能指互文之网、历史文本化和文本历史化、后殖民之"看与被看"、话语实践、文化表征、性别斗争、日常生活审美化等，一路汗漫扩张而来，经历了一个不断被文化历史语境改写的演变过程，还不说艾布拉姆斯的四要素动态阐释。就是"文学"这一概念，无论是中国还是西方，也不是从来就有的。据王一川考查，文学在中国的先秦时代的含义是：文章和博学；魏晋时代起出现狭义：指有文采的缘情性作品；唐以后又变为广义：指一切语言性符号；晚清以来才出现文学的现代含义：指语言性艺术。[①] 周小仪指出："文学"一词在西方，最早出现在 14 世纪，指一切文本材料而非文学。直到 1900 年前后才形成了现代的文学观念，专门指涉具有审美象性的那一类特殊文本。其最终的确立有赖于浪漫主义的审美追求和这一派对抗现实的反叛旨趣。迄今算起来也不过 200 多年的历史。[②]

2. 文学是同别的非文学的因素交叉、重叠的相对物，从来也没有纯而又纯的纯粹的文学，也没有一成不变的永恒的"文学性"，所谓的文学的特异性、审美质素，在实际的文本编码中，往往总是呈同非文学的质素、"杂语"相混合状态，正如前引雅各布森的话：

一部诗作不单限于美学功能，另外还具有许多其他的功能。实际上，一部诗作的意图往往与哲学、社会学说等等密切相关。正如一部诗作不是它的美学功能所能穷尽一样，美学功能也不局限于诗作。

也就是说，文学同非文学从来都是你中有我，我中有你，所不同者只是比例配置或所占比重不同而已。而且，这比例配置也不会永远恒定不变。

3. 文学性具有时代性，即不同时代、不同的历史语境条件下，会有不同的文学性，比如，科学主义昌盛时期，是语言符号、形式结构，而今天，进入文化批评时代，则是文化诗学和日常生活的审美化，是政治、经济、民族、种族、性别、意识形态等，或者换言之，文学的诗性可能更多地是由它们所赋予的。即使是相对纯粹的文学肉体、文学肌质如单纯的语气词，也会被不同的历史语境区隔为：兮、矣、也、耳、哉、啊、呢、嘛、hi、oh、well、hallow、ye、哇塞等。

---

① 王一川：《文学理论讲演录》，广西师范大学出版社 2004 年版，第 218—226 页。
② 周小仪：《文学性》，赵一凡等主编：《西方文论关键词》，外语教学与研究出版社 2006 年版，第 595—596 页。

也就是说，在不同的历史语境条件下，文学性必然会有现实的侧重点，如或语言性、文字性，或文化性、互文性等。

4. 从语言学的视角看，任何语言离开特定的语境都没有意义。即使没有显语境，也必然会有潜语境存在。同理，文学也需要以具体的语境为条件。这语境可以是文本的上下文，也可以是文本与作者、读者、世界、文化、历史、传统、其他文本等等之间的复杂关联。或者说包括小语境、大语境；显语境、潜语境；物质语境、精神语境；现实语境、历史语境；主体语境、客体语境；意识语境、无意识语境等诸多方面。由此也决定了在复杂语境关联中的文学性，必然是未定的、动态生成的，或永远敞开的。它永远是个变数，永远都是具体的、历史的，或曰永远都是语境化的。是变中有不变；不变中有变，而这一切都同它的具体语境有关，这就是它的语境关联性之根本要义。

关于文学的诗意对话性，本书在第五章第六节已有专门的阐论，此处就不再重复。

总之，人类的文学发展史充分证明，文学总是个矛盾体，总是变中有不变，不变中有变的动态存在。变者：语境关联性；不变者：诗性和诗意对话性。或者，以辩证的眼光看，小文学性与大文学性在历史的长河中是互相转化的关系，物极必反，"小"到一定时候必然会向"大"转，反过来也是一样。就今天的现状而言，变者：小文学性到大文学性的边界；不变者：诗性、诗意的对话性。也就是说，风水轮流转，现在是轮到向大文学性转的趋势，其实应该说，这一趋势早在上世纪 60 年代末就开始了，只是于今尚未完成，依然在转的过程之中而已。

当然，今天我们提倡大文学性，并不是要绝对否定小文学性，而是认为诗性已普遍溶渗在文化之中，文学性和文化性已呈胶合状。小文学性已逐渐为大文学性所包融，诗性、诗意对话性、语境关联性越来越趋于一种融合态。

除此而外，也还有一个正典和边缘辩证互动的问题。在今天，受国家教育制度和文学制度的保护，小文学性似乎依然稳坐钓鱼台，占据着正统的、正宗的或正典化的地位，而大文学性则举步维艰，一直难以真正进身制度之局内。但是，这并不意味着两者的关系会一直这样维持下去。它们的博弈早已在暗中发生了，今天一切关于文学性的分歧，不消说正是它们激烈博弈、争夺的现实理论症候。而从发展的眼光看，一个完全可以预测的结果必然是：小文学性的逐渐让步、宽容，和大文学性的逐步被正视、接纳。可以想到，未来的文学性，必将是一个更加宽广的话语场域，它已无所谓大小；或大小皆宜，各得其所。当然，也许还会出现这样的情况，即：重蹈覆辙，在大文学性演进到极端之时，还会再度转回小文学性来。但是不管怎样转，有一点则是可以断定的：那就是：诗性、诗意对话性、语境关联性，应该是始终飘扬在它们上空的三面旗帜。

从辩证思维的意义看，文学性的三重本质、属性、特性或特征，既存在相对的层级分殊，又存在周期性的异位和互变：诗性是内层、内核，诗意对话性是其中层，语境关联性是其外层。其中，相对不变的是诗性，变化最大最明显的是它的诗意对话性和语境关联性。而在相对不变的"诗性"中，来自语言性、文字性的诗性又更相对稳定。当然，即使是由歧义、悖论、反讽、含混、模糊、陌生化等所由造成的语言的"诗语性"，也都同其由历史和文化形成的语言系统及其约定俗成性有关，即也是历史的形成的和不断要随历史的变化而变化的。亦即不会永远一成不变。同时，从中外"文学"概念的生成、演变历史看，它既有纯化时期、相对的纯粹形态，也有杂化时期和相对的杂文化形态，而且也已呈现出一定的周期性即：一开始的非文学的杂文化形态，中经逐渐缩小化的相对纯粹形态，到近期出现的往杂化扩容、蔓延的演变趋势。一句话，文学及其文学性，都是历史性的不断生成性的，永远不变的就是它的"变"——在历史中、在它的"三个圈层"中的变。

诗性、诗意对话性、语境关联性，还有文学与非文学的周期性演变，是我们理解和把握文学及其文学性的最基本的合理维度。文学性非他，正是它的诗性、诗意对话性、语境关联性的综合物。但这种综合物又必须从它的历史的周期性变化中得到最后的理解和把握。

结论正是：本体性的文学概念其实正是一个历史性的、规律性演化的、动态的生成场域。

第四节　流派场域

已见前述，流派场域是指文学流派内部相互对话生成的诗学关系模式，是文学对话场域的流派化产物。我们可以中国现代文学史上新月派的闻一多、徐志摩、朱湘等的互文对话实践为例。

1923 年，胡适、徐志摩、梁实秋、闻一多等人发起成立了新月社，由于其中闻一多、徐志摩等诗人倡导格律诗写作，新月诗派遂成为一个影响越来越大的新诗派别。① 这个诗派有一个大致一致的流派追求：(1)新诗格律化，即追求诗歌形式上的"三美"：建筑美、绘画美、音乐美。建筑美指"节的匀称和句的均齐"，在视觉上表现为"豆腐干"状的方块结构；绘画美体现为"词藻"的运用，即尽量选用色彩感强的语词来塑造具有绘画效果的视觉意象；音乐美主要指音节的整齐与和谐，为此闻一多还提出了类似乐谱节拍的"音尺"理论。(2)主张用理性节制感情，追求"把思想直觉化"的客观化诗美风格，注重暗示、象征的意象化诗艺。② 也就是说，这是一个相对看重艺术性或审美性的诗派，但又不是简单的形式主义派别，而是注重把内容完美熔铸于诗美、诗艺的文学团体。"三美"和"意象化"作为此派的流派性追求，就无形中成为一种"场有"的"系统质"，对流派成员产生互文性的"整体"引导和"规塑"，进而形成文学对话的特定的流派场域，具体表现为流派内部成员间的具有流派家族相似性的文本创造。如闻一多 1925 年 4 月按照"三美"原则创作了著名诗歌《死水》：

这是一沟绝望的死水，／清风吹不起半点漪沦。／不如多扔些破铜烂铁，／爽性泼你的剩菜残羹。

也许铜的要绿成翡翠，／铁罐上锈出几瓣桃花；／再让油腻织一层罗绮，／霉菌给他蒸出些云霞。

让死水酵成一沟绿酒，／飘满了珍珠似的白沫；／小珠笑一声变成大珠，／又被偷酒的花蚊咬破。

那么一沟绝望的死水，／也就夸得上几分鲜明。／如果青蛙耐不住寂寞，／又算死水叫出了歌声。

这是一沟绝望的死水，／这里断不是美的所在，／不如让给丑恶来开垦，／看他造出个什么世界。

全诗共五节，每节四句，每句九字，整齐、对称、平衡，像一栋五层楼的建筑；"翡翠"是绿色，"桃花"是红色，"云霞"是彩色，还有"绿酒"、"白沫"、"花蚊"，虽然是一潭死水，但也是一幅色彩鲜艳的图画，"死水"也入了"画"；每行又有四个"音尺"，构成二、二、二、三字的四顿节拍，具有有序而强烈的节奏感，而且双行押韵，也具有明显的韵律感。可以说，建筑美、绘画美、音乐美三美兼具。同时，反讽、归谬手法的运用也是此诗的突出特征。值得注意的还有：它明显具有整体的隐喻和象征性，"死水"就是对旧中国腐臭现实的一个整体象征。而由此又产生另一个重要特点：以理

---

① 参见程光炜等主编：《中国现代文学史》，中国人民大学出版社 2000 年版，第 120 页。

② 参见程光炜等主编：《中国现代文学史》，中国人民大学出版社 2000 年版，第 122—123 页。

节情，把文本意图完全深藏在形象、比喻、反衬、象征等诗艺的"肉身"之内。但那强烈的愤激之情、批判精神并没有为之稍减。无疑，它要表意、要言情，但"诗美"对这首诗来说则占有十分重要的地位，说它是一首唯美主义之作其实并不过分，因为谁让他把一潭臭水也变成了一幅美丽的图画？

1925 年 10 月，在闻一多写了《死水》半年后，新月派诗人朱湘也创作了著名的《采莲曲》。全诗如下：

　　小船呀轻飘，
　杨柳呀风里颠摇；
　　荷叶呀翠盖，
　荷花呀人样娇娆。
　　　日落，
　　　微波，
　金丝闪动过小河。
　　　左行
　　　右撑，
　莲舟上扬起歌声。

　　菡萏呀半开，
　蜂蝶呀不许轻来，
　　绿水呀相伴，
　清净呀不染尘埃，
　　　溪间，
　　　采莲，
　水珠滑走过荷钱。
　　　拍紧
　　　拍轻，
　桨声应答着歌声。

　　藕心呀丝长，
　羞涩呀水底深藏；
　　不见呀蚕茧，
　丝多呀蛹裹在中央？
　　　溪头

采藕，
　女郎要采又夷犹。
　　波沉，
　　　波升，
　波上抑扬着歌声。

　莲蓬呀子多：
两岸呀榴树婆娑，
　喜鹊呀喧噪，
榴花呀落上新罗。
　　溪中
　　采蓬，
耳鬓边晕着微红。
　　风定
　　　风生，
风飕荡漾着歌声。

　升了呀月钩，
明了呀织女牵牛；
　薄雾呀拂水，
凉风呀飘去莲舟。
　　花芳
　　　衣香，
消溶入一片苍茫；
　　　时静，
　　　　时闻，
虚空里袅着歌声。

　　很明显，这首诗更注重形式美，全诗也分五节，每节十句，而且长短错杂，特别是在排列上也有意缩进、伸出，营造出了一种特别的形式之美，这当然是一种"建筑美"，但又明显赋予了它特别的内涵，比如这种纵横有序的错杂形式，特别是它的横向缩伸，多像那在小河里向前划行的莲舟啊！那左右曲进的船行轨迹被这错综交杂的诗行模拟得多么形象、生动！虽不断换韵，但始终保持一节三韵，既有整齐的韵律感，又富有变化，也和河里行舟的

"曲线推进"的规律相似。这是它外在的音乐美，同时诗内本身还有以"歌声"为"内容"的内在的"音乐"。即它用"歌声"做每节的末句，在明显地呼应着《采莲曲》的"曲"，因此，这音乐（"曲"、"歌声"）又实在也是它的"结构"。也就是说，它里外都有"音乐"。还有，它妙用"虚字"，妙用口语，也明显增强了它的吟唱性。结构上的回环复沓，分明也是歌曲的"体式"。在色彩上，也有内色彩和外色彩的重合之美："翠盖"、"金丝"、"绿水"、"微红"是"外色彩"，而"杨柳"、"荷叶"、"荷花"、"蜂蝶"、"榴花"、"月钩"等则是"内色彩"，需借"想象"来显现。也是三美兼具。同时，它也重视隐喻和象征，比如，全诗用"谐音双关"的巧妙诗艺编织起三个文本：莲、少女、诗人。而联结三者的就是"象征和隐喻"。《采莲曲》的"莲"与"恋"、"怜爱"之"怜"谐音，"曲"则可以看作是"心曲"，这样，《采莲曲》便隐含有"少女渴慕爱情之心曲"之意。同时也就可以带出一个诗人的匠心和"主体"来，即它又可视作是诗人对静柔之美的爱的赞歌。在诗中，"荷花呀人样娇娆"正是点睛之句，它明显在人花互文、互喻，实际是写人比花更美。这一语就"双关"到两个文本（荷花与少女）。还有，"藕心呀丝长"双关"思长"；"明了呀织女牵牛"也明显关涉"爱情"；而"莲蓬呀子多"，又完全可视为是对"婚育生子"的幸福憧憬。总之，这是个具有三重象征意义的复杂文本：显文本是"莲"（恋、怜爱）；潜文本①是少女（爱恋之心曲）；潜文本②是诗人（酷爱静美、柔美的诗心）。

不能否认，《采莲曲》比《死水》更加重视诗艺美的追求，也如有论者所说：朱湘是"新月派中最讲究形式美的诗人，强调音韵格律与'文字的典则'，诗作有鲜明的音乐感，同时又刻意营造一种古典美。最著名的是《采莲曲》，诗中'人样娇娆'的荷花与采莲少女互为映衬，描绘了一种'江南可采莲'的优美情境，反映了诗人的青春崇拜和女性崇拜。而这首诗更为人称道处是它的音乐美。诗人自己解释说：《采莲曲》中'左行/右撑'，'拍紧/拍轻'等处便是想以先重后轻的韵表现出采莲舟过路时随波上下的一种感觉。这种追求在现代诗歌中堪称独步。"[1]

徐志摩出身富豪之家，后又先后留学美、英，深受欧美浪漫主义、唯美派诗人和英式资产阶级民主政治的影响，形成了以"民主政治和个性绝对自由"为理想的特殊的思想与艺术"主体"。胡适曾这样概括他："他的人生观真是一种'单纯'的信仰，这里面只有三个大字：一个是爱，一个是自由，

一个是美。"① 这是一种"三位一体"的信仰,其政治基础则是资产阶级民主政治,或由资产阶级民主政治与空想社会主义相混合而形成了他的"新的政治、新的人生"的政治理想。而在他的短暂的人生经历中,"康桥"② 几乎是他所有理想体验的一个浓缩,一个具有象征意味的"上帝之城"。他曾在《猛虎集·序文》中自述道:在 24 岁以前,他对诗的兴味远不如对相对论或民约论的兴味。是康河的水开启了他的诗的灵性,唤醒了他久蛰心中的诗人的天命。他后来在《吸烟与文化》中说:"我的眼是康桥教我睁的,我的求知欲是康桥给我拨动的,我的自我意识是康桥给我胚胎的。""康桥"成为令他终生迷恋、坚守的不变情结。他想在中国的土壤上看到"康桥",于是他满怀理想回国从事文化和艺术建设。但同闻一多写《死水》时的感受一样,他的美好理想很快就被当时的现实粉碎了。当他 1928 年秋重游"康桥"时,理想的彻底幻灭使他对"康桥"更加依恋,恋情难耐,终于,他在归国途中的海轮上写下了著名的"康桥恋歌"——《再别康桥》。全诗如下:

> 轻轻的我走了,
>   正如我轻轻的来;
> 我轻轻的招手,
>   作别西天的云彩。
>
> 那河畔的金柳,
>   是夕阳中的新娘;
> 波光里的艳影,
>   在我心头荡漾。
>
> 软泥上的青荇,
>   油油的在水底招摇;
> 在康桥的柔波里,
>   我甘做一条水草!
>
> 那榆荫下的一潭,
>   不是清泉,是天上虹;

---

① 胡适:《追悼志摩》,见《文人画像——名人笔下的名人》,上海三联书店 1996 年版,第 173 页。

② 今译"剑桥",英国东南部城市,位于剑河畔。

揉碎在浮藻间，

　　沉淀着彩虹似的梦。

寻梦？撑一支长篙，

　　向青草更青处漫溯；

满载一船星辉，

　　在星辉斑斓里放歌。

但我不能放歌，

　　悄悄是别离的笙箫；

夏虫也为我沉默，

　　沉默是今晚的康桥！

悄悄的我走了，

　　正如我悄悄的来；

我挥一挥衣袖，

　　不带走一片云彩。

这首诗的特点也是很明显的，同前两首一样，首先具有"三美"的流派特征：①建筑美：全诗共七节，每节四行，大致是一、三行七字，二、四行八字，显得整齐对称。同时，双行后缩一格，同单数行形成左右不同"进向"，既有节奏延宕、间离的效果，同时也是对恋情迷惘、纷乱、黏滞之心境的比拟、象征。②绘画美："金柳"、"艳影"、"青荇"、"青泉"、"彩虹"、"青草"、"星辉斑斓"等，色彩浓艳，充满画意，俨然一幅艳丽迷人的康河风景画。③音乐美：首先，全诗除第五节是一、四行押韵外，基本上是二、四行押韵，用"韵脚"来加强它的音乐性，而且韵律自然而和谐。其次，还有"内韵"如"轻轻的"、"默默"、"虹、梦"等。再次，通过词序的颠倒和词语的反复来强化它的音乐性或旋律美，如"轻轻的我走了"，"正如我轻轻的来"，"我轻轻的招手"等。复次，通过"音尺"（节拍）来加强音乐性，它每行诗基本是三个音尺，如"轻轻的/我/走了"，"正如我/轻轻的/来"，具有很强的节奏感。复复次，首尾两节句式相似，略有变化和递进，意象重叠、照应，形成遥相呼应、回环复沓的对应回旋感、整体统一感，具有一曲奏罢，余音犹存的梦幻般的音乐意境美。

另外，物我合一、位格的不断转换也是这首诗的重要特点，如"我"与

307

"云彩"、"金柳"、"艳影"、"青荇"、"水草"、"笙箫"、"夏虫",就是"庄生与蝴蝶"的关系,浑融一体,物我难辨。而最大的"浑融体"则是"我"和"康桥"了。可以说,诗作把所谓的"主观移情"、"天人合一"等境界熔铸、发挥到了极致。

最后,则是它的隐喻、象征的客观化手法,全诗以理节情,高度控制,把主体的情思意绪完全诉诸客观的物象如"云彩"、"金柳"、"艳影"、"青荇"、"水草"、"虹"、"梦"、"星辉"、"笙箫"、"夏虫"、"康桥"等,显示出了意象化、象征化诗艺的高超境界。

似乎还应该附加一点的是:它与中国古典诗词的"互文性",如"金柳",一是"柳"与"留"谐音,既使依恋之意表达得曲婉而有深致,同时还可与"昔我往矣,杨柳依依;今我来兮,雨雪霏霏"互文。而"软泥上的青荇"也会让人想到"参差荇菜,左右采之"的爱情寓意。再如,"向青草更青处漫溯",似有"蒹葭"之求、之思、之忧、之憾。而"作别西天的云彩"和"不带走一片云彩"又明显具有李白的"浮云游子意,落日故人情","挥手自兹去,萧萧班马鸣"的况味。总之,一首《再别康桥》,写尽了"我"难别、不别、永留"康桥"的恋情迷意,是一首永恒的魂系"康桥"、神留"康桥",与"康桥"永远浑融同一的"康桥恋歌"。其"再别"的"谜底"是"难别"和"不别"。

很明显,以上三首诗是存在着某种内在的对话关系的,它们构成了共同的流派场域,比如"三美",比如以理节情,比如客观化的意象化与象征化等等。

第五节　主体场域

已见前述,主体场域是指主体之间发生文学对话的"关系模式"。其实,文学对话是离不开主体、文本等基本要素的,而类分为基因场域、生成场域、流派场域、主体场域、文本场域等,只是着眼点不同而已,"基因场域"着眼于主体或文本的"前有基因";"生成场域"着眼于其动态生成性;"流派场域"着眼于流派内部的"流派共性关系";"主体场域"着眼于"主体间性"或主体间的影响关系;"文本场域"着眼的无疑就是文本之间的影响关系模式等等。

主体场域的关系构成也有种种,如:①一主体对多主体,如王国维就同屈原、陶潜、杜甫、李煜、苏轼、纳兰容若、曹雪芹、尼采、叔本华、康德、席勒等发生对话关系，形成了一个特定的主体场域。②多主体对同一主体，如李白、杜甫、白居易、苏轼等与陶渊明的"对话"。③一主体对一主体，如朱湘对闻一多或徐志摩对朱湘，或林徽因对徐志摩等。

　　一个主体的文学对话"主体场域"是复杂的，往往都会呈多维的网状，但也是大致有范围的，同时也是具有一定的选择性或趋同性的，如鲁迅，其主体场域就基本是尼采加嵇康原型的放大。比如从他早年受尼采等影响开始，他基本上形成了一个"狂人性格"，"对西方19世纪末崇尚个人'主观意力'的'先觉善斗之士'，如尼采、斯蒂纳、叔本华、基尔凯郭尔、易卜生之流，以及'摩罗'诗人拜伦、雪莱等浪漫主义文学家深致敬意，认为他们代表了文化上的'掊物质而张灵明，任个人而排众数'，足以矫正文明'偏至'的'新神思宗'，是异邦真正值得国人倾听的'新声'"。① 在中国，他也掘发建构出了一个"狂人家族"，如他对庄子的喜爱，如郭沫若所说："鲁迅爱用庄子所独有的词汇，爱引庄子的话，爱取《庄子》书中的故事为题材而从事创作，在文辞上赞美过庄子，在思想上也不免有多多少少的反映，无论是顺是逆。"② 他赞赏屈原"放言无惮，为前人所不敢言"，并对他"孤伟自死"的命运表示深切的哀惜；"曾以孔融的态度和遭遇自喻"；极力为嵇康、阮籍的反礼教行为辩护；强调陶渊明"金刚怒目"的一面；章太炎早期以"章疯子"或"民国的祢衡"而闻名，他称赞他这种"狂"劲"才是先哲的精神，后生的楷模"③，等等。总之，鲁迅对中国历史上的那些"狂士""表现出了由衷的敬慕和热烈的礼赞"，"在他身上，我们看不到传统儒家士人的'温良恭俭让'，也看不出道家士人的高逸和超然，我们看到的，乃是狂人的精神谱系在他身上的接续，狂人的精神血液在他身上的流淌。鲁迅不仅热烈地礼赞过古代中国那些具有叛逆色彩的'狂狷之士'，而且在他的小说中也塑造了一个个性格特异的'狂人'形象。可以说，鲁迅自己就是现代中国的一个文化'狂人'"。④ 这从他早年的《文化偏至论》、《摩罗诗力说》、《破恶声论》到后来的《狂人日记》以及一大批"匕首"、"投枪"性的战斗的杂文都可以看得出来。不消说，在鲁迅文学对话的主体场域中，"狂人"谱系、"狂人"家

---

① 程光炜等主编：《中国现代文学史》，中国人民大学出版社2000年版，第55页。
② 郭沫若：《庄子与鲁迅》，转引自田刚：《鲁迅与中国士人传统》，中国社会科学出版社2005年版，第124页。
③ 田刚：《鲁迅与中国士人传统》，中国社会科学出版社2005年版，第114—115页。
④ 田刚：《鲁迅与中国士人传统》，中国社会科学出版社2005年版，第111页。

族无疑是一个非常重要的构成部分，它影响甚至直接支配着鲁迅的文学对话活动。

再比如青年毛泽东，也有特定的主体场域，有论者指出近现代湖湘文化有两个谱系同毛泽东相联结：①王船山——谭嗣同——杨昌济——毛泽东；②王船山——曾国藩——杨昌济——毛泽东。也就是说，毛泽东受到了王船山、谭嗣同、曾国藩和杨昌济等人的影响，由这些人的思想组建起青年毛泽东的思想主体。① 李泽厚则指出："简括地看，颜元、曾国藩、谭嗣同、严复和陈独秀，大概是在对青年毛泽东的影响中最为重要的几位人物。"② "在青年毛泽东的思想的具体行程中，毛的老师杨昌济的直接引导起了重大作用。杨确乎是上承谭嗣同，下启毛泽东。……不但杨昌济对曾国藩、谭嗣同的极力推崇，而且他强调动、运动、立志、修身、学以致用、实事实功以及'实现自我'等等，都对他的学生产生了很大影响。"③ 这些人的影响使青年毛泽东形成了"动—斗—变"的"贵我"的主体精神，"毛的哲学思想中充满了个性，而这个性以充分的形式表现在他的诗词创作中。从'丈夫何事足萦怀，要将宇宙看梯米'（《送纵宇一郎东行》）到'问苍茫大地，谁主沉浮'，从'苍山如海，残阳如血'到'泪飞顿作倾盆雨'……，其中不但有豪杰的伟词，战士的深情，而且还有人生的感喟。……但尽管苍凉，却并不伤感，主要的方面仍然是那种冲力的高扬，意志的旺盛"④ 可见，青年毛泽东的主体场域虽复杂，但仍然是有大致的确定架构的。

陶渊明的出现在中国文化史、文学史上都具有特殊的意义。那就是，他用把自然、把日常生活审美化作为中国士人精神获得安顿的一条重要途径，解决了士人与官场、文化文学与政治之间的不可调和的矛盾，进而形成了以自然拙朴深纳深厚宇宙、社会、人生哲理的独特的"田园诗"诗体，对以后的中国士人产生了深远的影响。此前，曾有屈原式的美政悲剧；司马迁的"成一家之言"式的无奈平衡；曹植的"煮豆燃豆萁"之哀；更有嵇康"隐而终祸"的"醒世案例"，至陶渊明，士人安身立命之路似已径终途穷，再无新路可选。但陶渊明却另辟他途，掘发开凿出自然、劳动以及日常生活的审美意义，实现了文学和自然、劳动以及日常生活的本体性融合，为所有被官场、政治驱逐出来的士夫文人开拓出了一个精神性的"桃源美境"。因此，陶

---

① 彭大成：《湖湘文化与毛泽东》，湖南出版社 1991 年版。
② 李泽厚：《中国思想史论》（下），安徽文艺出版社 1999 年版，第 960 页。
③ 同上，第 962—963 页。
④ 同上，第 963 页。

渊明精神、陶渊明文学就以一种特殊的方式不断地走进了诸文学大家的"主体场域",其典型形式就是"和陶诗"。杨义曾指出:

　　李白诗以陶渊明当作高逸的人生模型之处甚多,他甚至看到一景、一人、一事的时候,屡屡产生"陶渊明幻觉",可见这两位相距数百年的大诗人的梦魂萦绕、心心相印。李白看见一处幽静的宅居,便说:"宅近青山同谢朓,门垂碧柳似陶潜"(《题东溪公幽居》);"柳深陶令宅,竹暗辟疆园"(《留别龚处士》)。他碰见、或思念一位旧友,便说:"寻仙下西岳,陶令忽相逢"(《江上答崔宣城》);"何日到彭泽,长歌陶令前"……他常常把当了县令的朋友,比作栽五柳、抚素琴、好饮酒的彭泽令陶渊明……在这种幻觉和笑谑之中,李白和陶渊明的心理距离是非常接近的,甚至尔我相对,亲昵如故知。①

　　李白之"和陶"主要表现在对陶诗的精神、题材、意象等模仿上,如饮酒、自然、鸟等题材或意象的"仿陶"。而白居易、苏轼等都写过真正的"和陶诗",特别是苏轼,竟写了一百多首"和陶诗",成为中国诗学史上的一个奇例。

　　可以说,陶渊明已构成了中国古代许多大文学家共同的主体场域,正如有论者所说:"唐朝大诗人李白、杜甫、白居易都曾写下热情赞颂陶渊明的诗句。陶渊明的诗风也熏陶了王维、孟浩然、柳宗元等不少作家。北宋大诗人苏轼逐首追和陶诗 109 篇,以'不甚愧渊明'自许。南宋诗人陆游到了晚年,还在用'学诗当学陶'自勉。鲁迅称陶渊明和李白'在中国文学史上,都是头等人物'"。②

　　主体场域也可以是主体之间的某种理论场域,即理论家主体所携带的理论系统架构,如英加登、韦勒克与沃伦提出的文学文本的层面结构分析法,英加登用胡塞尔现象学方法把文本分为:①声音层面;②意义单元的组合层面;③要表现的事物层面;④"世界"层面,或再现的客体层。⑤"形而上特质"层面,如崇高、悲剧性、恐怖、震惊、玄奥、丑恶、神圣和悲悯等。韦勒克与沃伦则基本认同英加登的分法,只是认为其后两个层面不一定要分出来,"'世界'的层面是从一个特定的观点看出来的,但这个观点未必非要说明,可以暗含于其中"。"形而上性质"层面"也不是必不可少的,在某些

_____

①　杨义:《李杜诗学》,北京出版社 2001 年版,第 82—83 页。

②　《陶渊明诗选·作者介绍》,中国文学出版社 1999 年版。

文学作品中可以没有"。① 可以说，英加登以胡塞尔的现象学构成了自己的主体场域，韦勒克与沃伦以英加登的层面结构分析法构成了自己的主体场域。而这些理论架构又影响到了笔者，构成了笔者的某种主体场域，比如笔者也打破内容/形式两分法而把鲁迅小说《祝福》分为四个层面，其具体对话过程如下：

首先，笔者先有一个以英加登、韦勒克与沃伦的层面结构分析理论为理论场域或阐释模式的主体场域的"在体性"；其次，与《祝福》的文学对话此前也存在着一个相对确定的"场有"结构，如电影《祝福》、中学教材中关于《祝福》的阐释、各大学现代文学史教材中关于《祝福》的阐释等等。而这些阐释在理论上所使用的大多是以往流行的内容/形式二分的观点和方法：如形式上的"倒叙"手法、直接描写与"转述"相结合的手法、反衬等等；内容上的对封建礼教的揭露、批判，特别是束缚妇女的"四大绳索"理论的应用等等。近年来，其"场有"结构又有新的扩容，如钱理群提出的"三重结构"、"离去——归来——离去"模式等看法，钱指出：《祝福》"好像讲的是祥林嫂的故事，其实是一个三重结构，写的是'我和鲁镇'、'祥林嫂和鲁镇'，以及'我和祥林嫂'这三层关系，最具有鲁迅特色的其实是'我和祥林嫂'关系的考察。在'我'和祥林嫂的著名对话里，祥林嫂扮演一个精神审判者的角色，祥林嫂几个追问，追得'我'无地自容"。② "人们从《故乡》、《在酒楼上》、《祝福》这些小说里，也发现了一个'离去——归来——离去'的模式，这也是隐喻着人的一种存在方式或境遇的。"③ 当然，一定还有许多笔者不知道的"场有"内容，这便是笔者所谓的"潜场有"或"隐场域"了。再次，当笔者进入《祝福》的对话场域之时，这种场有结构就会和笔者所携带的"在体结构"发生"对话"，使笔者的"在体性"变为一种为特定场域所囿的"处身性"，而对话、融合的结果则是笔者关于《祝福》四层面阐释框架的形成。其实，所谓的《祝福》对话的"场有结构"也是已进入笔者意识的产物，或已为笔者所意识到、所把握，也就是说从另一角度看，恰恰也是笔者主体场域的构成部分，只是它们并不为笔者完全赞同或并不是笔者愿意采取的阐释模式而已。因此，在这个意义上，又完全可以把它们从笔者的主体场域或"在体性"中排除出去。

---

① 勒内·韦勒克、奥斯汀·沃伦：《文学理论》，刘象愚、邢培明、陈圣生、李哲明译，江苏教育出版社 2005 年版，第 168—169 页。

② 钱理群：《与鲁迅相遇》，三联书店 2003 年版，第 122 页。

③ 钱理群：《与鲁迅相遇》，三联书店 2003 年版，第 130 页。

笔者认为《祝福》可以简单地区分为四个层面：

（1）故事层。涉及的是故事内容及故事的讲法。从内容上看，《祝福》是个双文本结构，即：祥林嫂的故事和"我"的故事。前者是一个人被日常民间文化"杀害"的故事；后者是一个启蒙者自我反思、自我批判的故事。另外，它的"双文本结构"还表现为：显文本与潜文本的双层复合。前者是一个"世俗结构"，对应的是它的故事层面和政治层面；后者是一个"象征结构"，对应的是它的文化层面和哲学层面。在故事的讲法上最主要的特点有：①用现在时态描写鲁镇祝福活动，用过去时态叙述有关祥林嫂的故事，使叙述和描写之间、人物和环境之间严重"间离化"，形成尖锐对照，造成一种悲剧性的分离，从而使悲剧人物祥林嫂完全被置于冷漠的、被旁观的"被看"状态。国民性的愚昧、麻木的精神面相于此被深刻地剖露无遗。②把祥林嫂悲剧同年节的祝福活动并置，充分显示出一种反衬的效果，使悲者更显其悲；乐者亦更显其冷漠和麻木。③祥林嫂的"命名"暗示了一种悲剧性的反讽意义，她实际已被那个文化系统视为"不祥之物"，但她的名字的"祥"恰恰又来自同一文化系统，这特定文化系统的伪善和欺瞒性已不揭自昭。而鲁迅的批判和解构强力正于此发生威力。

（2）政治层。《祝福》的政治价值维度非常明显，比如它可视为是鲁迅在《狂人日记》所表达的封建制度"吃人"的思想的一种延伸，也可视为是毛泽东在《湖南农民运动考察报告》中提出的"四大绳索"理论的文学化的注脚。毛泽东指出："政权、族权、神权、夫权，代表了全部封建宗法的思想和制度，是束缚中国人民特别是农民的四条极大的绳索。"而不消说，旧时代的农村妇女则更是它的直接受害者。因此，《祝福》必然蕴涵着这样的思想：是封建礼教杀了祥林嫂；是那个讲理学的老监生——"我"的"四叔"鲁四老爷杀了祥林嫂；说到底则是"四大绳索"杀了祥林嫂。

（3）文化层。《祝福》更重要的一个维度是它的文化批判，从小说以"祝福"为"题"足可以看出鲁迅是想借"祝福"来表现某种深刻的用意的。小说实际上是想说明是文化传统杀了祥林嫂，是"祝福"杀了祥林嫂。"祝福"作为小说的最重要的情节、环境、背景，内在地包含了这样几层意涵：①对比、反衬的用意，即"使悲者更显其悲；乐者亦更显其冷漠和麻木"。②揭示悲剧的社会环境、社会基础。③说明是"集体杀人"。小说是这样写的，对祥林嫂的死，鲁四老爷说："不早不迟，偏偏要在这时候，——这就可见是一个谬种！"在摆放祭品时，四婶说："祥林嫂，你放着罢！我来摆。""祥林嫂，你放着罢！我来拿。""你放着罢，祥林嫂！"此时祥林嫂的反应则是：

"她像是受了炮烙似的缩手，脸色同时变作灰黑，也不再去取烛台，只是失神的站着。"柳妈的话则更直接："你实在不合算。""再一强，或者索性撞一个死，就好了。现在呢，你和你的第二个男人过活不到两年，倒落了一件大罪名。你想，你将来到阴司去，那两个死鬼的男人还要争，你给了谁好呢？阎罗大王只好把你锯开来，分给他们。我想，这真是……""我想，你不如及早抵挡。你到土地庙里去捐一条门槛，当作你的替身，给千人踏，万人跨，赎了这一世的罪名，免得死了去受苦。"而在最关键的问题上给祥林嫂最后致命一击的则是"我"的含混态度，即当祥林嫂问"我"，"死后有没有魂灵？""我"却回答不了，只能用"说不清"搪塞："实在，我说不清……其实，究竟有没有魂灵，我也说不清。"至此，祥林嫂最后一线希望也彻底破灭了。以上，充分说明，是众人一起杀死了祥林嫂，包括"我"这个以拯救民众、改造社会为己任的"启蒙者"。因此，并不是"鲁四老爷"等少数统治者才是凶手。而"祝福"无疑则是一个能够把众人都"包容"进来的巨大的社会"载体"、一个文化的框架。④是"祝福"杀死了祥林嫂。"祝福"是什么？"祝福"既是年节中的一种祈福或祭祖、祭神的民间仪式、节庆活动，同时也是一个重要的民族文化传统，而且是民间的、"日常"（表现为年节形式）的文化行为。它具有这样几个特点：第一，非常重要，"这是鲁镇年终的大典，致敬尽礼，迎接福神，拜求来年一年中的好运气的"。既然非常重要，因此也就是一个权力表演的特定场域，"拜的却只限于男人"。女人只能充当为此劳动和服务的工具，即便如此，还不是人人有份，像祥林嫂这样的"不洁者"是注定要被排除于外的。第二，具有全民性，需要集体参与、共同完成，虽然"拜的却只限于男人"，但整个活动却是大家的活动，是民族性的"节日"，"家中却一律忙"。因此，它实际上是民族共同体塑造文化人格、培养文化认同、表现民族归属的重要的文化仪式。是人的文化生命的特殊形式。这样，祥林嫂被"祝福"所祛除，就等于她被民族的文化共同体所开除，被她的集体认同、家园归属、乃至于日常的民间文化生命所抛弃。此时，她活着，而作为一个集体人、民族人的她其实已经"死了"。而这"集体人"、"民族人"恰恰是当时国民的唯一存在形式。因此，祥林嫂为"祝福"所"杀"才是问题的实质所在，这正是这篇小说最为深刻的地方。鲁迅在此想说明的是，一种文化之反人道、有害到了何种程度，连最民间、最日常的文化活动也变成了杀人不眨眼的血腥场域。但它仍然在以"伪善"的面貌和恒定不变的常态在保持、延续，小说在结尾这样写道："我在这繁响的拥抱中，也懒散而且舒适，从白天以至初夜的疑虑，全给祝福的空气一扫而空了，只觉得天地圣众歆享了牲醴和香烟，都醉醺醺的在空中蹒跚，豫备给鲁镇的人们以无限的幸福。"讽刺的意味力透纸背。鲁迅就是这样，通过揭露"祝福"的杀人性质，充分地揭示了传统文化的欺骗性和有害性。

(4)哲学层。《祝福》在哲学上所涉及的是一个西方现代哲学的基本命题：人的境遇的尴尬性或荒谬性。祥林嫂和"我"所遭遇的正是一种"二难"的"悖反"困境：祥林嫂活着已是"不洁"、已被文化共同体所驱逐，活着已与死无异，或者说是"欲活不能"；而她死了又无法面对"那两个死鬼的男人"，死了也不得安宁，因此也实在是死不得，又是"欲死不能"。怎么办？只能"悬挂"起来，永远"无家可归"。这就是一个荒谬的象征。"我"面对祥林嫂的"问题"，说实话是科学的，但可能有逼祥林嫂选择死亡之嫌；说谎呢？又陷入封建统治者的"愚民之道"，又无异于在"助纣为虐"，作了统治者的可耻帮凶。因此只能以"说不清"来敷衍搪塞。也是一个荒谬的象征。

从象征的意义看，这两个故事、两种"尴尬或荒谬"其实又是同一件事，两个故事是同一个故事。也就是说，祥林嫂的悲剧也就是"我"的悲剧。"祥林嫂"并不是这个悲剧女性的真实的名字，"大家都叫她祥林嫂"，而"祥林嫂"也是对夫名"祥林"的一个借用，说白了，她一直是处于可悲的"无名状态"。而"我"也是"无名"的。但"我"却有"家族"依托，像"祥林嫂"依托丈夫"祥林"一样。这"家族"就是"鲁镇"、"鲁家"和那个"我"的"四叔鲁四老爷"的家族。这意味着，"祝福"的悲剧是发生在鲁姓家族内部的，或者说正是这个"家族"的悲剧。既然祥林嫂的悲剧就是"我"的悲剧，而"我"则是鲁家的一个成员，因此，"我"的悲剧又可说是鲁家的悲剧，这在逻辑上也是顺理成章的。而再放大来说，《祝福》的悲剧又可以说是我们中华民族的悲剧，因为，那个"鲁姓家族"又完全可以看作是、或它本来就是我们民族的一个缩影。

这就是《祝福》在哲学层面所涉及到的问题。

有了以上四个层面的阐释架构，应该说我们同《祝福》的对话才能达到相对全面和高深的佳境。而这则主要来自笔者那个"层面结构分析"的特定的主体理论场域。

第六节　文本场域

文本场域主要是指文本之间的具有某种关联性的"关系模式"，如文本间

的互文之网，如萨尔曼·拉什迪所说："所有故事，都为以前所存在的故事的阴魂所缠绕。"或如克里斯蒂娜·布鲁克—罗斯所说任何作品都是写在羊皮纸上的"羊皮书"，即都是在某种字迹上的重写。[①] 这种"互文"或"重写"就构成了文本间的相互关联的场域。但文本场域并不仅限于"互文"关联，准确地说它是广义的文本之间的具有某种关联性的"关系模式"。下面先用冯至的《蛇》与徐玉诺《跟随者》之间的关联来进行阐说。徐玉诺的《跟随者》写于 1922 年 6 月，全诗如下：

烦恼是一条长蛇。
我走路时看见他的尾巴，
割草时看见了他红色黑斑的腰部，
当我睡觉时看见他的头了。
烦恼又是红线一般无数小蛇，
麻一般的普遍在田野庄村间。
开眼是他，
闭眼也是他了。
呵！他什么东西都不是！
他只是恩惠我的跟随者，
他很尽职，
一刻不离的跟着我。

把人的烦恼比喻为一条长蛇，既新颖又贴切。而且具有明显的原创性，道人之未道，用人之未用。其实，这"长蛇"不是别的，就是"我"本身：走路时人有身影；弯腰时要用"腰部"；睡觉时凸显了"头"，它要躺在枕头上；它是我的忠诚的"跟随者"，如影随形，随我走遍了田野村庄。很显然，它就是"我"本人。诗的妙处就在于先把抽象的"烦恼"转化为具象化的"长蛇"，然后又把"长蛇"——转化为人的具体"形体"特征，最后，人蛇合一、人蛇不分。人物化（蛇化）了，蛇则拟人化了。中国古老的"天人合一"观念、"蛇图腾崇拜"借这巧妙的诗艺得到了诗化表现。更重要的是，它让我们对"烦恼"有了一次特异的认知和体验，那是一种陌生化的"震惊"，一种既奇崛又熟悉的感受。

冯至 1926 年则写了《蛇》：我的寂寞是一条蛇，（人与蛇合一）/静静地

---

① 克里斯蒂娜·布鲁克—罗斯：《"写在羊皮纸上的历史"》，见安贝托·艾柯等著：《诠释与过度诠释》，王宇根译，三联书店 2005 年版，第 133 页。在羊皮纸上写字，可擦去再写，故"羊皮书"就指新旧叠合的某种多层历史文化积淀或虚构、互文关系的一种比喻。

没有言语。/你万一梦到它时，（希望姑娘同自己心灵相通）/千万啊，不要悚惧！（细心体贴、关怀；矛盾心理）

它是我忠诚的侣伴，/心里害着热烈的乡思：（与"相思"谐音）/它想那茂密的草原——/你头上的浓郁的乌丝。（头发与草相似；文化原型："鬓云欲度香腮雪"；李金发《弃妇》之"长发"等）

它月影（"月"之与知音、爱情等关联性）一般轻轻地（尊重姑娘，怕打搅她）/从你那儿轻轻走过；/它把你的梦境衔了来，（取蛇行走和只能用口衔物的特点）/象一只绯红的花朵。（绯红写姑娘之羞涩；花朵喻梦境之美，实喻姑娘；亦即令我高兴的消息或美丽的希望；表达心心契合的主观意愿）

这首诗的特点也很明显：①是一首爱情诗，却无一字直接言爱。很含蓄。从无言——相思——梦境，完全都是在写人的内在的精神、情感活动。②富想象力，构思奇特。借蛇之修长、无言，来喻寂寞；因蛇有栖息草地的习惯，故说有草原之"乡思"。给人奇美之感。③远取譬，比喻在似与不似之间：如寂寞与长蛇；草原与乌丝；梦境与花朵之喻。④蛇同传统文化原型的关联：女娲、伏羲皆蛇身人面。⑤表情曲折、间接，用暗示之法。⑥具有一定的情节性。⑦写意象或意境。

可以看出，此诗同《跟随者》之间具有明显的互文关系，至少就文本本身而言，《蛇》对《跟随者》就具有明显的模仿性，不同的是它比《跟随者》无论在诗思还是诗艺上都更复杂，艺术性更强。可以说它把"人—蛇"之喻这一艺术范式、谱系极大地往前推进、发展了。它们共同构成了一个"人—蛇"之喻的文本场域。

再比如温庭筠的《瑶瑟怨》与李白的《玉阶怨》的关联性。李白的《玉阶怨》：玉阶生白露，夜久侵罗袜。却下水晶帘，玲珑望秋月。

《玉阶怨》，见郭茂倩《乐府诗集》。属《相和歌·楚调曲》，与《婕妤怨》、《长信怨》等曲，从古代所存歌辞看，都是专写"宫怨"的乐曲。[1] 李白的这首《玉阶怨》是不是写"宫怨"并不明确，而且诗中也未涉一个"怨"字，但它的确又是写"怨情"的。依文本本身来看，（1）在物境层面，我们看到的是："玉阶"、"罗袜"、"水晶帘"，这都不是寻常百姓家可有之物，它表明了抒情主人公的高贵身份。从人物动作、情态看：夜晚久立玉阶，露湿"罗袜"，反身回屋，但又透过"水晶帘"继续望月沉思。"罗袜"、"玲珑"等略具柔性色彩的"词性"逗露出主人公的女性属性。而从"夜久"、

① 《唐诗鉴赏辞典》，上海辞书出版社1983年版，第244页。

继续透帘而望，表明了她思念之切、之专、之深、之痴。（2）在情境层面，我们则会专注于文本显露出的女主人公的这种切、专、深、痴的苦思之情，得到一种极特殊的情感体验，会与她一起思念、一起哀怨、难过。（3）经过这种与文本"两忘"、"同一"的情感认同、体验之后，我们还会"出离"文本，进入间离化的理性思考、思想升华的理境。我们会问：她在思念什么？是丈夫、恋人还是别的亲友？富贵如她竟也如此孤独，如此"不幸"。这是为什么呢？是什么原因、什么力量造成了她现在不堪的处境？"孤独"、"思念"、"哀怨"、"不幸"等是不是人的普遍的永恒的境遇或境况？

可以说，这首诗非常含蓄、内敛，像一组凝练简洁的电影蒙太奇，含不尽之意于象内、象外。

温庭筠的《瑶瑟怨》在李白的《玉阶怨》之后：冰簟银床梦不成，碧天如水夜云轻。雁声远过潇湘去，十二楼中月自明。

据有论者指出：瑶瑟是玉镶的华美的瑟。瑟声悲怨，相传"泰帝使素女鼓五十弦瑟，悲，帝禁不止，故破其瑟为二十五弦"（《汉书·郊祀志》）。在古代诗歌中，它常和别离之悲联结在一起。题名"瑶瑟怨"正暗示诗所写的是女子别离的悲怨。① 同样，我们一般也会从三个层面与这首诗进行对话：（1）物境层——我们看到的主要有："冰簟银床"，指冰凉的竹席和银饰的床；"碧天"、"夜云"；"雁声"、"潇湘"，"潇湘"是今湖南湘江的别称，也指湘江中游与潇水会合后的一段。古有湘灵鼓瑟和雁飞不过湖南衡山的回雁峰，而在湘江下游栖息的传说。故，瑶瑟自然会和湖南"湘地"发生关联，而"北雁南归"，更衬人之无能，更增人之忧伤。同时，也可能在暗指思妇所思之人的所在地正在"潇湘"；"十二楼"之典来自《史记·孝武本纪》集解所引应劭的解释："昆仑玄圃五城十二楼，此仙人之所常居也"，此处借指主人公住所不凡；"月自明"是指"月"本是无情物，它不管人之是否苦思忧伤，照样明照大地，等等。这些物象，一是显示了主人公身份之不同寻常，所用所住都非常物常境。二是用典突出，使文本具有明显的典雅性和意义空间的多重性。（2）情境层——在此境，我们会注意文本中所传达出来的情感意绪：虽物用华贵，但主人公却夜不能寐。她多想做个好梦，来同那个让自己夜不能眠的"亲人"相会于梦中啊！但由于思念过切，竟至不能入眠，又何以成梦？"碧天如水夜云轻"，让人联想到李商隐的"碧海青天夜夜心"，加上"十二楼中月自明"，给我们描摹出了一幅冷寂空廖、月华如水的秋夜景

---

① 《唐诗鉴赏辞典》，上海辞书出版社 1983 年版，第 1115—1116 页。

象，"玉户帘中卷不去，捣衣砧上拂还来"，这空寂无情的夜景恰恰可以反衬主人公内心的翻江倒海，因为这一切只有那个彻夜未眠的思妇才会有锥心刺骨的敏感，孤独人更耐不得夜空的冷寂和月华的明洁透照。而这还不算，那一声声雁叫又更是雪上加霜，让人更为不堪。大雁可以远飞潇湘，而自己却只能空房独守。"十二楼中月自明"一句，既有用月之无情朗照来反衬人之苦思无奈之意，同时又可从正面理解为思妇之忧思像那无限的明月光一样，在独自朗照，"绵绵无绝境"。（3）理境层——我们同样会跃升进理性的思考层面，追问造成这一切的根本原因……

这首诗同《玉阶怨》一样，也非常含蓄、内敛，除"梦不成"三字是直写外，其余均是化情思为景物，融情于景，比如像冰筲、银床、秋夜、碧空、明月、轻云、南雁、潇湘、玉楼均为情化之物。它们在诗中已变成言情的符号，承担着象征人的情感情绪的特殊功能。它们有一个共同的特征：在秋夜都带有冰冷的性质，这同主人公的特定心理感受是极为贴切契合的。另外，它还融情于典，如瑶瑟、潇湘和回雁峰、十二楼等。可以看出，这首诗在写"贵妇人怨情"上和《玉阶怨》可构成互文化场域。不同处在于，一为五绝，一为七绝。后者比前者的意象明显要繁密。另外，融情于典也是后者不同于前者的地方。

其实，从"题名"看，前者还同《婕妤怨》、《长信怨》等"宫怨"之作构成互文化场域；而从内容上看，后者又明显和钱起的《省试湘灵鼓瑟》：善鼓云和瑟，常闻帝子灵。冯夷空自舞，楚客不堪听。苦调凄金石，清音入杳冥。苍梧来怨慕，白芷动芳馨。流水传湘浦，悲风过洞庭。曲终人不见，江上数峰青。《归雁》：潇湘何事等闲回？水碧沙明两岸苔。二十五弦弹夜月，不胜清怨却飞来。构成互文化场域。

前举李白、苏轼等"和陶诗"，或举凡中国文学史上同类题材、范式的作品如咏史诗、咏物诗、拟代体、山水诗、游仙诗；写爱情、写离别，或悲秋、伤春、怀乡等，都可形成共同的文本场域。

文本场域有显场域，也有潜场域，后者的关联性更其潜隐、内在。法国互文性理论创始人克莉斯蒂娃曾提出一个"基因文本"的概念，就是指像无意识那样隐含着的"文本"，它像人的生命基因一样是一种非自觉的"前有"。法国结构主义马克思主义代表人物阿尔都塞也区分出第一文本和第二文本，第二文本就是指隐含在第一文本中的"潜文本"。这些观点是符合文本的实际的，美国著名作家海明威的创作谈提供了有力的佐证，他说，作家"所看到的每一件事情都进入了他知道或者曾经看到的事物的庞大储藏室了。要是知道它有任何用处的话，我总是试图根据冰山的原理去写它。关于显现出来的每一部分，八分之七是在水面以下的。你可以略去你所知道的任何东西，这只会使你的冰山深厚起来。这是并不显现出来的部分。……《老人与海》本来可以写成一千多页那么长……首先，我试图删去没有必要向读者传达的一切事情……我从渔村中知道的一切故事，都删去了"。① 这就是海明威的"冰山理论"，其比例是：显文本只占八分之一，而水面下的"潜文本"却要占到八分之七。这还指的是作家的创作情况，还不是从文本的"互文性"观念考虑的。已见前面诸论，文本的互文之网更是一个广大无边的、复杂的、虚实、隐显结构。这里再比较三首"爱情诗"，它们之间所存在的就是一种"潜场域"，或者说并没有明显的外在相似性，而只存在某种内在的"关联"。在此意义上说，它们也具有某种共同的文本场域。这三首诗是：《诗经·邶风·静女》、闻捷《在苹果树下》、沈佳《开花的梅树》。先看《静女》：

静女其姝，俟我于城隅。爱而不见，搔首踟蹰。/静女其娈，贻我彤管。彤管有炜，说怿女美。/自牧归荑，洵美且异。匪女之为美，美人之贻。

这首诗的大意是：那个姑娘幽静、美好、漂亮；她在城头角楼处悄悄地等（爱，通"薆"：隐蔽）我。她躲了起来，让我十分焦急而徘徊。姑娘曾用美丽的红管草表达对我的爱情。此草在我看来十分鲜亮、美丽，我非常喜欢这个红管草啊！自从她在野外的牧地赠我此草，此草实在显得美而奇异。那不是草的美啊，全都是赠草之人的缘故啊！

诗中的几个关键处是：①地点——城头角楼处、野外的牧地。②信物——红管草。是借草传情，显出个人性、私密性和平凡性。

《在苹果树下》：

苹果树下那个小伙子，你不要、不要再唱歌；姑娘沿着水渠走来了，年轻的心在胸中跳着。她的心为什么跳呵？为什么跳得失去节拍？……/

春天，姑娘在果园劳作，歌声轻轻从她耳边飘过，枝头的花苞还没有开放，小伙子就盼望它早结果。奇怪的念头姑娘不懂得，她说：别用歌声打扰我。/

小伙子夏天在果园度过，一边劳动一边把姑娘盯着，果子才结得葡萄那么大，小伙子就唱着赶快去采摘。满腔的心思姑娘猜不着，她说：别像影子一样缠着我。/

淡红的果子压弯绿枝，秋天是一个成熟季节，姑娘整夜整夜地睡不着，

---

① 崔道怡等编：《"冰山"理论：对话与潜对话》上册，工人出版社 1987 年版，第 79 页。

是不是挂念那树好苹果？这些事小伙子应该明白，她说：有句话你怎么不说？/

……苹果树下那个小伙子，你不要、不要再唱歌；姑娘踏着草坪过来了，她的笑容里藏着什么？……说出那句真心的话吧！种下的爱情已该收获。

这是作者闻捷写于"1952—1954 年；乌鲁木齐—北京"的一首爱情诗。闻捷（1923—1971），原名赵文节，江苏丹徒县人，当代著名诗人，死于"文革"。

上世纪 50 年代的爱情诗常常把"爱情"和"劳动"合二为一地加以表现，这首诗就是这方面的一个代表。诗作写爱情的风趣和甜蜜，意境鲜明蕴藉，情味甜美悠长。其最大的特点是：用苹果喻爱情，借其生长、成熟过程，暗喻爱情的孕育、发展和成熟。总起来看，全诗具有如下特点：①巧妙、新颖的艺术构思：借苹果的生长暗喻爱情的成熟。构思新，手法巧。②悬念的运用。③具有喜剧性氛围。④结构上的首尾回环、复沓和倒叙手法的运用：即第一节写结果；中间追叙爱情产生、成熟的过程，由春而夏，由夏而秋，苹果丰收了，青年男女的爱情也成熟了；中间三节正面写劳动，侧面写感情，表面写苹果，实际写爱情。⑤巧用比喻、双关等艺术手法。明写枝头的花，树上的果；实写心里的花，爱情的果。虚实相生、互相掩映，苹果成熟的过程，实在是对爱情发展过程的贴切比喻。⑥人物描写——小伙子：热烈、性急，大胆，又憨厚笃诚；姑娘：谨慎、正派。似嗔实哂，委婉深敛却内心丰富。诗作有简单的人物与情节，带有一定的叙事性。⑦诗人把爱情与创造新生活的劳动联系起来，与崇高的社会理想结合起来，充分揭示了社会主义时代新的爱情观。⑧用水渠、草坪等衬托姑娘的美丽，是对传统的侧面烘托、渲染的写人之法的巧用。

《开花的梅树》：①

孔雀向着东南飞　春雨打湿了你的黛眉　他们五里一徘徊　你的眼里也驻守着悲哀/

我渐远消失的背影　拉成了你眼中模糊的风景　我的步履不敢停留　他无法承受你深情的低吟/

待到落叶飘零时　我们还会一同收集梧桐叶　可是为什么偏偏现在　泪水无情地弥漫了我们的双眼/

相思刹那串成了门前的挂链　我如约站在了你的面前　久久地你伏在我

---

① 此诗作者沈佳曾是上海一高校文学专业的硕士研究生，诗写于 2006 年。

的臂弯里　你说，两个人的时候不需要语言/

　　窗前的梅树开始绽放　她兑现着我们美好的心愿　我一直记得三年前你说开心的时候花就会盛开/

　　有些花是注定要盛开的　因为她开在我们的心里　两个人的故事是不会结束的　因为她一直在我们心里延续

　　这首诗具有如下特点：①用"开花的梅树"或梅花比喻美好的爱情，出意新奇，意境幽雅。②全诗写恋人之分离、重逢和三年爱恋之最终好梦成真；写其间的别愁、离伤、相思、欢悦之不同的意绪情感。脉络清楚，喻象丰富，而且有头有尾，写出了爱情发展的全过程。《静女》、《在苹果树下》亦写了全过程。因此，可以说是旧调新曲，老树新花。这是传统与现代相融之作。③诗作能巧妙地于古典诗词宝库中撷取意象，如："孔雀东南飞，五里一徘徊"、"黛眉"、梧桐、梅花等，既使诗作具有典雅、唯美的肌质，同时又使现代和传统之间产生互释互生的互文之美。从而使诗美、诗义之空间变得开阔而有余味。

　　以上跨时代的三首爱情诗，虽没有明显的关联，但从同属"爱情诗"这一点来论，却无疑具有共同性，这种"共同性"换个角度便可看成是共同的文本场域。因此，我们完全可以对它们作出关联性的比较分析，把这三首诗联系起来看，可以发现有这样一些变化：

　　①从城的角落和野外牧地到果园，再到《开花的梅树》的无环境规定，可以看出，环境空间对人的限制是越来越小。"城"意味着政治、军事、统治、防守、治理，因此在《静女》中，主人公的活动只能被挤到了城角，同时也只有野外的牧地才可能为爱情提供相对自由的生长空间。当然，即使在古典时期（前现代），我们仍然可以看到爱情的青草地已慢慢地向城市蔓延，开始了向"月上柳梢头，人约黄昏后"的演进步伐。

　　而果园这种新型的集体合作和劳动的空间，又赋予了爱情空间的不同意义。在这里，人际关系已相对平等，所不同的还有，这种集体空间还赋予个体以某种集体人的属性，故集体人只有在集体中才有真正的爱情产生。"头发梳得光，脸儿搽得香。只因不劳动，人人说她脏"。从而苹果树下演绎的便是一种新的爱情模式，是集体之爱、劳动之爱，其内涵是革命的现代性。

　　比较起来，《开花的梅树》才能真正自由地面对历史、面对传统、面对自己的爱情生活，它可以放下其他的历史承担，而真正文学地、审美地来建构自我的"爱情"。这时，一切历史便都成了可资利用的"文本"。那个"门前的挂链"已是完全个人化的日常生活用品，它是个人自我防护的象征，完全可以看作是某种私密的、个人化和独立化的象征符号，喻示着现代个性的不可侵犯性。

②《静女》虽是"我"的叙事，但此"我"却并不是个体的"我"，他仍是一个集体的"共名"，同时，诗中的被叙写的对象"静女"并没有真正被"对象化"，当然更没有同叙事者构成真正平等的"对话关系"，她只是"静女"；在"果园爱情"的叙事中，出现了一个集体的上帝，他是全知全能的叙事者，由他构拟了一种"伪对话"关系。同静女的"美人之美"不同，这里的人的美，人的品质、性格等因素，其实似乎都从果园的集体劳动那里获得了某种公开的合法性和正当性，姑娘的美变成了靠苹果的比喻和靠水渠、草坪的侧面烘托。因而，这里的爱情多了明显的社会内涵、政治内涵。而"梅树之爱"则是完全回到了真正的"个人之爱"。

③从红管草到苹果，再到开花的梅树，表明文学意象从偶然到范式化、经典化，而梅花比苹果更富有纯形式的意味，文学的经典意味、传统意味都更加浓厚。毋宁说，它是更文学、更审美的，而且，包容性也更大，比如诗作中还借用了孔雀、春雨、黛眉、背影、风景、梧桐叶、挂链、梅树、梅花等。故，真正可以把历史文本化和文本历史化了，它可以在历史的广阔文本之网中作自觉的选择、借用、拼贴和互文。现代性在这里主要指主体性和理性，无疑，应该说最后一首诗的主体性、理性精神都更为明显、强烈。

显见，这三首爱情诗虽然出现在不同的时代，彼此间存在着巨大的时空距离，但因为它们隐含着一个共同的潜文本场域（爱情），故尔仍可以放在一起作比较分析，所得出的结论无疑也具有明显的谱系或"家族统系"意义。

第八章　文学对话的谱系维度

文学对话不光离不开特定的场域，而且往往还是谱系或谱系之间的对话，这一章就具体探讨文学对话的谱系问题。

第一节　谱系的界定

何谓谱系？"谱系"的概念原本来自家族谱牒学，是指一个家族血亲宗源的前后相继的血脉之链。其特点有：①血统性，是血亲遗传的链条；②内在性，是同宗同脉内部的事情，与外部事物没有直接的"关联"；③具有一定的偶然性，它虽是固定的、确定的血缘之链，但却是由婚姻关系来作为基本支撑的，因此又必然参加进了异性或异姓的"外来因素"，而这新参入的"外来因素"，则是不固定、不确定的，即同宗的男子同哪一个女性缔结姻缘是偶然的、未知的，具有某种不可预知、不可把握的偶然性；④偶然就意味着变化，但这变化仍维系在同宗同源内部，并不改变家族的脉统性质，但却以此促进了同一家族的赓续、更新和发展；⑤它是以家庭、家族为基本单位的，在家与家、代与代之间，不具有不变的必然的同一性，而只具有某种相似性或内在的血脉关联。也就是说家庭或家族谱系之间只具有一定的家族相似性，其"间性"关联具有很大的矛盾弹性和张力。或再易而言之，所谓的谱系联系只具有弹性的、大致相近的性质，因此，它更像一个多元、民主、平等的对话"空间"。正因为如此，尼采才有意"激活"它，使它具有解放感性、张扬"异"的潜能和内涵；维特根斯坦才大力标举"家族相似性"；法国后现代理论家福柯也才别开场域，另建一个人文社会科学的"谱系学"。

至此，"谱系"便由"家族"诞生地跃迁到理论和科学的场域，成为一个后现代非常重要的特殊概念。后现代思维不光掘发、借用了它既多元、异质，而又相似、和谐、统一的基本内涵，同时还特别地生产建构出反本质主义、积极对话、充满生产和创造活力等新的学术和理论内涵。法国当代哲学家吉尔·德勒兹对谱系学（亦译为系谱学）有个解释："系谱学意指价值的区分性因素，正是从这些因素中价值获得自身价值。因此，系谱学意味着起源或出身，同时又意味着起源时的差异或距离。"① 其言外之意是说，谱系学不承认事物有先验的、永恒不变的本质，相反事物总是由许多偶然的、来自于"他者"的因素逐渐生成的。而且是非连续的、不断变化的。如果说传统历史学认为逻辑优先于历史、本质优先于事物，那么谱系学则认为历史优先于逻辑、事物优先于本质，这些说法其实是对福柯的谱系学思想的通俗解释。福柯说：

一切事物背后都有着"完全不同的东西"：不是什么无日期的、本质性的秘密，而是事物没有本质，或其本质是用完全不同的形象一点点制造出来的这一秘密。……在事物的历史开端所发现的，不是依然保持着的事物起源的同一性，而是各种其他事物的不一致，是不协调。②

福柯的意思是说事物的谱系是历史生成的，而不是先验的被规定好的。这样，对其话语生产的多种细节性和偶然性因素的考察就十分重要。可以看出，他们所看重和强调的便是事物的异质性、多元性和偶然性，而实质则是要开辟建构一个平等对话的充满生产力、创造力的人文场域。

笔者这里的文学对话的"谱系"概念就是对以上资源借用、改造的产物，它主要是指文学文本和理论的相对相关、相近相似的"脉流链条"，或某种具有同宗同源性的文本场域、理论阐释的范式"团结"（指相似的理论集合结构）。比如，李白的《静夜思》：床前明月光，疑是地上霜。举头望明月，低头思故乡。《月下独酌四首·其一》：花间一壶酒，独酌无相亲。举杯邀明月，对影成三人。……我歌月徘徊，我舞影零乱。醒时同交欢，醉后各分散。永结无情游，相期邈云汉。还有苏轼的《水调歌头》：明月几时有？把酒问青天。……转朱阁，低绮户，照无眠。不应有恨，何事长向别时圆？人有悲欢离合，月有阴晴圆缺，此事古难全。但愿人长久，千里共婵娟。它们背后隐含着一个"写月"、"咏月"或"以月象征人事"的"谱系"，其共同点在于：①利用月之亘古皆一、异域同照等超越时空的特点，来作为向亲人、友人传递思念之情，或表达思乡之情的媒介；②利用月的"自由"、皎洁、静谧和月光无远弗届等特点，把它比作自己的"知己"而进行亲切的交流对话；③用

---

① 吉尔·德勒兹：《尼采与哲学》，社会科学文献出版社 2001 年版，第 3 页。
② 福柯：《尼采、谱系学、历史》，《福柯集》，上海远东出版社 2003 年版，第 148 页。

月的阴晴圆缺变化来喻人事的悲欢离合，等等。这同一谱系使两个文本之间构成了一种谱系的对话关系，一种共同的文本场域。而我们在对它们的接受、阐释时，也会自觉不自觉地采用"月"这个谱系的维度。

谱系有显谱系和潜谱系之分，以上两个文本是显谱系，而有些文本则存在着某种隐含的潜谱系，这时的谱系性对话就是一种有意的掘发和选择，甚至还是一种创造性的建构，如笔者与朱自清散文《背影》的对话就是如此。面对这一文本，笔者发现"背影"就是一个值得阐释的"症候"，作者为何要选择父亲的背影，而不是他的正面形象、特别是不选择他的面孔和眼睛来描写呢？这成为笔者与这一特定文本进行对话的集中的焦点。按说，正面形象才是人物描写中最具表现力的方面。但是作者在作品中并没有回答这个问题。当然，也完全没有回答这个问题的必要。或许也只有如此悬疑，它才有"空白"和"未定点"，才是一个"召唤结构"、对话结构，或者说也才具有诗意的对话性。"症候"或问题的存在其实也就意味着它在召唤接受者答题、解疑。笔者本着积极的对话精神，从文本及其特定的历史文化语境之中找出了这样几条答案：①写"背影"是为了追求独象性、新颖性，即写背影，独特、新颖，是"反弹琵琶"的艺术创新之举；②同作者对老庄精神的崇慕，对静美风格的追求有关。因为"背影"加上简洁的白描手法有利于体现平静、平淡的艺术特点，符合"欲造平淡难"、"绚烂之极归于平淡"的中国传统美学中的"老庄派"精神；③有利于制造富包蕴性的含蓄之美；可诱发读者的审美想象，产生"无声胜有声"，无表现却有大表现的艺术效果；④是蓄势的需要，即它便于控制感情，蓄而不发，直至文末再掀起波澜，推向高潮；⑤有利于揭示父子关系的日常性和习焉不察性；⑥是默默牺牲、奉献，自担其苦，自我忍耐、承受的"父亲立场"的表达。即有利于凸显父亲甘为儿女们奉献，不求回报，甘当无名英雄的精神。或者说"背影"正是儿女心目中再熟悉不过的父亲形象的典型的"象征物"；⑦是个人、家庭、国家在特定历史语境中的特定镜像——影子意象的表现。即：是对当时国难、家破、人困之象那种虚化、弱化、无助、无奈和碎片化、渺小化、卑微化等特征的历史性定格表现；是一个中等家庭的破产之象、人生困顿之象的人格化处理结果。它既是生活、世事的客观之象，又是作者的"主观心象"，是两者的融合物。或者说是当时社会、历史的象征性的深刻写照——"影子"（衰弱）化的时代镜像的表达；⑧潜藏着中国式的特定伦理结构——距离化的父子关系。"严父慈母"，在中国封建纲常礼教意识形态塑造下，传统的中国父子之间是不言情、不露情、不能正常交流思想感情的，像《红楼梦》中之"宝玉挨打"即很能说明问题。也就是说，选择"背影"来写，其实在无意识深层是由中国伦理意识形态中的特定的父子关系所决定的。

以上八点答案，无疑是笔者对这一文本进行积极对话的结果，虽不乏能动的主体性的发挥、建构，但并没有脱离开文本自身场域的限定性，是其"限定性"和笔者的"建构性"进行对话、融合的结果。其中，笔者所采用的阐释模式除了新批评的"文本细读"、阿尔都塞的"症候阅读"等之外，更主要的则是"伦理批评模式"，它对应的正是文本自身所隐含的"民族伦理文化谱系"。但明显的是，它也同笔者的有意掘发、选择和积极建构有关。

笔者与赵树理文学谱系的对话就更是一种创造性的"场域建构"了。赵树理文学到底可对接什么样的文学谱系？对此，笔者进行了积极的掘发、建构：

赵树理本人曾说过："中国过去就有两套文艺，一套为知识分子所享受，另一套为人民大众所享受。"① 无疑，这"另一套"就是俗文学的谱系。赵树理文学的"民俗曲艺"化特点正来自这一谱系。其实，这一问题本身即内含着另一问题：什么是"俗"？或者说什么是"俗文学"？从历史上看，俗和雅则是相对的、互相转化的，如一开始《诗经》可能是俗的（特别是其中的"国风"），而今天则变成了雅。古代散文、小说、戏剧都是如此。在今天，通俗文学恰恰属于大众文化，是文化和文学的主流。或者说，任何雅文学其实原来都是由俗文学演变转化而来的。当然这样说，并非要有意模糊雅俗之间的界限，这界限还是有的，比如，今天当比较"通俗"的、流行的"市场化写作"已然成为文学时尚之际，依然有持守原来严肃或高雅文学写作立场不变的作家，只是在大众文化成为主流的今天，这雅俗的界限已变得比较模糊，不再那样壁垒分明罢了。从"知识考古学"溯源的意义上看，赵树理文学承接的是《诗经》、汉乐府诗歌、古代白话小说、元曲等俗文学谱系。提倡新乐府运动的白居易、从事小说评点的金圣叹、盛赞元曲的王国维等，在一定意义上都可视为他的前驱。其实，说得范围小一点，他的文学是继承了话本、鼓词、戏曲等讲唱文学的谱系。另外，还重叠了怨刺文学谱系，如"诗可以怨"、"发愤而作"、"不平则鸣"，一直到鲁迅、老舍、钱钟书、张天翼、沙汀等擅长讽刺的作家作品。还重叠了戏谑文学谱系，如具有诙谐特点的庄子寓言、《史记·滑稽列传》、《笑林广记》、喜欢给人物起绰号的《水浒传》以及鲁迅、老舍、钱钟书等具有幽默风格的作家作品。陈荒煤曾撰文说：赵树

---

① 《赵树理全集》第4卷，北岳文艺出版社2000年版，第277页。

理"感到中国当时的'文坛太高了，群众攀不上去，最好拆下来铺成小摊子'。他立志要把自己的作品先挤进《笑林广记》、《七侠五义》里边去……"① 这是很对的，赵树理正是这样做的，比如他非常喜欢给人物起绰号，像"三仙姑"、"二诸葛"、"糊涂涂"、"常有理"、"铁算盘"、"惹不起"、"小腿疼"、"吃不饱"、"翻得高"，就既幽默，又具有讽刺性。再比如作品中的一些小标题"神仙的忌讳"、"二诸葛的神课"、"恩典恩典"，以及"不宜栽种"、"米烂了"等小故事的穿插也都具有同样的作用。可以看出，赵树理关联到的文学资源是比较丰富的，只不过这些资源到上世纪四五十年代时已比较久远了，"五四"以来虽仍有讽刺、戏谑一路，如鲁迅等，但俗文学谱系（准确地说是把雅俗熔铸一炉，做到内雅外俗）却难登大雅之堂，被隔在主流文学之外。毛泽东的《在延安文艺座谈会上的讲话》要解决的就是文艺如何大众化以及普及和提高如何统一起来的问题，说到底正是赵树理文学已做到的内雅外俗的统一问题。赵树理被推为"方向"、"旗手"的原因正在于此。可以看出，赵树理的独特处在于"融四为一"，即兼融了雅、俗、讽刺、戏谑，形成了独具特色的"赵树理文学"。因此，赵树理文学正处于一个十分关键的文学传承点上，它使五四新文学的"雅"同民间传统文艺的"俗"汇流了。而且还特别弘扬了民族文学中的故事性、趣味性和戏谑性的宝贵传统。

如果对赵树理文学再做一个互文性的延伸的话，苏联文艺理论家巴赫金以拉伯雷《巨人传》等作品为对象所建树的"狂欢化"理论也许又是一个十分有意义的参照。其狂欢化理论是从欧洲的狂欢节民俗和具有狂欢精神的文化现象、文学作品中发掘、总结出来的。如他认为拉伯雷、莎士比亚、塞万提斯等人的创作都是狂欢化文学的典范。甚至认为复调小说的历史渊源就是狂欢化的文化传统。他所标举的狂欢化的要义是：无等级性、宣泄性、颠覆性、大众性。它是酒神纵情恣意的狂放精神和笑文化相融的产物。它代表的正是欧洲从古希腊罗马即形成的俗文学、俗文化传统。从欧洲诗学理论的历史来看，亚里士多德倡导的以理性规范为主导的诗学理论一直占据着统治地位。而笑文学长期以来则处于受压的地位，是地道的俗文学。巴赫金发掘、标举狂欢化文学价值，在很大程度上就是有意向传统的诗学体系挑战，要颠覆这一理论体系，为传统的高雅体裁"脱冕"，而为所谓的低俗体裁"加冕"。可以说其理论的突出价值正体现在：标举俗文学、俗文化和戏谑文学、戏谑文化；反逻各斯中心主义，提倡平等对待一切文学体裁、语言和风格；

---

① 转引自董大中：《赵树理评传》，百花文艺出版社1986年版，第70页。

主张各种文学因素的融合；主张用狂欢化的享乐哲学来重新审视世界等方面。①　其推崇俗文学和戏谑文学（笑文学）便可同赵树理文学构成类同性互文，或曰可借巴赫金的狂欢化理论来解释和评价赵树理文学的意义。但是，严格地说，赵树理文学并未完全达到真正意义上的"狂欢化"，比如非中心化、非主流，狂放的、众语喧哗的等。可以说它只是在通俗和戏谑的方面接近狂欢化的文学谱系，是在这两个层面上对狂欢化大谱系的一定程度的切入。

可以看出，赵树理文学与俗文学谱系、讽刺、幽默或"狂欢化"谱系的关联，正是笔者与之进行创造性的对话"对"出来的，是积极的学术或理论建构的结果。

文学对话在一定意义上正是某种谱系性的对话——它或显、或潜；或需要进行能动的掘发、选择；或需要进行创造性的建构。总之，某种具有同宗同源性的"谱系"，是文学对话赖以发生、实施的必要条件。"谱系"不是别的，它正是从同宗同源性角度把握的"场域"。反过来，"场域"则是从"关系时空结构模式"把握的"谱系"。但是，文学对话的"谱系"又有民族的和或大或小的区别，以下几节内容将选择中西文学中几个主要的文学谱系来阐述。

第二节　六合思维与天地境界

"六合思维与天地境界"是中国文学中的一个主要的"谱系"，这一"命名"来自两个概念的复合：六合思维是指主体运思的轨迹、范围、框架，它是上下四方（六合）立体化的，而不是线性的、片段的和平面的；天地境界是指文本最后或最高的"世界图景"，或最高的表情达意境界：与天地大道同一、合游的境界。或简单说：一指思维，一指文本的表意境界。两者的要义则是"空间化"，这一点连国外的一些学者也有敏锐的指认，如福柯就指出："在我们的想象系统中，中国文化是最谨小慎微的，最为秩序井然的，最最无视时间的事件，但又最喜爱空间的纯粹展开；我们把它视为一种苍天下面的堤坝文明；我们看到它在四周有围墙的陆地的整个表面上散播和凝固。即使它的文字也不是以水平的方式复制声音的飞逝；它以垂直的方式树立了物的静止的但仍可辨认的意象。……于是，在我们居住的地球的另一端，似乎存

---

① 可参见《巴赫金集·编者序》，上海远东出版社 1998 年版，第 10—12 页。

在着一种文化，它完全致力于空间的有序。"① 美国的浦安迪也明确指出：
"中西神话的一大重要分水岭在于希腊神话可归入'叙述性'的原型，而中国
神话则属于'非叙述性'的原型。前者以时间性（temporal）为架构的原则，
后者以空间化（spatial）为经营的中心，旨趣有很大的不同。"② "希腊神话的
'叙述性'，与其时间化的思维方式有关，而中国神话的'非叙述性'，则与
其空间化的思维方式有关。"③

宗白华先生也说："中国人的宇宙概念本与庐舍有关。'宇'是屋宇，
'宙'是由'宇'中出入往来。中国古代农人的农舍就是他的世界。他们从
屋宇得到空间观念。"④ "中国人不是向无边空间作无限制的追求，而是'留
得无边在'，低徊之，玩味之，点化成了音乐。于是夕照中要有归鸦。'众鸟
欣有托，吾亦爱吾庐。'（陶渊明诗）我们从无边世界回到万物，回到自己，
回到我们的'宇'。'天地入吾庐'，也是古人的诗句。"⑤ 这其实是指出了中
国人空间的内化现象，而这个"内化的空间"恰恰又是源于天地境界或"天
人一体"的宇宙模式的。宗先生在评价谢灵运的《山居赋》里写出了"网罗
天地于门户，饮吸山川于胸怀的空间意识"后紧接着指出：

中国诗人多爱从窗户庭阶，词人尤爱从帘、屏、栏杆、镜以吐纳世界景
物。我们有"天地为庐"的宇宙观。老子曰："不出户，知天下。不窥牖，见
天道。"庄子曰："瞻彼阙者，虚室生白。"孔子曰："谁能出不由户，何莫由
斯道也？"中国这种移远就近，由近知远的空间意识，已经成为我们宇宙观的
特色了。⑥

原因就在于本来天人哲学就认为"天人一也"，天地也就当然可以被吸纳
微缩于屋宇、庭院、尺幅、篇什之中，但是，这天地宇宙的"亲人"、在场，
又断断离不开那个潜藏在、内化在民族集体无意识中的"天地境界"、世界图
景，那已变为士夫文人内在文化—心理或文化人格的"六合思维和天地境
界"。

"六合思维与天地境界"作为中国文学的主要谱系范式，在根底上则来自
于中国哲学、中国文化的天人哲学大范型。具体地说则直接来自于老庄和

---

① 米歇尔·福柯：《词与物——人文科学考古学·前言》，莫伟民译，上海三联书店 2001 年版，
第 6—7 页。
② 浦安迪：《中国叙事学》，北京大学出版社 1996 年版，第 39 页。
③ 同上，第 42 页。
④ 宗白华：《美学散步》，上海人民出版社 1981 年版，第 106 页。
⑤ 宗白华：《美学散步》，上海人民出版社 1981 年版，第 117 页。
⑥ 宗白华：《美学散步》，上海人民出版社 1981 年版，第 104 页。

《周易》中的哲学范型。《老子》说："万物并作，吾以观复。""周行而不殆，……大曰逝，逝曰远，远曰反。""反者道之动。"《庄子》也说："天地与我并生，而万物与我为一"，"出入六合，游乎九州，独往独来"，"独与天地精神往来"。"圣人者，原天地之美，而达万物之理。是故至人无为，大圣不作，观于天地之谓也。"① 这"原天地之美"、"观于天地"，说的就是本于天地之"美道"，体会遵循天地运化之道的意思，其实也就是"天地境界"，即把人提升到天地的高度、境界去认识、行事，去生存、处世、"发展"。而同时也就是一种主体的思维模式和人的世界图景：思考问题要站在宇宙自然或天地的境界，要用"想天想地"的大思来统驭处理世间的万象万理。《易传》则有"俯仰天地"或"仰观俯察"。《中庸》也说："诗云鸢飞戾天，鱼跃于渊，言其上下察也。"这些说法都是"六合思维与天地境界"的不同表述。

具体地说，"天地境界"这一"专名"则是现代哲学大师冯友兰先生提出来的，他在《新原人》中说：

天地境界的特征是：在此种境界中底人，其行为是"事天"底。在此种境界中底人，了解于社会的全之外，还有宇宙的全，人必于知有宇宙的全时，始能使其所得于人之所以为人者尽量发展，始能尽性。……他已知天，所以他知人不但是社会的全的一部分，而并且是宇宙的全的一部分。……他觉解人虽只有七尺之躯，但可以"与天地参"；虽上寿不过百年，而可以"与天地比寿，与日月齐光"。

并且认为他的"天地境界"就是道家或《庄子》的"道德境界"（天地境界）：

我们所谓天地境界，用道家的话，应称为道德境界。《庄子·山木》篇说："乘道德而浮游"，"浮游乎万物之祖，物物而不物于物"，此是"道德之乡"。此所谓道德之乡，正是我们所谓天地境界。不过道德二字联用，其现在底意义，已与道家所谓道德不同。②

冯氏的"事天"同《庄子》的"齐物"、"天游"的意思是基本相近的，总之，都没有超出上述笔者所解的"天地境界"的义涵之外。

如前述，"六合思维与天地境界"的内在实质就是"时间空间化"或"循环时间"、把时间最终凝聚、消融在空间之中的"中央空间"结构。即中国古人长期以来，不光认为"天圆地方"，而且还认为自己身居中央之国，自己脚下的这片黄土地就是世界的中心，由此而形成一种独特的"中央空间"

---

① 《庄子·知北游》。

② 刘梦溪主编：《冯友兰卷》（下），河北教育出版社1996年版，第530—531页。

意识，再加上道家、儒家、阴阳家等都有的循环宇宙观和循环历史观，如把五行方位化（空间化）：木—东、金—西、火—南、水—北、土—中；崇尚"天不变，道亦不变"，"五德终始"的"天道"规律等等，结果就铸成了一种独特的时空模式：时间空间化，同时也造成了中国文学作品的强烈的"空间倾向"，如中国叙事作品多以"空间"命名：《红楼梦》、《水浒传》、《三国演义》、《西游记》、《西厢记》、《长生殿》、《牡丹亭》、《孔雀东南飞》、《山海经》等。

"六合思维与天地境界"作为中国文学的主要谱系，融渗贯彻在辞、历史、赋、诗、笔记、词、散文、戏剧、小说等各种文本之中，使中国的文学或文化文本至少产生两大特点：1. 大多呈现出一种天人对话的结构，尽管有隐显强弱不同；这种对话结构的具体表现就是仰观俯察、宇宙之思、天地之问；2. 历史时空与幻想时空往往被统归提升为"天地位格"的"天人时空"，这在《史记》、"陶诗"、《春江花月夜》、"苏诗"、《桃花扇》、《红楼梦》中都有具体的不同表现，即或表现为历史哲思、自然真意、宇宙本体追问、虚无确证，或道境的本体时空。

在文学上使这一谱系范式真正首次得到完型、奠基的是屈原的《离骚》。《离骚》可予评点的地方很多，除了其九死未悔的执著信念，感天动地之惊世忧伤外，那种呼天抢地式的痴迷求索、追问，无疑更为重要。诗人在作品中所展现的正是上下四方的六合思维和天人合一的天地境界："路漫漫其修远兮，吾将上下而求索"，他"上天见帝"，"下求美女"，"问卜灵氛"，"决疑巫咸"，而且还要假善鸟香草、虬龙鸾凤，他不光要问政、问人、问己，还要问鬼、问神、问天，把理性的探索和神巫的迷狂混融为一。在思维和表意方式或文化表征类型上看，就不光是天人合德、天人合情、天人合思，而且是天人合道了。所展现的就不仅仅是神巫思维的文学化或文学同神话、宗教的融合问题，而且还是交感思维、对话文本的完型、奠基问题。从特定意义上说该诗为中国文学所提供的一个最大的"典范"也许正是这个"问"：问人、问政、问神、问鬼、问天、问地。问非他，其实正是以天人合一为基础、气化交感思维为连通的"对话"，其虽完全以"心灵追问"的形式呈现，但由于有天人哲学、气化理性的地基，这种心灵化的追问实际又是超心灵、超人世的，其边际直达天地大道。

正是因为《离骚》对接了从《周易》、《老子》、《庄子》一路下来的"六合思维和天地境界"模式并用文学的形式使它得到完型化表达，才使它成为百代法式，具有真正的元典、初祖意义，后来的司马迁以至曹雪芹都可以视为是对它的某种祖绍、赓续。

鲁迅说司马迁的《史记》是"史家之绝唱，无韵之《离骚》"，虽为比喻之辞，但也的确触到了《史记》与《离骚》近似的实际。两者的似正似在相同的谱系模式上。这个模式用司马迁的话说就是"究天人之际，通古今之变，成一家之言"，实际上就是"六合"的思维、"天地的"致思哲思（境界）。这也正是《史记》所实际达到的境界：《史记》除了用诗化的文学之眼看历史之外，还特别地表现出了一种哲思透视的高远向度。进而逼视出了历史与文学、现实与理想、历史与道德或历史理性与人文关怀，现实政治与美好人性和合理的文化理想之间的巨大的不可调和性，在这不可调和性中，我们不光可以看到太史公那悲天悯人之大悲情、大悲美，而且还会感受到他那种参透天人的大理性、大哲思，这样，这个特殊的历史巨构就不光真正打通了史学与文学之间的壁障，为后世确立了史与文、理与情、史与诗之二元结构范式，而且还为文本打开了一片超现象的哲理真实的天空，使六合思维与天地境界的叙事范式在历史与文学相淫渗、结合的地带得到了创造性的建构。而也正是于此，它才在中国文学史上第一次实现了"无韵之离骚"和"史家之绝唱"的完美统一，成为"百代以下，史官不能易其法，学者不能舍其书"的杰出的人文范本。中国式的"天人"谱系模式通过《史记》这个重要的"链环"无疑被更为彰显了。

有了这个谱系，有了《离骚》、《史记》等对这个谱系的范导性的实践，不光强化了此谱系在中国文学史上的引导、生发和连缀作用，而且还为文学创作、接受创造了一个谱系性对话的广阔场域。其后的同谱系文学文本不光不绝如缕，而且还明显具有谱系内互文、对话的性质。如汉赋的"空间化"，可以司马相如《子虚赋》为例，它记楚王游猎，从出猎、射猎、观猎、观乐，一直到夜猎、养息，呈现的是一个活动的全息性图景；写云梦泽中的小山，从"其东"、"其南"、"其中"、"其西"，一直写到"其北"，用全整的空间图景框架结构起一种超时空的"宇宙想象"。足见，汉赋模式所祖述宗法的仍然是六合思维与天地境界。再如嵇康的诗句："目送归鸿，手挥五弦。俯仰自得，游心太玄"（《赠秀才入军》）；王羲之的《兰亭诗》："仰视碧天际，俯瞰渌水滨。寥阒无涯观，寓目理自陈。大哉造化工，万殊莫不均。群籁虽参差，适我无非新"，都是六合思维与天地境界的诗化表现。到陶渊明的田园诗，这种叙事模式又有了一种新面貌：从田园到"天地"之境，或田园的"天地境界"化。其《饮酒》其五可为代表："结庐在人境，而无车马喧。问君何能尔？心远地自偏。采菊东篱下，悠然见南山。山气日夕佳，飞鸟相与还。此

中有真意，欲辨已忘言。"陶诗的全部真谛恐怕正在这里，那些看似平实俗常的荒墟草屋、乡村田园、桑麻豆苗、榆柳桃李以及乡村间淳朴和谐的气氛之中，其实都已洇渗进了一种超田园的"真意"——一种与自然大化混融同道的"天地精神"（天地境界）。于是，才能"山庐交映相乐"、"人鸟变化无差"。在庄子那里是人蝶不分，在陶公此处则是人鸟无差；在庄子那里是"天地有大美而不言"，在这里则是田园有真意而不争。两者的共同底色正是天地的"道境"。而此"道境"到山水诗和人物品藻中，则又转化为纯净的"自然美"，是道成肉身，道直接消融在山水和人的身体之中。如"余霞散成绮，澄江静如练。喧鸟覆春洲，杂英满芳甸"（谢朓《晚登三山还望京邑》）；"刘伶恒纵酒放达，或脱衣裸形在屋中。人见讥之，伶曰：'我以天地为栋宇，屋室为裈衣，诸君何为入我裈中？'"（《任诞》）"简文入华林园，顾谓左右曰：'会心处不必在远，翳然林水，便自有濠、濮间想也，觉鸟兽禽鱼，自来亲人。'"（《言语》）

在唐诗中我们也可以看到：陈子昂的《登幽州台歌》："前不见古人，后不见来者。念天地之悠悠，独怆然而涕下"；刘希夷的《代悲白头翁》："年年岁岁花相似，岁岁年年人不同"；张若虚的《春江花月夜》："江畔何人初见月？江月何年初照人？人生代代无穷已，江月年年只相似。不知江月待何人，但见长江送流水。白云一片去悠悠，青枫浦上不胜愁。谁家今夜扁舟子？何处相思明月楼？可怜楼上月徘徊，应照离人妆镜台。……不知乘月几人归，落月摇情满江树。"诗中的叩问是直接指向那个在幽州台、花与人、江月、春花以及离人之上的宇宙大道的，所传达的正是宇宙之思、天地之问。而李白的"霓为衣兮风为马，云之君兮纷纷而来下。虎鼓瑟兮鸾回车，仙之人兮列如麻"；"青天有月来几时，我今停杯一问之"；"花间一壶酒，独酌无相亲。举杯邀明月，对影成三人。"杜甫的"风急天高猿啸哀，渚清沙白鸟飞回"；"乾坤万里眼，时序百年心"等都可看出"天地境界"的影子。

苏轼的诗句"人生到处知何似？应似飞鸿踏雪泥。泥上偶然留指爪，鸿飞那复计东西"，特别是他的词句"明月几时有？把酒问青天。不知天上宫阙，今夕是何年"，都渗透着一种宇宙之思、天地之问，或曰陶潜的"真意之辨"。不同的是，陶诗对真意更多的是不疑、不追问的，而苏诗则像屈原那样是直叩"青顶"，明显显出一种以天地境界为趣的高越风致。

宗白华先生在《中国诗画中所表现的空间意识》一文中说道：

诗人对宇宙的俯仰观照由来已久，例证不胜枚举。汉苏武诗："俯观江汉流，仰视浮云翔。"魏文帝诗："俯视清水波，仰看明月光。"曹子建诗："俯降千仞，仰登天阻。"晋王羲之《兰亭诗》："仰视碧天际，俯瞰渌水滨。"又《兰亭集叙》："仰观宇宙之大，俯察品类之盛，所以游目骋怀，足以极视听之娱，信可乐也。"谢灵运诗："仰视乔木杪，俯聆大壑淙。"而左太冲的名句"振衣千仞冈，濯足万里流"，也是俯仰宇宙的气概。①

这差不多可以称得上是对"六合思维与天地境界"谱系在诗词中的表现的总结了。

中国这一特定的谱系范式在戏剧和小说作品中也同样存在。如关汉卿《窦娥冤》有这样的唱词：

有日月朝暮悬，有鬼神掌着生死权。天地也只合把清浊分辨，可怎生糊涂了盗跖、颜渊！为善的，受贫穷更命短，造恶的，享富贵又寿延。天地也做得个怕硬欺软，却原来也这般顺水推船。地也，你不分好歹何为地，天也，你错勘贤愚枉做天！

呼天抢地，问天责地，几乎是《离骚》"上下求索"式的"天问"之戏剧版。孔尚任的《桃花扇》更为典型，它也是一个悲剧，但悲剧的原因却与别的剧不同。全剧结束时的最后一首诗这样写道：

渔樵同话旧繁华，短梦寥寥记不差；曾恨红笺衔燕子，偏怜素扇染桃花。笙歌西第留何客？烟雨南朝换几家？传得伤心临去语，年年寒食哭天涯。

完全是悲观无解的调子，没有一丁点儿亮色，不同于《窦娥冤》最后还有"三年亢旱"、"六月飞雪"。而更重要的是作品把悲剧的原因推向了宏大的超主体的非人力所可企及的"世界本体"上。这种悲观主义、虚无主义，过去我们多持完全否定态度，今天看来是不对的，因为这其实所关涉的是作品的最后境界问题，作品把自己的终极指向"虚无"，看似消极空洞，而实际上却是更高一等的处理手法，因为这"虚无"不是别的，它往往就是"世界本体"本身，或换言之就是那个最高的"道"、"宇宙主体"，同时也就是超人世又涵人世的"天地境界"。

这种境界在小说中早在《三国演义》、《水浒传》以及"三言"、"二拍"等作品中出现了，及至《红楼梦》则达到了它的顶峰。从时间空间化角度看，《红楼梦》共有四个世界：现实世界（历史时空，大观园以外的现实生活）、理想世界（理想时空或幻想时空，即大观园生活）、佛道世界（大荒山无稽崖青埂峰；西方灵河、太虚幻境。是理智或认识时空，抑或本体时空，似柏拉图的理式世界，其实则是本文所说的"道境"或"天地境界"）、神话世界

---

① 宗白华：《美学散步》，上海人民出版社 1981 年版，第 111—112 页。

（女娲造人神话，为神话时空，是历史时空的附属，因为在中国古史中，神话传说已被整合为古史之源）。在这四重世界中，叙述动机虽来自神话世界，但真正具有推动力的却是佛道世界，而且主人公最后也是被规定为向这个世界回归的：来彼大荒，归彼大荒。要之，道境大荒才是真正统摄文本总体的"最高结构"。历史时空、理想时空、神话时空最后都化归于这个最高的本体时空：天地境界。一部《红楼梦》的道枢、玄机就在于此。

总之，"六合思维与天地境界"不光是中国文学的主要谱系，而且还构成了中国文学文本之间互文、对话的最基本的谱系场域，同时也是我们接受和阐释中国文学、与之进行有效对话的重要的"谱系工具"。

第三节　审德主义

以往，我们只知道"审美"这个概念，其实，严格地看，西方现代派文艺的原则是"审智"或"审哲"，并不主要是"审美"；后现代文艺则主要是"审文化"。而我们中国古代的文艺在某种意义上则主要侧重于"审德"或"审善"，① 即特别看重文艺的道德教化意义。这成为中国文学的又一重要谱系范式。中国文学的对话也往往主要是在这一维度上进行的，同时，它也是我们对中国文学进行接受、阐释时的重要的"谱系工具"。

笔者在第一章曾指出，"德"这一范畴的确立和被高度重视都同历史上取代"商"的周民族有关。即周当时是个弱小的民族，但却战胜了远比自己强大得多的"商"，为了证明自己胜利和统治的合法性，也为了"说服"商之降民以及其他民族，靠别的"论证"都不行，只能打出"德"字招牌。因此，他们就大力敬德、重德，以至于奠定了一个崇德的文化价值谱系。② 如王国维所说："中国政治与文化之变革，莫剧于殷、周之际。……殷、周之大变革，自其表言之，不过一姓一家之兴亡与都邑之转移；自其里言之，则旧制度废而新制度兴、旧文化废而新文化兴。……其旨则在纳上下于道德，而合天子、诸侯、卿、大夫、士、庶民以成一道德之团体，周公制作之本意，实

---

① "审"，在中国汉字中含有详细查考的意涵，故"审美"就是对美的具体的领会和体验。同理，"审德"就是对道德或善、恶的具体领会和体验。其他如"审智"、"审真"或"审文化"等皆与此同。

② 当然，崇德谱系的形成也还有中国古代的宗族关系、邦国或家天下的政治和社会结构等方面的原因。

在于此。……欲知周公之圣与周之所以王，必于是乎观之矣。"① 在《周书》中"德"字重复的频率之高是空前的。《左传·僖公五年》引《周书》言："皇天无亲，惟德是辅"，"黍稷非馨，明德惟馨"；《皋陶谟》也说"天命有德"，《烝民》说"天生烝民，有物有则。民之秉彝，好是懿德"。《国语·楚语》也说"神是以能有明德"，这些都是力证。后世的刘禹锡在《陋室铭》中也自豪地夸扬："斯是陋室，惟吾德馨"，等等，都能说明它的政治和文化上的关联。

在哲学上，孔子主"仁德教化"，老子也尚"德治"，这些则直接为中国文学的审德主义谱系提供了哲学原型。周的崇德意识形态，儒家、道家的哲学原型，还有中国古代特定的伦理关系、"家—国"政治结构等，所有这些则共同构成了文学审德谱系的深厚强固的思想和社会基础。影响所及，致文艺方面的"道德教化"论也代有言论，薪火远传。如在先秦时期，中国的美学观念是"美善相乐"，即认为美和善应该是统一的，那些令人快乐的事物在根底里正是因为它是"善"的。孔子《论语·为政》对《诗经》的评价是"诗三百，一言以蔽之，曰：'思无邪'。"这"无邪"就是"善"，很显然，这就是典型的道德评价。《乐记》指出："凡音者，生于人心者也；乐者，通伦理者也。……礼乐皆得，谓之有德。""乐行而民乡方，可以观德矣。德者，性之端也。乐者，德之华也。"②《毛诗序》说："故正得失，动天地，感鬼神，莫近于诗。先王以是经夫妇，成孝敬，厚人伦，美教化，移风俗。"③ 葛洪说："夫文学者，人伦之首，大教之本也。"④ 明代的王骥德说："故不关风化，纵好徒然。"⑤ 等等，这些例子连缀起的正是"审德主义"的美学、诗学谱系。

再以对屈原的评价为例：关于屈原的《离骚》，司马迁在《史记·屈原贾生列传》中说："明道德之广崇，治乱之条贯，靡不毕见。……自疏濯淖污泥之中，蝉蜕于浊秽，以浮游尘埃之外，不获世之滋垢，皭然泥而不滓者也。推此志也，虽与日月争光可也。"⑥ 后汉的王逸也说："屈原履忠被谮，忧悲愁思，独依诗人之义，而作《离骚》，上以讽谏，下以自慰。遭时暗乱，不见

① 王国维：《殷周制度论》，《观堂集林》，河北教育出版社 2003 年版，第 231—244 页。

② 《礼记译解》（下），王文锦译解，中华书局 2001 年版，第 528、544 页。

③ 郭绍虞主编、王文生副主编：《中国历代文论选》第 1 册，上海古籍出版社 2001 年版，第 63 页。

④ 葛洪：《抱朴子》外篇佚文。转引自谭令仰编：《古代文论萃编》上册，书目文献出版社 1986 年版，第 253 页。

⑤ 王骥德：《曲律》，转引自谭令仰编：《古代文论萃编》上册，书目文献出版社 1986 年版，第 265 页。

⑥ 司马迁：《史记》（下），中华书局 2005 年版，第 1934 页。

省纳，不胜愤懑，遂复作《九歌》以下凡二十五篇。楚人高其行义，玮其文采，以相教传。……且人臣之义，以忠正为高，以伏节为贤。故有危言以存国，杀身以成仁。……今若屈原，膺忠贞之质，体清洁之性，直若砥矢，言若丹青，进不隐其谋，退不顾其命，此诚绝世之行，俊彦之英也。……所谓金相玉质，百世无匹，名垂冈极，永不刊灭者也。"[1] 又说："忠信之笃，仁义之厚也。是以君子珍重其志而玮其辞焉。"[2] 刘勰在《文心雕龙·辨骚》中亦说："蝉蜕秽浊之中，浮游尘埃之外，皭然涅而不缁，虽与日月争光可也。"[3] 很显然，这些评价所着眼的主要都是屈原及其诗作的道德价值，属于典型的中国式的道德批评，体现的正是"审德"的谱系。

杜甫及其诗作也是显例，他情系民生，心忧社稷，写下了著名的"三吏"、"三别"。他在《茅屋为秋风所破歌》中写道："安得广厦千万间，大庇天下寒士俱欢颜，风雨不动安如山！呜呼！何时眼前突兀见此屋，吾庐独破受冻死亦足！"这里所表现的就是忧国忧民和牺牲个人的高尚情怀，是儒家圣贤精神、道德人格的集中体现。杜甫在宋末被尊为诗界的孔子，正是和他的高尚的道德人格分不开的。杜甫在中国文学史上的伟大影响，其实不光因为他精湛高超的诗艺，还因为他的"诗德"，准确地说则是同他那特别显著的道德人格有关。他的"诗圣"美名正缘于此。而不消说，杜甫及其诗作所彰显的也正是源自屈原的那个道德与文学完美统一的"审德谱系"。

小说《三国演义》也很有说服力，这虽是一部地道的历史小说，故事的素材主要取自汉末乱世中的"三国鼎立"，以及最后"三家归晋"的真实的"史实"，但其道德化的主观立场却是非常突出的。或者说它虽不违背"天不灭曹"的真实的历史结局，但同时却明显表现出"拥刘反曹"的主观倾向。即小说在大体依照真实的历史架构来结构故事、塑造人物的同时，还特别体现出了一种强烈的道德价值倾向，比如所谓的刘备、诸葛亮、关羽、张飞等"明君贤相义友"的形象塑造和作者对他们的明显的"褒扬"和"偏私"。诚如有研究者所说："中国人的历史观是一种十分纯粹的道德史观。所谓道德史观，就是按照道德的逻辑来要求和审视历史的发展。在这种道德史观的支配下，明君贤相理想和仁政理想就成了最高的历史和政治准则。""在《三国演

---

① 王逸：《楚辞章句序》，见郭绍虞主编，王文生副主编：《中国历代文论选》第 1 册，上海古籍出版社 2001 年版，第 149—150 页。

② 王逸：《远游序》，见郭绍虞主编，王文生副主编：《中国历代文论选》第 1 册，上海古籍出版社 2001 年版，第 156 页。

③ 刘勰著、范文澜注：《文心雕龙注》（上），人民文学出版社 1958 年版，第 45—46 页。

义》中，刘备是理想的明君形象，……他的最大特点是以仁德为本，以理想的伦理原则来处理政治和军事。正如他自己所说：'吾宁死，不为不仁不义之事。'他深信民为邦本，爱民如子，能以天下为己任。在'刘玄德携民渡江'一节中，他面临曹操的十万追兵，想到的不是自己的存亡，而是'曹军若到，必行不仁，伤害百姓'，力排众议，毅然携民渡江。"因此，"《三国演义》之所以具有永恒的魅力，不在于它曲折的故事情节，也不在于它的谋略智计，而根本在于它体现出了明君贤相理想。"① 一句话，它的最高的旨趣正是"审德"。

在中国文学中，"哀民生"的"民本"关怀是"审德主义"的又一重要方面。因为，歌颂明君贤相或英雄义友，固然是在张扬某种仁政、德政和理想的社会人伦关系，而人民则是家国社会的基础，民安则国宁。因此，从整体的意义看，作为以调节社会人际伦理关系为基本内涵的"道德"体系，往上提升，则表现为国家政治伦理秩序要求，而往下移则必然延伸到对民生利益的某种价值关照，即形成保民、安民或悯民的道德价值意识，这同样明显地成为中国文学的一个重要的传统，如从屈原的"哀民生之多艰"，到杜甫的"三吏、三别"，白居易的"惟歌生民病"，一直到鲁迅的"俯首甘为孺子牛"等，即是其典型反映，它体现了"审德主义"的比较广阔的包容性，说明它拥有深厚的民间基础和可上下延伸的开阔口径。于此则见出"审德主义"在中国文学中所占有的空间、所拥有的分量之不同一般。

中国文学中的"审德主义"谱系，既决定了诗人、作家在文本创造时会受到这种谱系的暗中范导和规约，如白居易的"惟歌生民病"之作同杜甫的"三吏、三别"、《茅屋为秋风所破歌》等之间的"谱系互文"关系；杜甫的"忧国忧民"之作同屈原的"哀民生之多艰"之间的"谱系"联系，等等。同时，也会成为读者接受时的一种"前有"、"在体"或强固的主体阐释"基因"。在中国文学接受史上，那些民族英雄、爱国主义者文学形象长期被肯定、认同、赞颂，反之，那些奸佞小人、民族叛贼一直遭到读者唾弃；《金瓶梅》，甚至连《红楼梦》都曾经被视为"诲淫诲盗"之作而被统治者"禁读"，《金瓶梅》在新中国成立之后的很长一段时间内都仍然处在查禁之列。其中的原因可能有种种，但"审德主义"的因素则无疑占据着很大的比重。

中国文学间的"对话"，在很大程度上便表现为这"审德"谱系之间的"对话"，不管是主体对话场域还是文本对话场域皆是如此。

---

① 冷成金：《中国文学的历史与审美》，中国人民大学出版社 1999 年版，第 352—353 页。

第四节　史传传统

在中国古代很长的时间里，文史哲都处于混杂不分状态。文中有史，史中有文。史兼有"文学表现功能"，文学也承担了传承历史、解释历史的功能。所以古人说"六经皆史"。如明代的王阳明说："言事的叫做史，言道的叫做经，而事就是道，道就是事，因此，《春秋》也是经，'五经'也是史。《易》是讲包牺的史事，《书》是讲尧、舜以后的史事，《礼》、《乐》讲的是夏、商、周三代的史事，可见他们讲的既是史，也是经。"其后，王世贞说："天地间，无非史而已……'六经'，史之言理者也。"李贽也说："《春秋》一经，春秋一时之史也，《诗经》、《书经》二帝三王以来之史也。"而更明确地提出"六经皆史"的则是清代的章学诚，他在《文史通义》全书开篇第一句话就说："六经皆史"。认为"'六经'皆先王之政典"。史先于经，"史之原起，实先于经"。甚至认为，"天下的著作都是史学"。① 中国古代的批评家也强调："历史中有小说、小说中有历史"，章学诚也指出："七分实事三分虚构"为"史"，"三分实事七分虚构"为"文学"。②

美国当代学者浦安迪认为：西方叙事文学起源于"史诗"，中国的叙事文学则起源于"史文"："中国文学中虽然没有荷马，却有司马迁。""中国古代虽然没有'史诗'，却有史诗的'美学理想'。这种'美学理想'就寄寓于'史'的形式之中而后启来者。"③ "中国叙事文学可以追溯到《尚书》，至少可以说大盛于《左传》。"④ 并指出："中国叙事文的'神话——史文——明清奇书文体'发展途径，与西方'epic—romance—novel'的演变路线，无疑能构成一个有意义的对比。"⑤ 还指出："正如词为诗余，曲为词余一样，古人是倾向于把文言小说视为'史余'。"⑥ 而且，据可考的资料，中国早在周代就专门设置了"史官"，可以说，在中国历史上其实是存在着某种对史的近乎宗教的狂热崇拜的。这一"尚史"传统严重地影响了中国文学，使中国文学

---

① 以上引文均见王银春：《人类重要史学命题》，湖北教育出版社2000年版，第69—71页。
② 见浦安迪：《中国叙事学》，北京大学出版社1996年版，第31页。
③ 浦安迪：《中国叙事学》，北京大学出版社1996年版，第30页。
④ 同上，第11页。
⑤ 浦安迪：《中国叙事学》，北京大学出版社1996年版，第30页。
⑥ 浦安迪：《中国叙事学》，北京大学出版社1996年版，第12页。

很早就形成了一个"史传"传统：传承和解释历史，自觉地充当"史文"或"史余"。中国古代小说也一向被称为"稗史"、"野史"、"小史"或"外史"。也正是如此，陈寅恪才主张以诗文"证史"，并身体力行，取得了许多用别的路径无法获得的重要的研究成果。

严格地说，中国文学的"史传"传统是以《左传》开其端的，《左传》是对《春秋》的"传写"、"传释"，尽管它真实地奉所谓的"史实"为圭臬，但毕竟是一种"传写"或"传释"，如后来的刘知几所说应是"才、学、识"的统一，其史才、史学最终要靠"史识"来统辖、烛照。而"史识"正是修史者的主观认识和倾向。因此，《左传》也无法不用所谓的"春秋笔法"来"寓一字于褒贬"。也就是说，《左传》本身就是历史和文学的混合体，它为后来的"史传文学"提供了比较成熟的范例。如果说《左传》还是"史中有文"的话，到了屈原的《离骚》则是"文中有史"了。《离骚》一开篇就亮出"家谱"："帝高阳之苗裔兮，朕皇考曰伯庸。摄提贞于孟陬兮，惟庚寅吾以降。"意思是说他是颛顼的后代。这其实就是一种"史传"的手法，说明自己的个人身世、行迹，其实是有一个皇宗的"正史"做基础的。这同时也是那个正统的"天人合德"、"政治与人文"、"历史与理想"相统一的"天人合一"观念的反映。同时，他在诗中热情歌颂"三后之纯粹"、"尧舜之耿介"，也等于在为一种理想的"德史"在续写"家谱"。正如有论者指出的："屈原实际上是中国诗歌史中第一个利用历史来对现实作出裁判的人，所以他的风格明显地带着与当年散文密切联系的痕迹。"① 其实，早在《诗经》就已经出现了专门书写"史实"的《生民》、《公刘》、《绵》、《大明》、《皇矣》等，为诗与史的融合提供了范例。

司马迁的《史记》又通过把历史"文学化"，进一步巩固和强化了这种文学的"史传"传统。

其后，这种"史传"传统，在诗歌领域集中体现在"怀古诗"或"咏史诗"之中，同时还表现在诗歌的用事用典之"诗艺"当中。如左思的《咏史八首·其二》：郁郁涧底松，离离山上苗。以彼径寸茎，荫此百尺条。世胄蹑高位，英俊沉下僚。地势使之然，由来非一朝。金张藉旧业，七叶珥汉貂。冯公岂不伟，白首不见招。其最后四句便是"借史喻今"。再如刘禹锡的《乌衣巷》：朱雀桥边野草花，乌衣巷口夕阳斜。旧时王谢堂前燕，飞入寻常百姓家。杜牧的《赤壁》：折戟沉沙铁未销，自将磨洗认前朝。东风不与周郎便，

---

① E. A. 谢列勃里雅可夫语，转引自王立：《文人审美心态与中国文学十大主题》，辽海出版社2003年版，第205页。

铜雀春深锁二乔。苏轼、周邦彦等也都有"怀古"的词作，如苏轼的《念奴娇·赤壁怀古》：……遥想公瑾当年，小乔初嫁了，雄姿英发，羽扇纶巾，谈笑间，樯橹灰飞烟灭。……周邦彦的《西河·金陵怀古》：佳丽地，南朝盛事谁记？……想依稀、王谢邻里。燕子不知何世，向寻常巷陌、人家相对，如说兴亡斜阳里。

这些怀古、咏史的诗词，一般具有这样一些特点：①借史喻今或借古讽今，委婉巧妙地对现实人事进行抨击、批判；②抒发兴衰之叹，表现出某种人事短暂而历史永恒的哲思和生命意识；③既是"审政治"，同时又在"审己"，在历史变易、盛衰的变迁中寄寓着某种自伤自悼之情。等等。

讲究用事用典并不限于怀古、咏史的作品，而是中国古代文学的普遍通则、一般规范。如辛弃疾的词作就很有代表性，他的《水龙吟·登建康赏心亭》：楚天千里清秋，水随天去秋无际。遥岑远目，献愁供恨，玉簪螺髻。落日楼头，断鸿声里，江南游子。把吴钩看了，栏杆拍遍，无人会，登临意。休说鲈鱼堪脍，尽西风，季鹰归未？求田问舍，怕应羞见，刘郎才气。可惜流年，忧愁风雨，树犹如此！倩何人、唤取红巾翠袖，揾英雄泪？在这首词里，就用了"吴王阖闾用的刀"（吴钩）；刘孟节的"读书误我四十年，几回醉把栏杆拍"；"晋人张季鹰在洛阳作官，见秋风起，想到家乡味美的鲈鱼，便弃官回乡"；"三国时，许汜因求田问舍，谋求私利，被陈登和刘备瞧不起"；"《世说新语》记桓温北征，经过金城，见自己过去种的柳树已长到几围粗，便感叹：'树犹如此，人何以堪？'"等诸旧的史事、典故。有人曾统计出，辛弃疾词采用陶渊明作品凡 77 条，用杜甫诗 143 条，用苏轼诗文 101条。[①] 这也是"史传"化的一个特殊表现。

中国文学史传传统的又一重要"载体"则是那些表现"黍离之悲"之作。"黍离之悲"源自《诗经·黍离》：彼黍离离，彼稷之苗。行迈靡靡，中心摇摇。知我者谓我心忧，不知我者谓我何求。悠悠苍天，此何人哉？对于这首诗，《毛诗正义》卷四所引《诗序》说："黍离，闵周室之颠覆，彷彷不忍去，而作是诗也。"其史实背景是：周幽王时，申侯勾结犬戎杀幽王于骊山，周土被占。而后犬戎又攻入洛阳，逐走襄王。于是才有周大夫经过镐京时的"黍离之痛"。[②] 或如另一论者所说："周平王东迁以后，往日繁华的镐京如今只有一片庄稼在旺盛而又默默地生长着，盛衰之间的巨大反差引起了

---

① 王立：《文人审美心态与中国文学十大主题》，辽海出版社 2003 年版，第 230—231 页。
② 王立：《文人审美心态与中国文学十大主题》，辽海出版社 2003 年版，第 424—425 页。

过往的周大夫的强烈的兴亡之悲，提示着西周的失德和灭亡。"① 其实从字面上看，"黍离之悲"和后世刘禹锡的历史变易、盛衰之叹，正存在着共同的兴衰原型：昔盛今衰。这种巨大的历史反差所引发或所想寄托表现的，或是对故国旧邦的怀恋痛惜，或是对永恒的历史本体造成的人事的短暂渺小的深思、嗟叹，则可以有各自不同的兴寄、生发。所同者，都是面对某种"空间景象"而产生的对某种已然显出尖锐对立的"时间对象"的敏感和不适。也就是说，时间借空间出场，空间才是人的情感记忆的可感载体。中国历史正存在于这种特定的"天人一体"的巨细皆然的空间物象之中。因此，空间的改易也就显示着历史的兴替盛衰。而这种"空间化"象征的历史表达进入文学之后也就必然会型塑凝定为某些物候征象，如：黍离、麦秀、铜驼荆棘等，② 反过来，中国文学的史传传统则借以得到有效的延续。如元初赵孟頫的《钱塘怀古》：东南都会帝王州，三月烟花非旧游。故国金人泣辞汉，当年玉马去朝周。湖山靡靡今犹在，江水悠悠只自流。千古兴亡尽如此，春风麦秀使人愁。杨维桢《夜行船·吊古》：采莲泾红芳尽死，越来溪吴歌惨凄，宫中鹿走草萋萋。黍离故墟，过客伤悲。离宫废，谁避暑？琼姬墓冷苍烟蔽。空原滴，梧桐秋雨。台城上，台城上，夜乌啼。　越王百计吞吴地，归去城台高起。只今亦是鹧鸪飞处。再如查德卿《普天乐·别情》：临故国，认残碑。伤心六朝如逝水。物换星移，城是人非。今古一枰棋。南柯梦一觉初回，北邙坟三尺荒堆。四维山护绕，几处树高低。谁，曾赋"黍离离"？

中国文学的史传传统在叙事作品中则表现为"历史题材"类型的繁衍、强盛。如中国白话小说中就有"讲史"一支，像《新编五代史平话》、《新刊大宋宣和遗事》、《吴越春秋连象平话》、《东周列国志传》、《西汉演义》、《三国志通俗演义》等即都是各朝代历史故事的文学化表现。诚如有论者指出的："小说戏曲中历史题材之多，改编原型之夥，也是较西方文学史普遍而明显的。如杨林故事、秋胡戏妻故事，又崔莺莺与张君瑞、唐明皇与杨玉环故事等，均在不同时代、不同体裁中流播。又元曲中有包公戏 10 种，水浒戏 30余种（写李逵的即 16 种），三国戏 50 余种。"③ 等等。

中国文学的史传传统为中国文学对话提供和规限了又一种特定的场域，它不光使文学写作的"对话"在"史传"谱系中发生、存在，同时也引导读

---

① 冷成金：《中国文学的历史与审美》，中国人民大学出版社 1999 年版，第 19 页。
② 黍离、麦秀、铜驼荆棘等所构成的"黍离之悲"文学范式，可详见王立：《文人审美心态与中国文学十大主题》一书的相关论述。
③ 王立：《文人审美心态与中国文学十大主题》，辽海出版社 2003 年版，第 236—237 页。

者对它们的接受、阐释采取大致相同的"史传"谱系，如中国一般读者往往会"替古人担忧"，会"发思古之幽情"；再如，陈寅恪的"以诗文证史"也是典型的佳例：

在《柳如是别传》中，陈寅恪利用清初的大量诗文，找出了复明运动暗中进行的信息，详细考证了与钱谦益、柳如是夫妇有关的几社、复社的活动以及复明运动、郑成功北伐江南等重大政治事件。[1]

陈寅恪无形中正是按照"史传谱系"来同清初的诗文进行"对话"的。也就是说，"史传谱系"也是中国文学对话的一个重要的场域。

第五节　宗教与神性

与中国文学不同，"宗教与神性"或"宗教性"则是西方文学的一个重要谱系，西方文学的对话往往要受到这一谱系的诱导和规限。

与中国文化重伦理道德、没有形成严格的宗教体系不同，西方则有明显的宗教体系，这既表现在古希腊的宗教文化、宗教传统上，也更反映在其漫长的中世纪的基督教神学政权、意识形态或文化上。可以说，深厚而强大的宗教文化构成了西方文学的深刻的文化基础，是它的内在的土壤、基因或血液。古希腊的宗教主要是天空宗教和大地宗教相结合的产物，代表天空宗教的是"奥林匹斯宗教"，它源自奥林匹斯神统，这一神统起源于天神乌兰诺斯与地神该亚的结合。它虽然有男神、女神之分，如男神宙斯、阿波罗、波塞冬，女神有赫拉、雅典娜等，体现了一种"二元性"结构，但其最高的神则是男神宙斯。因此，它可能是父系社会信仰意识形态的反映。而大地宗教则是奥菲斯宗教，崇拜地母神德墨忒尔和酒神狄奥尼索斯，可以说它是从希腊远古宗教崇拜发展而来，是母系社会信仰意识形态的反映。前者代表的主要是人对秩序、形式的崇拜，后者代表的则主要是人对神秘的感性生命力的崇拜。[2] 后来，尼采在此基础上总结出日神精神和酒神精神，认为它们代表着希腊精神的两个主要方面。希腊宗教对哲学的渗透体现为柏拉图对抽象的"理式世界"的崇仰，也表现为亚里士多德对"永恒实体"或"最终原因"（神）的保留。而对文学来说，则形成了整体性的浸渗和影响。赫西俄德的《神谱》

① 王银春：《人类重要史学命题》，湖北教育出版社 2000 年版，第 117 页。
② 可参见韩东晖主编：《智慧的探险　西方哲学史话》，中国人民大学出版社 2003 年版，第 3—5 页。

自不用说，荷马史诗《伊利昂纪》和《奥德修纪》虽然记载的是关于特洛伊战争的英雄传说，但却是"人神交杂"，或是人、半神半人的英雄同神祇一起交织在一起的战争故事，其宗教性、神性都是不言自明的。而三大悲剧诗人埃斯库罗斯的《阿伽门农》、《奠酒人》、《报仇神》（《俄瑞斯特斯》三部曲），《被缚的普罗米修斯》、《解放了的普罗米修斯》、《偷火的普罗米修斯》（《普罗米修斯》三部曲），索福克勒斯的《俄狄浦斯王》，欧里庇得斯的《美狄亚》等，都取材于希腊神话。

古希腊的神话后来又为古罗马所继承，不同的则是大都改了名字。而其宗教精神则借古罗马的新柏拉图主义创立者普罗提诺而得以延续，到中世纪，这一谱系又被圣·奥古斯丁发扬光大，形成了"教父哲学"。而此时，即公元4世纪，罗马帝国已把基督教尊为国教，西方逐渐实现了希腊精神和希伯莱精神的融合，政治上建立了"政教合一"的政权体制，在意识形态上则形成了统一的基督教神学统治。圣·奥古斯丁的"教父哲学"和后来托马斯·阿奎那的经院哲学正是基督教神学在理论上的代表。圣·奥古斯丁的"教父哲学"是柏拉图哲学的基督教化，托马斯·阿奎那的经院哲学则是亚里士多德哲学的基督教化，特别是托马斯·阿奎那的《神学大全》，形成了更具理论性、系统性的基督教神学体系，对西方哲学、文学都产生了巨大的影响。

在文学上，中世纪产生了专门为宗教服务的"教会文学"或僧侣文学，这是当时的官方文学，以教士和修士为基本的创作队伍，"其创作意旨是以《圣经》作为出发点和逻辑归宿的。……作诗是为了撰写圣歌、祈祷词，作曲是为了谱圣歌乐谱，修辞学是为了提高说教和讲道的技术，散文为了写圣徒传，戏剧用以搬演圣经故事和圣徒行迹等"。[①] 这当然是西方文学宗教化的典型形态。此外，那些英雄史诗、骑士文学等，其实都程度不同地被宗教化了，"在宗教理性精神的影响下，中世纪史诗中的英雄一般少有受个人欲望驱使下的强烈的个体意识，而有较强的自我克制精神和民族责任观念，有广阔的胸襟和宽厚仁慈的情怀，体现了一种基督精神，所以，我们说这些英雄有摩西的品性。这可以说是神性向人间英雄的附着"。[②] 而"骑士文学中的骑士形象，一般也都表现了忠君、护教、行侠、尚武的骑士精神。主要描写的是骑士为宗教信仰而战的虔诚，保卫国家或城堡的英勇，对君主的效忠，征战中的冒险经历和奇遇，以及对贵妇人的保护、崇拜和效忠，由此表现出骑士的

---

① 蒋承勇主编：《世界文学史纲》，复旦大学出版社 2002 年版，第 39 页。
② 蒋承勇：《西方文学"两希"传统的文化阐释　从古希腊到 18 世纪》，中国社会科学出版社 2003 年版，第 103 页。

三种美德：武士的忠诚、基督徒的恭谦、对理想中的女性的优雅的爱情。……这说明，骑士爱情虽然有背叛禁欲主义的因素，但同时又渗透着基督教精神至上的唯灵主义思想"。①

　　但丁的《神曲》也很有代表性。这位站在旧世纪行将终结和新世纪开端的门槛上的巨人，其过渡和转折的意义是非常典型的，反映在他的代表作《神曲》当中，便是神性和人性的交织混融。《神曲》写的是诗人但丁分别在罗马诗人维吉尔和但丁的初恋情人——圣女贝亚德丽齐的引导下梦游地狱、炼狱（净界）、天堂"三界"的故事。作品对"三界"的构想及其具体描绘，明显受到基督教神学信仰的支配，浓厚的象征、隐喻等神秘色彩也显示了它的宗教性和神性。特别是两位导引者的设计更具有点睛的意义，诚如蒋承勇所分析的："贝亚德丽齐代表着信仰或爱。让贝亚德丽齐带领诗人游历天堂，表现了作者对基督教信仰的崇尚，也说明了人要达到完善必得有爱。贝亚德丽齐作为但丁初恋的情人，表现的是世俗之爱。但是，出现在但丁由炼狱通往净界，最后见到至上无形的上帝过程中的贝亚德丽齐，是圣母玛丽亚式的圣女，是至爱的象征。……因此，如果维吉尔代表着哲学的范畴的话，那么，贝亚德丽齐代表着神学的范畴。哲学（人智）和神学（信仰）都很重要，但最高的、最重要的是信仰、爱和神学，它们比人智、理性更神圣。"② 也就是说，贝亚德丽齐具有"双重身份"：世俗恋人和神圣的情人。前者所代表的是世俗的自然之爱，后者代表的是神圣的上帝之爱，两者都重要，但最终自然之爱则需要往更高的上帝之爱升华、提归。无疑，这是人性和神性完美融合的理想象征。只是，也很清楚，在但丁眼里神性毕竟是高于人性的，可贵的是它不是否定和禁抑人性的神性，而毋宁说它正是人性的高级形式。从而，也可以肯定的是，但丁文学之最宝贵的财富和价值恐怕也都全在于此。可以说，它是《神曲》最高理性智慧的凝结点，其宗教的或神性的旨趣是十分明显的。

　　对莎士比亚戏剧，人们注意的多是它的人文精神，认为它是人的觉醒、个性解放等文艺复兴运动精神的典范，而相对忽略了它们的宗教"品质"，其实，即使是像莎士比亚戏剧这样堪称文艺复兴的代表或旗帜的作品也仍然无法摆脱基督教的影响，而毋宁说，它们反而把宗教性作为合理的文化基因加以吸收和转化，使宗教性、神性的表现更其内在、隐蔽而已。比如，在哈姆雷特身上就深含着某种宗教精神，他的犹豫、延宕并不是"人文主义者的软

　　① 蒋承勇：《西方文学"两希"传统的文化阐释 从古希腊到18世纪》，中国社会科学出版社2003年版，第105—106页。
　　② 同上，第123页。

弱"、"俄狄浦斯情结作祟"等原因所能全部解释尽的，而是也同时和基督教的博爱、宽容、忍耐、节制、不以恶抗恶等精神有关。歌德的《浮士德》也一样，也同样具有宗教性和神性。基督教思想的一个典型特征是崇尚"灵"而贬低"肉"（禁欲主义），使原本相对和谐的人的精神矛盾结构，变得矛盾异常尖锐，而对"灵"（对上帝的崇仰）的片面尊崇，在加大这一矛盾的同时，也并不全无益处，其最大的好处是抬高了人的信仰等精神本质，把它强调到一个极端化的程度。其实是使人的精神世界或人性、人的价值意义等方面都变得更丰厚或更有富有深度了。在《浮士德》中，浮士德博士对人生意义的不断寻找、追求，在获得一系列物欲的满足后，又要超越这些"满足"而最终走向"归依上帝"的精神升华，走向"灵"的"超越境界"。"浮士德身上虽然涌动着古希腊——罗马式的原欲型世俗人本意识，但他毕竟无法完全涤净其精神血液中的希伯来——基督教文化基因。……正如歌德自己所说：'浮士德身上有一种活力，使他日益高尚和纯洁化，到临死，他就获得了上界永恒之爱的拯救。'这种'活力'乃浮士德自己所说的'神性'。代表自然原欲的'魔性'在'神性'的牵引下，使浮士德的行动在可能造恶的同时，更趋向于制善，……浮士德的个人追求始终散发着浓厚的道德意识，这种道德意识的文化血脉是与希伯来——基督教人本传统相联结的。"[1] 一句话，《浮士德》这部欧洲"近代人的圣经"[2] 也同样是西方文学"宗教与神性"谱系的产物，终不能免"宗教与神性"之文化基因。

"宗教与神性"使西方文学形成了共同的谱系性场域，或谱系性的"互文"关系，西方文学的对话往往正发生在这一谱系内部。如英国 19 世纪浪漫派诗人雪莱的诗剧《解放了的普罗米修斯》就取材于希腊神话和埃斯库罗斯的同名悲剧（拜伦也写了《普鲁米修斯》），它们之间就明显存在着同谱系的互文、对话关系；法国阿尔弗雷·德·维尼的长诗《爱洛亚》、《摩西》、《洪水》则明显取材于《圣经》故事，同《圣经》文学以及相关的基督教文学都具有对话关系（如拜伦也写了取材于《圣经》故事的诗剧《该隐》）；而以宗教的"忏悔"为立意，我们可以看到新柏拉图主义哲学家、神学家圣·奥古斯丁写有著名的《忏悔录》，后来法国著名启蒙主义思想家卢梭也写了自传体小说《忏悔录》，而俄国 19 世纪批判现实主义的伟大作家列夫·托尔斯泰则写了未冠"忏悔"之名的《忏悔录》——《复活》，很明显，在它们之间也

_____

① 蒋承勇：《西方文学"两希"传统的文化阐释 从古希腊到 18 世纪》，中国社会科学出版社 2003 年版，第 318—319 页。

② 宗白华：《美学与意境》，人民出版社 1987 年版，第 66 页。

存在着或显或隐的谱系性对话关系。而放开来看，前举那些具有"宗教与神性"的作品如《神曲》、《哈姆雷特》、《浮士德》等之间也都存在着程度不同的谱系性的对话关系，而我们对它们的分析、阐解无形中也会自觉不自觉地采取"宗教与神性"的谱系维度。

第六节　哲理化

理性品质或哲理化倾向是西方文学的又一重要谱系，它也是西方文学对话的重要场域。对理性的重视在西方是一种历史性、整体性的传统，比如，西方首先存在着一个强大的理论化的"理性谱系"，阶段性的表现为：逻各斯理性、基督教理性、现代启蒙理性、后现代文化理性等。虽然 20 世纪初西方哲学发生了"非理性转向"，如叔本华、尼采、柏格森、克罗奇、弗洛伊德等都先后提出了各自的"非理性"的理论主张或体系，但他们的工作却是在努力把这"非理性"的对象、内容纳入科学化的轨道，其实质则又是在把它们尽可能地"理性化"，因此，从本质上看就仍没有离开理性的学理谱系。或者说其标举的实体内容是"非理性"的，而学说建构的形式和方法架构则又是理性的。也就是说仍是"理性谱系"内部的某种必要的"延伸"、"变奏"或"变体"而已。

笔者在第二章曾专门讨论了西方哲学的"技术模式"和"实在理性"问题，指出：

虽然从整体言希腊精神仍然是两极结构：天空与大地；天神乌兰诺斯与地神该亚；奥林匹斯宗教与奥菲斯宗教；日神精神与酒神精神；自然与人；科学与哲学；感性与理性；知识与道德；城邦人与自由人；民主与奴隶，等等，但希腊哲学、希腊精神在根底里却是以科学、求真、理性、逻辑为基础、为脉系和底色的。……

理性化的始作俑者应是毕达哥拉斯的"数"，"数"是什么？"他们说数是万物的本原有两种含义，其一，数是事物的质料因，也就是说，用数能造成实际的自然事物，它是万物的实际的材料；其二，数是万物的样式或范型，抓住了数的这种特性也就知道了事物是什么。前者是从存在意义上说数是万物的本原，指质料；而后者则是从形式和特性上说的本原，即原理。"[1] 也就

---

[1]　见杨适：《古希腊哲学探本》，商务印书馆 2003 年版，第 165—166 页。

是说，前者是"感性"的，后者则是"理性"的，可见，其"数哲学"正处在"自然哲学"和"第一哲学"的转折点上，代表着希腊哲学由感性自然的不确定性的存在向理性逻辑的确定性存在的理性转向。紧接着，赫拉克利特的"逻各斯"，又给了此转向一个有力的推助。"逻各斯"的基本内涵有两条："客观规律和人的言说"，杨适把它概括为："对自然秩序的智慧言说"。①而所谓智慧的言说在根本上也就必是理性的、逻辑的和本质性的言说，而强调人的言说，既突出了人的"主体性"，同时又彰显了语言修辞的价值，开人本和语言论之先河。后来普罗泰哥拉的"人是万物的尺度"，既接续了"人本"，又不离"逻辑"或"语言"（尺度），而苏格拉底的"美德即知识"也是如此，既关"人本"（美德），又涉理性逻辑（知识）。当然，紧承赫氏"理性化"之后的还要先排上的则是巴门尼德的"存在"，这才是希腊哲学第一个真正完全抽象的、理性化和本体化的概念，"真正明确和正式地把'真实或真理本身究竟是什么'的问题提到哲学研究的第一位的，巴门尼德实在是第一人"，"巴门尼德是第一个明确了思维逻辑的哲学家"，"巴门尼德在提出逻辑思维时，比前人（如赫拉克利特）更强调理性论证的作用"，"这是巴门尼德的最伟大的功绩，它抓住了确定性紧紧不放，开创了希腊人的严格的逻辑思维活动"。② 有了巴氏这个地基和平台，柏拉图的"理式"（相）也就更加理直气壮地迈上了把抽象理性本体化、体系化的轨道，到亚里士多德建构出他的实体论、四因说、范畴论后，本原实体化和理性化的古典形态已达到了最高峰，为后来的西方哲学提供了一份十分成熟的、巨大的实在理性遗产。而笛卡尔的"我思"、康德的"先验理性"、黑格尔的形而上学理念体系，则是它的近代形态。至于现代的非理性思潮，则可看作它的"互补形态"，而后现代的非中心主义，在根本上也可理解为是它的"开放性、多元性的变奏形态"（后现代理论家用"语言"反语言，用"体系"反体系，其悖论处境就是显证）。

以上可以简单地看作是西方哲学"理性谱系"的一个大致的脉络，其开端就是"逻各斯理性"，其特点是追求本体性的"本质"、"规律"（道）及其形式化的逻辑表现；到中世纪，这种"逻各斯理性"又演变为"基督教理性"，即用柏拉图理论和亚里士多德理论改造过了的基督教神学理性，集中表现为圣·奥古斯丁的教父哲学和托马斯·阿奎那的经院哲学；到近代主体论哲学建构阶段，西方哲学的理性谱系又自然地嬗变为一种以自由、科学、知

---

① 见杨适：《古希腊哲学探本》，商务印书馆 2003 年版，第 184 页。
② 见杨适：《古希腊哲学探本》，商务印书馆 2003 年版，第 227、229、231 页。

识等为尚的启蒙理性，在实质上先是表现为工具理性和价值理性的统一，后来则越来越朝工具理性方面偏转，出现了科学理性独享霸权的单维化局面；到后现代转向以后，则出现了为矫正和超越已明显片面化的现代理性的"文化理性"，其特征是强调异质而多元的文化之间的互文和对话。

以上哲学的或理论化的"理性谱系"，不光对整个西方的科学或人文思想形成整体性渗透和制约作用，同时也明显地影响到西方文学。如，古希腊悲剧对人的命运的深刻思考；但丁对至上的善和爱的深度探求；莎士比亚对人性、人的存在困境的多维化挖掘；《浮士德》对人的灵肉冲突的宗教形上意义的解决等等，都充分地显示出西方文学的哲理化品质。而从现代派文学以降，一直到后现代文学，这种哲理化品质非但没有稍减，相反还越发被加强，以至于使文学几近成为哲学的某种改头换面的替代物。黑格尔曾按照绝对精神本身辩证演绎的逻辑，认为艺术在"浪漫型"阶段后就进一步"意识化"、"概念化"，从而走向解体、死亡，最终将为宗教和哲学所代替。这被克罗奇在他的《美学》中称为艺术的"葬礼演说"；同时人们也称它为黑格尔的"米涅瓦"预言。"米涅瓦"是猫头鹰，在古希腊神话中，猫头鹰则是智慧女神雅典娜的代表，故又可转换成哲理或哲思的代名。故艺术让位于哲理，就是"米涅瓦"的转折。当然，黑格尔的这一惊世骇俗之论是后来人们根据黑格尔的一些相关的言论总结出来的，如黑氏在《精神现象学》中说："在早些时候艺术表现为本能式的劳作，……稍后，精神超出了艺术以便赢得它的较高的表现：即它不仅是从自我中生长出来的实体，而且在它的表现里就是这个自我的对象；精神不仅是从它的概念里产生出来，而且使它的概念本身具有形象，这样概念和创造出来的艺术品就可以相互认识到彼此是同一的东西。……就艺术品这方面来说，它必须从直接方式和对象性的方式里超拔出来向着自我意识运动。"[1] 而最终它则必然走向宗教和哲学："通过艺术的宗教，精神便从实体的形式进展到主体的形式了"，[2] "这样形成起来的精神王国，构成一个前后相继的系列，……这种代替和接管过程的目标是'秘奥'的启示，而这种'秘奥'就是绝对概念；……从它们被概念式地理解了的组织方面来看，就是精神现象的知识的科学。"[3] 而这个科学不是别的，就是"哲学"，或就是黑氏本人的关于"绝对精神"的哲学。在《美学》中黑氏说得

① 黑格尔《精神现象学》下卷，贺麟、王玖兴译，商务印书馆 1979 年版，第 197—198 页。
② 同上，第 228 页。
③ 同上，第 274—275 页。

更明确："艺术还远不是心灵的最高形式，只有科学才真正能证实它。"① "浪漫型艺术虽然还属于艺术的领域，还保留艺术的形式，却是艺术超越了艺术本身。"② "浪漫型艺术就到了它的发展的终点，外在方面和内在方面一般都变成偶然的，而这两方面又是彼此割裂的。由于这种情况，艺术就否定了它自己，就显示出意识有必要找比艺术更高的形式去掌握真实。"③ "就它的最高的职能来说，艺术对于我们现代人已是过去的事了。因此，它也已丧失了真正的真实和生命，已不复能维持它从前的在现实中的必需和崇高地位，毋宁说，它已转移到我们的观念世界里去了。"④ "我们尽管可以希望艺术还会蒸蒸日上，日趋于完善，但是艺术的形式已不复是心灵的最高需要了。我们尽管觉得希腊神像还很优美，天父、基督和玛利亚在艺术里也表现得很庄严完善，但是这都是徒然的，我们不再屈膝膜拜了。最接近艺术而比艺术高一级的领域就是宗教。……最后，绝对心灵的第三种形式就是哲学。……这样，艺术和宗教这两方面在哲学里统一起来了。"⑤ 客观地看，黑格尔的论断未免过于武断，而且此后艺术并没有死亡。但是，黑氏的判断却部分地变成了现实，这就是文学艺术虽未被宗教、哲学代替，但是却也明显地更加哲理化了。如艾略特的《荒原》简直就是多重的现代哲理的象征物，其诗题"荒原"本身就是哲理化的，它是诗人对第一次世界大战后的西方社会的理性诊断和无情的批判，"指明战乱的欧洲，只有找到圣杯——宗教，信仰上帝，才能得到拯救，复苏荒原社会"。⑥ 卡夫卡的《变形记》用夸张、变形、象征的手法深刻地表现了西方资本主义工业社会中人变成了大甲虫的异化现实，揭示了在高度物化的环境中，人被极度物质化、工具化、渺小化、非人化，以至于变得极度的孤独、忧郁、恐惧、焦虑和彼此的严重隔膜的本质真实，显示出了表现主义文学对社会现实所达到的深度哲理把握的理想高度。萨特的小说《厌恶》、"境遇剧"《苍蝇》、《间隔》、《死无葬身之地》、《肮脏的手》等作品则直接就是他的存在主义哲学的文学化表达。在后现代主义文学中，法国荒诞派戏剧家尤奈斯库的《秃头歌女》通过夫妻互不相认的荒谬处境揭示世界的荒谬和人际间的隔膜；《椅子》表现世界的"虚无"；《犀牛》通过人变

---

① 黑格尔：《美学》，第 1 卷，朱光潜译，商务印书馆 1979 年版，第 17 页。黑氏的"科学"就是指"哲学"。

② 同上，第 101 页。

③ 黑格尔：《美学》，第 2 卷，朱光潜译，商务印书馆 1979 年版，第 288 页。

④ 黑格尔：《美学》，第 1 卷，朱光潜译，商务印书馆 1979 年版，第 15 页。

⑤ 黑格尔：《美学》，第 1 卷，朱光潜译，商务印书馆 1979 年版，第 132—133 页。

⑥ 蒋承勇主编：《世界文学史纲》，复旦大学出版社 2002 年版，第 350 页。

成牛的象征性情境，"把世界的荒诞、精神的堕落以及人变成非人、人性异化的主题推向了极致"。① 此外，像贝克特的《等待戈多》、罗伯—格里耶的《橡皮》、海勒的《第二十二条军规》、巴思的《烟草经纪人》、品钦的《万有引力之虹》等等，都具有明显的哲理象征特点。可以说，严重的哲理化倾向在赋予现代、后现代文学空前的理性深度的同时，也使它们变得极为晦涩难懂，但是，无论如何，这都是一个不容否认的事实：哲理化是西方文学的一大显著特征，它使西方文学拥有了一个"哲理化"的对话谱系，通过"哲理禀赋或内涵"，它们可以轻易地找到文学"同伙"，可以在共同的场域中进行彼此的互文和对话。或者，质而言之：在西方文学中，一切具有哲理化的作品都具有同谱系内的对话性，它们实际上是在"哲理"这个特定的平台上，在彼此致意、问候、争论、驳难，一句话，在积极地进行着谱系内的应和和对话。

---

① 蒋承勇主编：《世界文学史纲》，复旦大学出版社 2002 年版，第 388 页。

第九章　文学对话的魅态文化维度

与场域、谱系、范式、原型相比，魅态文化是一个更大、更宽泛的概念，它是指文学对话赖以发生的最基础的文化地基、文化土壤。如果说把文学对话比作一棵参天大树的话，那么魅态文化就是这棵大树赖以扎根的大地，和进行化合反应的阳光、空气，以至于使它不致干枯的水分。或总括成一句话，是它得以发生的宏观的根本条件。当然，辩证地看，魅态文化也可以是文学对话的场域、谱系、范式和原型，那是它的狭义形态。这里阐论的则主要是它的广义形态。

没有魅态文化，文学对话就根本不可能发生，魅态文化是文学对话的文化前提。

第一节　魅态文化的界定

在古代和现代汉语中，"魅"都是指传说中的鬼怪。它对人具有某种魅惑致幻的力量，比如"魅力"就是指很能吸引人的那种力量。笔者把"魅态"连用，意在"神魅"或"魅幻"的意义上叠加进"形态"或"模型"的固化形制意义，来表明这种"魅幻"也可以是一种文明的文化机制和形态。也就是说它是人类的一种专门性的文化形态。我们可以用这样的框架、尺度来类分人类文化：物质文化、制度文化、精神文化。在精神文化中，又可类分出相对实用的和可计算的文化如数学、物理学等自然科学，语言学、经济学、政治学、管理学等社会科学，与相对不可计算的、想象的魅幻文化如宗教、文学、艺术等人文科学。在人文科学中，伦理学、哲学的魅幻性又要相对低于宗教、文学和艺术。总之，在这里，魅态文化是指那种具有想象性、情感性、超越性，或神奇的幻化品质的文化。它是神性、哲性和诗性的混合体。

它代表着人类精神的浪漫玄虚的一面，同时也是孕育理想和希望的地基、源泉。或者，我们也完全可以一劈两半把人类文化分成魅态和非魅态两种，一虚一实，而制度、机构等则是两者的中间形态。实者提供实利，魅者则在于提升"实"和超越"实"的限制、束缚，而达到对某种非实的可能境界的想象性的"建构"和把握。

笔者在第五章"人的对话性与文学的对话性"中已经指出人具有天然的非自足性，这种非自足和缺憾，换个角度看就是外部世界（也包括人的内部世界）对人的种种限制、束缚，而人类的"确立"、发展，又恰恰是以对这种"非自足性"的克服、完善或超越来实现的，这成为人类之为人类的最基本的基础和前提。而这"人化"世界的超越之路，既离不开非魅之"实"，又更离不开魅之"魅幻"、"魅超"（指想象的、魅幻性的超越）。也就是说，人类同外部世界建立联系，既靠物质性的对世界的改造，也靠精神性的特别是想象幻想、情感、直觉、象征、比喻等诗化的"魅态"方式、魅幻途径。这一点在人类的物质化把握"直径"无法抵达的部分更为明显，比如星空、日月、人迹未至的山陵、江海、森林等。还有人的内心乃至广大的无意识领域，也都依靠诗性的"魅态"方式来把握和表现。人高于动物的全部优异之处恐怕正在于此。黑格尔认为人是心灵，"人是一种能思考的意识"，"他由自己而且为自己造成他自己是什么，和一切是什么"。[①] "从形式看，任何一个无聊的幻想，它既然是经过了人的头脑，也就比任何一个自然的产品要高些，因为这种幻想见出心灵活动和自由。"[②] 马克思指出："自由的有意识的活动"是"人的类特性"。[③] "蜘蛛的活动与织工的活动相似，蜜蜂建筑蜂房的本领使人间的许多建筑师感到惭愧。但是最蹩脚的建筑师从一开始就比最灵巧的蜜蜂高明的地方，是他在用蜂蜡建筑蜂房以前，已经在自己头脑中把它建成了。"就是说，"劳动过程结束时得到的结果，在这个过程开始时就已经在劳动者的表象中存在着，即已经观念地存在着。"[④] 这些论述从一定意义上看，正是指人的意识的能动的超越本质，从魅态思维的角度看就是"魅幻"、"魅超"本质。这也就是为什么一切人类最早的文化形式都是原始神话的原因所在。马克思在《〈政治经济学批判〉导言》中说："任何神话都是用想象和借助想象以征服自然力，支配自然力，把自然力加以形象化"，是"用一种不自觉的艺

① 黑格尔：《美学》第 1 卷，朱光潜译，商务印书馆 1979 年版，第 38 页。
② 黑格尔：《美学》第 1 卷，朱光潜译，商务印书馆 1979 年版，第 4 页。
③ 马克思：《1844 年经济学—哲学手稿》，人民出版社 1985 年版，第 53 页。
④ 马克思：《资本论》第 1 卷，《马克思恩格斯全集》第 23 卷，第 202 页。

术方式加工过的自然和社会形式本身"。① 也就是说神话正是人类对束缚和限制自己的外部力量的想象性超越形式，是人类把主客观之间的不可逾越的"鸿沟"做了积极的"魅幻"、"魅超"性的"解决"。诚如法国当代著名结构主义人类学家列维－斯特劳斯所说："神话系统和它所运用的表现方式有助于在自然条件和社会条件之间建立同态关系，或更准确些说，它使我们能够在不同平面上的诸有意义的对比关系之间确立等价法则。"② 也就是说可以把互不相干的事物类比同化，达到整体性超越把握的目的。

　　无疑，神话正是人类最早的一种典型的魅态文化形式。当然，严格地说，神话是人类一切文化的母体或元形式，因为，与"巫术"的具有"技术"性的操作文化不同，神话一般属于精神性的"意识形式"，更能体现文化的"精神本质"特点。同时也是比"巫术"更为细致、高级或成熟的文化形式，故，人类最早的意识之花应是"神话"。随着人类文明的发展，随着人类文化的日渐复杂多样，"神话"这个人类最基本的文化母体最终必然会被"胀破"，以至于最终被"解体"，从而从中分化衍生出众多门类的不同文化。但是，神话却不会因此而完全绝迹，它一方面会把自己缩小为一种特殊的文明形式如童话、寓言，甚至就是"神话"本身，继续在人类文化家族中生活、传延。另一方面，神话思维、神话结构、神话精神还会被后起的文化作为自己的内在基质、基因或血液保留下来，化做自己的"神性"品质。列维—斯特劳斯就认为神话原型是人类文化的元结构："神话永远涉及过去的事件：不是'开天辟地之前'，就是'人类最初的年代'。总之是'很久很久以前'。但是，人们赋予神话的内在价值植根于这一事实：被视为发生在某一时刻的事件同样形成了一种长期稳定的结构。后者跟现在、过去和将来同时都有联系。这一带有根本性质的歧义现象可以通过一番比较得到进一步的说明。没有比政治意识形态更接近神话思维的了。在我们的现代社会里，也许神话思维只不过是被政治意识形态所取代了。"③ "政治意识形态"尚且如此，而以想象虚构为主要特征的文学就更不用说了。实际上也是如此，神话思维、神话结构、神话精神等更多地被保留在文学艺术当中。而毋宁说，正是文学等偏于想象虚构的文化形式从神话中主要继承和发展了它的那种"魅幻"、"魅超"的文化基因。而这种神话基因，不消说，正是人类魅态文化的胚胎和根因，它在

---

　　① 《马克思恩格斯选集》第 2 卷，第 112—114 页。
　　② 列维－斯特劳斯：《野性的思维》，李幼蒸译，中国人民大学出版社 2006 年版，第 102 页。
　　③ 列维－斯特劳斯：《结构人类学》（1），张祖建译，中国人民大学出版社 2006 年版，第 224 页。

后世的承续延传便形成了以文学艺术为代表的人类特有的魅态文化谱系。正如黑格尔所说："正是由于思考认识是自由的，它才能由'此岸'，即感性现实和有限世界，解脱出来。但是心灵在前进途程中所造成的它自己和'此岸'的分裂，是有办法弥补的；心灵从它本身产生出美的艺术作品，艺术作品就是第一个弥补分裂的媒介，使纯然外在的、感性的、可消逝的东西与纯粹思想归于调和，也就是说，使自然和有限现实与理解事物的思想所具有的无限自由归于调和。"① 黑格尔说的就是文学艺术是弥合人的心灵和外部世界分裂鸿沟的特殊的"黏合剂"。当然，文学艺术与神话不同的是，它们是吸纳神性、哲性于诗性或曰达到真善美相统一的更为高级的魅态文化形式。

总之，魅态文化是人类以想象为桥连通世界特别是打通和同化陌生世界、神秘世界、无限世界的特殊方式，同时也是人类为自己开辟、建构意义和价值世界的独特手段。它大于审美、大于宗教信仰、也大于纯粹的哲理玄思，而是如笔者在前面所说的，其实质则是神性、哲性和诗性三者的统一，或者说是想象性、情感性、神幻性和超越性的混合体。这也是笔者要在神话、宗教、哲学、文学、艺术之外再另新建"魅态文化"的原因，因为魅态文化包含在它们之中，但又不简单地等于它们之和，毋宁说，它只是它们所共同具有的一种内质、品性，区别只在其品质含量之多少、高低和文野之差异程度。

具体地看，魅态文化首先表现为一种魅态思维，即想象的、情感的、比喻象征的、心物和合的、主客交融的，或一句话，是诗意的超越性思维。其前身就是神话思维（或神巫思维），包括：意大利 17 ~ 18 世纪的思想家维柯提出的"诗性智慧"、法国 19 ~ 20 世纪社会学家列维－布留尔的"原始思维"、列维－斯特劳斯的"野性思维"和中国古代的"比兴"思维。维柯在《新科学》中说："根据人类思想史来看，玄学女神是从各异教民族中真正人类思维开始的。……诸异教民族最初创始人的那种心灵态度，浑身是强烈的感觉力和广阔的想象力。……这种诗性智慧，……无疑就是世界中最初的智慧。"② "智慧是从缪斯女诗神开始的。……缪斯最初的特性一定就是凭天神预兆来占卜的一门学问。……再后来'智慧'一词是指对自然界神圣事物的知识；……因此也叫神的学问，……保存人类就要靠人们普遍信仰一种有预见的神道。"③ "最初的神学诗人们就以此方式创造了第一个神的神话故事……对进入他们视野的全部宇宙及其各部分，他们都赋予生命，使之成为

---

① 黑格尔：《美学》第 1 卷，朱光潜译，商务印书馆 1979 年版，第 11 页。
② 维柯：《新科学》，朱光潜译，商务印书馆 1989 年版，第 9 页。
③ 同上，第 174 页。

一种有生命的实体存在。"① "最初的人类都用符号说话，自然相信电光箭弩和雷声轰鸣都是天神向人们作出的一种姿势和记号。……他们相信天帝用这些记号来发号施令，这些记号就是实物文字，自然界就是天帝的语言。各异教民族普遍相信这种语言的学问就是占卜，希腊人称之为神学，即神的语言的学问。"② 维柯认为这种最初起源于占卜、发展为神话的远古智慧就是一种"诗性的智慧"，它是"以己度物"的靠"想象性的类概念"来思维的"想象思维"。特点就是强烈的感受性和广阔的想象性，也就是类比想象、情感体验和神秘信仰混融一体的思维。列维－布留尔在《原始思维》中认为人类最初的思维是一种遵照"互渗律"原则的、包含矛盾的"原逻辑思维"，其架构模式则是一种"集体表象"："这些表象在该集体中是世代相传；它们在集体中的每个成员身上留下深刻的烙印，同时根据不同情况，引起该集体中每个成员对有关客体产生尊敬、恐惧、崇拜等等感情。它们的存在不取决于每个人……它先于个体，并久于个体而存在。"③ "存在物和现象的出现，这个或那个事件的发生，也是在一定的神秘性质的条件下由一个存在物或客体传给另一个的神秘作用的结果。它们取决于被原始人以最多种多样的形式来想象的'互渗'：如接触、转移、感应、远距离作用，等等。……在这种性质的关系中充满了这一类集体表象。我们叫做事件和现象之间的自然的因果关系的那种东西，或者根本不为原始意识所觉察，或者对它只有微不足道的意义。各种神秘的互渗在他的意识中占首位，而且还常常占据他的整个意识。因此，可以把原始人的思维叫做原逻辑的思维，这与叫它神秘的思维有同等权利。……它不是反逻辑的，也不是非逻辑的。我说它是原逻辑的，只是想说它不象我们的思维那样必须避免矛盾。它首先是和主要是服从于'互渗律'。具有这种趋向的思维并不怎么害怕矛盾（这一点使它在我们的眼里成为完全荒谬的东西），但它也不尽力去避免矛盾。它往往是以完全不关心的态度来对待矛盾的。"④ 列维－斯特劳斯认为人类最初的思维是一种与文明的抽象性思维平行的野性思维，其特点是"具体性"和"整体性"："存在着两种不同的科学思维方式，两种方式都起作用，但当然不是所谓人类心智发展的不同阶段的作用，而是对自然进行科学探究的两种策略平面的作用：其中一个大致对应着知觉和想象的平面，另一个则是离开知觉和想象的平面。似乎通过两条不

① 维柯：《新科学》，朱光潜译，商务印书馆 1989 年版，第 185 页。
② 同上。
③ 列维－布留尔：《原始思维》，丁由译，商务印书馆 1981 年版，第 5 页。
④ 列维－布留尔：《原始思维》，丁由译，商务印书馆 1981 年版，第 70—71 页。

第九章　文学对话的魅态文化维度

同的途径都可以得到作为一切科学的——不论是新石器时代的或是近代的——对象的那些必要联系：这两条途径中的一条紧邻着感性直观，另一条则远离着感性直观。"① "野性的思维是整合性的"，② "野性的思维借助于形象的世界深化了自己的知识。它建立了各种与世界相像的心智系统，从而推进了对世界的理解。在这个意义上野性的思维可以说成是一种模拟式的思维。"③中国古代的"比兴"思维也一样，其实质也是对事物的类比想象性把握和注重情感的感发、体验。后来的人类更为成熟、更为精致的文学思维或艺术思维就是在这些原始的"神话思维"基础上发展、完善起来的。这些思维的共同特征正是：想象性、情感性、具体性、整体性，同时又深蕴着某种哲理认知的深刻性和超越性。它用诗性、哲性、神性相融的"神力"穿透了事物间的"硬壳"，把彼此分割、不相干的事物整合浑融为"人化"的整体。使它变得亲和、可理解、可把握和富有人情味，一句话，成为精神性的人文化的意义世界。即所谓的"物虽胡越，合则肝胆"、"合则神思"。

如列维－斯特劳斯所说，这些魅态思维也是科学思维，与抽象的逻辑思维平行和同样高级、有价值。

魅态文化也具体分化为不同的文化类型，如前面已说过的神话、宗教、文学、艺术以及民间信仰传统等。同时也可以是不同的民族文化类型，带有特定的民族文化特征，如在中国文化中主要是神秘的"天人合一"、"阴阳交感"；在西方文化中则主要表现为系统的宗教神学模式。当然，神话、文学、艺术等，无论在中国文化还是西方文化中，都仍是主要的魅态文化形式。

第二节 魅态文化的理论形态

在中西文化史上，不少理论家都对魅态文化有过论述，只不过并没有以魅态文化命名而已。这些论述使魅态文化拥有了一个相似的家族或相同、相似的理论场域，同时也使它得以以某种理论形态的样式而存在。如《老子》的"道可道，非常道；名可名，非常名。无，名天地之始；有，名万物之母。故常无，欲以观其妙；常有，欲以观其徼。此两者，同出而异名，同谓之玄。

---

① 列维－斯特劳斯：《野性的思维》，李幼蒸译，中国人民大学出版社2006年版，第19页。
② 同上，第268页。
③ 同上，第289页。

玄之又玄，众妙之门"。① 这神秘的"玄妙"之谓便几乎与魅态文化无异。

庄子继承、延伸了老子这种神秘的道论，指出："夫道有情有信，无为无形；可传而不可受，可得而不可见；自本自根，未有天地，自古以固存；神鬼神帝，生天生地；在太极之先而不为高，在六极之下而不为深，先天地生而不为久，长于上古而不为老。"② 认为只有像那种超然物外的"神秘"的"神人"才能得道："藐姑射之山，有神人居焉。肌肤若冰雪，绰约若处子；不食五谷，吸风饮露；乘云气，御飞龙，而游乎四海之外；其神凝，使物不疵疠而年谷熟。"③ "至人神矣！大泽焚而不能热，河汉冱而不能寒，疾雷破山、飘风振海而不能惊。若然者，乘云气，骑日月，而游乎四海之外，死生无变于己，而况利害之端乎！"④ 一部《庄子》，"神用象通"，"其神远矣"。博用神话、寓言，充满奇瑰烂漫的想象、比喻，是中国历史上十分典型的魅态化诗学杰作，即所谓的："寂漠无形，变化无常，死与生与，天地并与，神明往与！芒乎何之，忽乎何适。万物毕罗，莫足以归。古之道术有在于是者，庄周闻其风而悦之。以谬悠之说，荒唐之言，无端崖之辞，时恣纵而不傥，不以觭见之也。以天下为沉浊，不可与庄语，以卮言为曼衍，以重言为真，以寓言为广。独与天地精神往来，而不敖倪于万物。"⑤ 可谓充满魅幻、魅超的神性、诗性和哲性。

《易传》则指出："昔者圣人之作《易》也，幽赞于神明而生蓍。"⑥ 意谓往昔圣人创作《周易》，深明于"宇宙神奇现象"而创造出蓍占之法。也就是说圣人是取法取象于这种神奇的阴阳变化之道的，即"观变于阴阳而立卦"。⑦ 可以说，一部《周易》，其最神秘和深刻处正在于对这种宇宙阴阳大化的"原态性"的理解和把握，即"《易》者象也。象也者像也。"⑧ "仰则观象于天，俯则观法于地，……以通神明之德，以类万物之情。"⑨ 总之，易道深微神魅，"夫《易》，圣人之所以极深而研几也。唯深也，故能通天下之志；唯几也，故能成天下之务；唯神也，故不疾而速，不行而至。子曰：

---

① 《老子·一章》。
② 《庄子·大宗师》。
③ 《庄子·逍遥游》。
④ 《庄子·齐物论》。
⑤ 《庄子·天下》。
⑥ 《周易·说卦》。
⑦ 同上。
⑧ 《周易·系辞下》。
⑨ 同上。

《易》有圣人之道四焉者，此之谓也。"①

汉代的董仲舒则提出了神秘的"天人感应"说，认为："天亦有喜怒之气，哀乐之心，与人相副。以类合之，天人一也。"② 在《春秋繁露·人副天数》中他还把人的特征、特性和天地作了一一对应的解释："人有三百六十节，偶天之数也；形体骨肉，偶地之厚也；上有耳目聪明，日月之象也；体有空窍理脉，川谷之象也。……天以终岁之数成人之身，故小节三百六十六，副日数也；大节十二分，副月数也。内有五脏，副五行数也。外有四肢，副四时数也。乍视乍瞑，副昼夜也；乍刚乍柔，副冬夏也。乍哀乍乐，副阴阳也。……于其可数也副数，不可数者副类。"很明显，这也是一种魅态的理性言说，同时也是中国神秘的"天人合一"观念的典型代表。这种神秘的"天人合一"观念其实早就存在了，更早的不说，前举老、《易》、庄等即是典型代表，如《庄子》就曾明确说："天地与我并生，而万物与我为一。""故为是举莛与楹，厉与西施，恢恑憰怪，道通为一。"③ "夫天下也者，万物之所一也。"④《孟子·尽心上》也说："尽其心者，知其性也。知其性，则知天"，认为人性即天性，人心与天性在本质上是相通的，虽立意在于"天人合德"，但其认识论的根基无疑则是"神性"化的。这种神秘的"天人和合论"在《周易·文言》中则有更为详细的表述："夫大人者，与天地合其德，与日月合其明，与四时合其序，与鬼神合其吉凶。先天而天弗违，后天而奉天时。天且弗违，而况于人乎？况于鬼神乎？"后来，三国的徐整在《三五历纪》中也表达了神秘的天人相依相生、互为生长条件的思想："天地浑沌如鸡子，盘古生其中。万八千岁，天地开辟，阳清为天，阴浊为地。盘古在其中，一日九变，神于天，圣于地。天日高一丈，地日厚一丈，盘古日长一丈。如此万八千岁，天数极高，地数极深，盘古极长。后乃有三皇（天皇、地皇、人皇）。数起于一，立于三，成于五，盛于七，处于九，故天去地九万里。"⑤ 宋代的张载在其《正蒙·乾称》中对天人关系也做了类似的解释："乾称父，坤称母，予兹藐焉，乃混然中处。故天地之塞吾其体，天地之帅吾其性。民吾同胞，物吾与也。"⑥ 认为人为天地所生，人与天地同体、同性。人民是我

---

① 《周易·系辞上》。

② 《春秋繁露·阴阳义》。

③ 《庄子·齐物论》。

④ 《庄子·田子方》。

⑤ 见《艺文类聚》卷一引《三五历纪》。

⑥ 张载：《正蒙·乾称》，引自郭齐勇：《中国古典哲学名著选读》，人民出版社 2005 年版，第 479 页。

的兄弟，万物是我的朋友。等等。

很明显，中国古代理论化的魅态文化同时也是神秘的"天人合一"文化，或者反过来说，"天人合一"包容了魅态文化；魅态文化以"天人合一"的理论形式而存在。

至于中国佛教就更是一个魅态化的"神学"体系。如禅宗认为："举手举足，皆是道场，是心是性，同归性海。"① "青青翠竹，尽是法身；郁郁黄花，无非般若。"② "春花秋月，日日都是好日；扬眉瞬目，头头皆是佛道"，即一切皆有佛性，只要达到心灵顿悟之境就可成佛，如六祖慧能所说："用智慧观照，不假文字。""一念普观，廓然空寂；此之宗要，千圣不传；直下了知，当处超越；闻中生解，意下丹青；目前即美，久蕴成病。"③ 即禅宗就是要在"自身犹如水中月，如镜中像，如热时炎，如空谷响，若言是有，处处求之不可见；若言是无，了了恒在目前"④ 的不即不离的境界中顿悟成佛。很显然，这种"一切皆佛"的观念正是把世界魅化的产物，是典型的"神学"思维或魅态文化思维的表现。

在西方文化中，柏拉图的神秘主义理论无疑是理论化的魅态文化的一个重要源头。柏拉图把神秘的 Idea（中文有多种译法：理式、理念、型、相、真形等）作为自己哲学的基石，认为在物质世界之外还独立存在着一个抽象的理式世界，这是"概念"的世界，它同"可见"的物质世界不同，它是"可知"的，其唯一的方法是靠理智去领悟。这个理式是万物的原型和理想，物质世界是对它的摹仿和分有。这个世界也是一个等级结构，其中最高的理式则是"善"。"诸种理念或理式，最后都和善的理式相关。善的理式如同太阳，不但赋予对象以可见性，而且维持着它们，使万物生长，而其自身却不参与这一物质性的过程。善不但是种种知识对象可以理解的源泉，而且是它们的存在和实在的源泉。"⑤ 这个独立的、永恒不变的"善"的理式说透了也就是最高的"神"或后来"上帝"的"原型"，不同的是基督教的上帝已经人格化了，而不仅仅是抽象的理式或理念，正如美国当代神学家布朗所说："他的理式学说，尤其是他关于善的理式的观点，明显拒斥了怀疑主义和唯物论的实在观。善的理式甚至可以等同于神。"⑥ 还能说明柏拉图理论之魅态性

① 王维：《能禅师碑并序》。
② 僧肇语，见《大珠禅师语录·卷下》。
③ 普济：《五灯会元》，中华书局 1984 年版。
④ 《楞伽师资记卷一》。
⑤ 科林·布朗：《基督教与西方思想》，查常平译，北京大学出版社 2005 年版，第 15 页。
⑥ 科林·布朗：《基督教与西方思想》，查常平译，北京大学出版社 2005 年版，第 17 页。

的还有他的"灵感说"。柏氏认为文艺创作的关键在于有无灵感，而他对灵感的解释却是神秘主义的，认为灵感的获得来自于"神灵附体"或"神灵凭附"，他在《伊安》篇中借苏格拉底之口告诉颂诗人伊安说：

你这副长于解说荷马的本领并不是一种技艺，而是一种灵感。像我已经说过的。有一种神力在驱谴你，像欧里庇得斯所说的磁石……磁石不仅能吸引铁环本身，而且把吸引力传给那些铁环，使它们也像磁石一样，能吸引其他铁环。有时你看到许多个铁环互相吸引着，挂成一条长锁链，这些全从一块磁石得到悬在一起的力量。诗神就像这块磁石，她首先给人灵感，得到这灵感的人们又把它递传给旁人，让旁人接上他们，悬成一条锁链。凡是高明的诗人，无论在史诗或抒情诗方面，都不是凭技艺来做成他们的优美的诗歌，而是因为他们得到灵感，有神力凭附着。①

他认为灵感的表现则是"迷狂"，他认为世间共有四种迷狂，如预言的迷狂、教仪的迷狂、诗兴的迷狂、爱情的迷狂。对诗兴的迷狂，他说：

此外还有第三种迷狂，是由诗神凭附而来的。它凭附到一个温柔贞洁的心灵，感发它，引它到兴高采烈神飞色舞的境界，流露于各种诗歌，颂赞古代英雄的丰功伟绩，垂为后世的教训。若是没有这种诗神的迷狂，无论谁去敲诗歌的门，他和他的作品都永远站在诗歌的门外，尽管他自己妄想单凭诗的艺术就可以成为一个诗人。他的神智清醒的诗遇到迷狂的诗就黯然无光了。②

不管是"神灵凭附"还是"诗神的迷狂"，已表明得不能再清楚了，即它们都是典型的魅态文化的特征。不能不承认，柏拉图的理论实在是西方最早的成体系的"魅态文化理论"。

柏拉图的学生亚里士多德虽然不满于柏氏的理式论而针锋相对地提出了他的"实体论"和"四因说"，但他最终仍然不能真正摆脱神秘的理式对他的影响，即仍然保留了与"理式"类似的"永恒实体"和"神"：

必然存在着某种永恒的、不运动的实体。……应该有这样一种本原，其本质即是实现性。这些实体应该是没有质料的，应该是永恒的，如若还有什么永恒的东西的话。所以，它们当然是实现的。……既然被运动的东西又运动是一种居间者，那么某种不被运动而运动的东西，就是永恒的、实现的实体。……显然有某种永恒而不运动的实体，独立于可感事物而存在。这种实体没有体积，没有部分，不可分。……一切移动将有一个目的，即某种在天

---

① 《柏拉图文艺对话集》，朱光潜译，人民文学出版社 1959 年版，第 7 页。
② 同上，第 111 页。

上运动着的神圣物体。①

神是赋有生命的，生命就是思想的实现活动，神就是实现，是就其自身的实现，他的生命是至善和永恒。我们说，神是有生命的、永恒的至善，由于他永远不断地生活着，永恒归于神，这就是神。②

也就是说，亚氏在最关键的地方仍然是"魅态"的。

后来古罗马的新柏拉图主义者普罗提诺继承了柏拉图的神秘主义思想，把理式改称为"太一"："普罗提诺的理智概念和柏拉图的理念或理式的王国相对应。但是，他把理念看成是上帝的理念，坚持认为在理智之外不存在这样的思想。实在的最高形式，是太一，它绝对在万物之上。"③ 而中世纪的奥古斯丁则进一步把柏拉图的神秘思想发展成了基督教神学体系："新柏拉图主义不是奥古斯丁精神之旅的终点。它更像一块通向信仰的垫脚石。"④ 他写了许多神学著作，如《论三位一体》、《上帝之城》等。后者"从神圣世界与世俗世界之间的基本冲突的角度，既给出了某种历史的全景，又给出了一种历史的神学"。⑤ 再后来的神学家托马斯·阿奎那则是把亚里士多德理论神学化了，他撰写了《反异教大全》和《神学大全》等神学著作，前者是一部基督教的护教著作，后者则是他按照圣经对基督教教义的陈述和对教父、古代和近代哲学的解释。⑥ 总之，在这一时期，西方的理论化的魅态文化在西方主要采取了宗教神学的形式。

基督教神学在 18 世纪英国休谟的怀疑论之后逐渐演变成一种"信仰"，一种人的精神的必不可少的部分。如康德的"实践理性"的最高归宿就是对"上帝"、"至善"的目的性信仰。他在著名的《实践理性批判》中说："有两样东西，我们愈经常愈持久地加以思索，它们就愈使心灵充满日新又新、有加无已的景仰和敬畏：在我之上的星空和居我心中的道德法则。……后者通过我的人格无限地提升我作为理智存在者的价值，在这个人格里面道德法则向我展现了一种独立于动物性，甚至独立于整个感性世界的生命；它至少可以从由这个法则赋予我的此在的合目的性的决定里面推得，这个决定不受此生的条件和界限的限制，而趋于无限。……道德学发轫于道德本性的高贵性

---

① 亚里士多德：《形而上学》，苗力田译，中国人民大学出版社 2003 年版，第 249—257 页。
② 亚里士多德：《形而上学》，苗力田译，中国人民大学出版社 2003 年版，第 253 页。
③ 科林·布朗：《基督教与西方思想》，查常平译，北京大学出版社 2005 年版，第 63 页。
④ 同上，第 72 页。
⑤ 同上，第 73 页。
⑥ 科林·布朗：《基督教与西方思想》，查常平译，北京大学出版社 2005 年版，第 96 页。

质，这种性质的发展和教化指向一种无穷的益处，终结于——热狂或迷信。"①
这种"热狂或迷信"的境界就是指具有"神性"意味的"上帝"和"至善"：

这样，自然的无上原因，只要它必须为了至善而被设定，就是这样一个
存在者，它通过知性和意志成为自然的原因（从而是自然的创作者），亦即上
帝。因此，派生的至善（极善世界）可能性的公设同时就是一个源始的至善
的现实性的公设，也就是上帝实存的公设。既然促进至善原本是我们的职责，
那么设定这种至善的可能性就不仅是我们的权限，而且也是与作为需求的职
责联结在一起的必然性；因为至善只有在上帝的此在的条件下才发生，所以
这就将上帝的此在这个先决条件与职责不可分割地联结在一起，亦即认定上
帝的此在，在道德上是必然的。②

很显然，康德也是西方魅态文化之理论谱系的一个重要的环节。

黑格尔的神性等概念也是一个证明，而他的理念或绝对精神则又基本回
到了柏拉图神秘的客观唯心主义模型上。黑格尔在他的著名的《美学讲演录》
中专门论述了艺术和"神性"的关系：

只有靠它的这种自由性，美的艺术才成为真正的艺术，只有在它和宗教
与哲学处在同一境界，成为认识和表现神圣性、人类的最深刻的旨趣以及心
灵的最深广的真理的一种方式和手段时，艺术才算尽了它的最高职责。……
美的艺术对于了解哲理和宗教往往是一个钥匙，而且对于许多民族来说，是
唯一的钥匙。③

因为不仅人有神性，而且神性在人身上比在自然中所取的活动形式也更
高，更符合于神的本质。神就是心灵，只有在人身上，神性所由运行的媒介
才具有自生自发的有意识的心灵形式，……在艺术作品中所见出的神性，因
为是从心灵产生的，却替它的存在获得了一种符合它本性的显现。④

古希腊艺术就是希腊人想象神和认识真理的最高形式。所以诗人和艺术
家们对于希腊人来说，就是他们的神的创造者，这就是说，艺术家们替希腊
民族建立了关于神的事迹、生活和影响的明确观念，因此也就是替他们建立
了明确的宗教内容。⑤

黑氏认为艺术必须表现"神性"，这是它的"最高职责"，而这一点是它

① 康德：《实践理性批判》，韩水法译，商务印书馆 1999 年版，第 177—178 页。
② 同上，第 137 页。
③ 黑格尔：《美学》第 1 卷，朱光潜译，商务印书馆 1979 年版，第 10 页。
④ 同上，第 37—38 页。
⑤ 同上，第 130 页。

和宗教、哲学相同的地方。他说："哲学除神以外也没有别的对象，所以其实也就是理性的神学，并且就它对真理服务来说，它也就是永远对神服务。"①不用说，黑格尔仍然重视人类精神和文化（包括文学艺术）的魅态属性、魅态内容。特别是他几乎是在本体论的意义上来论述艺术和神性的关系的，换言之，在他眼里神性正是艺术的重要秉性、重要本质。②

尼采对日神精神、酒神精神的标举也可以视为是对西方魅态文化之源的有意回归，特别是那狂放浪漫的酒神精神几乎就是神性的魅态文化的杰出范本。他这样赞美酒神精神：

在酒神的魔力之下，不但人与人重新团结了，而且疏远、敌对、被奴役的大自然也重新庆祝她同她的浪子人类和解的节日。大地自动地奉献它的贡品，危崖荒漠中的猛兽也驯良地前来。酒神的车辇满载着百卉花环，虎豹驾驭着它驱行。一个人若把贝多芬的《欢乐颂》化作一幅图画，并且让想象力继续凝想数百万人颤栗着倒在灰尘里的情景，他就差不多能体会到酒神状态了。此刻，奴隶也是自由人。此刻，贫困、专断或"无耻的时尚"在人与人之间树立的僵硬敌对的藩篱土崩瓦解了。此刻，在世界大同的福音中，每个人感到自己同邻人团结、和解、款洽，甚至融为一体了。……人轻歌曼舞，俨然是一更高共同体的成员，他陶然忘步忘言，飘飘然乘风飞飏。他的神态表明他着了魔。就像此刻野兽开口说话、大地流出牛奶和蜂蜜一样，超自然的奇迹也在人身上出现：此刻他觉得自己就是神，他如此欣喜若狂、居高临下地变幻，正如他梦见的众神的变幻一样。③

非常清楚，酒神精神就是一种典型的魅态狂欢精神，它用一种魅幻、魅超的精神使人和自然、人和人的关系变得空前地亲和、融洽。把人提升到自然本体和"众神"的超越境界，使人的精神获得了高度的解放和升华。可以说，尼采是在重新提醒人们应高度重视这种对人类文明极端重要的魅态精神。

在尼采之后的德国社会学家西美尔则把宗教中的魅态文明转换成人类不可或缺的"宗教性"，他认为人原本就有宗教性的本质，或者说人原本就是一种宗教性的动物。他说：

我们可以断定，人与人之间各种各样的关系中都包含着一种宗教因素。孝顺儿女与其父母之间的关系；忠心耿耿的爱国者与其祖国之间的关系或满

---

① 黑格尔：《美学》第 1 卷，朱光潜译，商务印书馆 1979 年版，第 129 页。
② 黑格尔的"神性"概念同他的"理念"、"绝对精神"等都是可以互换的，具有更丰富的内涵，这一点也需注意。
③ 尼采：《悲剧的诞生》，周国平译，三联书店 1986 年版，第 6 页。

腔热情的大同主义与人类之间的关系；产业工人与其成长过程中的阶级之间的关系或骄横的封建贵族与其等级之间的关系；下层人民与欺骗他们的统治者之间的关系，合格的士兵与其队伍之间的关系等等，所有这些关系虽然内容五花八门，但如果从心理学角度对它们的形式加以考察，就会发现它们有着一种我们必须称之为宗教的共同基调。一切宗教性都包含着无私的奉献与执著的追求、屈从与反抗、感官的直接性与精神的抽象性等的某种独特混合；这样便形成了一定的情感张力，一种特别真诚和稳固的内在关系，一种面向更高秩序的主体立场——主体同时也把秩序当做是自身内的东西。①

他认为"宗教性"既是人的本性，又是一种"社会精神结构"。当个人与集体的关系"具有溶升华、献身、神圣、忠诚于一体的特征"，就是宗教性的关系。② 他认为"上帝观念的内在本质就在于，把各种各样彼此矛盾的事物相互联系并整合起来……宗教整合性简直就是社会整合性的绝对形式"。③ "宗教天性在本质上和情欲天性是一样的"，都是我们"灵魂中的一种存在或事件"，"是我们天赋的一部分"。④ 正如刘小枫先生所指出的：在西美尔看来，"宗教性"的人有如艺术家，"宗教性"有如艺术创造，而真正的艺术家是"宗教性"的人，真正的艺术品是"宗教性"的，宗教和艺术都属于灵魂的事情，用西美尔的话说就是："只有上帝和艺术才是确定属于我们灵魂的，因为我们相信上帝，我们欣赏艺术。"⑤

德国存在主义哲学家海德格尔则是通过对荷尔德林神性之诗的高度赞美、对"天—地—人—神"四方圆舞和"诗与思的对话"的标举把西方理论化的魅态文化推向了历史的新高度。他说：

有四种声音在鸣响：天空、大地、人、神。在这四种声音中，命运把整个无限的关系聚集起来。……若没有其他三方，任何一方都不存在。它们无限地相互保持，成为它们之所是，根据无限的关系而成为这个整体本身。⑥

大地和天空、诸神和终有一死者，这四方从自身而来统一起来，出于统一的四重整体的纯一性而共属一体。四方中的每一方都以它自己的方式映射着其余三方的现身本质。同时，每一方都以它自己的方式映射着自身，进入

---

① 西美尔：《现代人与宗教》，曹卫东等译，中国人民大学出版社 2003 年版，第 4—5 页。
② 西美尔：《现代人与宗教》，曹卫东等译，中国人民大学出版社 2003 年版，第 6—7 页。
③ 同上，第 13 页。
④ 同上，第 48 页。
⑤ 见西美尔：《现代人与宗教·编者导言》，中国人民大学出版社 2003 年版，第 32 页。
⑥ 海德格尔：《荷尔德林的大地和天空》，见《荷尔德林诗的阐释》，孙周兴译，商务印书馆 2000 年版，第 210 页。

它在四方的纯一性之内的本己之中。这种映射（Spiegeln）不是对某个摹本的描写。映射在照亮四方中的每一方之际，居有它们本己的现身本质，而使之进入纯一的相互转让（Vereignung）之中。以这种居有着——照亮着的方式映射之际，四方中的每一方都与其它各方相互游戏。……天、地、神、人之纯一性的居有着的映射游戏，我们称之为世界（Welt）。①

他借对荷尔德林的诗的分析阐论了他的"思与诗"的对话的主张：

"充满劳绩，然而人诗意地，栖居在这片大地上。"……但同时，人也得以在此区域内，从此区域而来，通过此区域，去仰望天空。这种仰望向上直抵天空，而根基还留在大地上。这种仰望贯通天空与大地之间。这一"之间"（das Zwischen）被分配给人，构成人的栖居之所。我们现在把这种被分配的贯通——天空与大地的"之间"由此贯通而敞开——称为维度（die Dimension）。……维度之本质乃是那个"之间"——即直抵天空的向上与归于大地的向下——的被照亮的、从而可贯通的分配。……据荷尔德林的诗句，人以天空度量自身而得以贯通此尺度。……人之为人，总是已经以某种天空之物来度量自身。……所以，接着的诗行（第28—29行）说："人……以神性度量自身。"神性乃是人借以度量他在大地之上、天空之下的栖居的"尺度"。唯当人以此方式测度他的栖居，他才能够按其本质而存在。人之栖居基于对天空与大地所共属的那个维度的仰望着的测度。②

人望天而带出天地"之间"，这"之间"正是人之栖居之所；人测度天空又带出了居天者——神，这"神"又正是人测度天地"之间"的尺度。就这样，天、地、神、人四方靠人—神结合的维度、尺度形成了一个存在的圆舞—游戏。在这圆舞—游戏之中，"诗"与"思"也借一种"神性"的维度在进行着和谐的"对话"。可见，海氏的存在主义，既是哲学，又是诗学，同时也是存在论、本体论维度的诗性—哲性—神性相融的魅态文化。

第三节　魅态文化的诗化形式

魅态文化的诗化形式主要是文学、艺术，这里只讨论文学。文学的魅态

---

① 海德格尔：《物》，见孙周兴选编：《海德格尔选集》（下），上海三联书店 1996 年版，第 1179—1180 页。

② 海德格尔：《"……人诗意地栖居……"》，见孙周兴选编：《海德格尔选集》（上），上海三联书店　1996 年版，第 470—471 页。

特征首先表现在它的想象品质上，诚如黑格尔所说："艺术作品既然是由心灵产生出来的，它就需要一种主体的创造活动，……这种创造活动就是艺术家的想象。"① "最杰出的艺术本领就是想象。"② 维柯说："原始的诸异教民族，由于一种已经证实过的本性上的必然，都是些用诗性文字来说话的诗人。……我们所说的（诗性）文字已被发现是某些想象的类型，原始人类把同类中一切物种或特殊事例都转化成想象的类型（寓言故事实质上就是些想象的类型）都凭一些最活跃的想象而形成的。"③ 无疑，这些"想象类型"的"诗性文字"正是文学的原始形式。英国浪漫派诗人雪莱也认为诗歌是"想象的表现"；④ 荣格也说："诗人的创作力来源于他的原始经验，这种经验深不可测，因此需要借助神话想象来赋予它形式。"⑤ 高尔基也说过："想象是创造形象的文学技巧的最重要的手法之一。"⑥ 中国古代文论家陆机说："精骛八极，心游万仞。……观古今于须臾，抚四海于一瞬"；刘勰在《文心雕龙·神思》中也标举："形在江海之上，心存魏阙之下。神思之谓也。文之思也，其神远矣。故寂然凝虑，思接千载；悄焉动容，视通万里。"而李白的："云想衣裳花想容"，"白发三千丈"，"燕山雪花大如席"；岑参的："忽如一夜春风来，千树万树梨花开"；宋张元的咏雪名句："战退玉龙三百万，败鳞残甲满天飞"等，则是"想象"在诗歌创作中的具体表现。

文学的魅态特征还表现在它的比喻和象征手法上。维柯在《新科学》中指出早期人类的思维方式是"以己度物"："用以己度物的方式，使它们也有感觉和情欲，这样就用它们来造成一些寓言故事。"⑦ 这"以己度物"其实就是拟人化的"类比"，也就是"比喻"或"隐喻"。中国古代诗歌如《诗经》中最基本的手法就是"赋、比、兴"。朱熹在《诗集传》里解释说："赋者，敷陈其意而直言之也"，"比者，以彼物比此物也"，"兴者，先言他物以引起所咏之词也"。这所谓的"以彼物比此物"的"比"就是形象性的"类比"或"隐喻"。如用"关关雎鸠"比喻相恋的男女青年，用"苍苍蒹葭"比喻情感的扑朔迷离之境，等等。后汉的王逸这样评价屈原的《离骚》："《离骚》之文，依诗取兴，引类譬谕。故善鸟香草，以配忠贞；恶禽臭物，以比谗佞；

---

① 黑格尔：《美学》第 1 卷，朱光潜译，商务印书馆 1979 年版，第 356 页。
② 同上，第 357 页。
③ 维柯：《新科学》（上），商务印书馆 1989 年版，第 30—31 页。
④ 雪莱：《为诗辩护》，《十九世纪英国诗人论诗》，人民文学出版社 1984 年版，第 119 页。
⑤ 荣格：《心理学与文学》，三联书店 1987 年版，第 136 页。
⑥ 高尔基：《论文学》，人民文学出版社 1971 年版，第 317 页。
⑦ 维柯：《新科学》（上），商务印书馆 1989 年版，第 200 页。

灵修美人，以媲于君；宓妃佚女，以譬贤臣；虬龙鸾凤，以託君子；飘风云霓，以为小人。"① 指的正是它的比喻之法。

"象征"的内涵是"以象征意"，即用文学形象来暗示、隐喻某种抽象的观念、哲理。在中国最有代表性的"原型"一是《周易》的"立象尽意"，一是《庄子》的"象罔"之喻。《周易·系辞·上》说："子曰：'书不尽言，言不尽意。'然则圣人之意，其不可见乎？子曰：'圣人立象以尽意，设卦以尽情伪，系辞焉以尽其言，变而通之以尽利，鼓之舞之以尽神。"孔子说"象"可以充分表达圣人的思想，圣人就是用"立象"、"设卦"等形象化的方式来教化天下的。这其实就是"象征"之法。庄子的《天地》篇则提出了一个"象罔"之喻：

> 黄帝游乎赤水之北，登乎昆仑之丘而南望，还归，遗其玄珠。使知索之而不得，使离朱索之而不得，使喫诟索之而不得也。乃使象罔，象罔得之。黄帝曰："异哉！象罔可以得之乎？"

在这里，玄珠、象罔其实都是"道"的别名。象罔拆开来看，所对应的是有无、虚实，它们正是道的两种最基本的规定。但从寓言的内涵看，"象罔"的侧重点是在"无"或虚的方面，因为老子说：有生于无，"无"才是世界万物的最初起点，"无"才是道的最基本、最深层的内涵所在。从而，象罔就有另一解："罔象"，即对"象"的忽略和遗忘，一句话，仍是无或虚的意思。"知"在这里是象征思虑、理智；"离朱"据说是黄帝时目力最好的人，像孙悟空那样是"火眼金睛"，代表"视觉"；"喫诟"象征言辩，是指口才好。这里其实是列举了三种人、能力、智慧、办法；理性、逻辑思维；感性、视觉；感性、口才。它们和道都不对应，因为它们都有私偏，都有局限、限制，都停留或偏畸化于某个方面。而只有"象罔"这个既有又无、既实又虚、既有限又无限、既抽象又具体的浑整的"统一物"才能得道，或者毋宁说它就是道本身，象罔是道的别名。而道的实质往往又偏在"无"或"虚"的一面。如《老子·四章》说："道冲而用之或不盈"，"冲"，古字为"盅"，训虚。意思是说道体是虚状的，但却用之不竭。类似的表述在《老子》中很多，如："其犹橐籥"（五章）、"谷神不死，是谓玄牝"（六章）、"是谓无状之状，无物之象，是谓惚恍"（十四章）、"寂兮廖兮"（二十五章）。《庄子》说："夫道……无形"② "夫道，渊乎其居也，澡乎其清也。

① 王逸：《离骚经序》，见郭绍虞主编，王文生副主编：《中国历代文论选》第 1 册，上海古籍出版社 2001 年版，第 155 页。

② 《庄子·大宗师》。

第九章　文学对话的魅态文化维度

……视乎冥冥，听乎无声"① "唯道集虚"，② 等。重"虚"重"无"，实际上是重"象"所暗示的"道"本身。可见，道家的"象罔"之喻也和儒家的"象意"结构相同，都为文学的象征化手法提供了强大的理论支持。而《庄子》的"象罔"比喻文本本身，其实同时也是杰出的美学、诗学和文学文本。在文学上，像李商隐《无题》的名句："春蚕到死丝方尽，蜡炬成灰泪始干。"南宋郑思孝的《画菊》："花开不并百花丛，独立疏篱趣未穷。宁肯枝头抱香死，何曾吹落北风中。"就都是明显的象征之法，前者以"春蚕"、"蜡炬"象征爱的执着，后者以"菊花"象征人的高洁、坚强和不屈。在现代诗人中，如李金发的《弃妇》、戴望舒的《雨巷》、闻一多的《死水》、《红烛》等即都是典型的象征之作。在西方文学中，象征主义代表人物波德莱尔还专门提出了神秘的象征"应合"之说，并且写出了《恶之花》这样的象征主义代表之作。同类的象征主义诗人还有法国的马拉美、魏尔伦，英国的叶芝、艾略特和俄国的布洛克等，他们都写出了一批以象征为整体特征的文学作品。

　　情感化也是文学的一个重要的魅态特征。在中国文论史上不乏这方面的论述，如《毛诗序》说："情动于中而形于言"，主张诗应"吟咏情性"。③ 陆机说："诗缘情而绮靡。"④ 刘勰则说："登山则情满于山，观海则意溢于海"，"神用象通，情变所孕"。⑤ 认为"情者，文之经"，"繁采寡情，味之必厌"，主张"为情而造文"。⑥ 白居易也说："感人心者，莫先乎情，……诗者，根情。"⑦ 王国维说："昔人论诗词，有景语、情语之别，不知一切景语皆情语也。"⑧ 在西方文论史上也有代表性的说法，如英国浪漫主义诗人华兹华斯说："诗是强烈感情的自然流露。它起源于在平静中回忆起来的情感。"⑨ 俄国批判现实主义大师列夫·托尔斯泰说：艺术是一种"有意识地把自己体验过的

---

① 《庄子·天地》。

② 《庄子·人间世》。

③ 郭绍虞主编，王文生副主编：《中国历代文论选》第 1 册，上海古籍出版社 2001 年版，第 63 页。

④ 陆机著，张少康集释：《文赋集释》，人民文学出版社 2002 年版，第 99 页。

⑤ 刘勰著，范文澜注：《文心雕龙注》（下），人民文学出版社 1958 年版，第 493—495 页。

⑥ 同上，第 538—539 页。

⑦ 白居易：《与元九书》，见郭绍虞主编，王文生副主编：《中国历代文论选》第 2 册，上海古籍出版社 2001 年版，第 96 页。

⑧ 周锡山编校，王国维著：《人间词话汇编汇校汇评》，北岳文艺出版社 2004 年版，第 201 页。

⑨ 华兹华斯：《〈抒情歌谣集〉1880 年序言》，见伍蠡甫主编：《西方文论选》下册，上海译文出版社 1979 年版，第 17 页。

感情传达给别人，而别人为这些感情所感染，也体验到这些感情"的人类活动。① 美国符号美学家苏珊·朗格说：艺术是"人类情感的符号形式的创造"，② "艺术品是将情感（指广义的情感，亦即人所能感受到的一切）呈现出来供人观赏的，是由情感转化成的可见的或可听的形式"，③ 等等。情感化使文学成为可体验、可感受的"审美对象"和"情感本体"，不管它所表现的是喜还是怒，是哀还是乐，都必然会给人带来某种情感感染，情感享受。同时，其所表现的任何来自于生活的所谓"客观反映"、"客观认识"，其实都是被作者的"情感"改造过了，如《三国演义》的"拥刘反曹"、但丁《神曲》对灵肉统一的"神性之爱"的歌颂。在许多情况下，因为受情感逻辑的影响，文学还会对自然、生活的客观真实做明显的变形、改造，使它符合情感表现的需要，如李白的《早发白帝城》："朝辞白帝彩云间，千里江陵一日还。两岸猿声啼不住，轻舟已过万重山。"长江两岸在地理上的"远而险"——"千里"、"万重山"，被诗人因流放获释后的喜悦心情而改变成行舟的"轻而快"——"轻舟"、"一日还"。再如杜甫的"露从今夜白，月是故乡明"，王实甫的"晓来谁染霜林醉，总是离人泪"，等等。

而最能说明文学的魅态品质的恐怕要数中国所谓的物我相融和西方所说的"移情"现象了。沃林格说："移情冲动是以人与外在的世界的那种圆满的具有泛神论色彩的密切关联为条件的。"④ 加拿大原型批评理论家弗莱则指出："诗歌语言的联想性要超过其描绘性；诗歌的原始功能（诗歌未丧失它，反而时常回归到这个功能）看来是与把人类世界及非人类世界视为一致有关。我们从大量文学作品由神话体系中产生，便可清楚见到这一功能：故事中的神祇就其观念和性格讲具有人性，但又与自然界好些方面一致，故而才有太阳神、森林之神或天国众神。这种同一性的单元，即两件事物被说成是一码事却又保持其双重性，在诗歌中是以隐喻形式出现的，……同时，诗歌中这种认同或等同的实际过程既不依存于语言（当然也有语言的等同，如双关语），也不有赖于某种文化的特点。倘若一位意大利诗人和一位中国诗人都使用隐喻，即使前者选用玫瑰花，后者选用荷花，也不致于造成什么困难的。"⑤

① 列夫·托尔斯泰：《艺术论》，见伍蠡甫主编：《西方文论选》下册，上海译文出版社1979年版，第433页。

② 苏珊·朗格：《情感与形式》，刘大基等译，中国社会科学出版社1986年版，第51页。

③ 苏珊·朗格：《艺术问题》，滕守尧、朱疆源译，中国社会科学出版社1983年版，第24页。

④ 沃林格：《抽象与移情》，辽宁人民出版社1987年版，第16页。

⑤ 弗莱：《构思是文艺的创作原理》，杨德友译，见吴持哲编：《诺思洛普·弗莱文论选集》，中国社会科学出版社1997年版，第144页。

"把人类世界及非人类世界视为一致"其实就是"物我相融"和"主观移情"的不同说法，而弗莱认为这是中西都存在的文学现象。以中国诗词为例，如韦庄的"无情最是台城柳，依旧烟笼十里堤"；杜甫的"感时花溅泪，恨别鸟惊心"；杜牧的"蜡烛有心还惜别，替人垂泪到天明"；辛弃疾的"我见青山多妩媚，料青山见我应如是。情与貌，略相似"，等等。王国维曾说："有有我之境，有无我之境。……有我之境，以我观物，故物皆著我之色彩。无我之境，以物观物，故不知何者为我，何者为物。"① 这实际上只是表现的策略或相对的或物、或我的侧重不同而已，而无论哪种情况的实质都是心与物、主体与外部世界的"同化"、融合的产物。《庄子·齐物论》曾提出一个"物化"的概念，说："昔者庄周梦为胡蝶，……不知周之梦为胡蝶与？胡蝶之梦为周与？周与胡蝶则必有分矣。此之谓物化。"可见，《庄子》所谓的"物化"其实就是"人化为物"，其实质则是王国维说的"无我之境"，但它明明又说"昔者庄周梦为胡蝶"，也就是说在根底里仍是人"主观化"（梦）的结果。

总之，文学正是通过这种魅化的"主观化"，使人与广大的外部世界特别是与那些——人实际上无法掌握的事物之间，或与尚黑暗、混沌的世界，那些实际上互不关联的事物之间建立了新的秩序，把它们纳入符合人的意愿、理想的意义结构之中，从而实现了精神上的超越和解放。正如康德所说：

想像力（作为生产性的认识能力）在从现实自然提供给它的材料中仿佛创造出另一个自然这方面是极为强大的。当经验对我们显得太平常的时候，我们就和大自然交谈；但我们也可以改造自然……以至于材料虽然是按照联想律由自然界借给我们的，但这材料却能被我们加工成某种另外的东西，即某种胜过自然界的东西。……诗人敢于把不可见的存在物的理性理念，如天福之国，地狱之国，永生，创世等等感性化。②

康德虽在这里说的是天才的想象力等心灵能力问题，但也是文学的魅态超越问题。应该说，文学是魅态文化的最大获益者，而反过来魅态文化也借文学得到很好地存续、发展。而人类靠魅态的文学则战胜了种种限制、束缚，把世界整体性地纳入自己的意义世界。无疑，世界靠文学则越来越成为属于人自己的世界。魅态文化是人"世界化"和世界"人化"的特殊方式。此方式可能为人类所独有，同时也非别的方式可以替代。

---

① 周锡山编校、王国维著：《人间词话汇编汇校汇评》，北岳文艺出版社 2004 年版，第 11 页。
② 康德：《判断力批判》，邓晓芒译，人民出版社 2002 年版，第 158—159 页。

第四节　魅态文化与"小传统"

　　美国芝加哥大学人类学家雷德斐尔德在《乡民社会与文化》一书中提出了"大传统"与"小传统"两个重要概念。前者指都市文明，后者指乡土文化。① 其实扩大开来看，则可以这样理解：大传统指官方的、主流化的生活价值系统，小传统指民间的、民俗性的、相对边缘化的生活价值系统。前者往往以"政治—法律"等国家机器或国家意识形态为"轴心"，后者则掺杂进了更多的来自于信仰、习惯、民俗等日常生活价值传统。无疑，两者比较起来，后者的"魅态化"成分更为浓厚一些。甚至我们可以这样认为，随着社会理性文明的发展，理性文化便越来越被官方化、主流化，与国家机器权力或政治、法律等意识形态合流，成为占统治地位的价值系统，也就是说"大传统"随着社会的理性化逐渐成了以"理性"与"科学"为特征的文化价值体系，这就是马克斯·韦伯所说的社会的"理性化"或"祛魅化"（又译为"脱魔化"）。他说："日益智化与理性化并不表明，对赖以存在的生活条件有了更多的一般性知识。倒是意味着别的，就是说，知道或者相信：只要想知道什么，随时都可以知道，原则上没有从中作梗的神秘而不可测的力量；原则上说，可以借助计算把握万物。这却意味着世界的脱魔——从魔幻中解脱出来。野人相信魔力，所以必须用魔法控制鬼怪或者向鬼怪祈求。我们大可不必学野人了，技术手段与计算使人脱魔。这是理智化本身的主要意义。"② 这一点，美国后现代宗教哲学家大卫·格里芬也有明确指认，他指出："现代性及对现代性的不满皆来源于马克斯·韦伯所称的'世界的祛魅'（the disenchantment of the world）。这种祛魅的世界观既是现代科学的依据，又是现代科学产生的先决条件，并几乎被一致认为是科学本身的结果和前提。'现代'哲学、神学和艺术之所以与众不同，在于它们在把现代性的祛魅的世界观当作了科学的必然条件的同时，认真思考了维护道德的、宗教的和美学的敏感性的多种途径。……弗雷德里希·席勒比韦伯早一个世纪就谈到了自然的祛魅，他用的是 Entgotterung 一词，字面上的含义是自然的非神性化。……韦伯在形

---

　　① 见陈来：《古代宗教与伦理——儒家思想的根源》，三联书店 1996 年版，第 12—13 页。
　　② 马克斯·韦伯：《入世修行——马克斯·韦伯脱魔世界理性集》，王容芬、陈维纲译，天津人民出版社 2007 年版，第 22 页。

容祛魅时用的是 Entzauberung 一词，字面上的含义是'驱除魔力'。"① 格里芬是主张世界或科学的"返魅"（reenchantment）的，认为科学完全可以"附魅"（enchantment）："具有讽刺意味的结论是，具有祛魅性质的现代科学开始了一个由祛魅的科学本身而结束的进程。……祛魅的观点到此走到了尽头。"② "对祛魅问题的后现代的探讨涉及了科学本身的返魅。"③ "在 20 世纪，当现代性的祛魅趋势遍及世界多数角落时，一股反向运动开始在哲学、历史学、科学心理学以及各学科中抬头。这一运动在 20 世纪后半叶获得了巨大的发展势头，它割裂了科学与祛魅之间的联系，为科学的返魅开辟了道路。"④

这里的问题是，随着"大传统"逐渐被理性和科学的价值观改写之后，魅态文化便自然地被驱逐到了民间小传统之中，如在中国，随着儒、法文化的"官方化"和"主流化"，带有浓厚的"神性"和信仰色彩的道教文化便主要以民间为自己的生存之地。另外，在这里，各种民俗性的节日、带有一定"迷信"性质的"神巫"化的信仰活动等也远比城市都要普遍和盛行。也就是说，民间小传统其实正是"魅态文化"的又一种表现形式。这种特定的形式从民间、乡村乃至于"自然"中找到了一种可以藏身、可以安身甚至是可以健身的"托体"，即同民间情怀、乡村情感和自然信仰等混揉杂合一体的一种强大的复合依托。换句话说，我们在关于民间、乡村、自然的种种颂赞中其实是不难发现某种诗性和"神性"相融合的"魅幻"精神的。这时，魅态文化其实是已作为某种内在的基质潜伏其中了。

德国社会学家斐迪南·滕尼斯在《共同体与社会》中提出了"共同体"和"社会"两个不同概念，其所谓的"共同体"正是这种魅化复合的"文化丛"，他指出：

人的意志在很多方面都处于相互关系之中……关系本身即结合，或者被理解为现实的和有机的生命——这就是共同体的本质，或者被理解为思想的和机械的形态——这就是社会的概念。

一切亲密的、秘密的、单纯的共同生活，（我们这样认为）被理解为在共同体里的生活。社会是公众性的，是世界。人们在共同体里与同伙一起，从出生之时起，就休戚与共，同甘共苦。人们走进社会就如同走进他乡异国。

---

① 大卫·雷·格里芬：《引言：科学的返魅》，见大卫·格里芬编：《后现代科学》，中央编译出版社 2004 年版，第 1—3 页。

② 同上，第 4 页。

③ 同上，第 2 页。

④ 同上，第 11 页。

共同体是古老的，社会是新的，不管作为事实还是作为名称，皆如此。

一切对农村地区生活的颂扬总是指出，那里人们之间的共同体要强大得多，更为生机勃勃：共同体是持久的和真正的共同生活，社会只不过是一种暂时的和表面的共同生活。因此，共同体本身应该被理解为一种生机勃勃的有机体，而社会应该被理解为一种机械的聚合和人工制品。①

滕尼斯的基本思想还可以这样来表述：共同体是靠传统的自然纽带联结起来的群体，这些纽带包括：血缘、地缘、业缘、宗教信仰等，这些因素在发挥作用时是自然的、传统的、习惯的。其典型形式就是以血缘为纽带的宗族式的乡村。这决定了共同体的结合是紧密和有机的。而社会则是一种理性的有目的的聚合性组织，其依赖的根基是利益和组织法理。因而，其内部的联系必然是松散的、分离的，甚至彼此是相互排斥的，或者如卢梭所说的是靠一种社会的"契约"来维系。其典型形式则是城市。或者再换言之，一个是以自然意志为主导的礼俗乡邦，一个则是以理性意志为主导的法理社会；一个是以血缘习俗为纽带的自然共同体，一个则是以利益和理性为计较的社会组织。在人类发展史上，社会类型晚于共同体类型："共同体是古老的，社会是新的。"要之，简单地说，共同体等于乡村，社会等于城市。

我们还可以沿着滕尼斯的理路再做发挥：乡村是自然的、亲和的、包容的、柔性的，是女性意象；城市是法理的、竞争的、分离的、刚性的，是男性意象。这就是为什么在人类发展史上，理性引导我们走向城市，而情感却不断地要把我们带回乡村。城市是建设的、发展的，乡村是安宁的、可归依的。在中国古典哲学和文学中，歌赞乡村、诟骂城市的声音之所以长久而洪亮，其原因正同此有关。老子崇尚自然，其实正是同其崇尚女性相表里的。叶舒宪指出：

一般的神话叙述总是把创世之际或创世后的第一时期作为黄金时代或天堂乐园时期，初始之完美体现于宇宙万物的创造和秩序存在本身；而老子则将宇宙开辟之前的玄同混一状态视为至高理想和原型范本，庄子更将闭目塞聪、无窍无知又无欲的浑沌充当初始之完美的理想化身……我们以为老庄哲学的这种特殊的价值取向植根于史前宗教的大母神崇拜，或者更确切地说，反映着保留在父权制文化之中的远古母系社会的女神宗教及神话原型。

人类学家和宗教史学家认为，大母神是后代一切女神的终极原型，甚至可能是一切神的终极原型。②

----

① 斐迪南·滕尼斯：《共同体与社会》，林荣远译，商务印书馆1999年版，第52—54页。
② 叶舒宪：《老子与神话》，陕西人民出版社2005年版，第169、172页。

主阴尚柔、礼赞玄牝正是《老子》的特殊之处。老庄的反礼乐反文化，崇尚自然，在一定意义上看正反映出一种否定城市和归依乡村的原始倾向。其根因除原始神话、宗教的影响外，也同上述乡村的"共同体"内涵——亲和性、包容性、柔性等女性品质有关。在文学中，陶渊明的田园诗，他的《归田园居》和"桃源胜境"是最有代表性的，而在他的身后还形成了传统绵长的"慕陶风"，都可视为老庄"乡村派"的某种延续和开展。而直接批判城市的恐怕要数这样的诗句："昨日入城市，归来泪满襟。遍身罗绮者，不是养蚕人"，借一斑而知全豹，城市在中国古典诗词中更多是一种伤痛的象征，而乡村则是"采菊东篱下，悠然见南山……此中有真意，欲辨已忘言"，即它是"不知有汉，无论魏晋"，让人物我两忘的陶醉之乡。或是"榆柳荫后檐，桃李罗堂前"，"狗吠深巷，鸡鸣桑巅"，"燕子绿水人家"的一派天人浑融相乐的景象。

总之，人的世界虽然是由同自然的分离而建立起来的，但人类又无法真正离开自然，在人性、感情或心灵深处，人类其实总是无法拟制一种依恋和返回自然的强烈冲动。中国的老庄、陶渊明、李白如此，西方的文艺复兴时期的许多思想家以及后来的卢梭、尼采，甚至也要把存在论哲学大师海德格尔都算进来，应该说他们是都有着大致相似的回归自然的情怀的。中国哲学中的"天人关系"、西方哲学的本体论、认识论，其实从某种意义上说，所涉及的都是人同自然（或外部世界）关系的这个宏大命题。中国的千古宝典式的文学巨著《红楼梦》，除了家族和历史兴衰主题、宝黛爱情主题、情文化拯救主题等以外，其着意于表达人来彼大荒（自然），又终应归彼大荒（自然）的主题也是十分明显的。人们崇尚和怀恋自然的原因肯定是复杂的、多元的，但它同渗透着魅幻与信仰精神的伦理化、习俗化的乡村，具有自由朴野品质的民间所存在的天然联系无疑也是一个重要的原因。而更重要的则是它具有原态本真的、未被理性概念切割、抽象的混整性和魅态性。一句话，人们之喜好民间、乡村和自然，其实在根底里正同这些载体所携带的魅态文化基因有关。

正因如此，文学才特别喜欢与民间、乡村和自然结缘，而反过来，这些文化载体也天然地是适宜文学表现的材料。或者换言之，文学雅好自然，自然也雅好文学，使它们一往情深而贯通相连的纽带正是马丁·布伯所说的"你—我关系"，或整一混融的魅态精神。中国艺术意境特别是其中的"禅境"为什么往往要以"自然"（景）为基本"材料"，这恐怕是一个十分重要的原因，诚如东晋画家王微所说的："望秋水神飞扬，临春风思浩荡"，[①] 自然和艺术家本来就具有一种"神秘"的亲和性、对应性。还有，中国传统的"自然比德说"在这里也是不难找到更为本质的解释的，那就是在根本上是由"天人合一"的魅态化宇宙—人伦模式所致。在西方，文艺复兴时期的"摹写自然"、"自然镜喻"，后来浪漫主义的"回归自然"，象征主义的"象征森林"，等等，都证明了自然和文学的某种内在关联，同时也当然是对魅态文化与文学、自然等密切关系的有力证明。

第五节　魅态文化与文学对话

从神话、宗教、小传统到文学，我们已经可以发现，文学既是魅态文化的一种高级形式，同时，大于文学的魅态文化又是文学赖以生长、存在的根基、土壤和生命源泉。它为文学的想象的超越精神、浪漫的虚拟、比喻等诗性品质提供了无限广远深固的根脉。而文学对话也正是在这个无限辽阔广漫有如氤氲无边的大气那样的魅态氛围之中才能够立足，才能够展翅翱翔。质而言之，文学借魅态的想象精神、超越精神才能打通各种"壁障"，超越各种"限制"，使各种不连贯的事物发生联系，使各种"有限"通达"无限"，使短暂的"瞬间"变得"永恒"，使任何世间的"表象"都和潜隐的"本质"对接……进一步说，文学的种种"对话"才能生成、展开。其合法性、合理性或可"公度"、"通约"的模式、规范，也是在这里才拥有了最深刻、最牢固的基石。也就是说，离开了魅态文化、魅幻和魅超精神，文学将不是文学，文学的"对话"也无法"成立"，因为它失掉了能够支持它进行诗性对话的最根本的"幻超想象"条件。文学想象与一般想象不同的地方，恰恰在于它的物我交融、把不可能"可能化"，使互不关联的事物之间发生关联等魅幻、魅超性质。当然，离开了魅态文化，我们对它的"对话性"的接受、创造也就无从谈起。

事实胜于雄辩。让我们还是用具体的案例来论证。为了方便分析，这里仅以几首中国诗作作为例证。先看唐代刘禹锡的《乌衣巷》：

朱雀桥边野草花，乌衣巷口夕阳斜。旧时王谢堂前燕，飞入寻常百姓家。

---

① 王微：《叙画》，见北京大学哲学系美学教研室编：《中国美学史资料选编》（上），中华书局1981年版，第179页。

此诗是刘禹锡怀古组诗《金陵五题》中的第二首，由于构思精巧，语言凝练而广为流传。乌衣巷，在秦淮河南岸，即今天南京市白鹭洲公园南侧，孙吴时戍守都城（石头城）的军士建兵营于此，因卫戍部队的士兵穿黑衣而得名。六朝时，这里变成了煊赫一时的豪门住宅，东晋的开国元勋王导和指挥过淝水之战的谢安都曾居住在这里。而到了唐代，乌衣巷已不复昔日的繁华。诗人身临其境，感慨万千，于是写下了这首千古绝唱。

朱雀桥，是东晋时建在秦淮河上的一座浮桥，因在城南门（朱雀门）附近，故名。它是从金陵城中心通往乌衣巷的必由之地，在那时也是繁华之所，终日行旅繁忙，很热闹。但现在却为野草野花覆盖；乌衣巷也夕阳残照，无限凄凉。一方面，是色、杂、野、荒；另一方面，则是光、余辉、衰败、弱、暗、冷落、凄凉。一切都变了，但好像只有燕子没有变。它可以穿越古今，经历今昔之盛衰变易。

这首简短的七绝，若离开魅态文化，离开起码的魅幻、魅超性，就"建立"不起来，我们也无法"进入"，无法同它"对话"。譬如，其最后两句同头两句之间就存在着巨大的"空白"，是跳跃的、断裂的。而连接它们的正是"想象"、比喻等魅幻、魅超文化规范和相应的"文化—心理"结构。特别是诗人对"燕子"的诗性妙用，其魅幻、魅超品质就更为明显。在诗作中，"燕子"既是自然之物，又是历史的象征，它是古今的见证者，而真实的情况则是，"此燕已非彼燕"，诗中之"燕"已是一个魅态化的文学象征符号，它只有借魅幻、魅超的文学手法才能"成立"，靠魅幻、魅超的"比喻"，它既是自然之燕，又可以是历史之燕，同时还是诗人的象征、化身——是"诗人燕"。也就是说，它既有表面义，又有修辞义。修辞义为：代表那个同一的、永恒的历史，同时也代表着诗人对历史与人世的理性认识。

人们对燕子往往有一个错觉和不变的"误认"："无可奈何花落去，似曾相识燕归来。"这里，诗人在表面上也是如此，其实是用象征之法写出了"变中之不变"——"物是"。前人评论道："借燕为言，妙甚。"此"燕"之用法与"月"之用法相同，"露从今夜白，月是故乡明。""举头望明月，低头思故乡。""但愿人长久，千里共婵娟。"

全诗通篇写景，但是却明显是情中之景。应该说是诗人有感于今昔沧桑变化，而且这种存在着巨大反差、对比的巨变令他惊心动魄，于是他"役景"、"造境"，把自己的沧桑感、历史感含蓄、委婉地传达出来，为我们描摹出一幅黄昏街景："天色将晚，落日的余晖斜照在桥边零零杂杂的野草野花上，也映照在寂静冷清的乌衣巷口；而只有那晚归的燕子，穿过深沉的暮色，飞回到自己的巢穴中。"①看来，这一切只有这归燕知道了。人对历史沧桑的麻木更激起诗人的感慨。暗淡的色彩，凄清的景致，几许萧索，几许孤寂。在这萧索荒凉中只剩下了诗人不尽的慨叹。燕非人，故可超越繁华与萧索；人非燕，才有兴衰、华残之慨。

诗由情造景，但思理亦深含景中。它不从正面落墨，只是选取两个地名，用野草花、夕阳、旧燕来渲染，而王朝之兴替、人世之变迁的慨叹、认识全置于言外。可谓自然中有曲折，浅近中含深蕴。是托兴幽微，语浅而情深。是寻常景、浅显语，却能以平见奇，以小见大，将巨大的历史沧桑，以及对此之强烈感慨、认识托寓其中。这一切，在根基上，正有赖于"魅态文化"。以上阐释、分析则是作为接受者的笔者在魅态文化思维惯例场域中同它积极对话的结果。

再看马致远的【越调·天净沙】《秋思》：

枯藤老树昏鸦，小桥流水人家，古道西风瘦马。夕阳西下，断肠人在天涯。

这首小令写了9种景物：藤、树、鸦、桥、水、家、道、风、马。这些景物都是"名词"化的，并且只是"名名排列"，之间再无"结构助词"，联系并不紧密，存在着许多不确定的"缝隙"、"空白点"。按照美国新批评派兰色姆的说法就是"肌质大于构架"。全词只有一个介词"在"具有较确定的说明性、解释性，可以给我们确定的"指示"，但仅有这样一个"指示"，若失去魅态文化维度，我们看到的就仍然是一堆互不关联的散乱之物和散乱之状。反之，按照魅幻、魅超的文学规范，我们就可以把它作为一个具有深度内涵的有机整体来分析，首先是9种景物在词中的特定内涵：1."枯"、"老"，有"长久"之时间内涵，亦是衰败之象（凄凉、荒索）；2."昏鸦"：黄昏欲归巢之乌鸦，色调灰暗；3."藤"，缠绕物，有关系和依恋之内涵；4."小桥流水"通向"人家"，即指有"人"可以和"家"在一起；5."古道"即旧道，喻时日已久。同时也可能是破败之荒道，令人感到有孤单、凄凉之感；6."西风"：秋风，凉。此"物候"一般又和"北雁南飞"之"物候"联系在一起。7."瘦马"：喻疲惫不堪，可能亦是老马。意谓日子久了，马也熬瘦了；8."夕阳西下"：意在指明太阳也有个落处。同时也是凄冷之象。9.天涯：指天边，很远的地方。

以上"诸象"归结起来就是：藤缠树，鸦欲归巢，"有人在家"，而羁旅

---

① 此诗的分析借引了《刘禹锡集》，赵娟、姜剑云解评，山西古籍出版社 2004 年版，第 118—120 页的一小部分文字。

之人却远离故乡，久而难归，因此，最终便自然"逼"出一个"卒章显志"的"人的断肠"——全词之理思神魂所在。

全词泼墨于天涯之景，晚宿之时，冷秋之令。而意旨却在表现羁旅之苦，归家之思。故词题为"秋思"，而不是"秋景"。作品虽短，却有"离别"、"羁旅之苦"、"思乡"等深广的"寓意"，而这一切及其"阐解"都与魅态的想象、比喻等魅幻、魅超的文化规范有关。

那些象征性更强的作品同魅态文化的关系就更为紧密。如台湾诗人痖弦的《红玉米》：

宣统那年的风吹着/吹着那串红玉米/它就在屋檐下/挂着/好像整个北方/整个北方的忧悒/都挂在那儿。

犹似一些逃学的下午/雪使私塾先生的戒尺冷了/表姐的驴儿就拴在桑树下面。/犹似唢呐吹起/道士们喃喃着/祖父的亡魂到京城去还没有回来。

犹似叫哥哥的葫芦儿藏在棉袍里/一点点凄凉，一点点温暖/以及铜环滚过岗子/遥见外婆家的荞麦田/便哭了。/就是那种红玉米/挂着，久久地/在屋檐底下/宣统那年的风吹着。

你们永不懂得/那样的红玉米/它挂在那儿的姿态/和它的颜色/我底南方出生的女儿也不懂得/凡尔哈仑也不懂得。

犹似现在/我已老迈/在记忆的屋檐下/红玉米挂着/一九五八年的风吹着/红玉米挂着。

（1957 年 12 月 19 日）

很明显，这是一首现代意义上的"象征"之作，诗中的许多"物象"已是典型的"意象符号"，即是"象此而意彼"的，如"宣统"代表着"传统中国"、"传统文化"；"红玉米"代表着"乡情"和最日常、最普通的民族记忆；而"忧悒"则表明对这种传统的、民族的"文化"之"失落"的忧虑。

"逃学"而"遭惩罚"，其表层是对童年生活的回忆，里层则是对民族文化的"教育"、"传承"问题的"思考"；"表姐的驴儿就拴在桑树下面"，既涉乡情，又是对"束缚"和"规范"的表征，与上一句的"逃学"、"惩罚"做对应，揭示的是"自然、天性"和"文化教化、塑造"的矛盾关系，当然，同时也是对中国传统教育方式的回忆和反思；"犹似唢呐吹起"，是"丧事"和"失落"之象；而"道士们喃喃着"、"祖父的亡魂到京城去还没有回来"，则是"魂系中华"之谓。

"犹似叫哥哥的葫芦儿藏在棉袍里"、"一点点凄凉，一点点温暖"，表"童趣"，既"凄凉"又"温暖"，揭示传统文化的内在"矛盾"；"以及铜环滚过岗子"，表"乐趣"；"遥见外婆家的荞麦田"，喻"成长、收获"，并体现一种"家园感"；"便哭了"，动情、显示一种"归依感"。

"你们永不懂得"，"那样的红玉米"，和"我底南方出生的女儿也不懂得"，喻民族的"代沟"、"时空差异"，亦即传统文化在今天的"断裂"和"失落"；而"凡尔哈仑也不懂得"，则喻文化的"民族差异"。

总起来看，全诗要表达的正是对传统文化失落的深深的怀恋和忧虑。

但对它的这些"阐解"是笔者近乎"猜想"的文学想象的结果，也就是说是通过"魅幻"、"魅超"而重新建构出来的。不消说，这也是以魅幻的想象为基本手段的文学对话的结果。而无疑，诗人在结撰诗篇时也凭的是这种"魅幻"、"魅超"（想象、比喻、象征等）的文学对话手段，笔者的"阐解"在一定意义上便是对"它"的"还原"（当然，已是创造性的"还原"了）。

再看林徽音的《别丢掉》：

别丢掉，/这一把过往的热情，/现在流水似的，/轻轻/在幽冷的山泉底，/在黑夜，在松林，/叹息似的渺茫，/你仍要保存着那真！

一样是月明，/一样是隔山灯火，/满天的星，/只有人不见，/梦似的挂起，/你向黑夜要回/那一句话——/你仍得相信/山谷中留着/有那回音！

（1936 年 3 月 15 日天津《大公报》）

这首诗是"写一段隐幽而寂寞的情感，那种无可奈何花落去的惆怅，淡淡的伤感与愁绪，占据了诗的情感天地，如纱似雾，是对缠绵而执着的爱情的凄婉幽深之寻觅、呼唤"。或者说，所表现的是对某种"逝情"（爱情）的依恋、呼唤和坚守。在诗艺上，它具有如下特点：①把抽象的情感充分地具象化、知觉化，即是通过把"思想知觉化"的一系列自然"物象"、"事象"来进行象征的表达的。如把"逝情"具象化为："一把过往的热情"、"流水"、"山泉底"、"黑夜"、"松林"、"叹息"、"月明"、"灯火"、"星"、"梦"、"那一句话"、"山谷"、"回音"等。②形成以"别丢掉"为核心的"回音结构"；六合式思维的通感结构；和声结构、迷狂结构。③在修辞手法上，不断的变格、改路、错向，营造出一种恍惚、痴迷的"寻觅"状态，与李清照的《声声慢》之"寻寻觅觅、冷冷清清、凄凄惨惨戚戚"有异曲同工之妙。④错杂的诗句、形式，间杂离落的诗思，似逝情之渺茫和零落，形式与内容完美融合。⑤既具有唯情唯美的浪漫主义气质，同时又符合新月派"以理节情"的流派特征。

现在的问题是：如此这般如何可能？即它靠什么来"成立"、凭什么可以如此？一句话，还是靠魅态文化这个最根本的为人们所共同约定俗成、共同

认同、享用的文化规范、文化模式、文化惯例、文化习俗。这首诗的最大特点是把人的抽象的内在情感外化和"视听化",即变成诸自然物象和人事物象,在此基础上,抒情主人公才能有类似于白居易《长恨歌》中写的"上穷碧落下黄泉"式的"寻找",或李清照式的"寻寻觅觅"。这当然反映了抒情主人公的某种"情痴"的痴迷态、恍惚态,同时也体现了中国文学"六合思维与天地境界"的大文化模式,但是,这一切的根基或合法性依据却是那个借以打通人与自然、有限与无限、互不关联物之"壁障"的魅态文化,离开魅幻、魅超的物我交融式的想象、比喻,这一切就根本无法"建立",同样,我们也就不可能同它在"魅态"的场域中进行"魅态"性的文学对话。

以上所举虽是诗或"小令",但所反映出来的特点、规律与小说、散文、戏剧等作品是完全相通的,它们与魅态文化的关系体现了文学与魅态文化关系的一般性。而之所以不惜例费地进行"个案"分析,目的则在于使论证和说明更加充分。

总之,归结起来一句话:文学对话离不开魅态文化,魅态文化是文学对话的基本前提,或根本性的思维、规范、惯例、习俗的文化基础。

余 论：文学对话的范式维度与原型维度

对话诗学作为一种个人化的理论方案，随着"魅态文化维度"阐论的结束，也就完成了。但原设计的"范式维度"、"原型维度"两章并没有按计划完成。这是因为在性质类型上，这两章同前面的"谱系维度"一章是基本类似的，也就是说，有了"谱系维度"一章之后，它们之于对话诗学的价值主要就是功能性的了，而不会构成结构性的缺失。当然，它们不同于"谱系维度"的价值和内涵也是无法抹煞的，或者说也自有其"不可替代性"。故不妨简要地补论于此：

笔者在前面部分曾指出本书的"谱系"是指对话者之场有或在体的"同宗同源"或"同流脉"性。而这里将要简要阐论的"范式"则是指对话者所依持的某种观念、知识或技术的典范性的"模式"；"原型"则是指对话者某种内在的无意识心理结构、图式。

美国科学哲学家库恩曾专门探讨过"范式"问题，认为范式就是为一个科学共同体所共享的"模型或模式"："一个范式就是一个公认的模型或模式（Pattern）"，"一方面，它代表着一个特定共同体的成员所共有的信念、价值、技术等等构成的整体。另一方面，它指谓着那个整体的一种元素，即具体的谜题解答；把它们当作模型和范例，可以取代明确的规则以作为常规科学中其他谜题解答的基础"。"范式是共有的范例"。[①] 库恩是从一个科学团体的角度来做界定的，关注点既涉宏观、抽象如共同的信念、价值观、承诺等，同时又包括微观、具体如为一个科学团体所共用的"元素"——符号、公式或例题答案（范例）。笔者的"范式"概念也大体与此相同，所谓的"模型或模式"也包括价值、观念和具体的可操作的技术性的"模子"、"范型"。如中国文学中的"自然比德"范式就是如此。所谓的"自然比德"其实来自于

---

① 见托马斯·库恩：《科学革命的结构》，金吾伦、胡新和译，北京大学出版社 2003 年版，第 21、157、168 页。

中国传统的"天人合一"哲学观念，这种观念把自然看成是和人一样的自然，或曰自然即人，它像人一样有心、有性格、有品德。具体到诗词等文学写作中就型塑为"自然比德"和"借景抒情"的审美规范和具体的模型、体式。如《诗经》中的"蒹葭苍苍，白露为霜"、"野有蔓草，零露溥兮"，"昔我往矣，杨柳依依。今我来思，雨雪霏霏"，即都是以自然物起兴、作比的抒情表意方式，特别是《黍离》："彼黍离离，彼稷之苗。行迈靡靡，中心摇摇。知我者谓我心忧，不知我者谓我何求。悠悠苍天，此何人哉？"还形成了一个表达故国之思、怀旧之痛的写意范式，即所谓的"黍离之悲"、"黍离之痛"。其内涵出自《毛诗正义》卷四所引《诗序》的解释："黍离，闵宗周也。周大夫行役至于宗周，过故宗庙宫室，尽为禾黍，闵周室之颠覆，仿佛不忍去，而作是诗也。"① 后世杜甫的《春望》："国破山河在，城春草木深。感时花溅泪，恨别鸟惊心"；刘禹锡的《乌衣巷》："朱雀桥边野草花，乌衣巷口夕阳斜。旧时王谢堂前燕，飞入寻常百姓家"等，所承续的正是这一范式。再比如"拟代体"、"咏史诗"、"才子佳人"小说、"大团圆结局"、"士子倡优模式"等，在中国文学史上都具有"范式"意义。

再比如西方的古典之和谐、现代之自由、后现代之文化—互文等等即都是大的历史性"范式"。此外，像18世纪意大利剧作家卡尔洛·阁契提出的36种剧情、② 俄国普罗普提出的俄罗斯民间神奇故事的"31个功能项"、③ 以及美国格里菲斯电影的"最后一分钟营救"等等，亦都可视为是某种具体"范式"。

文学对话，在一定意义上正是某种"范式"之间的对话。其中的道理前面数章已多有阐论，故兹不再论。

瑞士的精神分析大师荣格曾专门研究过"原型"，认为"原型"是人的集体无意识或某种"原始意象"，其特点是无意识的，具有集体性、先天遗传性，是纯粹的形式或先天固有的直觉的形式，是"典型的领悟模式"。简单地说就是由遗传获得的某种集体的精神本能或心理模型。如荣格所例举的：阿妮玛、阿妮姆斯、上帝、魔鬼、智叟、大地母亲、巨人等。④ 而荣格的老师弗洛伊德所提出的"俄狄浦斯情结"其实也是一种无意识的"心理原型"。⑤ 笔

---

① 参见王立：《文人审美心态与中国文学十大主题》，辽海出版社2003年版，第424—425页。
② 见周贻白：《三十六种剧情的检讨》，《周贻白戏剧论文选》，湖南人民出版社1982年版，第266—267页。
③ 见普罗普：《故事形态学》，贾放译，中华书局2006年版。
④ 见荣格：《荣格文集》，冯川、苏克译，改革出版社1997年版。
⑤ 见弗洛伊德：《论艺术与文学》，国际文化出版公司2007年版。

者这里的文学对话中的"原型"也是指某种无意识的内在的心理结构或图式，如中国文学中"悲秋"、"伤春"、"怀乡"、"崇山乐水"，以及前面已阐论过的"六合思维与天地境界"；西方的"日神精神"、"酒神精神"、"原罪"以及中国的"桃花源"、西方的"乌托邦"等"理想图景"，即都是某种特定的"心理原型"，它们都会介入文学的对话活动，或也可以说文学对话也往往是发生在"原型"以及"原型"之间的。如面对下面这些词句：晏殊："满目山河空念远，落花风雨更伤春"；欧阳修："泪眼问花花不语，乱红飞过秋千去"；王观："若到江南赶上春，千万和春住"；秦观："春去也！飞红万点愁如海"；李清照："风住尘香花已尽，日晚倦梳头"等，必然会激发欣赏者的"伤春"情怀，出现"伤春"原型间（词人、词句和读者等三方所携带的"伤春原型"之间）的共鸣现象，这"共鸣"也是文学对话的一种特殊形式。

总之，无论范式还是原型，都是文学对话的重要构成，它们同场域、谱系等一样，都是我们认识和把握文学对话的重要维度。

余
论

主要参考文献

海德格尔：《存在与时间》，陈嘉映、王庆节译，三联书店 1987 年版。

孙周兴选编：《海德格尔选集》，上海三联书店 1996 年版。

海德格尔：《荷尔德林诗的阐释》，孙周兴译，商务印书馆 2000 年版。

加达默尔：《真理与方法》，洪汉鼎译，上海译文出版社 2004 年版。

严平编选：《加达默尔集》，上海远东出版社 2003 年版。

加达默尔：《哲学解释学》，夏镇平、宋建平译，上海译文出版社 2004 年版。

利科：《解释的冲突》，莫伟民译，商务印书馆 2008 年版。

利科：《活的隐喻》，汪家堂译，上海译文出版社 2004 年版。

利科尔：《解释学与人文科学》，陶远华等译，河北人民出版社 1987 年版。

艾柯等：《诠释与过度诠释》，王宇根译，三联书店 2005 年版。

韦斯特法尔：《解释学、现象学与宗教哲学》，郝长墀译，中国社会科学出版社 2005 年版。

桑塔格：《反对阐释》，程巍译，上海译文出版社 2003 年版。

高宣扬：《利科的反思诠释学》，同济大学出版社 2004 年版。

殷鼎：《理解的命运》，三联书店，1988 年版。

金元浦：《文学解释学》，东北师范大学出版社 1997 年版。

金元浦：《范式与阐释》，广西师范大学出版社 2003 年版。

王庆节：《解释学、海德格尔与儒道今释》，中国人民大学出版社 2004 年版。

李幼蒸：《仁学解释学》，中国人民大学出版社 2004 年版。

张隆溪：《道与逻各斯——东西方文学阐释学》，冯川译，江苏教育出版社 2006 年版。

李咏吟：《诗学解释学》，上海人民出版社 2003 年版。

周裕锴：《中国古代阐释学研究》，上海人民出版社 2003 年版。

彭启福：《理解之思——诠释学初论》，安徽人民出版社 2005 年版。

章启群：《意义的本体论——哲学诠释学》，上海译文出版社 2002 年版。

李建盛：《理解事件与文本意义——文学诠释学》，上海译文出版社 2002 年版。

韩震、孟鸣歧：《历史·理解·意义——历史诠释学》，上海译文出版社 2002 年版。

周发祥等主编：《理解与阐释》，百花文艺出版社 2005 年版。

成中英主编：《本体与诠释——中西比较》，上海社会科学院出版社 2003 年版。

巴赫金：《巴赫金全集》，河北教育出版社 1998 年版。

巴赫金：《陀思妥耶夫斯基诗学问题》，白春仁、顾亚铃译，三联书店 1988 年版。

巴赫金：《巴赫金集》，张杰选编，上海远东出版社 1998 年版。

巴赫金：《巴赫金文论选》，佟景韩译，中国社会科学出版社 1996 年版。

克拉克、霍奎斯特：《米·巴赫金》，中国人民大学出版社 1994 年版。

北冈诚司：《巴赫金对话与狂欢》，魏炫译，河北教育出版社 2002 年版。

托多罗夫：《巴赫金、对话理论及其他》，百花文艺出版社 2001 年版。

托多洛夫：《批评的批评》，王东亮、王晨阳译，三联书店 1988 年版。

董小英：《再登巴比伦塔——巴赫金与对话理论》，三联书店 1994 年版。

刘康：《对话的喧声——巴赫金的文化转型理论》，中国人民大学出版社 1995 年版。

张开焱：《开放人格——巴赫金》，长江文艺出版社 2000 年版。

夏忠宪：《巴赫金狂欢化诗学研究》，北京师范大学出版社 2000 年版。

程正民：《巴赫金的文化诗学》，北京师范大学出版社 2001 年版。

沈华柱：《对话的妙悟——巴赫金语言哲学思想研究》，上海三联书店 2005 年版。

罗贻荣：《走向对话》，中国社会科学出版社 2006 年版。

凌建侯：《巴赫金哲学思想与文本分析法》，北京大学出版社 2007 年版。

曾军：《接受的复调——中国巴赫金接受史研究》，广西师范大学出版社 2004 年版。

L. 斯维德勒：《全球对话的时代》，中国社会科学出版社 2006 年版。

崔道怡等编：《"冰山"理论：对话与潜对话》，工人出版社 1987 年版。

蒂费纳·萨莫瓦约：《互文性研究》，邵炜译，天津人民出版社 2003 年版。

王瑾：《互文性》，广西师范大学出版社 2005 年版。

西川直子：《克里斯托娃多元逻辑》，王青、陈虎译，河北教育出版社 2002 年版。

罗婷：《克里斯特娃的诗学研究》，中国社会科学出版社 2004 年版。

马丁·布伯：《我与你》，陈维纲译，三联书店 1986 年版。

马丁·布伯：《人与人》，张健、韦海英译，作家出版社 1992 年版。

哈贝马斯：《公共领域的结构转型》，曹卫东等译，学林出版社 1999 年版。

哈贝马斯：《交往行为理论》，曹卫东译，上海人民出版社 2004 年版。

哈贝马斯：《哈贝马斯精粹》，曹卫东选译，南京大学出版社 2004 年版。

哈贝马斯：《对话伦理学与真理的问题》，沈清楷译，中国人民大学出版社 2005 年版。

金元浦：《"间性"的凸现》，中国大百科全书出版社 2002 年版。

王晓东：《西方哲学主体间性理论批判》，中国社会科学出版社 2004 年版。

朱立元：《接受美学导论》，安徽教育出版社 2004 年版。

张廷琛编：《接受理论》，四川文艺出版社 1989 年版。

尧斯·霍拉勃：《接受美学与接受理论》，金元浦等译，辽宁人民出版社 1987 年版。

金元浦：《接受反应文论》，山东教育出版社 1998 年版。

斯坦利·费什：《读者反应批评：理论与实践》，文楚安译，中国社会科学出版社 1998 年版。

龙协涛：《文学阅读学》，北京大学出版社 2004 年版。

傅修延：《文本学——文本主义文论系统研究》，北京大学出版社 2004 年版。

邬国平：《中国古代接受文学与理论》，黑龙江人民出版社 2005 年版。

刘学锴：《李商隐诗歌接受史》，安徽大学出版社 2004 年版。

胡塞尔：《纯粹现象学通论》，商务印书馆 1992 年版。

胡塞尔：《胡塞尔选集》，倪梁康选编，上海三联书店 1997 年版。

倪梁康：《胡塞尔现象学概念通释》，三联书店 1999 年版。

恩布里：《现象学入门》，靳希平等译，北京大学出版社2007年版。

张祥龙：《从现象学到孔夫子》，商务印书馆2001年版。

张祥龙：《海德格尔思想与中国天道》，三联书店1996年版。

张祥龙：《朝向事情本身——现象学导论七讲》，团结出版社2003年版。

涂成林：《现象学运动的历史使命》，中央编译出版社2007年版。

徐恒醇：《生态美学》，陕西人民教育出版社2000年版。

张华：《生态美学及其在当代中国的建构》，中华书局2006年版。

翁贝尔托·埃科：《符号学与语言哲学》，王天清译，百花文艺出版社2006年版。

索绪尔：《普通语言学教程》，高名凯译，商务印书馆1980年版。

洪堡：《论人类语言结构的差异及其对人类精神发展的影响》，商务印书馆1997年版。

卡西尔：《人论》，甘阳译，上海译文出版社1985年版。

卡西尔：《论人——人类文化哲学导论》，刘述先译，广西师范大学出版社2006年版。

巴尔特：《符号学原理》，李幼蒸译，中国人民大学出版社2008年版。

巴尔特：《符号学历险》，李幼蒸译，中国人民大学出版社2008年版。

赵毅衡编选：《符号学文学论文集》，百花文艺出版社2004年版。

高名凯：《语言论》，商务印书馆1995年版。

姜望琪：《当代语用学》，北京大学出版社2003年版。

马大康：《诗性语言研究》，中国社会科学出版社2005年版。

谭学纯、朱玲：《广义修辞学》，安徽教育出版社2001年版。

李荣启：《文学语言学》，人民出版社2005年版。

叶秀山、王树人总主编：《西方哲学史》，凤凰出版社、江苏人民出版社2005年版。

叶秀山：《叶秀山文集哲学卷》，重庆出版社2000年版。

刘放桐等编著：《新编现代西方哲学》，人民出版社2000年版。

江怡主编：《走向新世纪的西方哲学》，中国社会科学出版社1998年版。

张祥龙：《当代西方哲学笔记》，北京大学出版社2005年版。

张祥龙：《西方哲学笔记》，北京大学出版社2005年版。

洪汉鼎主编：《理解与解释——诠释学经典文选》，东方出版社2001年版。

倪梁康主编：《面对实事本身——现象学经典文选》，东方出版社2006

主要参考文献

年版。

苏珊·哈克主编：《意义、真理与行动——实用主义经典文选》，东方出版社 2007 年版。

江怡主编：《理性与启蒙——后现代经典文选》，东方出版社 2004 年版。

陈波、韩林合主编：《逻辑与语言——分析哲学经典文选》，东方出版社 2005 年版。

俞吾金、吴晓明主编：《二十世纪哲学经典文本》（1—5 卷），复旦大学出版社 1999 年版。

北京大学哲学系外国哲学史教研室编译：《西方哲学原著选读》，商务印书馆 1982 年版。

杨适：《哲学的童年》，中国社会科学出版社 1987 年版。

杨适：《古希腊哲学探本》，商务印书馆 2003 年版。

张一兵：《文本的深度耕犁》，中国人民大学出版社 2004 年版。

张一兵：《不可能的存在之真》，商务印书馆 2006 年版。

赵敦华主编：《西方人学观念史》，北京出版社出版集团、北京出版社 2005 年版。

罗嘉昌、郑家栋主编：《场与有——中外哲学的比较与融通（一）》，东方出版社 1994 年版。

高宣扬：《德国哲学通史》，同济大学出版社 2007 年版。

高宣扬：《当代社会理论》，中国人民大学出版社 2005 年版。

邓晓芒：《康德哲学讲演录》，广西师范大学出版社 2005 年版。

韩东晖主编：《智慧的探险　西方哲学史话》，中国人民大学出版社 2003 年版。

强以华：《存在与第一哲学》，武汉大学出版社 2005 年版。

张意：《文化与符号权力——布尔迪厄的文化社会学导论》，中国社会科学出版社 2005 年版。

柏拉图：《柏拉图对话集》，王太庆译，商务印书馆 2005 年版。

柏拉图：《理想国》，郭斌和、张竹明译，商务印书馆 1986 年版。

亚里士多德：《形而上学》，苗力田译，中国人民大学出版社 2003 年版。

维柯：《新科学》，朱光潜译，商务印书馆 1989 年版。

康德：《纯粹理性批判》，蓝公武译，商务印书馆 1960 年版。

康德：《实践理性批判》，韩水法译，商务印书馆 1999 年版。

帕斯卡尔：《思想录》，商务印书馆 1985 年版。

黑格尔《精神现象学》，贺麟、王玖兴译，商务印书馆 1979 年版。

马克思、恩格斯：《马克思恩格斯全集》，人民出版社 1960 年版。

马克思：《1844 年经济学—哲学手稿》，人民出版社 1985 年版。

尼采：《权力意志》，孙周兴译，商务印书馆 2007 年版。

柏格森：《形而上学导言》，商务印书馆 1963 年版。

西美尔：《现代人与宗教》，曹卫东等译，中国人民大学出版社 2003 年版。

马克斯·韦伯：《入世修行——马克斯·韦伯脱魔世界理性集》，王容芬、陈维纲译，天津人民出版社 2007 年版。

斐迪南·滕尼斯：《共同体与社会》，林荣远译，商务印书馆 1999 年版。

罗素：《西方哲学史》，商务印书馆 2005 年版。

维特根斯坦：《哲学研究》，李步楼译，商务印书馆 1996 年版。

埃利希·弗洛姆：《健全的社会》，中国文联出版公司 1988 年版。

米夏埃尔·兰德曼：《哲学人类学》，上海译文出版社 1988 年版。

皮亚杰：《发生认识论原理》，商务印书馆 1981 年版。

梯利：《希腊哲学》，商务印书馆 1944 年版。

拉康：《拉康选集》，褚孝泉译，上海三联书店 2001 年版。

杜小真编选：《福柯集》，上海远东出版社 2003 年版。

福柯：《词与物——人文科学考古学》，莫伟民译，上海三联书店 2001 年版。

罗蒂：《哲学和自然之镜》，商务印书馆 2003 年版。

罗蒂：《后哲学文化》，上海译文出版社 2004 年版。

哈贝马斯：《现代性的哲学话语》，曹卫东等译，译林出版社 2004 年版。

列维纳斯：《从存在到存在者》，吴蕙仪译，凤凰出版传媒集团、江苏教育出版社 2006 年版。

鲁道夫·阿恩海姆：《视觉思维》，光明日报出版社 1986 年版。

考夫卡：《格式塔心理学原理》，黎炜译，浙江教育出版社 1997 年版。

勒温：《拓扑心理学原理》，高觉敷译，商务印书馆 2005 年版。

列维－布留尔：《原始思维》，丁由译，商务印书馆 1981 年版。

列维－斯特劳斯：《野性的思维》，李幼蒸译，中国人民大学出版社 2006 年版。

雅克·德里达：《论文字学》，汪堂家译，上海译文出版社 1999 年版。

托马斯·库恩：《科学革命的结构》，金吾伦、胡新和译，北京大学出版

社 2003 年版。

泰勒主编：《从开端到柏拉图》，韩东晖等译，中国人民大学出版社 2003 年版。

霍尔编：《表征——文化表象与意指实践》，徐亮、陆兴华译，商务印书馆 2003 年版。

詹明信：《晚期资本主义的文化逻辑》，三联书店 1997 年版。

杰姆逊：《后现代主义与文化理论》，北京大学出版社 1997 年版。

詹姆逊：《快感：文化与政治》，谢少波译，中国社会科学出版社 1998 年版。

吉尔·德勒兹：《尼采与哲学》，社会科学文献出版社 2001 年版。

哈维：《后现代的状况》，商务印书馆 2003 年版。

格里芬编：《后现代精神》，中央编译出版社 2005 年版。

格里芬编：《后现代科学》，中央编译出版社 2004 年版。

乔治·瑞泽尔：《当代社会学理论及其古典根源》，杨淑娇译，北京大学出版社 2005 年版。

布尔迪厄：《布尔迪厄访谈录：文化资本与社会炼金术》，包亚明译，上海人民出版社 1997 年版。

戴维·斯沃茨：《文化与权力——布尔迪厄的社会学》，陶东风译，上海译文出版社 2006 年版。

赖欣巴哈：《科学哲学的兴起》，伯尼译，商务印书馆 1991 年版。

戴维·林德伯格：《西方科学的起源》，中国对外翻译出版公司 2001 年版。

科林·布朗：《基督教与西方思想》，查常平译，北京大学出版社 2005 年版。

凯尔纳、贝斯特：《后现代理论》，张志斌译，中央编译出版社 2004 年版。

小野泽精一、福永光司、山井涌编著：《气的思想》，李庆译，上海人民出版社 1990 年版。

《礼记译解》，王文锦译解，中华书局 2001 年版。

普济：《五灯会元》，中华书局 1984 年版。

冯友兰：《中国哲学简史》，新世界出版社 2004 年版。

胡伟希：《中国哲学概论》，北京大学出版社 2005 年版。

张岱年：《中国哲学大纲》，江苏教育出版社 2005 年版。

张岱年：《文化与哲学》，中国人民大学出版社 2006 年版。

张世英：《天人之际》，人民出版社 1995 年版。

李泽厚：《实用理性与乐感文化》，三联出版社 2005 年版。

李泽厚：《中国思想史论》，安徽文艺出版社 1999 年版。

李泽厚：《论语今读》，三联书店 2004 年版。

庞朴：《庞朴文集》，山东大学出版社 2005 年版。

于民：《气化谐和》，东北师范大学出版社 1990 年版。

陈来：《古代宗教与伦理——儒家思想的根源》，三联书店 1996 年版。

张立文主编：《道》，中国人民大学出版社 1989 年版。

张立文：《和合学》，中国人民大学出版社 2006 年版。

陈鼓应：《老子今注今译》，商务印书馆 2003 年版。

叶舒宪：《中国神话哲学》，陕西人民出版社 2005 年版。

叶舒宪：《老子与神话》，陕西人民出版社 2005 年版。

叶舒宪：《庄子的文化解析》，陕西人民出版社 2005 年版。

刘梦溪主编：《冯友兰卷》，河北教育出版社 1996 年版。

刘梦溪主编：《金岳霖卷》，河北教育出版社 1996 年版。

成复旺：《走向自然生命》，中国人民大学出版社 2004 年版。

吴锐：《中国思想的起源》，山东教育出版社 2003 年版。

孙熙国：《先秦哲学的意蕴》，华夏出版社 2006 年版。

郭齐勇：《中国古典哲学名著选读》，人民出版社 2005 年版。

李存山：《中国气论探源与发微》，中国社会科学出版社 1990 年版。

张松辉：《老子研究》，人民出版社 2006 年版。

彭大成：《湖湘文化与毛泽东》，湖南出版社 1991 年版。

何平立：《崇山理念与中国文化》，齐鲁书社 2001 年版。

宋兆麟：《巫觋》，学苑出版社 2001 年版。

柏拉图：《柏拉图文艺对话集》，朱光潜译，人民文学出版社 1959 年版。

亚里士多德：《诗学》，罗念生译，人民文学出版社 1962 年版。

康德：《判断力批判》，邓晓芒译，人民出版社 2002 年版。

温克尔曼：《希腊人的艺术》，邵大箴译，广西师范大学出版社 2001 年版。

黑格尔：《美学》，朱光潜译，商务印书馆 1982 年版。

尼采：《悲剧的诞生》，周国平译，三联书店 1986 年版。

尼采：《疯狂的意义》，周国平译，陕西师范大学出版社 2006 年版。

弗洛伊德：《精神分析引论》，商务印书馆1984年版。

弗洛伊德：《梦的解析》，国际文化出版公司2007年版。

荣格：《荣格文集》，冯川编，改革出版社1997年版。

荣格：《心理学与文学》，三联书店1987年版。

艾略特：《艾略特文学论文集》，李赋宁译，百花洲文艺出版社1994年版。

鲍桑葵：《美学史》，商务印书馆1985年版。

列维－斯特劳斯：《结构人类学》，张祖建译，中国人民大学出版社2006年版。

萨特：《萨特文学论文集》，施康强译，安徽文艺出版社1998年版。

兰色姆：《新批评》，王腊宝、张哲译，江苏教育出版社2006年版。

苏珊·朗格：《情感与形式》，中国社会科学出版社1986年版。

乔治·布莱：《批评意识》，郭宏安译，百花洲文艺出版社1993年版。

拉曼·塞尔登编：《文学批评理论——从柏拉图到现在》，刘象愚、陈永国译，北京大学出版社2000年版。

艾布拉姆斯：《镜与灯——浪漫主义文论及批评传统》，郦稚牛、张照进、童庆生译，北京大学出版社2004年版。

托多罗夫编选：《俄苏形式主义文论选》，蔡鸿滨译，中国社会科学出版社1989年版。

高尔基：《论文学》，人民文学出版社1971年版。

李普曼编：《当代美学》，光明日报出版社1986年版。

勒内·韦勒克、奥斯汀·沃伦：《文学理论》，刘象愚、邢培明、陈圣生、李哲明译，江苏教育出版社2005年版。

乔纳森·卡勒：《文学理论》，李平译，辽宁教育出版社、牛津大学出版社1998年版。

德里达：《文学行动》，赵兴国等译，中国社会科学出版社1998年版。

阿瑟·丹托：《艺术的终结》，欧阳英译，江苏人民出版社2001年版。

苏珊·朗格：《情感与形式》，刘大基等译，中国社会科学出版社1986年版。

苏珊·朗格：《艺术问题》，滕守尧、朱疆源译，中国社会科学出版社1983年版。

沃林格：《抽象与移情》，辽宁人民出版社1987年版。

刘若愚：《中国文学理论》，杜国清译，凤凰出版传媒集团、江苏教育出版社 2006 年版。

特雷·伊格尔顿：《二十世纪西方文学理论》，伍晓明译，北京大学出版社 2007 年版。

安纳·杰弗森、戴维·罗比等著：《西方现代文学理论概述与比较》，陈昭全等译，湖南文艺出版社 1986 年版。

浦安迪：《中国叙事学》，北京大学出版社 1996 年版。

宗白华：《美学与意境》，人民出版社 1987 年版。

宗白华：《美学散步》，上海人民出版社 1981 年版。

李泽厚、刘纲纪：《中国美学史》，安徽文艺出版社 1999 年版。

李泽厚：《美学三书》，安徽文艺出版社 1999 年版。

叶朗：《中国美学史大纲》，上海人民出版社 1985 年版。

王振复：《中国美学范畴史》，山西教育出版社 2006 年版。

北京大学哲学系美学教研室编：《中国美学史资料选编》，中华书局 1980 年版。

王振复主编：《中国美学重要文本提要》，四川人民出版社 2003 年版。

王振复：《大易之美》，北京大学出版社 2006 年版。

诸葛志：《中国原创性美学》，上海古籍出版社 2000 年版。

邱紫华：《东方美学史》，商务印书馆 2003 年版。

吴炫：《否定主义美学》，北京大学出版社 2004 年版。

朱光潜：《朱光潜全集》，安徽教育出版社 1993 年版。

朱光潜：《西方美学史》，人民文学出版社 1979 年版。

北京大学哲学系美学教研室编：《西方美学家论美和美感》，商务印书馆 1980 年版。

蒋孔阳、朱立元主编：《西方美学通史》，上海文艺出版社 1999 年版。

朱立元：《西方美学范畴史》，山西教育出版社 2006 年版。

张玉能：《西方美学思潮》，山西教育出版社 2004 年版。

张法：《20 世纪西方美学史》，四川人民出版社 2003 年版。

余虹：《艺术与归家》，中国人民大学出版社 2005 年版。

吴琼：《西方美学史》，上海人民出版社 2000 年版。

王小章、郭本禹：《潜意识的诠释》，中国社会科学出版社 1998 年版。

苏宏斌：《现象学美学导论》，商务印书馆 2005 年版。

陈池瑜：《现代艺术学导论》，清华大学出版社 2005 年版。

张少康：《中国文学理论批评史教程》，北京大学出版社 1999 年版。

主要参考文献

郭绍虞主编、王文生副主编:《中国历代文论选》,上海古籍出版社2001年版。

王运熙、顾易生主编、黄霖著:《中国文学批评通史》近代卷,上海古籍出版社1996年版。

谭令仰编:《古代文论萃编》,书目文献出版社1986年版。

童庆炳主编:《二十世纪中国文论经典》,北京师范大学出版社2004年版。

陈维昭:《红学通史》上,上海人民出版社2005年版。

冷成金:《中国文学的历史与审美》,中国人民大学出版社1999年版。

王立:《文人审美心态与中国文学十大主题》,辽海出版社2003年版。

陆机著,张少康集释:《文赋集释》,人民文学出版社2002年版。

刘勰著,范文澜注:《文心雕龙注》,人民文学出版社1958年版。

钟嵘著,曹旭集注:《诗品集注》,上海古籍出版社1994年版。

司空图著,郭绍虞集解:《诗品集解》,人民文学出版社1963年版。

王夫之著,舒芜校点:《薑斋诗话》,人民文学出版社1961年版。

严羽著,郭绍虞校释:《沧浪诗话校释》,人民文学出版社1961年版。

叶燮著,霍松林校释:《原诗》,人民文学出版社1979年版。

周锡山编校,王国维著:《人间词话汇编汇校汇评》,北岳文艺出版社2004年版。

傅杰编校:《王国维论学集》,中国社会科学出版社1997年版。

陈鸿祥:《王国维全传》,人民出版社2007年版。

王国维著、刘锋杰、章池集评:《人间词话百年解评》,黄山书社2002年版。

刘克苏:《失行孤雁·王国维别传》,华夏出版社1999年版。

鲁迅:《鲁迅全集》,人民文学出版社1981年版。

赵树理:《赵树理全集》,北岳文艺出版社2000年版。

童庆炳:《中国古代文论的现代意义》,北京师范大学出版社2003年版。

童庆炳、谢世涯、郭淑云:《现代学术视野中的中华古代文论》,北京出版社2002年版。

叶维廉:《中国诗学》,三联书店1992年版。

张少康:《文心与书画乐论》,北京大学出版社2006年版。

王运熙:《中国古代文论管窥》,上海古籍出版社2006年版。

黄霖、吴建民、吴兆路:《原人论》,复旦大学出版社2000年版。

汪涌豪：《范畴论》，复旦大学出版社 1999 年版。

蒲震元：《中国艺术意境论》，北京大学出版社 1999 年版。

王先霈：《中国文化与中国艺术心理思想》，湖北教育出版社 2006 年版。

张伯伟：《中国古代文学批评方法研究》，中华书局 2002 年版。

杨义：《李杜诗学》，北京出版社 2001 年版。

钱理群：《与鲁迅相遇》，三联书店 2003 年版。

蓝华增：《意境论》，云南人民出版社 1996 年版。

彭锋：《诗可以兴》，安徽教育出版社 2003 年版。

胡继华：《宗白华·文化幽怀与审美象征》，北京文津出版社 2005 年版。

田刚：《鲁迅与中国士人传统》，中国社会科学出版社 2005 年版。

伍蠡甫主编：《西方文论选》，上海译文出版社 1979 年版。

马新国：《西方文论史》，高等教育出版社 2002 年版。

朱立元主编：《当代西方文艺理论》，华东师范大学出版社 2005 年版。

朱立元、李钧主编：《二十世纪西方文论选》，高等教育出版社 2002 年版。

张玉能：《西方文论思潮》，武汉出版社 1999 年版。

赵毅衡编选：《"新批评"文集》，百花文艺出版社 2001 年版。

张隆溪：《二十世纪西方文论述评》，三联书店 1986 年版。

王逢振：《交锋：21 位著名批评家访谈录》，世纪出版集团、上海人民出版社 2007 年版。

程正民、曹卫东主编：《二十世纪外国文论经典》，北京师范大学出版社 2004 年版。

沈立岩主编：《当代西方文学理论名著精读》，南开大学出版社 2005 年版。

郭宏安：《从阅读到批评》，商务印书馆 2007 年版。

赵一凡：《西方文论讲稿》，三联书店 2007 年版。

王治河主编、薛晓源副主编：《全球化与后现代性》，广西师范大学出版社 2003 年版。

陆谷孙：《莎士比亚研究十讲》，复旦大学出版社 2005 年版。

蒋承勇主编：《世界文学史纲》，复旦大学出版社 2002 年版。

蒋承勇：《西方文学"两希"传统的文化阐释　从古希腊到 18 世纪》，中国社会科学出版社 2003 年版。

吴持哲编：《诺思洛普·弗莱文论选集》，中国社会科学出版社 1997

年版。

陈太胜：《象征主义与中国现代诗学》，北京大学出版社 2005 年版。

刘燕：《现代批评之始　T. S. 艾略特诗学研究》，广西师范大学出版社 2005 年版。

刁克利：《西方作家理论研究》，外语教学与研究出版社 2005 年版。

胡亚敏：《叙事学》，华中师范大学出版社 2004 年版。

钱中文：《文学理论：走向交往对话的时代》，北京大学出版社 1999 年版。

童庆炳主编：《文学理论教程》，高等教育出版社 2004 年版。

童庆炳主编：《文学概论》，武汉大学出版社 2003 年版。

王纪人：《文学：理论与阐释》，上海三联书店 2006 年版。

顾祖钊：《艺术至境论》，天津百花文艺出版社 1999 年版。

董学文、张永刚：《文学原理》，北京大学出版社 2001 年版。

陈鸣树：《文艺学方法论》，复旦大学出版社 2004 年版。

赵宪章：《文艺学方法通论》，浙江大学出版社 2006 年版。

王一川：《文学理论》，四川人民出版社 2003 年版。

王一川：《文学理论讲演录》，广西师范大学出版社 2004 年版。

张法：《走向全球化时代的文艺理论》，安徽教育出版社 2005 年版。

汪正龙等编著：《文学理论研究导引》，南京大学出版社 2006 年版。

程光炜等主编：《中国现代文学史》，中国人民大学出版社 2000 年版。

王国维：《观堂集林》，河北教育出版社 2003 年版。

陈梦家：《殷墟卜辞综述》，科学出版社 1956 年版。

陆扬、王毅：《文化研究导论》，复旦大学出版社 2006 年版。

程伟礼：《灰箱：意识的结构与功能》，人民出版社 1987 年版。

张隆溪：《中西文化研究十论》，复旦大学出版社 2005 年版。

吴炫：《穿越中国当代思想》，江苏教育出版社 2007 年版。

武斌：《中华文化海外传播史》，陕西人民出版社 1998 年版。

薛晓源、曹荣湘主编：《全球化与文化资本》，社会科学文献出版社 2005 年版。

王银春：《人类重要史学命题》，湖北教育出版社 2000 年版。

曾繁仁：《试论生态美学中的生态中心主义原则》，《河南社会科学》，2003 年第 6 期。

陶东风、金元浦、高丙中主编：《文化研究》第 1 辑，天津社会科学院出版社，2000 年版。

曹顺庆、支宇：《重释文学性——论文学性与文学理论的悖谬处境》，《湖南社会科学》2004 年 1 期。

后 记

　　这本书是我的博士论文。作为博士论文的"后记"原是这样写的：

　　我这人似乎命中注定什么都晚，晚上大学、晚结婚、晚得子，连读博士学位也是晚的。几乎是读博的末班车。看来"美人迟暮"的喟叹，不光是古代文人墨客们的"常态抒情"，也是我今天的一种特殊感受。昔也，今也。古今有同。

　　有人说，老子的"大器晚成"之"晚"原是"免"的意思，就是"大器免成"，太晚了，成不成的也就没什么意义了。好像张爱玲也说过：成名须趁早。因此，什么都晚的我，只能是学而免成了。但老子的言说理路原是"居中两兼"的，属于本源性的辩证智慧，在他看来，晚就是早，成则不成，免成则正可为大成。或可套用他的经典语式而言之：成可成，非常成。晚成者，免于成，或正是对成的某种"超越"。

　　而晚读博的我，却既有负于张爱玲，又有愧于老子。因为，我终未得大成，更谈不上有什么"超越"。但可以使因这"晚"而起的种种负面结果顿时好转的是，我虽晚学却幸遇良师。由王纪人先生做我的博导，可以说是昊昊苍天对我晚读博的最宝贵的补偿了。上帝是公平的，看来这话没错。有失就有得。孟子曾言，君子有"三乐"："父母俱存，兄弟无故，一乐也；仰不愧于天，俯不怍于人，二乐也；得天下英才而教育之，三乐也。"而在我则是，得良师而学，虽晚则晚矣，却乐莫大焉！

　　有良师也得苦学。晚学晚进的好处是更知学之贵，思进求得之心是更切更甚于他人的。本来，沉潜学理就是我平生一大乐事，再加上画景怡人的校园环境，更别说还有良师"添翼"了。这样，一切所谓的苦、闷、单调、乏味，都因此统统被乐、趣、甜、丰富等解构或置换了。当时的心志、情状，真可谓志比天高，心雄万夫。九天揽月，五洋捉鳖，一任由我。但真正动笔，已是 2007 年的 7 月 16 日了，加上一直有教学任务，只能一边讲课一边写，真正用得上的时间，也就是半年左右。但不管怎么说，一部40万字的论文总算是写出来了。要说成绩，这也可以算吧。

这篇论文的完成，个人方面的努力是不用说的。而值得说的则是其外的那些相关者。首先是我的导师王纪人先生。从选题到具体的写作、修改，都得到了他的宝贵指导，先生贯通中西的学养、智慧，无疑对这篇论文的完成是极为有利的。还有博士学位课程中的诸多教诲，都似"护花春泥"那样从诸多方面为论文的写作提供了可贵的助益。因此，应该首先感谢他。

其次，还应该感谢文艺学导师组的其他导师，他们是：杨文虎、陈伟、刘士林，我从他们所开的博士课程中也获益不少，并且从论文的开题到预答辩，都得到了他们有益的指导。而治古代诗学的曹旭老师，无私的奖掖、鼓励，也让我一直心怀感激。

另外，同学们的支持和帮助也是不能不提的。同门师妹许湘，同专业的汪德宁、龙迪勇、陈正勇、李正爱；中哲专业的刘刚、侯冲、李铁华、张朝松；课程与教学论的于龙（也是我后来的室友）、胡根林、曹建召；外国文学专业的杨中举；古典文献学的曾礼军；历史专业的安涛，等等，或一起交流、倾谈，或提供其他帮助，都令我难忘。

我的学生、校友石绛红、王蓉；校友张玲等，也提供了不少助力，也理应于此铭写，以表达我对他们的谢意。

我的学生、在沪经商的张润勤君，我比较看好的学生、在同济读文艺学硕士学位的韩玮，几年来在吃、住、行诸方面，为我的读博生活提供了非常多的帮助，尤其是张君，所惠于我的更是非同一般，不是一个简单的谢字可以对待的。

最后，要感谢的是我的家人，妻子、孩子、特别是父母双亲，以年近90高龄之身，坚强乐观的心态，在看着儿子完成这一段不平凡的求学之旅。他们的系念、盼待，在这个世界上，对我来说是最为"惊心动魄"的，最宝贵、也最真诚。什么是"昊天罔极"，什么是大爱无疆，什么是恩重如山，什么是深情似海，什么是"谁言寸草心，报得三春晖"？只有身在其中，才会有真切的体会。他们的关爱、期待和支持，无疑是我在这段时间中最最宝贵的动力。

指教、关爱、惠助、盼待如此，我却只能以这篇拙文作为回报。论文做得如何，不敢妄言。也许可以说的是：文章千古事，得失寸心知。还有完全可以肯定的是，我已经尽力了。

作为参加答辩的论文已经写完；而按计划却还有两章需要补写。但无论如何，在这桃红柳绿、草长莺飞的人间四月天里来为博士论文画一个句号，

后
记

401

总是一件令人愉快的事！

行笔至此，世界早已穿好夜装。城市的夜并不难看，因为有万家灯火为她美容。而学术的夜呢？学术的夜不需要灯火，因为学术的世界本来就是通明的。每个爱学术者都是一盏不息的明灯。学术照亮了她（他），她（他）又用照亮来回报学术。

我曾为诸多的指教、关爱、惠助、盼待照亮。同时照亮我的还有不算太长的博士论文写作历程。何以为报？唯有通明的学术和学术的通明。

那个在灯而上的另一种盼待，另一种照亮……

2008 年 4 月 10 日晚 9 时于上海

现在，需要补写的仍然是感谢，首先想感谢的是最后参加我论文答辩的诸外请的师哲，他们是复旦大学的朱立元教授、张德兴教授、汪涌豪教授和华东师范大学的方克强教授。他们或褒赞，或批评，都使我受益良多。其次，更应特别感谢人民出版社的刘丽华女士和责编，没有他们的辛勤劳动，这本书是不可能顺利出版的。当我由衷地写下这些简短的文字之时，我的内心仍然为一种感恩的心情所充溢。就让我用"感恩"来照亮自己的未来吧。我相信天佑感恩者。

2009 年 2 月 14 日夜 12 时于太原

另外，由于追求"对话性"，文中组合进了太多的"引文"，几使文本成为一种克莉斯蒂娃和巴尔特意义上的语言的编织物、马赛克，使语流拥堵、阻塞，虽由此使文本大为"加厚"而成为具有内在增殖力的互文之网，但阅读的通畅性却完全被牺牲掉了。此近乎愚诚的追求，是愚、是智，还请一切惠阅者大怀谅察！而谅察或不谅察，其实说到底也都是它对话性的新的开展和延伸……

又补记于 2009 年 4 月 28 日校后

责任编辑:刘丽华

文字编辑:刘　群

图书在版编目(CIP)数据

对话诗学/杨蟊 著. -北京:人民出版社,2009.7

ISBN 978－7－01－008018－5

Ⅰ. 对…　Ⅱ. 杨…　Ⅲ. 诗歌-文学理论-研究　Ⅳ. I052

中国版本图书馆 CIP 数据核字(2009)第 106122 号

对 话 诗 学

DUIHUA SHIXUE

杨 蟊 著

人民出版社 出版发行

(100706　北京朝阳门内大街 166 号)

北京龙之冉印务有限公司印刷　新华书店经销

2009 年 7 月第 1 版　2009 年 7 月北京第 1 次印刷

开本:710 毫米×1000 毫米 1/16　印张:25.75

字数:460 千字　印数:0,001－3,000 册

ISBN 978－7－01－008018－5　定价:46.00 元

邮购地址 100706　北京朝阳门内大街 166 号

人民东方图书销售中心　电话 (010)65250042　65289539